향찰 연구 16제

− 동형의 이두와 구결도 겸하여 −

양희철 저

보고사

머리말

　이 책『향찰 연구 16제 : 동형의 이두와 구결도 겸하여』는 향찰 해독에
서 의견의 일치를 보이지 못하는 문제 향찰들의 해독을 다소나마 풀려고
썼다.

　향가를 연구하면서 항상 당면하는 것이 향찰의 해독이다. 이 향찰의 해
독은 그 동안 많은 부분들이 풀렸지만, 동시에 적지 않은 부분들에서 의견
의 일치를 보이지 못하고 있다. 그것도 해독으로 시도될 수 있는 것들이
거의 시도되었다고 해도 과언이 아니지만, 아직도 많은 부분들에서 의견
의 일치를 보이지 못하고 있다. 그 이유는 다양하겠지만, 가장 큰 이유 중
의 하나는 기왕의 연구에 대한 철저한 변증과 치밀한 해독이 부족했기 때
문이라고 생각해 왔다. 그리고 이 부족한 점들을 보완하고자, 지금까지
그리고 이 책에서, 다음의 세 측면에 역점을 두면서 향찰을 검토해 왔다.

　첫째는 기왕의 연구들을 철저하게 변증을 하는 것이다. 이는 기왕의 해
독들 중에서 어느 해독은 어떤 점이 틀리고, 어느 해독은 어떤 점이 맞거
나 강장점인가를 명확하게 하기 위한 것이다.

　둘째는 의견의 일치를 보이지 못하는 향찰별로 연구를 하는 것이다. 이
는 의견의 일치를 보이지 못하는 향찰들을 향찰별로 집중적으로 연구하기
위한 것이다. 이 책에서 집중적으로 다룬 향찰들은, 격어미에 주로 쓰인
향찰들(隱, 焉, 肹, 乙, 矣, 衣, 希, 中, 米, 未), 연결어미에 주로 쓰이거나
韻書의 '蟹'攝 四等에 속한 한자의 향찰들(將來, 呂, 齊, 旀, 提, 兮, 制, 苐,
底, 体), 구결 '(如)ㅊ' 및 이와 관련된 '(如)支, 此如, 葉如' 등의 향찰들 등
이다.

셋째는 동형의 차제자(향찰, 구결, 이두)를 함께 검토하는 것이다. 이는 향찰이 향찰만으로 존재하지 않고, 차제자의 일부로 구결 및 이두와 함께 존재하고, 함께 차제자의 변천사를 이루기 때문이다.

이 세 측면에 역점을 두고 이 책을 썼으며, 16편의 글 중에서 8편은 이 책에서 처음 발표하는 것들이고, 나머지 8편은 학회지들에 이미 발표한 글들을 부분적으로 수정하거나 보완한 것들이다. 이 책을 통하여 필자 나름대로는 만족하는 것들도 적지 않다. 그러나 그 성과의 판단은 독자의 몫이다. 이보다 역점을 둔 첫째로 인해 본의 아니게 선학 및 동학들에게 누를 끼친 것 같다. 서운한 마음은 향가를 사랑하는 마음으로 지워 주었으면 하는 마음뿐이다.

끝으로 감사의 마음을 표하고자 한다. 필자가 공부를 하면서 인생을 살아가는 데 도움을 주신 선생님들이 필자에게는 특히 많은 편이다. 모든 선생님들에게 감사를 드린다. 또한 갑년을 넘기고도 물심양면으로 공부를 도와주고 있는 집사람에게 진심으로 고마움을 표한다.

그리고 어려운 상황에도 언제나 출판을 흔쾌하게 허락하시는 보고사 김흥국 사장님께 또 한번 고마움을 표한다.

2013년 1월 7일
우암산록에서 필자 씀

十三. 향찰 '制, 苐, 底'

十四. 향찰 '体'

十五. 구결 '攴'

十六. 구결 '如ㅅ'와 향찰 '(如)支, 於多支, 此如, 葉如'

一. 향찰 '隱'

1. 서론

향찰에는 그 해독에서 언급될 수 있는 것들이 거의 모두 언급되어, 철저하게 변증하면서 조금만 노력을 하면, 그 해독이 거의 완결되거나 완결에 상당히 다가갈 수 있는 것들이 있다. 이에 속한 것들 중의 하나가 향찰 '隱'이다. 이 향찰 '隱'에 대한 기왕의 해독들을 변증하는 것이 이 글의 연구 목적이다.

향찰 '隱'은 61회(「삼국유사」에 36회, 「균여전」에 25회) 나온다. 이 향찰 '隱'에 대한 기왕의 해독들은, 음으로 읽은 '는, 난, 논, 는, 느, 온, 안, 언, 엔, 온, 인, 깐, 흔, 은, ㄴ' 등의 15종과 뜻으로 읽은 '그슥, 그스, 그슥, 그시, 그즛, 넌주시, 넌즈시, 담, 솜, 쇼, 숌, 숌은, 수믄, 숨, 숨기, 숨안, 숨은' 등의 17종을 합쳐 32종이다. 이 해독을 중요한 해독자별로 정리하면 다음과 같다.

오구라(1929) : 는, 온, ㄴ, 는, 은
유창선(1936) : 는, ㄴ, 는, 은, 인
신태현(1940) : 는, 온, ㄴ, 는, 은

양주동(1942) : 는, 은, ㄴ, 는, 은, 그슨

정열모(1947) : ㄴ, 는, 은

지헌영(1947) : 는, 은, ㄴ, 는, 은

이 탁(1956) : 는, 은, ㄴ, 는, 은

홍기문(1956) : 는, 은, ㄴ, 는, 은

<u>김준영(1964)</u> : ㄴ, 은, 그스, 숨

정열모(1965) : 는, 은, ㄴ, 는, 느, 은, 담

김선기(1967-75) : 깐, ㄴ, 난, 는, 안, 온, 은, 솜, 숨, 숨안, 숨은

<u>김상억(1974)</u> : ㄴ, 는, 안, 은, 그즛

<u>서재극(1975)</u> : ㄴ, 는, 은, 혼, 그시, 숨

전규태(1976) : 는, 은, ㄴ, 는, 은, 그스, 숨

<u>김준영(1979)</u> : ㄴ, 은, 그스

김완진(1980) : 는, 은, ㄴ, 는, 은, 혼, 숨기

김선기(1993) : ㄴ, 난, 논, 안, 온, 쇼, 숌, 숌은, 숨

금기창(1993) : 는, ㄴ, 는, 은, 혼, 넌주시

유창균(1994) : 는, 은, ㄴ, 는, 은, 넌즈시, 숨

<u>강길운(1995)</u> : ㄴ, 언, 엔, 은, 그스, 수믄, 숨

최남희(1996) : 는, 은, ㄴ, 는, 은, 그시, 숨

<u>양희철(1997)</u> : 은, ㄴ, 은, 그슥, 숨

신재홍(2000) : 는, 은, ㄴ, 은

황패강(2001) : 는, 은, ㄴ, 는, 은, 그슨

류 렬(2003) : 은, ㄴ, 는, 은, 혼

　　이 중요한 해독자별 해독의 양상을 언뜻 보면, 향찰 '隱'의 해독은 초기의 해독이나 최근의 해독에서 다른 점을 거의 발견할 수 없다. 그러나 한자 '隱'의 음에 충실한 해독인가를 기준으로 보면, 상당한 변화를 읽을 수 있다. 즉 모음조화(또는 諧音)와 전용(또는 통음차)을 인정하느냐 인정하지 않느냐를 기준으로 보면, 밑줄 친 일부의 연구들(김준영 1964, 김상억 1974,

서재극 1975, 김준영 1979, 강길운 1995, 양희철 1997)에서는 모음조화(또는 해음)와 전용(또는 통음차)을 부분적으로 그리고 전체적으로 지양하는 상당한 변화를 읽을 수 있다. 이 변화를 포함하여, 향찰 '隱'을 어떻게 해독하는 것이 바람직할까? 이 바람직한 해독을 위하여, 향찰 '隱'에 대한 기왕의 해독들을 변증하고자 한다.

변증의 기준은 향찰의 차제자 원리이다. 이는 향찰이 한자의 음훈을 이용한 차제자라는 점에서, 한자의 음훈을 충실하게 반영하였는가를 검토하려는 것이다. 이렇게 변증을 하면, 한자 '隱'의 음이나 훈에 충실한 해독을 변증하고, 나아가 향찰의 표기에서 15세기의 중세어와 구분되는 신라어와 고려어의 특성을 정리할 수 있는 자료를 확보할 수 있을 것 같다. 이 경우에 한자 '隱'의 중세음과 현대음은 '은'이지만, 그 중고음이 '언'이란 점에서, 이 '언'의 적용 가능성도 검토하려 한다.

2. '는, 는, 느, 난, 논, 온, 안 …'

이 장에서는 '隱'의 음을 벗어난 해독들, 즉 '는, 는, 느, 난, 논, 온, 안, 온, 깐, 흔, 인, 언, 엔' 등의 해독들을 두 절로 나누어 변증하려 한다.

1) '는, 는, 느, 난, 논'

이 절에서는 향찰 '隱'을 '는, 는, 느, 난, 논' 등으로 읽은 해독들을 변증하고자 한다. 먼저 향찰 '隱'을 '는'으로 읽은 해독들을 보자.

(1) 去隱(「모죽지랑가」) : 가는(오구라 1929, 정열모 1965)
　　生死路隱(「제망매가」) : 生死路는(양주동 1942 등등), 싱ㅅ로는(정열모

1965)

吾隱(「제망매가」) : 나는(오구라 1929, 양주동 1942, 김완진 1980, 유창균 1994 등등)

一等隱(「제망매가」) : 한 무리는(오구라 1929)

浮去隱安支(「찬기파랑가」) : 떠가는 어듸이(오구라 1929), 떠가는 안디 하(양주동 1942, 전규태 1976), 떠가는 안희(황패강 2001)

吾下是如馬於隱(「처용가」) : 내 해다마는(신재홍 2000)

燈炷隱(「광수공양가」) : 등잔심지는(신태현 1940)

出隱伊音叱如支(「참회업장가」) : 나느니 옴ㅅ돌더(정열모 1965)

向隱(「상수불학가」) : 아는(오구라 1929, 신태현 1940)

(1)에서는 향찰 '隱'을 '는'으로 읽었다. 이 해독을 이끈 오구라(1929:68, 80, 130)는 '隱'이 '은(ᄋᆞᆫ)'으로 '는(ᄂᆞᆫ)'에 전용되며, 이 '隱'이 '焉'과 더불어 '는'에 쓰인다고 하였다. 그리고 양주동(1942:541)은 '隱'은 通音借로 '는, 는' 등을 표기한다고 정리하였다. 이렇게 시작된 '는(隱)'의 해독은 양모음 아래의 주제격이 '는'이란 점에서 이에 맞춘 것이지, '隱'의 음에 충실한 해독이 아니라는 문제를 보인다.

이 문제를 포함하여, '隱'이 '는, 는, 논' 등의 표기일 수 없음을 전반적으로 정리한 것은 김준영이다. 그 글을 인용하면 다음과 같다.

(2) 그런데 「는」助詞의 發音을 모두 「隱」으로 表記 했다고 볼 수는 없으니
(가) 그 音이 서로 틀리고
(나) 鄕歌中 여러 곳에서 「ㄴ」初聲字와 「ㅇ」初聲字를 區分하여 表記했다는 점.
(다) 「吾焉」과 같이 「焉」으로 表記된 곳도 있는바 그것을 「나는」의 表記로 볼 수는 없으니 「焉」은 「는」보다 「은」에 가까운 소리인 것과 現代 全羅道 方言에서 補助助詞「은」을 「언」으로 發音하는

일이 많다는 점.

(라) 祭亡妹歌에 있어 「가논 곳」을 「去奴隱 處」으로 表記했고 「나는 (吾는)」은 「吾隱」으로 表記했다는 점.

(마) 「은」과 「는」의 音價가 類似하다 할지라도 가장 많이 쓰이는 말인지라 區別하여 적을 수 있는 表記法이 스스로 發達되었을 것이라는 점.

(바) 遺事所傳의 鄕歌와 均如傳의 鄕歌가 다 같이 統一되었다는 점.

(사) 같은 格에 쓰이는 말이기 때문에 같은 字로 表記했는가 할때 당시는 體言과 助詞나 語幹과 語尾 등을 區分할만한 文法 意識이 뚜렷하지 못할 때니 그렇게 생각할 수 없는 점.

위와 같은 여러 조건으로 보아 당시에는 補助助詞 「은, 는」에 있어 體言의 끝 音節이 子音으로 끝나거나 母音으로 끝나거나 간에 또는 體言의 끝 音節 母音이 低母音이든 高母音이든 간에, 「은」만이 쓰였다는 것이 거의 確定的이니, 「온·논·는」 등으로 確然히 區分된 것은 그 후의 일인가 한다.(김준영 1964:28-29)

(2)는 '隱'이 '논, 는, 난' 등으로 읽힐 수 없음을 전체적으로 설명하고 있다. (2라)의 후반부와 (2사)를 제외한 나머지에 동의한다. 이 주장은 향찰 해독에서 모음조화(또는 해음)와 전용(또는 통음차)의 굴레를 벋는 데 큰 공헌을 한 것으로 판단한다. 거의 같은 내용이 다른 책(김준영 1979:66-67)에서도 반복된다.

이번에는 향찰 '隱'을 '는, 느' 등으로 읽은 해독들을 보자.

(3) 去隱(「모죽지랑가」) : 가는(정열모 1947)

汝隱(「도솔가」) : 너는(오구라 1929, 양주동 1942 등등)

生死路隱(「제망매가」) : 생사로는(김상억 1974)

吾隱(「제망매가」) : 나는(정열모 1947, 김상억 1974)

一等隱(「제망매가」) : 한 무리는(정열모 1947)

浮去隱安支(「찬기파랑가」) : 떠가는 安희(유창선 1936b), 떠가는 안기해
(정열모 1947), 떠가는 안디하(김상억 1974)

二 于萬隱(「맹아득안가」) : 둘 업는(양주동 1942 등등), 두블 움는(금기창
1993, 최남희 1996)

一等沙隱/隱賜以(「맹아득안가」) : 흐둔슷는(지헌영 1947), 한 무리 사는
(정열모 1947), 흔기리 사느리(정열모 1965)

吾下是如馬於隱(「처용가」) : nai arai ita-ma-Ö-neun(가나자와 1918),
내해이다마르는(권덕규 1923), 나아리이다마어는(아유가이 1923), 내히
다마(어)는(유창선 1936c), 나하이다마는(서재극 1975)

(于)萬隱(「칭찬여래가」) : 업는(양주동 1942 등등), 옵는(김상억 1974)

燈炷隱(「광수공양가」) : 등잔심지는(오구라 1929), 灯炷는(양주동 1942,
김완진 1980 등등), 등주는(정열모 1965), 등쥬는(김상억 1974), 심지는
(김선기 1975b), 등듀는(류렬 2003)

燈油隱(「광수공양가」) : 燈油는(양주동 1942, 김완진 1980 등등), 灯油는
(황패강 2001), 등유는(홍기문 1956 등등)

惡寸隱(「참회업장가」) : 모딘는(오구라 1929)

出隱伊音叱如支(「참회업장가」) : 나는이음ㅅ다(정열모 1947)

向隱(「상수불학가」) : 안는(정열모 1947)

(3)에서는 향찰 '隱'을 거의가 '는'으로 읽었다. 이 해독을 이끈 오구라
(1929:68)는 '隱'이 '은(오)'으로 '는(느)'에 전용된다고 하였다. 그리고 양주동
(1942:541)은 '隱'은 通音借로 '는, 눈' 등을 표기한다고 정리하였다. '흔기리
사느리'(정열모 1965)에서만 보이는 '느'는 '는'에 기원한다. 이렇게 시작된
'는(隱)'의 해독은 음모음 아래의 주제격이 '는'이란 점에서 이에 맞춘 것이
지, '隱'의 음에 충실한 해독이 아니라는 문제를 보인다.

이번에는 향찰 '隱'을 '난'과 '논'으로 읽은 해독들을 보자.

(4) 가. 汝隱(「도솔가」) : 너난(김선기 1969b, 1993)

　　吾隱(「제망매가」) : 우리난(김선기 1969a), 나난(김선기 1993)

　　臣隱(「안민가」) : 아마난(김선기 1967d)

　　燈油隱(「광수공양가」) : 등유난(김선기 1975b)

나. 燈炷隱(「광수공양가」) : 등쥬논(김선기 1993)

　　燈油隱(「광수공양가」) : 등유논(김선기 1993)

　(4가)에서는 향찰 '隱'을 '난'으로 읽고, (4나)에서는 향찰 '隱'을 '논'으로 읽었다. 이 해독들은 김선기가 '논'의 'ㆍ'가 그 당시에는 존재하지 않았다고 보아, 'ㆍ'를 'ㅏ, ㅗ' 등으로 바꾼 것들이다. 앞에서 언급했듯이 '논, 는, 느, 난, 논' 등은 '隱'의 음이 아니라는 문제를 보인다.

　(1, 3, 4) 등에서와 같이 향찰 '隱'을 그 음에도 없는 '논, 는, 난, 논' 등에 전용되거나 통음차라고 보는 해독은 거의 모든 해독자들에서 나타났었다. 이 문제를 극복하려는 노력은 김준영(1964, 1979)과 강길운(1995)에서 전반적으로 보이고, 김상억(1974), 서재극(1975), 양희철(1997) 등에서 부분적으로 보인다. 이 문제의 극복은 매우 당연한 것으로 향찰 '隱'의 해독에서 한자의 음을 살린 객관적인 해독으로, 해독의 진전이라고 판단한다.

2) '온, 안, 온, 깐, 혼, 인, 언, 엔'

　이 절에서는 향찰 '隱'을 '온, 안, 온, 깐, 혼, 인, 언, 엔' 등으로 읽은 해독들을 변증하고자 한다. 먼저 향찰 '隱'을 '온'으로 읽은 해독들을 보자.

(5) 遊烏隱(「혜성가」) : 놀아 가몬(정열모 1965)

　(乃好支)賜烏隱(「모죽지랑가」) : -냇 즐기리 가몬(정열모 1965)

　逸烏隱(「원가」) : -일 가몬(정열모 1965), 가몬(류렬 2003)

　生死路隱(「제망매가」) : 生死 길온(오구라 1929, 신태현 1940 등등)

吾隱(「제망매가」) : 나은(신재홍 2000)

臣隱(「안민가」) : 臣은(오구라 1929, 이탁 1956), 신은(홍기문 1956)

民隱如(「안민가」) : 民은다이(지헌영 1947), 민은다비(홍기문 1956)

二 于萬隱(「맹아득안가」) : 두블 가몬(이탁 1956), 두루 만흔(정열모 1965), 두블 ᄀᄆ온(양희철 1997), 두볼 우몬(신재홍 2000)

毛達只將來呑隱(「우적가」) : 몰을단은(오구라 1929), 모ᄃᄅ 올ᄃ온(지헌영 1947)

恨隱(「우적가」) : 하는(지헌영 1947), 恨은(이탁 1956, 황패강 2001 등등), 한은(정열모 1965), 슬흔(유창균 1994)

潸陵 隱安攴(「우적가」) : ᄉ론은(이탁 1956)

公主主隱(「서동요」) : 公主 님은(오구라 1929), 곰쥬니믄(홍기문 1956)

吾下是如馬於隱(「처용가」) : 내이다마론(오구라 1929), 내하이다마ᄅ론(유창균 1994)

身萬隱(「예경제불가」) : 모몬(양주동 1942, 유창균 1994 등등), 모마는(김완진 1980)

惡寸隱(「참회업장가」) 악ᄃ는(정열모 1965), 모딘은(류렬 2003)

修叱賜乙隱(「수희공덕가」) : 닷ᄀ샤론(양주동 1942, 지헌영 1947), 닷샤론(홍기문 1956), 닷ᄉ론(이탁 1956), 닷ᄀ샬온(정열모 1965), 닷시론(신재홍 2000)

仍反隱(「청전법륜가」) : 닙온(이탁 1956), 이도론(정열모 1965)

長乙隱(「청전법륜가」) : 자론(이탁 1956), 기론(신재홍 2000)

烏乙反隱(「청전법륜가」) : 가물 도론(정열모 1965)

修將來賜留隱(「상수불학가」) : 닷ᄀ려샤론(양주동 1942, 홍기문 1956 등등), 길 ㅂ러샤론(정열모 1965)

向隱(「상수불학가」) : 아온(양주동 1942, 김완진 1980 등등), 안온(이탁 1956), 아론(유창균 1994)

(5)에서는 '隱'을 '은'으로 읽었다. 이 해독을 이끈 오구라(1929:69, 164,

210)는 '隱'의 음이 '은'이나 모음조화에 맞추어 '온'으로 읽었다. 그리고 양주동은 (5)의 '隱'을 '은'으로 읽은 다음에 '온'으로 전환하였다. 구체적으로 다른 곳에서와 같이 諧音이란 용어를 사용한 곳은 없다. 이 해독들은 해독에 모음조화를 끌어들여서, 한자 '隱'의 음을 벗어난 문제를 보인다.

이번에는 향찰 '隱'을 '안, 온' 등으로 읽은 해독들을 보자.

(6) 가. 生死路隱(「제망매가」) : 죽사리 긿안(김선기 1993)
　　　君隱(「안민가」) : 님감안(김선기 1967b)
　　　蕩陵 隱安攴(「우적가」) : 이론안(김선기 1993)
　　　公主主隱(「서동요」) : 공쥬님안(김선기 1993)
　　　身萬隱(「예경제불가」) : 모만(정열모 1947, 김상억 1974),
　　　修叱賜乙隱(「수회공덕가」) : 닷샬안(김선기 1993)
　　　向隱(「상수불학가」) : 아안(김상억 1974, 김선기 1975a, 1993)
　　　盡尸等隱(「총결무진가」) : 다알다란(김선기 1975a)
　　나. 去隱(「모죽지랑가」) : 가온(김선기 1993)
　　　長乙隱(「청전법륜가」) : 깔온(김선기 1975a)
　　　盡尸等隱(「총결무진가」) : 다알돌온(김선기 1993)

(6가, 나) 등에서는 향찰 '隱'을 '안, 온' 등으로 읽었다. 이 해독을 이끈 김선기와 김상억은 '온'의 'ㆍ'가 그 당시에는 존재하지 않았다고 보고, 'ㆍ'를 'ㅏ, ㅗ'로 바꾸었다. 그 당시에 'ㆍ'가 존재했는가 하는 문제를 떠나서, '안, 온'은 한자 '隱'의 음이 아니라는 문제를 피할 수 없다.

이번에는 향찰 '隱'을 '깐, 혼, 인, 언, 엔' 등으로 읽은 해독들을 보자.

(7) 가. 生死路隱(「제망매가」) : 생사 깔깐(김선기 1969a)
　　나. 生死路隱(「제망매가」) : 죽사리 길혼(서재극 1975, 금기창 1993), 生死

길혼(김완진, 1980), 죽살이 길혼(류렬 2003)

다. 一等隱(「제망매가」) : 흔낟인(유창선 1936e)

라. 迷火隱乙(「항순중생가」) : 이볼언을(강길운 1995:478)

마. 盡尸等隱(「총결무진가」) : 다볼덴(강길운 1995)

　(7)에서는 향찰 '隱'을 각각 '깐, 혼, 인, 언, 엔' 등으로 읽었다. (7가)의
'깐'은 '隱'을 'ㅎ'곡용어 아래에서 '흔'으로 읽은 것을 다시 '깐'(gan)으로
바꾼 것이다. (7나)의 '혼'은 'ㅎ'곡용어 아래에서 '흔'으로 읽은 것이다. (7
라)의 '언'은 '은'의 통용(강길운 1995:478)으로 보았는데, 이는 양주동의 통
음차와 큰 차이가 없다. (7마)의 '엔'은 '隱(은)'으로 대충표기를 했다고 본
것이다. 이 '깐, 혼, 인, 언, 엔' 등은 한자 '隱'의 음을 벗어난 문제를 공통
으로 보이며, '깐, 혼'은 표기에 없는 'ㅎ'을 끌고 들어온 문제도 보인다.
　이렇게 향찰 '隱'을 '온, 안, 온, 깐, 혼, 인, 언, 엔' 등으로 읽은 해독들
은 모두가 한자 '隱'의 음을 벗어난 문제를 보인다. 그리고 '온, 안, 온,
깐, 혼' 등은 또다른 두 문제를 보인다. 하나는 모음조화를 해독에 끌고
들어온 문제이고, 다른 하나는 표기에 없는 'ㅎ'을 해독에 끌고 들어온 문
제이다. 전자의 문제는 김상억(1974)의 해독 'ㄴ, 는, 안, 은(, 그즛)' 등과
서재극(1975)의 해독 'ㄴ, 는, 은, 흔(, 그시, 숨)' 등에서 'ㆍ'을 인정하지
않으면서 부분적으로 그 해결이 모색되고, 후자의 문제는 김준영(1964)의
해독 'ㄴ, 은(, 그스, 숨)' 등에서 'ㅎ'을 끌고 들어오지 않으면서, 그 해결
이 모색되었다. 그리고 전자와 후자의 두 문제는 김준영(1979)의 'ㄴ, 은
(, 그스)' 등과 강길운(1995)의 'ㄴ, 언, 엔, 은(, 그스, 수믄, 숨)' 등에서 모
두 해결되었다. 이 역시 향찰 '隱' 해독의 진전이라고 정리할 수 있다. 그
러나 강길운의 해독에는 '隱'의 음에도 없는 '언, 엔' 등이 들어온 문제가
포함되어 있다.

3. '은, 언, ㄴ'

이 장에서는 향찰 '隱'을 '은'과 'ㄴ'으로 읽은 해독들을 변증하려 한다.

1) '은, 언'

향찰 '隱'을 '은'으로 읽은 해독은 매우 많다. 그 기능에 따라, 변증하려 한다. 먼저 관형형어미 '-은'으로 읽은 경우들을 보자.

(8) 가. 二 于萬隱(「맹아득안가」) : 두루 만은(정열모 1947), 버글 가믄(강길
운 1995)

毛達只將來呑隱(「우적가」) : 몯알긔 오렬단은(강길운 1995)

身萬隱(「예경제불가」) : 몸은(전규태 1976, 강길운 1995), 몸만은(김선
기 1993)

(于)萬隱(「칭찬여래가」) : 우 만은(정열모 1947), 움은(김준영 1964)

惡寸隱(「참회업장가」) : 모디는(양주동 1942), 모딘은(신태현 1940,
홍기문 1956 등등), 모진은(정열모 1947), 머즌은(지헌영 1947, 김준
영 1979), 머즈는(김완진 1980, 황패강 2001), 구존은(유창균 1994),
구즌은(강길운 1995)

仍反隱(「청전법륜가」) : 너븐(양주동 1942, 지헌영 1947 등등), (저)잉
들은(정열모 1947), 잇븐(홍기문 1956), 녀븐(김상억 1974), 즈즈븐
(유창균 1994), 골븐(강길운 1995), 너본(신재홍 2000), 뎌 이븐(류
렬 2003)

烏乙反隱(「청전법륜가」) : 올들은(정열모 1947)

修將來賜留隱(「상수불학가」) : 닥글샬은(오구라 1929), 닷거오샬은
(신태현 1940), 닷가로살은(정열모 1947), 닷스려샤른(김상억 1974),
닷스려샤른(전규태 1976)

나. (是)八陵隱(「찬기파랑가」) : -ㅣ 팔은(오구라 1929), 시브르은/곧ㅂ

르은(양희철 1997)

修叱賜乙隱(「수회공덕가」) : 닥샬은(오구라 1929), 닷샬은(신태현 1940), 닷살은(정열모 1947), 닭샬은(김선기 1975a), 닷가샤른(김상억 1974), 닷ᄀ샬은(전규태 1976, 김준영 1979, 황패강 2001), 닷ᄀ시른(김완진 1980), 다스릿시른(유창균 1994), 닷그실은(강길운 1995), 다ᄉ실은(류렬 2003)

長乙隱(「청전법륜가」) : 길은(오구라 1929, 양주동 1942 등등), 기른(홍기문 1956, 정열모 1965 등등)

向隱(「상수불학가」) : 아은(김준영 1964, 1979), 아ᄋ(강길운 1995), 앗은(양희철 2008a)

다. 仰頓隱(「원가」) : 울워 조을은(오구라 1929), 울월좃은(양희철 2011a)

昆隱(「제망매가」) : 일은(신태현 1940, 이탁 1956, 김준영 1964), 일은(김선기 1969a, 김선기 1993), 이르은(양희철 1997)

(8)의 해독에서는 ‘隱’을 모두 관형형어미 ‘은’으로 읽었다. 그런데, (8가)의 ‘隱’들은 ‘-ㄴ’ 다음에 와서 ‘ㄴ’의 말음첨기를 보여주거나, 모음 아래서 ‘ㄴ’를 표기한다는 점에서 ‘은’으로 읽을 수 없는 문제를 보인다. 즉 ‘二 于萬隱’은 ‘두흘 가만’으로, ‘毛達只將來呑隱’은 ‘모ᄌ라 그저어 오단’으로, ‘身萬隱’은 ‘몸안’으로, ‘(于)萬隱’는 ‘가만’으로, ‘惡寸隱’은 ‘머즌’으로, ‘仍反隱’은 ‘뎌 너븐’으로, ‘烏乙反隱’은 ‘오을반’으로, ‘修將來賜留隱’은 ‘닦아 오시론’으로 각각 읽힌다는 점에서, 이에 포함된 ‘隱’은 ‘ㄴ’으로 읽히며 ‘은’으로 읽을 수 없다.

이에 비해 (8나)의 ‘隱’들은 장음표기의 ‘은’이거나, 자음 다음에 온 ‘은’이란 점에서 ‘은’으로 읽는 데 문제가 없다.

이와 비슷한 것이 (8다)인데도, 이를 (8나)에 통합하지 않았다. 이는 별로 중요한 것 같지 않지만, ‘隱’의 음과 관련된 매우 중요한 문제를 보여준다. ‘隱’의 음과 관련된 글을 보자.

(9)   그리고 '隱'은 향가에서 음독할 때 '은/ㄴ'으로 새긴다. '隱'은 중국 중고음이 [jən]〈칼그렌〉 [Iən〉jən]〈FD.〉이나 동운이 '은'이고 유합음 (하 62)이 '은'이고 향가에서도 관형사형 'ㄴ'자리에 주로 쓰였으니 신 라음도 '은'으로 추정하여 둔다. 여기서는 약음차 'ㄴ'을 택하지 않고 원음 '은'으로 읽는다.

[참고] 동계어인 길약어에서 제시보조사(소위 주제격조사)로 '-n/-ɑn /-nɑn'이 쓰이고 있으므로 국어의 제시보조사도 상고시대의 어느시까 지 '-안/-난'이 쓰이다가 '-안〉-언〉-은'·'-난〉-넌〉-는'과 같은 변천 을 겪었을 것이다. 그런데 '안'을 적을 한자가 있는데도 불구하고 제시 보조사가 '안'으로 나타나지 않으니 신라어로서 제시보조사는 '은'이었 던 것으로 추정된다. 다만 이조어의 '온·는'은 모음조화 현상으로 파생 한 이형태로 믿어진다.(강길운 1995:37)

(9)에서 보면, '隱'의 중국중고음은 [jən]〈칼그렌〉 [Iən〉jən]〈FD.〉이나 동운이 '은'이고 유합음(하 62)이 '은'이므로, 향찰 '隱'의 한자음을 '은'으로 읽었다. 그리고 이 음에 대해서 어떤 문제도 제기된 적이 없다.

그러나 향찰 '焉', 특히 주제격어미의 '焉'과 함께 생각하면 하나의 문제가 발생한다. 향찰 '焉'은 경덕왕대의 「안민가」 이전의 작품인 「서동요」, 「혜성 가」, 「풍요」, 「원왕생가」, 「모죽지랑가」, 「헌화가」, 「원가」, 「도솔가」, 「제망 매가」 등에서는 나타나지 않는다.(유창균 1995:325) 이 문제를 유창균은 대수 롭게 생각하지 않고, '焉'을 '은'의 표기로 간단하게 처리해 버렸다. 그러나 필자는 이에 동의하지 않는다. 왜 갑자기 경덕왕대의 「안민가」에서부터 주 제격어미 '焉'이 '隱'과 함께 나타날까? 이 문제를 한자 '隱'의 음이 '언〉은'으 로 변했고, 주제격어미가 (9)에서와 같이 '-안〉-언〉-은'으로 변했다는 점 들과 함께 생각하면, 「안민가」 이전의 작품에 나타난 '隱'의 음이 혹시 '언'이 아닌가를 생각하게 한다. 특히 '焉'은 '언〉은'으로 변한 사실이 없다는 점에서, 「안민가」에서부터 나온 주제격어미 '焉'은 '언'일 수밖에 없다. 이런 점들을 종합하면, 「안민가」 이전의 작품에 나타난 '隱'의 음은 '언'이었다가, 「안민가」에서부터는 그 음이 '은'으로 변하여 '은'의 표기에 쓰였고, 이로 인해 그 이전에 '隱'으로 표기하던 '언'은 '焉'으로 표기했다는 것이다.(「서동요」는 신라말의 작품으로 처리하였다. 그리고 이 '隱'의 음이 지금까지 거의 문제가 되지 않은 것은 「안민가」 이전에 나온 '隱'들은 거의가 'ㄴ'의 표기에 쓰였기 때문으로 보인다.)

이런 사실로 볼 때에, (8다)의 '仰頓隱'은 '울월좃언'으로, '旡隱'은 '일 언'('이른'에서 'ㄴ'의 표기로 볼 수도 있다.)으로 읽어야 한다고 판단한다.

이번에는 주제격으로 읽은 해독들을 보자.

(10) 가. 君隱(「안민가」) : 님금은(오구라 1929), 君은(양주동 1942, 김준영 1979 등등), 군은(정열모 1947, 홍기문 1956 등등), 업은(정열모 1965), 님 곰은(김선기 1993), 님검은(강길운 1995, 양희철 1997)

臣隱(「안민가」) : 臣은(양주동 1942, 지현영 1947 등등), 신은(정열모 1947 등등), 원은(정열모 1965), 한거슨(김완진 1990)

恨隱(「우적가」) : 흔은(오구라 1929), 한은(정열모 1947), 恨은(서재극 1975, 강길운 1995), 흔은(금기창 1993), 측은(양희철 1997)

公主主隱(「서동요」) : 공쥬님은(아유가이 1923), 公主님은(정인보 1930, 이탁 1956 등등), 公主님은(사비성인 1935), 公主 님은(신태 현 1940), 公主니믄(양주동 1942, 지현영 1947 등등), 공주님은(정 열모 1947 등등), 곰쥐니믄(정열모 1965), 콩츈님은(김선기 1967f), 공쥬니믄(김상억 1974), 公主니리믄(김완진 1980), 公主 니믄(금 기창 1993, 최남희 1996), 公主니림은(강길운 1995), 공쥬니림은(양 희철 1997)

二肹隱(「처용가」) : tur-eun(가나자와 1918), 두흘은(아유가이 1923, 유창선 1936c 등등), 둘은(오구라 1929, 신태현 1940), 두블은(이탁

1956), 두후른(홍기문 1956), 두보른(김완진 1980), 버글은(강길운
1995), 두홀은(류렬 2003)

나. 汝隱(「도솔가」) : 너은(김준영 1964, 신재홍 2000)

　　生死路隱(「제망매가」) : 生死 길은(유창선1936e, 김준영 1964 등등),
　　생사길은(정열모 1947), 죽슬길은(이탁 1956), 죽사릿길은(홍기문
　　1956), 죽살이 길은(강길운 1995), 죽사리기른(최남희 1996)

　　吾隱(「제망매가」) : 나은(김준영 1964)

　　燈炷隱(「광수공양가」) : 등잔기름은(오구라 1929, 신태현 1940), 燈炷
　　은(정열모 1947, 김준영 1964 등등)

　　燈油隱(「광수공양가」) : 燈油은(김준영 1964, 1979, 신재홍 2000)

다. 潽陵 隱安攴(「우적가」) : 潽陵은(오구라 1929), 善은(양주동 1942, 전규태
　　1976 등등), 선릉은(정열모 1947), 션릉은(홍기문 1956), 이른은(김선기
　　1969c), 이든은(김준영 1964, 1979), 션은(김상억 1974), 이드른은(유창
　　균 1994), 마두들은(류렬 2003)

　(10)에서는 '隱'은 그 앞의 향찰을 받침이 있는 표기로 보아 '은'으로 읽
었다. 이 자체에는 문제가 없다. 문제는 '隱' 앞의 향찰이 받침을 가진 표
기인가의 여부이다. (10가)의 해독들에서, '君隱'은 '님검은'으로, '恨隱'은
'측은'으로, '公主主隱'은 '公主(공쥬)니림은'으로, '二肹隱'은 '두홀은'으로
각각 읽을 수 있다. '臣隱'은 '알바단은'으로 읽을 수도 있고, '알바단'으로
읽을 수도 있다. 그러나 음수를 계산하여 '알바단'으로 읽는다. 이런 점에
서, '臣隱'을 제외한 이 향찰들에 나타난 '隱'들은 '은'으로 읽는 데 문제가
없다고 생각한다.

　이에 비해 (10나)에 속한 '汝隱'은 '넌'으로, '生死路隱'는 '生死路ㄴ'으
로, '吾隱'은 '난'으로, '燈炷隱'은 '燈炷ㄴ'으로, '燈油隱'은 '燈油ㄴ'으로
각각 읽을 수 있다. 이런 점에서 이 향찰들에 나타난 '隱'은 '은'으로 읽을
수 없다고 판단한다.

(10다)에서도 '隱'을 '-은'으로 읽고 있다. 그런데 이 '隱'은 뒤에 보겠지만, 훈으로 읽어야 할 향찰이다.

이번에는 '隱'을 기타의 '은'으로 읽은 해독들을 보자.

  (11) 가. 民隱如(「안민가」) : 民은다비(유창균 1994), 민은다뷔(류렬 2003)
      나. 迷火隱乙(「항순중생가」) : 이브른을(유창균 1994)

(11)에서는 '隱'을 '은'으로 읽었다. 이 '은'들에 포함된 문제들을 보자.

(11가)에서는 이런 조어가 불가능하다는 문제를 보인다. '다비/다뷔'는 명사와 연결된다. 그러나 명사+주제격어미+다비/다뷔의 연결은 불가능하다. 이 '隱'은 '일건'의 'ㄴ'을 말음첨기한 것이란 점에서 '은'으로 읽을 수 없다.

(11나)의 '이브른을'에서는 "'迷火隱'은 '이브른'으로 '입다'의 冠形詞形이다."(유창균 1994:1048)로 설명을 하였다. 그리고 '이브른을'을 '迷惑됨을'의 의미로 보았다. '입(迷)-'의 관형형은 '입+을'이거나 '입+은'이지 '입+을+은'이라고 보기는 어렵다. 이 '迷火隱乙'은 '입(迷)+브(火)+ㄴ(隱)+을(乙)'로 읽히고, 그 뜻은 '미혹된 것을'이다. 이런 점에서 이 '隱'은 '은'으로 읽을 수 없다.

이렇게 볼 때에, '隱'의 앞에 온 향찰이 자음으로 끝난 경우는 일단 '은'으로 읽어야 한다. 그리고 '焉'과 '隱'이 함께 나오기 시작한 「안민가」이전의 경우는 '언'으로 읽어야 한다. 즉 '仰頓隱'(울월좃언)과 '무隱'(일언)의 '隱'은 '언'으로 읽어야 한다.

2) 'ㄴ'

'ㄴ'에 쓰인 '隱'은 관형형어미, 말음첨기, 주제격어미, 동명사와 말음첨

기, 어미와 기타 등으로 정리할 수 있다. 관형형어미 '–ㄴ'을 표기한 '隱'
은 다시 '–烏隱, –乎隱, –V+隱, –ㄴ+隱' 등으로 나누어 정리할 수 있다.
먼저 '–烏隱'의 형태를 보면 다음과 같다.

(12) 遊烏隱(「혜성가」) : 노온(오구라 1929), 노론(양주동 1942, 지헌영 1947 등
  등), 논(유창선1936e), 놀온(정열모 1947, 홍기문 1956 등등)
  (乃好支)賜烏隱(「모죽지랑가」) : 됴회ᄒ샨(오구라 1929), 날호샨(유창선
  1936a), 나토샤온(양주동 1942, 김상억 1974 등등), ᄂ토(ㅅ)샤온(지헌
  영 1947), –냇 즐기샤온(정열모 1947), 나토디샤온(홍기문 1956), 날
  도ᅌᅳ온(이탁 1956), 낫호ㅈ샤온(김준영 1964), 날고디 주온(김선기
  1967b), 날호시온(정연찬 1972), 나토히시온(서재극 1975), 낫호ㅿ 샤
  온(김준영 1979), 볼기시온(김완진 1980), 됴ᄒ시온(김완진 1985a), 나
  토치샤온(금기창 1993), 고비기시온(유창균 1994), 나토손(강길운
  1995), 됴히시온(최남희 1996, 신재홍 2000), 동기 주시온(양희철
  1997), 낫호샤온(황패강 2001), 나시ᄒ기시혼(류렬 2003)
  逸烏隱(「원가」) : 지즐온(오구라 1929), 아쳐론(양주동 1942, 김상억 1974),
  일온(지헌영 1947), 일온(정열모 1947, 홍기문 1956 등등), 을온(이탁
  1956), 이론(김준영 1964, 1979 등등), 즛ᄃ론(서재극 1975), 애쳐론(전규
  태 1976), 여히온(김완진 1980), ᄇ리온(유창균 1994), 앳다론(강길운
  1995), 잃온(양희철 1997), 숨온(신재홍 2000), 일혼(황패강 2001)
  持以支如賜烏隱(「찬기파랑가」) : 디녀 괴여샨(오구라 1929), 디니다샤온
  (양주동 1942, 지헌영 1947, 김상억 1974, 전규태 1976), 디니샤온(유창선
  1936b), 지니기샤온(정열모 1947), 디니디 답샤온(홍기문 1956), 디니ᄃ
  ᄉ온(이탁 1956), 디니ㅈ 다샤온(김준영 1964), 가지기 녀리 가몬(가ᄆ라
  +ㄴ, 정열모 1965), 디니디 갇샤온(김선기1967c), 디니히다시온(서재극
  1975), 디니ㅿ 다샤온(김준영 1979), 디니더시온(김완진 1980), 디니디
  같샤온(김선기 1993), 디닛다샤온(금기창 1993), 디니기 ᄀ투시온(유창
  균 1994), 디니다손(강길운 1995), 디니히더시온(최남희 1996), 디니–ㅂ

가시온(양희철 1997), 디니다시온(신재홍 2000), 디니디샤온(황패강 2001), 디니기 다비시혼(류렬 2003)

(12)에서 정리한 향찰들은 '-烏隱'의 형태를 취하며, 그 해독인 '-온'에서 관형형어미 '-ㄴ'은 향찰 '隱'으로 표기되어 있다.
이번에는 '-乎隱'의 형태를 보자.

(13) 改衣賜乎隱(「원가」) : 고티샤온(오구라 1929, 지헌영 1947, 김준영 1964, 김준영 1979), 겨샤온(양주동 1942), 개이샤온(정열모 1947), 고치샤혼(홍기문 1956, 전규태 1976), 가시ᄉ온(이탁 1956), 가시샤온(정열모 1965, 금기창 1993), 고띠샤온(김선기 1967e), 겨샤온대(김상억 1974), 가시시온(서재극 1975, 김완진 1980 등등), 곧히샤온(김선기 1993), 가싀손(강길운 1995), 가싀-시온(양희철 1997), ᄀ시샤온(황패강 2001), 고디시혼(류렬 2003)

巴寶 白乎隱(「도솔가」) : 베푸숌온(오구라 1929), 베프숌온(유창선 1936e), 보내온(신태현 1940)(白:內로 수정), 뽕술본(양주동 1942), 퍼부샤온(정열모 1947), 샌술본(지헌영 1947), 바볼술온(이탁 1956), 빠효ᄉ본(홍기문 1956), 보보숌온(김준영 1964), 고보 술본(정열모 1965), 똘살본(김선기1969b), 뽀살본(김상억 1974), ㅂ보술본(서재극 1975), 뿡숌온(전규태 1976), 보보술본(김완진 1980), 고봄 삷온(김선기 1993), 봅술본(금기창 1993), 돌보술본(유창균 1994), 돌보소본(강길운 1995), 바보술본(최남희 1996), 자보 숌온(양희철 1997), ㅂ보술본(신재홍 2000), 보술본(황패강 2001), 바보술본(류렬 2003), 돌도숌온(정진원 200)

慕呂 白乎隱(「예경제불가」) : 그리숌온(오구라 1929, 신태현 1940 등등), 그리술본(양주동 1942, 홍기문 1956), 그리숌온(지헌영 1947, 김준영 1964, 1979), 그리술온(이탁 1956), 그리술본(정열모 1965), 그리삷온(김상억 1974), 그리살본(김선기 1975b), 그리술본(김완진 1980, 신재홍 2000, 황패강 2001), 고로삷온(김선기 1993), 그리술본(유창균 1994),

그려 슬본(강길운 1995), 그리 슬본(류렬 2003)

拜內乎隱(「예경제불가」) : 빌으온(오구라 1929), 비누온(신태현 1940), 저
누온(양주동 1942), 빈누온(지헌영 1947), 저르누혼(홍기문 1956), 전ᄂ
온(이탁 1956), 젓내온(정열모 1947), 젓논(정열모 1965), 졑누온(김상억
1974), 빌나온(김선기 1975a), 전누온(전규태 1976), 저ᄂ온(김준영
1964, 1979, 김완진 1980, 황패강 2001), 빌라온(김선기 1993), 절ᄂ온(유
창균 1994), 절허논(강길운 1995), 절 드룐(신재홍 2000), 절 드리온(양
희철 2008a), 저스누혼(류렬 2003)

邀里 白乎隱(「예경제불가」) : 마ㅈ리ᄉᆞᆲ온(오구라 1929, 신태현 1940 등등),
뇌시리슬본(양주동 1942, 홍기문 1956), ᄆᆞᆽ리ᄉᆞᆲ온(지헌영 1947, 김준
영 1964), 드리ᄉᆞᆲ온(정열모 1947), 드리슬온(이탁 1956), 기드리슬본(정
열모 1965), 뇌시리ᄉᆞᆲ온(김상억 1974), 뇌시리 살본(김선기 1975b), 마
지ᄉᆞᆲ온(전규태 1976), 모리슬본(김완진 1980, 신재홍 2000), 뇌시리 ᄉᆞᆲ
온(김선기 1993), 마ㅈ리슬온(유창균 1994), 물리소본(강길운 1995), ᄆᆞ
ㅈ리슬본(황패강 2001), 모시리슬본(류렬 2003)

邀呂 白乎隱(「칭찬여래가」) : 마ㅈ리ᄉᆞᆲ온(오구라 1929, 신태현 1940), 뇌
시리슬본(양주동 1942, 홍기문 1956), ᄆᆞㅈ리ᄉᆞᆲ온(지헌영 1947, 김준영
1964, 1979), 드리살본(정열모 1947), 드리슬온(이탁 1956), 기드리슬본
(정열모 1965), 뇌시리ᄉᆞᆲ온(김상억 1974), 뇌시료 살본(김선기 1975b),
마지ᄉᆞᆲ온(전규태 1976), 모리슬본(김완진 1980, 신재홍 2000), 모시로
ᄉᆞᆲ온(김선기 1993), 마ㅈ리슬본(유창균 1994), 물려 슬본(강길운 1995),
브르ᄉᆞᆲ온(황패강 2001), 모시리살본(류렬 2003)

白乎隱(乃兮)(「칭찬여래가」) : ᄉᆞᆲ온네(오구라 1929), 슬ᄇᆞ뇌(양주동 1935,
1942), ᄉᆞᆲ오나(신태현 1940), ᄉᆞᆲ오뇌(지헌영 1947), ᄉᆞᆲ온 내해(정열모
1947), 슬온나여(이탁 1956), 슬본내(홍기문 1956), 슬본 나혜(정열모
1965), ᄉᆞᆲ오뇌(김상억 1974), 살본내(김선기 1975b), ᄉᆞᆲ온 내혜(전규태
1976), ᄉᆞᆲ온 나혀(김준영 1964, 1979), 슬본 너여(김완진 1980, 황패강
2001), ᄉᆞᆲ온 나이(김선기 1993), 슬본 나혀(유창균 1994), 슬본 내루다

(강길운 1995), 솔본 너혀(신재홍 2000), 솔본 나히(류렬 2003)

造將來臥乎隱(「참회업장가」) : 지슬누온(오구라 1929, 양주동 1942, 지헌영 1947), 지서오누온(신태현 1940), 지걸누온(정열모 1947), 짓어오ᄂ온(이탁 1956), 지스려누본(홍기문 1956, 류렬 2003), ᄇ리누온(정열모 1965), 짖을누온(김상억 1974), 지실논(김선기 1975a), 지스려 누온(전규태 1976), 짓어 오누온(김준영 1979), 지스려 누온(김완진 1980), 짓올논(김선기 1993), 지스려 눕온(유창균 1994), 짖오려논(강길운 1995), 저즈려 누본(신재홍 2000), 지스러누온(황패강 2001)

落臥乎隱(「참회업장가」) : 디누온(오구라 1929, 양주동 1942 등등), —ㄱ누온(정열모 1947), 지누온(신태현 1940), 디ᄂ온(이탁 1956), 디누본(홍기문 1956, 신재홍 2000, 류렬 2003), 디논(김선기 1975a, 1993, 강길운 1995), —락 눕온(유창균 1994)

(13)에서 정리한 향찰과 그 해독들은 '—乎隱'을 '—온'으로 읽고 있으며, '—ㄴ'은 관형형어미이다.

이번에는 '—烏隱'과 '—乎隱'을 제외한 '—V+隱'을 정리하면 다음과 같다.

(14) 가. 燒邪隱(「혜성가」) : 살은(〈살안, 오구라 1929), 술얀(양주동 1942, 홍기문 1956 등등), 살ᄋ(유창선 1936e), 술얜(지헌영 1947, 전규태 1976), 살안(정열모 1947, 김선기 1993), 술ᄋ(이탁 1956), 술안(김준영 1964, 1979, 정열모 1965), 사란(김선기1967a, 류렬 2003), 살얀(김상억 1974), 스란(서재극 1975, 유창균 1994 등등), 티얀(김완진 1980), 소란(강길운 1995), 다히얀(양희철 1997), 스르란(신재홍 2000), 스란(황패강 2001)

深史隱(「원왕생가」) : 깁산(오구라 1929, 정열모 1947), 기프샨(양주동 1935, 유창선 1936f 등등), 깁슨(이탁 1956, 신재홍 2000), 깁샨(김준영 1964, 1979), 기프신(정열모 1965, 서재극 1975 등등), 깊샨(김선기1968b), 깁픠신(김선기 1993), 기프슨(강길운 1995), 깁신(양희철

1997), 보신(류렬 2003)

去隱(「모죽지랑가」) : 간(양주동 1935, 1942, 지헌영 1947 등등), 깐(김
선기 1967b), 니건(유창선1936a), 니언(이탁 1956)

早隱(「제망매가」) : 일흔(오구라 1929), 이른(양주동 1935, 1942, 유창
선 1936e 등등)

去奴隱(「제망매가」) : 가논(오구라 1929, 양주동 1935 등등), 가논(지
헌영 1947), 가는(정열모 1947), 까논(김선기 1969a)

露曉邪隱(「찬기파랑가」) : 들어나 붉온(오구라 1929), 들나발간(정열
모 1947), 나토얀(양주동 1942, 지헌영 1947, 전규태 1976), 나타나
붉온(유창선 1936b), 낟볼온(이탁 1956), 난호얀(김준영 1964, 1979
등등), 나토샨(홍기문 1956), 드볼곤(정열모 1965), 낟고샨(김선기
1967c), 나 볼간(서재극 1975), 이슬 볼간(김완진 1980), 이실 사이
란(김선기 1993), 나담 사란(유창균 1994), 설 가란(강길운 1995),
나다나 볼간(최남희 1996), 낟가란(양희철 1997), 이슬 새배야ㄴ
(신재홍 2000), 나토신(류렬 2003)

(是)八陵隱(「찬기파랑가」) : -ㅣ파론(양주동 1942, 전규태 1976, 황패
강 2001), -ㅣ 푸른(유창선1936b), -ㅣㅂ론(지헌영 1947), -이파
른(정열모 1947, 정열모 1965), -ㅣ 파란(홍기문 1956, 김상억
1974), -이 파른(김준영 1964, 김준영 1979), -이ㅂ론(이탁 1956),
-이바론(김선기1967c), -ㅣ 바론(서재극 1975, 유창균 1994, 신재
홍 2000, 류렬 2003, 최남희 1996), -이 가론(김완진 1980), -이
빠론(김선기 1993), -ㅣ 바란(금기창 1993), -ㅣ 파른(강길운 1995)

滿賜隱(「예경제불가」) : 츠샨(오구라 1929, 양주동 1942 등등), ㄱ득ᄒ
샨(신태현 1940), 츠숸(이탁 1956), 차산(정열모 1947), 츠신(김완진
1980, 유창균 1994), 차샨(김상억 1974, 김선기 1975b, 1993), 차신
(강길운 1995, 신재홍 2000)

修將來賜留隱(「상수불학가」) : 닷아오술온(이탁 1956), 닥아오샤룬
(김준영 1964), 닭오샤론(김선기 1975a), 닷ㄱ 오샤론(김준영
1979), 닷ㄱ려시론(김완진 1980), 닭오시룬(김선기 1993), 다ᄉ라

시론(유창균 1994), 닷고려시룬(강길운 1995), 다스려시론(신재홍
2000), 다스려시룬(류렬 2003)

爲賜隱(「상수불학가」) : 흐샨(오구라 1929, 양주동 1935:1942 등등),
하산(정열모 1947), 흐슨(이탁 1956), 하산(김상억 1974), 까샨(김선
기 1975a), 흐신(김완진 1980, 유창균 1994, 신재홍 2000), 까신(김선
기 1993), 허신(강길운 1995), 하신(류렬 2003)

나. (非乎)隱焉(「우적가」) : 외온(양주동 1942, 김상억 1974, 황패강 2001),
단비오는(정열모 1947), 다위온온(지헌영 1947), 드비온(이탁
1956), 외혼(홍기문 1956, 류렬 2003), 돈비오는(정열모 1965), 외
욘(서재극 1975), 외오느(김완진 1980), 비온(금기창 1993), 외온온
(신재홍 2000)

向隱(「상수불학가」) : 브란(홍기문 1956, 류렬 2003)

(14)의 해독들은 '隱'을 모음 다음에 온 관형형어미 'ㄴ'으로 해독하였
다. (14가)에서 '隱'을 'ㄴ'으로 읽는 데는 문제가 없다. 그러나 (14나)에서
는 '非乎隱焉'이 '그르오 숨언'으로, '向隱'이 '앗은'(양희철 2008a:47)으로
각각 읽힌다는 점에서, 이에 포함된 '隱'은 'ㄴ'으로 해독할 수 없다.

이번에는 'ㅡㄴ' 다음에 온 '隱'을 보자. 이 '隱'들은 말음첨기이다.

(15) 가. 直等隱(「도솔가」) : 고돈(오구라 1929, 양주동 1942 등등), 고든(유창선
1936e, 정열모 1947 등등), 곧온(이탁 1956), 곧안(김선기 1969b), 고
단(김상억 1974), 고돈(김선기 1993)

臣隱(「안민가」) : 아만(김선기 1993), 알바단(강길운 1995), 알바돈(양
희철 1997)

一等隱(「제망매가」) : 흐든(양주동 1942, 지헌영 1947 등등), 하든(신
태현 1940), 흐나힌(이탁 1956), ᄀ튼(정열모 1965), 까단(김선기
1969a), 하단(김상억 1974), 가돈(김선기 1993), 가튼(강길운 1995)

千隱手□叱(「맹아득안가」) : 즈믄(오구라 1929, 양주동 1942 등등), 지
민(김선기 1993)

千隱目肹(「맹아득안가」) : 즈믄(오구라 1929, 양주동 1942 등등), 지민
(김선기 1993)

二 于萬隱(「맹아득안가」) : 두 가만(오구라 1929), 두만(신태현 1940),
두홀만(유창선 1936d), 두후 먼(홍기문 1956), 두블 옴언(김준영
1964), 두불우 만(김선기 1968c), 두블후 먼(서재극 1975), 두홀 옴
언(김준영 1979), 두볼 ㄹ만(김완진 1980), 도볼우깐 만(김선기
1993), 두불우 먼(유창균 1994), 두우 먼(황패강 2001), 두볼 먼(류
렬 2003)

毛達只將來呑隱(「우적가」) : 모ᄃ렷단(양주동 1942), 못딸기 올튼
(정열모 1947), 모둘기려돈(홍기문 1956), 몯아 오돈(이탁 1956),
모둘ㄱ아 오돈(김준영 1964), 모달기 브리돈(정열모 1965), 모달
렷단(김상억 1974), 모ᄌ락 디녀오돈(서재극 1975), 모둘렷돈(전규
태 1976), 모둘 보려돈(김완진 1980), 모ᄃ리 올돈(금기창 1993),
모딜기려돈(유창균 1994), 모둘기 디녀오돈(최남희 1996), 모둘
기려돈(양희철 1997), 모ᄃ기려돈(신재홍 2000), 모둘기려돈(황패
강 2001), 모둘기래단(류렬 2003), 모ᄌ라 그저어 오돈(양희철
2008c)

(于)萬隱(「칭찬여래가」) : 먼(오구라 1929, 신태현 1940 등등), 가몬(이
탁 1956), 만(김선기 1975b), 옴언(김준영 1979), 가만(김완진 1980),
마안(김선기 1993), 가믄(강길운 1995), 우몬(신재홍 2000)

惡寸隱(「참회업장가」) : 궂은(이탁 1956), 모딘(김선기 1975a, 1993),
머즌(신재홍 2000)

仍反隱(「청전법륜가」) : 뎌롤 지ᄌ얀(오구라 1929), 뎌 느변(김준영
1964, 1979), 뎌 나반(김선기 1975a), 뎌 지즐논(乃, 김완진 1980),
뎌 노빤(김선기 1993)

鳥乙反隱(「청전법륜가」) : 열니얀(오구라 1929), 오올븐(신태현 1940),

오올본(본+ㄴ 양주동 1935, 1942, 지헌영 1947, 홍기문 1956, 황패강 2001), 올인(이탁 1956), 오을븐(김준영 1964, 1979), 오알븐(김상억 1974), 욜반(김선기 1975a, 1993), 오올본(전규태 1976, 이건식 2012), 오을논(김완진 1980)(反〉乃), 올본(유창균 1994), 오을본(강길운 1995), 올본(신재홍 2000), 오술본(류렬 2003)

禮爲白孫隱(「보개회향가」) : 절ㅎ숣을손(오구라 1929), 절ㅎ숣손(신태현 1940), 禮ㅎ슬볼손(양주동 1942), 禮ㅎ숣손(지헌영 1947, 김준영 1979, 유창균 1994, 신재홍 2000), 예하삷손(정열모 1947), 禮ㅎ슬손(이탁 1956), 례ㅎ숣손(홍기문 1956, 류렬 2003), 례ㅎ슬볼손(정열모 1965), 예하삷을손(김상억 1974), 뎔까살손(김선기 1975a), 禮ㅎ삷손(전규태 1976), 절ㅎ슬볼손(김완진 1980), 뗠까삷손(김선기 1993), 禮허소볼손(강길운 1995), 禮ㅎ슬볼손(황패강 2001)

나. 仰頓隱(「원가」) : 울월던(양주동 1942, 지헌영 1947, 홍기문 1956, 김완진 1980, 금기창 1992, 황패강 2001), 쳐든(정열모 1947), 울올든(이탁 1956), 울월돈(김준영 1964, 김준영 1979, 신재홍 2000), ㅂ라든(정열모 1965), 울올돈(김선기 1967e), 우뤌던(김상억 1974), 울월돈(서재극 1975, 김선기 1993, 최남희 1996), 우럴던(전규태 1976, 류렬 2003), 울월이돈(유창균 1994), 울버ㄹ던(강길운 1995), 울얼돈(양희철 1997)

恨隱(「우적가」) : 흔(양주동 1942, 홍기문 1956 등등), 한(김준영 1964, 김상억 1974), 깐(김선기 1969c, 김선기 1993)

(15가)의 해독들은 모두가 '-ㄴ'[等, 臣, 千(즈믄), 萬, 呑, 寸, 反, 孫] 다음에 온 '隱'들이라는 점에서 말음첨기 'ㄴ'으로 읽었다. 이 해독들은 맞다. 그러나 (15나)의 '仰頓隱'은 '울월좇언'(우러러조아린, 양희철 2011a)으로 읽히고, '恨隱'은 '측은'으로 읽힌다는 점에서, (15나)에 포함된 '隱'은 '-ㄴ'이 아닌 '-언'과 '-은'으로 읽어야 할 것들이다.

이번에는 주제격어미의 '-ㄴ'으로 해독한 '隱'들을 보자.

(16) 가. 汝隱(「도솔가」) : 넌(서재극 1975, 강길운 1995 등등), 너흰(유창균 1994)

生死路隱(「제망매가」) : 생사로(生死路)ㄴ(양희철 1997)

吾隱(「제망매가」) : 난(서재극 1975, 강길운 1995, 양희철 1997, 류렬 2003)

一等沙隱(「맹아득안가」) : 한 무리산(오구라 1929), 흔 낱샨(유창선 1936d), ㅎ돈ㅿ나(一等隱沙)(홍기문 1956), ㅎ돈산(신태현 1940, 신재홍 2000), ㅎ나숀(이탁 1956), 까단산(김선기1968c), 까돈산(김선기 1993)

身萬隱(「예경제불가」) : 몸온(오구라 1929, 신태현 1940 등등), 몸안 (김선기 1975b), 모면(김준영 1979)

燈炷隱(「광수공양가」) : 호롱불 심진(강길운 1995)

燈油隱(「광수공양가」) : 등윤(강길운 1995, 류렬 2003)

나. 二肹隱(「처용가」) : 둘흔(권덕규 1923, 신채호 1924 등등), 두블흔(김준영 1964, 서재극 1975 등등), 두불깐(김선기 1967h), 도볼깐(김선기 1993), 두볼혼(신재홍 2000)

(16가)에서는 '隱'을 주제격어미 '-ㄴ'으로 읽었다. '汝隱'은 '넌'으로, '生死路隱'은 '生死路ㄴ'으로, '吾隱'은 '난'으로, '一等沙隱'은 'ㅎ돈산'으로, '身萬隱'은 '모만'으로, '燈炷隱'은 '燈炷ㄴ'으로, '燈油隱'은 '燈油ㄴ'으로, 각각 읽을 수 있다는 점에서, (16가)에서 '隱'을 '-ㄴ'으로 읽은 것들은 맞다. 이 중에서 '身萬隱'(모만)은 '몸+안+ㄴ'의 결합으로, 이에 나타난 '안'은 주제격어미 '언'의 이형태로 보인다.

이에 비해 (16나)의 '二肹隱'은 '두홀은'으로 해독된다는 점에서, 이에 포함된 '隱'은 '-ㄴ'으로 읽을 수 없다고 판단한다.

이번에는 동명사형어미와 말음첨기의 'ㄴ'으로 읽은 해독들을 보자.

(17) 가. 都乎隱以多(「우적가」) : 두오니이다(오구라 1929), ㄷ외니다(양주동

1942, 전규태 1976, 홍기문 1956), 수르오니다(지헌영 1947), 도온이
다(정열모 1947, 이탁 1956, 김준영 1964, 김준영 1979), 드오니다(정
열모 1965), 도외니다(김상억 1974), 모도니다(서재극 1975, 금기창
1993), 업스니다(김완진 1980), 살오니다(유창균 1994), 모돈이다
(최남희 1996), 都(모도, 도)니이다(양희철 1997), 아모니다(신재홍
2000), 도호니이다(류렬 2003), 모도호니이다(황패강 2001)

出隱伊音叱如支(「참회업장가」) : 나니이다(오구라 1929, 신태현 1940),
나니잇다(양주동 1942, 김상억 1974, 전규태 1976, 황패강 2001), 논이
리人다(지헌영 1947), 나스니밋다(홍기문 1956), 난 이올듯(이탁
1956), 난임다△(김준영 1979), 나님짜(김완진 1980), 나ㄴ이잇다디
(김선기 1993), 나님人다기(유창균 1994), 난임人겨(강길운 1995), 나
니--人다(신재홍 2000), 나니이시다(류렬 2003)

迷火隱乙(「항순중생가」) : 이브늘(양주동 1942), 이븐을(신태현 1940,
김상억 1974, 전규태 1976, 김준영 1964, 1979), 이본을(지헌영 1947,
신재홍 2000), 입은을(이탁 1956), 이본브를(隱火홍기문 1956), 이
본브를(불를)(류렬 2003), 이보늘(김완진 1980, 이보늘(황패강 2001)

나. 民隱如(「안민가」) : 民이다(오구라 1929:171), 民다이(양주동 1942 :313,
유창선 1936a, 김준영 1964, 김상억 1974, 전규태 1976, 황패강 2001),
民둧(이탁 1956), 알깐답이(김선기1967d), 民곧(서재극 1975), 民다
(김완진 1980), 民다비(김준영 1979), 民다뵈(금기창 1993), 알간다
이(김선기 1993), 일건다뵈(강길운 1995), 일건답(양희철 1997), 民
다히(최남희 1996), 民닷(신재홍 2000)

(17가)에서는 '隱'을 동명사형어미 'ㄴ'으로 읽었다. 그리고 (17나)에서
는 '隱'을 말음첨기 'ㄴ'으로 읽었다. 특히 (17나)에서 '隱'은 한자 '民'의 말
음첨기가 아니라, 우리말 '알간, 알간, 일건' 등의 말음첨기라는 점에서 문
제가 없다.

이번에는 어미와 기타로 해독한 '隱'(ㄴ)을 보자.

(18) 가. 吾下是如馬於隱(「처용가」) : 내해언만(신채호 1924), 내이다마론(마
에마 1929), 내해다마론(양주동 1942, 금기창 1993, 황패강 2001), 내
해이다마론(신태현 1940, 지헌영 1947), 내해이다마언(정열모 1947),
내해다말은(〈내해ㄷ물언, 이탁 1956), 내하이다마론(홍기문 1956),
내알(하)이다마언(김준영 1964), 내히이여ㅁ론(정열모 1965), 우리
까이다말온(김선기1967h), 내해다마런(김상억 1974), 내하이다마언
(전규태 1976, 김준영 1979), 내해다마ㄹ는(김완진 1980), 내까이다말
온(김선기 1993), 내게이다모런(강길운 1995), 나하이다마론(최남희
1996), 내하이다말언(양희철 1997), 내하히다마론(류렬 2003)

나. (盡)動賜隱乃(「청불주세가」) : 움즉이샤나(오구라 1929), 뮈샤나(신
태현 1940, 전규태 1976, 김준영 1964, 1979), ㅁ촛샤나('ㄴ' 중첩 표
기 양주동 1942, 지헌영 1947, 홍기문 1956), 뮈산네(정열모 1947),
몯ㅅㄴㄴ나(이탁 1956), 뮈샨닉(정열모 1965), 마차샤나(김상억
1974), 뮈샨나(김선기 1975a), 뮈시나(김완진 1980, 황패강 2001),
뮈시오나(김선기 1993), ㅁ촛신이나(유창균 1994), 무이시나(강길
운 1995), 다ㅎ시나(신재홍 2000), ㅁ촛시나(류렬 2003)

다. 盡尸等隱(「총결무진가」) : 다ዐ돈(오구라 1929, 양주동 1942 등등), 다
ዐ든(신태현 1940, 김준영 1979), 다할든(정열모 1947), 다알단(김상
억 1974), 다을돈(김완진 1980, 황패강 2001), 다롤돈(유창균 1994),
다홀돈(류렬 2003)

라. 浮去隱安攴(「찬기파랑가」) : 뼈간 안ㅅ희(지헌영 1947), 뼈간 안디
하(홍기문 1956), 더간 안ᄃ하(이탁 1956), 쩌간 안ㅈ희(김준영
1964), 뼈간 안기희(정열모 1965), 뼈간 아디까(김선기 1967c), 쩌
간 안△희(김준영 1979), 뼈간 언저레(김완진 1980), 뜨깐 아디까
(김선기 1993), 뼈간 괴외희(금기창 1993), 뼈간 므스기하(유창균
1994), 뼈간 안게(강길운 1995), 뼈간 올지하(최남희 1996), 뼈간
알히 하사(신재홍 2000), 부더간 안디가(류렬 2003)

潺陵隱安攴(「우적가」) : ᄉ론(지헌영 1947, 금기창 1993), 서른(정열

모 1965, 서재극 1975), 몰론(김완진 1980), 사른(강길운 1995), 아슥
란(신재홍 2000)

　(18가, 나, 다) 등에서는 '隱'을 어미의 'ㄴ'으로 읽고 있다. (18가)의 '吾
下是如馬於隱'는 '내하이다말언'으로, (18나)의 '動賜隱乃'는 '뮈신나'로,
(18다)의 '盡尸等隱'은 '다올든'으로 각각 읽힌다는 점에서, 이에 속한 '隱'
은 어미의 'ㄴ'으로 해독하는 데 문제가 없다. 이에 비해 (18라)의 두 '隱安
攴'은 '숨압'으로 읽힌다는 점에서 문제를 보인다.
　이상과 같이 볼 때에, 상당수의 '隱'은 'ㄴ'으로 읽은 것이 맞다고 정리
할 수 있다.

4. '숨, 그슿, 그스, 그슥 …'

　이 장에서는 '隱'을 훈으로 읽은 해독들을 변증하고자 한다.

　(19) 가. 浮去 隱安攴(「찬기파랑가」) : 뼈가 수만괴하(서재극 1975), 드가 숨
　　　　압 디샤(양희철 1997)
　　　　湝陵 隱安攴(「우적가」) : 湼陵 숨압(양희철 1997)
　　　　(非乎)隱焉(「우적가」) : 숨언(김준영 1964, 김선기1969c, 전규태 1976,
　　　　유창균 1994, 강길운 1995, 최남희 1996, 양희철 1997)
　　　나. 隱賜以(「맹아득안가」) : 그스싀(양주동 1942, 황패강 2001), 그스샤이
　　　　(김준영 1964, 1979), 그즈지(김상억 1974), 그시(서재극 1975), 그스
　　　　시(전규태 1976), 숨기주쇼셔(김완진 1980), 넌주시(금기창 1993), 넌
　　　　즈시(유창균 1994), 그싀곡(강길운 1995), 그시시곡(최남희 1996), 그
　　　　슥 주시(양희철 1997)
　　　　毛達只將來吞隱(「우적가」) : 몯알기 올라니 숨안(김선기 1969c), 몯

알기 올다니 솜은(김선기 1993)

(非乎)隱焉(「우적가」) : 솜안(김선기 1993)

都乎隱以多(「우적가」) : 도고 숨은이다(김선기 1969c), 도고 쇼이다
(김선기 1993), 모도 수믄이다(강길운 1995)

迷火隱乙(「항순중생가」) : 迷火에 숨을(오구라 1929), 미과 숨알(김
선기 1993), 이블 다믈(정열모 1965), 미화 솜올(김선기 1975a), 迷
火 숨늘(이용 2007)

　　(19가)에서는 '隱'을 '숨'으로 읽었다. 이에는 문제가 없다. 그러나 (19
나)에서는 '隱'을 다양한 훈으로 읽었다. 즉 '(一等沙)隱賜以'에서는 '그
슬, 그스, 그슥, 그시, 그즞, 년주시, 년즈시, 숨기' 등으로, '毛達只將來
呑隱'에서는 '숨안, 솜은' 등으로, '(非乎)隱焉'에서는 '솜'으로, '都乎隱以
多'에서는 '숨은, 쇼, 수믄' 등으로, '迷火隱乙'에서는 '숨, 담, 솜' 등으로
각각 읽었다. 그런데 '一等沙隱(賜以)'는 'ᄒᆞ돈산'으로, '毛達只將來呑隱'
은 '모ᄌᆞ라 그저어 오돈'(양희철 2008c:22)으로, '(非乎)隱焉'은 '(그르오)숨
언'으로, '都乎隱以多'는 '都(모도, 도)ㄴ이다'로, '迷火隱乙'은 '이븐을'로
각각 읽힌다는 점에서, 이에 포함된 '隱'들은 훈으로 읽을 수 없다고 판단
한다. 그리고 제9, 10구인 "阿邪也 吾良 遺知攴 賜尸等焉 於冬矣 用屋
尸 慈悲也 根古"에서와 같이, 펴놓고 눈을 주시길 바라는 적극적인 태도
로 보아, '隱賜以'로 끊어서 '그슬, 그스, 그슥, 그시, 그즞, 년주시, 년즈
시, 숨기' 등과 같이 소극적인 태도를 보이는 작품으로 읽을 수 없다. 결국
향찰 '隱' 중에서 '숨'의 훈으로 읽히는 것은 (19가)의 셋뿐이다.

　　이상과 같은 점에서 향찰 '隱'은 훈으로 읽힐 경우에는 '숨'으로만 읽힌
다고 정리할 수 있다.

5. 결론

지금까지 향찰 '隱'에 대한 기왕의 해독들을 변증해 보았다. 그 결과 중에서 중요한 것들을 요약하여 결론을 대신하면 다음과 같다.

1) 한자 '隱'의 음은 '언〉은'으로 변했으며, 한자 '焉'의 음 '언'은 '언〉은'으로 변한 적이 없고, 주제격어미도 '언〉은'으로 변했다는 점에서, 경덕왕대의 「안민가」에서부터 기존의 향찰 '隱'에 '焉'이 첨가되어 등장하는 것은, '隱'이 '언〉은'으로 변함에 따라 '焉'으로 '隱'이 표기하던 '언'을 표기한 것으로 판단된다. 이에 따라 경덕왕대의 「안민가」 이전의 작품에 나타난 '隱'은 그 한자음이 '언'으로 추정된다.

2) 1)에 따라 「안민가」 이전의 작품에 나타난 '隱'을 포함한 향찰 중에서, '仰頓隱'(「원가」)은 '울월좃언'으로, '루隱'(「제망매가」)은 '일언'으로 각각 해독되고, 나머지는 모두 'ㄴ'으로 해독된다.

3) 향찰 '隱'을 음으로 읽을 경우에, '는, 난, 논, 는, 느, 온, 안, 언, 엔, 온, 인, 깐, 혼, 은, ㄴ' 등의 15종을 보여주는데, 이 중에서 초기 해독이 보인 '은, ㄴ' 등으로 읽은 상당수의 해독들은 정확한 해독들이다.

4) 모음조화(또는 해음), 전용(또는 통음차) 등에 의해 '隱'의 음이 아닌 '는, 난, 논, 는, 느, 온, 안, 온, 인, 깐, 혼' 등으로 읽은 해독들을 극복하는 데는 김준영(1964), 김상억(1974), 서재극(1975), 김준영(1979), 강길운(1995) 등이 많은 기여를 하였다.

5) 향찰 '隱'은 음으로 읽을 경우에, '언(「안민가」 이전의 작품), 은, ㄴ' 등의 3종만이 인정된다.

6) 향찰 '隱'은 훈으로 읽은 경우에, '그슨, 그스, 그슥, 그시, 그즛, 넌주시, 넌즈시, 담, 솜, 쇼, 숌, 숌은, 수믄, 숨, 숨기, 숨안, 숨은' 등의 17종을 보여준다. 이 중에서 '그슨, 그스, 그슥, 그시, 그즛, 넌주시, 넌지시'

등의 소극적 태도를 보인 해독들은 「맹아득안가」의 제9, 10구의 적극적인 태도로 보아 부정된다.

7) '毛達只將來吞隱'은 '모즈라 그저어 오돈'으로 읽힌다는 점에서 이에 포함된 '隱'을 '숨안, 숌은' 등으로 읽을 수 없고, '(非乎)隱焉'은 '(그르오) 숨언'(김준영 1979)으로 읽힌다는 점에서 이에 포함된 '隱'을 '숌'으로 읽을 수 없으며, '都乎隱以多'는 '都(모도, 도)ㄴ이다'로 읽힌다는 점에서 이에 포함된 '隱'을 '숨은, 쇼, 수믄' 등으로 읽을 수 없고, '迷火隱乙'은 '이븐을'로 읽힌다는 점에서, 이에 포함된 '隱'을 '숨, 담, 솜' 등으로 읽을 수 없다.

8) 6)과 7)을 계산하면, 향찰 '隱'을 훈으로 읽을 경우['隱焉'(김준영 1964 김선기 1969c 등등), '隱安支'(서재극 1975, 양희철 1997)]에 '숨'의 1종만이 인정된다.

이 향찰 '隱'의 음은 향찰 '焉'의 음과 연결되어 있다. 이에 대한 미진한 문제는 향찰 '焉' 해독의 변증으로 돌린다.

二. 향찰 '焉'

1. 서론

향찰에는 그 해독에서 언급될 수 있는 것들이 거의 모두 언급되어, 철저하게 변증하면서 조금만 노력을 하면, 그 해독이 거의 완결되거나 완결에 상당히 다가갈 수 있는 것들이 있다. 이에 속한 것들 중의 하나가 향찰 '焉'이다. 이 향찰 '焉'에 대한 기왕의 해독을 변증하는 것이 이 글의 연구 목적이다.

향찰 '焉'은 「안민가」에서부터 14회 나온다. 즉 『삼국유사』에 '民焉'(「안민가」), '爲內尸等焉'(「안민가」), '(遺知支)賜尸等焉'(「맹아득안가」), '(但非乎)隱焉'(「우적가」), '誰支下焉古'(「처용가」) 등으로 5회 나오고, 『균여전』에 '手焉'(「광수공양가」), '直體良焉'(「광수공양가」), '吾焉'(「청전법륜가」), '向焉'(「참회업장가」), '(皆)往焉'(「상수불학가」), '吾焉'(「상수불학가」), '覺樹王焉'(「항순중생가」), '沙音賜焉'(「항순중생가」), '成留焉'(「보개회향가」) 등으로 9회 나온다. 이 향찰 '焉'에 대한 기왕의 해독들은 음으로 읽은 '늘, 난, 는, 온, 안, 언, 은, ㄴ, 엔' 등의 9종이다. 이 해독들을 중요한 해독자별로 정리하면 다음과 같다.

오구라(1929) : 눈, 온, ㄴ, 언
유창선(1936) : ㄴ, 언, 은
신태현(1940) : 눈, 온, ㄴ, 언
양주동(1942) : 눈, 온, ㄴ, 언
정열모(1947) : ㄴ, 는, 언, 은
지헌영(1947) : 눈, 온, ㄴ, 언, 은
이 탁(1956) : 눈, 온, ㄴ, 언, 은
홍기문(1956) : 눈, 온, ㄴ, 언
<u>김준영(1964) : ㄴ, 언</u>
정열모(1965) : 눈, 온, ㄴ
김선기(1967-75) : ㄴ, 난, 안
김상억(1974) : ㄴ, 난, 안, 언
<u>서재극(1975) : ㄴ, 언, 은</u>
전규태(1976) : 눈, 온, ㄴ, 언, 은
<u>김준영(1979) : ㄴ, 언</u>
김완진(1980) : 눈, 온, ㄴ
김선기(1993) : 난, 안
금기창(1993) : 온, ㄴ, 언
<u>유창균(1994) : ㄴ, 언, 은</u>
<u>강길운(1995) : ㄴ, 언, 엔, 은</u>
최남희(1996) : 온, ㄴ, 언, 은
<u>양희철(1997) : 언</u>
신재홍(2000) : 온, ㄴ, 언
황패강(2001) : 눈, 온, ㄴ, 언
류 렬(2003) : 온, ㄴ, 언

이 중요한 해독자별 해독의 양상을 언뜻 보면, 향찰 '焉'의 해독은 초기
의 해독이나 최근의 해독에서 다른 점을 거의 발견할 수 없다. 그러나 밑

줄 친 부분에서와 같이 한자 '焉'의 음에 충실한 해독인가를 기준으로 보면, 상당한 변화를 읽을 수 있다. 즉 '焉'의 음인 '언'을 충실하게 준수한 해독인가를 기준으로 보면, 밑줄 친 일부의 연구들(김준영 1964, 1979, 서재극 1975, 유창균 1994, 강길운 1995, 양희철 1997)에서는 모음조화(또는 해음)와 전용(또는 통음차)을 철저하게 지양하는, '焉'의 음에 충실한 변화를 읽을 수 있다. 이 변화를 포함하여, 향찰 '焉'은 어떻게 해독하는 것이 가장 객관적일까? 이 가장 객관적인 해독을 위하여, 향찰 '焉'에 대한 기왕의 해독들을 변증하고자 한다.

변증의 기준은 향찰의 차제자 원리이다. 이는 향찰이 한자의 음훈을 이용한 문자라는 점에서, 한자 '焉'의 음이나 훈을 충실하게 반영하였는가를 검토하려는 것이다. 이렇게 변증을 하면, 한자 '焉'의 음이나 훈에 충실한 해독을 변증하고, 나아가 향찰의 표기에서 15세기의 중세어와 구분되는 신라어와 고려어의 특성을 정리할 수 있는 자료를 확보할 수 있을 것 같다.

2. '논, 난, 는'

'焉'을 '논, 난, 는' 등으로 읽은 해독들을 이 장에서 변증하려 한다. 먼저 '논'으로 읽은 해독들을 보자.

(1) 直體良焉(「광수공양가」) : 고티논(대)(오구라 1929)
　　向焉(「참회업장가」) : 아논(오구라 1929, 신태현 1940 등등)
　　吾焉(「청전법륜가」) : 나논(오구라 1929, 양주동 1942 등등)
　　(皆)往焉(「상수불학가」) : 가논(오구라 1929, 정열모 1965)
　　吾焉(「상수불학가」) : 나논(오구라 1929, 양주동 1942 등등)
　　覺樹王焉(「항순중생가」) : 찌나와논(정열모 1965)

沙哥賜焉(「항순중생가」) : -사 옮샤논(오구라 1929), 삼샤논(신태현 1940)

(1)에서는 '焉'을 '논'으로 읽었다. 이는 '焉'의 음이 '언'인데, 이로 '논'에 썼다(오구라 1929:68, 80 등등)고 보거나, 통음차(양주동 1942:785, 819)로 읽은 것과, 이를 따른 해독들이다. 초기 해독에서는 이런 해독이 용인되었다. 그러나 지금에는 인정되지 않는 해독들이다. '焉'의 음을 벗어난 문제를 피할 수 없다. 이 문제를 포함하여, '焉'이 '논, 는, 논' 등의 표기일 수 없음을 전반적으로 정리한 것은 김준영(1964:28)이다.

이번에는 '焉'을 '안'이나 '는'으로 읽은 해독들을 보자.

(2) 가. 直體 良焉(「광수공양가」) : 교텨라난 까이(김선기 1993)

　　　 곰焉(「청전법륜가」) : 나난(김상억 1974, 김선기 1993), 우리난(김선기 1975a)

　　　 곰焉(「상수불학가」) : 나난(김상억 1974, 김선기 1993), 우리난(김선기 1975a)

　　나. 向焉(「참회업장가」) : 안는(정열모 1947)

　　　 곰焉(「청전법륜가」, 「상수불학가」) : 나는(정열모 1947)

　　　 皆)往焉(「상수불학가」) : 가는(정열모 1947)

　　　 成留焉(「보개회향가」) : 이루는(정열모 1947)

(2가)에서는 '焉'을 '난'으로 읽었다. 이는 '논'에서 'ㆍ'를 인정하지 않기 때문에 나온 해독의 형태이다. 그리고 (2나)는 '焉'을 '는'으로 읽었다. 해독의 설명이 없다. 이런 (2가, 나) 등의 해독들은 '焉'의 음을 벗어난 문제를 보인다.

3. '온, 안'

이 장에서는 '焉'을 '온, 안' 등으로 읽은 해독들을 변증하려 한다. 먼저 '焉'을 '온'으로 읽은 해독들을 보자.

(3) 民焉(「안민가」) : 民온(오구라 1929, 양주동 1942 등등), 아르믄(정열모 1965, 김완진 1990), 민온(홍기문 1956, 류렬 2003)

　(但非乎)隱焉(「우적가」) : 외오논(김완진 1980), 외온온(신재홍 2000), 돈 비오논(정열모 1965), 다위온온(지헌영 1947)

　手焉(「광수공양가」) : 손온(오구라 1929, 신태현 1940 등등), 소논(양주동 1942, 홍기문 1956 등등), 香온(김완진 1980)

　向焉(「참회업장가」) : 아온(양주동 1942, 지헌영 1947 등등), 안온(이탁 1956), 아순(김지오 2010)

　吾焉(「청전법륜가」, 「상수불학가」) : 나온(신재홍 2000)

　覺樹王焉(「항순중생가」) : 覺樹王온(오구라 1929, 양주동 1942 등등), 각 수왕온(홍기문 1956), 菩提樹王온(김완진 1980)

(3)에서는 '焉'을 '온'으로 읽었다. 그 이유를 보자. 먼저 오구라(1929:70, 132)는 '焉'의 음이 '언'이나 모음조화에 따라 '온'의 표기로 보았다. 이를 좀더 구체적으로 諧音으로 정리한 글을 보자.

(4) 民焉(「안민가」) 焉 音借「온」, 指定助詞. 「焉」은 「은·는·ㄴ」에 通用 됨이 저「隱」과 同一하다. 다음 「ㄴ」에 略音借된 實例— … (遣知攴賜 尸等焉, 直體良焉, 沙音賜焉, 成留焉 등이 들어간 인용 부분 인용 생략) … 本條 「民焉」과같은 指定助詞로서도 「焉」은 「은·는」兩音에 通用된다. … (手焉, 吾焉, 覺樹王焉 등이 들어간 인용 부분 인용 생략) … 嚴密히 말하면 「焉」音「언」임으로, 「隱」이 「은」(는)임에 反하여 「焉」

은「온」(는)이라 말할수잇다. 이제 이 指定助詞의 諧音法記寫與否를 보건댄, 「隱」은 大體로 陰母音下에 (君隱·炷隱·油隱), 그러나 陽母音下 (路隱·吾隱)에도 通用되어 잇음에 反하야, 「焉」만은 上揭諸例에서 例外업이 明白히 「온」(는)을 表하엿다. 써 同一한 指定助詞 用字로되 「隱」이 通用字요 「焉」은 特히 「온」(는)을 意識的으로 記寫한字임을 알것이다. 다만 本歌中에서 「臣隱·民焉」이 同一한 「ㅣ」音下에 或「隱」或「焉」을 쓴것이 問題이나, 이는 實로 「ㅣ」音이 中性的인 때문이다. 鮮初文獻에도 「ㅣ」音下엔 調音素 「으·ㅇ」가 混用되어잇고, 綴字法이 嚴格한 龍歌에조차 그것을 免치 못한것은 이때문이다.(양주동 1942:257-258)

(4)에서는 모음조화의 다른 표현으로 보이는 諧音에 따라 '焉'은 '온(는)'에 쓰였다고 주장한다. 이런 해독은 해독 초기에는 인정되었다. 그러나 '焉'의 음이 '는'이나 '온'이 아니라는 점에서, 이 해독은 인정되지 않는다. 특히 해독에 모음조화나 해음을 끌고 들어온 것은 해독이 아니라는 문제를 보인다.

이번에는 '焉'을 '안'으로 읽은 해독들을 보자.

(5) 民焉(「안민가」) : 알걀안(김선기 1967d), 알깐(김선기 1993), 민안(김상억 1974)

爲內尸等焉(「안민가」) : 까날딸안(김선기 1967d), 까날돌안(김선기 1993)

誰支下焉古(「처용가」) : 누기까안고(김선기 1967h), 누이까 안고(김선기 1993)

(遺知支)賜尸等焉(「맹아득안가」) : 줄 딸안(김선기 1968c), 줄 돌안(김선기 1993)

(但非乎)隱焉(「우적가」) : 숨안(김선기 1969c), 안숨안(김선기 1993)

手焉(「광수공양가」) : 손안(〈언, 통음차 김상억 1974, 김선기 1975b, 1993)

向焉(「참회업장가」) : 아안(김상억 1974), 아안(김선기 1993)

(皆)往焉(「상수불학가」) : 까안(김선기 1975a), 가안(김선기 1993)

覺樹王焉(「항순중생가」) : 각슈왕안(김상억 1974), 각슈왕안(김선기 1975a),

각슘왕안(김선기 1993)

沙音賜焉(「항순중생가」) : 샘 주안(김선기 1975a, 1993)

成留焉(「보개회향가」) : 이루안(김선기 1975a, 1993)

(5)에서는 '焉'을 '안'으로 해독하였다. 이는 통음차로 읽은 '오'에서 'ㆍ'
을 인정하지 않거나, '焉'의 음을 '안'으로 보고 읽은 해독들이다. 이 해독
들은 '焉'의 음이 '안'이 아니라는 문제를 보인다.

4. '은, 엔, 언, ㄴ'

이 장에서는 '焉'을 '은, 엔, 언, ㄴ' 등으로 읽은 해독들을 변증하려 한다.

1) '은, 엔'

'焉'을 '은'으로 읽은 해독들을 먼저 보자.

(6) 民焉(「안민가」) : 民은(유창선 1936a, 지헌영 1947 등등), 민은(정열모
1947), 일건은(강길운 1995)

(但非乎)隱焉(「우적가」) : 단비오는(정열모 1947), 숨은(전규태 1976, 유
창균 1994), 수믄(최남희 1996, 강길운 1995)

手焉(「광수공양가」) : 손은(정열모 1947, 유창균 1994), 향은(강길운 1995)

向焉(「참회업장가」) : 아슨(강길운 1995)

覺樹王焉(「항순중생가」) : 覺樹王은(정열모 1947, 유창균 1994, 강길운
1995)

(6)에서는 향찰 '焉'을 '은'으로 읽었다. 그 이유를 차례로 보자.

'焉'을 '은'으로 처음 읽은 유창선(1936a:26)은 "焉(언)은 隱과같이 主格을 表하는 助詞로 使用됨으로 民焉은 「民은」으로 解한다."고 주장하여, '焉'(언)이 '은'이 되는 이유를 주격어미의 위치를 제외하고는 설명을 하지 못하였다. 그 다음에 홍기문(1956:152)은 "여기의 《等焉》 곧 대명률 직해의 《等隱》과 같은 것이다. 《民焉》의 《焉》도 곧 《隱》의 음으로서 쓰인 글자이다."라고 하여, 역시 '焉'(언)이 '은'이 되는 이유를 설명하지 못하였다.

이렇게 향찰 '焉'을 '은'으로 읽으면서도 그 이유를 밝히지 못한 것이 초기의 해독들이다. 이 문제를 극복하려고 대안을 제시한 것은 유창균과 강길운이다.

유창균은 우선 '焉'이 「안민가」에서부터 출현한다는 중요한 사실을 정리하였다. 이 정리는 '隱'의 음이 '언〉은'으로 변했고, 이 '언〉은'의 '언'을 표기하는 데 '焉'이 새로 도입되었다는 중요한 주장을 할 수 있는 근거가될 수도 있었다. 그러나 모음조화의 부정에 너무 집착한 나머지, 앞의 중요한 사실을 정리하지 못하고, '焉'을 '은'과 '언'으로 읽었다. 이를 보여주는 글을 차례로 보자.

(7)　(ㄱ) 民焉 …… 그런데 이 '民焉'은 安民歌에 나타난 예인데 같은 安民歌 속에서도 '臣隱愛賜尸母史也'에서는 '臣'의 아래에 '焉'을 쓰지 않고 '隱'을 쓰고 있다. '民'은 母音이 'ㅣ'라면 '臣'도 'ㅣ'임이 분명하다. '君如臣多支民隱如(安民)'에서는 '民'의 아래에 '隱'을 섰다. 梁柱東은 이 경우의 '隱'은 略音借 'ㄴ'으로 '民'의 末音添記로 보고 있다. '民'은 音讀하면 이는 漢字語가 되는데, 이런 漢字語의 경우에도 末音添記를 하는 것일까. 그렇다면 앞의 '君·臣'의 경우에는 어찌하여 末音添記를 하지 않았을까. 이 경우의 '隱'은 '民'의 末音添記로 볼

수 없다. 이것은 오히려 先行 '君'과 '臣'의 아래에 '隱'이 省略되었다고 볼 것이다. 즉 이것은 '君隱如 臣隱多支 民隱如'와 같은 것으로 '隱'의 反復을 省略하고 마지막의 '民'의 아래에 添加해서 반복의 묘미를 살린 것이라 하겠다. 이것은 그 意味上으로는 '君隱君如 臣隱臣多支 民隱民如'와 같은 뜻이다. 여기서는 반복된 '君隱·臣隱·民隱'을 省略한 것이다. 따라서 '隱'은 '民'의 末音添記가 아니라, 主題格의 '은/은'에 해당하는 要素字로 볼 것이다. 그렇다면 이 '民隱'은 第2句의 '民焉'과 전혀 같은 것인데도 같은 노래 속에서 서로 다르게 표기한 것은 단순한 異表記에 지나지 않음을 뜻하는 것이라고 하겠다.

(ㄴ) 等焉…… '直等隱'(兜率)과 같이 '等'의 아래에 '隱'을 첨기하는 것이 보다 일반적인 표기법이 아닌가 한다. … 이런 점으로 미루어 보면 '等焉'도 '든'으로, '焉'은 '隱'에 대신해서 쓰인 것으로 '隱'과 전혀 같다고 볼 수 있다. 이것은 '焉'이 母音調和에 의한 대립이 아님을 뜻하는 것이다.(유창균 1994:326-328)

(7)에서는 두 가지를 들어서 '焉'이 '隱'과 같은 것이라고 주장한다. 하나는 '民焉'과 '民隱'이 같은 표기라는 것이고, 다른 하나는 '等焉'과 '等隱'이 같은 표기라는 것이다. 이에 포함된 문제들을 차례로 보자.

먼저 '民焉'과 '民隱'이 같은 표기인가 하는 문제를 보자. 이 주장은 "君如臣多支民隱如"에서 '民隱'의 '隱'이 '民'의 末音添記(ㄴ)라고 본 양주동의 주장을 강하게 비판하였다. 이 비판은 정확한 것 같다. 그러나 그 대안에 문제가 있어 보인다. 즉 '民隱'의 '隱'은 주제격 '은/은'이 될 수 없다는 것이다. 이 주장은 "君如臣多支民隱如"를, "君隱君如 臣隱臣多支 民隱民如"의 의미로 보면서, "君隱如 臣隱多支 民隱如"의 표현으로 보고 있다. 특히 "이것은 '君隱如 臣隱多支 民隱如'와 같은 것으로 '隱'의 反復을 省略하고 마지막의 '民'의 아래에 添加해서 반복의 묘미를 살린 것이라 하겠다."고 주장하였다. 이 주장에서 문제는 "君如臣多支民隱如"를 "君

隱如 臣隱多支 民隱如"의 표현으로 본 데 있다. 왜냐하면 "君如 臣多支"(君답 臣답)과 "君隱如 臣隱多支"(君은답 臣은답)은 괄호 안의 해독에서와 같이 전혀 다른 표기와 의미이기 때문이다. 이런 문제는 "이것은 '君隱如 臣隱多支 民隱如'와 같은 것으로 '隱'의 反復을 省略하고 마지막의 '民'의 아래에 添加해서 반복의 묘미를 살린 것이라 하겠다."는 주장에서 발생했다고 본다. 왜냐하면 이 해석이 보인 "隱'의 反復을 省略하고 마지막의 '民'의 아래에 添加해서 반복의 묘미를 살린 것이라"는 주장이 보이는 해석은 그 논거를 전혀 보여주지 않으며, 입증되지도 않는 주장에 불과하기 때문이다. 그리고 만약 '隱'을 '은'으로 읽으면, "君隱如 臣隱多支 民隱如"의 표현들은 조어론적인 측면에서 문제를 보인다. 즉 '명사+은'과 '답/다이'의 연결이 불가능하다.

그러면 '民隱'의 '隱'은 무엇인가? 이는 '民'의 훈인 '일건'의 말음첨기로 이해된다. 이렇게 보면, '民焉'(일건언)의 '焉'(언)과 '民隱如'(일건답)의 '隱'(ㄴ)은 같은 것이 아니라, 전혀 다른 것이라 할 수 있다. 이로 인해 '焉'을 '은'으로 읽을 수 없다.

이번에는 '等焉'과 '等隱'이 같은 표기라는 점에서 '焉'이 '은'이라는 주장의 문제를 보자. 이는 앞에서 언급했듯이 홍기문의 주장과 같다. 설령 '等焉'과 '等隱'이 모두 '든'의 표기라고 하자. 이 경우에 'ㄴ'의 표기라는 점에서 '焉'(ㄴ)과 '隱'(ㄴ)은 같은 표기라고 할 수 있다. 그러나 '焉'(ㄴ)과 '隱'(ㄴ)이 'ㄴ'의 표기에서 같은 표기라고 할 수는 있지만, '焉'(언)과 '隱'(은)에서는 결코 같은 표기가 아니다. 이런 점에서 '焉'을 '은'으로 읽을 수는 없다.

이런 두 문제들로 보아 유창균이 '焉'을 '은'으로 읽은 것은 부정될 수밖에 없다. 그러면 '焉'을 '언'으로 읽은 경우는 어떠한가 하는 문제를 좀더 보자.

(8)   (ㄷ) 焉古… …… 母音을 中心으로 할 때 '焉'과 '於'는 同音字로, 隱
=焉1 焉2=於와 같은 관계를 보이고 있다. 즉 '焉'은 '隱'과 等價關係
를 이루는 경우와 '於'와 等價關係를 이루는 경우의 두 경우가 있음
을 알 수 있다. 그런데 그 用例에서 볼 때 '隱=焉'은 主로 安民歌·禱
千手觀音歌·遇賊歌 등 비교적 널리 분포하고 있는데 대해, 후자는
處容歌에 한정되고 있다. 이것은 '焉'이 주로 '焉1'의 基層音에 따라
'隱'과 等價的으로 쓰였으나, 후기에 와서 '焉2'로 바뀌어 쓰이게 된
것으로 보인다. 그리하여 新舊의 對立되는 이 경향은 麗初에까지 지
속된 것으로 보인다. 均如歌에서는 焉1 焉2이 共存하는 경향을 보여
주고 있다. '焉'이 母音調和에 의해 '隱'과 대립되는 것이 아님은 다음
과 같은 두가지 사실에서 귀납될 수 있다. 첫째 '焉'과 대립된다고 하
는 '隱'이 전혀 母音調和에 구속을 받고 있지 않다는 사실이다. ……
둘째로 그들이 모음조화를 의식해서 구별 표기하려고 했다면 어찌하
여 形態素 '온/은'에 국한했겠는가 하는 것이다. …… 이런 점에서 '隱'
과 '焉'은 의도적인 구별이라기보다는 表記者에 의한 恣意的인 交替
에 지나지 않는 것이다.(유창균 1994:329-331)

(8)에서 보면, 「안민가」에서부터 나타난 '焉'은 초기에는 '은'으로 '隱'
(은)과 함께 쓰이다가 「처용가」에서 '언'으로 바뀌었고, 고려 향가에서는
'은'과 '언'이 공존하였다고 정리하고 있다. 이 주장에는 석연찮은 것들이
있다. 첫째는 이미 '은'을 표기하는 '隱'이 있는데 왜 그 음이 '언'인 '焉'이
'은'의 표기에 첨가되었을까 하는 문제이다. 이보다는 '隱'의 음이 '언〉은'
으로 변함에 따라, '언〉은'의 '언'을 표기하기 위하여 '焉'이 향찰에 나타났
다고 보는 것이 합리적이다. 둘째는 '焉'이 「처용가」에서 '언'으로 바뀌었
다고 볼 수 없는 문제이다. 이보다는 '焉'이 「안민가」에서부터 '언'의 표기
에 쓰였다고 보는 것이 합리적이다. 이렇게 '隱'이 '언〉은'으로 변함에 따
라 '언'의 표기에 등장한 '焉'을 '언'과 '은'으로 읽고, 이 '언'과 '은'의 출현

을 어떤 규칙성이 없이 필요에 따라 적당히 배열하는 태도는, '焉'을 '언'으로 읽으면 모음조화를 인정하는 것 같은 느낌을 제거하기 위한 것으로 판단한다. 이 '언(焉)'은 '은'의 선행형 또는 이형태이다. 이에 따라 '焉'을 '언'으로 읽어도 이것이 모음조화를 보장하는 것이 아니라는 점에서, '焉'을 '은'으로 읽을 필요는 없을 것으로 판단한다.

이번에는 강길운이 '焉'을 '은'으로 읽은 근거를 보자.

(9)　焉'은 중국중고음이 [jɛn]〈칼그렌〉·[ien]〈FD〉이고 동운이 '언'인데 신라음도 '언'일 것이다. 실제 향가에서는 '어'와 '으'가 같은 중설모음으로서 개구도 1도의 차이밖에 없는 유음이기 때문에 제시보조사(주제격조사)로서 대충된 '은'과 완료상선행어미 '언'이 다음과 같이 쓰이었다.

　　예 : 遺知攴 賜尸等焉〈도천수관음가〉…언→엔(처격+제시)
　　　　手焉 法界 毛叱巴只〈광수공양가〉…은(제시)cf. '手'는 '香'의 오자
　　　　直體良焉多衣〈광수공양가〉…ㄴ(부정법→확정)cf.…란듸〈*라헌듸〉
　　　　成留焉 日尸恨〈보개회향가〉…언(완료)

　　여기서는 일단 제시보조사 '은'으로 대충하여 쓰인 것으로 보고자 한다.

　　　　　　　　……

　　따라서 '民隱'('民隱'은 '民焉'의 오자로 추정된다:필자)은 '일건은'(=民은)으로 읽을 수 있다.(강길운 1995:234)

(9)에서 보면, 주제격조사 '-은'의 위치에서 '焉'은 '은'의 대충표기로 정리를 하고 있다. 이 예외 다른 곳(강길운 1995:307, 395, 478)에서도 '焉'을 '은'의 대충표기로 정리를 하였다. '은'을 표기하는 '隱'이 같은 작품인 「안민가」에 나오는데도, 이를 피하여 '焉'으로 '은'을 대충표기를 하였다고 보기에는 문제가 있다. 이 역시 '焉'을 '언'으로 읽으면 모음조화를 인정하는

것으로 생각하여 '은'으로 읽었는데, '焉'을 '언'으로 읽어도 이 '언'은 '은'의 선행형 내지 이형태로 '모음조화를 인정하는 것이 아니라는 점에서, '은'으로 읽을 필요가 없다.

이런 점들로 보아 향찰 '焉'을 '은'으로 읽을 수 없다고 판단한다.

이번에는 향찰 '焉'을 '엔'으로 읽은 해독들을 보자.

  (10) 爲內尸等焉(「안민가」) : 허늘덴(강길운 1995)

  (遺知支)賜尸等焉(「맹아득안가」) : 주슬덴 (강길운 1995)

(10)에서는 '焉'을 '엔'의 대충표기로 보았다. 그 구체적인 설명을 보면 다음과 같다.

  (11) … '等'은 신라원음이 '덩'이지마는(참조 : §6.5.(10). 여기서는 반절처럼 '드(→ㄷ)'로 반영되고, '焉'은 이미 앞의 (6)항에서 신라음이 '언'이나 여기서는 '엔'의 대충표기로 읽는다(참조 : 고대국어의 모음체계의 /어/의 음가는 강 1993 103쪽에서 언급한 바와 같이 [ɜ~ə]사이를 동요하고 있었고, e(에)는 ɜ(어)에 가까운 음이므로 '언'으로 '엔'에 대충한 것은 아무 무리가 없음). 따라서 '爲內尸等焉'은 '허늘덴'(=하였을 것에는→하였을진대 : 허 '爲'+ㄴ '기정선행어미'+을 '추축형어미'+드 '형식명사'+에 '원인격조사'+ㄴ '제시보조사'으로 읽을 수 있다. 그와 같은 조건형은 '-ㄹ덴, -ㄹ뎐'의 형태로 다음과 같이 관용되었으므로 여기서 그의 소급형으로 보아 둔다(cf. 드언〉던〉덴→덴·뎐).(강길운 1995:248)

(11)에서는 '等焉'을 '덴'으로 읽으면서, '焉'을 '엔'의 대충표기로 보았다. 이보다는 '덴'의 이전 형태인 '드언〉던〉덴'의 '드언'을 표기한 것으로 보아야 할 것 같다. 이런 점에서 이 '焉'은 '엔'의 대충표기로 볼 수 없다.

2) '언'

이번에는 '焉'을 '언'으로 읽은 해독들을 보자.

(12) 가. 誰支下焉古(「처용가」) : nui-si arai Ön-ko(가나자와 1918), 누기
아리언고(아유가이 1923), 누치해언고(신채호 1924), 넛이언고(마
에마 1929), 누이언고(오구라 1929), 뉘히언고(유창선 1936c), 뉘해
언고(양주동 1942, 신태현 1940 등등), 뉘ㅅ해언고(지헌영 1947), 뉘
기해언고(정열모 1947), 누기하언고(홍기문 1956, 최남희 1996 등
등), 누의해언고(이탁 1956), 뉘ㅈ알(하)언고(김준영 1964), 누히하
언고(서재극 1975), 뉘하(해)언고(전규태 1976), 넛하언고(김준영
1979), 누히해언고(유창균 1994), 누게언고(강길운 1995), 누기해
언고(신재홍 2000)
나. 民焉(「안민가」) : 민언(김준영 1964), 일거언(양희철 1997)
手焉(「광수공양가」) : 손언(김준영 1979)
覺樹王焉(「항순중생가」) : 覺樹王언(김준영 1979)
다. 吾焉(「청전법륜가」, 「상수불학가」) : 나언(김준영 1979)
라. (但非乎)隱焉(「우적가」) : 숨언(김준영 1964, 양희철 1997)
直體 良焉(「광수공양가」) : 고텨언대(김준영 1979), 곧텨 알언(양희
철 2008a)
向焉(「참회업장가」) : 아언(김준영 1979), 앗언(양희철 2008a)
沙音賜焉(「항순중생가」) : 사ㅁ션(강길운 1995)
成留焉(「보개회향가」) : 일언(이탁 1956), 이루언(강길운 1995)
마. (皆)往焉(「상수불학가」) : 니언(이탁 1956)
바. 爲內尸等焉(「안민가」) : ᄒᆞ눌ᄃᆞ언(양희철 1997), ᄒᆞ빌ᄃᆞ언(양희철
2008a)
(遺知支)賜尸等焉(「맹아득안가」) : 주실ᄃᆞ언(양희철 1997)

(12가)의 '誰支下焉古'에서 '焉'을 '언'으로 읽는 데는 문제가 없다. 이

는 초기 해독들이 정확하게 읽은 것과 이를 따른 해독들이다. 다음으로 (12나)에서 '手焉'과 '覺樹王焉'을 각각 '손언'과 '覺樹王언'(김준영 1979)으로 읽는 데도 문제가 없다. 그리고 '民焉'은 '일건언'으로 바꾸어 읽으면 문제가 없다. 혹시 '언'이 '은'과 같은 주제격조사인가 하는 문제를 제기할 수 있다. 이 문제의 해결에 도움을 주는 글들을 보자.

(13) 가. 「언」은 補助助詞 「은」의 사투리(김준영 1964:173)
    나. 焉—音讀 언. 主題格助詞 '은'이 '언'으로 發音된 것. 現代 老人 層에서도 흔히 볼 수 있는 現象이다.(김준영 1979:102)
    다. [참고] 이미 §1.5.(3)항 참고란에서 말한 바와 같이 제시보조사 *ɑn〉ən〉ĭn과 같이 변한 것이고 부분적으로 '焉'자로 표시된 사실로 미루어서 '언'단계의 표기일지도 모른다. 즉 일부에선 제시보조사를 그때까지 '언'으로 인식하였을 개연성이 크다.(강길운 1995:234)

(13가, 나) 등은 충분하게 인정되는 현상이다. 그러나 실증적인 측면에서 논거로는 다소 부족한 느낌을 준다. 그런데 이를 보완해 주는 것이 (13다)이다. 주제격조사 '은'은 '언'이 변한 것이라고 할 때에 (13다)의 주제격조사의 위치에 온 '焉'들을 '언'으로 읽는 데에 어떤 문제도 없다.

(13다)의 '吾焉'을 '나언'으로 읽었는데, '나' 다음에 '-언'이 아니라 '-ㄴ'이 온다는 점에서, 문제가 있다.

(12라)에서 '隱焉'(숨언), '直體 良焉'(고텨 알언), '向焉'(앗언), '沙音賜焉'(삼시언), '成留焉'(이루언) 등의 '焉'들은 용언에 붙은 관형형어미 '-언'으로 읽는 데 문제가 없다. 이 '-어-'는 강조의 선어말어미이다.

(12마)에서는 '往焉'을 '니언'으로 읽었다. '往'이 '니건-'이란 점에서 '焉'을 '-언'으로 읽는 것이 어렵다.

(12바)에서는 '爲內尸等焉'과 '賜尸等焉'을 각각 'ᄒᆞᆯ디언'과 '주실디 언'으로 읽는 데도 문제가 없다. 혹시 'ᄒᆞᆯ단'과 '주실단'으로 보려 할 수 도 있다. 그러나 이렇게 읽으면 '해낼 것이면'과 '주실 것이면'의 의미가 되지 않는다. 즉 '단'의 '디'는 '것'이 되지만, '-ㄴ'은 '-이면'의 의미가 되지 않기 때문이다. 이에 비해 '디언'은 '것이면'의 의미로 변한 '것에는'의 의미가 있다. 즉 '언'에는 '엔'의 의미가 있다.

이런 점들로 보아 향찰 '焉'의 상당수는 '언'으로 해독된다고 정리할 수 있다.

3) 'ㄴ'

이번에는 '焉'을 'ㄴ'으로 읽은 해독들을 차례로 보자.

(14) 가. (皆)往焉(「상수불학가」) : 니건(양주동 1942, 지헌영 1947 등등), 갇(신태현 1940, 김완진 1980), 디나건(홍기문 1956, 유창균 1994, 황패강 2001)

　　나. 吾焉(「청전법륜가」, 「상수불학가」) : 난(신태현 1940, 유창균 1994 등등)

　　다. 誰支下焉古(「처용가」) : 누기힌고(정열모 1965), 누기핸고(하+언) 핸)(김완진 1980)

　　라. (但非乎)隱焉(「우적가」) : 외온(양주동 1942, 김상억 1974, 황패강 2001), 디비온(但(디)+非(비)+乎(오)+隱(ㄴ)+焉(ㄴ)(이탁 1956), 외혼(홍기문 1956, 류렬 2003), 외욘(서재극 1975), 비온(금기창 1993)

　　　　直體良焉(「광수공양가」) : 고티란대(신태현 1940, 지헌영 1947 등등), 고티란더(양주동 1942, 전규태 1976 등등), 곧이안디이(良(안)+焉 (ㄴ), 이탁 1956), 고티란다여(정열모 1965), 고텨란대(유창균 1994), 고토란데(강길운 1995), 고티란다히(류렬 2003) 고텨란까이("良焉는 「라난」이나 「란」으로 읽을 수 있다." 김선기 1975b:322)

　　　　向焉(「참회업장가」) : ᄫᅳ란(홍기문 1956, 류렬 2003), 바란(김선기 1975a), 아론(유창균 1994)

沙音賜焉(「항순중생가」) : 사무산(양주동 1942, 전규태 1976, 황패강 2001), 삼산(지헌영 1947, 김준영 1979, 신재홍 2000), 사름산(정열모 1947), 사므산(홍기문 1956), 삼손(이탁 1956), -사 음산(정열모 1965), 샤므샨 (김상억 1974), 샤무신(김완진 1980), 사무신(유창균 1994, 류렬 2003)

成留焉(「보개회향가」) : 닐운(오구라 1929), 일운(신태현 1940, 김성주 2011), 이룬(양주동 1942, 지헌영 1947 등등), 이론(김완진 1980, 유창균 1994, 신재홍 2000)

마. 爲內尸等焉(「안민가」) : 홀든(오구라 1929), ᄒ옵든(유창선 1936a), ᄒ눌 든(양주동 1942, 지헌영 1947 등등), ᄒᄂ스돈(이탁 1956), ᄒ눌든(김준 영 1964, 김준영 1979), 하날단(김상억 1974), ᄒ놇돈(황선엽 2008a)

(遺知支)賜尸等焉(「맹아득안가」) : ᄭᅵ티샬든(오구라 1929, 신태현 19 40), 기티샬든(유창선 1936d), 기치기살든(정열모 1947), 기티샬돈 (양주동 1942, 지헌영 1947 등등), 기티디샬든(홍기문 1956), 길여 주 스돈(이탁 1956), 기팃샬든(김준영 1964), 기티 고이샬돈(정열모 1965), 기티샬단(김상억 1974), 기티히실든(서재극 1975), 깃딩샬든 (김준영 1979), (-고)아ᄅ실든(김완진 1980), 주실돈(유창균 1994), 기디히실든(최남희 1996), 줄돈(신재홍 2000), 기디고히실돈(류렬 2003)

(14가)에서 '往焉'의 '焉'을 'ㄴ'로 읽기를 시작한 것은 양주동이다. 양주 동(1942:818)은 '焉'을 약음차 'ㄴ'으로 보고, 그 설명에서 "「焉」은 「ㄴ」 又 는 「언」으로 「니건」의 末音添記. 「隱」을 쓰지 안코 「焉」을 쓴 것은 「니건」 의 末音이 「언」인 때문이겠다."고 하였다. 이렇게 '往焉'을 '니건'으로 읽 고, '焉'을 'ㄴ'으로 읽는 데는 어떤 문제도 없다. 이로 인해 '焉'은 'ㄴ'으로 도 해독할 수 있게 된다.

(14나)에서는 '吾焉'을 '난'으로 읽었다. 이 경우에도 '焉'을 'ㄴ'로 읽은

것에는 문제가 없다.

(14다)에서 '누기힌고'는 '焉古'를 'ㄴ고'로 읽었다. 그 이유를 "다른 책들에서 《언고》로 읽은 것에 대해서는 찬성할 수 없다. 《엇고》에서 《於》를 썼으면 《언고》에서도 《於》를 쓸 도리가 있었을 것이기 때문이다."라고 설명하고 있다. 그리고 '누기핸고'에서는 '누기+하+언+고'로 분석하고 이를 '누기힌고'로 정리를 하여 '焉'을 정확하게 '언'으로 읽은 것인지, 'ㄴ'으로 읽은 것인지, 명확하지 않으나, '누기힌고'만을 보아, 'ㄴ'으로 처리를 하였다. 이 '誰支下焉古'의 '焉'은 '誰支下焉古'(누기하언고)와 '吾下於叱古'(내하엇고)에서 '어'의 대응을 살리기 위하여 '언'으로 읽어야 한다고 판단한다. 이런 점에서 이 '焉'은 'ㄴ'으로 읽을 수 없다.

(14라)에서 '(但非乎)隱焉'의 '焉'은 'ㄴ'로 읽을 수 없다. 왜냐하면 '隱焉'은 '숨언'으로 읽힐 뿐만 아니라, '외온, ᄃ비온, 외혼, 외욘, 비온' 등의 해독들에서는 '隱'도 'ㄴ'으로 '焉'도 'ㄴ'으로 읽은 문제를 보이기 때문이다. 그리고 '直體良焉, 向焉, 沙音賜焉, 成留焉' 등의 '焉'들도 'ㄴ'으로 읽을 수 없다. 왜냐하면 '直體良焉, 向焉, 沙音賜焉, 成留焉' 등은 '곧텨 알언, 앗언, 삼시언, 이루언' 등으로 해독되고, 이 표기의 '焉'(언)들은, 앞에서 정리했듯이, 강조의 선어말어미 '어'와 관형형어미 'ㄴ'이 결합된 형태들이기 때문이다.

(14마)의 '焉'들도 '언'으로만 읽고, 'ㄴ'으로 읽을 수 없다. 그 이유는 앞에서 설명하였다.

이상과 같이 볼 때에, 향찰 '焉'은 '언'과 'ㄴ'의 2종으로만 해독된다고 정리할 수 있다.

5. 결론

지금까지 향찰 '焉'에 대한 기왕의 해독들을 변증해 보았다. 그 결과 중에서 중요한 것들을 요약하여 결론을 대신하면 다음과 같다.

1) 지금까지 향찰 '焉'의 해독에 나온 형태는 '는, 난, 는, 온, 안, 언, 은, ㄴ, 엔' 등의 9종이다.

2) 이 중에서 초기 해독에 나온 형태는 '는, 온, ㄴ, 언' 등인데, 이 중에서 'ㄴ, 언'으로 읽은 해독들 중에는 정확한 것들도 있다. 이에 해당하는 것으로 '언고'(焉古, 가나자와 1918, 아유가이 1923 등등)의 '언'과, '난'(吾焉, 신태현 1940, 유창균 1994 등등)과 '니건'(往焉, 양주동 1942, 지헌영 1947 등등)의 'ㄴ'을 들 수 있다.

3) 초기 해독은 모음조화(또는 해음)와 전용(또는 통음차)을 인정하여 '는, 난, 는, 온, 안' 등의 해독을 보여주었는데, 이 해독을 지양하는 해독이 나오면서, 향찰에 쓰인 한자의 음과 해독이 일치하는 바람직한 해독을 추구하였다. 이에 속한 해독으로 '숨언'(隱焉, 김준영 1964, 양희철 1997), '손언'(手焉, 김준영 1979), '覺樹王언'(覺樹王焉, 김준영 1979), 'ㅎ닐ᄃ언'(爲內尸等焉, 양희철 1997), '주실ᄃ언'(賜尸等焉, 양희철 1997), '이루언'(成留焉, 강길운 1995), '고텨 알언'(直體 良焉, 양희철 2008a), '앗언'(向焉, 양희철 2008a) 등이 있다.

4) '民焉'은 '민언, 일거언' 등에 머물고 있는데, '일건(民)언'으로 해독해야 할 것 같다. 그리고 '沙音賜焉'은 '사ᄆ셔'(강길운 1995)에 머물고 있는데 '삼시언'으로 해독해야 할 것 같다.

5) 향찰 '焉'은 「안민가」에서부터 향찰 '隱'과 함께 등장하고, 한자 '隱'은 그 음이 '언〉은'으로 변했다는 점에서, '焉'은 '隱'이 '은'으로 변하자, '隱'이 그 이전에 표기했던 '언'을 표기하기 위해 도입된 것으로 판단하였다.

6) 주제격어미가 '안〉언〉은'으로 변했다는 점에서, 향가의 주제격어미의 위치에 온 '焉'(언)은 '은'의 선행형으로, 주제격어미 '隱(은)'과 공존한 것으로 판단하였다.

7) 'ㄴ'을 표기한 '焉'은 균여의 향가인 「원왕가」에서만 '난'(呑焉)과 '니건'(往焉)에서 나타난다는 점에서도, 「안민가」의 'ᄒᆞ᫄드언'(爲內尸等焉)과 「맹아득안가」의 '주실드언'(賜尸等焉)의 '焉'은 '언'으로 읽어야 한다고 보았다.

8) 앞의 결과들로 보아, 향찰 '焉'은 '언'과 'ㄴ'의 2종으로만 쓰였다고 정리된다.

이 향찰 '焉'의 출현은 향찰 '隱'의 해독에 영향을 준다는 점에서 앞의 논문과 함께 읽으면, 그 이해가 좀 더 쉬울 것 같다.

三. 향찰 '肹'

1. 서론

향찰에는 그 해독에서 언급될 수 있는 것들이 거의 모두 언급되어, 철저하게 변증하면서 조금만 노력을 하면, 그 해독이 거의 완결되거나 완결에 상당히 다가갈 수 있는 것들이 있다. 이에 속한 것들 중의 하나가 향찰 '肹'이다. 이 향찰 '肹'에 대한 기왕의 해독들을 변증하는 것이 이 글의 연구 목적이다.

향찰 '肹'은 총 15회『삼국유사』에 14회, 『균여전』에 1회(德海肹 「칭찬여래가」)〕 나온다. 이 향찰 '肹'에 대한 기왕의 해독은 '?(미상), 그흘, 글, 까, 깔, ㄹ, 롤, 를, 올, 을, ㅎ, 흐, 홀, 할, 흐, 흘, 히, 힐' 등의 18종이다. 그리고 이 해독들을 중요한 해독자별로 정리하면 다음과 같다.

오구라(1929) : ?(미상), ㄹ, 롤, 올, 을, 홀, 흘, 히
유창선(1936-40) : ㄹ, 롤, 올, 홀, 흘
신태현(1940) : ㄹ, 글, 올, 을, 흘
양주동(1942) : ㅎ, 흐, 홀, 흘, 히
지헌영(1947) : ?(미상), ㄹ, 흐, 홀, 흘
정열모(1947) : 흘, 힐

홍기문(1956) : 글, ㄹ, ㅎ, 홀, 흘, 히

이 탁(1956) : 롤, 올, 홀, ㄹ

<u>김준영(1964) : 흐, 흘, 히</u>

정열모(1965) : 홀, 흘

김선기(1967-75) : 까, 깔

김상억(1974) : ㅎ, 할, 흐, 홀, 히

서재극(1975) : ㅎ, 홀, 흐, 흘

전규태(1976) : 글, 흐, 홀, 흘

<u>김준영(1979) : 흘, 히</u>

김완진(1980) : 글, ㄹ, 롤, 올, 흘

김선기(1993) : 까, 깔

<u>금기창(1993) : 흘</u>

유창균(1994) : 흐, 홀, 흘

<u>강길운(1995) : 글, 흘</u>

최남희(1996) : ㅎ, 흐, 홀, 흘

양희철(1997) : 글/그흘, 홀, 흘

신재홍(2000) : 글, 홀, 흐, 흘

황패강(2001) : 글, ㅎ, 흐, 홀, 흘, 히

류 렬(2003) : ㄹ, ㅎ, 홀, 흘

이 중요한 해독자별 해독의 양상을 언뜻 보면, 향찰 '肹'의 해독은 초기의 해독이나 최근의 해독에서 다른 점을 거의 발견할 수 없다. 그러나 한자 '肹'의 음에 충실한 해독인가를 기준으로 보면, 상당한 변화를 읽을 수 있다. 즉 모음조화(또는 해음)와 전용(또는 통음차)을 인정하느냐 인정하지 않느냐를 기준으로 보면, 밑줄 친 일부의 연구들(김준영 1964, 1979, 금기창 1993, 강길운 1995)에서는 모음조화(또는 해음)와 전용(또는 통음차)을 부분적으로 그리고 전체적으로 지양하는 상당한 변화를 읽을 수 있다. 이 변화를 포함하여, 앞에서 정리한 여러 해독들 중에서 어느 것이 향찰 '肹'을 정확하게 읽은 것일까? 이 문제를 검토하기 위하여, 향찰 '肹'에 대한 기왕의 해독들을 변증하고자 한다.

변증의 기준은 향찰의 차제자 원리이다. 이는 향찰이 한자의 음훈을 이용한 문자라는 점에서, 한자의 음훈을 충실하게 반영하였는가를 검토하려는 것이다. 특히 한자 '肹'의 음은 '글〉흘'로 변했다는 점에서, 이에 유의하면서 변증하고자 한다. 이 변증은 한자 '肹'의 음이나 훈에 충실한 해독을 변증하고, 나아가 향찰의 표기에서 15세기의 중세어와 구분되는 신라어와 고려어의 특성을 정리할 수 있는 자료를 확보할 수 있을 것 같다.

2. '?(미상), ㄹ, 를, 롤, 을, 올'

이 장에서는 '肹'의 음을 살리지 못한 '?(미상), ㄹ, 를, 롤, 을, 올' 등의 해독들을 간단하게 정리하려 한다.

1) '?(미상), ㄹ'

먼저 향찰 '肹'을 '?(미상), ㄹ' 등으로 읽은 해독들을 보자.

(1) 가. 慚肹伊賜等(「헌화가」) : 붓글어워 이샤든(오구라 1929)

　　　　窟理叱 大肹(「안민가」) : 구슬ㄴ(지헌영 1947)

　　나. 吾肹(「헌화가」) : 날(오구라 1929, 유창선 1936c, 신태현 1940, 이탁 1956)

　　　　慚肹伊賜等(「헌화가」) : 붓그리샤든(유창선 1936c), 븟글이스돈(이탁 1956)

　　　　窟理叱 大肹(「안민가」) : 굸댈(오구라 1929), 구믈댈(유창선1936a)

　　　　次肹伊遣(「제망매가」) : 쳐리고(유창선1936e), 차리고(신태현 1940)

二肹隱(「처용가」) : tur-eun(가나자와 1918), 둘은(오구라 1929, 신태
현 1940), 두블은(이탁 1956), 두후른(홍기문 1956), 두볼른(김완진
1980), 두훌은(류렬 2003)

德海肹(「칭찬여래가」) : 德바롤(오구라 1929, 신태현 1940, 지헌영
1947), 덕바돌(이탁 1956)

　　(1가)의 해독들은 '肹'을 그 음이나 훈 중에서 어느 것으로 어떻게 읽은
것인지가 미상인 것들이다.

　　(1나)의 해독들은 '肹'을 'ㄹ'로 읽었다. 이 중에서 '두볼른'은 '二(두볼)+
肹(홀)+隱(은)'으로 향찰들을 해독한 다음에 '두볼른'으로 정리했다는 점에
서, '肹'을 'ㄹ'로 읽은 것으로 처리한 것이다. 이 해독들은 한자 '肹'의 중
근대음 '힐, 흘' 등을 기준으로 하면 가능한 해독들이다. 그러나 'ㄹ'을 향
찰에서 쓰는 간단한 '尸'나 '乙'로 표기하지 않고, 복잡한 '肹'로 'ㄹ'을 표
기했다고 보기에는 무리가 따른다. 그리고 '붓그리샤든'의 경우는 '慚(붓그
릴)+肹(ㄹ)'로 해독한 다음에 다시 '붓그리'로 정리를 하였다는 점에서,
'肹'의 해독은 미상이다.

2) '을, 올, 를, 롤'

이번에는 향찰 '肹'을 '을, 올, 를, 롤' 등으로 읽은 해독들을 보자.

　　(2) 가. 膝肹(「맹아득안가」) : 무릅을(오구라 1929, 신태현 1940)
　　　　　目肹(「맹아득안가」) : 눈을(오구라 1929, 신태현 1940), 누늘(김완진
　　　　　1980)
　　　나. 花肹(「헌화가」) : 곶올(오구라 1929, 신태현 1940 등등)
　　　　　際叱肹(「찬기파랑가」) : 궃올(오구라 1929, 유창선 1936b), 궃올(이탁
　　　　　1956), 궃술(김완진 1980)

窟理叱 大肹(「안민가」) : 구릿 하눌(김완진 1980)

膝肹(「맹아득안가」) : 므룹올(이탁 1956)

目肹(「맹아득안가」) : 눈올(이탁 1956)

一等肹(「맹아득안가」) : ᄒᆞᄃᆞ눌(김완진 1980)

次肹伊遣(「제망매가」) : 앚올잇고(이탁 1956)

城叱肹良(「혜성가」) : 잣올난(오구라 1929), 잣올(이탁 1956), 자슬랑
   (김완진 1980)

다. 此肹(「안민가」) : 이를(유창선1936c, 이를(김완진 1980)

라. 此肹(「안민가」) : 이롤(오구라 1929, 이탁 1956, 황선엽 2008a)

  吾肹(「헌화가」) : 나롤(남풍현 2010)

  德海肹(「칭찬여래가」) : 德海롤(김완진 1980)

(2)의 해독들은 일차적으로 '肹'의 중근대음을 '홀'로 보고, 이를 모음조
화나 중세어의 문법에 맞추고, 이차적으로 '肹'을 (2가)에서는 '을'로, (2
나)에서는 '올'로, (2다)에서 '를'로, (2라)에서는 '롤'로 각각 읽었다. 이렇
게 향찰 해독에서, 모음조화 또는 諧音이나, 전용 또는 통음차로 중세어
의 문맥에 맞추는 것은 이제 더 이상 해독에서 용인되지 않는다. 이는 오
구라에 의해 잘못 해독된 것을 정리하는 것이 된다.

이렇게 '肹'의 해독에서 모음조화(또는 해음)나 전용(또는 통음차)의 굴레를
벗는 데 기여한 연구자들은 서론에서 보았듯이, 김준영(1964, 1979), 유창균
(1994), 강길운(1995) 등이다. 이 중에서 이를 선도한 김준영의 글을 보자.

(3)   위와 같이 遺事所傳의 鄕歌나 均如傳의 鄕歌가 모두 「ㅎ」終聲名
   詞 밑에서는 「肹」로 그 밖에는 「乙」로 表記되었을 분 語末母音이 低
   母音이거나 高母音이거나 또는 끝 音節이 母音으로 끝났거나 子音
   으로 끝났거나 간에 「乙」로만 表記되었으니 그것을 「올, 롤」로 읽을
   수 없는 한 「올, 롤, 를」 등은 또한 後代에 發達된 것이라 보아야겠

다.(김준영 1964:30)

　(3)에서는 '肹'과 '乙'이 모음조화(또는 해음)나 전용(또는 통음차)으로 쓰이지 않고, 오로지 '홀'과 '을'로 쓰였음을 주장하였다. 이는 향찰 '肹'과 '乙'의 해독에서 한 전기를 마련한 것이 된다. (3)과 거의 같은 내용은 김준영(1979:68)에서 다시 반복되었다.

3. '흘, 홀, 할, ㅎ, ᅙ, 흐, 히, 힐'

　이 장에서는 '肹'을 '흘, 홀, 할, ㅎ, ᅙ, 흐, 히, 힐' 등으로 읽은 해독들을 변증하고자 한다.

1) '흘'

먼저 '肹'을 '흘'로 읽은 해독들을 보자.

　(4) 吾肹(「헌화가」) : 나흘(정열모 1947, 김준영 1964 등등), 울흘(홍재휴 1981)
　　　慚肹伊賜等(「헌화가」) : 붓흐리샤돈(양주동 1942), 붓흐리샤단(김상억
　　　　　1974), 붓흐리시든(서재극 1975), 붓흐리샤돈(금기창 1993)
　　　花肹(「헌화가」) : 곶흘(정열모 1947, 김준영 1964 등등), 흘고줄(김완진
　　　　　1980)
　　　窟理叱 大肹(「안민가」) : 굴 크흘(정열모 1947), 구무릿 디흘(김준영
　　　　　1964, 1979), 구믔대흘(전규태 1976), 긇 쿰흘(금기창 1993), 窟理ㅅ 한
　　　　　흘(양희철 1997), 구릿 블흘(신재홍 2000)
　　　此肹(「안민가」) : 이흘(양주동 1942, 정열모 1947 등등)
　　　地肹(「안민가」) : 따흘(정열모 1947), 짜흘(김준영 1964, 1979, 금기창 1993),
　　　　　다흘(김상억 1974, 양희철 1997)

際叱肹(「찬기파랑가」) : ㄹ홀(지헌영 1947), 갓홀(정열모 1947), ㅈ홀(김준
영 1964, 김준영 1979 등등), 갓홀(김상억 1974)

膝肹(「맹아득안가」) : 무루플(양주동 1942, 홍기문 1956 등등), 무릅홀(유
창선 1936d, 정열모 1947 등등), 무릅홀(정열모 1965, 김상억 1974 등등),
무루부홀(류렬 2003)

目肹(「맹아득안가」) : 눈홀(양주동 1942, 유창선1936d 등등)

一等肹(「맹아득안가」) : 한무리홀(오구라 1929, 정열모 1947), ㅎ든홀(양
주동 1942, 신태현 1940 등등), ㅎ든홀(김준영 1964, 1979), 흔기리홀(정
열모 1965)

次肹伊遣(「제망매가」) : 즈홀이고(지헌영 1947, 유창균 1994), 저홀이고
(정열모 1947, 류렬 2003), ㅈ홀이고(김준영 1964, 1979, 전규태 1976),
멈흐리견(서재극 1975), 멈홀이고(금기창 1993), 멈흐리고(최남희 1996)

城叱肹良(「혜성가」) : 잣홀란(양주동 1942, 김상억 1974 등등), 잣홀랑(정
열모 1947, 금기창 1993), 잣홀아(김준영 1964), 잣홀안(김준영 1979), 자
시홀랑(유창균 1994), 자싯홀랑(양희철 1997), 잣홀라(신재홍 2000)

二肹隱(「처용가」) : 두홀은(아유가이 1923, 유창선 1936c 등등)

德海肹(「칭찬여래가」) : 득바달홀(김상억 1974), 德바ᄃ홀(김준영 1979),
德바덜홀(강길운 1995)

  (4)의 해독들은 '肹'을 중세음 '홀'로 읽었다. 이 해독들은 모음조화 또
는 해음을 의식하지 않은 것이지만, 결과적으로 모음조화 또는 해음에 맞
는다는 점에서, 이 해독에는 거의 이의가 없었다. 단지 두 가지가 문제로
제기되어 왔다.

  하나는 이렇게 읽은 해독자들 스스로도 '慚肹伊賜等'(「헌화가」)과 '次肹
伊遣'(「제망매가」)의 '肹'을 '홀'로 읽으면서도 만족하지 못한 점이다. '붓흐
리-'의 경우에 '붓흐리-'를 '붓그리'의 원음으로 추정만 하였지, 확정을 하
지 못하였다. 이 불만은 향찰 '肹'을 '글'로 읽게 되는 시발점이 되었다.

다른 하나는 강길운이 신라 향가의 향찰 '肹'을 '홀'로 읽을 수 없다는 문제의 제기이다. 이는 '慚肹伊賜等'(「헌화가」)과 '次肹伊遣'(「제망매가」)의 '肹'은 물론 신라 향가의 '肹'들은 '글'로 읽어야 한다는 문제의 제기이다. 이 문제의 제기는 '慚肹伊賜等'(「헌화가」)과 '次肹伊遣'(「제망매가」)의 '肹'은 물론, '肹'의 상고음이 '글'이고, 길약어의 대격이 '글'이란 점에서 매우 정확한 문제의 지적으로 판단한다. 자세한 것은 해독 '글'에서 구체적으로 인용하려 한다.

2) '홀, 할'

이번에는 '肹'을 '홀, 할' 등으로 읽을 해독들을 보자.

(5) 가. 吾肹(「헌화가」) : 나홀(양주동 1942 등등)

慚肹伊賜等(「헌화가」) : 붓ㅎ리샤돈(지헌영 1947), 늡홀이샤돈(정열모 1965), 허믈ㅎ리실돌(유창균 1994), 불홀이시돈(류렬 2003)

花肹(「헌화가」) : 곶홀(양주동 1942, 지헌영 1947 등등), 고츨(서재극 1975), 골홀(유창균 1994, 신재홍 2000), 가시홀(류렬 2003)

窟理叱 大肹(「안민가」) : 갈릴 다홀(이탁 1956), 구릿대홀(홍기문 1956, 서재극 1975 등등), 구무릿 디홀(김준영 1979), 고릿 다홀(유창균 1994), 굴리ᄒ 대홀(최남희 1996), 구리시다홀(류렬 2003)

此肹(「안민가」) : 이홀(지헌영 1947, 홍기문 1956 등등)

地肹(「안민가」) : 짜홀(오구라 1929, 양주동 1942 등등), 다홀(이탁 1956), 수다홀(류렬 2003)

際叱肹(「찬기파랑가」) : ᄀ홀(해음 양주동 1942), ᄀᅀ홀(홍기문 1956), ᄀᆺ홀(정열모 1964, 서재극 1975 등등), ᄀ술홀(유창균 1994), 가시홀(류렬 2003)

膝肹(「맹아득안가」) : 무룹홀(유창균 1994)

一等肹(「맹아득안가」) : 흔 낱홀(유창선1936d), ᄒᄃᆞᆫ홀(지헌영 1947,

홍기문 1956 등등), ᄒ나홀(이탁 1956), 하돈홀(류렬 2003)

次肹伊遣(「제망매가」) : (메)지홀지견(정열모 1965)

城叱肹良(「혜성가」) : 잣홀(유창선1936e), 잣홀란(지헌영 1947), 잣
홀랑(정열모 1965)

德海肹(「칭찬여래가」) : 德바둘홀(양주동 1942, 전규태 1976 등등), 덕
바롤홀(홍기문 1956, 류렬 2003), 덕브롤홀(정열모 1965), 德海홀
(신재홍 2000)

나. 一等肹(「맹아득안가」) : 하단할(김상억 1974)

(5가)에서는 모두가 '肹'을, 일차적으로 그 중근대음 '홀'로 읽고, 이차
적으로 이 '홀'을 모음조화 또는 해음에 맞추기 위하여 '홀'로 읽었다. (5
나)는 '홀'을 '할'로 수정한 것이다. 이 해독들은 앞에서 언급했듯이, 해독
에 모음조화나 해음을 끌고 들어와서 '肹'의 음을 벗어난 문제를 보인다.

3) 'ᄒ, 흐, 호, 히, 힐'

이번에는 '肹'을 'ᄒ, 흐, 호, 히, 힐' 등으로 읽은 해독들을 보자.

(6) 가. 次肹伊遣(「제망매가」) : 저히고(양주동 1942, 김상억 1974 등등)
城叱肹良(「혜성가」) : 잣하(서재극 1975, 최남희 1996)

나. 二肹隱(「처용가」) : 둘혼(권덕규 1923, 신채호 1924 등등), 두블혼(김
준영 1964, 서재극 1975 등등), 두볼혼(신재홍 2000)

다. 城叱肹良(「혜성가」) : 잣호란(홍기문 1956), 자시호란(류렬 2003)

라. 慚肹伊賜等(「헌화가」) : 붓글히샤든(김준영 1964, 1979)
窟理叱 大肹(「안민가」) : 구믨ㅅ다히(양주동 1942, 김상억 1974 등등)
次肹伊遣(「제망매가」) : 저히고(오구라 1929, 홍기문 1956)

마. 慚肹伊賜等(「헌화가」) : 붓글힐이샤든(정열모 1947)

(6가)에서는 '肹'을 'ㅎ'으로, (6나)에서는 '肹'을 약음차 'ㅎ'로, (6다)에서는 '肹'을 'ㅎ'로, (6라)에서는 '肹'을 약음차 '히'로, (6마)에서는 '肹'을 '힐'로 각각 읽었다. 이 해독들은 '肹'의 음이 '홀, 힐' 등이라고 주장하던 때에는 가능한 해독들이다. 그러나 신라 중기에 '肹'의 음이 '글'이라는 점에서, 앞의 해독들은 많은 문제를 가졌다고 정리할 수 있다.

4. '깔, 까, 그흘, 글'

이 장에서는 향찰 '肹'을 '까, 깔, 글, 그흘' 등으로 읽은 해독들을 두 절로 나누어 변증하고자 한다.

1) '깔, 까, 그흘'

이 절에서는 먼저 '깔, 까, 그흘' 등으로 읽은 해독들을 보자.

(7) 가. 吾肹(「헌화가」) : 우리깔(김선기 1967g), 나깔(김선기 1993)

　　慚肹伊賜等(「헌화가」) : 븓깔이샤든(김선기 1967g), 븓깔이시돈(김선기 1993)

　　花肹(「헌화가」) : 곶깔(김선기1967g), 고지깔(김선기 1993)

　　窟理叱 大肹(「안민가」) : 구릳 깐깔(김선기1967d), 코릳 깐깔(김선기 1993)

　　此肹(「안민가」) : 이깔(김선기1967d, 김선기 1993)

　　地肹(「안민가」) : 짜깔(김선기1967d), 싹알(김선기 1993)

　　際叱肹(「찬기파랑가」) : 갇깔(김선기1967c), 갇깔(김선기 1993)

　　膝肹(「맹아득안가」) : 무릎깔(김선기1968c, 김선기 1993)

　　目肹(「맹아득안가」) : 눈깔(김선기 1968c, 김선기 1993)

一等肹(「맹아득안가」) : 까딴깔(김선기 1968c), 까돈깔(김선기 1993)

次肹伊遣(「제망매가」) : (마이자)깔이고(김선기1969a), (미지)깔이겨
　　(김선기 1993)

城叱肹良(「혜성가」) : 잣깔란(김선기1967a)

德海肹(「칭찬여래가」) : 독개깔(김선기 1975b), 독바돌깔(김선기 1993)

나. 二肹隱(「처용가」) : 두불깐(김선기 1967h), 도볼깐(김선기 1993)

다. 慚肹伊賜等(「헌화가」) : 붓그홀이시돈 (양희철 1997)

次肹伊遣(「제망매가」) : 버그홀이고(양희철 1997)

(7가)에서는 '肹'을 '깔'로, (7나)에서는 '肹'을 '까'로, (7다)에서는 '肹'
을 '그홀'로 읽었다. 먼저 (7가)에서 '肹'을 '깔'로 읽은 이유를 보자.

(8)　가. 肹을 오구라 교수는 [올]로 읽었으니 이는 신라 고려의 말에서는
　　　　현대 한국어의 이른바 「손 입겿」(목적조사)에 [ㄹ]꼴과 [홀]형이 있
　　　　었고 [홀]의 신라형은 [깔]이었던 것을 꿈에도 생각 못하였다. 무
　　　　애가 [홀]로 푼 것은 [깔]을 더듬어 찾게 하는데 징검다리 구실을
　　　　한 것이다. 「곧 이받안 노래」「헌화가」의 慚肹伊賜等에서 肹이
　　　　현대어대로 읽어도 「붓글이샤든」이니까 [글]은 [깔]에 매우 가까
　　　　운 소리요, 또 우리는 룡비어천가龍飛御天歌에서 [글]이 「손자리
　　　　입겿」으로 쓰인 것을 안다. 이조 초에는 [홀] [글] 두 형이 남아
　　　　있는데 이 글은 「년글」, 「남글」과 같이 콧소리 다음에서 보존된
　　　　예외의 경우다. 신라적에는 [글]이 아니고 [깔]이요, 어버이말 적
　　　　에는 [깔]였던 것이다. 몽고어의 [꿀빠깔](셋식)의 [깔]은 바로 이
　　　　사실을 가리키는 것이 아닌가 생각한다.(김선기1967g:296)

　　　나. 또 노깔부돌(弩肹夫得–노글노글하고 부들부들한 사람)과 …의 이야기
　　　　가 '南白月二聖'의 이야기에 '肹'를 '깔'로 읽어야 할 것을 보여 주
　　　　고 잇고, 진평왕 왕후의 이름이 '福肹口'인데 '복깔입'이니 복이
　　　　큰 입 이란 소리이다.(김선기 1993:420)

(8가)에서는 양주동의 해독 '홀', '붓글이샤든'(慚肹伊賜等), '년글, 남글', '꿀빠깔' 등에 의지해서 '肹'을 '깔'(gal)로 읽었다. 그리고 (8나)에서는 '노깔부돌(弩肹夫得)'와 '복깔입(福肹口)'의 해독에 의지해서 '肹'을 '깔'(gal)로 읽었다. '肹'의 초성 'ㄱ'을 살리려는 노력을 보여주나, '肹'의 당시음을 추정하는 데는 아직 이르지 못한 문제를 보인다.

(8나)에서는 (8가)에서 읽은 '깔'을 다시 '까'로 읽었다. (8가)에서와 같은 문제를 보인다.

(8다)에서는 '肹'을 '그홀'로 읽었다. 이는 '慚肹伊賜等'(「헌화가」)와 '次肹伊遣'(「제망매가」)의 '肹'만을 '글'로 읽을 수 있는 방법을 찾으려 한 것으로, '글'의 장음을 '그홀'로 본 것이다. 그러나 '글'의 장음은 '그을'이지 '그홀'이 되지 않는 문제를 보인다.

2) '글'

이 절에서는 '肹'을 '글'로 읽은 해독들을 보자.

(9) 가. 慚肹伊賜等(「헌화가」) : 붓그리샤든(홍기문 1956)

　　나. 次肹伊遣(「제망매가」) : 머믓그리고(김완진 1980), 버글이고(양희철 1989)

　　다. 吾肹(「헌화가」) : 나글(강길운 1995)

　　　慚肹伊賜等(「헌화가」) : 붓그리시든(강길운 1995)

　　　花肹(「헌화가」) : 굴글(강길운 1995)

　　　窟理叱 大肹(「안민가」) : 마가릿 한글(강길운 1995)

　　　此肹(「안민가」) : 이글(이것을, 강길운 1995)

　　　地肹(「안민가」) : 싸글(강길운 1995)

　　　際叱肹(「찬기파랑가」) : 가스글(강길운 1995)

　　　膝肹(「맹아득안가」) : 무릎글(강길운 1995)

目肹(「맹아득안가」) : 눈글(강길운 1995)

一等肹(「맹아득안가」) : 가튼글(강길운 1995)

次肹伊遣(「제망매가」) : 버글이고(강길운 1995), ᄌ글이고(신재홍 2000)

城叱肹良(「혜성가」) : 자즈글랑(강길운 1995)

二肹隱(「처용가」) : 버글은(강길운 1995)

(9가)에서는 '肹'을 처음으로 '글'로 읽었다. 그 설명을 보면 다음과 같다.

> (10) 《붓그리》의 《글》이 《肹》로 기사된 것은 물론 주목을 요하나 《ㄱ ㅎ》의 두음은 흔히 뒤바뀌어 나타나고 있다. 그것은 한자의 관습음과 옥편음의 차이중 이 두 음의 관계가 가장 많다는 사실로 보더라도 의심 할 것 없다. 물론 고대와 현대간에는 어음체계의 적지 않은 변천이 가로 놓여 있다. 《ㄱ ㅎ》의 두 음이 그렇게 뒤바뀌는 것도 바로 거기 기인되 는 바가 크다. 《조선 고가 연구》와 같이 《肹》의 자음을 기준 삼아서 어음이 《ㅎ》에서 《ㄱ》로 바뀌었다고 단정할 수는 없는 일이다. 《慚 肹伊》의 석 자는 《붓그리》의 기사라고 보는 것이 타당하다. (홍기문 1956:115)

(9가)에서는 '肹'을 '글'로 보았다. 그리고 그 이유를 (10)에서와 같이 '글'과 '홀'의 차이를 관습음과 옥편음의 차이로 보고 있다. 구체적인 예증 이 없으나, '肹'을 '글'로 읽은 것은 주목된다.

(9가)에 이어서 '肹'이 '글'로 읽힐 수 있는 가능성은 김준영(1964:84-85) 에서 보인다. 김준영은 일단 '次肹伊遣'를 'ᄌ홀이고'로 읽은 다음에, "「버 글이고」로 읽는다면 그 뜻은 「다음이고」 즉 「동생이 되고」라는 말인지"라 고 그 가능성을 언급하였다. 그러나 그 다음의 책(1989)에서는 이 내용을 완전히 삭제해 버렸다.

(9나)의 '머뭇그리고'(김완진 1980:124-125)에서 '肹伊'을 '힐이'로 읽은

다음에 '그리'로 정리하였다. '肹'이 '글'일 가능성을 보여주었다. '버글이고'(다음이고, 양희철 1989)에서는 '肹'을 '글'로 읽었다.

이렇게 향찰 '肹'은 '慚肹伊賜等'(「헌화가」)와 '次肹伊遺'(「제망매가」)에서만 드물게 '글'의 가능성이 언급되었다. 그러다가 향찰 '肹'의 전체를 한자 '肹'이 '글〉힐'로 변했다는 차원에서 정리한 것은 (9다)의 강길운이다. 그 주장을 보면 다음과 같다.

(11) 가. 그리고 상고시대의 한자음도 지금과는 상당히 달랐다. 예를 들어 말하면 '肹[*kïr](〉hïr), 希[kɪ](〉hɪ), 兮[kje](〉hye)'였다(참조 : 전게서 82쪽). 즉 曉母·匣母의 성모는 주로 k였던 것이 고려초에 내려와서 h로 바뀌었다. 따라서 慚肹伊賜等, 次肹伊遺는 '붓그리스던, 버글이고'(cf. 副버글부. 훈몽자회 중1 : 貳 버글싀. 동하33 : 벅다 '다음가다')와 같이 무리없이 풀이된다. …… 그뿐만 아니라 신라시대에는 모음조화현상이 없었다는 사실을 모르고(참조 : 전게서 111-2쪽), 모음조화를 예상하고 해독하다가 보니 일자다음적인 표기가 더욱 늘어났던 것이다. 즉 신라향가에서 대격조사는 오직 '肹'(*kïr)만이 쓰이었으며 고려향가에서는 그 발달형—'肹'(hïr)과 '乙'이 함께 쓰이었고(참조 : 강 1993 154-7쪽), 대격조사는 흔히 첨가되지 않는데 '肹·乙'의 모음조화형을 조작해 내느라고 '肹'은 '-흘/-홀'로, '乙'은 '-을/-올'로 읽은 따위이다.(강길운 1995:26)

나. 「肹」은 대격(목적격)조사 '글'의 표기이다(참조 : 강 1993 154-5쪽). 따라서 신라시대에는 대격조사의 '을'(乙)은 없었다.

'肹'은 "竹軍縣本豆肹"〈삼국사기지리지1〉에서 肹을 軍에 대당시키고 있는데 이 '軍'은 "軍那縣本屈那"〈삼국사기 지리지1〉에서 軍을 屈[kur]로 대당시키고 있어서 여기서 '肹≒軍≒屈'의 등식을 얻을 수 있는데 이것을 만족시키자면 모두 '굴'로 읽을 수밖에 없으니 따라서 '肹'의 고음이 '굴'과 유음임이 확실하다면 동운이

'흟'이고 현대음이 또한 '홀'이고 중국중고음이 [xjət]〈칼그렌〉·
[hɪət]〈FD〉인 점으로 미루어서 '肹'의 간모음은 [ ]로 추정되니
따라서 '肹'의 신라음은 이미 앞서도 말한 바와 같이 [*kïr]이었을
것이다.

　우리말은 본시 대격조사를 보통 쓰지 않지마는 그것을 표시할
필요를 느꼈을 때에 한해서 구격조사 kïr을 가지고 대충 하였던
것인데, 그것이 도리어 대격조사로 굳어져서 *kïr〉hïr〉ïr과 같이
변해 내려온 것이다. 이런 사실은 동계어인 길약어의 kïr〈〉gir·
kïš〉hïš·xïš)과 비교하여 보면 곧 알 수 있다. 다음에 길약어와 향
가의 사용예를 보인다. …….(강길운 1995:57)

　(11가)에서는 '肹'이 신라향가에서는 '글'이고, 고려향가에서는 '홀'이라
고 정리를 하였다. 그리고 이렇게 읽을 때에 '慚肹伊賜等, 次肹伊遣' 등
을 '붓그리스던, 버글이고' 등으로 무리없게 읽을 수 있다고 하였다. 이는
기왕의 주장들을 좀더 발전시킨 것이다. 그리고 (11나)에서는『삼국사기』
'지리지'의 이두에서 '肹≒軍≒屈'의 등식이 성립하고, '肹'의 고음으로 보
아, '肹'의 신라음은 [*kïr]이란 점을 주장하면서, 대격조사가 *kïr〉hïr〉ïr
로 변했고, 이는 동계어인 길약어의 kïr〈〉gir·kïš〉hïš·xïš)과 비교된다는 사실
을 보여준다. 이 (11가, 나) 등으로 보아 향가의 '肹'은 '글〉홀'로 변해왔다
는 사실을 확정할 수 있다.

　필자 역시 이 주장에 동의한다. 단지 하나만을 수정하고자 한다. 바로
(9다)에서 '二肹隱'(「처용가」)을 '버글은'으로 읽었는데, 이것을 (3)의 '二肹
隱(「처용가」)'인 "두홀은(아유가이 1923, 유창선 1936c 등등)"에서와 같이 읽고
자 한다. 그 이유는 둘이다.

　하나는 '二肹隱'을 '버글은'으로 읽는 것이 어렵다는 것이다. 강길운은
'貳'의 훈이 '버글'이라는 논거로『훈몽자회』(하) 33을 들었다. 이 '버글'은

'次'와 같은 '貳, 二'(=第二也)의 훈이지, '二'(two)의 훈이 아니다.

다른 하나는 현존 「처용가」의 시어 '東京'은 헌덕왕 5년(813년)에 세운 「신행선사비」에서부터 나오며, 「처용가」의 향찰 '奪叱良乙'에서는 '乙'도 나오기 때문이다. 즉 '肹'과 '乙'이 함께 출현하는데, 이는 고려향가에서와 같은 현상이다.

이런 점들에서 향찰 '肹'은 '글'로 읽되, '肹'과 '乙'이 공존한 작품에서의 '二肹隱'(「처용가」)과 '德海肹'(「칭찬여래가」)의 두 '肹'은 '두홀은'(아유가이 1923, 유창선 1936c, 정열모 1947, 1965, 김준영 1979, 금기창 1993, 양희철 1997)과 '득바달홀'(김상억 1974), '德바ᄃ홀'(김준영 1979), '德바덜홀'(강길운 1995) 등에서와 같이 '홀'로 읽고자 한다.

이렇게 15회 나온 향찰 '肹'들에서 '二肹隱'과 '德海肹'의 두 '肹'을 제외한 나머지 13개의 '肹'들 중에서 '慚肹伊賜等, 次肹伊遣' 등의 두 '肹'을 '글'로 확정하고, 나머지 11개 '肹'을 '글'로 수정한 것은 강길운의 기여로 판단된다.

5. 결론

지금까지 향찰 '肹'에 대한 기왕의 해독들을 변증해 보았다. 그 결과 중에서 중요한 것들을 요약 정리하여 결론을 대신하려 한다.

1) 향찰 '肹'에 대한 기왕의 해독은 '?(미상), 그홀, 글, 까, 깔, ㄹ, 롤, 를, 올, 을, ㅎ, 흥, 홀, 할, 흐, 홀, 히, 힐' 등의 18종이었는데, 이 중에서 모음조화(또는 해음)와 전용(또는 통음차)을 따른 해독들을 지양한 것은 김준영(1964, 1979)의 '흐, 홀, 히', 금기창(1993)의 '홀', 강길운(1995)의 '글, 홀' 등이다.

2) 한자 '肹'의 음을 '홀'로 보던 때에도, '慚肹伊賜等'과 '次肹伊遣'의 두 '肹'은 그 음이 '글'이 아닌가가 조심스럽게 언급되면서, '肹'을 '글'로 읽을 수 있는 가능성을 보여주었다.

3) 강길운은 한자 '肹'의 음이 '글〉홀'로 변했고, 대격어미가 '글〉홀〉을'로 변했다는 점에서, 신라 향가의 '肹'은 '글'로, 고려 향가의 '肹'(德海肹, 「칭찬여래가」)은 '홀'로 읽었다.

4) 강길운의 해독은 '慚肹伊賜等'과 '次肹伊遣'의 두 '肹'을 '글'로 읽는 것을 확정하게 하였고, 나머지 '肹'들도 '글'로 읽게 하였다.

5) '二肹隱'을 '버글은'으로 읽은 경우도 있으나, '二'의 훈으로 본 '버글'은 '次'와 같은 '貳, 二(=第二也)의 훈이지, '二'(two)의 훈이 아니며, 「처용가」에는 '奪叱良乙'의 '乙'도 나온다는 점에서, '二肹隱'은 '두홀은'으로 읽고, '肹'은 '홀'로 읽어야 한다.

6) 향찰 '肹'은 '글, 홀' 등의 2종으로만 해독된다.

'肹'이 '글'에서 '홀'로 변하는 것은 '乙'의 출현과 관련되어 있다. '乙'과 함께 보면 그 이해가 좀더 쉬울 것으로 생각한다.

四. 향찰 '乙'과 'ㆍ'

1. 서론

향찰에는 그 해독에서 언급될 수 있는 것들이 거의 모두 언급되어, 철저하게 변증하면서 조금만 노력을 하면, 그 해독이 거의 완결되거나 완결에 상당히 다가갈 수 있는 것들이 있다. 이에 속한 것들 중의 하나가 향찰 '乙'이다. 이 향찰 '乙'에 대한 기왕의 해독들을 변증하고, 지금까지 정리한 향찰 '隱, 焉, 肹, 乙' 등을 통하여, 'ㆍ'의 존재 여부도 확인하려는 것이 이 글의 연구 목적이다.

향찰 '乙'은 총 16회 나온다. 『삼국유사』에 3회[夘乙(「서동요」), 薯童房乙(「서동요」), 奪叱良乙(「처용가」)] 나오고, 『균여전』에 13회 나온다. 이 향찰 '乙'에 대한 기왕의 해독은 '?(미상), 놀, 늘, ㄷ, ㄹ, 롤, 를, 술, ㅇ, 올, 홀, 알, 올, 으, 은, 을, 홀' 등의 17종이다. 그리고 이 해독들을 중요한 해독자별로 정리하면 다음과 같다.

오구라(1929) : ?(미상), ㄹ, 놀, ㅇ, 올, 을
유창선(1936-40) : ?(미상), 늘, 을
신태현(1940) : ㄹ, 늘, ㅇ, 올, 을
양주동(1942) : ㄹ, 놀, ㅇ, 올, 을

지헌영(1947) : 르, 늘, ㅇ, 올, 을

정열모(1947) : 르, 를, 을

홍기문(1956) : ?(미상), 르, 늘, ㅇ, 올, 을

이 탁(1956) : 르, 으, 올, 을

<u>김준영(1964) : 르, 으, 을</u>

정열모(1965) : 르, 늘, ㅇ, 올

김선기(1967-75) : ?(미상), ㄷ, 르, 알, 올, 으, 은, 을

김상억(1974) : 르, 늘, 알, 으, 을

서재극(1975) : 르, 롤, 을

전규태(1976) : 르, 늘, 으, 올, 을

<u>김준영(1979) : 르, 으, 을</u>

김완진(1980) : 늘, 르, 으, 올, 을, 홀, 흘

김선기(1993) : 르, 알

금기창(1993) : 르, 늘, 올

<u>유창균(1994) : 르, 으, 을</u>

<u>강길운(1995) : 르, 으, 을</u>

최남희(1996) : 르, 올, 홀

<u>양희철(1997) : 르, 을</u>

신재홍(2000) : 르, ㅇ, 올, 을

황패강(2001) : 르, 늘, 올, 으, 을

류 렬(2003) : 르, 늘, 술, ㅇ, 올, 을, 흘

　　이 중요한 해독자별 해독의 양상을 언뜻 보면, 향찰 '乙'의 해독은 초기의 해독이나 최근의 해독에서 다른 점을 거의 발견할 수 없다. 그러나 한자 '乙'의 음에 충실한 해독인가를 기준으로 보면, 상당한 변화를 읽을 수 있다. 즉 모음조화(또는 해음)와, 전용(또는 통음차)을 인정하느냐 인정하지 않느냐를 기준으로 보면, 밑줄 친 일부의 연구들(김준영 1964, 1979, 유창균 1994, 강길운 1995, 양희철 1997)에서는 모음조화(또는 해음)와 전용(또는 통음

차)을 부분적으로 그리고 전체적으로 지양하는 상당한 변화를 읽을 수 있다. 이 변화를 포함하여, 앞에서 정리한 여러 해독들 중에서 어느 것이 향찰 '乙'을 정확하게 읽은 것일까? 이 문제를 검토하기 위하여, 향찰 '乙'에 대한 기왕의 해독들을 변증하고, 지금까지 정리한 향찰 '隱, 焉, 盼, 乙' 등을 통하여, 'ㆍ'의 존재 여부도 검토하고자 한다.

변증의 기준은 향찰의 차제자 원리이다. 이는 향찰이 한자의 음훈을 이용한 문자라는 점에서, 한자의 음훈을 충실하게 반영하였는가를 검토하려는 것이다. 이 변증은 한자 '乙'의 음이나 훈에 충실한 해독을 변증하고, 나아가 향찰의 표기에서 15세기의 중세어와 구분되는 신라어와 고려어의 특성을 정리할 수 있는 자료를 확보할 수 있으며, 'ㆍ'의 존재 여부도 어느 정도 확인할 수 있을 것으로 생각한다.

2. '?(미상), ㄷ, 술, 눌, 늘, 롤, 를, 올, ㅇ'

이 장에서는 향찰 '乙'을 '?(미상), ㄷ, 술, 눌, 늘, 롤, 를, 올, ㅇ' 등으로 읽은 해독들을 변증하려 한다.

1) '?(미상), ㄷ, 술, 눌, 늘, 롤, 를'

이 절에서는 향찰 '乙'을 '?(미상), ㄷ, 술, 눌, 늘, 롤, 를' 등으로 읽은 해독들을 변증하려 한다.

(1) 가. 夘乙(「서동요」) : 몰내(오구라 1929:191, 유창선 1936c)
　　　　烏乙反隱(「청전법륜가」) : (누락)(김선기 1975a)
　　나. 夘乙(「서동요」) : 몬(김선기 1967f)

다. 烏乙反隱(「청전법륜가」) : 오술뎐(류렬 2003)

(1가)의 '몰내'는 '㕮'를 '모'로, '乙'을 '올'로 읽어 '모올'을 이끈 다음에, 이 '모올'을 '몰내' 표기의 전용으로 정리하였다. '내'의 근거가 미상이다. '烏乙反隱'은 그 해독을 누락시켰다.

(1나)의 '몰'은 '乙'을 'ㄷ'으로 읽었다. 'ㅅ/ㄷ'에 '叱'이나 '攴'가 쓰인다는 문제를 보인다.

(1다)의 '오술뎐'에서는 '乙'을 '술'로 읽었는데, '乙'의 음훈을 벗어난 해독이다.

이번에는 향찰 '乙'을 '놀, 늘, 롤, 를' 등으로 읽은 해독들을 보자.

    (2) 가. 奪叱良乙(「처용가」) : 빼앗어놀(오구라 1929), 앗아놀(마에마 1929),
        아싀놀(양주동 1942, 지헌영 1947, 김완진 1980, 황패강 2001), 아사놀
        (김형규 1948), 바싀놀(홍기문 1956), 아ᄉ놀(정열모 1965, 류렬
        2003), 아사놀(금기창 1993)
        爲乙(「항순중생가」) : ᄒ야놀(김완진 1980)
    나. 奪叱良乙(「처용가」) : 아ᅌᅩ어늘(유창선 1936c), 늘아사늘(김상억 19
        74), 늘앗아늘(전규태 1976), 늘아싀늘(신태현 1940)
        迷火隱乙(「항순중생가」) : 迷火 숨늘(이용 2007)
        爲乙(「항순중생가」) : ᄒ늘(이용 2007)
    다. 㕮乙(「서동요」) : 모롤(남풍현 1983)
        奪叱良乙(「처용가」) : 아사롤(서재극 1975)
    라. 㕮乙(「서동요」) : 도깨(토기)를(엄국현 1990)
        奪叱良乙(「처용가」) : 앗어를(정열모 1947)

(2가)는 '乙'을 '놀'로, (2나)는 '乙'을 '늘'로, (2다)는 '乙'을 '롤'로, (2라)는 '乙'을 '를'로 각각 해독을 하였다. 이 중에서 (2가, 나) 등은 조선조 이

두의 '놀/늘'(乙)로 보면 가능한 해독이다. 이 '늘/놀'은 '-在乙'의 '-견+올/을'이 변한 '-겨놀/겨늘'의 '놀/늘'에 근거한다. 이런 이두는 「정도사조성형지기」에까지 소급되지만, 초기의 '-在乙'에서는 아직 '乙'이 '놀/늘'로 읽히지 않았다고 판단한다. 그리고 '奪叱良乙'을 '앗아늘/앗아놀'로 읽으면, 이 뜻은 '빼앗은 것을'의 의미가 되어 문맥에 맞지 않는다. 이런 점에서 (2가, 나) 등의 '乙'을 '늘/놀'로 읽을 수 없다고 본다.

(2다, 라) 등은 '乙'을 '롤/를'로 읽었다. 이는 '을'의 전용 또는 통음차로 처리한 것이다. '乙'의 음을 벗어난 문제를 보인다.

2) '올, ᄋ'

이 절에서는 향찰 '乙'을 '올, ᄋ' 등으로 읽은 해독들을 변증하고자 한다.

(3) 가. 薯童房乙(「서동요」) : 薯童房 올(모음조화, 오구라 1929, 신태현 1940,
지헌영 1947, 김완진 1980, 최남희 1996), 맛동방올(양주동 1942, 신재홍 2000), 마둥방올(금기창 1993)

卵乙(「서동요」) : 아롤(정열모 1965), 몰올(황패강 2001), 알올(홍재휴 1983)

身乙(「칭찬여래가」) : 몸올(오구라 1929, 이탁 1956, 류렬 2003), 모몰(신재홍 2000)

佛前燈乙(「광수공양가」) : 등잔올(오구라 1929, 신태현 1940)

道乙(「참회업장가」) : 기롤(홍기문 1956)

田乙(「청전법륜가」) : 받올(오구라 1929), 바톨(홍기문 1956, 정열모 1965 등등), 받올(이탁 1956), 바돌(류렬 2003)

烏乙反隱(「청전법륜가」) : 오올본(양주동 1942, 지헌영 1947 등등), 오올븐(신태현 1940), 가몰 도론(정열모 1965), 오올븐(전규태 1976, 이건식 2012), 오올논(김완진 1980)

手乙(「청불주세가」) : 손올(오구라 1929, 이탁 1956, 신재홍 2000), 소
눌(양주동 1942, 홍기문 1956, 정열모 1965, 전규태 1976, 김완진
1980, 황패강 2001, 류렬 2003),

願乙(「상수불학가」) : 願올(지헌영 1947, 황패강 2001)

나. 供乙留(「광수공양가」) : 供ㅇ로(오구라 1929, 신태현 1940 등등), 供
ㅇ루(양주동 1942, 지헌영 1947), 공ㅇ로(홍기문 1956, 정열모 1965
등등)

(3가)의 해독들은 오구라나 양주동이 '乙'의 음을 '을'로 보고, 이 '을'을
모음조화나 해음에 따라 '올'을 표기한 것으로 해독한 것과 그것들을 따른
것들이다. 그리고 (3나)는 '乙留'를 '을로'로 읽고 이를 모음조화나 해음과
문맥에 맞게 'ㅇ로'로 해독한 것들이다. 해독에 모음조화나 해음을 도입하
여 '乙'의 음을 벗어난 문제를 보인다.

3. '알, 올, 흘, 흘, 을, 으, 은, ㄹ'

이 장에서는 향찰 '乙'을 '알, 올, 흘, 흘, 을, 으, 은, ㄹ' 등으로 읽은
해독들을 변증하려 한다.

1) '알, 올, 흘, 흘'

이 절에서는 향찰 '乙'을 '알, 올, 흘, 흘' 등으로 읽은 해독들을 변증하
고자 한다.

(4) 가. 薯童房乙(「서동요」) : 쑈똥빵알(김선기 1993)
身乙(「칭찬여래가」) : 몸알(김선기 1993)

奪叱良乙(「처용가」) : 앗알랑알(김선기 1993)

佛前燈乙(「광수공양가」) : 동알(김선기 1993)

供乙留(「광수공양가」) : 공아루(김선기 1993)

道乙(「참회업장가」) : 깔(김선기 1975a, 김선기 1993)

田乙(「청전법륜가」) : 받알(김선기 1975a), 밭알(김선기 1993),

鳥乙反隱(「청전법륜가」) : 오알븐(김상억 1974)

手乙(「청불주세가」) : 손알(김선기 1993)

願乙(「상수불학가」) : 원알ᅙ(김선기 1993)

命乙(「상수불학가」) : 명알(김선기 1993)

迷火隱乙(「항순중생가」) : 미과 숨알(김선기 1993)

　나. 迷火隱乙(「항순중생가」) : 미화 솜올(김선기 1975a)

　다. 卵乙(「서동요」) : 알홀(을〉홀 김완진 1980, 최남희 1996)

　라. 道乙(「참회업장가」) : 길흘(길을〉길홀 김완진 1980, 류렬 2003)

　(4가, 나) 등은 '乙'을 '을'로 읽고, 이것을 모음조화나 해음에 따라 '올'
로 읽은 것을, 그 당시에는 'ㆍ'가 존재하지 않았다는 점에서, '알, 올' 등
으로 수정한 것이다. 해독에 모음조화를 끌어들이고, 다시 '乙'의 음을 벗
어난 '알, 올' 등으로 수정한 문제를 보인다.

　(4다, 라) 등은 '乙'을 '을'로 읽고, 이것을 모음조화와 'ㅎ'곡용어를 살려
'홀, 흘'로 읽은 것들이다. '乙'의 음을 벗어난 문제를 보인다.

2) '을, 으, 은, ㄹ'

　이 절에서는 '乙'을 '을, 으, 은, ㄹ' 등으로 읽은 해독들을 변증하려 한
다. 먼저 '을, 으' 등의 경우를 보자.

　(5)　가. 卵乙(「서동요」) : 몬을(이탁 1956), 돍을(박갑수 1981), 알을(유창균

1994), (밤)으란(乙卯, 연문자 홍기문 1956)

奪叱良乙(「처용가」) : spait-ta eur(가나자와 1918), 쎗을랑을(아유
가이 1923), 앗안을(이탁 1956), 앗아을(김준영 1964), 앗을랑을(김
선기 1967h), 앗ㅇ을(김준영 1979), 아슬랑을(유창균 1994)

나. 薯童房乙(「서동요」) : 셔동방을(아유가이 1923), 薯童房을(정인보 1930,
유창선 1936c), 서동방을(정열모 1947, 황패강 2001), 만동방을(이탁
1956), 셔동지블(홍기문 1956), 마동방을(김준영 1964, 1979), 머선방
을(정열모 1965), 맛둥방을(김상억 1974, 전규태 1976), 마퉁바을(서재
극 1975), 막동집을(유창균 1994), 맛둥입을(강길운 1995), 맙동입을
(양희철 1997)

身乙(「칭찬여래가」) : 身을(양주동 1942, 지헌영 1947 등등), 몸을(신
태현 1940, 김선기 1975b, 전규태 1976, 강길운 1995), 신을(정열모
1965, 김상억 1974)

佛前燈乙(「광수공양가」) : 燈을(양주동 1942, 지헌영 1947 등등), 등
을(이탁 1956, 홍기문 1956 등등), 灯을(황패강 2001)

道乙(「참회업장가」) : 길을(오구라 1929, 신태현 1940 등등), 기를(양주
동 1942, 정열모 1965)

田乙(「청전법륜가」) : 받을(신태현 1940), 田을(양주동 1942, 지헌영
1947 등등), 전을(김상억 1974), 밭을(유창균 1994, 강길운 1995)

烏乙反隱(「청전법륜가」) : 오을본(김준영 1964, 1979), 오을본(강길운
1995)

手乙(「청불주세가」) : 손을(신태현 1940, 지헌영 1947 등등)

願乙(「상수불학가」) :願을(오구라 1929, 양주동 1942 등등), 원을(홍기
문 1956, 정열모 1965 등등), 완을(김선기 1975a)

命乙(「상수불학가」) : 命을(오구라 1929, 양주동 1942 등등), 명을(홍
기문 1956, 정열모 1965 등등), 목숨을(유창균 1994), 목숨을(강길운
1995)

迷火隱乙(「항순중생가」) : 迷火에 숨을(오구라 1929), 이브늘(양주동

1942), 이븐을(신태현 1940, 전규태 1976 등등), 이본을(지헌영 1947,
신재홍 2000), 입은을(이탁 1956), 이본브를(迷隱火乙, 홍기문 1956,
류렬 2003), 이블 다믈(정열모 1965), 이보늘(김완진 1980, 황패강
2001), 이브른을(유창균 1994), 이볼언을(강길운 1995)

다. 供乙留(「광수공양가」) : 供으로(이탁 1956, 김준영 1964 등등), 공으
로(김상억 1974), 콩으루(김선기 1975b), 供으루(전규태 1976, 황패
강 2001), 공으루(강길운 1995)

(5가)에서는 '乙'을 그 음 '을'로 읽었다. 그러나 이 '乙'들은 'ㄹ'로 읽어
야 할 것들이다. (5나)에서는 '乙'을 그 음 '을'로 읽었다. 이는 인정되는
해독들이다. (5다)에서는 '을'을 다시 '으'의 표기로 정리한 것이다. 이 (5
나, 다)의 해독들을 해독 초기부터 나온 것들로 가장 설득력이 있는 해독
들이다.

이번에는 '乙'을 '은, ㄹ' 등으로 읽은 해독들을 보자.

(6) 가. 薯童房乙(「서동요」) : 쑈뚱찝은(김선기 1967f)

나. 薯童房乙(「서동요」) : 마보기실(류렬 2003)

道乙(「참회업장가」) : 길(강길운 1995)

烏乙反隱(「청전법륜가」) : 열니얀(오을>열, 오구라 1929), 올인?(이탁
1956), 욜반(김선기 1993), 올븐(유창균 1994), 올븐(신재홍 2000)

다. 夘乙(「서동요」) : 몰(아유가이 1923, 정열모 1947), 멀(정인보 1930),
믈(〈몰)(신태현 1940), 몰(양주동 1942, 지헌영 1947 등등), 늘(방종현
1948), 알(서재극 1975, 강길운 1995 등등), 뒹굴(심재기 1989), 누버
딩굴(금기창 1993), 몰/더블(신재홍 2000), 톳길(양희철 2009b)

奪叱良乙(「처용가」) : 아살(강길운 1995, 신재홍 2000), 아살(최남희
1996), 앗알(양희철 1997)

修叱賜乙隱(「수회공덕가」) : 닥샬은(오구라 1929), 닷샬은(신태현

1940), 닷ㄱ샤론(양주동 1942, 지헌영 1947), 닷ㅅ론(이탁 1956), 닷
샤론(홍기문 1956), 닷ㄱ샬온(정열모 1965), 닷가샤론(김상억 1974),
닭샬은(김선기 1975a), 닷ㅈ샬은(김준영 1964), 닷ㄱ샬은(전규태
1976, 김준영 1979, 황패강 2001), 닷ㄱ시른(김완진 1980), 닷샬안(김
선기 1993), 다ㅅ릿시른(유창균 1994), 닷그실은(강길운 1995), 닷시
론(신재홍 2000), 다ㅅ실은(류렬 2003)

長乙隱(「청전법륜가」) : 길은(오구라 1929, 양주동 1942 등등), 기른
(홍기문 1956, 정열모 1965 등등), 자론(이탁 1956), 깔온(김선기
1975a), 기론(신재홍 2000)

爲乙(「항순중생가」) : 홀(오구라 1929, 양주동 1942 등등), ᄃ월(지헌영
1947), 둡일(이탁 1956), 할(김상억 1974), 깔(김선기 1975a, 김선기
1993), 헐(강길운 1995)

(6가)에서는 '乙'을 '을'으로 읽어서 '乙'의 음 '을'을 벗어났다.

(6나)에서는 '乙'을 'ㄹ'로 읽었지만, '薯童房'에 'ㄹ'이 붙을 수 없는 문
제를 보인다. 그리고 '道乙'과 '烏乙反隱'의 '乙'은 'ㄹ'으로 읽을 수도 있
으나 어감상 '을'로 읽어야 할 것이다.

(6다)에서는 '乙'을 'ㄹ'로 읽었는데, 이 해독들은 인정되는 것들이다.

이상과 같이 볼 때에, 향찰 '乙'은 'ㄹ, 으, 을' 등의 3종으로만 해독된다
고 정리할 수 있다.

4. 'ㆍ'의 존재 여부

지금까지 향찰 '隱, 焉, 肹, 乙' 등의 해독들을 변증하였다. 그러면서도
그 과정에서 반드시 다루어야 할 것들 중에서 다루지 않은 것이 있다. 바
로 'ㆍ'의 존재 여부이다. 이것을 다루지 않고 지금까지 미룬 것은, 이 'ㆍ'

의 존재 여부는 향찰 '隱, 焉, 肹, 乙' 등의 해독들을 종합적으로 검토하는
것이 편리하기 때문이다.

향찰 '隱, 焉, 肹, 乙' 등에 대한 기왕의 해독들을 보면, '은, 언, 흘, 을'
등에 대응하는 'ᄋᆞᆫ, ᄋᆞᆫ, ᄒᆞᆯ, ᄋᆞᆯ' 등의 해독들이 반드시 등장한다. 이 해독들
은 모음조화 또는 해음의 측면에서 '은, 언, 흘, 을' 등에 대응하는 것들로
그 당시에 'ᆞ'가 존재했다는 것을 전제로 한 해독들이다. 그러나 지금까
지 변증해 왔듯이, 이 'ᄋᆞᆫ, ᄋᆞᆫ, ᄒᆞᆯ, ᄋᆞᆯ' 등의 해독들은 한자 '隱, 焉, 肹,
乙' 등의 음을 벗어났다는 점에서 부정된 해독들이다. 이런 사실은 그 당
시에 'ᆞ'가 존재하지 않았다는 것을 말해준다. 이에 대한 인식의 과정을
차례로 보자.

'ᆞ'의 부정은 김준영(1964, 1979)에서 시작되었다. 김준영은 향찰 '隱,
焉, 肹, 乙' 등을 읽으면서 'ᄋᆞᆫ, ᄋᆞᆫ, ᄒᆞᆯ, ᄋᆞᆯ' 등을 인정하지 않았다. 즉 '隱'
을 'ㄴ, 은, 그스, 숨'(1964) 등과 'ㄴ, 은, 그스'(1979) 등으로, '焉'을 'ㄴ,
언'(1964, 1979) 등으로, '肹'을 '흐, 홀, 히'(1964) 등과 '홀, 히'(1979) 등으로,
'乙'을 'ㄹ, 으, 을'(1964, 1979) 등으로 각각 읽으면서, 'ᄋᆞᆫ, ᄋᆞᆫ, ᄒᆞᆯ, ᄋᆞᆯ' 등을
인정하지 않았다. 이렇게 모음조화를 인정하지 않으면서, 'ᆞ'의 존재를
부분적으로 부정하였다. 이런 사실은 다음의 인용에서도 잘 알 수 있다.

(7) 그런데 「는」助詞의 發音을 모두 「隱」으로 表記 했다고 볼 수는 없으니
  (가) 그 곱이 서로 틀리고
  (나) 鄕歌中 여러 곳에서 「ㄴ」初聲字와 「ㅇ」初聲字를 區分하여 表
      記했다는 점.
  (다) 「吾焉」과 같이 「焉」으로 表記된 곳도 있는바 그것을 「나는」의 表
      記로 볼 수는 없으니 「焉」은 「는」보다 「은」에 가까운 소리인 것
      과 現代 全羅道 方言에서 補助助詞「은」을 「언」으로 發音하는
      일이 많다는 점.

(라) 祭亡妹歌에 있어 「가논 곳」을 「去奴隱 處」으로 表記했고 「나는
(吾는)」은 「吾隱」으로 表記했다는 점.

(마) 「은」과 「는」의 音價가 類似하다 할지라도 가장 많이 쓰이는 말인
지라 區別하여 적을 수 있는 表記法이 스스로 發達되었을 것이
라는 점.

(바) 遺事所傳의 鄕歌와 均如傳의 鄕歌가 다 같이 統一되었다는 점.

(사) 같은 格에 쓰이는 말이기 때문에 같은 字로 表記했는가 할때 당
시는 體言과 助詞나 語幹과 語尾 등을 區分할만한 文法 意識이
뚜렷하지 못할 때니 그렇게 생각할 수 없는 점.

위와 같은 여러 조건으로 보아 당시에는 補助助詞 「은, 는」에 있어
體言의 끝 音節이 子音으로 끝나거나 母音으로 끝나거나 간에 또는 體
言의 끝 音節 母音이 低母音이든 高母音이든 간에, 「은」만이 쓰였다
는 것이 거의 確定的이니, 「온·논·는」 등으로 確然히 區分된 것은 그
후의 일인가 한다.(김준영 1964:28-29)

(7)은 '隱'이 '논, 는, 난' 등으로 읽힐 수 없음을 전체적으로 설명하면
서, 향찰 해독에서 모음조화(또는 해음)와 전용(또는 통음차)을 부정하고, 이
에 포함된 'ㆍ'의 존재도 부정하였다. 거의 같은 내용이 다른 책(김준영
1979:66-67)에서도 반복된다.

그러나 김준영은 이에 머물고 나머지 다른 향찰의 해독에서는 'ㆍ'를 인
정하였다. 이는 모음조화 또는 해음만을 부정하고, 'ㆍ'의 존재를 인정한
것이다.

이에 비해 김선기(1967-1975, 1993)와 김상억(1974)은 모음조화 또는 해
음을 인정하고 'ㆍ'의 존재를 부정하였다. 이런 사실은 해독에서 중세어의
'ㆍ'는 모두 'ㅏ/ㅗ'로 바꾸었다는 사실에서 알 수 있다. 즉 김선기는 '隱'을
'깐, ㄴ, 난, 는, 안, 온, 은, 숌, 숨, 숨안, 숨은'(1967-1975) 등과 'ㄴ, 난,
논, 안, 온, 쇼, 숌, 숌은, 숨'(1993) 등으로, '焉'을 'ㄴ, 난, 안'(1967-75) 등

과 '난, 안'(1993) 등으로, '肹'을 '까, 깔'(1967-75, 1993) 등으로, '乙'을 '?(미상), ㄷ, ㄹ, 알, 올, 으, 은, 을'(1967-75) 등과 'ㄹ, 알' 등으로 읽으면서, 다른 해독자들의 '·'를 'ㅏ/ㅗ'로 바꾸었다. 또한 김상억(1974) 역시 '隱'을 'ㄴ, 는, 안, 은, 그즛' 등으로, '焉'을 'ㄴ, 난, 안, 언' 등으로, '肹'을 'ㅎ, 할, 흐, 홀, 히' 등으로, '乙'을 'ㄹ, 늘, 알, 으, 을' 등으로 읽으면서, 다른 해독자들의 '·'를 'ㅏ/ㅗ'로 바꾸었다. 뿐만 아니라 이 두 선학들은 다른 향찰의 해독에서도 다른 해독자들의 '·'를 모두 'ㅏ/ㅗ'로 바꾸었다. 이런 해독은 그 당시에 모음조화가 있었는데, 그 모음조화에서 중세어의 '·'는 'ㅏ' 또는 'ㅗ'였다고 본 것이다.

해독 과정에서 향찰에는 '·'가 존재하지 않았음을 지적한 김선기의 글을 보자.

(8) 汀叱 이것을 오구라 교수는 「믈ㅿ」으로 무애는 「믌ㅿ」으로 읽었다. … 그리고 믌ㅿ의 「ㅿ」는 신라적에는 없었다. 「·」 또한 그렇다. … 肹을 오구라 교수는 「올」로 읽었으니 이는 신라 고려의 말에서는 현대 한국어의 이른바 「손 입겿」(목적조사)에 「ㄹ」꼴과 「홀」형이 있었고 「홀」의 신라형은 「깔」이었던 것을 꿈에도 생각 못하였다. 무애가 「홀」로 푼 것은 「깔」을 더듬어 찾게 하는데 징검다리 구실을 한 것이다.(김선기 1967a:295-296)

(8)에서는 신라적에는 '·'가 없었으며, 이에 해당하는 모음은 'ㅏ'라는 사실을 보여준다.

이렇게 김준영이 모음조화를 부정하면서 부분적으로 부정된 '·'의 존재는, 김선기와 김상억에 의해 모음조화를 인정하면서도 부정되어 왔다.

그 다음에 향찰에서 '·'의 존재를 부정한 것은 강길운이다. 강길운은 그 당시에는 모음조화뿐만 아니라 '·'가 존재하지 않았다고 주장하였다.

이를 좀더 구체적으로 보자.

우선 향찰 '隱, 焉, 肹, 乙' 등의 해독을 보면, '隱'을 'ㄴ, 언, 엔, 은, 그스, 수믄, 숨' 등으로, '焉'을 'ㄴ, 언, 엔, 은' 등으로, '肹'을 '글, 흘' 등으로, '乙'을 'ㄹ, 을' 등으로 각각 읽으면서, 모음조화와 'ᆞ'의 존재를 부정하였다. 그리고 나머지 향찰들의 해독에서도 이런 양상을 보여주었다. 이번에는 모음조화와 'ᆞ'가 향찰에서는 존재하지 않았다는 설명을 보자.

(9) 가. 그리고 '隱'은 향가에서 음독할 때 '은/ㄴ'으로 새긴다. …

　　　[참고] 동계어인 길약어에서 제시보조사(소위 주제격조사)로 '-n/
　　　-ɑn/-nɑn'이 쓰이고 있으므로 국어의 제시보조사도 상고시대의
　　　어느시까지 '-안/-난'이 쓰이다가 '-안〉-언〉-은'·'-난〉-넌〉-
　　　는'과 같은 변천을 겪었을 것이다. 그런데 '안'을 적을 한자가 있
　　　는데도 불구하고 제시보조사가 '안'으로 나타나지 않으니 신라어
　　　로서 제시보조사는 '은'이었던 것으로 추정된다. 다만 이조어의
　　　'ᄋᆞ·ᄂᆞᆫ'은 모음조화 현상으로 파생한 이형태로 믿어진다.(강길운
　　　1995:37)

　　나. 그리고 향약구급방(AD, 1236)에는 'ᆞ'와 대응하는 말들의 대부분
　　　이 향찰식표기로 되어 있어서 'ᆞ'의 존재 여부를 확언할 수 없으
　　　나 다만 鹿角=沙參[sɑm]矣角(사슴의 뿔), 水藻=勿[mjuəl](몰)과
　　　같은 예로 미루어 'ᆞ'가 아직 존재하지 않은 것으로 추정된다.

　　　그런데 15세기초의 조선관역어(AD, 1403-24)에서는 첫음절의
　　　'ᆞ'의 대부분이 한자음의 [ə](≒ㅅ)로 대충되고 몇 개만 [ɑ]로 대충
　　　되어 있어서 'ᆞ'가 이미 음소로서 정착되어 있었음을 알 수 있다.

　　　　　　　　　… (중간 생략) …

　　　따라서 향약구급방과 조선관역어의 간행연대의 중간에서 15세
　　　기중엽에 모음조화 현상이 철저할 정도로 'ᆞ'가 확고한 자리를
　　　차지한 음소가 된 점을 고려하여 좀 앞 당겨서 'ᆞ'는 고려중엽(13
　　　세기말)에 '아'와 '오'에서 파생된 것으로 추정된다.(강길운 1993:100)

(9)에서 보면 모음조화와 '♀'는 13세기에 정착되었으며, 삼국시대에는 존재하지 않은 것으로 보고 있다.

이렇게 한자음에 충실한 해독으로 볼 때에, 좀더 검토해 보아야 하겠지만, 현재로서는 일단 향가의 향찰에서는 모음조화와 'ㆍ'가 존재하지 않은 것으로 정리해야 할 것 같다.

이 결론은 잠정적인 것이다. 그리고 지나친 것은 부족한 것만 못하여, 이 'ㆍ' 존재의 부정을 다른 향찰들의 해독에 적용하는 것은, 이 책에서는 일단 유보하고, 좀더 확실하게 될 때에 'ㆍ'를 수정하고자 한다.

5. 결론

지금까지 향찰 '乙'에 대한 기왕의 해독들을 변증하고, 'ㆍ'의 존재 여부를 검토해 보았다. 그 결과 중에서 중요한 것들을 요약 정리하여 결론을 대신하려 한다.

1) 향찰 '乙'에 대한 기왕의 해독은 '?(미상), 눌, 늘, ㄷ, ㄹ, 롤, 를, 술, ♀, 올, 홀, 알, 올, 으, 은, 을, 홀' 등의 17종이었는데, 이 중에서 'ㄹ, 을' 등의 상당수는 해독 초기부터 보인 정확한 해독들이다.

2) 향찰 '乙'에 대한 17종의 기왕의 해독들에서 모음조화(또는 해음)와 전용(또는 통음차)을 따른 해독들을 지양한 것은 김준영(1964, 1979), 유창균(1994), 강길운(1995) 등의 'ㄹ, 으, 을' 등과 양희철(1997)의 'ㄹ, 을' 등이다. 이 해독들은 거의 정확한 것으로 정리된다.

3) 향찰 '乙'은 'ㄹ, 으, 을' 등의 3종으로만 해독된다.

4) 'ㆍ'는 일차적으로 김준영(1964, 1979)에 의해 모음조화가 향찰에서는 존재하지 않았다는 차원에서, 부분적으로 부정되었다.

5) '·'는 이차적으로 김선기(1967-1975, 1993)와 김상억(1974)에 의해 향찰에서는 존재하지 않았다고 보았다. 이 경우에는 모음조화를 부정하지는 않았다.

6) '·'와 모음조화는 강길운(1995)에 의해 13세기에 정착된 것으로 정리되었다.

7) 한자음에 충실한 해독의 연구 상황으로 보아, 좀더 검토해 보아야 하겠지만, 현재로서는 '·'가 향찰에는 존재하지 않았다고 보아야 할 것 같다.

이 '·'가 향찰에서는 존재하지 않았다는 결론은 잠정적인 것으로, 이 부정을 다른 향찰들의 해독에 적용하는 것은, 이 책에서는 일단 유보하고, 좀더 확실하게 될 때에 '·'를 수정하고자 한다.

五. 향찰 '矣'

1. 서론

이 글은 향찰 '矣'에 대한 기왕의 해독들을 변증하는 데 연구의 목적이 있다.

향찰 '矣'는 『삼국유사』에 17회, 『균여전』에 1회 나온다. 전자는 '乾達婆 矣, 三花矣'(「혜성가」), '耆郎矣'(「찬기파랑가」), '面矣, 冬矣也, 沙矣'(「원가」), '放冬矣'(「맹아득안가」), '此矣, 心音矣'(「도솔가」), '(多)矣徒良'(「풍요」), '夜 矣'(「서동요」), '此矣, 此矣(彼矣), 彼矣'(「제망매가」), '寢矣, 本矣'(「처용가」), '自矣'(「우적가」) 등의 17회이고, 후자는 '伊知皆矣'(「청불주세가」)의 1회이다. 이 '矣'들은 '디, 디, 대, 되, 디뵈, 듸, 의, 에, 예, 인, 애, 를, ?(미상), 이, 히, ㅣ, ᄋᆞ, 으' 등의 18종으로 해독되었다. 그리고 주요 해독자들의 해독 양상을 정리하면 다음과 같다.

오구라(1929) : 애, 에, 예, 의, 이, ?(미상)
유창선(1936) : 디, 를, 애, 에, 의, ?(미상)
신태현(1940) : 디, 되, 애, 의, ㅣ, ?(미상)
양주동(1942) : 디, 인, 에, 의, ㅣ
정열모(1947) : 에, 의, ㅣ

지헌영(1947) : 디, 의, 에, 의, 이

홍기문(1956) : 디뷔, 의, 으, 의, 이, ㅣ

이 탁(1956) : 으, 의, 의

김준영(1964) : 디, 되, 의, 이

정열모(1965) : 의, 의, 대, 디, 애, 이

김선기(1967~75) : 이

김상억(1974) : 대, 애, 에, 의, ㅣ

서재극(1975) : 의, ㅣ

전규태(1976) : 디, 의, 애, 에, 의, 이, ㅣ, ?(미상)

김준영(1979) : 디, 의, 이

김완진(1980) : 디, 의, 애, 에, 의

김선기(1993) : 에, 의, 이, ㅣ

금기창(1993) : 디, 의, 애, 에, 의, 이

유창균(1994) : 디, 의, 의

강길운(1995) : 듸, 에, 의

양희철(1997) : 디, 의

신재홍(2000) : 디, 의, 의, ㅣ

황패강(2001) : 디, 의, 애, 의, ㅣ, ?(미상)

류 렬(2003) : 이, 히, ㅣ

이렇게 향찰 '矣'의 해독은 해독자별로 보면, 초기의 해독들보다 최근의 해독들에서 해독된 형태의 수효가 축소되는 양상만을 보여주지, 다른 큰 차이를 보여주지는 않는다.

이렇게 해독들이 다양한 이유는 세 가지로 정리할 수 있다.

첫째는 '矣'의 그 당시의 음과 훈이 무엇인가를 정확하게 검토하지 않았기 때문이다. 이런 현상은 '되, 디, 의' 등을 제외한 해독들이 '矣'의 음과 훈을 정확하게 제시하지 않고 해독을 하고 있다는 점에서 알 수 있다. 둘째는 모음조화, 전용, 대충표기 등을 인정하였기 때문이다. 이런 사실은 '矣'의 음 '의'를 근거로 주어진 환경에서 모음조화, 전용, 대충표기 등에 따라 '矣'를 '이, 애, 에, 이' 등으로 읽은 해독들에서 알 수 있다. 셋째는 이중모음을 단모음으로 분리한 표기법과 반절하자의 반절법을 인정하였기 때문이다. 이런 사실은 '으, ᄋ, ㅣ' 등의 해독들에서 알 수 있다.

이렇게 세 가지 측면에서 다양하게 읽힌 '矣'의 해독들을 다음과 같은 세 가지 측면에서 변증하고자 한다. 첫째는 한자 '矣'의 당시 음과 훈이 무엇인가 하는 점이다. '矣'의 당시 음은 기왕의 주장들은 물론, '夜矣:夜未, 心音矣:心未, 風未' 등에서 '未'가 '미'이고 '矣'가 '의'라는 점, 한자 '矣'를 포함한 '埃, 唉, 娭, 挨, 欸, 駭' 등의 반절하자에 쓰인 '開, 皆, 駭, 代, 亥, 改' 등의 중세 운모가 '의'라는 점, 향찰 '矣'는 거의가 신라 향가에서 나오고 이 '矣'는 '의>의'에 따라 고려 향가에서는 '衣'(의)에 통합된다는 점 등을 고려하려 한다. 특히 이 경우에 '저희의, 우리들의' 등으로 쓰인 '의(矣)'가 어느 시기부터 나오는가도 검토하여 해독에 적용하려 한다. 둘째는 한자 '矣'의 음과 훈만을 중시하고, 일체의 모음조화, 전용, 통음차, 대충표기 등을 해독에 끌고 들어오지 않으려 한다. 셋째는 향찰의 운용에서 인정하지 않는 '의>ᄋ, 의>으' 등의 반절법은 인정하지 않으려 한다.

2. '디, 되, 디비, 대, 디, 듸'

이 장에서는 먼저 향찰 '矣'에 대한 기왕의 음훈을 정리한 다음에, '디, 되, 디비, 대, 디, 듸' 등을 '디, 되'와 '디비, 대, 디, 듸'로 나누어 변증하고자 한다.

1) 기왕의 논의에서 본 '矣'의 음훈

이 절에서는 향찰 '矣'에 대한 기왕의 해독들에서 정리한 한자 '矣'의 음훈을 정리하여, 다음 절부터의 해독 변증을 편리하게 하고자 한다.

향찰 '矣'에 쓰인 한자 '矣'는 '디, 되, 주비, 디ᄫ'' 등의 훈으로 정리한 경우도 있고, '디, 되, 의' 등의 음으로 정리한 경우도 있다. 이를 차례로 보자.

이에 대한 설명을 제일 먼저 시도한 양주동의 글을 인용하여 보자

> (1) 矣 音借「디」.「矣」는「의」로 音借됨이 原則이나 吏文의 吐론「디·되」로 읽혀진다.「矣」를「디」에 借함은 想必「冬矣」(反切「디」)의「冬」을 省略함일 것이다.(양주동 1942:419)

(1)의 설명을 보면, '冬矣'의 반절인 '디'에서 '冬'이 생략된 표기로 설명을 하였다. 이 설명은 이런 반절 자체가 향찰에서 쓰이지 않고, 차제자의 표기에서 생략이 논의될 수 없다는 문제를 보인다.

양주동의 반절 '디'(冬矣)는 'ㄷ+의〉되〉디'에 근거한 것으로, 이 '矣'는 '矣'의 한자음에 근거해 '의〉이'로 읽은 것이라 할 수 있다. 이렇게 '디'의 설명에 한자 '矣'의 음을 이용한 것은 유창균, 정철주, 강길운 등으로 이어진다.

먼저 유창균의 설명을 보자. 유창균은 '矣'의 중국 재구음인 'ɤiəg'(T), 'ziəg/ji'(K), 'ɤiəɤ/ji'(C) 등을 인용하고, 이 재구음에서 '디'의 유도가 용이하지 않아, 다시 '以'를 통해 '디'의 유도를 시도하였다.

> (2) (재구음과 그 관련 인용은 생략) 說文에 의하면 '矣'는 '從矢以聲'이라 했다. 이때 音形은 '以'가 기준이 된다. '矣'의 聲符를 '以'라고 한데 대

해서는 많은 논란이 있으나,

以. (T) dįəg (K) zįəg/i (C) ɤįɐɤ/i

　　이 재구음에서 볼 때, '矣'가 '以'를 聲符로 한다면 '矣'의 이른 시기의 借用音은 dįəg에 의해 '둘〉디'와 같은 것을 생각할 수 있다.(유창균 1994:462-463)

　　(2)는 '矣'가 '디'로 읽히는 이유를 설명하려는 노력을 보여주었다. 이와 거의 비슷한 설명이 513-514면에서도 반복된다. 그러나 이 주장은 '以'가 '矣'의 聲符라는 것을 전제로 하는데, 운서들을 보면, '矣'의 성부를 '以'로 한 것이 하나도 없다[뒤에 볼 (4)와 (15)의 반절표기들 참조]는 문제를 보인다.

　　이번에는 향찰 '矣'의 '디'를 '矣'의 음으로 검토한 정철주의 설명을 보자. 먼저 정철주는 신라 금석문에서 '矣'가 종지법으로 쓰였다고 정리를 하였다. 즉 "釋迦牟尼佛涅槃一千八百四年矣"(「흥법사염거화상탑지」 844)의 "涅槃一千八百四年矣"를 "열반한지 1804년이다."로, "竷興寺鍾成內矣"(「규흥사종」 856)의 "成內矣"를 "이루다"로, "卽位十年矣"(「보림사북탑지」 870)를 "왕위에 오른지 10년이다."(정철주 1988: 97-98)로 각각 읽으면서, '矣'를 종결어미로 보았다.

　　이어서 이두집에서 '矣'가 '디/되'로 쓰인 예들을 들고, 이를 董同龢, Karlgren, 周法高, 嚴學君, 王力 등이 재구한 '矣'의 재구음에서 확인하려 하였으나, 확인하지 못하고, 다른 검토를 하였다. 즉 '俟, 竢, 涘' 등의 재구음인 'zəg'(董同龢), 'dzįəg'(Karlgren), 'dzjəg'(嚴學君), 'ziə'(王力) 등에 의지하여, "'矣'가 漢語에서 구개음화되기 이전의 재구음을 '*tįəg' 정도로"(정철주 1988:100) 보았다. 이 재구는 예를 들지 않았지만 상당한 설득력을 지닌다.

이와 비슷한 주장이 강길운에 의해서도 언급되었다.

(3) 한편 '矣'의 음이 '의'이기는 하나 그 중국상고음이 [*dzi〉zi〉yi]였기 때문에 옛음이 전해져 '딕'로 읽히게 되었을 개연성이 크다(참조 : 形聲字—俟涘(dzi)〈칼그렌〉).(강길운 1995:41)

(3)에서 보면, '矣'의 음을 '딕'로 재구하였다. '딕'의 재구음에서 모음에는 문제가 있지만, 자음이 'ㄷ'이란 점은 정철주와 같이 한다.

정철주와 강길운이 제시하지 않은 'ㄷ-'를 좀더 보완하기 위하여, 『중문대사전』의 '埃, 欬, 唉, 娭, 騃' 등에서 성모를 'ㄷ, ㅅ, ㅎ' 등으로 하는 경우만을 인용하면 다음과 같다.

(4) 埃 : [集韻] 直几切 音志 紙上聲 jyh

欬 : [廣韻] [集韻] 許介切 音譮 卦去聲

唉 : [集韻] 呼來切 音哈 灰平聲 hai

[集韻] 虞其切 音僖 支平聲 shi

娭 : [廣韻] 許其切 [集韻] 虞其切 音熙 支平聲 shi

騃 : [廣韻] [集韻] [韻會] [正韻] 牀史切 音矮 紙上聲 syh

(4)에서 보면, '矣'의 성모가 기왕의 주장에서와 같이 'ㅅ, ㅎ'임을 쉽게 알 수 있다. 그리고 '埃'의 반절표기인 '直几切'에서 성모인 '直'과 '音志'로 보면, '矣'의 성모가 'ㄷ'임을 알 수 있다. 이 'ㄷ'은 정철주가 '矣'의 재구음으로 본 '*tiəg'의 't'에 해당한다. 그리고 뒤에 '익'의 정리에서 보겠지만, '矣'의 음은 '(디〉)익'이다. 이런 점에서 '딕'는 상고음의 반영이라고 정리할 수 있다.

이번에는 '되, 디' 등을 '矣'의 훈으로 정리한 경우를 보자. 이 경우는 홍기문, 김완진, 강길운 등으로 이어진다. 먼저 홍기문의 설명을 보자. 조선조 이두집들에서 '矣'가 '의, 되, 주비' 등으로 쓰인 예들을 든 다음에 다음과 같이 정리하였다.

(5) … 《의》는 《矣》자의 음임에 대하여 《되》와 《주비》는 뜻으로 보아야 할 것이 아닌가? 근세에 이르기까지 《矣》자를 《주비》라고 읽어 왔는데 이는 대체 무슨 말인가?

......

만기 요람에서 《注比》 혹 《注非》라고 한 것은 바로 《部》의 뜻이니 그와 같은 뜻의 《주비》가 옛날 경작지의 최고 단위로 쓰이였던 것이다. 맨처음 《주비》를 한자로는 《夫》자로 기사하였었으나 《夫》자 우에 《△》 표를 지르는 관례 아래 《夫》자를 드디여 《矣》자의 뜻을 《주비》라고 읽게 된 것이다.

그런데 본래는 《주비》의 첫음절이 《ㄷ》 음이요 다음 음절이 《ᄫ》가 아니였던가 한다. 그것은 첫째 《矣》를 《ᄒᆞ오되》와 《이오되》의 《되》로 쓰고 있으며, 둘째 《되》와 류사한 토로서 《디ᄫᅵ》가 있는 것으로 미루어 《되》와 《주비》는 일찌기 동음의 말이였다고 추정되고 있는 까닭이다.

進置右寺源間內乎矣(풍기자적탑비)

排立命是白內乎矣(정도사 석탑기)

이와 같이 10 세기로부터 《矣》자를 《되》에 해당한 토로 사용한 례가 발견되고 있다. 이로 미루어 경작지의 최고 단위인 《夫》를 《矣》로 바꾸어 쓰고 그래서 《矣》를 《夫》와 마찬가지의 《주비》로 읽게 되기 시작된 것이라고 보아야 한다. 만일 그렇다면 《冬矣》는 《되》 내지 《디ᄫᅵ》를 표시하는 리두 토다. 구름을 《窟雲》으로 쓰는 것과 같이 《冬》은 《矣》의 웃음절을 기사하기 위하여 첨가된 것이라고 인정되는 것이다.(홍기문 1956:221-222)

(5)에서는 '矣'의 음을 '의'로, 훈/뜻을 '되/디뵈, 주비' 등으로 보고 있다. 특히 '冬矣'를 '되, 디뵈' 등으로 보는데, 먼저 '矣'를 '되, 디뵈' 등으로 보고, '冬'(ㄷ, 디)을 '矣'(되, 디뵈) 앞에 첨가한, 두음첨기로 보고 있다. 이는 양주동이 보인 '冬矣'의 반절 '디'에서 '冬'의 생략이라고 본, 이해하기 힘든 설명을 수정한 것이다. 그러나 이 해독 역시 이두의 '되'가 '矣'의 훈이라고만 추정하였지, 예증하지 않은 문제와, '디뵈'(-지, -지마는)가 '되'와 비슷한 토라고 주장하지만, 음이나 뜻에서 무엇이 비슷한 것인지를 밝히지 않은 문제를 보인다.

이번에는 김완진의 해석을 보자.

(6) 여기서 말하는 '起下之詞'의 개념과 국어 문장에서의 연결어미 '-오디'가 과연 동일한 것인가, 또는 얼마만큼 가깝다 할 것인가를 검토할 생각은 없다. 다만 古人들이 양자를 동일시하면서 '矣=디'라는 문법적 訓을 탄생시켰을 것을 생각하는 데 그친다.(김완진 1985b:15)

(6)은 향찰 '矣'(디)가 훈독일 가능성을 문법적인 측면에서 보여주고 있다. 이는 홍기문이 제시한 '矣'(되)의 훈독 가능성과 같은 것이다. 이 두 주장은 훈독의 가능성을 제시하였지만, 실제 한문 문장에서 예를 제시하지 않은 문제를 보이는데, 이 예증은 강길운에 의해 보완된다.

(7) [참고] 그러나 이두에서 조건형(일명 상반형)어미 '-오디/-우디'의 소급형 '-乎矣'(-오디)에서만 '矣'를 '디'(〉되)로 읽고 있는데 이것은 한문에서 '矣'가 단정·감탄·지시의 기능밖에 국어의 '-되'와 같이 변동된 사실을 표시하는 일이 있기 때문에 '-디〉-되'와 같이 새긴 것이다(예 : 由也升堂矣. 未入於室也. 논어 先進 ; 吾聞語矣. 未見其人也. 논어 季氏).(강길운 1995:41)

(7)에서는 한자 '-矣'가 '-디〉되'의 뜻에 해당한다고 설명한 다음에 예문을 들었다. 이 예문에 나온 '-矣'는 정확하게 '-디/되'에 일치한다. 이런 점에서 이두에 나타난 '디/되'는 한자 '矣'의 훈 또는 뜻이라고 정리할 수 있다.

이 '디/되'는 신라 이두 '見令賜矣'(보게 시기시되, 「청제비」)와 '入矣'(들되, 「개심사석탑」)에서도 볼 수 있다.(서종학 1995:150)

이렇게 볼 때에, 이두집에 나온 '矣'(되/디)는 한문 문장에서 보이는 '矣'의 훈으로도 정리할 수 있고, 한자 '矣'(디)의 음으로도 정리할 수 있다. 즉 '矣'(디)는 한자의 음훈 어느 것으로도 '矣'(되)는 한자의 훈/뜻으로 볼 수 있다.

2) '디, 되'

이 절에서는 '矣'를 '디'와 '되'로 읽은 해독들을 변증하고자 한다. 먼저 '矣'를 '디'로 읽은 해독들을 보면 다음과 같다.

(8) 가. 本矣(「처용가」) : 본디(아유가이 1923, 마에마 1929 등등), 미디(박창원 1987)

나. 寢矣(「처용가」) : 자는디(아유가이 1923), 잘디(유창균 1994, 양희철 1997)

다. 放冬矣(「맹아득안가」) : 노돌디(김준영 1979)

此矣(「도솔가」) : 이디(이곳에, 유창균 1994)

此矣(「제망매가」) : 이디(여기에, 유창균 1994)

此矣(彼矣)(「제망매가」) : 이디(여기, 유창균 1994)

彼矣(「제망매가」) : 뎌디(저기에, 유창균 1994)

夜矣(「서동요」) : 밤되(신태현 1940)

放冬矣(「맹아득안가」) : 논되(김준영 1964)

(8가)의 해독들에서는 '本矣'를 '본디'와 '미디'로 읽었다. 어느 것이나 가능하나, 의미상 전자만이 가능하다고 본다.

(8나)의 해독들에서는 '寢'을 독훈인 '자는'과 '잘'로 읽었다. 이렇게 독훈으로 읽지 않으면 '矣'를 '디, 대' 등으로 읽을 수 없다는 문제를 보인다.

(8다)의 '放冬矣'의 해독에서는 '矣'를 이두 '矣'(디, 되)에 따라 '디'로 읽고, '放冬'을 '노둘'로 읽었다. 그리고 '노둘디'를 '놓았으되'의 의미로 보았다. 해독과 현대역이 연결되지 않는 문제를 보인다.

(8다)의 '此矣'와 '彼矣'의 해독에서는 '此矣'와 '彼矣'를 '이디'와 '뎌디'로 읽었다. 이에 포함된 문제들을 보자.

> (9) 가. ··· 此矣 ··· 이것은 '이디' 또는 '이리'로 읽을 수 있다. '리'는 '디'에서 '으'가 삭제된 형태를 취한다. '此矣彼矣'(祭亡)도 '이디뎌디'나 '이리뎌리'로도 될 수 있다.(유창균 1994:462)
> 나. ··· 此矣 ··· 여기서는 '디'를 취하여 '곳에'라는 뜻으로 새긴다.(유창균 1994:710)
> 다. '此矣'가 '이디'이므로 '彼矣'는 '뎌디'가 된다. '저곳에'하는 뜻이다.(유창균 1994:721)

(9가)에서는 '이디, 뎌디'와 '이리, 뎌리'의 가능성을 모두 제시하였다. 그러나 「제망매가」의 '生死路隱 此矣'의 '此矣'에는, 문맥상 '이리'를 쓸 수 없다는 점에서, '이리, 뎌리'의 가능성은 부정된다.

(9나, 다) 등에서는 '矣'를 '디'(곳에)로 해독하였다. '이디'와 '뎌디'는 '이+ㄷ+익'와 '뎌+ㄷ+익'의 연결로 보면 그 설명이 가능하다. 그러나 이런 예가 없고, '이'에 '이곳'과 '여기'의 의미가 있다는 점에서 문제를 보인다. '이디'의 중세 예로 '이디도록'(이렇게까지)의 '이디'를 들 수 있으나, 이 '이디'는 '이리'의 의미가 될 수 있는데, 만약 '이리'의 의미라면, '이곳'의 의

미가 아니다. 그리고 '-도록'은 용언에 붙는 어미라는 점에서도 '이뎌도록'의 '이뎌'를 '이곳'의 의미로 볼 수 없다. 이런 점들로 보아, '이뎌, 뎌뎌' 등의 해독은 좀 더 검토를 요하며, 이에 포함된 '矣'(뎌)의 해독 역시 좀더 검토를 요한다고 할 수 있다.

(9사)에서는 '矣'를 '되'로 읽었다. '夜되'의 경우는 '夜(밤)+矣(되)+卯(묘)+乙(라)'을 '밤됨을'의 표기로 본 것인데, 두 가지 문제가 포함되어 있다. 하나는 '되-'가 그 당시에는 '드뵈-〉드외-'라는 문제이다. 다른 하나는 '뭀'이 '믈'이 될 수 없다는 문제이다. '눈되'(放冬:눈, 矣:되)는 뒤에 스스로 '노둘뎌'로 수정한 해독이다.

이상과 같이 본다면, '矣'를 '뎌, 되' 등으로 읽은 기왕의 향찰들은 모두 부정된다. 단지 '本矣'를 '본뎌'로 읽은 해독만이 가능하다고 정리된다.

3) '드뵈, 대, 디, 듸'

'矣'를 '드뵈, 대, 디, 듸' 등으로 읽은 해독들은 다음과 같다.

(10) 가. 冬矣也(「원가」) : 드뵈야(홍기문 1956)
     나. 本矣(「처용가」) : 본대(권덕규 1923, 김상억 1974)
        此矣(彼矣)(「도솔가」, 「제망매가」) : 이곧애(뎌곧애)(신태현 1940)
        此矣(「제망매가」) : 이대(정열모 1965)
     다. 本矣(「처용가」) : 본디(정열모 1965)
        此矣(「제망매가」) : 이디(정열모 1965)
        彼矣(「제망매가」) : 뎌디(정열모 1965)
     라. 本矣(「처용가」) : 본듸(신채호 1924), 본듸(강길운 1995)
        伊知皆矣爲米(「청불주세가」) : 이디긔 듸뵈메(강길운 1995)

(10가)에서는 '矣'를 '되'와 유사한 '드뵈'로 읽었다(홍기문 1956:221)고 했

다. 그런데 앞에서 언급했듯이, '디비'(-지, -지마는)가 '되'와 비슷한 토라고 주장하지만, 음이나 뜻에서 무엇이 비슷한 것인지를 밝히지 않은 문제를 보인다.

(10나)에서는 '矣'를 '대'로 읽었다. 이 중에서 '本矣'를 '본대'로 읽은 해독은 'ㆍ'의 존재 여부에서 좀더 검토해 보아야 할 해독이다. '此矣(彼矣)'의 '矣'는 이두에 따라 '되'로 보되 '대'의 표기에 쓰였다고 보았다. '대'의 해독만은 인정될 수 있지만, '此/彼'(이곧/뎌)와 '矣'(대)를 '이곧애 뎌곧애'로 처리한 것으로 보면, '矣'를 '애'로 보지 않은 점에서 의문이 가는 해독이다.

'此矣'의 경우는 '矣'의 훈을 '디비'로 보고, '디비〉디〉듸〉디〉대'의 변화(정열모 1965:266)로 설명하였다. 이 '디비'는 앞에서 본 홍기문의 것으로 같은 문제를 보인다. 그리고 이 해독을 따라 '此矣'가 '이대'(連해, 잇대)라면, '連'을 이용하지 않은 이유를 알 수 없는 문제를 보인다.

(10다)의 해독들은 '矣'를 '디'로 읽었다. (10나)의 '이대'에서와 같이, '矣'가 '디비'로 읽힌 예를 제시하지 않아, 그 이해가 되지 않으며, '디비〉디〉듸〉디〉대'의 변화도 이해되지 않는다.

(10라)에서는 '矣'를 '듸'로 읽었는데, '本듸'는 '矣'를 '듸'로 읽은 이유를 설명하지 않았다. '본듸'의 경우는 앞의 (6)에서와 같이 설명하였다. 이 설명을 보면, '矣'의 음을 '듸'로 재구하였다. 그리고 '이디긔 듸뵈메'는 '伊知皆 矣爲米'로 떠어읽기 어려운 문제를 보인다. 이 두 해독은 1)절에서 정리한 바와 같이 '矣'의 음은 '디'이고 훈은 '디/되'라는 점에서 '듸'의 주장은 좀 더 검토를 요한다.

이상과 같이, '디비'는 '되'와 유사한 것이 아니라는 점에서, '디'는 '矣'의 훈이 아니라는 점에서, '대'는 'ㆍ'의 존재여부를 좀 더 검토해 보아야한다는 점에서, '듸'는 '矣'의 음이 아니라는 점에서, 각각 문제를 보여,

'矣'를 '디뷔, 디, 대, 듸' 등으로 읽을 수 없다.

3. '이, 애, 의, 에, 예'

이 장에서는 '矣'를 '이, 애, 의, 에, 예' 등으로 읽은 해독들을 '이', '애', '의', '에, 예' 등의 넷으로 나누어 변증하려 한다.

(11) 가. 耆郞矣(「찬기파랑가」) : 耆郞이(양주동 1942, 서재극 1975 등등), 기랑이(지헌영 1947, 정열모 1965), 耆손이(이탁 1956)

心音矣(「도솔가」) : ᄆᆞᅀᆞ미(양주동 1942, 지헌영 1947 등등), ᄆᆞ숨이(이탁 1956), 마ᅀᆞ미(홍기문 1956, 정진원 2008), 마ᄋᆞ미(정열모 1965), ᄆᆞᄉᆞ미(서재극 1975, 금기창 1993 등등), ᄆᆞ숨이(황패강 2001)

自矣(「우적가」) : 나이(저이)(지헌영 1947), 저이(서재극 1975, 신석환 1990)

多矣徒良(「풍요」) : 하이(홍재휴 1983), 하늬 물아(김완진 1980), 하이 물아(금기창 1993), 더 물아(신재홍 2000)

나. 夜矣(「서동요」) : 바미(양주동 1942, 지헌영 1947 등등), 밤이(이탁 1956, 남풍현 1983 등등)

放冬矣(「맹아득안가」) : 노ᄒᆞ디(양주동 1942, 지헌영 1947 등등), 의노티(양주동 1965), 노ᄒᆞᄃᆞ이(이탁 1956), ᄇ리ᄃ리(서재극 1975), 어ᄃ리('이' 설명 없음 위로 돌림)(유창균 1994), 어디(신재홍 2000)

此矣(「도솔가」) : 이익(이탁 1956, 서재극 1975 등등)

此矣(「제망매가」) : 이익(지헌영 1947, 이탁 1956 등등)

此矣(彼矣)(「제망매가」) : 이익(이탁 1956, 서재극 1975 등등)

彼矣(「제망매가」) : 뎌익(이탁 1956, 서재극 1975 등등)

冬矣也(「원가」) : (겨사온)디(也:ㅣ, 양주동 1942), 겨르리라(정열모

1965), 드러야(서재극 1975), (가시시온) 디라(유창균 1994), 둘이야
(최남희 1996), 디야(신재홍 2000), 디여(황패강 2001)

다. 乾達婆矣(「혜성가」) : 乾達婆이(양주동 1942, 지헌영 1947 등등), 건
달바이(정열모 1965)

三花矣(「혜성가」) : 三花이(양주동 1942, 지헌영 1947 등등), 세 곧이
(이탁 1956)

面矣(「원가」) : ᄂ치(정열모 1965, 서재극 1975 등등), 낯이(설명 앞으
로 돌림, 유창균 1994)

라. 寢矣(「처용가」) : 자리(마에마 1929, 남광우 1962 등등), 자리이(지헌영
1947), 잘이(이탁 1956)

沙矣(「원가」) : 모리(이, 정열모 1965), 모래익(금기창 1992), 몰기(유
창균 1994), 몰개익(최남희 1996), 이히ᄃ히(矣以:익, 서재극 1975)

마. 本矣(「처용가」) : 아리(서재극 1975), 미틔(고정의 1989), 아익(신재홍
2000)

伊知皆矣(「청불주세가」) : 익 : 읻의 몯익(이제 마지막이, 이 탁 1956),
이 알 모디(김준영 1964, 1979), 익, 뎌 알기(김완진 1980), 이 알기
(유창균 1994), 이디기(이렇게/이같이, 신재홍 2000)

(11)의 해독들은 모두 '矣'를 '익'로 해독하였다. (11가)의 '耆郎矣(익) 皃
史是', '心音矣(익) 命叱', '自矣(익) 心米', '多矣(익) 徒良' 등에 나온 '矣
(익)'는 속격 또는 소유격이다. (11나)의 '夜矣, 放(◇於)冬矣, 此矣, 此矣彼
矣, 冬矣也, 皆矣' 등에 나온 '矣(익)'는 부사격 또는 처소부사격이다. (11
다)의 '乾達婆矣(익) 遊烏隱', '三花矣(익) 岳音', '面矣(익) 改衣-' 등에 나
온 '矣(익)'는 부주격이다. (11라)의 '寢矣(익), 沙矣(익)' 등에 나온 '矣(익)'
는 말음첨기이다. 이 (11가-마) 등의 '矣'(익)는 거의가 문맥에 맞는 해독
들이다. 그러나 (11마)의 '本矣'와 '伊知皆矣'에 나온 '矣(익)'는 문맥에 맞
지 않는 해독이다. 후자는 '이디 모두의'(〈이디 모두익)(이것 모두에, 양희철

2011d:82-84)로 해독된다는 점에서, (11마)의 해독은 문맥에 맞지 않는 해독이다. 이 해독들에서와 같이 '矣'를 '이'로 읽은 이유를 설명한 것은 양주동이고, 나머지는 이를 따른 것들이다.

(12) 矣 音借「의」(諧音「이」)(양주동 1942:342)

(12)에서와 같이 '矣'의 음은 '의'이나 諧音은 '이'라고 하였다. 이 해음은 오구라의 모음조화와 같은 것으로 보인다. 이로 인해 해당 작품의 첫머리 정리와 구체적인 설명에서 '의'와 '이'가 혼용되기도 했다. 예로, '心音矣'(「도솔가」), '乾達婆矣'(「혜성가」), '三花矣'(「혜성가」) 등의 '矣'들은 해당 작품의 첫머리 정리에서는 '이'로 읽고, 그 구체적인 설명에서는 '의'로 읽고 있다. 이렇게 해음으로 읽은 '이'는, 뒤에 보겠지만, 김선기의 지적처럼 그 당시음을 검토하지 않고 현대음 '의'로 읽은 문제를 보인다. 그리고 해독에 모음조화와 같은 해음을 끌고 들어온 것도 문제이다.

이렇게 '矣'를 '이'로 읽은 해독들은 그 이유를 명확하게 제시하지 못하였다. 그렇다고 '矣'를 '이'로 읽는 것을 부정하는 것은 아니다. '矣'의 당시음이 '이'라는 것은 세 가지 사실에서 정리할 수 있다. 하나는 다른 향찰의 음을 통하여 정리하는 것이고, 다른 하나는 '矣'자를 포함한 한자들의 음을 통하여 정리하는 것이며, 또다른 하나는 '矣'의 거의 모두가 신라 향가에서 등장한다는 것이다. 이 세 가지를 차례로 보자.

먼저 다른 향찰인 '未'의 음을 통하여 '矣'의 음이 '이'라는 사실을 보자. 향찰 '未' 중에서 향찰 '矣'의 음을 말해주는 것은 '夜未'와 '心未'의 '未'들이다. 이런 사실들을 보기 위하여 이 향찰들을 보자.

(13) 가. 夜矣 夘乙 薯童房乙 抱遣(「서동요」) : 夜未 向屋賜尸 朋知良 閼

尸也(「청불주세가」)

　나. 心音矣 命叱 使以惡只(「도솔가」) : 心未 際叱肹 逐內良齊(「찬기
　　　파랑가」)

　다. 心音矣 命叱 使以惡只(「도솔가」) : 心未 筆留 慕呂(「예경제불가」)

　(13가)의 '夜矣'와 '夜未'는 용언 앞에 온 '명사(夜)+부사격어미'를 분철
과 연철로 표기한 것들이다. 즉 '夜矣'는 '밤이'의 표기이고, '夜未'는 '바
미'의 표기로 '밤이'의 연철이다. 그리고 (13나, 다)의 '心音矣'와 '心未'는
'명사(心音 또는 心)+소유격어미+명사(命, 際叱, 筆)'의 '명사(心 또는 心音)+
소유격어미'를 분철과 연철로 표기한 것들이다. 즉 '心音矣'는 'ᄆ숨이'의
표기이고, '心未'는 'ᄆᅀᆞ미'의 표기로 'ᄆ숨이'의 연철이다.

　이런 사실은 '矣'의 당시음이 '이'임을 말해준다. 왜냐하면 '未'(미)는 'ㅁ
+이'이기 때문이다. 혹시 '未'의 음을 '미'나 '믜'로 잡으려 할 수도 있다.
그러나 '미'로 잡으면, '未'가 보이는 소유격어미와 부사격어미를 설명할
수 없고, '믜'로 잡으면, '未'의 음이 '믜'라는 것을 증명할 수 없을 뿐만
아니라, 이유나 원인을 나타내는 격어미인 '風未'(ᄇ라미)의 '이'를 설명할
수 없다. 이런 점들에서 향찰 '矣'의 한자음은 '이'였다고 정리할 수 있다.

　이번에는 '矣'의 음이 '이'이었다는 사실을 '矣'자를 포함한 한자들의 음
을 통하여 보자. 이를 간접적으로 도와주는 글을 먼저 보자.

　(14) '矣'가 漢語에서 구개음화되기 이전의 재구음을 '*tiəg' 정도로 보면
　　　음성운미 '-g'는 도중에 약화되어 '-i-'도 되거나 탈락하게 된다. 그
　　　리고 '止攝'의 주요모음 'ə'이다. 그러면 '*təi'·'*tə'도 어느 단계의
　　　음이 될 것이다.
　　　　'-ə-'는 東音에 'ㅇ'로 반영된다. 이는 즉 '姿·資·子·慈—ᄌ',
　　　'師·獅·司·絲—ᄉ' 등의 'ə'系가 'ㅇ'(ᄋ)로 반영된 예들이다. 그러면

'*tə˘i'는 '*tɔ˘i'가 되며 中世國語에서 '디'나 吏讀에서 '디/되'는 이를 표기한 것이 아닌가 한다.(정철주 1988:100)

(14)는 '矣'의 한국 상고음이 '디'였다는 것을 설명한 글이다. 이 글이 보인 '디'는 '矣'의 후대음이 '익'임을 말해준다. 이는 '디'에서 'ㄷ'이 탈락되어 '익'가 되었다는 것이다. 이는 '不喩(안두〉안디〉안이)'에서 'ㄷ'이 탈락한 것과 같다. 이 '익'의 음을 보여주는, '矣'를 포함한 한자들을 『중문대사전』에서 보자.

(15) 埃 : [廣韻] 烏開切 [集韻] [韻會] [正韻] 於開切 音哀 灰平聲　ai

　　唉 : [廣韻] 烏開切 [集韻] [韻會] [正韻] 於開切 音哀 灰平聲　ai

　　　　[集韻] 英皆切 音挨 佳平聲

　　　　[廣韻] 於駭切 [集韻] 倚駭切 音矮 蟹上聲　ae

　　　　[集韻] 於代切 音愛 隊去聲　ay

　　娭 : [集韻] 於開切 音哀 灰平聲　ai

　　　　[集韻] 倚亥切 音曖 賄上聲　ae

　　挨 : [廣韻] 於駭切 [集韻] 倚駭切 ○○ 蟹上聲　ae

　　　　[廣韻] 於改切 [集韻] 倚亥切 ○○ 賄上聲　ae

　　　　[集韻] 英皆切 音唉 佳平聲　ai

　　欸 : [廣韻] 烏開切 [集韻] [韻會] [正韻] 於開切 音哀 灰平聲　ai ey

　　　　[廣韻] 於改切 [集韻] [韻會] 倚亥切 ○○ 賄上聲　ae

　　騃 : [廣韻] 吳駭切 [集韻] [韻會] [正韻] 語駭切 音疾 蟹上聲　aih

(15)의 반절에서 운모를 보여주는 반절하자는 '開, 皆, 駭, 代, 亥, 改' 등이다. 이 한자들의 현대모음은 '애'이다. 그러나 그 중세의 운모는 '익' 이다. 이를 보여주는 예들을 정리하면 다음과 같다.

(16) 開 : 열 기(開, 『훈몽자회』 하1)

皆 : 다 기(皆, 『유합』 상20)

駴 : 놀랄 히(駴, 『유합』 하27)

代 : 더신(代身, 『역어유해보』 60, 『한청문감』 259a)

亥 : [기츰 히(咳, 『훈몽자회』 중33), 쎠 히(骸, 『석봉천자문』 38), 아히(兒

孩, 『석보상절』 六3), 놀랄 히(駴, 『유합』 하27)] 등과 같이 '亥'를 포함한

한자들의 운모가 '이'라는 점에서 '亥'의 운모 역시 '이'로 추정

改 : 고틸 기(改, 『유합』 상4, 『석봉천자문』 8)

　(16)에서 '埃, 唉, 娭, 挨, 欸, 駴' 등의 반절하자에 쓰인 '開, 皆, 駴, 代, 亥, 改' 등의 중세 운모는 '이'이다. 이런 사실도 '矣'의 중고음의 하나가 '이'이었다는 사실을 말해준다고 정리할 수 있다.

　이번에는 향찰 '矣'의 거의 모두가 신라 향가에서 나온다는 점에서 '矣'가 '이'의 표기라는 점을 보자. 향찰 '矣'는 서론에서 언급했듯이, 신라 향가에서 17회 나오고, 고려 향가에서 1회 나온다. 이에 비해 향찰 '衣'는 총 11회 나오는데, 『삼국유사』에 3회['七史伊衣'(「모죽지랑가」), '波衣'(「혜성가」), '尊衣希'(「원왕생가」)] 나오고, 『균여전』에 8회['前衣'(「예경제불가」), '部伊冬衣'(「칭찬여래가」), '舌良衣'(「칭찬여래가」), '吾衣'(「수희공덕가」), '人衣'(「수희공덕가」), '直體良焉多衣'(「광수공양가」), '伊於衣波'(「광수광양가」), '吾衣'(「보개회향가」)] 나온다. 이런 현상은 신라 향가의 '矣'가 고려 향가의 '衣'로 통합되거나 교체된 현상을 말해준다. 이 통합 또는 교체의 이유를, '이/의'의 표기를 명확하게 하기 위한 것으로 해석한 경우가 있다. 즉 "'矣'의 두 가지 독법('디, 이/의' : 필자주)을 가지게 되면서 '이/의'를 보다 명확하게 표기하기 위해 이전부터 '矣'에 대해 보조적으로 쓰이던 '衣'가 그 쓰임을 넓혀간 것이라 하겠다."(황선엽 2008b:289)고 보았다. 이렇게 볼 수도 있지만, '矣'의 음이 '이〉의'로 변함에 따라 '이'의 표기에 쓰인 '矣'의 사용 빈도가

거의 소멸되었다고 보려 한다. 이렇게 신라 향가에서는 '矣'와 '衣'가 다른 표기였고, '衣'는 '의'의 표기이며, '矣'는 '이〉의'로 변했다는 점들을 계산하면, 신라 향가의 '矣'는 그 음이 '이'였다고 정리할 수 있다.

이렇게 '矣'의 음이 '夜矣:夜未, 心音矣:心未'에서 '이'라는 점, 한자 '埃, 唉, 娭, 挨, 欸, 騃' 등의 반절하자에 쓰인 '開, 皆, 駭, 代, 亥, 改' 등의 중세 운모가 '이'라는 점, 향찰 '矣'는 신라 향가에서 17회 나오고, 고려 향가에서 1회 나오는 이 '矣'는 '이〉의'에 따라 고려 향가에서는 '衣'(의)에 통합된다는 점 등에서, 향찰 '矣'는 '이'의 표기라고 정리할 수 있다. 그리고 이에 따라 향찰 '矣'를 '이'로 읽은 (11)의 해독들은, (11바)의 '本矣'를 제외하면, 모두가 맞는다고 정리할 수 있다.

2) '애'

향찰 '矣'를 '애'로 읽은 해독들은 다음과 같다.

(17) 가. 心音矣(「도솔가」) : ᄆᆞᆷ애(유창선 1936e)
    나. 夜矣(「서동요」) : 밤애(오구라 1929, 전규태 1976 등등), 바매(김완진 1980, 심재기 1989 등등)
    放冬矣(「맹아득안가」) : 노하대(김상억 1974), 놓돌애(금기창 1993)
    冬矣也(「원가」) : (겨샤온)대(김상억 1974)
    다. 面矣(「원가」) : 낯애(오구라 1929)
    라. 寢矣(「처용가」) : 시침애(沙寢애:새방에, 정열모 1965)
    沙矣(「원가」) : 모래(정열모 1947), 몰애(김완진 1980), 몰애(황패강 2001)

(17)은 소유격(또는 속격), 부사격(또는 처소부사격), 부주격, 말음첨기 등으로 나누어 정리한 것이다. 이 (17)의 '애'를 이끈 것은 오구라이다. 그 이유는 '矣'의 음이 '의'이나 '밤'과의 연결에서 모음조화에 따라 '애'에 轉

用되었다(오구라 1929:191)는 것이다. 나머지 해독들은 오구라의 해독을 따른 것들이다. 그런데 이 해독들은 뒤에 볼 김선기의 주장과 같이 '矣'의 현대음만을 보았지 향찰 당시의 한자음을 검토하지 않은 문제를 보인다. 그리고 향찰 해독에 모음조화나 전용을 끌고 들어온 것도 문제이다. 이렇게 현대음 '의'를 모음조화에 맞춰 '矣'를 '애'의 표기에 전용했다고 본 (17)의 '矣'(애)는 수긍하기 어렵다.

3) '의'

향찰 '矣'를 '의'로 읽은 해독들은 다음과 같다.

(18) 가. 耆郎矣(「찬기파랑가」) : 耆郎의(오구라 1929, 김준영 1964 등등), 기랑의(유창선 1936b, 정열모 1947 등등), 글ᄆᄅ의(유창균 1994), 굴마루의(강길운 1995)

心音矣(「도솔가」) : ᄆ숌의(오구라 1929, 신태현 1940 등등), 마자믜(김상억 1974), ᄆᄉ믜(전규태 1976, 유창균 1994), 마음의(정열모 1947)

自矣(「우적가」) : 저의(오구라 1929, 정열모 1947 등등), 제의(김완진 1980)

(多)矣徒良(「풍요」) : 의닉여(아유가이 1923, 유창선 1936e), 의내여(이두, 오구라 1929, 이문, 양주동 1942 등등), 의내아(이탁 1956, 김준영 1964 등등), 의닉아(양희철 1997), 의닉야(홍기문 1956), 의내라(유창균 1994), (하)의 도래(정열모 1947), 하의 ᄠᆞ아(강길운 1995)

나. 夜矣(「서동요」) : 밤의(아유가이 1923, 정열모 1947 등등)

放冬矣(「맹아득안가」) : 노홀듸(정열모 1947), 어듸(정열모 1965), 노호듸(강길운 1995), 어돌의(양희철 1997)

此矣(「도솔가」) : 이의(김준영 1964, 김준영 1979 등등)

此矣(「제망매가」) : 이의(김준영 1964, 양희철 1997 등등)

此矣(彼矣)(「제망매가」) : 이의(김준영 1964, 1979 등등)

彼矣(「제망매가」) : 뎌의(김준영 1964, 1979 등등)

冬矣也(「원가」) : 듸에(정열모 1947, 드의여〉듸여(이탁 1956), (가석
손)듸여(강길운 1995), 둙의야(양희철 1997)

伊知皆矣(「청불주세가」) : 이 알긔(양주동 1942, 지헌영 1947 등등),
이디 여릐(정열모 1965)

다. 乾達婆矣(「혜성가」) : 乾達婆의(오구라 1929, 유창선 1936e 등등), 건달
파의(정렬모 1947, 홍기문 1956), 건달바의(김상억 1974, 강길운 1995
등등)

三花矣(「혜성가」) : 三花의(오구라 1929, 유창선 1936e 등등), 삼화의
(정열모 1947, 1965 등등), 세 고즤(홍기문 1956), 삼과의(김선기
1993), 세 골의(강길운 1995), 세 곳의(양희철 1997)

面矣(「원가」) : ᄂ즉(지헌영 1947), 눛의(김준영 1964, 1979 등등), 너
즉(강길운 1995)

라. 寢矣(「처용가」) : cham-eui(가나자와 1918), 자리의(정열모 1947), 자
릐(김준영 1964)

沙矣(「원가」) : 몰애의(홍기문 1956), 몰긔-(양희철 1997)

마. 本矣(「처용가」) : pon-eui(가나자와 1918), 본의(이탁 1956, 정열모
1947), 미틔(남광우 1962, 이기문 1972), 미듸(최남희 1996)

(18)에서 설명을 요하는 것들을 먼저 보자. (18가)의 '제의'는 속격의 중
가형이다. (18가)의 '하의'는 '많으이'의 의미로 본 해독이다. (18나)의 '노
홀듸'는 '놓을 때'의 의미이고, '어듸'는 '放'을 '於'로 수정하고, '冬'을 'ㄷ'
으로 '矣'를 'ㅢ'로 읽은 해독이다. '노호듸'는 '放(놓)+오+冬(드)+矣(의)'로
읽고 '놓되'의 의미로 본 해독이다. (18나)의 '듸에'는 '冬(ㄷ)+矣(ㅢ)+也
(에)'로 읽은 해독이고, (18나)의 '듸여'는 '冬(ㄷ)+矣(의)+也(여)'로 읽고 축

약한 해독이며, '(가쇠손)되여'는 '冬(ㄷ)+矣(의)+也(여)'로 읽은 해독이다.

이렇게 (18)에서는 '矣'를 모두 '의'로 읽었다. 이 해독들은 근대 이두집에 나오는 '矣'가 '의'라는 점과, 한자 '矣'의 근현대음이 '의'라는 점에 근거한다. 그런데 이 이두들에는 두 가지 문제가 있어 보인다.

첫째는 향찰 '矣'는 '夜矣:夜未, 心音矣:心未' 등에서 '이'라는 문제이다. 근대 이두집들을 보면 '他矣 남의, 놈의, 뎌의'(『나려이두』), '汝矣 너의'(『어록변증설』), '矣徒 의니'(『전률통보』, 『나려이두』, 『유서필지』), '矣身 의몸'(『어록변증설』, 『유서필지』, 『나려이두』) 등이 나온다. 이것들에 나온 '矣'만을 보면, 이 '矣'는 '의'이다. 그러나 이렇게 읽을 수 없는 것이 있다. 즉 앞에서 (13)을 설명하면서 보았듯이, '矣'를 '의'로 읽으면, '心音矣=心未'에서 '未'를 '믜'로 읽어야 하는데, '未'의 음에 '믜'가 없다는 문제를 보이고, 이유나 원인을 나타내는 격어미인 '風未'(ㅂ라민)의 '이'를 설명할 수 없다. 이런 점에서 '矣'를 '의'로 읽은 것은 고려 향가의 향찰 이후의 일이라고 판단한다.

둘째는 '의'(우리의, 저의)로 읽는 '矣'는 여말선초 이전으로 올라갈 수 없다는 문제이다. 이를 보기 위하여 먼저 '矣徒'와 '矣身'의 '矣'를 '의'로 읽은 것은 그 근거가 모호하다는 것을 보자.

> (19) 제1인칭의 '의몸·이니'와 같은 예는 中世語에는 없다. 이 '의'가 어디서 由來한 것인지 알 수 없으나 '是矣身·是矣徒' 즉 '의의몸, 이의니'의 縮約形이 아닐까 한다. 어쨌든 '矣'가 '의'인 점에서는 冠形格의 그것과 같다고 하겠다.(유창균 1994:460)

(19)에는 오자인지 의도적인지를 알 수 없는 것들이 있다. '矣'가 '의'라는 점에서 보면, '이니'와 '이의니'는 '의니'와 '의의니'의 오자 같다. 반면

에 '是矣身·是矣徒'의 '是'가 '이'라는 점에서 보면, '의의몸'이 '이의몸'의 오자 같다. 어느 한쪽으로 정리할 수 없게 설명한 문제를 보인다. 이를 참고하여도, 이 설명은 이해되지 않는다. 왜냐하면 향찰과 이두에서 축약형을 설정할 수 없기 때문이다.

이번에는 (18가)의 '의니아'가 취한 설명을 보자.

> (20) 이제 '矣徒良'의 '矣徒'를 보자. '矣徒'는 이두에도 있어 쉽게 '의니(저희내/저희들)'로 해독할 수 있었다. 그러나 이 이두를 차제자의 원리로 설명하고자 할 때에 상당히 큰 문제가 발견된다. 왜냐하면, '矣'를 '의'의 음만자로 본다면, 한국어 '의'에 '저희'의 뜻이 없고, 그렇다고 '矣'를 '저희'의 뜻인 실의만자로 읽을 수도 없기 때문이다. 특히 '矣'의 한국 속훈은 '주비(都, 統首)' 또는 뜻이 없는 어기사 또는 어조사이기 때문이다. 그러면 '矣徒'의 '矣'가 어떻게 '저희/우리'의 뜻을 얻었는가는 매우 큰 문제가 된다.
>
> 이 문제는 동자이의(同字異義)의 관계에서 밝혀진다. 구결에서 '矣'는 'ㅿ'로 쓰이며, '저희/우리(我)'를 뜻하는 '私'도 고자(古字)에서 'ㅿ'이다. 이렇게 矣와 私가 모두 'ㅿ'로 쓰일 때에, ㅿ(=矣)는 ㅿ(=私)의 의미를 갖게도 된다. 이로 인해 ㅿ徒는 矣徒와 私徒를 포함하게 되고, ㅿ徒(=矣徒)의 ㅿ는 음으로 읽히면서 ㅿ徒(=私徒)의 ㅿ의 뜻인 '저희/우리'를 취하게도 된다. 즉 이두의 矣徒는 그 矣에서 ㅿ(=矣)의 음을 취하고, ㅿ(=私)의 뜻을 취한 것이다. 이런 현상은 문자를 쓰면서 나타나는 관습에 의한 것으로 관습자라 부르려 한다.(양희철 1997)

(20)에서와 같이 '矣'를 관습자로 설명하면 일단 조선조의 이두 중에서 '우리의, 저의' 등의 의미를 가진 '矣(의)'의 이해는 가능하다.

그러나 이렇게 '矣'를 '의'(우리의, 저의)로 읽은 것이 향가의 '矣'에서도 가능한지는 좀더 검토를 요한다. 앞에서 보았듯이, '矣徒 의니'와 '矣身

의몸'은 근대 이두집에 나온다. 그리고 「開心寺石塔記」의 '矣典'은 그 내용이 명확하지 않아 빼고 보면, 이 이두는 고려말에서 나오기 시작한다. 즉 '矣身'은 「列聖御筆 太祖賜淑愼翁主書」와 『乙丑錄』에 나오고, '矣家'는 『亂中雜錄』에 나오며, '矣母'와 '矣同黨'는 『光海君日記』에 나온다. 그리고 '우리들, 저희들' 등의 의미를 가진 '矣徒'(의내/의니)는 「宣德七年監務官貼傳書」, 『儒胥必知』, 『典律通補』, 『古今釋林』 등에 나온다.(양주동 1942:492) 이 외에 「南氏奴婢文書」(1382년)의 '矣出子龍金乙, 矣同腹族' 등이 있다. 이렇게 '우리의, 저의' 등의 의미를 가진 '矣(의)'는 여말선초 이전에는 보이지 않는다. 게다가 향가의 향찰 '矣'는 고려 향가에서는 1회만 나오고 거의 대부분이 신라 향가에서 나온다. 이런 점들에서 「風謠」의 '矣徒良'의 '矣'는 '의'(우리의, 저의)로 읽을 수 없게 된다.

이렇게 향찰 '矣'는 '夜矣:夜未, 心音矣:心未' 등에서 '矣'가 '이'라는 점과, '의'(우리의, 저의)로 읽는 '矣'는 여말선초 이전으로 올라갈 수 없다는 점에서, 신라 향가의 향찰 '矣'는 '의'(우리의, 저의)로 읽을 수 없다고 판단한다.

4) '에, 예'

향찰 '矣'를 '에'와 '예'로 읽은 해독들은 다음과 같다.

(21) 가. 心音矣(「도솔가」) : 마음에(강길운 1995)
　　　나. 夜矣(「서동요」) : 밤에(정인보 1930, 사비성인 1935 등등)
　　　　　放(〉於)冬矣(「맹아득안가」) : 어드레(김완진 1980)
　　　　　此矣(「도솔가」) : 이에(오구라 1929, 양주동 1942 등등)
　　　　　此矣(「제망매가」) : 이에(오구라 1929, 유창선 1936e 등등), 예(양주동 1942, 김형규 1948 등등)

此矣(「제망매가」) : 이에(오구라 1929, 양주동 1942 등등), 예(양주동
  1942, 김형규 1948 등등)
彼矣(「제망매가」) : 뎌에(오구라 1929, 유창선 1936e 등등), 저에(양주
  동 1942, 지헌영 1947 등등)
冬矣也(「원가」) : 겨스레여(김완진 1980)
다. 寢矣(「처용가」) : 자리에(신채호 1924, 오구라 1929 등등), 자례(강길운
  1995)
沙矣(「원가」) : 몰게(강길운 1995)
라. 沙矣(「원가」) : 모래예(오구라 1929)

(21가, 나, 다) 등의 해독들은 '矣'의 음인 '의'로 '에'를, (21라)는 '矣'의
음인 '의'로 '예'를 각각 표기했다고 보고 있다. 그 이유를 오구라(1929:183,
210, 213, 227)는 모음조화로, 양주동(1942:526)은 音借 '에'로 각각 설명을
하였다. 해독에 모음조화를 끌고 들어온 것은 해독의 차원을 벗어난 문제
를 보인다. 그리고 '矣'의 음차 '에'의 경우는 '矣'의 음에 '에'가 없다는 문
제를 보인다. 나머지 해독들은 거의가 앞의 두 선학의 해독을 따르고 있는
데, 강길운은 '의'에 의한 '에'의 대충표기로 보았다.

(22) … 한편, '에'를 나타내는 한자가 없으므로 '의'를 나타내는 '矣・衣'자
  로 대충하기도 하였으니 여기서 「夜矣」는 형태론상으로 '밤에'로 해
  독하여야 할 것이다.(강길운 1995:41)

(22)에서는 '에'에 해당하는 한자가 없어서 '矣'(의)나 '衣'(의)로 '에'를
대충표기했다고 보고 있다. 굳이 '에'를 찾는다면, '瞹'(에/예), '恚'(에),
'殪'(에) 등이 있다. 그러나 이 글자들은 벽자라고 해도, '의'와 '에'가 그
발음에서 비슷한 글자들이 아니라는 문제를 보인다. 그리고 앞에서 살폈

듯이, 신라 향가의 향찰 '矣'들은 '의'로 읽을 수 없다는 문제를 보인다.

이렇게 볼 때에, 그 음이 '의'인 '矣'로 모음조화에 맞추거나 대충표기로 '에, 예' 등을 표기했다는 주장들은, 해독에 모음조화나 대충표기를 끌고 들어온 문제나, 한자 '矣'의 음을 벗어난 문제를 피할 수 없다.

'矣'(의)를 '에'나 '예'의 전용이나 대충표기로 본 해독들은 부정되는데, 아직도 정리해야 할 것이 하나 있다. 바로 향찰에는 '에'나 '예'를 표기한 향찰이 없다는 것이다. 이 때문에 전용이나 대충표기로 이 '에'나 '예'를 보충하려 하였다. 그러나 '에'나 '예'를 음으로 가진 한자들이 존재한다는 점에서 이 전용이나 대충표기를 인정할 수는 없다. 그리고 이 전용과 대충표 기는 후기 중세어와 향찰 시대의 언어가 같다는 것을 전제로 하는데, 같은 것이 아니라 다른 것으로 보인다. 그리고 '에'와 '예'의 자리에 '익'가 나타나고 있다. 이런 점에서 '에'와 '예'는 '익'에 묶여 있었다고 보고자 한다.

4. '?(미상), 를, 으, 으, 이, 히, ㅣ'

이 장에서는 향찰 '矣'를 읽은 해독들 중에서, '?(미상), 를, 으, 으' 등을 하나로 묶고, '이, 히'와 'ㅣ'를 나누어 변증하고자 한다.

1) '?(미상), 를, 으, 으'

향찰 '矣'를 '?(미상), 를, 으, 으' 등으로 읽은 해독들은 다음과 같다.

(23) 가. 放冬矣(「맹아득안가」) : 노흔들(冬矣:들, 오구라 1929, 유창선 1936d,
　　　신태현 1940)
　　　冬矣也(「원가」) : (고티샤온)들로(오구라 1929), 겨울여(지헌영 1947)

沙矣(「원가」) : 애와티돗(양주동 1942), 애와치닷(김상억 1974)

本矣(「처용가」) : 아세/아시(홍기문 1956)

伊知皆矣(「청불주세가」) : 이러케(오구라 1929, 신태현 1940), 이 알

게(전규태 1976, 황패강 2001)

나. 面矣(「원가」) : 낟ᄋ(낟ᄋ>낟아>낯이, 이탁 1956)

沙矣(「원가」) : 앗아디돗(이탁1956)

다. 夜矣卯(「서동요」) : 밤으란(홍기문 1956)

라. 寢矣(「처용가」) : 내자리를(권덕규 1923), 자리를(유창선 1936c)

(23가)에서 '冬矣也'의 해독들은 '冬矣'를 '들'로 보았다. '矣'를 '-ㄹ'로
본 것 같기도 하지만, 명확한 설명이 없어, '矣'의 해독을 알 수 없다. '겨
울여' 역시 '矣'의 해독이 명확하지 않다. 또한 '阿叱沙矣以'를 '애와티돗
(〈엣싀돗〉'으로 읽은 해독은 그 이유를 다음과 같이 설명하였다.

(24) 沙矣 反切「싀‧새」… 以上「阿叱沙矣以」는 逐字讀하면「엣싀」이
나 이는 其實「애와치」를 表記한것이니 …(양주동 1942:630)

(24)에서 보면, '沙矣'를 '싀, 새'로 읽었다. 이 경우의 '矣'는 '의' 또는
'ㅣ'이다. 그런데 문제는 이 '싀'를 포함한 '엣싀'가 '애와티'를 표기한다고
할 때에, '矣'가 어느 것을 표기한 것인가를 알 수 없다. '애와치닷'은 양주
동의 해독을 바꾼 것이다.

(23가)의 '本矣'에서는 '아세/아시'로 읽었다. 그 설명을 보면 다음과 같다.

(25) 현대어에는 《아예》라는 부사가 있으니 한자와 합해서 애초(初) 또는
애당초(當初) 등의 말을 이루고 있으며 서남 방언과 동남 방언 등에서
《아시》, 《아세》 등으로 되고 있다. 첫번째 매는 김을 《아시》 또는

《애》라고 하는바 이 《아예》라는 부사는 바로 이 말로부터 유래되었을 것이다. 훈몽자회에는 《아싀 뗄 분》이라고 하고 다시 주로서 《一蒸飯》이라고 하였다. 밥을 첫 번 찌는 것을 《아시》라고 하는 것과 동일한 말일 것이다. 《本矣》를 《본디》의 한자 어휘로 보기보다는 《아세》 또는 《아예》라는 말로 보아야 한다. 문헌에서는 차지 못하였으나 문헌에 나타난 말만이 오랜 것은 아니다. (홍기문 1956:190)

(25)에서는 '本矣'를 '아시/아세'와 연결시켜 해독하였다. 그런데 정작 문제는 이 '아시/아에'가 '本矣'의 훈인가 음인가를 설명하지 않아, '矣'의 해독을 알 수 없다.

(23가)의 伊知皆矣(「청불주세가」)에 속한 해독들은 '皆矣'를 하나로 묶어서, '케, 긔, 게' 등으로 읽으면서, '矣'의 해독을 모호하게 처리하였다.

(23나)의 해독들은 '矣'를 'ᄋ'로 보았다. 그 중에서 전자는 '面(낟)+矣(ᄋ)'로 읽고, '낟ᄋ'를 '낟ᄋ>낟아>낯이'의 변화로 보았다. 그리고 후자는 '阿(아)+叱(사)+沙(ᄉ)+矣(ᄋ)+以(아)+攴(디)+如(ᄃ)+攴(다)'에서와 같이 'ᄋ'로 보고, 그 뜻은 '붓어지듯이'로 보았다. 그런데 정작 '矣'에 'ᄋ'의 음이 없다는 문제를 보인다. 혹 '矣'의 음을 '의'로 보고, 이를 '의>ᄋ'와 같이 반절로 만든 것으로 볼 수 있으나, 이런 반절은 향찰에 없다는 문제를 보인다.

(23다)에서는 '夜(밤)+矣(ᄋ)+卵(란)'으로 읽었는데, '矣'의 음이 'ᄋ'가 아니라는 문제를 보인다. 혹 '矣'의 음을 '의'로 보고, 이를 '의>ᄋ'와 같이 반절로 만든 것으로 볼 수 있으나, 이런 반절은 향찰에 없다는 문제를 보인다.

(23라)에서는 '矣'를 '를'로 보았다. '矣'의 음도 훈도 아닌 문제를 보인다.

이렇게 '矣'를 '?(모호), 를' 등으로 읽은 해독들은 '矣'의 음이나 훈을 벗어난 문제를 피할 수 없고, '矣'를 'ᄋ, ᄋ' 등으로 읽은 해독들은 '의>ᄋ,

의〉으' 등과 같이 만든 향찰이 없다는 점에서 부정적이다.

2) '이, 히'

향찰 '矣'를 '이, 히' 등으로 읽은 해독들은 다음과 같다.

(26) 가. 本矣(「처용가」) : 믿이(오구라 1929), 모티(본문)/모토이(서두)(김선기
1967h), 몬이(김선기 1993), 미디(류렬 2003)

(多)矣徒良(「풍요」) : (하)이 도래(정열모 1965), (까)이 무라(김선기
1968a, 김선기 1993), 이 나라(류렬 2003)

耆郎矣(「찬기파랑가」) : 끼랑이(김선기 1967c, 김선기 1993)

心晋矣(「도솔가」) : 마담이(김선기 1969b), 마삼이(김선기 1993), 므
슴미(류렬 2003)

自矣(「우적가」) : 저이(김선기 1969c)

夜矣(「서동요」) : 밤이(김선기 1967f, 류렬 2003)

放冬矣(「맹아득안가」) : 오돌이(김선기 1968c, 김선기 1993), 어드리
(최남희 1996)

冬矣也(「원가」) : 겨슬이여(김준영 1964), 겨슬이라(김선기 1967e), 겨
슬이여(전규태 1976), 돌이여(김준영 1979), 드리여(금기창 1993), 겨
실이라(김선기 1993)

三花矣(「혜성가」) : 삼화이(김선기 1967a)

乾達婆矣(「혜성가」) : 깐딸빠이(김선기 1967a;1993)

面矣(「원가」) : 나치(홍기문 1956), 낯이(김선기 1967e, 1993), 눛이(전
규태 1976), 느시(최남희 1996), 나시(류렬 2003)

沙矣(「원가」) : 사이(지헌영 1947, 김준영 1964 등등)

伊知皆矣(「청불주세가」) : 이지다이(하매)(정열모 1947), 이디가이
(김선기 1975a), 이디 개이(김선기 1993)

나. 耆郎矣(「찬기파랑가」) : 기나히(류렬 2003)

自矣(「우적가」) : 저히(류렬 2003)

放冬矣(「맹아득안가」) : 노호도히(류렬 2003)

冬矣也(「원가」) : (고디시혼)도히라(류렬 2003)

마. 三花矣(「혜성가」) : 서가시히(류렬 2003)

乾達婆矣(「혜성가」) : 건달바히(류렬 2003)

　(26)의 해독들은 '矣'를 '이, 히' 등으로 읽었다. 그 이유를 설명한 글을
먼저 보자. (26가)의 오구라는 '本矣'를 '믿이'로 읽으면서, '矣'의 음이
'의'이나 '이'로 쓰였다(1929:187)고 설명을 하였다. 이는 앞에서 본 전용이
다. (26가)의 정열모는 '(多)矣徒良'을 '(하)이 도래'로 읽으면서 '이'를 근
사음으로 설명을 하였다.(정열모 1965:129) 그러나 '이'를 표기하는 향찰들
(是, 此, 伊, 以)이 있는데, 이것들을 버리고 '矣'자로 '이'를 표기했다고 보
기는 어렵다.

　(26가)에서 두루 '矣'를 '이'로 읽은 것은 김선기이다. 그 설명을 보면
다음과 같다.

(27) 가. 矣는 六세기음이 [ji]요 한 대음은 [zi]였다. 그런데 오구라 교
　　　 수는 이런 방면의 아무런 검토도 없이 「의」의 현대음으로 읽었
　　　 다. 무애가 「이」로 읽은 것은 「의」의 이조 초기 「꼴」을 가지고 푼
　　　 것이다. 그러나 한 七백년이나 거슬러 올라가는 「찌이바 노래」를
　　　 그처럼 풀어서 될지는 처음부터 의심스러운 일이다. 그래서 나는
　　　 「이」로 그냥 읽는다.
　　　　 따라서 「이」는 「임입겿」(주격조사)의 경우나 차지입겿(지격조사)
　　　 의 경우가 같은 것이 아닌가 생각한다. … 청어(만주어)의 「지격」
　　　 은 「이」다. 신랏적 矣와 일치한다(김선기 1967c:302)
　　 나. '矣'는 풀이 5와 6을 찾아 보라. '矣'가 [i]가 절운 시대 발음이엇고
　　　 '이' 소리를 적었다 하여 조금도 이상할 것이 없다(김선기 1993:178)

다. 오구라 박사와 무애가 어찌하여 '矣'글자의 옛적 발음은 살펴 볼
생각을 아니하엿는지 알 길이 없다. 카알그렌 교수의 「Grammatika
Serica Recensa」 #926에 보면 [zjəg]/[i:]/[ji]로 조사되어 잇다. 옛
적 발음이 [i:]이니까 '矣'의 발음이 중국 고대에는 [i:]이엇음을 알
수가 잇다. [ji]가 우리가 발음하는 [ɯi]에 가까웁다.(김선기
1993:17-18)

(27가, 나, 다) 등에서 보면, 김선기는 '矣'의 고음을 '이'로 보았다. 한
국의 현대음도 '의'인데, 그 이전의 음을 '이'로 보기에는 어려움이 있다.
그리고 앞에서 보았듯이, '矣'의 음은 '되, 디, 익' 등이다.

이 오구라, 정열모, 김선기 외에 홍기문(1956), 김준영(1964), 전규태
(1976), 최남희(1996), 류렬(2003) 등도 '矣'를 이들과 같이 '이'로 읽고 있으
나 앞에서와 같은 문제를 보인다.

류렬은 (26나)에서 '矣'를 두루 '히'로 읽었다. 이 '히'는 'ㅎ'곡용어를 의
식한 해독인데, 향찰로 쓰인 한자의 음을 벗어난 문제를 보인다.

이렇게 '矣'를 '이'로 본 해독들은 전용으로 설명한 문제를, 히'로 본 해
독들은 '矣'의 음을 벗어난 문제를 보인다.

3) 'ㅣ'

향찰 '矣'를 'ㅣ'로 해독한 해독들은 다음과 같다.

(28) 가. 自矣(「우적가」) : 제(양주동 1942, 홍기문 1956 등등)
　　　多矣徒良(「풍요」) : 해 무라(서재극 1975), 해 무리랑(전규태 1976),
　　　해 무라(최남희 1996)
　　나. 放冬矣(「맹아득안가」) : 노ᄒ되(홍기문 1956)
　　　此矣(「도솔가」) : 어긔(김선기 1969b), 이리(홍기문 1956, 류렬 2003),

잉어긔(김선기 1993)

此矣(「제망매가」) : 이리(홍기문 1956, 류렬 2003), 어긔(김선기 1969a),
잉어긔(김선기 1993)

此矣(彼矣)(「제망매가」) : 이리(홍기문 1956, 류렬 2003), 어긔(김선기
1969a), 잉어긔(김선기 1993)

彼矣(「제망매가」) : 뎌리(홍기문 1956, 류렬 2003), 뎌긔(김선기 1969a),
뎡어긔(김선기 1993)

다. 三花矣(「혜성가」) : 三花ㅣ(최남희 1996)

面矣(「원가」) : ᄂ치(양주동 1942), 나치(정열모 1947, 김상억 1974)

라. 寢矣(「처용가」) : 자리(양주동 1942, 방종현 1948 등등), 몸채(신태현
1940)

沙矣(「원가」) : 새(이ᄃ)(전규태 1976), 식(이기)(신재홍 2000), 모시
(히)(류렬 2003)

(28)의 해독들은 '矣'를 'ㅣ'로 읽었다. 이를 이끈 글을 보자.

(29) 矣 畧音借「이」. 「矣」는 原則的으로 「의」이나 單히 「ㅣ」에도 畧音借
된다.(양주동 1942:402)

(29)에서는 '矣'의 음이 '의'이나 'ㅣ'에 약음차되었다고 설명하고 있다.
이런 약음차는 해독 초기에는 인정되었지만, 현재는 인정되지 않는다. 왜
냐하면, 'ㅣ'의 표기에 쓰는 '是, 伊' 등이 있는데, 굳이 '矣'를 약음차하여
쓸 이유가 없기 때문이다.

5. 결론

지금까지 향찰 '矣'에 대한 기왕의 해독들을 변증하여 보았다. 그 결과 중에서 중요한 것들을 요약하여 결론을 대신하면 다음과 같다.

먼저 향찰 '矣'의 '디/듸'와 '이'로 읽히는 근거를 보자.

1) 향찰 '矣'를 '디'로 읽는 것은 초기에는 '冬矣'의 반절인 'ㄷ+의〉듸〉디'에서 '冬'이 생략된 표기(양주동)로 정리되다가, 최근에는 재구된 고음 '디'(유창균, 정철주, 강길운, 양희철)로 정리된다.

2) 향찰 '矣'를 '디/듸'로 읽는 근거는 한자 '矣'의 훈일 수 있다고 추정(홍기문, 김완진)되다가 예증(강길운)되었다. '디'는 '矣'의 음과 훈으로 동시에 정리된다.

3) 향찰 '矣'를 '이'로 읽은 근거는, '矣(의)'의 諧音 '이'(양주동)에 있지 않고, '夜矣:夜未, 心音矣:心未, 風未' 등에서 '矣'가 '이'라는 점, 한자 '埃, 唉, 娭, 挨, 欸, 駭' 등의 반절하자에 쓰인 '開, 皆, 駭, 代, 亥, 改' 등의 중세 운모가 '이'라는 점, 향찰 '矣'는 신라 향가에서 17회 나오고 고려 향가에서 1회 나오는데, 이 '矣'는 '이〉의'에 따라 고려 향가에서는 '衣'(의)에 통합된다는 점 등에 있다.

이번에는 향찰 '矣'에 대한 유형별 해독에 대한 변증의 결과를 보자.

1) 향찰 '矣'에 대한 기왕의 해독들 중에서, '디뵈'는 '듸'와 유사한 것이 아니라는 점에서, '대, 디' 등은 '矣'의 훈이 '대, 디' 등이 아니라는 점에서, '듸'는 '矣'의 음이 '듸'가 아니라는 점에서, 각각 문제를 보인다.

2) 향찰 '矣'에 대한 기왕의 해독들 중에서, '애'는 '矣(의)'를 모음조화에 따라 轉用(오구라)한 것으로 본 것인데, 한자 '矣'의 근현대음 '의'에 근거한 점과 향찰 해독에 모음조화나 전용을 끌고 들어온 문제를 보인다.

3) 향찰 '矣'에 대한 기왕의 해독들 중에서, '의'는 근대 이두집에 나오는

'矣'가 '의'라는 점과, 한자 '矣'의 근현대음이 '의'라는 점에 근거한다. 그러나 '夜矣:夜未, 心音矣:心未, 風未' 등에서 '未'는 '미'이고 '矣'가 '이'라는 점과 '의'(우리의, 저의)로 읽는 '矣'는 여말선초 이전으로 올라갈 수 없다는 점에서, 신라 향가의 향찰 '矣'들은 '의'(우리의, 저의)로 읽을 수 없다.

4) 향찰 '矣'에 대한 기왕의 해독들 중에서, '에'와 '예'는 '矣(의)'의 모음조화에 맞춘 전용(오구라), (통)음차(양주동), 대충표기(강길운) 등의 해독인데, 근현대음 '矣(의)'을 기준으로 향찰 해독에 전용, (통)음차, 대충표기 등을 끌고 들어와서 당시음 '矣(이)'를 벗어난 문제를 보인다.

5) 향찰 '矣'에 대한 기왕의 해독들 중에서, 미상인 경우와 '를'의 경우는 해독 자체가 모호하거나 한자 '矣'의 음훈을 벗어난 문제를 보이고, 'ᄋ, 으' 등의 경우는 '이〉ᄋ, 의〉으' 등과 같이 만든 향찰이 없다는 문제를 보이며, '이'의 경우는 '矣(의)'의 전용으로 본 문제를 보이고, '히'로 본 경우는 '矣'의 음을 벗어난 문제를 보이며, 'ㅣ'의 경우는 'ㅣ'의 표기에 쓰는 '是, 伊' 등이 있는데, 이것들을 버리고 굳이 '矣'로 약음차하였다고 주장할 수 없는 문제를 각각 보인다.

6) 향찰 '矣'에 대한 기왕의 해독들 중에서, '디'로 읽은 기왕의 향찰들, 즉 '本矣, 寢矣, 放冬矣, 此矣, 此矣(彼矣), 彼矣' 등에서 '디'가 인정되는 향찰은 '本矣'뿐이고, '되'로 읽은 '夜矣, 放冬矣' 등의 '矣'는 인정되지 않는다.

7) 향찰 '矣'에 대한 기왕의 해독들 중에서, '이(矣)'는 '耆郎矣(이) 皃史是', '心音矣(이) 命叱', '自矣(이) 心米', '多矣(이) 徒良' 등에서 속격 또는 소유격으로, '夜矣, 放(◊於)冬矣, 此矣, 此矣彼矣, 冬矣也' 등에서 부사격 또는 처소부사격으로, '乾達婆矣(이) 遊烏隱', '三花矣(이) 岳音', '面矣(이) 改衣-' 등에서 부주격으로, '寢矣(이), 沙矣(이)' 등에서 말음첨기로 각각 쓰이면서 문맥에 맞는다. 그러나 '本矣'에 나온 '矣(이)'는 문맥에 맞

지 않는다. 이 해독들의 상당수는 초기의 해독들이다.

이렇게 본다면, 신라 향가의 향찰 '欣'는 '디'와 '이'의 표기에만 쓰이고, 고려 향가의 향찰(1회) '欣'는 '의'에 표기에 쓰인다. 그리고 이 '-이'는 중세어의 '-에'와 '-예'의 위치에서도 나오는데, 이는 '欣(이)'로 '에'나 '-예'를 표기한 것이 아니라, 그 당시에는 '-에'나 '-예'가 없거나 '이'에 통합되어 있었다고 보아야 할 것 같다. 이 문제는 좀더 본격적인 검토가 필요하다고 판단한다.

六. 향찰 '衣'

1. 서론

이 글은 향찰 '衣'에 대한 기왕의 해독들을 변증하는 데 연구의 목적이 있다.

향찰 '衣'는 총 11회 나온다. 『삼국유사』에 3회[七史伊衣(「모죽지랑가」), 波衣(「혜성가」), 尊衣希(「원왕생가」)] 나오고, 『균여전』에 8회[前衣(「예경제불가」), 部伊冬衣(「칭찬여래가」), 舌良衣(「칭찬여래가」), 直體良焉多衣(「광수공양가」), 伊於衣波(「광수광양가」), 吾衣(「수희공덕가」), 人衣(「수희공덕가」), 吾衣(「보개회향가」)] 나온다. 그리고 이 '衣'에 대한 기왕의 해독들은 'ㅅ, 옷, 닙, 어, 아, 읟, 희, 애, 에, 예, 이, ㅣ, 히, 으, 의, 긔' 등의 16종이며, 주요 해독자들의 해독 양상을 보면 다음과 같다.

오구라(1929) : ㅅ, 애, 어, 에, 예, 의, ㅣ
유창선(1936) : 애, 에, 의
신태현(1940) : 읟, 애, 의, ㅣ
양주동(1942) : 읟, 어, 에, 예, 의, ㅣ
지헌영(1947) : 읟, 어, 에, 예, 의, ㅣ
정열모(1947) : 에, 의, 이

이 탁(1956) : 익, 옷

홍기문(1956) : 익, 히, 아, 에, 의, 이, ㅣ

김준영(1964) : 의, ㅣ

정열모(1965) : 익, 히, 닙, 에, ㅣ

김선기(1967-75) : 애, 예, 의, 이, ㅣ

김상억(1974) : 어, 에, 의, ㅣ

서재극(1975) : 으, 의

전규태(1976) : 익, 히, 아, 애, 예, 의, ㅣ

김준영(1979) : 에, 의, ㅣ

김완진(1980) : 익, 히, 닙, 옷

금기창(1988) : 익, 애, 어

김선기(1993) : 애, 이, ㅣ

유창균(1994) : 익, 의, ㅣ

강길운(1995) : 에, 의, ㅣ

양희철(1997) : 의

신재홍(2000) : 익, 의, ㅣ

황패강(2001) : 익, 히, 어, 의, ㅣ

류 렬(2003) : 이, 히, ㅣ

이렇게 향찰 '衣'를 다양하게 읽은 이유로 네 가지를 들 수 있다. 첫째는 '衣'의 그 당시음이 무엇인가를 정확하게 검토하지 않았기 때문이다. 이런 현상은 '의'로 읽은 해독을 제외한 나머지 해독들이 '衣'의 음을 정확하게 제시하지 않고 해독을 하고 있다는 점에서 알 수 있다. 둘째는 모음조화, 전용, 대충표기 등을 인정하였기 때문이다. 이런 사실은 '衣'의 음 '의'를 근거로 주어진 환경에서 모음조화에 따라 '衣'를 '애, 에, 예' 등으로 읽은 해독들에서 알 수 있다. 셋째는 표기에 없는 'ㅎ'을 보입하였기 때문이다. 이런 사실은 '衣'의 음에도 없는 'ㅎ'을 포함한 '히, 희, 히' 등의 해독에서 알 수 있다. 넷째는 이중모음을 단모음으로 분리한 표기법과 반절하자의 반절법을 인정하였기 때문이다. 이런 사실은 '이, 으, ㅣ' 등의 해독들에서 알 수 있다.

이렇게 네 가지 측면에서 다양하게 읽힌 '衣'의 해독들을 다음의 네 가지 측면에서 변증하고자 한다. 첫째는 차제자의 원리이다. 향찰이 한자의 음훈을 빌어서 만든 문자라는 점에서 한자 '衣'의 음을 벗어나지 않았는가를 판단의 기준으로 삼으려 한다. 이 기준을 벗어난 모음조화(또는 해음), 전용(또는 통음차), 'ㅎ'의 보입 등을 배제하고자 한다. 둘째는 향찰의 운용법이다. 향찰은 'ㅅ'의 표기에 '叱'을 쓰는데 이를 벗어난 해독을 배제하고자 한다. 그리고 향찰에서는 '의〉이', '의〉으', '의〉ㅣ' 등과 같은 반절을 쓰지 않는다는 점에서 이런 해독은 배제하고자 한다. 셋째는 문맥의 일치이다. 적지 않은 해독들은 문맥에 맞지 않는데, 이런 해독들을 배제하고자 한다. 넷째는 해독과 현대역의 일치이다. 적지 않은 해독들이 연결되지 않는 현대역을 달고 있는데, 이런 해독을 배재하고자 한다.

2. 'ㅅ, 옷, 닙, 어, 아'

이 장에서는 'ㅅ, 옷, 닙' 등과 '어, 아' 등으로 읽은 해독들을 변증하려 한다.

1) 'ㅅ, 옷, 닙'

'衣'를 'ㅅ, 옷, 닙' 등으로 읽은 해독들은 다음과 같다.

(1) 가. 伊於衣波(「광수광양가」) : 이것바(오구라 1929)

나. 人衣(「수희공덕가」) : 사룸옷(이탁 1956)

七史伊衣(「모죽지랑가」) : (업시) 뎌옷(김완진 1980, 이병기 2008)

尊衣希(「원왕생가」) : 무릇옷(김완진 1980)

다. 伊於衣波(「광수공양가」) : 이어 니바(정열모 1965), 뎌를 니버(김완진 1980)

(1가)의 '이것바'는 '於衣'를 난해어라고 하면서 '것'으로 보았다. 즉 '갈(於)+옷(衣)'의 반절로 보아 '것'(物, 오구라 1929:76-77)을 이끌어 냈다. 결국 '衣'는 'ㅅ'의 표기라는 것이다. 'ㅅ, ㄷ'의 표기에 '叱, 支' 등을 쓴다는 점에서, 만약 '것'을 표기하려 했다면, '物叱' 또는 '巨叱' 정도로 쉽게 표기했을 것으로 판단한다.

(1나)에서는 '衣'를 '옷'으로 읽었다. 이 중에서 '사룸옷'은 그 현대역에서 '사람 곧'으로 해석하였다. '-옷'이 '곧'이라는 근거가 없다. '(업시) 뎌옷'에서는 그 현대역을 '없이 더를'로 보았다. '七'을 '无'로 바꾼 해독이어서 쉽게 동의하기 어렵다. '무릇옷'는 해당 향찰을 '尊衣 希仰支'와 같이 끊어 읽었다. 기원가에서 '希仰支'의 분절이 문맥에서 가능할지가 의문이다. 이로 인해 '衣'를 '옷'으로 읽는 데도 쉽게 동의하기 어렵다.

(1다)에서는 '衣'를 '닙'으로 훈독하였다. 이 중에서 '이어 니바'는 '이어(즉시, 직접, 이어) 미치어'의 의미로 보았다. '닙-'이 현대역 '미치-'와 연결되지 않는 문제를 보인다. '뎌를 니버'의 해독은 그 설명을 다음과 같이 하였다.

(2) 小倉進平의 것은 지금의 기준으로서는 해독이라고 할 수 없는 것이므로 논외로 치고, 梁柱東에게 있어서는 彗星歌의 감탄사 '也友' 이래로 그의 감탄사는 경계의 대상이 된다.

筆者는 감탄사의 介在를 否定하여 '伊於 衣波 最勝供也'로 읽거

니와 '伊於'는 '더를', '衣波'는 '니버'가 된다. '뎌'는 6의 '法叱供'을
가리키며, '於=를'은 訓讀에 의한 對格이요, '니버'는 '體得한다'는 뜻
의 '입어'이다. (김완진 1980:173)

(2)에서는 '於'를 '를'로, '니버'를 '체험하여'의 의미로 보았는데, '니버'
가 현대역 '체험하여'로 연결되지 않는 문제를 보인다.

2) '어, 아'

'衣'를 '어, 아' 등으로 읽은 해독들은 다음과 같다.

 (3) 가. 今日部伊冬衣(「칭찬여래가」) : 오늘놀이 들어(오구라 1929)
   尊衣希(「원왕생가」) : 尊어히(양주동 1942, 지헌영 1947 등등), 존어
    헤(김상억 1974)
  나. 尊衣希(「원왕생가」) : 존아히(홍기문 1956), 尊아히(전규태 1976)

(3가)에서는 '衣'를 각각 '어'로 읽었다. 이 중에서 '오늘놀이 들어'에서
는 '部'를 '놀'로, '衣'를 '의'이나 '어'에 전용된 것으로 보았다. 한자음이
'어'인 한자들이 많다는 점에서, '의'(衣)로 '어'에 전용하였다는 설명에는
문제가 있다.
 '尊어히, 존어헤' 등의 해독에서, '衣'를 '어'로 읽은 설명을 보자.

 (4) … 衣希「어히」. 「衣」는 方位格助詞「에」이나 밑헤「希」(히)를 添記
  하였은즉, 이 「衣希」가 저 「良中・阿希・也中」과 類似한 「에」의 古
  形「어히」임을 알만하다.
  阿希・良中 (아히) ── 良 (애)
  衣希   (어히) ── 衣 (에)

亦中・也中 (여희) —— (예)

毋論 詞腦歌中엔 一部를 除하고는 大部分 諧音的區別記寫를 하지
안했음으로 上記 三種方位格助詞도 正當히 區別使用되든 못하였으
나 그原音만은 一應 區別하여 볼수있다. 本條「尊衣希」(尊어히)도 諧
音法을 어긔엿으나, 單히「衣」(에)를 쓰지안코 일부러「希」를 더하엿
음은 亦是 이 助詞가 古形대로「어히」로 緩漫히 發音된것을 意味한
다.(양주동 1942:514)

(4)에서 보면, 현대어의 '에'를 상당히 의식하면서 '衣希'를 '어히'로 읽
었다. 그런데 정작 문제가 되는 것은 '衣'를 '어'로 읽을 수 있는 근거가
없다는 것이다.

(3나)에서는 '衣'를 '아'로 읽었다. 그 설명을 보자.

(5) 《향가 급 리두 연구》에서는 《尊에》로 읽고 《조선고가연구》에서는
《尊어히》로 읽었다. 나중 책에서 《衣希》를 《良中》과 같은 토로
본 것은 타당하나 《良中》이 《아히》임에 대하여 《衣希》가 《어히》
임을 주장한 것은 타당치 못하다. 《尊》 아래는 실상 《아히》를 붙일
것이요. 《어히》를 붙일 것이 아니다. 《衣希》를 두 음절로 본다면
바로 《良中》과 같은 《아히》로 보아야 할 것이다.(홍기문 1956:240)

(5)에서는 '尊'과의 연결이란 측면에서, '衣'를 '아'로 보았다. '衣'의 음
이나 훈에 '아'가 없다는 문제를 피할 수 있다.

3. '의, 희, 애, 에, 예'

이 장에서는 향찰 '衣'를 '의, 희, 애, 에, 예' 등으로 읽은 해독들을 변증하고자 한다.

1) '의'

'衣'를 '의'로 읽은 해독들은 다음과 같다.

(6)　가. 史伊衣(「모죽지랑가」) : 줏의(이탁 1956), 스시 이익(유창균 1994), 스
　　　　시이(최남희 1996), 시의익(이도흠 1998), (업시) 이익(신재홍 2000)
　　　나. 尊衣希(「원왕생가」) : 尊의(이탁 1956), 조닉(정열모 1965)
　　　다. 波衣(「혜성가」) : 바익(이탁 1956, 김완진 1980 등등)
　　　라. 前衣(「예경제불가」) : 알픠(신태현 1940, 김완진 1980 등등), 압익(이탁
　　　　　1956)
　　　마. 部伊冬衣(「칭찬여래가」) : 주비ᄃ리(양주동 1942, 지헌영 1947), (-部)
　　　　　이ᄃ익(이탁 1956), 주비돌익(전규태 1976, 유창균 1994)
　　　바. 舌良衣(「칭찬여래가」) : 혀아익(양주동 1942, 신재홍 2000 등등), 스리
　　　　　(지헌영 1947), 홀(아)익(이탁 1956), 혀라익(유창균 1994)
　　　사. 直體良焉多衣(「광수공양가」) : 곧익안ᄃ익(이탁 1956), 고티란더(김
　　　　　완진 1980, 신재홍 2000), 고텬 다익(김유범 2010)
　　　아. 伊於衣波(「광수광양가」) : 이 어익버(이탁 1956)
　　　자. 곰衣(身)(「수희공덕가」) : 내(의)(이탁 1956), 내익(김완진 1980)
　　　차. 곰衣(「수희공덕가」) : 내(의)(이탁 1956), 내익(김완진 1980)
　　　카. 人衣(「수희공덕가」) : 사ᄅ미(홍기문 1956, 김완진 1980 등등), ᄂ미(정
　　　　　열모 1965), 人익(전규태 1976)
　　　타. 곰衣(「보개회향가」) : 내익(양주동 1942, 지헌영 1947 등등), 나익(이탁
　　　　　1956, 유창균 1994)

(6)에서는 '衣'를 '익'로 읽었다. 이 '익'는 양주동이 (6바)에서 '舌良衣'를 '혀아익'로 읽으면서 구체적인 설명이 없이, "衣 音借「익」"(1942:706)라고 한 것에 기원한다. '衣'가 '익'인 이유를 제시하지 않았다. 이탁 역시 (6가)에서 '史伊衣'를 '즛ㅅㅣ(이)〉즛익'로 읽으면서 "衣=音借익=史伊의 讀法表示"(1956:14)라고만 정리를 하였다. 이렇게 '衣'를 '익'로 읽는 근거가 제시되지 않은 상태가 지속되고 있다. 유창균은 (6가, 마, 바, 타) 등의 해독에서, 서두에 정리한 해독에서는 '이익, 주비둘익, 혀라익, 나익' 등과 같이 '衣'를 '익'로 읽고, 구체적인 설명을 한 각론에서는 '衣'를 '의', 또는 '의(익)'로 처리하였다. 결국 '衣'를 '익'로 읽은 해독들은 그 근거를 한자 '衣'의 음에서 정확하게 제시하지 않은 문제를 가지고 있다.

2) '힉'

'衣'를 '힉'로 읽은 해독들은 다음과 같다.

(7) 가. 前衣(「예경제불가」) : 앎힉〉알픠(홍기문 1956, 정열모 1965)
　　 나. 部伊冬衣(「칭찬여래가」) : 주비둘힉(김완진 1980, 황패강 2001)
　　 다. 舌良衣(「칭찬여래가」) : 혀아힉(홍기문 1956, 전규태 1976, 김완진 1980)

(7)의 해독들은 '衣'를 '힉'로 읽었다. 그런데 그 설명을 보면 명확하지 않다. 처음으로 '衣'를 '힉'로 본 홍기문은 해독의 두 곳(7가, 다)에서 아무런 설명이 없다. 정열모는 (7가)에서 "≪衣≫는 음차, 본음 ≪의≫, 위격 형태 ≪힉≫를 표기한 것"(정열모 1965:352)이라고 설명하여, '의'를 다시 '힉'로 바꾼 것만 보여준다. 이는 그 이전에 나온 모음조화와 'ㅎ'곡용을 가미한 해독으로 보인다. 그러나 표기 한자 '衣'의 음을 벗어난 문제를 보인다. 전규태는 (7다)에서 "「良衣」는 「아힉~에」"(1976:144)라고 하여 정열모의

설명을 벗어나지 못한다. 김완진은 (7나)의 '주비돌희'의 해독에서, "'ㅎ'을 시사하는 요소가 없기는 하지만 '주비돌희'로 'ㅎ'을 補入할 자리이다."(1980:165)라고 설명하고, (7다)에서는 "'舌良衣'의 '衣'는 '의'뿐이지만, '良中, 如中'를 고려하여 '冬衣'에 대해서와 같이 'ㅎ'을 보충하여 '혀라희'라 읽는다."(1980:166)라고 설명하여, 'ㅎ'의 보입을 보인다. 이 역시 표기 한자 '衣'의 음만을 충실하게 반영하지 않은 문제를 피하기 어렵다.

이렇게 (7)의 해독들이 보인 '희'에는 'ㅎ'이 첨가되어 있다. 이 첨가는 표기음을 벗어난 문제를 보인다. 그리고 이 '희'들 역시 '衣'를 '의'로 본 문제를 가지고 있다.

3) '애'

'衣'를 '애'로 읽은 해독들은 다음과 같다.

(8)　가. 史伊衣(「모죽지랑가」) : 짓애(유창선 1936a), 사이애(김선기 1967b), 스시
　　　　애(금기창 1993)
　　나. 尊衣希(「원왕생가」) : 尊애(신태현 1940), 존애(서두, 김선기 1968b)
　　다. 波衣(「혜성가」) : 바애(전규태 1976)
　　라. 前衣(「예경제불가」) : 앎애(오구라 1929, 김선기 1993)

(8)의 해독들은 '衣'를 '애'로 읽었다. 그런데 그 근거는 해독이기보다 모음조화에 맞춘 해석으로 보인다. 이에 대한 설명을 차례로 보자.

오구라(1929:38)는 (8라)에서 '衣'의 음은 '의'인데, 모음조화에 따라 '애'로 읽는다고 하였다. 그 다음에 신태현(1936a:19)은 (8가)의 설명에서 "'衣는 「의」로音讀하야 「애」 「에」等의 目的을 表하는 動詞로 使用되는것이니 鄕歌中에는 前衣(앞애) 舌良衣(혀애) 冬衣(들애)等의 用例가있다."고

하였고, 전규태(1976:25)는 "「衣」는 「의~애」"라고 하였다. 이 두 설명들은 오구라의 설명을 넘지 못한다. 이 해독들은 결국 '衣'의 음은 '의'인데, 모음조화에 따라 '애'에 전용되었다고 본 것인데, 향찰의 한자음을 벗어나 모음조화에 맞춘 문제를 보인다.

4) '에, 예'

'衣'를 '에'와 '예'로 읽은 해독들은 다음과 같다.

(9) 가. 史伊衣(「모죽지랑가」) : (칠새) 이에(정열모 1947), 사이에(조윤제 1956, 김상억 1974), (칠시) 이에(정열모 1965), (업쇅) 이에(강길운 1995)

나. 波衣(「혜성가」) : 바에(오구라 1929, 양주동 1942 등등), 믈에(정열모 1965)

다. 尊衣希(「원왕생가」) : 尊에(오구라 1929, 유창선1936f), 존에(정열모 1947)

라. 前衣(「예경제불가」) : 前에(양주동 1942, 지헌영 1947), 앞에(정열모 1947), 젼에(김상억 1974), 앒에(강길운 1995)

마. 部伊冬衣(「칭찬여래가」) : 주비도에(정열모 1947), 주비 겨우레(정열모 1965)

바. 舌良衣(「칭찬여래가」) : 혀에(오구라 1929, 강길운 1995), 혀랑에(정열모 1947), (술봊)셔라에(정열모 1965), 혀아에(김상억 1974)

사. 多衣(「광수공양가」) : 고티란다에(정열모 1965), 고툐란데(강길운 1995)

아. 㖃衣(「보개회향가」) : 내에(김상억 1974)

자. 史伊衣(「모죽지랑가」) : 스싀예(오구라 1929), 스이예(양주동 1942), 사이예(지헌영 1947), 사이예(본문, 김선기 1967b), 스이예(전규태 1976), 스시예(신석환 1987, 엄국현 1989)

(9가-아)에서는 '衣'를 '에'로, (9자)에서는 '衣'를 '예'로 읽었다.

(9가-아)의 해독에서 보이는 설명을 먼저 정리하면 다음과 같다.

오구라(1929:205)는 (9나)에서는 '衣'의 음이 '의'이고 '希'의 음이 '희'인데, 축약되고 모음조화에 맞추어 '衣希'가 '에'의 표기라고 보았다. 그리고 (9바)에서는 '良衣'를 약음 '에'로 읽었는데(오구라 1929:59), 해독의 근거가 상당히 모호하다. 향찰 '衣'의 음을 벗어난 문제와 모음조화를 해독에 끌고 들어온 문제를 보인다.

양주동은 (9다)의 설명에서 "衣 音借「에」"(1942:591)라고 하였다. 이 음차는 정열모의 해독인 (9나, 사)의 설명에서도 나온다.(정열모 1965:207, 374) '衣'의 음이 '에'인 근거가 없다.

강길운은 (9가, 라, 바, 사) 등에서 '衣'의 음인 '의'로 '에'를 표기한 대충표기로 보았다. 이 설명은 '衣'의 음을 벗어난 문제를 피할 수 없다.

이번에는 (9자)의 해독에서 보이는 문제를 보자. (9자)에서는 '衣'를 '예'로 읽었다. 그 설명은 다음과 같다. 오구라(1929:154)는 '衣'의 음이 '의'이나 모음조화에 맞추어 '예'로 해독하였고, 양주동(1942:147)은 "衣 音借「에」, 本條엔「예」.「衣」는 音「의」에 依하야「의·에」에通借된다."라고 하여 통음차로 보았다. 두 해독 모두 '衣'의 음을 벗어난 문제를 보인다.

결국 (9)의 해독 '에'와 '예'들은 '의'의 '衣'를 모음조화 또는 해음에 맞추기 위하여 '에'와 '예''의 전용 또는 통음차로 보아, '衣'의 음을 벗어난 문제를 보인다.

4. '이, ㅣ, 히, 으, 의, 긔'

이 장에서는 향찰 '衣'를 '이, ㅣ, 히, 으, 의, 긔' 등으로 읽은 해독들을 네 절로 나누어 변증하고자 한다.

1) '이'

'衣'를 '이'로 읽은 해독들은 다음과 같다.

(10) 가. 波衣(「혜성가」) : 바이(김선기1967a, 김선기 1993)

　　나. 尊衣希(「원왕생가」) : 님이기(김선기 1993), 존이히(류렬 2003)

　　다. 前衣(「예경제불가」) : 알비(김선기 1975b)

　　라. 部伊冬衣(「칭찬여래가」) : 주비ᄃ리(홍기문 1956), 주비돌이(김선기 1975b)

　　마. 舌良衣(「칭찬여래가」) : 혀라이(김선기 1975b), 까라이(김선기 1993)

　　바. 直體良焉多衣(「광수공양가」) : 고텨란까이(김선기 1975b), 교텨ᄅ안까이(김선기 1993)

　　사. 伊於衣波(「광수광양가」) : 이 어이바(정열모 1947, 김선기 1993), 이 오이바(김선기 1975a)

　　아. 人衣(「수회공덕가」) : 사람이(김선기 1975a; 1993), 사라미(류렬 2003)

　　자. 吾衣(「보개회향가」) : 나이(김선기 1993)

(10)의 해독은 김선기를 중심으로 정열모, 홍기문, 류렬 등에서도 보인다.

(10사)에서 정열모는 '이'의 해독을 처음으로 보인다. 그러나 그 구체적인 설명이 없다. 그리고 해독 '어이바'가 현대역 '이바'로 연결되지 않는 문제를 보인다.

(10라)에서 홍기문은 "≪조선 고가 연구≫에서는 ≪둘의≫라고 읽으면서 ≪주비≫의 복수 성격이라고 해석하였다. 이 해석이 타당하나 ≪ᄃ리≫로 고친다"(1956:233-234)고 하였다. 이에서 보면, '衣'가 왜 '이'가 되는지를 설명하지 않았다.

김선기는 (10가-자)에서 '衣'를 '이'로 읽었는데, 그 이유를 다음과 같이 설명하였다.

(11) 「신자전」에는 '옷 의', '우틔 의'로 되어 있다. 「동국 정운」(5.25.11)에는 '희Ꟁ'로 되어 있다. 또 (5.26.3)에는 '희去'으로 나와 있다. 그러나 소리값의 '의'와 다른 것이 없다. 「KGSR」#550 a-e에 [jer/je/yi]로 되어 잇으니 [jer/jei] 가운데 [jei] 곧 '예'에 가까운 소리이다. 그러니까 오구라 박사가 주장한 '예' 소리와 같다. 그런데 일본말에서 '衣'를 'i'로 발음한다. 그러니까 [je]에서 [ji]로 온 얼굴이다. (김선기 1993:136)

(11)에서는 '衣'의 음을 '의, yi, ji' 등으로 보고 있다. 이에 따르면, '衣'의 음은 '의'이어야 한다. 그런데도 '이'를 취하고 있다. 현대음도 '의'인데 '衣'의 고음인 '예, 애, 익' 등이 '의'도 되기 전에 '이'가 되었다고 보기는 어렵다.

(10사)의 해독 '이 오이바'와 현대역 '어찌하야'는 잘 연결되지 않는다. 이에 대한 설명은 다음과 같다.

(12) 그러나 이 붓은 '於衣波'를 '어의바'로 읽고, '어이'는 '어찌'를 '어이'라 읽으니까 그 말이오 '바'는 emphatic form의 하나로 본다. 이 '어이바'는 '어느 곧'이란 뜻으로 사겨도 좋다. 「ㄹㄹ ㅅ」에 '어이'는 '어이구/어이리/어인'들이 잇고 다음과 같은 용례를 들어놓앗다.

…(인용 생략)…

이렇게 '어이'는 널리 쓰인 자취가 잇다. 아마도 '어디·어리·어이'가 된 것이 아닌가 생각한다. '어이바'는 '어인바'에서 'ㄴ'소리가 준 것인가도 모른다. 그 뜻은 '어찌하여'임엔 틀림없다. (김선기 1993:534-535)

(12)는 (10사)의 해독 '이 오이바'를 설명하고 있으나, 이 해독과 그 현대역인 '어찌하야'는 잘 연결되지 않는다.

(10나, 아)에서 류렬은 '衣'가 '이'로 읽히는 이유를 설명하지 않았다. 이렇게 '衣'를 '이'로 읽은 해독들은 그 근거를 정확하게 제시하지 못한

문제를 보인다고 정리할 수 있다.

2) 'ㅣ'

'衣'를 'ㅣ'로 읽은 해독들은 다음과 같다.

(13) 가. 部伊冬衣(「칭찬여래가」) : -봇 이 디(신재홍 2000)

　　나. 直體良焉多衣(「광수공양가」) : 고티ᄂ대(다의〉대, 오구라 1929), 고
　　　　티란대(신태현 1940), 고티란더(양주동 1942, 전규태 1976 등등), 고티
　　　　란대(지헌영 1947, 홍기문 1956 등등), 고텨언대(김준영 1979), 고텨란
　　　　대(유창균 1994)

　　다. 伊於衣波(「광수광양가」) : 예바(신태현 1940)

　　라. 吾衣(身)(「수희공덕가」) : 내(양주동 1942, 지헌영 1947 등등), 내(강길
　　　　운 1995, 신재홍 2000) 우리(정열모 1965, 김선기 1975a 등등)

　　마. 吾衣(「수희공덕가」) : 내(양주동 1942, 지헌영 1947 등등), 내(강길운
　　　　1995, 신재홍 2000), 우리(정열모 1965, 김선기 1975a 등등)

　　바. 吾衣(「보개회향가」) : 내(홍기문 1956, 김준영 1979 등등), 우리(정열모
　　　　1965, 김선기 1975a 등등)

　(13)의 해독들은 '衣'를 'ㅣ'로 해독하였다. 그런데 그 설명 방법은 크게
보아 두 종류로 정리된다. 그 하나는 '衣'의 음은 '의'인데, 이 '의'가 바로
앞의 '多(다), 吾(나)' 등과 결합한 '다의, 나의' 등이 '대, 내' 등으로 축약(오
구라 1929:68, 강길운 1995:413)된 것으로 설명한 것이다. 해독에 축약을 끌
고 들어와서 문제를 복잡하게 만들었다. 간단명료하게 '衣'가 '의'로 쓰였
는가 아니면 'ㅣ'로 쓰였는가만을 정리하지 않은 문제를 보인다.

　이 문제를 명확하게 보여준 것이 양주동이다. 양주동은 '衣'를 'ㅣ'를 표
기한 약음차(1942:725, 767, 771, 854)로 보았다. 그러나 이런 반절을 향찰에

서 쓰지 않는다는 문제를 피할 수 없다.

이렇게 '衣'를 'ㅣ'로 읽은 (13)의 해독들은 축약을 해독에 끌고 들어온 문제를 보이거나, 향찰에서 쓰지 않는 '의〉ㅣ'와 같은 반절을 도입한 문제를 보인다고 정리할 수 있다.

3) '히, 으'

'衣'를 '히, 으' 등으로 읽은 해독은 다음과 같다.

(14) 가. 尊衣希(「원왕생가」) : 尊으희(서재극 1975)
　　　나. 史伊衣(「모죽지랑가」) : 스리히(류렬 2003)
　　　　　波衣(「혜성가」) : 바히(류렬 2003)
　　　　　前衣(「예경제불가」) : 아라히(류렬 2003)
　　　　　部伊冬衣(「칭찬여래가」) : 주비돌히(류렬 2003)
　　　　　舌良衣(「칭찬여래가」) : 가라히(류렬 2003)
　　　　　多衣(「광수공양가」) : 고티란다히(류렬 2003)
　　　　　伊於衣波(「광수광양가」) : 이 어히바(류렬 2003)

(14가)는 '衣'를 '으'로, (14나)는 '衣'를 '히'로 읽었다. '으'는 설명이 없어 잘 알 수 없으나, '의'의 '으'로 본 것 같은데, 이런 반절이 향찰에서 쓰이지 않는다는 문제를 보인다. '히'는 '衣'를 '이'로 읽고, 이에 다시 'ㅎ'을 보입한 것인데, 한자 '衣'의 음도 훈도 아니라는 문제를 피할 수 없다.

4) '의, 긔'

향찰 '衣'를 '의, 긔' 등으로 읽은 해독들은 다음과 같다.

(15) 가. 史伊衣(「모죽지랑가」) : 亽싀의(홍기문 1956), 亽이의(김준영 1964, 정연
     찬 1972 등등), 츠시의(서재극 1974), 시이의(양희철 1997), 시-의(양희철
     2000)

   나. 尊衣希(「원왕생가」) : 尊의희(김준영 1964, 1979 등등), 尊의긔[김선
      기(각론) 1968b, 유창균 1994], 尊의게(강길운 1995), 尊의희(양희철
      1997, 신재홍 2000), 尊의희/尊이희(황선엽 2006b)

   다. 波衣(「혜성가」) : 바희(의)(유창선 1936e), 바의(김준영 1964, 서재극
      1975), 결의(유창균 1994, 양희철 1997)

   라. 前衣(「예경제불가」) : 前의(전규태 1976, 김준영 1979 등등)

   마. 部伊冬衣(「칭찬여래가」) : 주비돌의(양주동 1942, 김준영 1979), 주비
      들의(신태현 1940, 강길운 1995), 주비달의(김상억 1974)

   바. 舌良衣(「칭찬여래가」) : 혀의(신태현 1940), 셔아의(김준영 1979)

   사. 直體 良焉 多衣(「광수공양가」) : 고텨 알언 드의(양희철 2008a)

   아. 伊於衣波(「광수광양가」) : 이 어의바(양주동 1942, 김상억 1974 등등),
      이 어의봐(지헌영 1947), 이어의 바(홍기문 1956, 유창균 1994), 이어
      의바(전규태 1976) 이 늘의봐(신재홍 2000) 8)

   자. 吾衣(「수회공덕가」, 「보개회향가」) : 나의(오구라 1929, 신태현 1940 등등)

   차. 人衣(「수회공덕가」) : 사룸의(오구라 1929, 신태현 1940 등등), 人의(양
      주동 1942), 사람의(지헌영 1947, 정열모 1947), 인의(김상억 1974), 남
      의(강길운 1995)

   카. 伊於衣波(「광수광양가」) : 이어긔사(김유범 2010)

(15)에서 보듯이, 향찰 '衣'는 오구라와 양주동이 '의'로 읽은 이래, 큰
문제가 없다. 문제가 되는 것은 (15아)인데, 이는 바로 이어서 구체적으로
보고, 나머지를 먼저 간단하게 정리해 보자.

(15가)의 '亽싀의, 亽이의, 츠시의, 시이의, 시-의' 등은 '史伊'의 해독
에서 약간의 차이를 보이나 '衣'의 해독에서는 일치한다. (6나)의 '尊의희,
尊의긔, 尊의게, 尊의희' 등에서는 '希'의 음에서만 엇갈리나 '衣'의 해독

에서는 '의'로 일치한다. (6다)의 '바희(의), 바의, 결의' 등에서도 '波'의 해독에서 약간의 차이를 보이나 '衣'의 해독에서는 일치한다. (6라)의 경우는 '前의'로 통일되어 있고, (6마)의 경우는 '주비돌의(양주동 각론) 주비들의, 주비달의' 등에서와 같이 '冬'의 음만 달리하고 있다. (6바)의 경우는 '혀의, 셔아의' 등과 같이 기본 의미는 같다.(전자의 경우는 '良衣'를 '의'로 처리하여 해독이 다소 모호란 측면을 보인다.) (6사)의 경우는 '고텨 알언 드의'(고쳐 좋은 곳에)의 해독 이전에는 많은 문제가 있었으나, 이 해독 이후에는 거의 문제가 없다. (6자)의 경우는 '나의'로 통일되어 있다. (6차)의 경우는 '사룸의, 人의, 사람의, 인의, 남의' 등과 같이 큰 차이가 없다.

이제 문제된 (15아)를 검토해 보자. 먼저 '이 어의바'를 이끈 양주동의 글을 인용하면 다음과 같다.

> (16) 「於衣波」는 「어의바」, 곧 感嘆詞 「이바·어와·어우와」等의 一原形. 「어의바─어의봐─어우와─어와」(양주동 1942:737)

(16)은 먼저 『화엄경』 본문의 '此廣大最勝供養'의 '此'와 향찰의 '伊'를 같은 표현으로 보고(양주동 1942:736), 이어서 '於衣波'를 '어의바'로 읽고, 그 의미를 '어우와'와 같은 감탄사로 보았다. '어의바〉어의봐'가 '어우와'로 넘어가는 과정, 특히 '(어)의(바)〉(어)의(봐)〉(어)우(와)'에서 '의'가 '우'로 넘어가는 과정의 설명에 문제가 있는 것 같다.

이렇게 감탄사로 보는 해독은 그 후의 연구들에서도 이어진다. 즉 지헌영(1947:35)은 양주동의 '어의봐'를 취하고, '아아, 이것이, 이것이야말로' 등의 의미를 취하였다. 그리고 전규태(1976:154)는 '이 어의바'를 그대로 취하고, 감탄사 '이것이야말로, 이것이 다시 없는'을 취하였다. 둘다 해독과 현대역이 잘 연결되지 않는 것 같다.

양주동의 해독은 또한 김준영과 강길운에 의해 조금씩 보완된다. 김준
영은 양주동과 같은 해독의 형태를 취하면서도 그 의미를 다르게 보고 있
다. 김준영의 설명 이전에 이와 관련된 해석을 먼저 보자.

(17) 於衣波="어위버"의 前次語 "어이바"의 借記. 어위=潤의 뜻. 버=形容
詞性接尾語"브(깃브, 믿브의 "브")"의 修飾制(이탁 1956: 34)

(17)의 해석은 '於衣波'를 '어위버'(넓어)로 읽었다. 이 해독은 아래 (18)
의 해석에 영향을 준 것 같다.

(18) 於衣 – 音讀 어의. '넓다'는 뜻의 15세기語 '어위'의 前期語로 봄. 이
'어의'는 화엄경의 "此廣大最勝供養" 중의 '廣大'라는 말이다.
어위며 커=廣大(금강경 삼가 二 33).
……
波 – 音讀 ㅂ. '어의'가 '어읩' 비슷이 發音되고, 그에 어미 '온'이
연결된 '어읩온'인데 끝에 '隱'이 脫落되었거나 또는 '어읩아' 즉 '넓
어'의 뜻으로 쓰인 것.(김준영 1979:196)

(18)에서 김준영은 '어위-'(廣)라는 어휘를 찾아내어 '於衣'의 해독에 한
걸음 다가선 것 같다. 그러나 '어읩-'과 관형형어미 '온'을 연결시키고, 이
에서 '넓어'의 의미를 끄어내는 데는 문제가 있는 것 같다. '어읩-'를 '어위
-'의 선행형으로 보고, 이에 관형형어미 '온'을 연결시킬 것이 아니라, 원
인을 나타내는 연결어미 '-아'의 연결로 보는 것이 나을 것 같다.
김준영의 주장을 보완하면서 진전시킨 것이 강길운의 해독이다.

(19) '於衣波'는 이조어 '어위-'(寬大하다廣大하다)의 소급형 '어의보-'에

어미 '아'가 첨가된 '어의봐'(〈어의보아, 廣大하여)인 것으로 추정된다. 마침 옛날 불교의 본고장인 부따가야가 가야의 허황옥왕후의 친정인 阿踰陁(Ayodha. AD 20년 멸망)의 근처에 있었으니 아유타국에서 쓰인 드라비다어 속에 불교용어가 많이 들어 있었을 것이 예상되는데, 여기의 '於衣波'(어의봐, 廣大하여)도 드라비다어(타밀방언)의 ayvu〉aıßi〉əıßa〈ıßa〈ıßıε〉ıßıε〈ıwıε〉ə와 대응되는 말일 것이며, 그것이 '어위'로 변해가는 과정의 한 어형 əıßi를 어간으로 하여 거기에 방법형(부사형)어미 ‒a(‒아)가 첨사되어서 əıßi‒a〉əıßa(於衣波)와 같이 음운변화를 일으킨 것으로 추정된다. 따라서 '於衣波'는 '어의봐'(=廣大하여)로 읽을 수 있다. 그렇게 읽어야만 이 노래의 제목인 '廣修供養歌'의 '廣‒'과 앞서 보인 화엄경의 "此廣大最勝供養" 가운데의 '廣大'와 잘 대응될 뿐만 아니라, 바로 제10구 "此於衣波最勝供也"와 의미상 완전히 일치한다.(강길운 1995:389‒390)

(19)에서 보면 상당히 설득적이다. 이 정리는 '於衣波'를 '어위‒'의 소급형 '어의보‒'와 방법형(부사형)어미 '아'의 결합형인 '어의보+아〉어의봐'로 정리하였다. 김준영의 '어읩‒'과 더불어 '어위‒'의 소급형을 '어의보‒'로 보았다. 드리비다어를 참고할 때에 그 가능성이 인정되는 해독이다. 특히 한자 '廣'을 직접 쓰지 않은 이유는 '넓‒'과 '어의‒'를 구분하기 위한 것으로 볼 때에 그 가능성이 인정된다.

이렇게 불경의 '廣大'와 일치시키려는 해독들이 주를 이룬 가운데, 이와 다른 해석들이 나오기도 했다. 이를 차례로 보자.

(20) 현대어의 《여기》를 15세기 문헌에는 《이어긔》로 쓴 례가 있으며 … (인용 생략)… 또 《이어긔》와 함께 《이에》로 쓴 례도 있다. 《이어긔》와 《이에》의 사이에는 《이어의》나 《이어의》와 같은 말이 존재했을 것도 추칙키 가능하다. 《伊於衣》는 《이어의》니 곧 《여기》의 의미

이다. ≪伊於衣波≫는 ≪여기 바≫의 뜻이니 곧 현대어 ≪여 바≫에 해당한다(홍기문 1956:351)

(20)의 어학적 추정은 비교적 치밀하며 설득력이 있다. 즉 '어어긔〉이어의〉이에'의 변천을 추정하면서 '이어의 바'를 '여기 봐'의 의미로 본 것이다. 「총결무진가」의 '伊波'와의 차이가 없다.

그리고 유창균(1994:930-931)은 표면상으로는 이 '이어의 바'를 따르면서, 그 의미는 다르게 보았다. 즉 '어의'를 '에' 또는 '의'로, '바'를 '곧, 卽'으로 각각 보아, 전체 의미를 '이것이야 말로 바로'로 보았다. 해독의 '이어의'(:이에, 이의)와 현대역의 '이것이야 말로'가 잘 연결되지 않는다.

(15아)의 '이 늘의봐'(늘어나, 확대되어, 신재홍 2000)는 '於(늘)+衣(의)+波(봐)'로 분석하고, '늘의(늘리다, 늘어지다, 늘어나다)+ㅂ(형용사화 접사)+아(부사형 어미)'의 형태로 본 해독이다. '늘의/느릐-'가 중세어에서 '느리다'(緩)의 의미라는 문제를 보인다.

(15카)의 '이어긔사'(여기에서야, 김유범 2010)는 '波'를 '沙'로 수정한 해독이다. 수정을 설득시키는 것이 쉽지 않으며, '衣'의 음을 '긔'로 볼 수 있을지는 의문이다.

이상과 같이 본다면, 향찰 '衣'는 '의'로만 읽힌다고 정리할 수 있다.

5. 결론

지금까지 향찰 '衣'에 대한 기왕의 해독들을 변증해 보았다. 그 결과 중에서 중요한 것들을 요약하여 결론을 대신하면 다음과 같다.

1) 향찰 '衣'의 해독들 중에서, 'ㅅ'은 'ㅅ'의 표기에 '叱'이 쓰인다는 점에

서, '옷'은 '-옷'이 '곧'이 아니거나, '七'을 '无'로 바꾸거나, '尊衣 希仰攴'로 분절을 해야 한다는 점들에서, 각각 문제를 보인다.

2) 향찰 '衣'의 해독들 중에서, '닙'은 그 현대역 '미치-'나 '체험하여'와 잘 연결되지 않는다는 점에서, '어'와 '아'는 '衣'(의)를 '어'와 '아'의 전용으로 보아 '衣'의 음훈을 벗어났다는 점에서, 각각 문제를 보인다.

3) 향찰 '衣'의 해독들 중에서, '이'는 음차라고 하나 그 정확한 근거를 제시하지 않았다는 점에서, '히'는 '의'의 '衣'를 모음조화에 맞추기 위하여 '이'의 전용으로 보고, 'ㅎ'을 보입하여, '衣'의 음을 벗어났다는 점에서, 각각 문제를 보인다.

4) 향찰 '衣'의 해독들 중에서, '애, 에, 예' 등은 '의'의 '衣'를 모음조화 (또는 해음)에 맞추기 위하여 '애, 에, 예' 등의 전용(또는 통음차)으로 본 것들로, 각각 '衣'의 음을 벗어난 문제를 보인다.

5) 향찰 '衣'의 해독들 중에서, '이'는 향찰 '衣'를 '이'로 읽은 근거가 없다는 점에서, 'ㅣ'('(나+의)>내'의 'ㅣ')는 해독에 축약을 끌고 들어왔거나, 향찰에서 쓰지 않는 '의>ㅣ'와 같은 반절을 도입하였다는 점에서, 각각 문제를 보인다.

6) 향찰 '衣'의 해독들 중에서, '히'는 '衣'를 '이'로 읽고, 이에 다시 'ㅎ'을 보입하여 '衣'의 음훈을 벗어났다는 점에서, '으'는 향찰에서 쓰지 않는 '의>으'와 같은 반절을 도입하였다는 점에서, 각각 문제를 보인다.

7) 향찰 '衣'의 해독들 중에서, 정확하게 읽은 것은 '의'들로 판단된다. 향찰 '衣'를 처음으로 '의'로 읽은 해독들은 상당수가 초기의 해독에서 나타나고, 그 후 나머지의 '의'들이 나타난다. 그 순서는 '吾衣'(나의, 오구라 1929), '人衣'(사룸의, 오구라 1929), '波衣'(바희(의), 유창선 1936e), '舌良衣 (혀의, 신태현 1940), '伊於衣波'(이 어의바, 양주동 1942), '部伊冬衣(주비둘의, 양주동 1942), '史伊衣'(亽싀의, 홍기문 1956), '尊衣希'(尊의희, 김준영 1964), '前

衣'(前의, 전규태 1976), '直體良焉多衣(고텨 알언 ᄃ의, 양희철 2008a) 등이다.

이 향찰 '衣'(의)의 해독은 향찰 '矣'(이), '希'(긔, 희), '中'(긔, 희) 등의 해독과 함께 생각하면, '衣'가 '의'의 표기라는 사실을 좀더 체계적으로 판단할 수 있다.

七. 향찰 '希, 中'

1. 서론

　기왕의 향찰 연구를 보면, 언급될 수 있는 것은 거의 언급되어, 철저하게 변증을 하면서 조금만 보완하면, 그 해독을 마무리할 수 있을 것으로 보이는 것들이 있다. 이에 속한 예로 향찰 '希'와 '中'이 있다. 이 두 향찰에 대한 기왕의 해독들을 변증하는 것이 이 글의 연구 목적이다.

　향찰 '希'는 총 4회(『삼국유사』 3회, 『균여전』 1회) 나오며, '이, 애, 에, 예, 의, ㅣ, 히, 해, 혜, 희, 히, 게, 긔, 기, ᄇ라, 바라' 등의 15종으로 해독되었다. 그리고 향찰 '中'은 8회(『삼국유사』 3회, 『균여전』 5회) 나오며, '긔, 긔, 희, 해, 히, 이, 애, 에, 여, 예, 의, 둥, 안, 가온, 안희, 아게, 예게, 의게, 아혜, 여혜, 예혜, 의혜' 등의 22종으로 해독되었다. 이런 해독들을 주요 해독자별로 정리하면 다음과 같다.

　　오구라(1929) : 希[애, 에, 예],　　　中[애, 에, 예, 해]
　　유창선(1936) : 希[애, 에],　　　　　中[이, 애]
　　신태현(1940) : 希[애, 예, 희],　　　中[에, 예, 희]
　　양주동(1942) : 希[희],　　　　　　　中[희]
　　지헌영(1947) : 希[희],　　　　　　　中[여, 희]

정열모(1947) : 希[에, 힁],　　　　　中[가온, 안, 해]

홍기문(1956) : 希[힁],　　　　　　　中[안힁, 힁]

이　탁(1956) : 希[ㅣ, 익, 애],　　　中[익, 애, 의, 예]

김준영(1964) : 希[희],　　　　　　　中[희]

정열모(1965) : 希[ㅂ라, 힁],　　　　中[둥, 익, 에, 힁]

김선기(1967–75) : 希[바라, 기],　　中[애]

김상억(1974) : 希[해, 헤],　　　　　中[힁, 해]

서재극(1975) : 希[희],　　　　　　　中[힁]

전규태(1976) : 希[힁, 회],　　　　　中[힁, 해]

김준영(1979) : 希[희],　　　　　　　中[힁]

김완진(1980) : 希[의, 애, 히, ㅂ라],　中[힁]

금기창(1993) : 希[힁, 희],　　　　　中[힁]

김선기(1993) : 希[기],　　　　　　　中[애, 에]

유창균(1994) : 希[긔, 히, 회],　　　中[기, 긔, 힁]

강길운(1995) : 希[헤, 게],　　　　　中[예게, 의게, 아게, 예헤,
　　　　　　　　　　　　　　　　　　　　여헤, 의헤, 아헤]

양희철(1997) : 希[힁, 회],　　　　　中[힁]

신재홍(2000) : 希[힁, 회],　　　　　中[힁]

황패강(2001) : 希[힁, 회],　　　　　中[힁]

류　렬(2003) : 希[히],　　　　　　　中[히]

　이렇게 읽혀온 향찰 '希'와 '中'의 해독은 세 시기로 정리할 수 있다. 첫 번째 시기는 향찰 '希'와 '中'의 초성을 살리지 않았던 시기이다. 두 번째 시기는 양주동이 향찰 '希'와 '中'의 초성(ㅎ)을 살려 읽기 시작한 시기이다. 세 번째 시기는 김선기, 유창균 강길운 등이 일부의 향찰 '希'와 '中'의 초성을 'ㄱ'으로 보기 시작한 이후의 시기이다.

　이렇게 변한 향찰 '希'와 '中'의 해독 중에서, 두 번째 시기의 해독들이

주종을 이루지만, 세 번째 시기의 해독들이 제기한 문제를 가지고 있다. 특히 향찰 '希'의 경우는 신라음에서 문제를 보인다. 이런 점들 때문에 이 글에서는 향찰 '希'와 '中'에 대한 기왕의 해독들을 변증하고자 한다.

변증의 기준은 향찰 '希'의 한자음과 향찰 '中'의 훈이다. 이 한자음과 훈은 양주동, 유창균, 강길운 등에 의해 많이 천착되었는데, 이를 이용하고자 한다.

2. '希'

이 장에서는 향찰 '希'에 대한 기왕의 해독들을 차례로 변증하고자 한다.

1) '애, 익, 에, 예, 의, ㅣ, ㅂ라, 바라'

이 절에서는 향찰 '希'에 대한 해독들 중에서, '애, 익, 에, 예, 의, ㅣ, ㅂ라, 바라' 등을 '애, 익', '에, 예, 의, ㅣ', 'ㅂ라, 바라' 등으로 나누어 정리하려 한다.

(1) 가. 邊希(「헌화가」) : ᄀ애(오구라 1929, 유창선 1936c), ᄀ새(김완진 1980)
　　나. 磧惡希(「찬기파랑가」) : 작별애(이탁 1956)
　　다. 尊衣希(「원왕생가」) : 尊애(신태현 1940)
　　라. 邊希(「헌화가」) : ᄀ식(김형규 1948, 1962), ᄀ익(이탁 1956, 남풍현 2010)
　　마. 佛會阿希(청전법륜가) : 佛會익(이탁 1956)

(1가, 나, 다) 등은 '希'를 '애'로 읽고, (1라, 마) 등은 '希'를 '익'로 읽었다. 이 해독들을 이끈 'ᄀ애'(1가)의 해독에서는 '希'의 음은 '희'이나 '애'에 전용(오구라 1929:169)되었다고 설명을 하였다. 그리고 'ᄀ새'(1가)의 해독에

서는 '又+회〉 ㄹ 아'로 읽으면서 "'希'에 대해서 'ㅎ'을 해독에 반영할 것인가는 '肹'의 경우와 같은 것인데, 筆者는 이를 보류하는 태도를 취한다."(김완진 1980:69)고 하였다. 나머지 해독들은 (1)에서 보는 바와 같이 '希'를 '애'나 '익'로 읽었다. 해독 초기에는 이런 설명이 가능했으나, 현재는 이해하기 어려운 해독들이다. 왜냐하면 '애'나 '익'의 음을 가진 한자들이 매우 흔하기 때문에, 이 한자들을 버리고 '希'로 그 음이 아닌 '애'나 '익'를 표기했다고 설명할 수는 없기 때문이다. 그리고 (1)의 해독들은 '希'의 초성을 살리지 못한 문제도 보인다. 만약 (1)의 해독들을 인정하면, 이 해독들은 결국 '希'자를 반절하자(애, 익)와 같이 쓴 문제를 보인다. 이런 점들에서 이 해독들은 수용하기 어렵다.

이번에는 '希'를 '에, 예, 의, ㅣ' 등으로 읽은 해독들을 보자.

  (2) 가. 磧惡希(「찬기파랑가」) : 쟉벼리에/예(오구라 1929, 유창선 1936b)
      尊衣希(「원왕생가」) : 尊에(오구라 1929), 유창선 1936f), 존에(정열
      모 1947)
    나. 佛會阿希(청전법륜가) : 佛會예(오구라 1929, 신태현 1940)
    다. 磧惡希(「찬기파랑가」) : 지벼긔(김완진 1980)
    라. 尊衣希(「원왕생가」) : 尊익(이탁 1956)

(2가)에서는 '磧惡希'를 '쟉벼리에/예'로 읽고, 그 이유를 '惡希'의 음은 '아희'이나 모음조화에 따라 '에/예'(오구라 1929:178)로 읽는다고 했다. 그리고 '尊衣希'를 '尊에'로 읽고, 그 이유를 '衣希'의 음은 '의희'이나 모음조화에 따라 '에'(오구라 1929:205)로 읽는다고 했다. 또한 (2나)의 '佛會阿希'를 '佛會예'로 읽고, 그 이유를 '阿希'의 음이 '아희'이나 모음조화에 따라 '예'의 표기(오구라 1929:112)로 본다고 했다. 이 해독들은 모음조화에 따라 이렇게 해독하였다고 하지만, 모음조화는 해독이 아니라, 중세어에 맞

추어 해석하는 것이다. 이런 것들이 바로 문제이다. 그리고 이 해독들은 '希'를 그 앞의 향찰들(阿, 惡, 衣)과 합하여 '에, 예' 등의 표기로 처리하였지만, 엄격하게 보면, 어느 글자로 해독한 것인지를 알 수 없는 것들이다.

(2다)의 해독 '지벼긔'는 '希'를 '의'로 해독한 것으로 처리하였다. 그 설명을 보면, '磧惡希'을 '지벼+악+희〉지벼긔'(김완진 1980:80-81)로 해독한 다음에, "다만 '希'字를 文字 그대로 '희, 긔'로 읽는데 대해서는, '肹'을 '홀'로 읽는 것에 대해서와 함께 강한 疑念을 지니고 있다."(김완진 1980:85)고 하고 있어, 그 의도가 무엇인지 명확하지 않다.

(2라)는 '尊+衣(의)+希(ㅣ)'로 읽고, '尊의'로 정리를 하였다.(이탁 1956: 12) 결국 '希'를 'ㅣ'의 말음첨기로 본 것이다. 'ㅣ'를 표기하는 향찰(是, 伊, 以)들이 있는데, 이런 향찰들을 버리고, '希'의 반절하자가 아닌 말모음만을 이용하여 말음첨기를 하였다고 설명하는 데는 문제가 있어 보인다.

이번에는 '希'를 'ㅂ라, 바라' 등으로 읽은 해독들을 보자.

(3) 가. 希(仰支)(「원왕생가」) : ㅂ라(정열모 1965, 김완진 1980)
    나. 希仰支(「원왕생가」) : 바라기(김선기 1968b)

(3가, 나) 등에서는 '希'를 'ㅂ라, 바라' 등으로 각각 읽었다. 특히 '尊衣希'를 읽는 것이 어려워, '尊衣希 仰支'를 '尊衣 希仰支'로 분리하고, '希仰支'의 '希'로 읽은 해독들이다. 정열모가 읽은 'ㅂ라되'의 경우는 'ㅂ라'가 첨기라는 설명과 '支'를 '되'로 읽은 문제를 보인다. 김완진이 읽은 'ㅂ라울월던'의 경우는 'ㅂ라'의 위치에서 문제를 보이며, 김선기가 읽은 '바라기'의 경우는 '希仰'을 '바라'로 읽은 문제를 보인다.

2) '히, 해, 헤, 희, 히'

이 절에서는 향찰 '希'를 '히, 해, 헤, 희, 히' 등으로 읽은 해독들을 '히, 해, 헤'와 '희, 히'로 나누어 변증하고자 한다.

(4) 가. 邊希(「헌화가」) : 곳히(양주동 1942, 지헌영 1947), ϡ곳히(신태현 1940), 갓히(홍기문 1956), ϟ히(정열모 1965), 가히(홍재휴 1981), 서리히(유창균 1994)

나. 磧惡希(「찬기파랑가」) : 지벽히(양주동 1942), 지벽히(전규태 1976, 황패강 2001), 별아히(지헌영 1947), 벼ϟ아히(홍기문 1956), 벼로히(정열모 1965), 쟉벼리아히(금기창 1993), ϟ갈아히(유창균 1994), ϟ야ーϟ히(양희철 1997), 쟉별아히(신재홍 2000)

다. 尊衣希(「원왕생가」) : 尊어히(양주동 1935:1942, 지헌영 1947 등등), 존아히(홍기문 1956), 尊아히(전규태 1976), 尊의히(양희철 1997, 신재홍 2000)

라. 佛會阿希(청전법륜가) : 佛會아히(양주동 1942, 지헌영 1947 등등), 불회아히(홍기문 1956, 정열모 1965)

마. 佛會阿希(청전법륜가) : 불회아해(김상억 1974)

바. 邊希(「헌화가」) : 갓헤(김상억 1974)

사. 磧惡希(「찬기파랑가」) : 재벽헤(김상억 1974)

아. 尊衣希(「원왕생가」) : 존어헤(김상억 1974)

자. 佛會阿希(청전법륜가) : 佛會아헤(강길운 1995)

(4가—라) 등에서는 '希'를 '히'로, (4마)에서는 '希'를 '해'로, (4바—자) 등에서는 '希'를 '헤'로 각각 해독하였다. 이 해독들을 이끈 양주동은 (4가)의 '邊希'을 '곳히'로 해독하면서, "希 音借「희」 方位格ㅎ助詞「히」"(양주동 1942:205)라고 간단하게 언급하여 그 설명이 약간 모호하다. 그러나 (4나)의 '磧惡希'를 '지벽히'로 해독하면서는 '惡'은 'ㄱ'으로 처리하고, "希 音借「히」"(양주동 1942:354)라고 하고 있다. 즉 음차로 본 것이다. 그리고 (4라)

의 '佛會아히'에서 "阿 晋借「아」 希 晋借「희」 「阿希」는 方位格助詞「애」의 古形「아히」, 곧「良中」과 同一語이다."(양주동 1942:785)라고 하였는데, 음을 '희'로 보고, 이것으로 '히'를 표기했다고 본 것이다. 일종의 전용과 같은 것이다. 그런데 가장 문제가 되는 것은 '希'의 음이 '히'인 근거를 보여 주지 않았다는 점이다.

홍기문은 (4가)에서 '邊希'을 '갓히'로 해독하면서, "≪希≫는 ≪ㅎ≫의 첫소리를 가지고 있으니 그 음을 있는 대로 읽는 것이 타당하다. 단지 ≪희≫라고 하지 않고 ≪히≫라고 한 것은 모음 조화에 맞추기 위한 것이다."(홍기문 1956:109)라고 설명을 하였다. 즉 '希'의 음은 '희'인데 모음조화에 맞추어 '히'로 읽었다는 것이다. 해독에 모음조화를 끌고 들어온 문제를 보인다. 또한 (4나)에서 '磧惡希'를 '벼ᄅ아히'로 해독하면서 "≪惡希≫는 ≪良中≫과 같은 토다. ≪아히≫라고 읽을 것이다."(홍기문 1956:168)라고 하였는데, '希'의 음을 방증하는 자료이나, 역시 '希'의 정확한 음을 제시한 것은 아니다.

정열모는 (4나)에서 '磧惡希'를 '벼로히'로 읽으면서, "≪希≫는 음차, 위격 ≪히≫를 표기한 것"(정열모 1965:306)으로 설명을 하여 양주동과 같은 문제를 보인다. 동시에 (4가)에서 '邊希'을 'ᄀ희'로 해독하면서, "≪希≫는 음독, 본음 ≪희≫, ≪히≫의 근사음"(정열모 1965:137)이라고 하였다. 유창균은 (3가)의 '서리히'의 설명에서 중세 한자음 '희'에서 소급한 '히'를 언급하였다.(유창균 1994:266)

(4마)의 해독은 '히'를 '해'로 바꾼 것이다.

(4바-자) 등에서는 '希'를 '헤'로 읽었다. 그 이유를 (4자)에서만 "'아희〉 아헤'로 음독한다."(강길운 1995:431)고 하였다. 이는 '희'로 '헤'를 대충표기 했다는 것이다. 그러나 이 '헤'는 '希'의 음을 벗어난 문제를 보인다.

이렇게 '希'를 '히, 해, 헤' 등으로 읽은 해독들은 그 정확한 음의 근거를 제시하지 못한 문제를 보인다.

이번에는 '希'를 '희'와 '히'로 읽은 해독들을 보자.

    (5) 가. 邊希(「헌화가」) : 가희(정열모 1947), ㄷ희(김준영 1964, 전규태 1976
               등등), 근희(정연찬 1972), 겨틔(서재극 1975), ㄷ희(김준영 1979, 황패
               강 2001), 갓희(김대식 1991)
        나. 磧惡希(「찬기파랑가」) : 벼락희(정열모 1947), 작별악희(김준영 1964),
               쟉별하희(서재극 1975), 작별아희(김준영 1979), 지벽아희(최남희 1996)
        다. 尊衣希(「원왕생가」) : 尊의희(김준영 1964, 1979, 최남희 1996) 尊으희
               (서재극 1975), 尊의희/尊이희(황선엽 2006)
        라. 佛會阿希(청전법륜가) : 佛會아희(김준영 1979, 유창균 1994)
        마. 邊希(「헌화가」) : 가사히(류렬 2003)
        바. 磧惡希(「찬기파랑가」) : 바라하히(류렬 2003)
        사. 尊衣希(「원왕생가」) : 존이히(류렬 2003)
        아. 佛會阿希(청전법륜가) : 불회아히(류렬 2003)

  (5가-라) 등에서는 '希'를 '희'로 읽고, (5마-아) 등에서는 '希'를 '히'로
읽었다. 전자의 해독들은 '希'의 중세 음이 '희'(『유합』 하:30)라 그런지 별
다른 설명 없이 '희'로 읽었다. 이 음은 그 근거를 가진 음이다. 후자의 해
독인 '히'는 류렬에서만 나타난다. 그 설명을 보자.

    (6) 무엇보다도 ≪希≫자는 xiei→xi→ki/hi로서 ≪기/히≫에 대한 소리옮
          김으로는 될수 있어도 ≪애≫나 ≪히/해≫ 등에 대한 소리옮김으로는
          될수 없으며 또한 그때는 겹모음으로서의 ≪·ㅣ≫나 ≪ㅐ≫도 생겨나지
          않았을 때이다.(류렬 2003:159)

  (6)은 김선기의 글에서 볼 수 있는 내용과 비슷한 것으로 '希'를 '히'로
읽을 수 있다고 보고 있다. 이는 다르게 보면, 김선기의 '기'를 '히'로 바꾼

것이라고 정리할 수 있다. 그런데 이 해독의 문제는 '希'의 음이 중세와 근현대에도 '희'인데, 이것이 어떻게 '희' 다음에 올 수 있는 '히'가 되는지 의심이 간다는 것이다. 이런 점에서 '히'로 읽을 수 없다고 본다.

3) '기, 긔, 게'

이 절에서는 '希'를 '기, 긔, 게' 등으로 읽은 해독들을 보자.

(7) 邊希(「헌화가」) : 갇기(김선기 1967g, 김선기 1993)
　　磧惡希(「찬기파랑가」) : 도라기(김선기 1967c), 돌악기(김선기 1993)
　　尊衣希(「원왕생가」) : 님이기(김선기 1993)
　　佛會阿希(「청전법륜가」) : 뿔회아기(김선기 1975a), 불ㅎ개아기(김선기
　　　　1993)

(7)에서는 '希'를 '기'로 읽었다. 그 이유는 "六세기 발음은 [xjei][KAD #127]이지만 일본말에서처럼 [기]라고 읽었다고 보인다."(김선기 1967c:303)에 있다. 중세음(희)의 모음이 'ㅢ'인데 이것에서 'ㅡ'가 탈락한 'ㅣ'의 '기'로 읽을 수 있을까 하는 문제를 보인다.

이번에는 '希'를 '긔, 게' 등으로 읽은 해독들을 보자.

(8) 가. 尊衣希(「원왕생가」) : 尊의긔(유창균 1994)
　　나. 邊希(「헌화가」) : 가ㅅ게(강길운 1995)
　　다. 磧惡希(「찬기파랑가」) : 재밖별아게(강길운 1995)
　　라. 尊衣希(「원왕생가」) : 尊의게(강길운 1995)

(8가)에서는 '希'를 '긔'로, (8나-라) 등에서는 '希'를 '게'로, 각각 읽었다. 이 해독들을 차례로 변증해 보자.

(8가)에서 '希'를 '긔'로 읽은 이유는 다음과 같다.

(9) '希'는 '긔'가 '희'로 변했음을 뜻한다. 그러나 초기의 字音을 기준으로 하면 '긔'도 가능하다. '希'가 '희'를 나타내는 것이라고 한다면 '의 긔'는 '의(애·에)+긔〉의희〉예(애·에·이·의)'와 같은 변화를 생각할 수 있다.(유창균 1994:670)

(9)에서는 '希'의 고음을 중세음 '희'로부터 '긔'로 설정하고, '希'를 '긔'로 읽으면서, '의긔'를 '-께'의 의미로 보았다. '희'나 '히'에 '-께'나 '-게'의 의미가 없다는 점에서, '希'를 '긔'로 읽은 것은 정확한 것 같다. 그러나 '磧惡希'(「찬기파랑가」), '邊希'(「헌화가」), '佛會阿希'(청전법륜가) 등을 '즈갈아히', '서리히', '佛會아희' 등으로 읽으면서, '希'를 '히, 희' 등으로도 읽은 이유를 설명하지 않은 문제를 보인다.

(8나-라) 등에서는 '希'를 '게'로 읽었다. 그 이유는 '게'에 해당하는 상용 한자가 없어서 대충표기를 하였다는 것이다. 즉 "[kɪ]는 [ke]의 대충표기"(강길운 1995:155), "'希'는 '긔'이지마는 '게'의 대충표기"(강길운 1995: 265), "신라음은 '긔'인데 '게'를 나타내는 상용 한자가 없어서 대충한 것이다."(강길운 1995:111) 등에서 이런 사실을 알 수 있다. 그러나 불교 문학의 중심에 있는 '偈'자와 '揭, 憩' 등이 있어, 이 설명은 의심스럽다. 그리고 "'希'의 옛음[kɪ]. 그러나 고려초에는 [hɪ]로 바뀜"(강길운 1995:145)으로, 신라 향찰의 '希'는 '게'로 고려 향찰의 '希'는 '헤'로 구분하여 해독한 특성을 보인다.

이 중에서 대충표기는 인정하기 어렵지만, 향찰 '希'의 신라 한자음이 '긔[kɪ]'이고, 고려 한자음이 '희[hɪ]'라는 지적은 정확한 것으로 판단한다. 이에 따라, '邊希'(「헌화가」」)는 'ᄀᆞ긔'로, '磧惡希'(「찬기파랑가」)는 '지벽아 긔'로 각각 수정하여 읽고, '尊衣希'(「원왕생가」)는 '尊의긔'(유창균 1994)로,

'佛會阿希'(청전법륜가)는 '佛會아희'(김준영 1979)로, 각각 읽은 해독들을 따라, 신라 향가의 '希'는 '긔'로, 고려 향가의 '希'는 '희'로 읽는 것이 바람 직하다고 판단한다. '希'의 모음을 'ㅢ'로 제한한 것은 지금까지 검토된 '希'의 모음은 'ㅢ'뿐이기 때문이다.

3. '中'(1)

향찰 '中'은 '애, 에, 예, 이, 안, 가온, 여, 안히, 의, 둥, 히, 히, 해, 기, 긔, 아(/여/예/의)게(/혜)' 등으로 읽히고 있다. 이 해독들 중에서 '애, 에, 예, 이, 안, 가온, 여, 안히, 의, 둥, 히' 등의 해독을 이 장에서 두 절로 나누어 변증하고자 한다.

1) '애, 에, 예, 이'

이 절에서는 향찰 '中'을 '애, 에, 예, 이' 등으로 읽은 해독들을 '애'와 '에, 예, 이' 등으로 나누어 변증하려 한다.

향찰 '中'을 '애'로 읽은 해독은 다음과 같다.

(10) 가. 巷中(「모죽지랑가」) : 巷애(유창선 1936a), 골애(이탁 1956), 골항애 (김선기 1967b)

나. 汀理也中(「찬기파랑가」) : 믈ㄱ애(오구라 1929), 믌ㄱ애(유창선 1936b), 나리애(김선기 1967c)

다. 前良中(「맹아득안가」) : 압애(이탁 1956), 알배(김선기 1968c), 앏애 (김선기 1993)

라. 一念惡中(「칭찬여래가」) : 일넘애(이탁 1956), 일념악애(김선기 1975b), 깐 산각애(김선기 1993)

마. 世呂中(「청불주세가」) : 누리애(김선기 1975a), 누로애(김선기 1993)

바. 歲史中置(「상수불학가」) : 날애도(오구라 1929), 숫애도(이탁 1956),
   나시애도(김선기 1975a), 도(/돌)시애도(김선기 1993)

사. 根中(「항순중생가」) : 불휘애(사)(오구라 1929), 불귀애(김선기 1975a,
   1993)

아. 海惡中(「보개회향가」) : 바돌애(김선기 1975a), 바들애(김선기 1993)

(10)에서는 '中'을 '애'로 읽었는데, 주로 오구라, 유창선, 신태현, 김선
기 등의 해독들에서 나타난다.

먼저 향찰 '中'의 해독을 '애'로 이끈 오구라의 해독을 보자. (1바)의 '날
애도'에서는 '中'을 시간과 장소를 나타내는 조사인데, '날'의 '아' 밑에서
모음조화에 따라 '애'로 읽었다.(오구라 1929:129) (1사)의 '불휘애(사)'에서
는 '根(불휘)+中(애)+沙(사)'로 읽으면서 '애사〉애야'를 의식하였다.(오구라
1929:132) 이렇게 읽은 오구라는 결국 '(也)中'의 음이나 훈을 밝히고 이에
따라 해독한 것이 아니라 '(也)中'의 위치가 시간이나 장소를 나타내는 조
사인데, 앞말의 발음과의 모음조화를 고려하여 이에 맞는 한국어 조사를
선택한 것이 된다. 이로 인해 '也中'과 '中'은 구별되지 않고 '애'로 통합되
어 있다.

이런 양상은 다음의 해독에서도 계속된다.

(11) … 巷中의 中은「애」「에」로 解할것이니 吏讀에서 亦中 良中을 儒胥必知
   와 典律通補에서「여희」「아희」로 읽어 場所와 時間을 指示하는「에」
   와「애」로 使用하였으며 또 大明律과 淨兜寺造塔記等에는 … 等의 用
   例가있는바 本句의 巷中의中은 이亦中, 良中의中과같은 用法으로서
   …(유창선 1936a:23-24)

(11)을 보면, 근세 이두집에 나타난 '中'을 언급하면서도, 이 '中'과 '히'를 연결시키지 못하고, 오구라의 해독에 머물고 있다.

이탁은 '애'의 해독을 따르면서, (10다, 라) 등의 해독에서 '良中, 惡中' 등과 '中'을 명확하게 구별하지 못하였다. 즉 '前良中'을 '압애'로 해독하는 과정에서 '아(良)+애(中)〉애'(이탁 1956:24)라는 이상한 정리를 하고, '一念惡中'을 '일념애'로 해독하는 과정에서 '아(惡)+애(中)〉애'(이탁 1956:31)라는 이상한 정리를 하였다. 김선기는 해독의 양상으로 보아 이 이상한 해독을 따른 것 같다.

이 '中'을 '애'로 읽은 해독들은 '中'의 음이나 훈을 검토하지 않고 그 위치에서 모음조화에 맞는 현대조사를 따른 문제를 가지고 있다.

향찰 '中'을 '에, 예, 이' 등으로 읽은 해독들은 다음과 같다.

(12) 가. 巷中(「모죽지랑가」) : 굴헝에(오구라 1929, 정연찬 1972 등등), 거리에
　　　　(정열모 1965)
　　　前良中(「맹아득안가」) : 前에(신태현 1940)
　　　世呂中(「청불주세가」) : 누리에(정열모 1965)
　　　歲史中置(「상수불학가」) : 나시에두(정열모 1965)
　　나. 汀理也中(「찬기파랑가」) : 나리예(이탁 1956:21)
　　　世呂中(「청불주세가」) : 누리예(오구라 1929, 신태현 1940, 이탁 1956)
　　　歲史中置(「상수불학가」) : 히예도(신태현 1940)
　　다. 前良中(「맹아득안가」) : 앒이(유창선 1936d)
　　　一念惡中(「칭찬여래가」) : 흔 녀바기(정열모 1965)
　　　海惡中(「보개회향가」) : 바ᄃ이(이탁 1956)

(12가)는 '에'로, (12나)는 '예'로, 각각 향찰 '中'을 읽었다. 이 해독을 이끈 것은 역시 오구라이다. 이는 모음조화에 맞춘 것이다. (12가)에서 정열

모만 모음조화를 따르지 않았는데, 그 이유는 밝히지 않았다. 그리고 이탁은 (12나)에서 '汀理也中'를 '나리예'로 해독하는 과정에서 '여(也)+예(中)〉예'(이탁 1956:21)라는 이해하기 어려운 정리를 보여주었다.

(12다)에서는 '中'을 '이'로 읽었다. '앎이'는 '前良中'의 '良中'을 '이'(유창선 1936d:25)로 읽으면서, 왜 '中'이 '이'인지를 설명하지 않았다. '훈 녀바기' 역시 '一念惡中'의 '惡中'을 '악+이/에'(정열모 1965:364-365)로 읽으면서, 왜 '中'이 '이'인지를 설명하지 않았다. '바두이' 역시 '海惡中'의 '惡中'을 '아(惡)+이(中)〉이'(이탁 1956:47)로 읽으면서, 왜 '中'이 '이'인지를 설명하지 않았다. 이런 사실로 보아, '中'을 '이'로 읽은 근거는 미상이다.

2) '안, 가온, 안히, 여, 의, 둥, 히'

이 절에서는 향찰 '中'을 '안, 가온, 안히, 여, 의, 둥, 히' 등으로 읽은 해독들을 변증하려 한다.

(13) 가. 汀理也中(「찬기파랑가」) : 나리예안(정열모 1947)
　　　前良中(「맹아득안가」) : 전에안(정열모 1947)
　　　一念惡中(「칭찬여래가」) : 한념악안(정열모 1947)
　　나. 世呂中(「청불주세가」) : 누리가온(지로)(정열모 1947)
　　다. 巷中(「모죽지랑가」) : 골안히(홍기문 1956)
　　라. 汀理也中(「찬기파랑가」) : ᄂ리이여(지헌영 1947)
　　마. 根中(「항순중생가」) : 븓의(이탁 1956)
　　바. 根中(「항순중생가」) : 믿둥(사)(정열모 1965)
　　사. 巷中(「모죽지랑가」) : 굴히(류렬 2003)
　　　汀理也中(「찬기파랑가」) : 나리라히(류렬 2003)
　　　前良中(「맹아득안가」) : 아라하히(류렬 2003)
　　　一念惡中(「칭찬여래가」) : 일념아히(류렬 2003)

世呂中(「청불주세가」) : 누리히(류렬 2003)

歲史中置(「상수불학가」) : 스시히두(류렬 2003)

根中(「항순중생가」) : 부루히(류렬 2003)

海惡中(「보개회향가」) : 바롤아히(류렬 2003)

(13가)에서는 '中'을 '안'으로 읽었다. 한자 '中'에는 '안'의 의미가 있다. 그러나 이 '안'이 해독 '나리예안, 전에안, 한념악안' 등에서 어떤 기능을 하는지가 명확하지 않은 문제를 보인다.

(13나)에서는 '世呂中(止以)'를 '누리가온(지로)'로 읽으면서, '中'을 '가온'으로 읽었다. '中'을 '가운데'가 아닌 '가온'으로 읽는 것이 어렵고, '止以'를 '지로'로 읽어야 하는 문제를 보인다.

(13다)에서는 '巷中'은 '골안희'로 읽으면서, '中'을 『두시언해』의 '안해'에 근거해서 '안희'로 읽었다.(홍기문 1956:102) 문제는 이 '中'만 '안희'로 읽는 것이 가능할까 하는 점이다.

(13라)에서는 '汀理也中'를 '느리이여'로 읽으면서, '中'을 '여'로 읽었는데, 그 근거가 명확하지 않다.

(13마)에서는 '根中'을 '븓의'로 읽으면서, "中=意借'안'의 變音'애'=場所制助詞 븓의(根中)=숨(爲)의 第二目的語"(이탁 1956:46)라고 설명하고 있는데, '의'의 설명이 매우 모호하다.

(13바)에서는 '根中(沙)'를 '믿둥(사)'로 읽었다. 그 중에서 '中'을 '둥〉둥'으로 설명하였다. '根'을 '믿둥'으로 읽는 것이 어렵다.

(13사)에서는 '中'을 '히'로 읽었다. 이를 설명한 글을 보자.

(13) 가. 《也中》은 《라히》로 읽었는바 여기서의 《ㄹ》는 결합자음으로 서 덧나서 붙은것이고 원래 여위격토는 《-에》의 옛 형태 《-아 히/어히》이다. 《也》는 불완전명사 《바》에서 《ㅂ》가 줄어 빠

진 《아》에 대한소리옮김이고 《中》은 여위격적기능을 노는 토
《-이》에 결합자음 《ㄹ》가 어울린 《라히》에 대한 뜻옮김이다.
《也中》은 《阿希》.《惡希》.《良衣》.《良中》 등의 표기변종
이다.(류렬 2003:266)

나. 《良中》은 여위격토 《에》의 옛 형태인 《-애/에》의 시초형태인
《-아히/어히》, 또는 결합자음 《ㅎ》와 《-아히/어히》가 붙어 어
울린 《-하히/허히》에 대한 소리-뜻옮김이다(류렬 2003:290)

다. 《누리에》의 예날말인 《누리히》에 대한 뜻-소리-뜻옮김이다
(류렬 2003:441)

(13가, 나, 다) 등에서 볼 수 있듯이, 현대어 '-에'에 해당하는 '-아히/
어히'의 '히'라고만 설명하고 있다. '-아히/-어히'가 아닌 '-아히/-어히'
로 설정한 것이 문제이고, '中'의 음이나 훈으로 '히'를 증명하지 않은 문
제를 보인다.

4. '中'(2)

이 장에서는 향찰 '中'에 대한 해독들 중에서 '히, 해, 기, 긔, 아(/여/예
/의)게(/헤)' 등으로 읽은 해독들을 두 절로 나누어 변증하고자 한다.

1) '히, 해, 헤, 기, 긔'

이 절에서는 향찰 '中'을 '히, 해, 기, 긔' 등으로 읽은 해독들을 '히'와
'해, 기, 긔' 등으로 나누어 변증하려 한다.

(1) '히'

향찰 '中'을 '히'로 읽은 해독들은 다음과 같다.

(14) 가. 巷中(「모죽지랑가」) : 굴허히(양주동 1942, 지헌영 1947 등등), ᄆ술히
　　 (양주동 1965, 황패강 2001), 굴헝히(서재극 1974, 전규태 1976 등등),
　　 골히(양희철 1997)

　　 나. 汀理也中(「찬기파랑가」) : 나리여히(양주동 1942, 홍기문 1956 등등),
　　 나리라히(정열모 1965), 믈시브리야히(서재극 1975), 믌기여히(김준
　　 영 1979), 믈서리여히(김완진 1980), 믈시블여히(금기창 1993), 믌ㄱ
　　 스리야히(최남희 1996), 벼리야히(양희철 1997), 믌ᄀ자리여히(신재
　　 홍 2000)

　　 다. 前良中(「맹아득안가」) : 前아히(양주동 1942, 지헌영 1947 등등), 전아
　　 히(홍기문 1956, 정열모 1965 등등), 알파히(김완진 1980, 신재홍 2000)

　　 라. 一念惡中(「칭찬여래가」) : 一念악히(양주동 1942, 전규태 1976 등등),
　　 닛념악히(신태현 1940), 一念아히(지헌영 1947, 홍기문 1956 등등)

　　 마. 世呂中(「청불주세가」) : 누리히(양주동 1942, 지헌영 1947 등등), 누려
　　 히(양희철 2011e)

　　 바. 歲史中置(「상수불학가」) : ㅅ히두(양주동 1942, 지헌영 1947), 스싀히
　　 두(홍기문 1956, 신재홍 2000), 사시히두(전규태 1976), 시시히두(김준
　　 영 1964, 1979), 스싀히도(김완진 1980), 나히두(황패강 2001), 스시히
　　 두(유창균 1994)

　　 사. 根中(「항순중생가」) : 불휘(양주동 1942, 신태현 1940 등등)

　　 아. 根中(「항순중생가」) : 불휘히(홍기문 1956:406), 불히(김준영 1979)

　　 자. 海惡中(「보개회향가」) : 바돌악히(양주동 1942, 김준영 1964 등등), 바
　　 롤악히(신태현 1940), 바돌아히(지헌영 1947, 김준영 1979 등등), 바롤
　　 아히(홍기문 1956), 바ᄅ히(정열모 1965), 바돌아기(김완진 1980)

(14)에서는 '中'을 '히'로 읽었다. 이 중에서 '根中'의 해독은 (14아)의

'불휘'가 맞는데 이는 구체적인 검토를 요한다. '根中'의 '中'은 '휘'의 대용
표기로 보는 (14사)가 일반적이다. 그러나 이렇게 되면 대용표기, 대충표
기를 인정하게 된다. 이보다는 '中'의 훈 '히'로 읽은 '불히'가 정확한 것
같다. '샐히'는『백련초해4』의 "댓샐히 싸해 소스니"에서 나온다. 그리고
김준영(1979:232)은 '불히'를 '불휘, 불희, 불위'의 前期語나 방언으로 보고
있다. 이제 이 해독을 이끈 양주동의 글을 보자.

> (15) 中 義訓讀「히」. 「中」은 흔히 吏文에 古方位格助詞「良中·亦中」으
> 로 쓰여지는데 그原語가「아히·여히」임으로「中」은 곧「히」에 해
> 당함을 알수잇다.
> …(중간 생략)…
> 이「良中·亦中」이 곧「아히·여히」임은「良中」을 或「阿希·衣希」
> 로 記寫한것으로 確知할수잇다.
> …(중간 생략)…
> 이로써「中」字는「히」임을 알수잇으니, 곧「아히·어히·여히」(良
> 中·阿希·衣希·亦中·也中)等의 縮畧語가「히」로서, 方位格助詞는 무
> 릇 다음과같은 變遷을 한 것이다.(양주동 1942:189-190)

(15)는 '中'이 이두에서 '히'로 쓰인 예를 제시하고, 의훈독으로 해독을
하였다. 이와 같은 의훈독(양주동 1942:340, 806, 823)과 의훈차(양주동 1942:709,
836)는 여러 곳에서 언급되었다. 그리고 오구라가 이끈 모음조화에 대해서는
다음과 같이 필수적인 것으로는 보지 않고 있다.

> (16) 也 音借「여」. 中 義訓讀「히」. 「也中」은「여히」, 吏吐「亦中」에 該當
> 한다.
> …(중간 생략)…

此種 方位格을 表示하는 古助詞는

    良中   (阿希)

    亦中   (也中)

의 二種이 잇는데, 이제 吏文에서의 兩種의 區別使用與否를 보건댄 「亦中」은 上引과같이, 「良中」은 左記와같이 諧音的區別이 업다.

…(중간 생략)…

생각건댄 「良中·亦中」은 當初엔 諧音的必要로 區別使用되야 前者 는 陽母音下 後者는 陰母音 或은 丨音下에 使用될터이엿으나, 이 諧音法의 規例는 近代文獻에도 자못 混用을 不免하듯이 「良中·亦 中」 亦是 彼此混用된것이겟다.

…(중간 생략)…

그러나 本條 「也中」만은 「여희」로서 上語 「汀理」(나리)에 꼭 適合하 다. 卽 「여희」는 「예」의 古形으로 「나리」의 方位格은 「나리예」, 그古 體는 「나리여희」임이 當然하다.(양주동 1942 340–341)

良中 方位格助詞 「애」의 古形 「아희」 古助詞에 「애·에」의 諧音的區 分이 적음은 旣注. 本條에도 「前」(전)믿혜는 「어희」(에)라야 하겟으 나 「良中」(아희)을 通用하엿다.(양주동 1942:463)

(16)에서 보면 모음조화, 곧 '諧音的 區分'이 적음을 정리하였다. 이에 따라 '희'를 '희'와 '해'로 구분하지 않았다.

(14사)의 '불휘'는 "根 訓讀 「불휘」, 中 義訓借 「희」, 本條엔 俗音 「불희」 의 末音添記"(양주동 1942:836)에 근거한다. 그리고 (14자)의 '바둘아기'는 '바둘+악+희〉바둘아기'(김완진 1980:203)에 근거한 해독이다.

이렇게 (14)에서 '中'을 '희'로 읽은 해독들은 그 근거를 확보하면서, 고 려 향찰의 '中'을 '희'로 읽은 것은 정확했다고 할 수 있다. 그러나 문제는 신라 향찰의 '中'까지 '희'로 읽은 것이라 할 수 있다. 이 문제는 이하에서 자연스럽게 밝혀질 것이다.

향찰 '中'을 '해, 긔, 긔' 등으로 읽은 해독은 다음과 같다.

(17) 가. 巷中(「모죽지랑가」) : 거리해(정열모 1947), 굴허해(김상억 1974)

　　　汀理也中(「찬기파랑가」) : 나리여해(김상억 1974)

　　　前良中(「맹아득안가」) : 앏해(오구라 1929), 젼아해(김상억 1974)

　　　一念惡中(「칭찬여래가」) : 一念여해(오구라 1929), 일념악해(김상억
　　　　　1974)

　　　世呂中(「청불주세가」) : 누리해(김상억 1974, 전규태 1976)

　　　歲史中置(「상수불학가」) : 나이해도(정열모 1947), 삿해두(김상억 1974)

　　　根中(「항순중생가」) : 블휘해(정열모 1947)

　　　海惡中(「보개회향가」) : 바롤여해(오구라 1929), 바다해(정열모 1947),
　　　　　바달악해(김상억 1974)

　　나. 巷中(「모죽지랑가」): 골긔(유창균 1994)

　　　前良中(「맹아득안가」) : 아라긔(유창균 1994)

　　다. 汀理也中(「찬기파랑가」) : 믈서리여긔(유창균 1994)

(17가)는 향찰 '中'을 '해'로, (17나)는 향찰 '中'을 '긔'로, (17다)는 향찰 '中'을 '긔'로 읽었다.

(17가)에서 오구라는 특이한 해독을 보인다. '前良中'을 '앏해'로 읽으면서 '애(良)+애(中)〉애'(오구라 1929:194)로 설명했고, '一念惡中'와 '海惡中'를 각각 '一念여해'와 '바롤여해'로 읽으면서, '惡中'은 '亦中'의 '여해'와 같은 것으로 보았다.(오구라 1929:60, 139)

(17나, 다)에서 '긔'와 '긔'를 보인 유창균의 설명은 다음과 같다.

(18) 여기에서 이의 初期 形態 '이어긔/그어긔/뎌어긔'는

$$\left.\begin{array}{c} 이 \\ 그 \\ 뎌 \end{array}\right] + \vartriangle + 어긔$$

로 분석될 수 있다. '△'은 特殊한 機能을 가진 어떤 形態素를 뜻하기
보다는 母音衝突을 피하기 위해 삽입된 조음소로 볼 것이며 '어긔'는
모음조화에서는 '아기'도 생각할 수 있고, '아기/어긔'가 '良中'와 대
응하는 것이다. 鄕歌에서는 '良中/中'이 공존하는 것을 보면 어미 '기
/긔'와 같은 단독형도 가능했던 것이다. 그러므로 '中'은 바로 '기/긔'
가 되는 데, 이것이 '中'의 字義와 연결되는 것으로 보는 것이다. '中'
은 그 쓰임에 따라 여러 가지 뜻을 나타낸다. '긔'는 그 의미가 '~곳에'
와 같다. '中'이 '內·中間·半' 등의 뜻으로 쓰이는 것으로 미루어
'곳'은 어느 中心点을 나타낸다는 점에서 통한다고 하겠다. 여기에서
'中'을 '긔/기'로 새기는데, 이 것은 그 音韻變化에 따라 表記에 이용
되는 字類도 다음과 같이 交替한 경향을 보여 주고 있다.

기/긔	→	히/희	→	의
(中)		(希)		(衣)(矣)

　그러나 '히/희'의 단계에서도 慣習的으로는 '中'을 쓰기도 했을 것
이다.(유창균 1994:252-253)

　(18)의 설명은 '巷中'을 '골기'(서두에서는 '골희'로 표기)로 읽고, '(이/그/
뎌+)△+어긔'의 '어긔'를 '良中(아기)'와 같은 것으로 보면서, '中'을 '기/
긔'로 읽었다. 이 해독은 상당히 그럴 듯하다. 그러나 '良中'은 '아희'에서
다시 '아기'를 소급한 것이다.
　이 '기'의 설명은 '위에'를 뜻하는 경기도 전라도 방언 '우개'와 전라도

방언 '우게'로도 그 설명이 가능하다. 이 '우개/우게'의 '개/게'는 '기'로 소급할 수 있다. 그런데 문제는 (18)의 인용에서 보이는 후반부의 표기 字類의 교체이다. 왜냐하면 「찬기파랑가」에서 '汀理也中'과 '磧惡希'가 동시에 나오고, 신라 향가는 물론 고려 향가에서 각각 '中, 希, 衣' 등이 함께 나온다는 점에서 이런 정리는 어려워 보인다.

이 어려움에 대해서 다음과 같은 설명을 하기도 하였다.

> (19) '中'는 본시 '기'이었을 것이다. 그러나 아래의 句에 이와 同一한 形態에 '希'로 표기된 예가 있다. 이것은 '기〉히'와 같은 변화가 이미 있었음을 뜻한다.
>   '也中'는 '여히(←여기)'로 處所格의 '에'이다. 이것은 '여기〉여히〉여이〉예'와 같이 발달한 것이다. 여기 '여'가 '也'로 표기된 것을 보면 이 '여'는 '라'에서 발달한 것인지도 모른다.(유창균 1994:458)

(19)는 '汀理也中'(「찬기파랑가」)을 '믈서리여긔'(서두)로 읽으면서 보여준 설명이다. 물론 서두가 아닌 본문에서는 '믈서리여히'(유창균 1994:458)로 읽었다. 이 설명은 '中'과 '希'가 함께 나온 것을 '기〉히'의 변화로 설명하려 한 것이다.

그러나 필자가 보기에는 '히'와 '희'의 차이가 아닌가 하는 생각을 한다. 이렇게 보는 이유는 신라 향가에서는 '中(기/긔)〉希(히/희)'의 변화과정에 있어 양자가 함께 나올 수 있지만, 고려 향가에서도 그렇게 설명하기가 어렵기 때문이다.

> (20) … '惡中'는 초기에는 '아긔·아기'이었을 것이다. 이것이 '아긔〉아희〉아의〉애(에·예·이·의)'와 같이 발달한 것임은 이미 설명한 바 있다. 이러한 音의 變化에 따라 '惡中(아긔)〉惡希(아희)〉良衣(아의)'와 같이

變하기도 했다. 따라서 이 단계에서는 당연히 '惡希'나 '惡衣'라야 하나, 그대로 '惡中'를 취한 것은 慣習에 따른 것으로 볼 수 있다.(유창균 1994:897)

(20)은 '一念惡中'(「칭찬여래가」)의 해독에서 '中'을 '(기→)히'로 읽은 것이다. 이 설명으로 보면 '惡中(아긔)〉惡希(아희)〉良衣(아의)'의 변화를 설정하는 것이 어렵다. 왜냐하면 '一念惡中'과 '舌良衣'가 「칭찬여래가」에서 동시에 나오고, 이런 현상은 고려 향가에서 공통 현상이기 때문이다. 이로 인해 유창균이 '中'을 '기'로 읽은 것은 좋으나, '惡中(아긔)〉惡希(아희)〉良衣(아의)'로 변화를 설명하는 데는 실패했다고 볼 수 있다.

(2) '아(/여/예/의)게(/헤)'

이 절에서는 '中'을 '아(/여/예/의)게(/헤)', 즉 '아게, 예게, 의게, 아헤, 여헤, 예헤, 의헤' 등으로 읽은 해독들을 변증하려 한다. 그런데 신라 향가의 향찰과 고려 향가의 향찰을 구분하므로, 이를 나누어 정리하려 한다.

먼저 신라 향찰에서 '中'을 '의게, 예게, 아게' 등으로 읽은 해독들을 변증해 보자.

(21) 가. 巷中(「모죽지랑가」) : 굴헝의게(강길운1995)
나. 汀理也中(「찬기파랑가」) : 벼리예게(강길운 1995)
다. 前良中(「맹아득안가」) : 앒아게(강길운 1995)

(21)에서는 '中'을 모두 '게'로 해독하였다. 이 해독들은 상당히 독특하여 구체적인 설명을 검토할 필요가 있다.

(22) 가. '中'은 이두에서 처격조사 '아히'로 읽히고 있으나 신라어는 '-아
　　　게'(또는 '-의게')였다(참조 : 강 1993 157-61쪽). 처격조사 '中'은 '惡
　　　希(아게)·良中·阿希(아게)·衣希(의게)·也中(여게 → 예게)' 등과
　　　같이 여러 가지로 이기되었다(cf. '希'의 옛음[kɪ]. 그러나 고려초에는
　　　[hɪ]로 바뀜). 그리고 이것은 ɑke/ɑkɑ(내부에·中에·-에. 드라비다-간
　　　나다어)·ɑkɑm(내부. 드라비다-타밀어)이나 동계어인 길약어의
　　　-ɑx/-ïx(사격조사)와 대응되는 말인 것으로 추정된다(강길운
　　　1995:144-145)
　　나. '也'는 음이 '여~의'이나 '예'의 대충으로 보고(참조 : §2.5.(34). '中'
　　　은 '也'를 두음으로 하는 처격조사 '-아게/-의게'로 읽어야 할 것
　　　이나 '汀理'(벼리)의 말음이 i모음이기 때문에 '-예게'의 대충표기
　　　로 다룬다(참조 : §5.5.(27)).(강길운 1995:262)
　　다. … '良'은 보통 '아'로 약훈차하며(참조 : Ⅱ.§2.(3)). '中'은 '아게/의
　　　게'(=에서, 참조:3§5.5.(27))로 읽을 수 있는데 '아' 두음첨기의 '中'
　　　은 '아게'로 읽어야 할 것이다.(강길운 1995:283)

　(21)의 해독들은 (22가)의 설명으로 보아, 드라비다-간나다어의 'ɑke'
와 길약어 '-ɑx/-ïx'를 상당히 의식한 것 같다. 이 중에서도 전자를 더 의
식한 것 같다. 이에 대한 인접어의 연구는 좀더 검토를 요한다.
　구체적으로 (21가, 22가) 등은 '中'을 '의게'로, (21나, 22나) 등은 '中'을
'예게'로, (21다, 22다) 등은 '中'을 '아게'로 각각 다르게 읽었다. 향찰 '中'
을 이렇게 다양하게 읽은 것은 문제이다. 만약 이렇게 다르다면 '中'의 훈
으로 쓰지 않고, '의, 예, 아, 게' 등에 해당하는 음을 가진 한자들을 이용
하여 표기하였을 것으로 판단한다. 게다가 이 다양하게 읽는 문제를 해명
하기 위하여 (22나, 다) 등에서는 '也'를 '예'의 두음첨기자로, '良'을 '아'
의 두음첨기자로 보았다. 이 두음첨기자에는 문제들이 포함되어 있다. 일
차로 두음첨기자가 향찰에서 인정되지 않는다는 문제를 들 수 있다. 그리

고 이를 인정하여도 다음과 같은 문제들이 있다. (22가)에서는 왜 두음첨
기자를 쓰지 않았는가 하는 문제가 대두되고, (22나)에서 두음첨기자로
본 '也'를 '예'로 보는 데도 문제가 있다. 이런 점들로 보아 (21)의 해독과
(22)의 설명에는 문제가 있다고 정리할 수 있다.

이번에는 고려 향찰에서 '中'을 '아헤, 예헤, 의헤, 여헤' 등으로 읽은 해
독들을 변증해 보자.

(23)가. 一念惡中(「칭찬여래가」) : 一念악아헤(강길운1995)
　　나. 海惡中(「보개회향가」) : 바덜 악아헤(강길운 1995)
　　다. 世呂中(「청불주세가」) : 누례헤(강길운 1995)
　　라. 歲史中置(「상수불학가」) : 나싀헤두(강길운 1995)
　　마. 根中(「항순중생가」) : 불희여헤(강길운 1995)

(23)의 해독들을 설명한 내용을 인용하면 다음과 같다.

(24)가. … 10세기말의 보현십원가에서 벌써 대격조사 '을'(乙)이 나타나는
　　　데 한군데서만 '肹'자가 쓰이었으니 이것은 'kïr(신라어)〉hïr(고려
　　　어)〉ïr(고려어)'의 음운변화로 볼 수밖에 없다. 따라서 '肹'자는 10세
　　　기에 들어서 'kïr〉hïr'의 변화를 입은 것으로 추정된다. 즉 'k〉h'의
　　　변화가 10세기말에는 일어난 것으로 믿어진다. 그러므로 '惡中'을
　　　묶어서 '아게'(처격조사)로 읽을 수 없다. 신라어 '아게'는 고려어에
　　　서 '아헤'로 변한 것으로 보아야 하기 때문이다.
　　　　그렇다면 '惡中'의 '中'만이 처격조사 '아헤'의 표기이고, 그 앞
　　　의 '惡'(은)은 '안·속'을 뜻하는 말로 해독하여야 할 것이다.(강길
　　　운 1995:368-369)
　　나. '惡'을 신라형태 '-아게'(=-에-에서)의 표기인 '中'의 두음첨기 '악
　　　-'으로 볼 수 있을 것이나 처격조사(광의) '-아게'는 고려초에는

이미 '-아혜'로 변하여 버렸기 때문에 '惡'(악)을 '中(-아혜)'의 두음첨기로 볼 수 없다. 그러므로 '惡'은 하나의 명사로 보아야 할 것이며, 따라서 여기서는 '惡'을 '악'(=안, 內)으로 음독하고, '中'은 '-아혜'(=-에서)로 새긴다.(강길운 1995:494)

다. '世'는 '누리'(=세상)로 새기고, '몸'는 원음은 '려'이나 '례'로 대충하되, '누리'의 말음 '리'와 처격조사 '에혜'(《의게)의 두음 '에'의 축약음으로 다루며, '中'은 어간말 '-이' 아래에 쓰이는 '-예'('몸'의 모음)를 두음으로 하는 처격조사 '-예혜'로 새긴다.(강길운 1995:447)

라. '中'은 신라어로 '-아게ㆍ-의게()-어게)'로 새겼으나 고려초에는 벌써 '-아혜ㆍ-의혜'로 변한 것으로 추정된다. 그러나 '나스의혜'와 같이 읽으면 그 뒤에 연접한 동일보조사 '두'까지 합하여 5음절이 되어 한어절의 음절수가 너무 많아지는 감도 있고, 명사 '나스'의 말음 '으'가 '-의혜'(中)의 '의'와 근사한 음으로 '歲史中'은 '나스의혜〉나싀혜'(=나이에)로 변한 것으로 보아 두고, '置'는 동일보조사 '두'로 새긴다.(강길운 1995:467)

마. '根'은 '불휘'로 새기고, '中'(-의혜)은 선행 명사가 말음이 딴이(ㅣ. 전설모음)이기 때문에 '-예혜'로 새긴다.(강길운 1995:479)

(23)과 (24)에서는 신라 향찰 '中'을 '의게, 예게, 아게' 등으로 읽다가 '아혜, 예혜, 의혜, 여혜, 아혜' 등으로 바꾸어 읽었다. 즉 '-게'를 '-혜'로 바꾼 것이다.

이에 포함된 문제는 앞절의 것과 비슷하다. 먼저 '中'의 해독이 너무나 다양하다는 것이다. (24가, 나) 등에서는 '아혜'로, (24다)에서는 '예혜'로, (24라)에서는 '의혜'로, (24마)에서는 '여혜'로 각각 다르게 읽었다. 이렇게 다양하게 읽을 수 있을까 하는 것이 문제이다. 그리고 이 문제를 해결하고자 두음첨기자를 주장하나 이것도 문제이다. 우선 두음첨기자는 인정되지 않는다는 문제를 보인다. 그리고 설령 두음첨기자를 인정해도 다음과 같은 두 가지 문제를 보인다. 하나는 (24가, 나, 마) 등에서는 왜 두음첨기자를 쓰지 않았을까 하는 문제이다. 다른 하나는 (24다, 라) 등에서 두음첨기자로 제시된 '呂'와 '史'의 문제이다. 이 설명에서 보면, 일단 '呂'를 '례'로, '史'를 '스'로 보았다. 이 봄에서 전자인 '呂'가 '례'라는 설명은 우선 이해가 되지 않는다. 그리고 '례'와 '스'를 인정하여도, 이 '례'와 '스'가 '예혜'와 '의혜'의 두음첨기자라고 주장하는 데는 한계가 있다.

이런 점들에서 '中'을 '아(/여/예/의)게(/혜)'로 읽는 데는 문제가 있다고 판단한다.

이런 기왕의 연구 현실에서 향찰 '中'의 해독을 다음과 같이 제안할 수 있다. 신라 향찰인 '巷中'(「모죽지랑가」), '汀理也中'(「찬기파랑가」), '前良中'(「맹아득안가」) 등의 '中'은 '긔'로 읽고, 고려 향찰인 '一念惡中'(「칭찬여래가」), '海惡中'(「보개회향가」), '世呂中'(「청불주세가」), '歲史中置'(「상수불학가」), '根中'(「항순중생가」) 등의 '中'은 '희'로 읽는 것들이 맞는다고 정리할 수 있다. 이 정리에서 신라 향찰 '中'과 고려 향찰 '中'의 음을 '긔'와 '희'로 구분한 것은 강길운이 '게'와 '혜'를 구분한 것과 같은 근거에 있다. 그리고 고려 향찰 '中'의 훈을 '희'로 본 것은 양주동의 주장을 따른 것이고, 신라 향찰 '中'의 훈을 '긔'로 본 것은 유창균이 제시한 '긔/긔'의 일부를 따른 것이다.

이렇게 향찰에 쓰인 한자음과 한자훈에 충실하면 '에'와 '게'를 표기한 향찰이 발견되지 않는다. 이는 이 '에'와 '게'가 '의/애'와 '긔/개'에 포함되어 있는 것이 아닌가를 생각하게 한다. '에, 의/애, 게, 긔/개' 등의 음을 보여주는 한자들이 모두 존재한다는 점에서, 전용이나 대충표기보다는 미분화 또는 혼동으로 보고 싶다.

5. 결론

지금까지 향찰 '希'와 '中'에 대한 기왕의 해독들을 변증해 보았다. 그 결과 중에서 중요한 것들을 요약하여 결론을 대신하면 다음과 같다.

1) 향찰 '希'의 해독들 중에서, '애'와 '이'는 '희(希)'의 전용으로 보았다는 점에서, '에'와 '예'는 모음조화에 맞춘 '희(希)'의 전용이란 점에서, '의'는 이런 반절하자를 향찰에서 쓰지 않는다는 점에서, 'ㅣ'는 'ㅣ'의 표기에 향찰 '是, 伊, 以' 등이 쓰인다는 점에서, 'ㅂ라, 바라' 등은 '尊衣希'를 '希仰支'로 바꾸어 읽어야 한다는 점에서, 각각 문제를 보인다.

2) 향찰 '希'의 해독들 중에서, '희'는 음의 근거가 없다는 점에서, '해'는 '희'를 바꾼 것에 불과하다는 점에서, '헤'는 대충표기로 보았다는 점에서, '히'는 '회(希)'가 '히'로 바뀐 적이 없다는 점에서, 각각 문제를 보인다.

3) 향찰 '希'의 해독들 중에서, '기'는 '긔(希)'가 '기'로 변한 적이 없다는 점에서, '게'는 대충표기라는 점에서, 각각 문제를 보인다.

4) 향찰 '希'의 해독들 중에서, '희'는 '希'의 중세음이라는 점에서, '긔'는 '希'의 중고음이라는 점에서, 각각 문제가 없다.

5) 4)에 따라 신라 향가의 '希'는 '긔'로 읽어, '邊希'(「헌화가」)는 '汉긔'로, '磧惡希'(「찬기파랑가」)는 '직벽아긔'로, 각각 수정하여 읽고, '尊衣希'(「원왕생가」)는 '尊의긔'(유창균 1994)의 해독을 따르며, 고려 향가의 '希'는 '희'로 읽어, '佛會阿希'(청전법륜가)는 '佛會아희'(김준영 1979, 유창균 1994)로 읽은 해독을 따라야 한다고 판단된다.

6) 향찰 '中'의 해독들 중에서, '애'는 모음조화에 맞는 어미를 취했다는 점에서, '에, 예, 이' 등은 모음조화를 따르거나 해독의 근거가 모호하다는 점에서, 각각 문제를 보인다.

7) 향찰 '中'의 해독들 중에서, '안'은 문맥에 맞지 않는다는 점에서, '가

온'은 '가운데'에서 '가운'만을 취했다는 점에서, '안희'는 이 곳에서만 이렇게 읽었다는 점에서, '여'는 그 근거가 모호하다는 점에서, '의'는 그 설명이 매우 모호하다는 점에서, '둥'은 '根'을 '믿둥'으로 읽을 수 없다는 점에서, '히'는 '中'의 음이나 훈이 아니라는 점에서, 각각 문제를 보인다.

8) 향찰 '中'의 해독들 중에서, '해'는 '희'를 '해'로 바꾼 것에 불과하다는 점에서, '아게, 예게, 의게, 아헤, 여헤, 예헤, 의헤' 등은 '中'의 훈이 너무 많고 이해하기 어려운 두음첨기가 임의적으로 부여된다는 점에서, 각각 문제를 보인다.

9) 향찰 '中'의 해독들 중에서, '희'는 이두에 그 근거를 두고, '긔'는 방언에서 처소부사격어미가 '개/게'이고, '희'는 '긔'가 변한 것이라는 점에서, 그 가능성들을 갖는다.

10) 9)에 따라, 고려 향찰인 '一念惡中, 世呂中, 歲史中置, 海惡中' 등의 '中'은 양주동(1942)이 해독한 '희'가, '根中'의 '中'은 김준영(1979)이 해독한 '희'가 각각 맞고, 신라 향찰인 '巷中'(「모죽지랑가」)와 '前良中'(「맹아득안가」) 등의 '中'들은 유창균이 해독한 '골긔'와 '아라긔'의 '긔'로 읽은 것이 맞고, '汀理也中'(「찬기파랑가」)의 '中'은 '나리여긔'의 '긔'로 수정하여 읽어야 할 것으로 판단된다.

11) 5)과 10)의 해독들을 다시 표로 정리하면 다음과 같다.

신라 향찰		고려 향찰	
希(긔)	中(긔)	希(희)	中(희)
邊希(긔)	巷中(긔)		一念惡中(희) 世呂中(희) 歲史中置(희) 根中(희) 海惡中(희)
尊衣希(긔) 磧惡希(긔)	汀理也中(긔) 前良中(긔)	佛會阿希(희)	

八. 향찰 '米'

1. 서론

이 글은 향찰 '米'에 대한 기왕의 해독들을 변증하는 데 연구의 목적이 있다.

향찰 '米'는 9회 나온다. 『삼국유사』에 5회[皆理米(「모죽지랑가」), 咽嗚爾處米(「찬기파랑가」), 有阿米(「제망매가」), 爾屋支墮米(「원가」), 自矣心米(「우적가」)] 나오고, 『균여전』에 4회[人米(「수희공덕가」), 煎將來出米(「청전법륜가」), 爲米(「청불주세가」), 塵伊去米(「상수불학가」)] 나온다. 그리고 이 '米'에 대한 기왕의 해독들은 '몌, 메, 며, 매, 마이, 미, 애, ㅁ, 미' 등의 9종으로 정리된다. 이 해독들을 주요 해독자별로 정리하면 다음과 같다.

오구라(1929) : 매, 메, 미
양주동(1935, 1942) : 매, 미
유창선(1936) : 매, 애
신태현(1940) : 매, 메, 미
지헌영(1947) : 매, 미
정열모(1947) : 매, 메, 미
이 탁(1956) : 미, ㅁ, 며

홍기문(1956) : 믜, 매, 미
김준영(1964) : 메
정열모(1965) : 믜, 매, 메, 미
김선기(1967-75) : 마이, 매, 미
김상억(1974) : 매, 미
서재극(1974) : 매
전규태(1976) : 믜, 매, 미
김준영(1979) : 매, 메, 미
김완진(1980) : 믜, 매
김선기(1993) : 매, 미
금기창(1993) : 믜, 매
유창균(1994) : 믜, 메/믜, 며, 미
강길운(1995) : 메, 미
양희철(1997) : 믜, 매
신재홍(2000) : 믜, 미
황패강(2001) : 믜, 매, 미
류 렬(2003) : 미

이렇게 향찰 '米'의 해독은 다양하다. 그렇지만 연구사를 보면, 하나의 흐름이 있다. 즉 '메'의 해독으로 시작되어, '매'와 '미'의 해독이 혼효되다가, '매'의 해독으로 굳어지는 듯했다. 그러나 다시 '며, 메, 미' 등의 해독이 등장하면서, 어느 해독이 왜 어떤 점에서 맞는지를 확인하지 못한 상태에 있다. 이는 '며, 메, 미' 등의 해독들이 나온 이후에, 이 해독들을 포함한 향찰 '米'의 전체 해독을 체계적으로 변증한 글이 없기 때문이다. 특히 '매'의 해독과 '며'의 해독은 나름대로 '米'의 음이 '매'와 '며'일 수 있는 근거를 제시하고 있다는 점에서, 어느 것이 맞는 해독인지를 검토하지 않은 문제를 보인다. 그리고 향찰 '米'를 '메, 메, 며, 매, 마이, 미' 등으로 읽은 해독들도 '人米'에 포함된 '米'의 해독에서는 유독 '미'를 취하는데, 유별나게 이 '米'의 해독에서만 '미'를 취하는 것이 가능할까 하는 것도 문제를 보인다. 이 해독에 대해서는 지금까지 문제가 제기된 바가 없다. 그러나 본론에서 보겠지만, 이렇게 읽은 해독들은 해당 문장을 비문으로 만들고 있다. 이런 문제들은 향찰 '米'의 해독에서도 중요하지만, 향가의 작품 연구에서도 매우 중요하다.

이런 점에서 이 글에서는 향찰 '米'에 대한 기왕의 해독들을, 변증하고자 한다. 향찰 '米'는 음으로만 읽힌다는 점에서, 향찰 '米'에 대한 기왕의 해독들을, 한자 '米'의 그 당시음이 어느 것인가 하는 측면에서 일차로 변증하고, 그 당시음으로 판정이 나지 않을 경우에는 해독된 형태가 작품의 문맥에 맞는가, 문학적 또는 수사학적으로 맞는가 하는 측면과, 해독과 현대역이 합리적으로 연결되는가 하는 측면 등에서 이차로 변증하고자 한다.

2. '몌, 메, 애, ㅁ'

이 장에서는 향찰 '米'를 '몌, 메, 애, ㅁ' 등으로 읽은 기왕의 해독들을 변증하고자 한다.

1) '몌'

향찰 '米'를 '몌'로 읽은 해독은 오구라, 김준영, 정열모 등에서 발견된다. 이를 정리하면 다음과 같다.

(1) 가. 皆理米(「모죽지랑가」) : 다 다스리몌(오구라 1929), 그리몌(김준영 1964)

나. 咽嗚爾處米(「찬기파랑가」) : 열오이처메(김준영 1964)

다. (爾屋支)墮米(「원가」) : 디메(오구라 1929)

라. 心米(「우적가」) : ᄆᆞᅀᆞ메(김준영 1964)

마. (塵伊)去米(「상수불학가」) : 가메(정열모 1965)

(1가)의 '다 다ᄉ리메'의 해독은, '米'의 음을 '미'로, 그 古音을 '메'로 보았다. 이는 '-米'를 ᄒ매, 가매 등과 같이 '명사형+애'가 붙은 '매'(오구라 1929:114)로 보면서, 이 곳에서는 모음조화에 따라 동사의 '명사형+예'의 '메'로 읽은 것이다.(오구라 1929:150) 이 해독은 '메'에 '애/이'의 원인격의 의미가 없는 문제를 보인다. '긔리메'의 해독은 '米'를 '메'로 읽고, 이를 "理由表示의 語尾 「매」의 前期語나 類似音 「메」로 보"았다.(김준영 1964:42) 오구라와 같은 문제를 보인다.

(1나)는 '열오이 쳐메'로 읽고, '열치매'의 의미로 보았다. '메'를 '매'로 연결할 수 있는 근거가 없는 문제를 보인다.

(1다)는 '墮米'를 '딤+예'(오구라 1929:224)로 읽으면서 '米'를 '메'로 읽었다. '米'의 음을 살린 것은 좋다. 그러나 이 '-메'에 '-매'의 의미가 없는 문제를 피할 수 없으며, '米'를 위치에 따라 '매'나 '메'로 읽은 문제도 보인다.

(1라)는 '心米'를 'ᄆᆞᅀᆞ메'로 읽었다. 해독 'ᄆᆞᅀᆞ메'를 현대역 '마음의'의 의미로 보는 데는 해독과 현대역의 연결에서 한계가 있어 보인다.

(1마)는 총론에서는 '去米'를 '가메'로 읽고, 의역 부분에서는 '되네'(정열모 1965:432)로 보고, 각론에서는 현대 방언의 '갑메'(감탄, 정열모 1965:439)와 같은 의미로 보았다. '가메'를 '되네'나 '갑메'로 연결할 수 없어, '米'를 '메'로 읽는 것이 무의미하다.

이렇게 '米'를 고음 '메'로 읽은 해독들은 '메'의 의미가 명확하지 않은 문제를 보인다. 이 문제의 지적만으로도 충분하다고 판단하여, 이 해독들이 문맥에 맞지 않는다는 변증은 생략한다.

2) '메'

향찰 '米'를 '메'로 읽은 해독은 신태현, 정열모, 김준영, 유창균, 강길운 등에서 발견된다. 이를 정리하면 다음과 같다.

(2) 가. 皆理米(「모죽지랑가」) : 물리메(강길운 1995)

나. 咽嗚爾處米(「찬기파랑가」) : 울오 지치메(강길운 1995)

다. 有阿米(「제망매가」) : 이스메(강길운 1995)

라. (爾屋攴)墮米(「원가」) : 짐메(정열모 1947), 디메(강길운 1995)

마. 心米(「우적가」) : ᄆᆞᆺ메(김준영 1979), 마ᅀᆞᆷ에(강길운 1995)

바. (煎將來)出米(「청전법륜가」) : 나메(신태현 1940, 강길운 1995)

사. 爲米(「청불주세가」) : ᄃᆞ빅메/ᄃᆞ빅민(유창균 1994), 되뵈메(강길운 1995)

아. (塵伊)去米(「상수불학가」) : 가메(김준영 1979, 강길운 1995)

(2가)의 해독은 '米'를 '메'로 읽은 이유를 다음과 같이 설명하였다.

(3) '米'의 중국중고음은 [miei]⟨칼그렌⟩·[miəi]⟨FD⟩이고 동운은 '몌'이 어서 신라음은 [믜]로 재구하여 둔다. 여기서는 원인격조사로 쓴 경 우니 '메'(ㅁ'명사형'+에'원인격조사')의 대충표기로 보아 둔다. 따라서 '米'는 '며'로 읽을 수 없다.(강길운 1995:125)

(3)의 인용에서는 '米'의 신라음을 '믜'로 재구하고, '메'의 대충표기로 정리를 하였다. '믜'와 '메'의 음이 비슷한 것도 아니어서 대충표기라는 것 을 인정하기 어렵다. 차라리 '米'의 고음이 '몌'이므로 '메'에 해당하는 한

자음이 없어 '메'로 대충표기를 했다고 보는 것만도 못하다. 그리고 이 해독은 중세어에 'ㅁ+원인격(에)'이 없다는 문제도 피할 수 없다.

(2나)는 '울오 지치메'로 읽었다. "'米'는 그음이 '믜'이나 '메'의 대충표기로 보아 둔다."(강길운 1995:255)고 하였다. '매'에 해당하는 '메'를 '믜'로 대충표기했다는 데는 문제가 있어 보인다.

(2다)는 '이스메'로 읽고, '있음에'의 의미로 보았다. 이 해독은 '阿'를 '으'의 대충표기로, '米'를 대충표기로 보았는데, 대충표기로 해독한 것에 문제가 있는 것 같다.

(2라)의 '짐메'는 '米'를 '메'로 읽었으나, 그 근거를 제시하지 않아, 그 구체적인 근거를 알 수 없다. (2라)의 '디메'(떠러지매) 역시 '米'의 음을 '믜'로 보고, '메'의 대충표기로 본 문제를 보인다.

(2마)의 'ᄆᆞ스메'는 제삿밥이나 제사때 쓰는 쌀을 '메'라 한다는 측면에서 '米'를 '메'로 읽었다. 인정될 수 있는 주장이지만, 두 곳(2마, 아)에서만 '메'로 읽은 것으로 보아 객관성이 떨어지는 것 같다. '마슴에'는 '米'의 음을 '믜'로 보고 '메'의 대충표기로 본 문제를 보인다.

(2바)의 '나메'는 '米'를 '메'로 읽고 그 의미를 '매'로 본 문제를 보인다.

(2사)의 'ᄃᆞ비메'를 보자. 서두의 〈解讀〉에서는 'ᄃᆞ비메'(유창균 1994:1002)를 취하고, 각론에서는 'ᄃᆞ비미'(유창균 1994:1019)로 해독하면서 "'未'의 誤가 아닐까 한다."는 의견을 피력하였다. 해당부분에 대한 서두의 〈解讀〉은 "이 알기 ᄃᆞ비메 길 이본 무리라 셜브리혀"이고, 현대역은 "이것을 알게 됨에 길을 어긴 무리라 서러웁나닝다."이다. 어느 해독을 주장하려 한 것인지가 명확하지 않은 문제를 보인다. '드븨메'는 '米'의 음을 '믜'로 보고 '메'의 대충표기로 본 문제를 보인다.

(2아)의 '가메'는, 제삿밥이나 제삿때 쓰는 쌀을 '메'라 한다는 점에서 그 가능성을 인정할 수 있다. 그러나 두 곳(2마, 아)에서만 '메'로 읽은 문

제와, '메'로 '메'를 대충표기했다고 보는 점에 문제가 있는 것 같다.

3) '애, ㅁ'

향찰 '米'를 '애'와 'ㅁ'로 읽은 해독은 유창선과 이탁에서 발견된다. 이를 정리하면 다음과 같다.

(4) 가. 咽鳴爾處米(「찬기파랑가」) : 울워른 곧애(유창선 1936b)
나. 咽鳴爾處米(「찬기파랑가」) : 울오ㅅ즘(이탁 1956)
有阿米(「제망매가」) : 잇옴(이탁 1956)
心米(「우적가」) : ᄆ숨(ㅁ)(이탁 1956)

(4가)의 해독은 '米'를 '애'로 읽었다. 이런 반절은 반절법에서나 사용하지 향찰에서는 사용하지 않는다.

(4나)의 해독들은 '咽(울)+鳴(오)+爾(ㅅ)+處(즈)+米(ㅁ)', '有(잇)+阿(아/ᄋ)+米(ㅁ)', '心(ᄆ숨)+音(ㅁ)' 등으로 읽으면서, '米'를 'ㅁ'으로 읽어 말음첨기로 보았다. 'ㅁ'의 말음첨기에 '音'자가 쓰인다는 문제를 보인다.

3. '미, 며'

이 장에서는 '미'와 '며'로 읽은 해독들을 변증하고자 한다.

1) '미'

이 절에서는 향찰 '米'를 '미'로 읽은 해독들을 '人米'의 '米'와 나머지 '米'들로 나누어 변증하고자 한다.

먼저 '人米'의 '米'를 '미'로 읽은 해독들을 변증해 보자. '人米'(「수희공덕가」)의 '米'는 이탁만이 'ㅁ'으로 읽고, 나머지 선학들은 모두 '미'로 읽었다. '미'로 읽은 양상은 다음과 같다.

(5) 가. 사룸이(오구라 1929, 신태현 1940), 사ᄅ미(홍기문 1956, 김준영 1979 등등)
　　나. ᄂ미(양주동 1942, 지헌영 1947 등등), 나미(김상억 1974, 전규태 1976), 남이(정열모 1947, 김선기 1975a 등등)

(5가, 나) 등에서는 '米'를 '미'로 읽었다. 이에 대하여 어떤 문제도 제기된 적이 없다. 그러나 하나의 문제를 제기할 수 있다. 즉 '去米'(「상수불학가」), '爲米'(「청불주세가」), '出米'(「청전법륜가」) 등의 '米'는 해독자에 따라 '매, 미, 며' 등으로 각각 다르게 보면서, 같은 균여가 쓴 '人米'(「수희공덕가」)의 '米'만 '미'로 읽은 것은 이해되지 않는다는 문제이다.

이 '米'는 '미'로 읽을 수 없다고 본다. 그 이유는 두 가지이다. 하나는 제4장에서 논의하겠지만, 신라 및 고려 향가의 '米'는 '매'이기 때문이다. 다른 하나는 이 '미'의 해독을 적용한 문맥은 물론, 해독과 현대역의 연결에서 문제가 발견되기 때문이다. 이 후자의 문제를 보기 위하여, "得賜伊馬落 人米 無叱昆"의 해독과 그 현대역을 인용 정리하면 다음과 같다.

(6) 가. 어드심예 딜 사룸이 업곤(어드심에 질 사람이 없곤, 오구라 1929)
　　나. 얻샬이마다 ᄂ미 업곤(얻으실 이마다 남이 없곤, 양주동 1942)
　　　　얻사리마락 남이 업곤(얻는 사람마다 그것은 남이 아니어서, 정열모 1947)
　　　　얻으샤리마락 나미 업곤(얻은 이마다가 남이 아닌지라, 김상억 1974)
　　　　얻샬이마다 남이 업곤(얻어만난 이마다 남이 없나니, 김선기 1975a)
　　　　얻샤리마라 나미 업ㅅ곤[얻을 이(깨달은 사람)마다 사람(의 구별)이 없

으므로, 전규태 1976]

언샬이마라 남이 업곤(얻으실 이마다 남이 없나니, 김선기 1993)

어드리마락 사롬이 없곤(得るはみた彼我なければ, 신태현 1940)

어드시리마다 사ᄅ미 업곤(얻으실 이마다 사람이 없으니, 김완진 1980)

어드샤리마락 사ᄅ미 업곤(얻을 이마다 남 없으니, 황패강 2001)

어드시리마라 사ᄅ미 업시곤(얻으시는 이마다 사람이 없으니, 류렬
　　2003)

다. 언샤리마락 ᄂ미 업곤(그 德을 體得하면 體得할수록 나와 남이 없으려
　　니, 지헌영 1947)

언샤리마락 사ᄅ미 없곤(깨달을수록 나와 남의 구별이 더욱 없으니,
　　김준영 1964)

나으리토로 ᄂ미 음ㅅ건(깨달은 사람일수록 남이 없거니, 정열모 1965)

라. 언샤니마락 사ᄅ미 없곤(得道한 사람마다 나와 남의 區別이 없으니,
　　김준영 1979)

마. 어드샤리마다 사ᄅ미 업곤[얻을 이(:것)마다 사람이 없으니, 홍기
　　문 1956]

어드시리마락 사ᄅ미 없곤(얻으시고자하는 모든 것마다 사람에게는
　　없고, 유창균 1994)

어드실 이마락 남이 없곤(얻으신 것마다 남의 일이라고 생각한 바 없
　　으니, 강길운 1995)

엇실 이마락 ᄂ미 없곤(얻으실 것마다 남이 없으니, 신재홍 2000)

　(6가)에서는 '賜'와 '伊'를 'ㅅ'와 '이'로 읽고, 이것을 다시 반절로 보아
'시'로 읽었는데, 이런 해독은 현재는 인정되지 않는다. 그리고 '馬'를 '메'
로 읽었는데, 그 근거가 명확하지 않다. 이런 문제의 해독들을 기반으로
한 것이어서, (6가)의 해독은 물론, 그 현대역도 이해가 되지 않는다.

　(6나)에서는 '賜'를 독훈 '샬, 살, 실' 등과 '∅(?)'로 읽고, '賜伊'를 '샬
이, 리, 사리, 샤리, 시리' 등으로 읽으면서, 그 의미를 '-(시)(아)ㄹ 이(사

람'로 보았다. 이를 계산하여 이 해독들의 의미를 현대어로 바꾸면, '얻으 (시)(아)ㄹ 이마다 사람이(/남이) 없곤'이 된다. 이 구문은 문맥이 통하지 않아, (6나)의 해독들이 잘못된 것들임을 알 수 있다.

(6다)에서는 '賜'를 독훈 '샬'과 '리'로 읽고, '賜伊'를 '샤리, 리' 등으로 읽었다. 특히 '나으리토로'에서는 '得=能'이라는 점에서 '得賜伊'를 '能人, 覺者'로, '進賜 나으리, 水賜 무수리'에서 '賜'를 '리'로 읽었으나(정열모 1965:402-403), '得'을 '나으'로 읽은 것은 그 근거가 분명하지 않다. 이 해독들 중에서 '나으리토로'를 제외한 나머지들은 (6나)와 같은 것인데도, 그 의미를 (6나)의 '-(시)(아)ㄹ 이(사람)'와 다르게 보았다. 즉 "그 德을 體得하면 體得할수록", "깨달을수록", "깨달은 사람일수록" 등으로 읽었다. 이 현대역은 해독과 전혀 연결되지 않는 문제를 보인다. 특히 어느 해독에서 '-ㄹ수록'의 의미를 끌어냈는지를 이해할 수 없다.

(6라)에서는 '賜'를 독훈 '샨'으로 읽고(총론에서는 '샬'로 읽고), '賜伊'를 '샤니'로 읽으면서, 해당 문맥을 "얻샤니마락 사ᄅ미 없곤"으로 해독하고, 그 현대역을 "得道한 사람마다 나와 남의 區別이 없으니"로 정리하였다. 이 해독은, 크게 보면 그 문맥이 (6나)와 같은 것으로, 문맥이 통하지 않는다는 것을 파악한 결과인지는 모르지만, 그 현대역에서 '사ᄅ미 없곤'을 '나와 남의 區別이 없으니'로 바꾸었다. 이 '사ᄅ미 없곤'의 해독과 '나와 남의 區別이 없으니'의 현대역이 연결되지 않는 문제를 보인다.

(6마)에서는 '賜'를 독훈 '샬, 실' 등으로 읽고, '賜伊'를 '샤리, 시리, 실이' 등으로 읽으면서, 그 의미를 '-시(아)ㄹ 이(:것)'로 보았다. 이 해독의 '이(:것)'는 (6나)의 '이(:사람)'와 다른 의미이다. 이를 계산하여 이 해독들의 의미를 현대어로 바꾸면, '얻으시(아)ㄹ 것마다 사람이(/남이) 없곤'이 된다. 이 구문 역시 (6나)에서와 같이 문맥이 통하지 않는다. 이런 점에서 이 (6마)의 해독들 역시 잘못된 것들임을 파악할 수 있다.

이상과 같은 문제들로 보아도, '人米'의 '米'는 '미'로 읽을 수 없다. 이 '人米' 해독의 보완은, 향찰 '米'가 '매'라는 논증이 필요하므로, 제4장으로 돌린다.

이제부터는 '米'를 '미'로 읽은 해독들 중에서 '人米'의 '米'를 제외한 나머지를 변증해 보자. '人米'를 뺀 나머지 향찰들의 '米'들에 대한 기왕의 해독들을 정리하면 다음과 같다.

(7) 가. 有阿米(「제망매가」) : 이샤미(홍기문 1956), 이샤 미(지)(김선기 1993)
　　　　心米(「우적가」) : 마미(정열모 1947), ᄆᆞᅀᆞ미(홍기문 1956)

　　나. 皆理米(「모죽지랑가」) : 그리미(류렬 2003)
　　　　咽嗚爾處米(「찬기파랑가」) : 우루리 티미(류렬 2003)
　　　　有阿米(「제망매가」) : 이시하미(류렬 2003)
　　　　爾屋攴墮米(「원가」) : 이볼기 디미(류렬 2003)
　　　　心米(「우적가」) : ᄆᆞ스미(류렬 2003)
　　　　煎將來出米(「청전법륜가」) : ᄃᆞ려내미(류렬 2003)
　　　　爲米(「청불주세가」) : ᄃᆞᄫᅬ미(류렬 2003)
　　　　塵伊去米(「상수불학가」) : 드트리 가미(류렬 2003)

(7가, 나) 등의 해독들은 '米'를 모두 '미'로 읽었다. 이 해독들의 문제는 두 가지이다. 하나는 그 당시에 '米'의 음이 '미'일까 하는 문제이다. 다른 하나는 이 해독들은 문맥에 맞지 않거나, 해독과 현대역이 연결되지 않는다는 문제이다.

먼저 그 당시에 '米'의 음이 '미'일까 하는 문제를 보자. 제4장에서 논의하겠지만, 신라 및 고려 향가의 '米'는 그 음이 '매'이다. 이로 인해 이 해독들은 문제를 보인다고 정리할 수 있다.

다음으로 이 해독들은 문맥에 맞지 않거나, 해독과 현대역이 연결되지 않는다는 문제를 차례로 보자.

(7가)의 해독들이 가진 문제는 다음과 같다. '이샤미'(있음이, 있음을)는 '次肹伊遣'를 '저히고'(양주동)로 읽어야 하는데, '저히고'로 읽을 수 없는 문제를 보인다. '이샤 미지깔이견'(有阿 米次肹伊遣, 미적미적ᄒ, 마므적거리다/미적거리다)은 띄어읽기부터 문제이고, '미지깔−'이 '미적미적ᄒ−'나 '마므적거리다/미적거리다'라는 논거가 부족하다. 그리고 '心米'를 '마미'로 읽은 해독은 '맘이'로 문맥에 맞지 않는 문제를 보인다. 'ᄆᅀᆞ미'는 "죽지랑가 및 기파랑가에 ≪心未≫란 말이 있었다. 그와 마찬가지다."(홍기문 1956:306)라고 설명하면서 '마음의'의 뜻으로 잡았다. 그리고 「모죽지랑가」의 '心未'에 대한 해독을 보면 'ᄆᅀᆞ미'(마음의, 1956:79)로 보았고, 「찬기파랑가」의 '心未'에 대한 해독을 보면 'ᄆᅀᆞ미'(마음의, 1956:155)로 보았다. 이로 보면, 'ᄆᅀᆞ미'는 'ᄆᅀᆞ미'의 오자로 보인다. 만약 그렇지 않으면, 'ᄆᅀᆞ미'를 '마음의'로 연결시킬 수 없는 문제를 보인다. 그리고 '미'의 오자라면 '미'의 표기인 '未'로 표기하지 않은 문제를 보인다.

(7나)의 해독들이 의미한다고 본 의미들을 해독의 괄호 안에 넣어 정리하면 다음의 (8)과 같다.

(8) 그리미(생각해 보니)
　　우루리 티미(우러러 보는데)
　　이시하미(있는 것이)
　　(안둘 이볼히) 디미(시들어 이울어지지 않는데)
　　ᄆᅀᆞ미(마음에)
　　ᄃᆞ려 내미(달이어 내여)
　　ᄃᆞ뷔미(되니)
　　드트리 가미(드트리 되어도)

(8) 중에서 해독의 '미'가 현대역으로 연결될 수 있는 것은 겨우 밑줄 친 부분의 '하미'(것이)뿐이다. 나머지는 해독과 현대역이 연결되지 않는 문제를 보인다. 이런 점에서 이 해독들은 믿기 어렵다.

이렇게 정리한 바와 같이, 향찰 '米'를 '미'로 읽은 해독들은, '米'의 당시음 '매'를 벗어났고, 해독과 그 현대역이 연결되지 않거나, 그 해독이 문맥에 맞지 않는다는 점에서, 향찰 '米'는 '미'로 읽을 수 없다고 판단한다.

2) '며'

'米'를 '며'로 읽은 해독은 이탁과 유창균에서 발견된다. 이 해독들을 인용 정리하면 다음과 같다.

> (9) 가. 皆理米(「모죽지랑가」) : 그리며(유창균 1994)
>
> 나. 咽鳴爾處米(「찬기파랑가」) : 목며울 이즈며(유창균 1994)
>
> 다. 有阿米(「제망매가」) : 잇아며(유창균 1994)
>
> 라. 爾屋攴墮米(「원가」) : 이오기 디며(유창균 1994)
>
> 마. 煎將來出米(「청전법륜가」) : 달히려 내며(유창균 1994)
>
> 바. 塵伊去米(「상수불학가」) : 드틀이아며(이탁 1956), 드트리 가며(유창균 1994)

(9)의 해독들은 '米'를 모두 '며'로 읽었다. 이 해독들의 문제는 두 가지 이다. 하나는 그 당시에 '米'의 음이 '며'일까 하는 문제이다. 다른 하나는 이 해독들은 문맥에 맞지 않거나, 해독과 현대역이 연결되지 않는다는 문제이다.

먼저 그 당시에 '米'의 음이 '며'일까 하는 문제를 보자. (9)에서와 같이 '米'는 두 선학이 '며'로 읽었다. 이 중에서 (9바)의 '드틀이아며'에서는 '去'

를 '아'로, '米'를 '며'로 읽으면서 다른 설명이 없어(이탁 1956:43), 어떤 점에서 '米'를 '며'로 읽었는지를 알 수 없다. 유창균은 '爲米'(ㄷ비메/미), '人米'(사ㄹ미), '心米'(>心未, ᄆᄉ미) 등에서는 '米'를 '메/미, 미' 등으로 읽거나 '未'로 수정하고, 나머지 '米'들을 다음과 같은 이유에서 '며'로 읽었다.

> (10) … 新羅의 初期音은 高句麗의 것과 같았던 것으로 생각된다. 그러나 그뒤 魏晉과의 정치적인 교섭이 시작됨으로써 지금까지의 것을 버리고 새로 魏晉音을 수용하여 새로운 土着化音을 형성하게 된다. 여기에서 비로소 新羅字音이 형성된 것으로 볼 수 있다. 그뒤 唐과의 새로운 정치적 同盟關係를 형성함으로써 다시 종래의 字音 대신 唐音을 수용하게 된 것이다. 이것이 後期 新羅音으로 中世 以後에 보여주는 우리나라 漢字音은 여기서 연유하는 것이다. 그러므로 '米'는 新羅 中期音에 따르는 경우 '며'가 된다. …… 여기에서 '米'도 魏晉音을 기층으로 한다면 '며'가 되는 것이 아닐까 한다.(유창균 1994:119-122)

(10)에서 보면, 한자 '米'의 음을 '며'로 잡았다. 이는 향찰 '齊'의 모음을 'ㅕ'로 본 것과 같은 것이어서, 어느 정도 설득력을 지닌다. 그러나 제4장에서 논의하겠지만, 신라 및 고려 향가의 '米'는 그 음이 '매'라는 점에서 문제를 보인다.

다음으로 이 해독들은 문맥에 맞지 않거나, 해독과 현대역이 연결되지 않는다는 문제를 차례로 보자.

(9가)에서는 '皆理米'를 '그리며'로 읽었다. 이 해독을 포함한 시구의 해독은 "간 봄 그리며 모둘 거슬사 울올로 시름"이며, 그 현대역은 "디나간 봄을 원망하며 (자연의 섭리를) 거역하지 못하고 울음으로 (지내는) 시름이여!"이다. 이 현대역에서 '-며'는 그런대로 앞뒤를 연결하는 것 같다. 그러나 바로 앞의 '그리-'가 '시샘하다, 미워하다, 꺼림직하다, 원망하다' 등

이라고 할 때에, '간 봄을 시샘하며/미워하며/꺼림직하며/원망하며'의 문맥은 잘 통하지 않는다. 왜냐하면 '간 봄'은 '시샘하다, 미워하다, 꺼림직하다, 원망하다' 등의 용언들이 목적어로 취할 수 있는 대상이 아니기 때문이다. 이런 점에서 '米'를 '며'로 읽은 것은 정확해 보이지 않는다.

(9나)에서는 '咽嗚 爾處米'를 '목며울 이즈며'로 읽었다. 이 해독을 포함한 시구의 해독은 "목며울 이즈며 나담 사란 드라리"이며, 그 현대역은 "슬픔을 지우며 나타나 밝게 비친 달이"이다. 이 현대역의 의미는 통하지 않는다. 왜냐하면, 연결어미 '-며'의 앞과 뒤의 주어는 하나로 통일되는데, 이 문장에서 '지우며' 앞의 주어는 시적화자인데 반해, '지우며' 뒤의 주어는 '달이' 되어 문맥의 의미가 통하지 않는다. 이 문장의 문맥이 통하려면 "슬픔을 지우는데/지우매(←지우며) 나타나 밝게 비친 달이'에서와 같이 '지우며'를 '지우는데/지우매'로 바꾸어야 한다. 이런 점에서 '米'를 '며'로 읽을 수 없다.

(9다)에서는 '有阿米'를 '잇아며'로 읽었다. 이 해독을 포함한 시구의 해독은 "生死 길은 이더 잇아며 즈홀이고"이고, 그 현대역은 "生死의 길은 여기에 있으며, 부처님께 의지하고"이다. 이 현대역의 문맥은 의미가 거의 통하지 않을 정도로 엉성하다. 특히 "生死의 길은 여기에 있으매(←있으며), 부처님께 의지하고"에서와 같이 '있으며'를 '있으매'로 바꾼 것에 비해, 의미가 거의 통하지 않을 정도로 엉성하다. 이런 점에서 '米'를 '며'로 읽을 수 없다고 판단한다.

(9라)에서는 '爾屋攴 墮米'를 '이오기 디며'로 읽었다. 이 시구를 포함한 제1-4구의 해독과 현대역은 다음과 같다.

(11) 가. 빗 고비기 자시 / ㄱ술 안돌 이오기 디며 / 너 어다기 니겨 ㅎ시는
/ 울월이든 낯이 가시시온 디라.(해독)

나. 빛갈이 사랑스럽게 생긴 잣은 / 가을에도 시들어지지 않거니와 / '너는 어디로 가려고 하느냐'고 하신 말씀은 / 우러러 뵈온 얼굴이 벌써 변하신 것이로구려. (현대역)

(11가)의 해독과 (11나)의 현대역에서, '爾屋支 墮米'를 포함한 "안둘 이 오기 디며"의 해독을 "시들어지지 않거니와"로 옮긴 것을 보아, '米'를 '며'로 해독한 것은 실패한 것 같다. 왜냐하면, 해독의 '-며'를 현대역에서 살리지 못했기 때문이다. 또한, 만약 현대역의 '않거니와'를 해독의 '며'를 살려 '않으며'로 바꾸어 보아도, "가을에도 시들어지지 않으며(←않거니와) / '너는 어디로 가려고 하느냐'고 하신 말씀은 / 우러러 뵈온 얼굴이 벌써 변하신 것이로구려."는 문맥이 통하지 않아, '米'를 '며'로 읽은 이 해독은 실패한 것 같다.

(9마)에서는 '煎將來出米'를 '달히려 내며'로 읽었다. 이 해독을 포함한 시구의 해독은 "無明土 깊이 무다 煩惱熱로 달히려 내며 善芽 모둘 길은 衆生ㅅ 밭을 저즈기삼이라"이며, 그 현대역은 "無明土를 깊이 묻어 煩惱의 熱로 다리어 내며 善芽가 잘 자리(라: 필자 주)지 못한 衆生의 밭을 기름 지게 이룰 것이로다"이다. 이 해독의 의미는 통하지 않는다. 왜냐하면, 우선 '달히려 내며'는 '다리어 내며'가 되지 않기 때문이다. 또한 "無明土를 깊이 묻어 煩惱의 熱로 다리어 내며"와 "善芽가 잘 자라지 못한 衆生의 밭을 기름지게 이룰 것이로다"가 '-며'로 연결되지 않기 때문이다. 즉 "번 뇌의 열로 다리어 내며"와, "善芽가 잘 자라지 못한 衆生의 밭을 기름지게 이루는 것"의 연결은 문맥이 통하지 않는다. 이보다는 "無明土를 깊이 묻어 煩惱의 熱로 다리어 내매(←내며) 善芽가 잘 자라지 못한, 衆生의 밭을 기름지게 이룰 것이로다"에서와 같이, '내며'를 '내매'로 바꿀 때에 문맥이 잘 통한다. 이런 점에서 '米'를 '며'로 읽은 해독은 실패한 것으로 판

단한다.

(9바)에서는 '塵伊 去米'를 '드트리 가며'로 읽었다. 이 해독을 포함한 시구의 해독은 "모미 오직 붓아디락 드트리 가며 목숨을 ᄆ출 스시히두"이며, 그 현대역은 "몸은 비록 부수어져 띠끌이 되며 목숨을 버리려 하는 순간에도"이다. 이 해독에서는 해독의 '가며'를 그 현대역에서 '되며'로 옮겼다. 이는 맞지 않은 현대역이다. 이를 충분하게 인식하였는지, 각론에서는 "여기서 표기 '去'에 따르되 홍기문처럼 이 '가-'가 '입맛이 변하다'를 '입맛이 가다'하는 것처럼 '變해가다'의 뜻으로 보고자 한다."(유창균 1994:1035)고 하였다. 이 의미를 문맥에 넣어 보면, "몸은 비록 부수어져 띠끌이 變해가며(←되며) 목숨을 버리려 하는 순간에도"가 되어, 문맥이 통하지 않는다. 이런 점에서, '米'를 '며'로 읽는 것은 어려워 보인다.

이상과 같이 '米'를 '며'로 읽은 해독들과 그 현대역의 문맥들을 보면, 해당 문맥들의 의미가 거의가 통하지 않는다. 이런 점에서도 향찰 '米'는 '며'로 읽을 수 없다고 판단한다.

4. '마이, 미, 매'

향찰 '米'를 '몌, 메' 등으로 읽은 다음에 나온 해독이 '마이, 미, 매' 등이다. 이것들을 '마이, 미'와 '매'로 나누어 변증하려 한다.

1) '마이, 미'

먼저 '米'를 '마이'로 읽은 경우를 보자.

(12) 가. 有阿米(「제망매가」) : 잇아 마이(김선기1969a)

　　　나. 心米(「우적가」) : 마잠아이(김선기 1969c)

(12)의 해독들은 '米'를 '마이'로 읽었다. 음을 이용한 향찰이 이음절의 표기에 쓰였다고 볼 수 있을까 하는 문제를 보인다. 음을 이용한 향찰들은 일음절 이하만을 표기하지 이음절을 표기한 적은 없다.

이번에는 '米'를 '미'로 읽은 해독들을 보자.

(13) 가. 皆理米(「모죽지랑가」) : 다리미(홍기문 1956), 둘임이(이탁 1956), 여리
　　　　미(정열모 1965), 다ᄋ리미(양희철 1997, 2000), ᄀ리미(신재홍 2000),
　　　　그리미(황패강 2001)

　　　나. 咽鳴爾處米(「찬기파랑가」) : 울워리치미(홍기문 1956), 열어 뎌치미
　　　　(정열모 1965), 咽鳴(嗚咽) 爾處米(니지미, 그치미)(양희철 1997), 목
　　　　몌 바라미(신재홍 2000), 울워리 치미(황패강 2001)

　　　다. 有阿米(「제망매가」) : 이쇼미(정열모 1965), 잇아미(양희철 1997, 황패강
　　　　2001), 이샤미(신재홍 2000)

　　　라. 爾屋攴墮米(「원가」) : 디미(이탁 1956, 신재홍 2000)

　　　마. 心米(「우적가」) : ᄆ미(정열모 1965), ᄆᄉ미(김완진 1980, 양희철 1997,
　　　　신재홍 2000, 황패강 2001), ᄆᄉ미(전규태 1976, 금기창 1993, 유창균
　　　　1994)

　　　바. 煎將來出米(「청전법륜가」) : 내미(이탁 1956), 내미(정열모 1965, 신재홍
　　　　2000), 나미(이건식 2012)

　　　사. 爲米(「청불주세가」) : 둡이미(이탁 1956), ᄒ미(정열모 1965, 신재홍
　　　　2000)

　　　아. 塵伊去米(「상수불학가」) : 드트리거미(신재홍 2000)

(13)에서 보면, '米'를 '미'로 읽기 시작한 것은 홍기문(1956)과 이탁

(1956)이다. 그런데 이 두 선학들의 글을 보면, '米'를 '미'로 읽은 근거를 제시하지 않고 있어, 오구라와 양주동의 '매'를 '미'로 바꾼 것에 불과하다고 판단한다.

이와 다르게 '米'를 처리한 것은 (13마)의 유창균인데, '米'를 '未'로 수정하고 '미'로 읽었다.

> (14) '米'는 音이 '매'나 '미'가 될 수 없다. 이것은 '未'의 誤字일 것으로 생각된다. 慕竹旨郎歌의 '心未'〈旣註 1. 7. 3.〉가 바른 表記이다. '心未'는 'ᄆᆞᄉᆞ미'이다. '未'의 '미'는 앞선 形態素의 末音 'ㅁ'과 관형격조사의 '의'가 결합한 것이다. '의'를 처소격조사로 처리하고 있으나 문맥에서 冠形格助詞가 보다 적절한 것으로 생각한다.(유창균 1994:814)

(14)의 수정은 '心米'가 '皃史'의 명사 앞에 왔다는 점에서 '米'를 관형격조사로 해독하기 위하여 '未'로 수정한 것이다. 이 해석이 보인 관형격조사는 지헌영이 그 의미에서 보인 '心相, 心境', 이탁(1956)과 홍기문(1956)이 현대역에서 보인 '마음의', 김준영(1979)이 'ᄆᆞᄉᆞ메'로 읽고 그 의미를 속격으로 본 해석 등과 같은 해석이다. 이렇게 읽으면 '自矣 心未 皃史'는 '저애 ᄆᆞᄉᆞ미 즛이'로 '自心相'의 표현이 된다. 그러나 문제는 '皃史'의 명사 앞에 왔다고 '心米'의 '米'가 관형격조사이어야만 하는 이유가 없다. 그리고 '自矣 心米 皃史'의 '米'를 관형격조사로 읽지 않아도, '自矣 心米 皃史'의 '皃史'는 '自心相'이 된다. 특히 "六塵緣影 爲自心相"의 '自心相'이 된다. 이런 점에서 이 '米'를 '未'로 수정할 필요가 없다.

2) '매'

이 절에서는 향찰 '米'를 '매'로 읽은 해독들의 근거를 변증하면서 보완하고, '人米'의 해독을 보완해 보고자 한다. 먼저 '米'를 '매'로 읽은 해독들을 정리하면 다음과 같다.

(15) 가. 皆理米(「모죽지랑가」) : 그리매(양주동 1935, 1942, 유창선 1936a 등등), 다리매(정열모 1947), 가리매(김선기 1967b), 기리매(정연찬 1972), ᄀ리매(서재극 1974), 그리매(전규태 1976), 몬 오리매(김완진 1980), 다ᄋ리매(양희철 1996, 이도흠 1998), 기리매(김선기 1993, 금기창 1993)

　　　나. 咽鳴爾處米(「찬기파랑가」) : 열치매(오구라 1929, 양주동 1942 등등), 열어 너치매(정열모 1947), 울쵸매(김선기 1967c), 목몌(?)치매(서재극 1975), 열오이치매(전규태 1976, 김준영 1979), 늣겨곰 ᄇ라매(김완진 1980), 울오 니쵸매(김선기 1993), 인오 이치매(금기창 1993)

　　　다. 有阿米(「제망매가」) : 잇아매(오구라 1929, 정열모 1947), 잇으매(유창선1936c), 이사매(신태현 1940, 서재극 1975), 이샤매(양주동 1942, 지헌영 1947 등등), 잇사매(김준영 1964)

　　　라. 墮米(「원가」) : 디매(양주동 1942, 지헌영 1947 등등)

　　　마. 心米(「우적가」) : ᄆ숨애(오구라 1929), ᄆᄉ매(양주동 1942, 지헌영 1947), 마자매(김상억 1974), ᄆᄉ매(서재극 1975), 마삼애(김선기 1993)

　　　마. (來)出米(「청전법륜가」) : 내매(오구라 1929, 양주동 1942 등등), 나매(김선기 1975a, 1993)

　　　바. 爲米(「청불주세가」) : 호매(오구라 1929, 신태현 1940 등등), 하매(정열모 1947), 까매(김선기 1975a, 1993), ᄃ외매(양주동 1942, 지헌영 1947 등등), ᄃᄫᅵ매(김완진 1980), 다외매(김상억 1974)

　　　사. 去米(「상수불학가」) : 가매(오구라 1929, 신태현 1940, 양주동 1942 등등), 거매(정열모 1947), 까매(김선기 1975a, 1993)

(15)의 해독들은 '米'를 '매'로 읽었다. 이 중에서 오구라는 '米'의 음을 '미'로 고음을 '몌'로 정리한 다음에, '米'(몌)를 조음조화에 맞추어 '매'로

읽었다. 해독에 모음조화를 끌어들인 것은 문제이다. 유창선과 신태현은 해독의 근거를 제시하지 않았다. 양주동은 '米'를 '매'로 읽은 이유를 다음과 같이 설명하였다.

(16) 米 音借「매」. 近音은 「미」이나 古音「몌」이다.
　　米 廣韻·正韻 莫禮切, 集韻, 韻海 母禮切.
　　米 稽·傒·溪·米·眯·階　　　　(三韻通考·薺)
　　米 回 몌·米·絑·眯·洣　　　　(三韻聲彙·薺)
　　米 미·몌　　　　　　　　　(華東正音·薺)
　　그럼으로 古地名엔 「米」가 「미」의 音借字로 쓰여젓다.
　　　內乙買 一云內尒米　　　　(三國史卷三十七·地理四)
　　詞腦歌中의「米」는 主로 本條와共히 「매」에쓰여젓고 「미」에 轉借된 例는 오즉 一條(十九·六:3人米)뿐이다.
　　　　　　　…(예문 인용 생략)…
　　「매」는 近世語의觀念으론 한不可分의 助詞이나 그原義는 「ㅁ+ㅐ」, 곧 動名詞의 方位格形이다. 本條의 「그리매」도 單히 理由를表示하는 助詞 「매」로 보지말고 그原義대로 「그림애」로 解할 것이다. (양주동 1942:79-80)

(16)에서 보면, 양주동은 '米'의 근음을 '미'로, 고음을 '몌'로 정리하고, 이어서 '米'가 고지명에서 '미'로, 향가에서 '매'로 쓰였다고 정리를 하였다. 이 설명에는, 뒤에 볼 유창균의 지적과 같이, '매'의 증거를 확실하게 제시하지 않은 문제가 포함되어 있다.

이 문제를 해결하려는 노력은 다음의 글에서 보인다.

(17) [米]를 [매]로 읽은 것은 [몌]가 중국 북방음이라면, [매]는 남방음으로 이른바 「오음」吳音을 나토는 것이다. 백제 사람들은 항해술이 발

달되어 중국 남방사람들과 직접 내왕을 하여 남방음을 썼던 한 증좌
가 된다. 가령 毛禮는 [tera]라고 읽어야 하는데 여기서도 禮는 북방
에서는 [례]이지만 남방에서 [래]이었고 [래]에서 [이]소리를 뺀 것이
[라]다. 「데라」는 [tera]란 범어에서 온 말이다.(김선기 1967b:285)

(17)에서는 '米'가 '매'로 읽히는 이유를 남방음의 유입으로 보았다. 김선
기는 그 후의 글에서는 백제와 일본의 한자를 들어서 설명하기도 하였다.

(18) ⋯ 그리고 '米'의 발음은 '매=마+이'로 읽는 것이 옳다. 일본 말에서
'米'의 발음이 [mai]인데 이것도 마침내 백제 사람들이 가서 가르친
것이요. 백제 발음에 [mai]가 잇엇다면 「마리까라」(馬韓)적부터 다사
람을 받은 신라말에 큰 영향을 주었을 것을 미룬다 하여 지나친 것으
로 볼것이 없으리라고 생각한다.(김선기 1993:97)

(18)에서 보면, '米'의 일본음은 '매'인데, 이 음을 가르쳐준 사람들이 백
제인들이고, 백제인들은 마한적부터 신라말에 영향을 주었다는 점에서,
'米'는 '매'로 읽을 수 있다고 주장하였다.

이렇게 요약되는 양주동과 김선기의 설명에 대해, 유창균은 강하게 비
판을 하였다. 먼저 양주동의 글을 비판한 글을 보자.

(19) 이 설에서는 鄕歌에서 '매'로 해석될 수 있는 근거를 찾을 수 없다.
그가 제시한 것은 《三韻聲彙》와 《華東正韻》의 '미·몌'와 高句麗
地名에서의 '미'뿐이며, '매'는 아무데도 제시하지 않았다. 이것은 그
의 說이 사실에 입각한 논증이 아니고, 表記의 文脈에서 추리해낸 하
나의 虛構에 지나지 않음을 뜻하는 것이다. …… 이런 입장에서 본다
면 '米'는 音韻體系上으로는 마땅히 '몌'가 되어야 하나, 現實的으로
는 '미'가 되어 버렸다는 것을 뜻하는 것이다. ⋯ 즉 《三韻通考》에

의하면 '米'는 薺韻에 編入되어 있는데, 이 薺韻에 속하는 '稽·溪·溪·階…' 등은 모두 'ㅖ'로 되어 있다.(유창균 1994:114-115)

(19)는 앞에서 인용한 (16)(:양주동의 글)을 인용한 다음에 비판한 글이다. 이 글에서 보면, '米'를 '매'로 읽은 것은 논증이 없는 허구라고 강하게 비판하였다. 이런 비판이 나올 수 있는 이유는 양주동이 예로 든 한자들 중에서 어느 한자음이 '매'인가를 설명하지 않았기 때문이다. 그러나 앞의 비판은 양주동이 '薺'운에 속한 한자의 예로 든 것들에는 '매'로 읽을 수 있는 한자 '眛'가 있다는 점을 무시한 문제를 보인다. 게다가 '未'자를 포함한 '昧, 魅, 妹, 沬, 韎' 등등의 발음이 '매'라는 사실은 '薺'운에 속한 한자들의 음이 'ㅖ'와 'ㅐ'로 서로 혼효된 증거라고 생각한다.
이번에는 김선기의 주장에 대한 유창균의 비판을 보자.

(20) 上古의 脂部와 微部는 漢代에 들어와서는 統合하고 魏晋時代부터 다시 細分되는 傾向을 보여주거니와, 南北朝時代에 들어와 皆韻과 齊韻의 분화가 있음을 주목할 必要가 있다. 南北朝音에서 볼 때 皆韻은 -ăi로 발달하고, 齊韻은 -iei로 발달한 것이다. 中古音을 基層으로 하는 우리의 音에서는 -ăi는 '애/의'가 되고 -iei는 '예'가 된 것이다. 그러나 윗표는 '皆'나 '齊'가 音聲的으로 類似한 것이었음을 알 수 있고, 이러한 分化는 南北時代에 들어와 비로서 形成되는 것임을 알 수 있다. 이것으로 볼 때 廣州의 -ai는 iəi가 '皆'와 함께 -ăi로 발달한 것이라 하겠다. 즉 廣州는 '齊'가 '皆'와 同一한 變化를 걷게 된 것이라 하겠고, 日本의 吳音이 이때 들어온 것이라 하겠다. 그렇다면 廣州의 -ai도 初期의 우리 土着化音에는 나타날 수 없는 것임을 알 수 있을 것이다. 鄕歌 表記字의 慣用音은 이보다 앞선 시기에 形成된 것으로 본다면 mai는 따를 수 없다. 만약에 '米'가 '매'를 전사한 것이라면 중세국어에서 미루어 반드시 선어말어미 '오/우'가 선행해

야 할 것이 아닌가. 이런 각도에서 '매'보다는 '며'를 취하는 것이 타당하다고 생각하는 것이다.(유창균 1994:125-126)

(20)을 보면, 두 측면에서 '米'를 '매'로 볼 수 없고, '며'로 보아야 한다고 주장한다. 그 한 측면은 '米'가 '매'의 전사라면 '米'를 포함한 어휘에 선어말어미 '오/우'가 반드시 와야 하는데, 향찰 '米'를 포함한 어휘에는 선어말어미 '오/우'가 없다는 점에서, '米'를 '매'로 읽을 수 없다는 주장이다. 다른 한 측면은 '齊'운과 '皆'운이 서로 유사한 변화를 보인 것은 남북 시대인데, 향찰 표기자의 관용음은 이보다 앞선 시기에 형성된 것으로 보면, '米'는 '매'로 읽을 수 없다는 주장이다.

이 주장의 두 문제 중에서, 전자의 문제를 먼저 보자. "만약에 '米'가 '매'를 전사한 것이라면 중세국어에서 미루어 반드시 선어말어미 '오/우'가 선행해야 할 것이 아닌가."의 논거에 포함된 문제이다. 이 주장이 보인 논거들을 보면 다음의 (21)과 같다.

(21) 셜버 슬쏫봇매이셔 : 痛言在疚 〈月釋序 10〉
　　信解 내요매 니르러도 〈月釋十七. 32〉
　　날희여 거로매 지즈로 대막대롤 어더 잡노라 : 緩步仍須竹杖扶 〈杜言 十五. 15〉
　　쏘 조호매 着디 아니ᄒ며 : 亦不着淨扶 〈六祖法寶三. 8〉(유창균 1994:113)

(21)의 논거인 '슬쏫봇매이셔', '내요매', '거로매'(걷+오+매), '조호매' 등만 보면 앞의 주장이 맞는 것 같다. 그러나 우선 논리적으로 이유나 원인을 나타내는 '-매'와 선어말어미 '-오/우-'가, 어떤 관계이기에, 함께 나타나야 하는지를 설명하지 않은 문제를 보인다. 필자가 보기에 이유나 원

인을 나타내는 '-매'와 선어말어미 '-오/우-'가 함께 나타나야만 하는 이유를 논리적으로 이해하기 어렵다. 다음으로 아래의 (22)에서와 같이 앞의 주장을 할 수 없는 중세국어의 자료들도 있다.

(22) 患亂 하매 便安히 사디 몯ᄒ소라[『두시언해』(초간본) 8:43]
   머리서 ᄇ라매 노피 하늘해 다핫고[『박통사언해』(초간본) 상:68]

(22)의 '患亂 하매'[『두시언해』(초간본), 1481년]와 'ᄇ라매'[『박통사언해』(초간본), 1517년]는 중세국어의 자료로, 이에 나타난 '-매'는 이유나 원인을 나타내는 것들이다. 그런데도 유창균의 주장과는 다르게 선어말어미 '-오/우-'를 수반하지 않는다. 이런 점에서 '-매'는 반드시 선어말어미 '-오/우-'를 수반한다는 점에서, '米'는 '매'로 읽을 수 없다는 주장에 동의하기 어렵다.

이번에는 후자의 문제를 보자. "鄕歌 表記字의 慣用音은 이보다 앞선 시기에 形成된 것으로 본다면 mai는 따를 수 없다."에 포함된 문제이다. 향찰 표기의 표기음이 고구려와 같이 위진의 북방음이라고 해도 모든 음이 반드시 그렇다고 가정하는 데는 한계가 있다.

김선기가 주장한 오음 또는 남방음의 한자음이 신라에 들어왔다는 사실을 보자. 남방의 양나라(梁, 502-557)와 삼국이 교통했고, 남방음(또는 남북조음)으로 번역한 불경이 신라에 들어 왔으며, 신라에서 남방음(또는 남북조음)으로 쓴 불경이 현존한다는 점들에서, 그 가능성을 찾을 수 있다.

먼저 이 중에서 남방음(또는 남북조음)으로 번역한 불경을 검토해 보자. '米, 迷, 彌, 梅, 每, 昧' 등의 남방음(또는 남북조음)과 북방음(또는 위진음)으로 字譯(transliteration)한 字譯字들을 정리하면, 다음의 (23)과 같다. (蘇慈爾·郝德士 1937)

(23)	'메/몌'(북방음, 또는 위진음)		'매'(남방음, 또는 남북조음)	
米	(米 mye)		米隷耶	Maireya
迷	蘇迷盧	Sumeru	迷麗耶	Maireya
	蘇迷樓	Sumeru	迷隷耶	Maireya
			迷底履	Maitreya
			迷諦隷	Maitreya
彌	須彌樓	Sumeru	彌勒	Maitreya
	彌樓	Meru	彌底履	Maitreya
	彌迦	Meka	彌帝隷	Maitreya
비고			每怛哩	Maitreya
			梅怛麗也	Maitreya
			昧怛嚘羅	Maitreya

(23)의 정리에서 보듯이, '메/몌'에 속한 '米, 迷, 彌' 등은 북방음(또는
위진음)인 'mye, me'를 보여준다. 이는 범자의 'mye, me'를 '米, 迷, 彌'
등으로 字譯한 것이다. 이에 비해 '매'에 속한 '米, 迷, 彌' 등은 남방음(또
는 남북조음)인 'mai'를 보여준다. 이는 범자의 'mai'를 '米, 迷, 彌' 등으로
자역한 것이다['米隷耶'(『玄應音義』 23, 현음, 649년)].

이런 '매'를 보여주는 '梅, 每, 昧, 彌' 등은 『불학대사전』에서도 확인된
다. '梅呾利耶'조를 보면, '梅怛麗藥, 梅怛黎'(『玄應音義』 25, 현음, 649년),
'梅呾利耶'(『唯識述記』 4본, 규기, 659-682년), '梅怛儷藥'(『俱舍光記』 18) 등
이 보인다. 그리고 '彌勒'조를 보면, '梅怛麗耶'(『西域記』 7, 현장, 629-645
년), '昧怛嚘曳'(『慧苑音義』 하, 혜림, 737-820년), '彌帝隷, 每怛哩'(『慧琳音
義』 14, 혜림, 737-820년) 등이 보인다.

이번에는 이 남방음(또는 남북조음)이 신라에 들어왔다는 사실을 불경에
서 보자.

(24)가. … 彌勒者 亦名彌帝隷者 古所傳皆訛也 今正梵音云梅怛利也 此

云爲慈 … (『三彌勒經疏』의 「彌勒上生經料簡記」)
　나. … 一生補處菩薩者 奘師云 梵云彌底履 此云慧行 又利支 舊云
　　彌勒皆訛也(『三彌勒經疏』의 「彌勒上生經料簡記」)
　다. 昧怛㘔也(『大毘盧遮那經供養次第法義疏』)

　(24가, 나) 등은 신라의 승려인 憬興[문무왕(661-681)과 신문왕(681-692) 사이]의 불경이고, (24다)는 신라사찰인 영묘사의 승려 釋不可思議의 불경이다. (24가)에서는 '彌勒'만이 잘못된 것이라는 설명을 하면서, '彌勒'과 '彌帝隸'에서 '彌'의 음이 '매'라는 것을 '梅怛利也'의 '梅'가 말해준다. 이에 비해 (24나)의 '彌底履'의 '彌'는 그 음이 '매'이다. 그리고 (24다)의 '昧怛㘔也'의 '昧' 역시 '彌底履'에서 '彌'의 음이 '매'임을 말해준다. 이렇게 정리되는 '彌帝隸', '梅怛利也', '彌底履', '昧怛㘔也' 등의 '彌, 梅, 昧' 등의 음은 모두가 '매'이다. 이런 사실은 남방음(또는 남북조음)이 불경을 통하여 신라에 들어왔음을 말해준다.

　이런 점들에서, 향찰의 '米'는 '매'라고 정리할 수 있다. 그리고 이에 대해 남방음(또는 남북조음)이 이 땅에 어떻게 들어왔는지를 알 수 없다는 점에서, 그리고 향찰의 기층음은 남북조 이전에 형성되었다고 본다는 점에서, '米'를 '매'로 읽을 수 없다는 주장은 할 수 없다. 왜냐하면 7세기 후반에 쓰이어진 신라 불경에 이미 '米'가 '매'라는 사실을 간접적으로 보여주는 남방음(또는 남북조음)으로 쓰인 '彌(매), 梅(매), 昧(매)' 등이 나타나기 때문이다.

　게다가 향찰 '米'는 7세기말 이후의 작품들[「모죽지랑가」(효소왕대 692-702년), 「원가」(효성왕 1년 737년), 「찬기파랑가」·「제망매가」(경덕왕대 743-765년), 「우적가」(원성왕대 785-798년), 「원왕가」(고려) 등]에서 나온다. 이런 점에서, 향찰의 기층음은 남북조 이전에 형성되었다고 본다는 가정

때문에, 이 '米'를 '매'로 읽을 수 없다고 주장할 수는 없다.

이상과 같이 '米'의 당시음은 '매'이고, 이 '매'로 읽는 해독들은 문맥에 맞는다. 즉 '皆理米'(다ᄋ리매), '咽嗚爾處米'(열오 그치매), '有阿米'(잇아매), '墮米'(디매), '來出米'(오내매, 양희철 2008a), '爲米'(ᄃ욀매), '去米'(가매) 등의 '米'들을 이유나 원인의 격어미 '애'에 '-ㅁ'이 결합된 '매'로 읽으면, 기왕의 해독들에서와 같이, 해당 문맥이 잘 통한다. 그리고 '心米'(ᄆᅀ매)의 '米'는 처소의 격어미 '애'에 '-ㅁ'이 결합된 '매'로 읽으면, "저의 ᄆᅀ매 즛이 모ᄌ라 그저/그저어 오돈 날"(양희철 2008a)이 된다. '저의 ᄆᅀ매'는 '自心에'를, '즛이'는 '相이'를 각각 의미하고, 이 문맥은 자기 비하 내지 自嘲의 의미를 보인다는 점에서, 문맥에 문제가 없다. 이런 점에서, '米'를 '매'로 읽는 데는 문제가 없다.

이제부터는 '人米'를 다시 해독해 보려 한다. '人米'의 '米'는 이탁만이 'ㅁ'으로 읽고, 나머지 선학들은 모두 '미'로 읽었다. 이 해독들이 보여주는 문제들은 '2.'에서 정리를 하였다. 이제 마지막으로 '人米'를 다시 해독해 보자.

'人'은 '눔'으로 '米'는 '매'로 읽어, '人米'를 'ᄂ매'로 읽는다. 이렇게 읽을 때에 문맥은 "어드시(ㄹ) 이(ː것)마다 ᄂ매 없곤"이 되며, 그 의미는 "얻으실 것마다 남에 없으리니"가 된다. 그런데 이 해독과 의미는 언뜻 보면 비문처럼 보인다. 이런 사실은 문맥에서도 마찬가지이다. 이 문맥을 보기 위해 제3-8구를 보자.

(25) 佛伊 衆生 毛叱所只　　　　佛이 중생 못도록
　　 吾衣身 不喩仁 人音 有叱下呂　　내몸 안딘 눔 잇알려
　　 修叱賜乙隱 頓部叱 吾衣 修叱孫丁　닷시른 믓주빗 나의 닷손뎌
　　 得賜伊馬落 人米 無叱昆　　어드시(ㄹ) 이(ː것)마다 ᄂ매 없곤

於內 人衣 善陵等沙　　　　어느 늠의 선릉들사
不冬 喜好尸 置乎理叱過　　안둘 깃홀 두오릿과

　(25)의 해독에서 제6-8구는 "어드실 것마다 남에 없으리니 / 어느 남의 선릉들사 / 기쁨을 아니 두오리까"의 의미이다. 이 의미만을 보면, 남의 선릉에 기쁨을 두지 않을 이유가 명확하지 않아, 의미가 잘 통하지 않는다. 이 점 때문에, 기왕의 해독들은 이에 포함된 '人米'의 '米'만은 '매'로 읽지 못하고, '미'로 읽은 것 같다.

　그러나 겸손하거나 정중하게 자신을 드러내지 않기 위하여, 종종 부정적 구문 또는 정반대의 표현을 쓰는 완서법(litotes)을 계산하면, 앞의 해독과 표현은 문맥에서 이해가 된다. 이런 완서법을 보자.

　(26) 완서법은 종종 부정적 구문 또는 정반대를 표현하는 데 사용된 진술의 형태를 취한다: 칭찬하면서 예로 "그녀는 바보가 아니다."라고 하거나, 악평하면서 예로 "그녀는 유화가 아니다."라고 한다. …… 만약 우리가 나쁜 성적을 예로 증명서들이나 리뷰(지원자의 학교 성적은 극히 인상적이지 않다…)에서처럼 은근히 말하거나, 우리 자신의 성취를 은근히 말하기(그것은 아무것도 아니었다.)를 원한다면, 사회의 용어에서, 완서법은 종종 겸손과 정중함의 이유로 유용한 간접적 전략이다. (Litotes often takes the form of a nagative phrase or statement used to express the opposite: whether praising, e.g. She's no fool, or damning, e.g. She's no oil painting. …… However, in social terms litotes is often a useful indirect strategy for reasons of modesty or politeness, if we wish to understate the bad, for example, as in testimonials or reviews(The applicant's academic record is not overimpressive ……), or downplay our own achievements(It was nothing). (Katie Wales 1989:282)

(26)의 완서법으로 보면, 앞의 해독과 표현은 문맥에서 이해가 된다. 즉 '남에 없으리니'는 완서법으로 해석하면 '나에 있으리니'가 된다. 이 해석을 문맥의 괄호 안에 넣어보면, "어드실 것마다 남에 없으리니(:나에 있으리니) / 어느 남의 선릉들사 / 기쁨을 아니 두오리까"가 된다. 이 정리에서와 같이, '남에 없으리니'를 완서법으로 해석한 '나에 있으리니'로 바꾸어 보면, "어드실 것마다 나에 있으리니 / 어느 남의 선릉들사 / 기쁨을 아니 두오리까"의 의미가 되면서, 문맥이 잘 통한다. 특히 남이 얻을 것에 기쁨을 둘 이유를, '얻으실 것마다 나에 있으리니'가 잘 보여주면서, 문맥이 잘 통한다.

이런 점에서 '人米 無叱昆'은 'ᄂ매 없곤'으로 해독하고, 이 표현은 '나에 있으리니'를 겸손하게 반대로 돌려 표현한 완서법으로 해석할 수 있다. 그리고 이 '人米'를 'ᄂ매'로 읽은 해독은 시적/문학적 표현의 하나인 완서법의 해석이 향찰 해독을 확정하는 데에 결정적으로 연계된 한 예를 보여주는 것으로 정리할 수 있다.

5. 결론

지금까지 향찰 '米'에 대한 기왕의 해독들을 변증하면서, 일부 미흡한 점을 보완해 보았다. 그 결과 중에서 중요한 것을 요약 정리하는 것으로 결론을 대신하려 한다.

1) 향찰 '米'의 해독은 '메, 메, 며, 매, 마이, 믹, 애, ㅁ, 미' 등과 같이 다양한데, 한자음에 부합하는 해독은 '미, 메, 며, 매' 등이다.

2) 향찰 '米'를 한자 '米'의 근현대 한자음 '미'로 읽은 해독들은 '米'의 당시음 '매'를 벗어난 문제와, 그 해독들과 현대역이 거의 연결되지 않거

나, 그 해독들이 문맥에 맞지 않는 문제를 보인다. 특히 '人米'의 '米'를 '미'로 읽은 해독들은 모두가 "得賜伊馬落 人米 無叱昆"의 문맥에 맞지 않는다.

3) 향찰 '米'를 한자 '米'의 위진음 '몌'에 근거하여 '며'로 읽은 해독들은, 향찰 당시의 '米' 음인 '매'를 벗어난 문제와, 그 해독들과 현대역이 연결되지 않거나, 그 해독들이 문맥에 맞지 않는 문제를 보인다.

4) 향찰 '米'를 한자 '米'의 남방음(또는 남북조음) '매'로 읽은 해독들은 거의가 문맥에 맞으면서, 그 가능성이 인정된다.

5) 4)의 해독들에 대하여, 두 가지 문제가 제기되었었다. 하나는 '米'가 '매'의 전사라면 '米'를 포함한 어휘에 선어말어미 '오/우'가 반드시 와야 한다는 문제의 제기이다. 그러나 이유나 원인을 나타내는 '-매'의 앞에 선어말어미 '오/우'가 와야 하는 논리적 이유가 없고, '-매'의 앞에 선어말어미 '오/우'가 오지 않은 예들도 있다는 점에서, 이 문제의 제기는 성립하지 않는다.

6) 다른 하나는 향가 표기자의 관용음은 남북조 이전에 형성되었기 때문에 '米'를 남북조음인 '매'로 읽을 수 없다는 문제의 제기이다. 그러나 梁나라와 삼국이 교통했고, 남방음(또는 남북조음, 예로 '米, 彌, 梅, 昧' 등의 '매'음)을 보여주는 불경들이 들어왔으며, 남방음(또는 남북조음)을 보여주는 불경들이 신라에서 찬술되었다는 점에서, 이 문제의 제기 역시 성립하지 않는다.

7) 향찰 '米'는 7세기말 이후부터 나타난다는 점도 향찰 '米'를 남북조음인 '매'로 읽을 수 있게 한다.

8) '人米'는 'ᄂ매'로 읽히며, "得賜伊馬落 人米 無叱昆[어드시(ㄹ) 이(:것)마다 ᄂ매 없곤]"의 'ᄂ매 없곤'은 '나에 있으리니'의 의미를 겸손하게 그 반대인 '남에 없으리니'로 돌려서 표현한 완서법(litotes)이다. 이는 향

찰 해독에 문학의 표현(완서법)이 연계된 일례이다.

'人米'(ㄴ매)의 해독에서와 같이, 향찰 해독에 문학이 연계되는 경우는 적지 않다. 이는 향가가 문학이기 때문에 발생하는 현상들이다. 향찰 해독에서 문학의 연계를 간과하지 않기 위해서는, 어학적 접근과 문학적 접근을 아우르는 접근이 상당히 필요해 보인다.

九. 향찰 '未'

1. 서론

이 글은 향찰 '未'에 대한 기왕의 해독들을 변증하는 데 연구의 목적이 있다.

향찰 '未'는 총 5회 나오는데, 『삼국유사』에 3회[心未(「모죽지랑가」, 「찬기파랑가」), 風未(「제망매가」)] 나오고, 『균여전』에 2회[心未(「예경제불가」), 夜未(「청불주세가」)] 나온다. 그리고 이 '未'는 '메, 몌, 믜, 미, ㅁ, 몰, 매, 미' 등의 8종으로 다양하게 해독되었으며, 이 향찰들에 대한 주요 해독자별 해독의 양상을 정리하면 다음과 같다.

오구라(1929) : 믜, 매, 미
양주동(1935; 1942) : 믜, 매
유창선(1936) : 미
신태현(1940) : 미, 믜, 메
지헌영(1947) : 믜, 매
정열모(1947) : 미, 믜, 메
이 탁(1947) : ㅁ, 미
홍기문(1956) : 믜, 매, 미

김준영(1964) : 매, 메, 몌, 믜

정열모(1965) : 미, 민, 몰

김선기(1967-75) : 매, 마이

김상억(1974) : 매

서재극(1975) : 민, 매

전규태(1976) : 민, 매

김준영(1979) : 매, 민, 메

김완진(1980) : 민, 매

김선기(1993) : 매

금기창(1993) : 민, 매

유창균(1994) : 미

강길운(1995) : 몌, 믜

양희철(1997) : 몌, 민

신재홍(2000) : 미

황패강(2001) : 미

류 렬(2003) : 미

이 해독의 결과들을 보면, 초기의 해독과 최근의 해독은 크게 다르지 않은 것 같다. 그리고 그 내용에서 보면, '몌, 메, 믜, 미, ㅁ, 몰, 매, 민' 등의 8종의 해독 중에서 어느 것이, 어떤 점에서, 왜 맞는지가 명확하지 않다. 이렇게 어느 해독이 어떤 점에서 왜 맞는가가 정리되지 않은 것은, 맞는 해독이 없어서가 아니라, 어느 해독이 어떤 점에서 왜 맞는가를 변증한 글이 없기 때문이라고 생각한다. 이런 점에서 이 글에서는 향찰 '未'에 대한 기왕의 해독들을 변증하고자 한다.

기왕의 해독에 대한 변증의 필요성은 누구나 인정하지만, 어떤 측면에서 변증할 것인가가 문제인데, 다음과 같이 두 측면에서 변증을 하고자 한다. 첫째는 차제자 원리의 측면이다. 향찰이 한자의 음훈을 이용하여 만든 문자라는 점에서, 그 당시의 음과 훈에 충실하게 변증하고자 한다. 이 경우에 한자 '未'의 음에서 그 논거가 정확해야 함은 물론이고, 모음조화와 이에 맞춘 대용(음), 대충표기 등은 해독은 물론 변증의 기준으로 그당시의 음과 훈에 앞서지 않는다고 생각한다. 둘째는 해독과 현대역의 연결의 측면이다. 일부의 해독들을 보면 해독과 그 현대역이 연결되지 않는경우를 보이는데, 이런 연결을 인정하지 않으려 한다. 향찰 '未'의 경우는앞의 두 가지 측면으로만 변증하여도 충분할 것 같아, 더 이상의 변증의기준을 제시하지 않는다.

2. '몌, 메'

이 장에서는 '未'를 '몌'나 '메'로 읽은 해독들을 변증하고자 한다.

1) '몌'

향찰 '未'를 '몌'로 읽은 해독을 보자.

(1) 心未(「찬기파랑가」) : 모스몌(김준영 1964)

(1)은 '未'를 '몌'로 보고, '心未'를 '모스몌'로 읽으면서, 그 현대역을 '마음의'(김준영 1964:90)로 정리를 하였다. '몌'의 음은 '未'의 상고음일 수 있고, '마음의'의 현대역은 '心未 際叱肹'의 문맥에 맞는다. 문제는 해독의'-몌'가 어떤 점에서 현대역의 '-의'가 되는지를 알 수 없다는 점과, 다섯 '未' 중에서 이것만 '몌'로 읽은 이유가 명확하지 않은 점 등에 있다.

2) '메'

이 절에서는 향찰 '未'를 '메'로 읽은 해독들을 변증해 보자.

(2) 가. 心未(「모죽지랑가」) : ᄆᆞᆺ메(김준영 1964), 마ᄉᆞᆷ에(강길운 1995), ᄆᆞᆺ메
　　　　(양희철 1997, 2000)

　　나. 風未(「제망매가」) : 바람에(정열모 1947, 강길운 1995), ᄇᆞᄅ메(양희철
　　　　1997)

　　다. 心未(「찬기파랑가」) : ᄆᆞᆺ메(양희철 1997)

　　라. 夜未(「청불주세가」) : 밤에(신태현 1940, 정열모 1947, 강길운 1995)

(2가)의 'ᄆᆞᆺ메'는 '메'로 읽은 이유를 설명하지 않았다. '마ᄉᆞᆷ에'의 '메'는 현대에 쓰고 있는 원인격의 '에'를 의식한 해독이다. 그 설명을 보면 다음과 같다.

(3) '未'의 중국중고음이 [mjwei]〈칼그렌〉·[mᵘəi]〈FD.〉인데, 신라시대의 지명에서 '未'를 '昧'(미)와 대비시킨 것이 다음과 같이 있다.

昧谷懸本百濟未谷懸〈삼사 지리3〉

위의 '昧'의 동운은 '미'이고, 훈몽자회 음이 또한 '미'(아득홀 미, 하1)이니 신라음의 '未'는 '미'와 '미'의 중간음으로 보아서 '믜'[mï]로 추정된다. 그러나 여기서는 원인격조사 '-에'의 대충표기로 보고 '메'[me]로 재구한다.(강길운 1995:141)

(3)의 인용에서는 '未'의 음을 '미'와 '미'의 중간인 '믜'로 본 다음에, 이 '未'(믜)를 '메'의 대충표기로 정리를 하였다. 원인격은 '心未 行乎尸 道尸'의 문맥에 맞는다. 그러나 '未'는 신라에서 '昧'와 같이 '미'일 수 있는데, 이를 무시하고 '미'와 '미'의 중간음인 '믜'를 설정하고, 이 '未'(믜)로 '메'를

대충표기했다고 보는 데는 문제가 있어 보인다.

(2나)의 해독에서 정열모의 경우는 '未'를 '메'로 읽은 논거를 제시하지 않았다. 강길운은 "'未'는 '바람'의 말음 'ㅁ'과 원인격조사 '-에'(←의)의 복합된 표기이다(참조 : §5.5.(23)). 즉 원음 '의'이나 여기서는 '에'의 대충이다."로 설명을 하였다. 양희철도 이를 따랐다. (2가)에서와 같이 '미'와 '미'의 중간인 '믜'의 설정과 대충표기로 보는 데 문제가 있어 보인다.

(2다)에서는 '未'를 '메'로 읽으면서, '마음의'의 현대역만을 달았다. '未'를 '메'로 읽은 것은 강길운의 것을 따른 것인데 대충표기의 문제를 보인다. 그리고 해독의 '-에'가 어떤 점에서 현대역의 '-의'가 되는지를 설명할 수 없는 문제를 보인다.

(2라)에서 신태현과 정열모는 '未'를 '메'로 읽은 근거를 설명하지 않은 문제를 보인다. 그리고 강길운은 '未(믜)'로 '메'를 대충표기한 것으로 보았기 때문에, (2가)에서와 같이 '미'와 '미'의 중간인 '믜'의 설정과 대충표기로 보는 데 문제가 있어 보인다.

이렇게 (2)의 해독들에서는 '未'의 음이 '메'인 근거를 설명하지 않았거나, '미'일 가능성을 무시하고 '믜'를 설정하고, 이 '未(믜)'에 의한 대충표기로 설명하여, '未'를 '메'로 읽은 근거에서 문제를 공통으로 보인다.

3. '믜, 미, ㅁ, 몰'

이 장에서는 향찰 '未'를 '믜, 미, ㅁ, 몰' 등으로 읽은 해독들을 변증하고자 한다.

1) '믜'

'未'를 '믜'로 읽은 해독들은 다음과 같다.

(4) 가. 心未(「모죽지랑가」) : ᄆᅀᆞᆷ믜(오구라 1929)

나. 心未(「찬기파랑가」) : ᄆᅀᆞᆷ믜(오구라 1929), 맘의(정열모 1947), 마슴
의(강길운 1995)

다. 心未(「예경제불가」) : ᄆᅀᆞᆷ믜(오구라 1929, 신태현 1940), 맘의(정열모
1947), 마ᄉᆞ믜(김준영 1964), 마슴의(강길운 1995)

(4)에서 오구라는 '未'의 음이 '미'이나 '믜'의 대용(오구라 1929:36)으로
보았다. (4가)에서 보이는 '믜'의 '의'는 부주격으로 본 것 같다. 나머지는
소유격으로 보았다. '未'(미)를 '믜'의 대용음으로 본 데 문제가 있다.

(4가, 나) 등에서 신태현과 정열모는 '믜'로 읽은 이유를 설명하지 않았다.

(4가, 나) 등에서 강길운은 '未'를 '믜'와 '미'의 중간음 '믜'로 읽었다.
(1995:141) 이는 유창균과 같다. '眛'와 같이 '미'일 가능성이 있는데, 이를
무시한 문제를 보인다.

이렇게 (4)에서 '未'를 '믜'로 읽은 해독들은 '未(미)'를 '믜'의 대용음으
로 보거나, '未'의 음이 '믜'인 근거를 설명하지 않았거나, '미'일 가능성을
무시하고 '믜'로 읽은 문제를 보인다고 정리할 수 있다.

2) '미'

향찰 '未'를 '미'로 읽은 해독들은 다음과 같다.

(5) 가. 心未(「모죽지랑가」) : 마미(정열모 1947), ᄆᆞᄋᆞ미(정열모 1965), ᄆᆞᆷ
미(정연찬 1972), 마ᄉᆞ미(류렬 2003)

나. 風未(「제망매가」) : 바ᄅ미(류렬 2003)

다. 心未(「찬기파랑가」) : 마ᄉ미(류렬 2003)

라. 心未(「예경제불가」) : ᄆᅀᆞ미(류렬 2003)

마. 夜未(「청불주세가」) : 밤이(오구라 1929), 바미(류렬 2003)

(5가)의 '미'들은 '未'를 '미'로 읽고, 그 '이'를 주격으로 본 것들이다. 가능한 해독일 수 있으나, '未=昧'로 보아 '未'의 당시음이 '미'일 수 없다는 문제를 보인다.

(5나)의 '바ᄅ미(바람에)'는 '未'를 '미'로 읽으면서, '이'를 원인을 나타내는 여위격토 '-이'로 보고, 이 '-이'를 '-애'와 '-에'의 선행형으로 보았다.(류렬 2003:221-222) 다른 해독들에서 보듯이, 원인격으로 '애/이'가 이미 나타나고, '米'와 '未'의 당시 한자음이 아직 '매/민'라는 점에서 문제를 보인다.

(5다, 라) 등은 '未'를 '미'로 읽고, '마음의'의 현대역을 달면서 그 이유를 다음과 같이 설명하였다.

(6) 속격토로 읽은 ≪의≫, ≪이≫도 뒤시기에 형성된 형태이고 이 시기에는 주-속격토가 아직 따로 갈라져 나오지 않고 ≪ㅣ≫ 또는 그것에 결합자음 ≪ㅎ≫나 그 변종인 ≪ㄱ≫가 붙어 어울린 ≪기≫나 ≪히≫로 쓰이였다.(류렬 2003:274-275)

주격과 속격의 미분리보다는, 분리를 인정하되, 'ㅣ'가 속격으로 쓰이는 경우를 검토해 보는 것이 좋을 것 같다. 'ㅣ'가 속격으로 쓰인 예가 있고, 구결에서 'ㄷ+속격'을 'ㅊ'(知)로 쓴 경우가 있다.

(7) 가. 牛頭ᄂᆞᆫ 쇠 머리라(『월인석보』 1:27)

公州 l 江南을 저흐샤(『용비어천가』 15)

　나. 長ㄴ ㅌ ㅣ효 佛ㅅ 善根乙(『화엄경』 4:23)

　　　疾 ll 悟ㄴ ㅌ ㅣ효 諸ㄱ 佛ㅅ 一味之ㄴ 法乙(『화엄경』 5:15)

　　　得 ; ㅅ 佛ㅅ 上味乙(『화엄경』 7:19)

(7가)는 ' l '가 소유격/속격으로 쓰인 예들이고, (7나)은 'ㄷ+ l (소유격/
속격)'을 구결 'ㅅ'로 쓴 경우들이다. 이를 계산하면 '未'는 '미'로 읽을 수도
있다. 그러나 문제는 한자 '未'의 그 당시음이 '昧=未'로 보아 '미'라고 주
장하기 어렵다는 것이다.

(5마)의 '밤이'(오구라 1929:120)는 '밤이 아오샤'(밤 새도록)로 보았는데,
'아오샤'(向屋賜尸)를 '새도록'으로 연결할 수 없어, '未'를 '미'로 읽는 것도
어려워 보인다. '바미'는 '이'를 '-에'의 옛 형태로 보았다.(류렬 2003:442)
'이'에 '에'의 의미가 있는 것은 사실이지만, '未'의 당시음이 '미'가 아닌
문제를 보인다.

이상과 같이 '未'를 '미'로 본 해독들은 한자 '未'의 그 당시음이 '昧=未'
로 보아 '미'가 아니라는 문제를 피할 수 없다.

3) 'ㅁ'

향찰 '未'를 'ㅁ'으로 읽은 해독은 다음과 같다.

　(8) 心未(「모죽지랑가」) : 무슴(이탁 1956)

　　　風未(「제망매가」) : ㅂ롭(이탁 1956)

　　　心未(「찬기파랑가」) : 무슴(이탁 1956)

　　　心未(「예경제불가」) : 무슴(이탁 1956)

(8)에서는 '未'를 'ㅁ'으로 읽었다. 'ㅁ'의 표기에 '音'을 쓴다는 점에서

문제를 보인다. (8)에 빠진 '夜未'(「청불주세가」)의 '未'는 '미'로 읽었다.

4) '몰'

'몰'은 '未'를 '末'로 수정한 해독이다.

　(9) 心未(「예경제불가」) : ᄆ몰(정열모 1965)

(9)의 'ᄆ몰'은 '未'를 '末'(몰)의 오자로 처리한 해독이다. 해당 문맥에 넣어 보면, "몸을 붓으로 그려 … "가 되어, 문맥에서 어색함을 보인다.

4. '미, 매'

이 장에서는 향찰 '未'를 '미'나 '매'로 읽은 해독들을 변증하고자 한다.

1) '미'

향찰 '未'를 '미'로 읽은 해독들은 다음과 같다.

　(10) 가. 心未(「모죽지랑가」) : ᄆᄉ미(양주동 1935, 1942, 서재극 1974 등등),
　　　 ᄆ슴미(지헌영 1947, 홍기문 1956 등등)
　　 나. 風未(「제망매가」) : ᄇ롭익(신태현 1940), ᄇ른미(정열모 1965, 서재극
　　　 1975 등등)
　　 다. 心未(「찬기파랑가」) : ᄆᄉ미(양주동 1935, 1942, 지헌영 1947 등등),
　　　 ᄆ미(정열모 1965), ᄆᄉ미(서재극 1975, 김준영 1979 등등)
　　 라. 心未(「예경제불가」) : ᄆᄉ미(양주동 1942, 지헌영 1947 등등), ᄆᄉ미
　　　 (전규태 1976, 김준영 1979, 유창균 1994)

마. 夜未(「청불주세가」) : 바미(양주동 1942, 지헌영 1947 등등), 밤이(이탁 1956)

(10)의 '미'들은 양주동에 의해 이끌려졌다. 그 설명을 보면 다음과 같다.

(11) 未 音借「미」. 「未」의 原音은 「미」 或은 「미」이다.

未 廣韻·集韻, 韻海 正韻 並無沸切. 音昩.

未 昩也   (說文, 釋名)

未·妹·昩·眜·每   (三韻通考)

★昩 廣韻·集韻·正韻 無沸切○又莫拜切. 音眛.

★★미 妹·昩·眜·眛·每   (三韻聲彙)

그럼으로 「未」는 人名例론 于先 흔히 「미」에 音借되엇다.

…(예문 인용 생략)…

그러나 「未」는 一方 그古音에 依하야 「미」에도 音借된다.

昩谷縣 本百濟未谷縣   (三國史卷三十六·地理三)

「未谷」(昩谷)은 「미돈」, 「水谷」의 義. …….

詞腦歌中 「未」字의 用例도 古音에 依함인지 모다 「미·매」에 音借되엇다.(양주동 1942:175-176)

(11)의 인용에서 보면, 운서의 '未'(미)와 백제 지명에 나타난 '未=昩'에 근거해서 '未'를 '미'로 읽었다. 이 해석을 다음의 글은 대단히 긍정적으로 평가하였다.

(12) 「KGSR」 #531에 '未'는 a. [*myəd/mjwei/wei], '妹' k—m [*myəd/muâi/mei]이다. 여기서 보면 '妹'의 '未'가 소리쪽인데 7세기에 [muâi]로 발음되엇다. 무애는 '昩谷縣 本百濟未谷縣'에서 '未'에 '미=매' 발음을 찾아냇다. 오구라 박사가 '未'를 '미'로 읽은 것을 '미' 잇음을 찾아 '心音未'는 'ᄆᆞ슴이'로 읽은 것은 커다란 진보엿다.(김선기 1993:148)

(12)에서 인정된 양주동의 '미'는 다음의 글에서는 우회적으로 인정되었다.

(13) ⋯ 未의 音韻變化는 다음과 같다.

	上古	前漢	後漢	魏晉	南北	中古
未	mjəd	mjəd	mjəi	mjəi	mjuəi	mjwĕi
	믇	믇	믜	믜	뮈	몌

⋯ 위에 再構音은 丁邦新을 기준으로 한 것인데 ⋯⋯. 어쨌던 위의 表를 기준으로 할 때는 '未'를 '미/매'가 되기는 어렵다. 그러나 魏晉을 기준으로 하면 '믜'가 될 수 있다. 冠形格이나 處所格의 '의'는 母音調和에 의해서 '의'와 對立하는데 '未'를 '믜'로 가정하면 母音調和에 의한 對立은 구할 수 없다. 혹 介音 –j가 兩脣音 아래에서 消除되는 현상이 있었던 것으로 보면 '미'도 가능하다. ⋯(양주동의 글과 '昧, 妹, 眛, 靺, 每' 등의 재구음의 인용 생략) ⋯

위에서 보는 바와 같이 이들은 모두 灰韻에 속하며, 微韻에 속하는 未와는 等韻의 差異가 있다. 즉, '未'는 介音 –j–를 가진데 대해, 이들은 –j–를 가지지 않는다. 이들의 代用音은 '몰(漢), 믜(魏晋)'와 같이 기술될 수 있다. 그러므로 '未'가 이들과 互用된 것은 兩脣音 아래에서 –j–가 삭제되었을 때 가능한 것이다. 이런 점에서 '未'의 기준음은 '믜'로 보고, 母音調和의 경우 그와 對立하는 '미'에도 代用될 수 있었던 것으로 보고자 하는 것이다. '未'를 '믜'로 다룸은 魏晋音을 기층으로 하는 것이다.(유창균 1994:237–238)

(13)의 인용을 보면, '未'의 음을 '믜'로 설정하고, 모음조화에 의한 '믜'의 대립으로 '미'의 가능성을 제시했다. 이런 주장은 "'心未'는 모음조화를 고려하면 'ᄆᆞᄉᆞ미'가 된다."(유창균 1994:477)에서도 확인된다. 그러나 이 주장에는 '未'의 음이 '믜'이면서 '미'도 된다는 것은 한자의 음을 정확하게 제시한 것이 아니라, '믜'의 '未'가 '미'의 대충표기에도 쓰였다고 주장하는

것과 같다. 이는 문맥에서 '미'를 인정할 수밖에 없어, '믜'의 모음조화에 의한 대립으로 '미'가 가능하다는 편법으로 설명한 것에 지나지 않는다. 게다가 '未'의 魏晉音으로 본 'mjəi'에서 '믜'가 어떻게 도출 또는 대응되는지도 명확하지 않다.

(10나)의 해독들은 '未'를 '미'로 읽었다. '-이'는 양주동과 같이 '처격조사'(유창균 1994:720)로 보기도 하지만, 원인을 나타내는 '위격토'(정열모 1965:271) 또는 '원인격'(서재극 1975:38)으로 해석되었다.

(10다)는 '心未 際叱肹'의 문맥에서 나오고, (10다)은 '心未 筆留'의 문맥에서 나온다는 점에서, '미'의 '이'는 소유격어미로 정리되었다.

(10마)의 해독을 이끈 양주동은 "「夜未」는 「밤」의 方位格形 「바미」. 「밤」은 特殊名詞의 一임으로 方位格에도 「애」아닌 「이」를 取한다."(양주동 1942:807)고 설명을 하였다.

이렇게 '未'를 '미'로 읽는 데는 문제가 없는 것 같다. 그러나 후대의 격어미 '의, 에' 등과의 연결에서 고민하는 것 같다.

2) '매'

향찰 '未'를 '매'로 읽은 해독들은 다음과 같다.

> (14) 가. 風未(「제망매가」) : ᄇᆞ롬애(오구라 1929, 유창선 1936e), ᄇᆞᄅᆞ매(양주동 1942, 지헌영 1947 등등), 바람애(김선기 1969a), 바라매(김상억 1974, 김선기 1993)
>
> 나. 心未(「모죽지랑가」) : ᄆᆞᄋᆞᆷ애(유창선1936a), 마삼애(김선기1967b, 1993), 마자매(김상억 1974)
>
> 다. 心未(「찬기파랑가」) : ᄆᆞᄋᆞᆷ애(유창선 1936b), 마사매(김선기 1967c, 1993), 마자매(김상억 1974), ᄆᆞᄉᆞ매(전규태 1976)

라. 心未(「예경제불가」) : 마자매(김상억 1974), 마잠애(김선기 1975b),
　　마삼애(김선기 1993)

마. 夜未(「청불주세가」) : 바매(김상억 1974, 전규태 1976 등등), 밤애
　　(김선기 1975a, 1993)

(14가)의 'ᄇᄅᆷ애'에서 오구라(1929:212)는 '未'의 음이 '미'이나 '매'에 전
용되었다고 설명하였다. 그리고 (14가)의 'ᄇᄅ매'에서 양주동(1942:552)은
"未 音借「매」(一‧七‧3心未),「風未」는 方位格「ᄇᄅ매」."라고 하여, 구체적
인 설명은 '心未'로 돌렸다. 이 '心未'에 대한 구체적인 설명은 앞에서 인
용한 (11)이다. 이 (11)에서는 '未=昧(미)'에 따라 '未'를 '미'로 보았는데,
이를 '매'로 바꾸었다. (14가)의 나머지 해독들은 오구라나 양주동의 주장
을 따랐다. 이에 따라, (14)의 해독들은 '未'의 음을 '미'나 '민'로 보고, 이
것으로 '매'를 표기했다고 주장하는 데 문제가 있다고 정리할 수 있다.

(14나)에서 'ᄆ옴애'의 경우는 '未'와 '米'가 같다는 점에서 '매'로 보았
다.(유창선 1936a:23) 어떤 점에서 '未'와 '米'가 같은 것인지를 명확하게 알
수 없다. '마삼애'의 경우는 다음과 같이 설명을 하였다.

(15) 未의 6세기 음은 [몌]다. [mjwei]. 그런데 이른바「오음」에선 [mai]가
　　된다. 그러니까「마삼」다음에「마이」[mai]가 오는 것이 모음조화법
　　칙에 맞게 된다.(김선기 1967b:294)

(15)의 인용은 '未'의 오음 '매'로 보고, 이것이 모음조화에 맞다고 주장
하였다. 그러나 앞에서 본 그 후의 글인 (12)에서는 양주동의 '미'에 동의
를 하였다.

(14다, 라, 마) 등은 (14가, 나) 등과 같다.

이런 점들에서, '未'를 '매'로 읽은 해독들은 '未'의 음을 '미'나 '미'로 보고, 이것으로 '매'를 표기했다고 주장한 문제를 보이거나, 설명이 모호한 문제를 보인다고 정리할 수 있다.

5. 결론

지금까지 향찰 '未'에 대한 기왕의 해독들을 변증해 보았다. 그 결과 중에서 중요한 것들을 요약하여 결론을 대신하면 다음과 같다.

1) 향찰 '未'를 읽은 해독들 중에서, '몌'는 '未'의 상고음일 수 있으나, 해독의 '-예'가 어떤 점에서 현대역의 '-의'가 되는지를 알 수 없고, 다섯 '未' 중에서 하나만 '몌'로 읽을 이유가 없다는 점에서 부정적이다.

2) 향찰 '未'를 읽은 해독들 중에서, '메'는 '未'의 음이 '메'인 근거를 설명하지 않았거나, '미'일 가능성을 무시하고 '미'를 설정하고, 이 '未(미)'에 의한 대충표기로 설명하여, '未'를 '메'로 읽은 근거에서 문제를 보인다.

3) 향찰 '未'를 읽은 해독들 중에서, '믜'는 '未'(미)를 '믜'의 대용음으로 보거나, '未'의 음이 '믜'인 근거를 설명하지 않았거나, '미'일 가능성을 무시하고 '믜'로 읽은 문제를 보인다는 점에서 부정적이다.

4) 향찰 '未'를 읽은 해독들 중에서, '미'는 '昧=未'로 보아 한자 '未'의 그 당시음이 '미'가 아니라는 문제를 피할 수 없다.

5) 향찰 '未'를 읽은 해독들 중에서, 'ㅁ'은 'ㅁ'의 표기에 '音'을 쓴다는 점에서, '몰'은 '未'를 '末'로 수정했다는 점에서, 각각 문제를 보인다.

6) 향찰 '未'를 읽은 해독들 중에서, '매'는 '未'의 음을 '미'나 '미'로 보고, 이것으로 '매'를 표기했다고 주장한 문제를 보이거나, 설명이 모호한 문제를 보인다.

7) 향찰 '未'를 읽은 해독들 중에서, '미'는 '眛=未'로 보아 입증된 해독 (양주동)이며, 중국 한자의 중고음으로도 인정(김선기)된다.

8) 향찰 '未'가 포함된, '心未'(「모죽지랑가」, 「찬기파랑가」, 「예경제불가」)와 '夜未'(「청불주세가」)의 '未'들을 '미'로 처음으로 읽은 것은 양주동이다. 그리고 '風未'(「제망매가」)의 '未'를 '미'로 읽은 것은 신태현, 정열모, 서재극 등등인데, 정열모와 서재극은 이 '-이'를 원인격으로 보았다.

이렇게 볼 때에, '未'는 '미'로만 읽힌다고 정리할 수 있다. 그리고 이 '미'의 '이'는 향찰 '矣'와 밀접한 관계에 있어 함께 보면 그 이해가 좀더 수월할 것으로 생각한다.

十. 향찰과 이두의 '將來'

1. 서론

이 글은 향찰과 이두 '將來'에 대한 기왕의 해독들을 변증하는 데에 연구의 목적이 있다.

향찰과 이두 '將來'는 6회 나온다. 즉 『삼국유사』에 2회[數於將來尸(「혜성가」), 毛達只將來呑隱(「우적가」)] 나오고, 『균여전』에 3회[造將來臥乎隱(「참회업장가」), 煎將來出米(「청전법륜가」), 修將來賜留隱(「상수불학가」)] 나오며, 고려 이두에 1회[爲將來臥乎(「상서도관첩」)] 나온다. 이 향찰과 이두에 대한 기왕의 해독은 '가오-, 가져오-, 뎌, 도록, 디녀오-, ㄹ, 라, 러, 려, -ᄋ 오-, -받오-, -아 오-, 알, -어 내-, -어 오-, 줄오, ᄇ리, ᄇ래, 오려, 올' 등의 20종으로 읽혀 왔다. 해독자별 해독의 양상을 보면 다음과 같다.

    오구라(1929) : ㄹ, 도록
    유창선(1936) : ㄹ
    신태현(1940) : -어 오-
    양주동(1942) : ㄹ, 려
    정열모(1947) : ㄹ, 올, 가오-, -어 오-

지헌영(1947) : ㄹ, 려, 올

홍기문(1956) : 려

이 탁(1956) : ‑아 오‑, ‑어 내‑, ‑어 오‑

김준영(1964) : ‑어 오‑, ‑아 오‑

정열모(1965) : ㅂ리, ㅂ래

김선기(1967‑75) : ㄹ, 올

김상억(1974) : ㄹ, 려

서재극(1975) : 디녀오‑, ‑받오‑

전규태(1976) : 려

김준영(1979) : 려, ‑ᄋ 오‑, ‑어 오‑

김완진(1980) : 려

이승재(1987) : 려

정창일(1987) : ‑ᄋ 오‑, 굴오

신석환(1988) : 뎌

권재선(1988) : 올

김선기(1993) : 알, 올

금기창(1993) : 올

유창균(1994) : 라, 려

강길운(1995) : 오려

최남희(1996) : 디녀오‑

양희철(1997) : 려

남풍현(2000) : 오려

신재홍(2000) : 려

황패강(2001) : 러, 려

류 렬(2003) : 려, 올

박재민(2003) : ‑어/아/여 오(/와)‑

양희철(2008c) : ‑어/아/여 오‑

김지호(2012) : 가져오‑

이와 같은 향찰과 이두 '將來'에 대한 기왕의 해독들을 보면, 검토할 수 있는 것들은 거의 모두가 시도되었다고 볼 수 있다. 이 기왕의 연구들은 '將來'의 의미나, '將'과 '來'의 음훈을 충실하게 살렸나 하는 기본 관점에서 보면, 다음의 세 유형으로 정리된다.

첫 번째 유형은 한자 '將來'의 의미를 벗어난 해독들이다. 이에 속한 해독들로는 '-ㄹ-, -도록, -려(/러/뎌)(-), (-)오려(-), 올(-)' 등이 있다. 이 해독들은 좀더 구체적으로 보면, '-ㄹ-, -도록'(小倉進平 등등), '-려(-)'(양주동 등등), '-러'(황패강), '-뎌-'(신석환), '(-)오려(-)'(강길운), '(-)올(-)'(지헌영 등등) 등으로 정리된다. '-러'는 '-려'의 이형태로, '-뎌-'는 '-려-'의 과거음으로, 각각 본 것들이기에 하나로 묶었다. 이 해독들의 일부는 거의 현재까지 가장 많은 해독자들이 해독하거나 따른 것들이다. 그러나 이 해독들은 한자 '將來'의 의미를 벗어나 있다. '將來'는 "앞으로 닥쳐올 날이나, 장차 닥쳐올 앞날"[『새우리말큰사전』의 '장래(將來)'조]의 의미로, '-ㄹ-, -도록, -려(/러/뎌)(-), (-)오려(-), 올(-)' 등의 의미들이 아니다. 단지 이 양자는 미래의 의미소를 공통으로 하지만, 별개의 의미들이다. 이 별개의 의미들을 같은 것들로 오해하고 해독한 것은, 외국인인 오구라(小倉進平)에서 시작되었는데, 재고를 요한다.

두 번째 유형은 '來'의 음훈을 살렸지만, '將'의 훈을 벗어난 해독들이다. 이에 속한 해독들로는 '-올/알(-)'(김선기 등등), 'ㅂ래/ㅂ러-'(정열모), '굴오-'(정창일) 등이 있다. 이 중에서 '-올/알(-)'은 '將'을 '-ㄹ(-)'의 지정, 지시, 힘줌 등의 표기로 보았는데, 이런 설명은 향찰이나 이두 해독의 일반을 벗어난다. 그리고 'ㅂ래/ㅂ러-'는 '將'의 의미인 '送'의 훈으로 읽은 것인데, 정작 'ㅂ래/ㅂ래'는 '곁따라(傍)'와 'ㅂ라'(仰, 希)의 의미로, '送'의 의미인 '보내/보니'가 아니라는 문제를 보인다. '굴오-'는 '將'의 훈이나 훈의 기표가 아니라, '將'에 '굴오-'의 의미를 부여한 한계를 보인다.

세 번째 유형은 '將'과 來'의 음훈을 살린 해독들이다. 이에 속한 해독들로는 '-아/어/여/ᄋ 오-, -어 내-, 가오-, -받오-, 디녀오-, -오려-, 가져오-' 등이 있다. 이 해독들의 구체적인 사항들은 본론에서 제시할 것이므로 생략한다. 이에 속한 '-오려-'는 첫 번째 유형에 속한 '(-)오려(-)'와 외관상 같으나, 그 실제에서는 '-려오(將來)-'를 '-오려-'의 역순으로 본 것으로 '(-)오려(-)'와 다르다. 이 해독들은 '將'을 '而(아/어/여/ᄋ), 行(가), 奉(받), 持(디니), 欲(려), 가져' 등의 훈들로, '來'를 '오-'의 훈이나 '내-'의 음으로, 각각 보면서 '將'과 '來'의 음훈을 살렸다.

이렇게 기왕의 연구들을 향찰과 이두에 쓰인 '將來'의 의미나, '將'과 '來'의 음훈을 충실하게 살렸는가 하는 기본 관점에서만 보아도, 첫 번째와 두 번째 유형들의 해독들에는 재고할 점이 있음을 알 수 있다. 그런데도 대다수의 해독들에서는 이해하기 힘든 첫 번째 유형으로 해독하거나 이를 따르고, 정작 주목하여야 할 세 번째 유형의 해독들은 관심에서 거의 멀어져 있다.

이 문제를 검토 정리하기 위하여, 기왕의 연구들을 종합적으로 검토 정리할 수 있게, 다음의 네 측면에서 변증하고자 한다. 첫째는 차제자 원리의 측면이다. 이는 해독들이 '將來'의 의미나, '將'과 '來'의 음훈 안에 있는가를 변증하기 위한 것이다. 둘째는 형태소 연결의 문법적 측면이다. 이는 음과 훈을 살린 해독들이라도, 그 해독들이 형태소들의 연결에서 문법적인가를 변증하기 위한 것이다. 셋째는 문맥의 측면이다. 이는 해독된 단어들이 문장은 물론 글의 전체 문맥에 부합하는가를 변증하기 위한 것이다. 넷째는 번역시의 측면이다. 이는 해독된 단어나 문장이 번역시의 단어나 문장과 부합하는가를 변증하기 위한 것이다.

2. '르, 도록, 려(/러/라/뎌), 오려, 올'

한자 '將來'의 의미를 벗어난 해독들로, 향찰과 이두의 '將來'를 '-ㄹ (-), -도록, -려(/러/라/뎌)(-), (-)오려(-), 올(-)' 등으로 읽은 해독들이 있다. 이 해독들을 이 장에서 변증하고자 한다.

1) '-ㄹ(-), -도록'

먼저 '-將來(-)'의 향찰을 '-ㄹ(-)'과 '-도록'으로 읽은 예들을 정리하면 다음의 (1)과 같다.

(1) 造將來臥乎隱(「참회업장가」) : 지슬누온(오구라 1929, 양주동 1942, 지헌 영 1947), 지질누온(정열모 1947), 짖을누온(김상억 1974), 지실논(김선 기 1975a)

修將來賜留隱(「상수불학가」) : 닥글샬은(오구라 1929)

數於將來尸(「혜성가」) : 쉴(오구라 1929, 유창선 1936e)

毛達只將來呑隱(「우적가」) : 몰을단온(오구라 1929)

煎將來出米(「청전법륜가」) : 다리(又지지)도록 내매(오구라 1929)

(1)에서 보듯이, '-將來(-)'를 '-ㄹ(-)'과 '-도록'으로 본 해독들은 주로 오구라에서 나타난다. 오구라가 '-將來(-)'를 '-ㄹ(-)'과 '-도록'으로 본 논거는 다음의 인용에서 파악할 수 있다.

(2) 將來は鄕歌中用例が尙ほ二三ある.
皆往焉世呂修將來賜留隱. [第八]
月置八切爾數於將來尸波衣. [第二十三]
兒史毛達只將來呑隱 日遠烏逸□□過出知遣. [第二十五]

これは漢字の熟語としての意味ではなく，今日の語でいへばㅎ겟다・ㅎ도록・홀などいふ如く未來を表はすために用ひた借字であゐと考へゐ．鄕歌第六にあゐ[煎將來出米]の[將來]は도록の意義に解するもゐなゐべく(第六の(5)參照)，本條及び上に擧げた諸例の[將來]は홀などいふ語尾のㄹ音に宛てたもので，[造將來]は지슬と讀むべきものであらう．(오구라 1929:80~81)

(2)에서 보는 바와 같이, '將來'를 한 단위(숙어)의 표기로 보고, 미래의 의미를 포함한 '-겟-, -도록, -ㄹ' 등의 표기로 보았다. 이 해독의 문제들을 서론에서 제시한 네 측면에서 변증해 보자.

첫째로, 차제자 원리의 측면에서 보면, '-ㄹ(-)'과 '-도록'의 해독들은 한자 '將來'의 의미를 벗어나 있다. '將來'는 "앞으로 닥쳐올 날이나, 장차 닥쳐올 앞날"을 의미한다. 이에 비해 '-ㄹ(-)'은 미래시제의 관형사형어미이고, '-도록'은 정도나 한계를 나타내는 연결어미 내지 의식적으로 끌어가는 방향이나 목표를 나타내는 연결어미이다. 이런 '將來'와 '-ㄹ(-), -도록'의 의미들을 비교하면, 양자는 앞으로 닥쳐올 미래의 시간성을 공통으로 하지만, '앞날'이란 측면에서는 그 유무의 차이를 보이는 별개의 의미들이다. 이렇게 이 양자는 별개의 의미들인데도, '將來'를 '-ㄹ'과 '-도록'의 의미와 표기로 보았다. 이는 이 해독이 차제자 원리의 측면에서, 한자 '將來'의 의미를 벗어났다는 사실을 말해준다.

둘째로, 형태소 연결의 문법적 측면에서, '-將來-'를 해독한 '-ㄹ(-)'의 기능이 무엇인지 알 수 없다. '지슬누온/지질누온'(造將來臥乎隱)과 '닥글샬은'(修將來賜留隱)에서, '-ㄹ(將來)-'은 선어말어미의 위치에 해당한다. 그런데 선어말어미에서 미래를 나타내는 '-ㄹ-'은 존재하지 않아, 그 문법적 기능을 알 수 없다. 다음으로 '쉴'은 '數(수)+於(어)+將來(ㄹ)+尸(ㄹ)'의 분석에 근거한다. 이 경우에 'ㄹ'이 중첩되어, '將來(ㄹ)'의 기능을 알 수 없다. 끝으로 '몰을단온'은 '毛達(모달)몰을)+只(연용형 표시)+將來(ㄹ)+吞隱(단온)'의 분석에 근거한다. 이 경우에도 '將來(ㄹ)'에 대한 설명이 없어 그 기능을 알 수 없다. 이렇게 '-ㄹ(將來)-'들은 그 기능이 모호하여 그 앞뒤의 형태소들과의 연결에서도 문법적이라고 말하기 어렵다.

셋째로, 문맥의 측면이다. 앞의 글(양희철 2008c)에서 정리한 문맥을 기준으로 이 해독들의 한계를 보자. '造將來臥乎隱(짓어 오누온)은 바로 뒤에 온 '惡'이 현재 참회하려는 것이라는 작품의 문맥에 따라 현재 또는 현재 완료이다. 이 현재 또는 현재 완료의 문맥에 미래의 의미를 포함하거나 불명확한 형태소의 결합인 '지슬누온, 지질누온, 짖을누온, 지실논' 등의 해독들은 맞지 않는다. '修將來賜留隱(닦아 오시룬)은 부처님이 현세에서 닦아 오신 난행고행을 시적 화자가 따르려는 문맥에 따라 현재 또는 현재 완료이다. 이 현재 또는 현재 완료의 문맥에 미래의 의미를 포함하거나 불명확한 형태소의 결합인 '닥글샬은'의 해독은 맞지 않는다. '煎將來出米'(지지어 오내미)는 善芽가 현재 또는 현재까지 자라지 못하는 이유의 문맥에 있다. 이 현재 또는 현재 완료의 문맥에 미래의 의미를 포함한 '다리(又지지)도록 내매'의 해독 역시 맞지 않는다. '數於將來尸'(헤오어 올)은 세화랑의 산행을 돕는 문맥에 있어, 달이 이 곳으로 와야 한다. 그런데 '쉴'의 해독은 이 문맥에 맞지 않는다. 自心相(자기 마음씨)이 모자라 그저 오던 문맥으로 보아 '毛達只將來吞隱'(모즈라 그저/그저어 오둔)도 현재 또는 현재 완료이다. 이 현재 또는 현재 완료의 문맥에 '-將來-'를 '-ㄹ-'로 해독한 '몰을단온' 역시 맞지 않는다.

넷째로, 번역시의 측면이다. 향찰 '造+將(=而)+來-'(「참회업장가」)와 그 번역인 '成+(而)+來-'(「참회업장송」)는 대응하고, 향찰 '修+將(=而)+來-'(「상수불학가」)와 그 번역인 '修+(而)+來'(「상수불학송」) 역시 대응한다. 이 대응들로 보아, '造將來臥乎隱'의 '-將來-'를 '지슬누온, 지질누온, 짖을누온, 지실논' 등의 '-ㄹ-'로 본 해독들과, '修將來賜留隱'의 '-將來-'를 '닭글샬은'의 '-ㄹ-'로 본 해독의 문제를 알 수 있다. 즉 연결어미 '-將'(=而, -어/아)와 동사 어간 '來(오)-'를 '-ㄹ(-)'로 읽은 문제이다.

이렇게 네 측면에서 볼 때에, '-將來(-)'를 '-ㄹ(-)'과 '-도록'으로 본 해독들은 옳은 것이 아님을 충분하게 이해할 수 있다.

2) '-려(-)'

'-將來(-)'의 해독들을 보면, '-려(-), -러/라(-), -뎌' 등도 함께 나온다. 이 중에서 '-러/라(-)'는 '-려(-)'의 이형태로, '-뎌(-)'는 '-려(-)'의 과거음으로 각각 본 것들이다. 이것들은 '-려(-)'에 그 근거를 두고 있어 함께 정리한다. 먼저 이렇게 읽은 해독들을 보자.

(3) 造將來臥乎隱(「참회업장가」) : 지스려 누본(저질러 놓을 : 홍기문 1956, 저질 수 있는 : 류렬 2003), 지스려 누온(지어온, 전규태 1976), 지스려 누온(짓게 되는, 김완진 1980), 지스러 누온(짓게 되는, 황패강 2001), 지스려 눕온(지으려고 눕게된, 유창균 1994), 저즈려 누본(저질러 놓은, 신재홍 2000)

煎將來出米(「청전법륜가」) : 다려내매(양주동 1942, 지헌영 1947, 홍기문 1956, 김상억 1974, 전규태 1976, 김준영 1979, 김완진 1980, 황패강 2001), 달히려 내며(유창균 1994), 다려내미(신재홍 2000), 드려내미(류렬 2003)

修將來賜留隱(「상수불학가」) : 닺ㄱ려샤론(양주동 1942, 지헌영 1947, 홍기문 1956, 전규태 1976, 황패강 2001), 닷그려샤론(김상억 1974), 닷ㄱ려시론(김완진 1980), 다ㅅ라시론(유창균 1994), 다ㅅ려시론(신재홍 2000), 다ㅅ려시룬(류렬 2003)

數於將來尸(「혜성가」) : 혀려(양주동 1942, 김상억 1974, 황패강 2001), 혜려(홍기문 1956), 혀려(전규태 1976), 자자려(김완진 1980), 혈오려(유창

균 1994), 헤어럴(破/思)(양희철 1997), 허여럴/혜오럴(신재홍 2000)

毛達只將來呑隱(「우적가」) : 모드렷단(양주동 1942), 모돌기려돈(홍기문 1956, 황패강 2001, 양희철 1997), 모달렷단(김상억 1974), 모돌렷돈(전규태 1976), 모돌 보려든(김완진 1980), 모돌 보녀돈ㅇ(신석환 1988), 모딜기려돈(유창균 1994), 모드기려돈(신재홍 2000), 모돌기려단(류렬 2003)

爲將來臥乎(「상서도관첩」) : 세우려는 바가 전혀 없으므로(이승재 1987, '-將來-'만 '-려-'로 읽고 나머지 이두는 의역을 하고 있어 해당 부분을 인용함)

(3)의 정리에서 보듯이, '-將來(-)'를 '-려(-)'로 읽은 해독들은 대단히 많다. 이렇게 많은 해독들만을 보면, 양적으로는 이 '-將來(-)'의 해독은 '-려(-)'로 정리된 듯이 보인다. 그러나 적지 않은 문제를 포함하고 있다. 이 해독들에 포함된 문제를 보기 위하여, 이 해독들의 근거가 되는 양주동의 글을 먼저 보자.

(4) 將來 義訓讀「려」. 「將來」는 「將然」의 義로 將然助詞「려」 又는 「ㄹ」에 義借된다. 左引에서 最終例는 「ㄹ」, 其他는 「려」에 該當한다.

皆往焉世呂修將來賜留隱　　　(廿二·二·3)
兒史毛達只將來呑隱日　　　(十四·二·2)
造將來臥乎隱惡寸隱　　　(十八·三·1)

「將來」가 「려」에 使用됨은 左引 「煎將來」에서 「將來」가 「煎」의 連用形 「드려」(或은 「쓰려」)의 末音에 義訓借된 것으로 確知할수잇다.

煩惱熱留煎將來出米　　　(廿·六·2)(양주동 1942:590)

(4)의 인용에서 보면, '將來'를 'ㄹ'과 '려'의 표기로 보았다. 이 중에서 '려'는 오구라의 해독에서는 발견되지 않는다. 이 해독은 앞의 절에서 지적한 '-ㄹ(-)'의 알 수 없는 기능을 명확하게 하였다. 그러나 외국인인 오

구라가 본 '-ㄹ(-)'과 '-도록'에서 출발한 것이어서, 이 해독들은 앞에서 제시한 네 측면에서 다음과 같이 문제를 보인다.

첫째로, 차제자의 원리에서, '-려'의 해독은 한자 '將來'의 의미를 벗어나 있다. '將來'는 "앞으로 닥쳐올 날이나, 장차 닥쳐올 앞날"을 의미한다. 이에 비해 '-려'는 '-려고'의 축약형으로, 동사 어간에 붙어서 장차 하고자 하는 의미를 나타내는 연결어미이다. 이 두 의미들을 비교하면, 이 양자는 앞으로 '올'이라는 시간성을 공통으로 하지만, 하고자 하는 의도의 의미와 '앞날'의 유무에서 차이를 보이는 별개의 의미들이다. 이렇게 이 양자는 별개의 의미들인데도, '將來'를 '-려'의 의미와 표기로 보았다. 이는 차제자 원리에서 '-려'가 한자 '將來'의 의미를 벗어난 해독임을 말해 준다. 물론 그 근본적인 원인은 오구라가 '將來'를 'ㄹ'로 잘못 본 것에 연계되어 있다.

이 '-려'의 해독이 한자 '將來'의 의미를 벗어나 있다는 사실은, '煎'의 훈과 더불어, '-將來(-)'를 '-려(-)'로 읽은 해독들이, 이 해독의 확실성을 보장한다고 본 '다려(煎將來)'의 해독에도 문제가 있음을 보여준다. '다려(煎將來)'의 해독은 한자 '將來'가 '-려'의 의미란 점과, 한자 '煎'의 훈이 '다리다'라는 점을 전제로 한다. 그러나 한자 '將來'는 지금까지 보아 왔듯이 '-려'의 의미가 아니다. 그리고 '煎'의 과거 훈은 '다리다'가 아니라 '달히다'이다. 이 두 사실을 본다면, '다려(煎將來)'의 해독은 이미 이 해독의 두 전제를 상실한다. 이로 인해 '다려(煎將來)'는 더 이상 '-將來(-)'가 '-려(-)'의 표기라는 것을 확실하게 보장하는 자료가 되지 못한다.

둘째로, 형태소 연결의 문법적 측면에서, '-將來(-)'를 '-려(-)'로 읽은 해독들은 그 앞뒤의 향찰들을 이해할 수 없게 읽거나, 그 연결에서 비문법적이다. 먼저 이 문제를 「참회업장가」의 '造將來臥乎隱'의 해독에서 보기 위하여, 앞에서 정리한 해독과 현대역(괄호 안)들을 다시 보자.

(5) 가. 지스려 누본(저질러 놓을, 저질 수 있는)

　　나. 저즈려 누본(저질러 놓은)

　　다. 지스려 누온(지어온)

　　라. 지스려 누온(짓게 되는)

　　마. 지스려 누온(짓게 되는)

　　바. 지스려 눕온(지으려고 눕게된)

　(5가)의 '지스려 누본'(저질러 놓을, 저질 수 있는)과 (5나)의 '저즈려 누본'(저질러 놓은)에서는 해독의 '-으려'가 현대역의 '-으러'가 되는 이유와, 해독의 '누본'이 현대역의 '놓을, 수 있는, 놓은' 등이 되는 이유를 알 수 없다. (5다)의 '지스려 누온'(지어온)에서는 해독의 '-으려 누-'가 현대역의 '-어-'가 되는 이유를 알 수 없다. (5라)의 '지스려 누온'(짓게 되는)과 (5마)의 '지스려 누온'(짓게 되는)에서는 해독의 '지스려/지스러 노온'이 현대역의 '짓게 되는'이 되는 이유를 알 수 없다. (5바)의 '지스려 눕온'(지으려고 눕게된)에서는 해독의 '눕온'이 현대역의 '눕게된'의 의미가 되는 이유를 알 수 없고, '눕게된'이 이 문맥에 들어올 이유도 전혀 없다.

　이렇게 「참회업장가」의 '-將來(-)'를 '-려(-)'로 읽은 경우는, 해독의 '-(으)려'를 현대역의 '(-)으러/게'의 의미로 볼 수 없을 뿐만 아니라, 바로 뒤에 온 '臥乎隱'을 '눕온'으로 읽은 경우는 해독의 '눕온'을 현대역의 '놓온/되는/눕게된'으로 볼 수 없는 문제를 보인다.

　이번에는 '-將來(-)'를 '-려(-)'로 읽고 보면, 그 기능이 그 앞뒤의 향찰과 연결되지 않는 경우를 보자. 이 문제는 '修將來賜留隱'의 해독인 '닷ㄱ려샤론, 닷그려샤론, 닷ㄱ려시론, 다ᄉ려시론, 다ᄉ려시론, 다ᄉ려시룬' 등에서 발견된다. 이 해독들에서 '-려-'는 선어말어미의 위치에 있다. 그런데 문제는 이 '-려-'는 지금까지 선어말어미로 정리되지 않은 형태소이다. 그렇다고 '-려 샤/시-'로 분리할 수도 없다. 왜냐하면 이렇게 분리하면 '-려'는 설명할 수 있으나, '샤/시-'를 설명할 수 없기 때문이다.

셋째로, 문맥의 측면을 보자. 바로 뒤에 온 '惡'이 현재 참회하려는 대상이라는 점에서, '造將來臥乎隱'은 현재까지 '지어온'에 해당하는 문맥에 있다. 그런데 '지스려 누본(저질러 놓을), 지스려 누온(지어온), 지스려 누온, 지스러 누온, 지스려 눕온, 저즈려 누본(저질러 놓은)' 등의 해독들 중에서, 이 문맥에 맞는 듯한 것은, 괄호 안의 현대역으로 볼 때에, '지스려 누온(지어온)'과 저즈려 누본(저질러 놓은)'이다. 그러나 이것들도 해독과 현대역이 연결되지 않는 문제를 보인다. 善芽가 현재 또는 현재까지 자라지 못하는 이유의 문맥에 있는 '煎將來出米'는 현재 완료에 해당한다. 이 문맥에 '다려내매, 다려내미, 드려내미' 등의 해독들은 가능하지만, '달히려 내며'는 불가능하다. 시적 화자가 따르려는 난행고행의 앞에 온 '修將來賜留隱'은 부처님이 현세에서 '닦아 오신'의 문맥에 있다는 점에서, 미래의 의미를 포함하거나 불명확한 형태소로 해독한 '닷ㄱ려샤론, 닷그려샤론, 닷ㄱ려시론, 다ㅅ라시론, 다ㅅ려시론, 다ㅅ려시룬' 등의 해독들은 문맥에 맞지 않는다. '爲將來臥乎'는 '하려 하는'과 '하여 온'을 허락하는 문맥에 있어, 이 문맥에서만 보면, '爲將來臥乎'의 '將來'를 '려'로 본 해독도 가능하다. '數於將來尸'는 세 화랑의 산행을 돕는 문맥에 있어, 달이 이 곳으로 와야 하는데, '혀렬, 혀렬, 자자렬, 혈오렬, 헤어렬, 혀여렬/혜오렬' 등의 해독들은 이 문맥에 맞지 않는다. 自心相(자기 마음씨)이 모자라 그저 오던 문맥으로 보아 '毛達只將來吞隱'(모ㅈ라 그저/그저어 오든)도 현재 또는 현재 완료가 된다는 점에서, '-將來-'를 '-려(/러/라/뎌)(-)'로 해독한 '모ㄷ렷단, 모둘기려든, 모달렷단, 모둘렷든, 모둘 보려든, 모둘 보려든오, 모딜기려든, 모ㄷ기려든, 모둘기려' 등의 경우들은 미래의 의미를 포함하거나 불명확한 형태소가 되어 문맥에 맞지 않는다.

넷째로, 번역시의 측면이다. 향찰 '造+將(=而)+來-'(「참회업장가」)와 그 번역인 '成+(而)+來-'(「참회업장송」)는 대응하고, 향찰 '修+將(=而)+來-'(「상수불학가」)와 그 번역인 '修+(而)+來'(「상수불학송」) 역시 대응한다. 이 대응들로 보아, '造將來臥乎隱'의 '-將來-'를 '지스려 누본, 지스려 누온, 지스려 누온, 지스러 누온, 지스려 눕온, 저즈려 누본' 등의 '-려/러-'로 본 해독들과, '修將來賜留隱'의 '-將來-'를 '닷ㄱ려샤론, 닷그려샤론, 닷ㄱ려시론, 다스라시론, 다스려시론, 다스려시룬' 등의 '-려/라-'로 본 해독의 문제를 알 수 있다. 즉 연결어미 '-將'(=而, -어/아)와 동사 어간 '來(오)-'를 '-려/라-(將來)'로 읽은 문제이다.

이렇게 네 측면에서 볼 때에, '-將來(-)'를 '-려/뎌/러/라-'로 본 해독들은 옳은 것들이 아님을 충분하게 이해할 수 있다.

3) '(-)오려(-)'

'(-)將來(-)'를 '(-)오려(-)'로 읽은 것은 강길운(1995)이다. 그 해독을 정리하면 다음과 같다.

(6) 造將來臥乎隱(「참회업장가」) : 짓오려논
煎將來出米(「청전법륜가」) : 다료려 나메
修將來賜留隱(「상수불학가」) : 닷고려시룬
數於將來尸(「혜성가」) : 혀렬(〈혀오렬〈혀오려헐, 불을 켜려하는)
毛達只將來呑隱(「우적가」) : 몯알긔 오렬단은

이렇게 '(-)將來(-)'를 '(-)오려(-)'로 해독한 그 논거를 인용하면 다음의 (7)과 같다.

(7) 가. '將來'는 향가 네군데 더 나오는데 그 예는 다음과 같다.

...중간 생략...

위의 예는 모두 '오려'로 읽어야 할 문맥이다. 다만 "煎將來出米"를 종래 '다려내매'로 읽어왔으나 이것은 이조어로 새기면 '돌 효려 나미'(=다리려고 법회에 나옴이니)가 되어야 할 문맥이니 여기의 '將來'도 '오려'로 읽는 것이 분명하다. 그러므로 여기의 '將來'도 '－오려'로 읽어 의도형으로 다루나 이조어에서는 어간말음이 [ə](어)이기 때문에 '－오려'의 '－오－'가 줄어들고 그 대신 어간 '혀－'가 장음으로 변하는 현상(예 : 十方世界예 法을 펴려호시니 월석 2-7)이 있어서 여기서는 두 가지 형을 병기하여 둔다.(강길운 1995:76)

나. '將來'는 '오렬'(=오려는)로 읽는데(참조:§2.5.(20)) 여기서 '將來'는 표기체상으로는 다만 '오려'('來'의 의도형)로 읽어야 할 것이나 그 뒤에 이어지는 '呑'(*단.=골자기)이 명사이고 그것의 관형어이므로 관례에 따라서 관형사형 '－ㄹ'이나 '－ㄴ'을 보충하여야 하기 때문이고, 그 관형어가 과거의 동작이나 완료된 동작이 아니므로 '－ㄹ'을 받친 것이다.(강길운 1995:300-301)

(7가, 나) 등의 두 인용에서 보면, 이 해독은 '－將來'의 부분에 '－오려'를 넣어 보고, 문맥이 통한다는 점에서, '(－)將來(－)'를 '(－)오려(－)'로 해독하였다. 어찌 보면, 양주동의 '－려(－)'를 확대한 해독으로 볼 수도 있다. 이 해독을 앞에서 제시한 네 측면에서 보자.

첫째로, 차제자 원리의 측면에서, 이 '(－)오려(－)'의 해독은 한자 '將來'의 의미를 벗어나 있다. '將來'는 "앞으로 닥쳐올 날이나, 장차 닥쳐올 앞날"을 의미한다. 이에 비해 '(－)오려(－)'는 의도형의 연결어미나 '오－'의 의도형이다. 이 두 의미들을 비교하면, 이 양자는 '올'이라는 시간성을 공통으로 하지만, 의도형의 유무와 '앞날'의 유무에서 차이들을 보이는 별개의 의미들이다. 이렇게 이 양자는 별개의 의미들인데도, '將來'를 '(－)오려(－)'

의 의미와 표기로 보았다. 이는 이 해독이 한자 '將來'의 의미를 벗어나 있다는 사실을 말해준다.

둘째로, 형태소 연결의 문법적 측면에서, '(-)將來(-)'를 '(-)오려(-)'로 읽은 해독들은 비교적 원만하다. 그러나 '닷고려시룬(修將來賜留隱)'에서는 역시 '-려-'와 '-시-'의 선어말어미 해석과 연결에서 문제를 보인다.

셋째로, 문맥의 측면에서, 앞의 해독들은 문제를 보인다. 바로 뒤에 온 '惡'이 현재 참회하려는 대상이라는 점에서, '造將來臥乎隱'은 현재까지 '지어온'의 문맥에 해당한다. 이로 보면, 짓오려논'은 미래를 포함한 해독이란 점에서 문제를 보인다. 善芽가 현재 또는 현재까지 자라지 못하는 이유의 문맥에 있는 '煎將來出米'는 현재 완료에 해당하여, 문맥상 미래를 포함한 '다료려 나메'의 해독은 문제를 보인다. 시적 화자가 따르려는 난행고행의 앞에 온 '修將來賜留隱'은 부처님이 현세에서 '닦아 오신' 현재 또는 현재 완료의 문맥에 있다는 점에서, 미래를 포함한 '닷고려시룬'의 해독은 문맥상 문제를 보인다. '數於將來尸'는 세 화랑의 산행을 돕는 문맥에 있어, 달이 이 곳으로 와야 하는데, '혀럴'의 해독은 이 문맥에 맞지 않는다. 自心相(자기 마음씨)이 모자라 그저 오던 문맥으로 보아 '毛達只將來呑隱'(모즈라 그저/그저어 오던)도 현재 또는 현재 완료가 된다는 점에서, '將來-'를 '오려-'로 해독한 '몯알긔 오럴단은'은 미래의 의미를 포함하거나 불명확한 형태소가 되어 문맥에 맞지 않는다.

넷째로, 번역시의 측면이다. 향찰 '造+將(=而)+來-'(「참회업장가」)와 그 번역인 '成+(而)+來-'(「참회업장송」)는 대응하고, 향찰 '修+將(=而)+來-'(「상수불학가」)와 그 번역인 '修+(而)+來'(「상수불학송」) 역시 대응한다. 이 대응들로 보아, '造將來臥乎隱'의 '-將來-'를 '짓오려논'의 '-오려-'로 본 해독과 '修將來賜留隱'의 '-將來-'를 '닷고려시룬'의 '-오려-'로 본 해독의 문제를 알 수 있다. 즉 연결어미 '-將'(=而, -어/아)와 동사 어간 '來

(오)-'를 '-將來(오려)-'로 읽은 문제이다.

이렇게 네 측면에서 볼 때에, '(-)將來(-)'를 '(-)오려(-)'로 본 해독들은 옳은 것이 아님을 충분하게 이해할 수 있다.

4) '(-)올(-)'

'(-)將來(-)'를 '(-)올(-)'로 읽은 해독들을 정리하면 다음과 같다.

> (8) 數於將來尸(「혜성가」) : 셔(혀) 올(지헌영 1947), 혀 올(금기창 1993)
> 毛達只將來吞隱(「우적가」) : 모드ㄹ 올돈온(지헌영 1947. '只'는 부동사
> '·'로 본 것 같으나 설명이 없다), 못딸기 올튼(정열모 1947), 모돌 기올
> 단(권재선 1988), 모드리 올돈(금기창 1993)

(8)의 해독들에서 보듯이, '將來(-)'를 '(-)올(-)'로 읽기 시작한 것은 지헌영이다. 그러나 다른 분들의 해독과 더불어 구체적인 설명이 없다. (8)의 해독자들 중에서 금기창만이 해독의 구체적인 설명을 보여준다. 그 글을 인용하면 다음과 같다.

> (9) 「將來尸」에 對하여는 「將來」는 義訓讀 「올」, 「尸」 略音借 「ㄹ」 「올」의
> 末音添記. 그러므로 「將來尸」은 「올」이라 읽는다.(금기창 1993:306)

(9)의 인용에서 보면, '將來'를 '올'로 읽고 있다. 이 해독들을 앞의 네 측면에서 보자.

첫째로, 차제자 원리의 측면에서, '(-)올(-)'의 해독은 한자 '將來'의 의미를 벗어나 있다. '將來'는 "앞으로 닥쳐올 날이나, 장차 닥쳐올 앞날"을 의미한다. 이에 비해 '올'은 문자 그대로 '올'의 의미만을 가진다. 이 두 의

미들을 비교하면, 이 양자는 '올'이라는 의미를 공통으로 하지만, '앞날'이란 의미의 유무에서 차이를 보이는 별개의 의미들이다. 이렇게 이 양자는 별개의 의미들인데도, '將來'를 '올'의 의미와 표기로 보았다. 이는 이 해독이 차제자 원리인 '將來'의 의미를 벗어나 있다는 사실을 말해준다.

둘째로, 형태소 연결의 문법적 측면에서, 이 해독들은 문제를 보이지 않는다.

셋째로, 문맥의 측면에서, '數於將來尸'는 세 화랑의 산행을 돕는 문맥에 있어, 달이 이 곳으로 와야 하는데, '셔(혀) 올'과 '혀 올'의 해독들은 이 문맥에 부합한다. 그리고 自心相(자기 마음씨)이 모자라 그저 오던 문맥으로 보아 '毛達只將來呑隱'(모ᄌ라 그저/그저어 오돈)은 현재 또는 현재 완료가 된다. 그런데 '將來-'를 '-올-'로 해독한 '모ᄃᄅ 올돈ᄋ, 못딸기 올튼, 모돌 기올단, 모ᄃ리 올돈' 등의 경우들은 미래의 의미를 포함하거나 불명확한 형태소가 되어 문맥에 맞지 않는다.

넷째로, 번역시의 측면이다. 앞의 해독들은 '數於將來尸'(「혜성가」)와 '毛達只將來呑隱'(「우적가」)에 관한 것인데, 번역시가 없어, 변증할 수 없다.

이렇게 볼 때에, '將來'를 '(-)올(-)'로 본 해독들은 주로 차제자 원리의 측면에서 문제가 있음을 이해할 수 있다.

3. '올/알, ᄇ래/ᄇ리, 골오'

이 장에서는 '來'의 음훈인 '래/리'나 '오'를 살렸지만, '將'의 훈을 살리지 못한, '-올/알(-), ᄇ래/ᄇ리-, 골오-' 등의 해독들을 변증하고자 한다.

1) '(-)올/알(-)'

'(-)將來(-)'를 '(-)올/알(-)'로 읽은 해독들을 정리하면 다음과 같다.

(10) 造將來臥乎隱(「참회업장가」) : 짓올논(김선기 1993)

煎將來出米(「청전법륜가」) : 다리올 나매(김선기 1975a), 볶알 나매(김선
기 1993)

修將來賜留隱(「상수불학가」) : 닭올 주룬(김선기 1993)

數於將來尸(「혜성가」) : 잦올(김선기 1967a), 잦오올(김선기 1993), 자로
올(류렬 2003)

毛達只將來呑隱(「우적가」) : 몯알기 올라니 숨안(김선기 1969c), 몯알
기 올다니 숨은(김선기 1993)

(10)의 해독들은 '(-)將來(-)'를 '(-)올/알(-)'로 읽었다. 제2장에서 살핀
'(-)올(-)'은 이 해독들과 같은 해독일 수도 있어 이 곳에서도 함께 처리한
다. 이 해독들 중에서 논거를 제시한 글들을 인용하면 다음과 같다.

(11) 가. 여기 「將」자는 「을적」을 나토는 보람이다. 「혜성가」에서 「將來尸」
이라 쓴 것은 「尸」이 「ㄹ」소리를 적어놓고도 그래도 안되어
「將」자로 미래연체형을 뜻한 것이다.(김선기 1969c:313)

나. 위에 있는 '將'은 읽지 않고 뒤에 오는 '來'를 '안은끼곁'을 더하여
읽으라는 것이다. '數於將來尸'에 '將'을 쓰고, 또 '尸'를 쓴 것은
아전글에서 받침 'ㄹ'소리를 적는데 얼마나 괴로워 하엿는가를 보
여주는 것이다. 다음의 '來'는 '올'이나 '오날'로 읽어 달라는 보람
이다.(김선기 1993:59)

다. 《來》자만 가지고도 《오다》라는 뜻을 나타낼수 있으나 구태여
《將》자를 덧쓴것은 이미 《온》것이나 지금 《오는》것이 아니라
앞으로 《올》것이라는 것을 힘주어 두드러지게 나타내기 위해서

이며 《尸》자는 《올》에서의 《ㄹ》, 곧 용언의 규정토 《ㄹ》에
대한 관용적인 소리옮김의 표기이다.(류렬 2003:75)

(11가, 나, 다) 등의 세 인용들은 모두가 '數於將來尸'의 '將來'를 해독
하면서 나온 글들이다. 그 요지는 '將'으로 '尸'가 ㄹ임을 지정하거나,
'來'를 '오'가 아닌 '올'로 읽으라고 지시하거나, '올'을 힘주어 두드러지게
표기한 것으로 보고 있다. 이 해독들을 앞에서 제시한 네 측면에서 보자.

첫째로, 이런 지정, 지시, 힘줌 등의 표시나 표기는 향찰의 차제자 원리
로는 설명이 되지 않는다. 말을 바꾸면 이 해독들은 '將'의 훈이나 음을
벗어난 문제를 보인다.

둘째로, 형태소 연결의 문법적 측면에서, 앞의 해독들 일부는 문제를
보인다. 즉 '造將來臥乎隱'을 '짓올논'로 읽은 해독에서 '–올–'과 '–논'을
형태소 연결에서 문법적으로 설명하기 어렵다.

셋째로, 문맥의 측면에서, 앞의 해독들은 문제를 보인다. 바로 뒤에 온
'惡'이 현재 참회하려는 대상이라는 점에서, '造將來臥乎隱'은 현재까지
'지어온'에 해당하는 문맥에 있다. 그런데 '짓올논'의 해독은 미래의 의미를
포함하거나 모호한 문맥의 문제를 보인다. 善芽가 현재 또는 현재까지 자
라지 못하는 이유의 문맥에 있는 '煎將來出米'는 현재 완료의 의미에 해당
한다. 그런데 '다리올 나매, 볶알 나매' 등은 이와 다른 미래의 의미를 포함
하고 있어 문제를 보인다. 시적 화자가 따르려는 난행고행의 앞에 온 '修將
來賜留隱'은 부처님이 현세에서 '닦아 오신'의 문맥에 있다는 점에서, 미래
를 포함한 '닦올 주룬'의 해독은 문맥상 문제를 보인다. '數於將來尸'는 세
화랑의 산행을 돕도록 달이 이곳으로 오는 문맥에 있어, '잦올, 잦오올,
자로올' 등의 해독들은 이 문맥에 거의 문제가 없다. '毛達只將來呑隱'은
'自心相(자기 마음씨)이 모자라 그저 오던'의 문맥에 있어, 시적 화자의 행동

은 과거로부터 현재까지로 와야 하므로, '將來-'를 '몯알기 올라니 숨안, 몯알기 올다니 솜은' 등의 '올-'로 읽은 해독은 문맥에 맞지 않는다.

넷째로, 번역시의 측면이다. 향찰 '造+將(=而)+來-'(「참회업장가」)와 그 번역인 '成+(而)+來-'(「참회업장송」)가 대응하고, 향찰 '修+將(=而)+來-' (「상수불학가」)와 그 번역인 '修+(而)+來'(「상수불학송」)가 대응한다. 이 대응들로 보아, '造將來臥乎隱'의 '-將來-'를 '짓올논'의 '-올-'로 본 해독과 '修將來賜留隱'의 '-將來-'를 '몯알기 올라니 숨안, 몯알기 올다니 솜은' 등의 '올-'로 본 해독의 문제를 알 수 있다. 즉 연결어미 '-將'(=而, -어/아)와 동사 어간 '來(오)-'를 '將來(올)-'로 읽은 문제이다.

이렇게 네 측면에서 볼 때에, '(-)將來(-)'를 '(-)올(-)'로 본 해독들은 옳은 것이 아님을 충분히 이해할 알 수 있다.

2) 'ᄇ래/ᄇ리(-)'

'將來(-)'를 'ᄇ래/ᄇ리(-)'로 읽은 것은 정열모(1965)이다. 이 해독들을 정리하면 다음과 같다.

(12) 造將來臥乎隱(「참회업장가」) : 죄 ᄇ리누온
　　　煎將來出米(「청전법륜가」) : 다(煎=盡) ᄇ리 내미
　　　修將來賜留隱(「상수불학가」) : 길 ᄇ리샤론
　　　數於將來尸(「혜성가」) : 혀어 ᄇ랠
　　　毛達只 將來吞隱(「우적가」) : 모달기 ᄇ리든

(12)의 해독들은 '將來(-)'를 'ᄇ래/ᄇ리(-)'로 읽었다. 이 해독들을 앞의 네 측면에서 변증해 보자.

첫째로, 차제자 원리의 측면에서, 'ᄇ래/ᄇ리-'의 해독은 한자 '將'의 훈을 벗어나 있다. 이 해독의 'ㅂ래/ㅂ리(-)'는 '將'의 의미인 '送'의 훈으로 읽은 것이라고 한다. 그러나 'ㅂ래/ㅂ리(-)'는 '送'의 훈이 아니다. 이를 보기 위해 이를 주장한 글의 해당 부분을 인용하면 다음과 같다.

(13) 將來尸 ≪ㅂ랠≫
    ≪將≫은 訓讀. ≪將≫의 의미는 다양하다.
                    …중간 생략…
    과 같이 많은 중에서 이 노래를 해석하는 데 필요한 것은 ≪送也≫의 뜻이다.
    ≪ㅂ래≫의 뜻은 현대어 전송의 뜻이다.
                    …중간 생략…
    들의 ≪將來≫는 모두 ≪ㅂ래≫로 읽을 것이다. 그러나 그 의미는 다 같은 것이 아니다. 혜성가의 ≪ㅂ래≫와 영재 술회의 ≪ㅂ래≫와 상수불학가의 ≪ㅂ래≫는 다 전송한다는 뜻이요, 청전법륜가의 ≪ㅂ래≫는 없애 버린다는 뜻이요, 참회업장가의 ≪ㅂ래≫는 기다린다는 뜻으로 된다. (정열모 1965: 203~205)

(13)의 인용에서 보면, '將'의 의미 '送也'를 취하고, 이 '送'의 훈을 'ㅂ래-'로 보면서 논지를 진행시켰다. 그런데 문제는 '送'의 훈은 '보내/보니-'이지, 'ㅂ래/ㅂ리-'가 아니라는 것이다. 역으로 보면, 'ㅂ래/ㅂ리-'는 '送'의 훈이 아니라, '곁따라(傍)'와 'ㅂ라(仰, 希)-'의 의미이다. 이런 점에서, 'ㅂ래/ㅂ리-'의 해독은 한자 '將'의 훈을 벗어난 문제를 보인다.

둘째로, 형태소 연결의 문법적 측면에서, 이 해독들은 '將來'를 'ㅂ래/ㅂ리'로 읽기 위해 바로 앞의 향찰들을 이해하기 어렵게 읽었다. 이에 해당하는 것으로 셋이 있다. 즉 '造將來臥乎隱'(「참회업장가」)의 '造'를 '죄'로, '煎將來出米'(「청전법륜가」)의 '煎'을 '다(煎=盡)'로, '修將來賜留隱'(「상수불학가」)의 '修'를 '길(修=長)'로 각각 읽은 것이다. 이것들은 모두가 결코 쉽게 이해할 수 있는 해독들이 아니다.

셋째로, 문맥의 측면에서, 앞의 해독들은 문제를 보인다. '造將來臥乎隱'을 '죄 ㅂ리누온(바라논)'으로, '煎將來出米'를 '다 ㅂ리(없애 버려) 내미'로, '修將來賜留隱'를 '길 ㅂ리샤론(보내시론)'으로 각각 읽은 해독들은 그 자체가 모호하여 문맥도 모호하다. '數於將來尸'는 세 화랑의 산행을 돕는 '헤오어 올'의 문맥에 있는데, '혀어 ㅂ랠(보낼)'의 해독은 이 문맥을 벗어나 있다. '毛達只將來呑隱'은 '自心相(자기 마음씨)이 모자라 그저 오던'의 문맥에 있어, 시적 화자의 행동은 과거로부터 현재까지로 와야 하므로, '將來-'를 'ㅂ래-'로 읽은 '모달기 ㅂ리돈(보내단)'의 해독은 이 문맥에 맞지 않는다.

넷째로, 번역시의 측면이다. 향찰 '造+將(=而)+來-'(「참회업장가」)와 그 번역인 '成+(而)+來-'(「참회업장송」)가 대응하고, 향찰 '修+將(=而)+來-'(「상수불학가」)와 그 번역인 '修+(而)+來'(「상수불학송」)가 대응한다. 이 대응들로 보아, '造將來臥乎隱'의 '-將來-'를 '죄 ㅂ리누온'의 'ㅂ리-'로 본 해독과 '修將來賜留隱'의 '-將來-'를 '길 ㅂ리샤론'의 'ㅂ리-'로 본 해독의 문제를 알 수 있다. 즉 연결어미 '-將'(=而, -어/아)와 동사 어간 '來(오)-'를 '將來(ㅂ리)-'로 읽은 문제이다.

이렇게 네 측면에서 볼 때에, '(-)將來(-)'를 '(-)ㅂ래/ㅂ리(-)'로 본 해독들은 옳은 것들이 아님을 충분히 이해할 수 있다.

3) '굴오-'

'將來-'를 '굴오-'로 읽은 것은 정창일(1987)이다. 그 해독을 정리하면 다음과 같다.

(14) 造將來臥乎隱(「참회업장가」) : 造 굴오누호논

數於將來尸(「혜성가」) : 헤어 굴온히
毛達只將來呑隱(「우적가」) : 모달긔 굴오습논

　(14)의 인용들에서는 '將'을 '굴오-'로 보았다. 이 해독들을 앞의 네 측면에서 변증해 보자.

　첫째로, 차제자 원리의 측면에서 '굴오-'는 한자 '將'의 훈을 벗어나 있다. 이 해독은 한자 '將'의 훈을 이용한 것이 아니라, 한자 '將'에 '싸우다'의 훈을 부여한 해독이다. 그것도 한자 '將'에 '가래다(맞서서 옳다니 그르다니 하고 다지다)'와 '악행하다'의 의미를 가진 '굴외다'를 '將'의 의미로 부여하였다. 이런 사실은 이 주장이 『용비어천가』 제4장에 나오는 "狄人이 굴외어늘"을 예로 들고 있다는 점에서 알 수 있다.(정창일 1987:507) 그러나 『중문대사전』의 '將'조를 보아도 '將'에는 '싸우다'의 뜻이 없다. 이런 점에서 '굴오-'의 해독은 '將'의 훈을 벗어난 문제를 피할 수 없다.

　둘째로, 형태소 연결의 문법적 측면에서, 이 해독들은 '將來'를 '굴오-'로 읽기 위해서 바로 앞의 향찰들을 이해하기 어렵게 읽었다. 「참회업장가」의 '造', 「혜성가」의 '-尸(히)', 「우적가」의 '-呑隱(습논)' 등이 이에 해당한다.

　셋째로, 문맥의 측면에서, 앞의 해독들은 문제를 보인다. '造將來臥乎隱'을 '造 굴오누호논'으로 읽은 해독은 그 자체가 모호하여 문맥도 모호하다. '數於將來尸'는 세 화랑의 산행을 돕는 '헤오어 올'의 문맥에 있어, '헤어 굴온히'의 해독은 문제를 보인다. '毛達只將來呑隱'은 '自心相(자기 마음씨)이 모자라 그저 오던'의 문맥에 있어, 시적 화자의 행동은 과거로부터 현재까지로 와야 하므로, '將來-'를 '굴오-'로 읽은 '모달긔 굴오습논'의 해독은 문맥에 맞지 않는다.

　넷째로, 번역시의 측면이다. 향찰 '造+將(=而)+來-'(「참회업장가」)와 그 번역인 '成+(而)+來-'(「참회업장송」)가 대응한다. 이 대응으로 보아, '造將來臥乎隱'의 '-將來-'를 '造 굴오누호는'의 '굴오-'로 본 해독의 문제를 알 수 있다. 즉 연결어미 '-將'(=而, -어)와 동사 어간 '來(오)-'를 '將來(굴오)-'로 읽은 문제를 보인다.

이렇게 네 측면에서 볼 때에, '將來-'를 '굴오-'로 본 해독들은 옳은 것들이 아님을 충분히 이해할 수 있다.

4. '-어(/아/ᄋ/야/디녀/가져) 오(/와)-'

이 장에서는 '將'과 '來'의 훈을 살려, '將來'를 '-어(/아/ᄋ/야/디녀/가져) 오(/와)-' 등으로 읽은 해독들을 변증하고자 한다. 그리고 이 장에서는 '將來'가 들어간 향찰별로 정리를 하고자 한다. 이는 이전 장들에서 검토한 해독별 정리와 다른 정리인데, 이는 해당 향찰의 해독을 변증하면서 완결하기 위한 것이다.

1) '造將來臥乎隱'

'造將來臥乎隱'(「참회업장가」)의 해독에서, '將'과 '來'의 훈을 살린 해독으로는 '-어(/가져) 오-'가 있다. 이에 속한 해독들을 인용하면 다음과 같다.

(15) 지어 오누온(신태현 1940)
　　지어 오ᄂ온(이탁 1956)
　　짓어 오누온(김준영 1979, 양희철 2008c)
　　지어 오(왔)던(박재민 2003)
　　짓가져 오누온(김지오 2010, 2012)

이 해독들에서는 '-將來-'를 '-어(/가져) 오-'로 읽었다. 이 해독들이 제시한 논거를 차례로 인용해 보자.

(16) 가. 「造將來臥乎隱惡寸隱」を博士は「지슬누온모딘(이)는」と讀まれた. 博士は「將來」を「ㅎ겟다」, 「ㅎ도록」, 「홀」の如く未來を表はすに用ゐられゐ借字なりといはれたが, これは誤解で, この一 句は, 譯歌に「三毒成來罪幾重」とあるので知る如く, 過去に於て作つで來た罪をいふのであるから, 「將來」の來は「來」の義そのま?に解すべく, 將は連用助詞に借用されたきのと解される. 卽 あ此一句は지서오누온모딘은と讀まねばならめ.(신태현 1940:101)

나. 將 來 - 어 오. '將'은 義借다.

…중간 생략…

위는 모두 過去進行의 경우에 쓰였으니 즉 '몰라 오던, 지어온, 다리어 오매, 닦아 오신' 등의 말이다. 특히 '將來'의 '來'는 普賢十願歌에 있어 華嚴經 原文이나 譯歌로 보아도 '來=오'의 뜻이니 '將'은 過去進行의 副詞形 語尾 '아, 어'의 表記로 보아야겠다.(김준영 1979:158)

(16가)의 인용에서는 오구라의 해독이 오해의 결과라는 점을 지적하였지만, 거의 주목을 받지 못하여 왔다. 그러나 (16가, 나) 등의 두 인용에서, '-將 來-'를 '-어 오-'로 해독한 것은 주목된다. 그리고 이를 논증하기 위한, '造將來臥乎隱惡寸隱'(「참회업장가」)과 그 번역인 '三毒成來罪幾重'(「참회업장송」)의 비교도 상당히 주목된다.

그러나 이 해독들은 세 미흡점을 보인다. 즉 '-將-'을 字解類에서 연결어미로 새긴 예나 번역한 예를 제시하지 않은 점, '將來'가 '-아/어 오-'로 읽힌 예문을 제시하지 않은 점, 부분의 비교에 머문 점 등이다.

기왕의 연구들을 종합적으로 검토하면서, 이 세 미흡점을 보완해 보자.

먼저 '-將來-'가 '-아/어/여 오-'로 해석된 예문들을 보자. '-將-'을 字解類에서 연결어미로 새긴 예가 있으면, 이 해독은 매우 쉬웠을 것이다. 그러나 이를 찾을 수 없어 차선책으로, '-將來-'를 '-아/어/여 오-'로 해석한 예문들을 보려 한다. 이 예문들의 결여는 신태현과 김준영이 '-將來-'를 '-아/어/여 오-'로 바르게 해독하고도, 설득력을 얻지 못한 이유이기도 하다. 이에 속한 예문들은 이탁에 의해 정리되었다. 이 정리와 다른 하나의 예를 보자.

(17) 가. 將=意讀아=修飾制語尾=於의 讀法表示, 또는 音畧借자=數於(잦아)의 末音節表示.(將=아, 做將去=工夫ᄒ여가다. 貼將來=홍정갑슬 거스러오다-朱子語錄解)(이탁 1956:9)
　　 나. 將=意讀아[做將去 공부하<u>여</u>가다(朱子語錄解), 爬將起來 긔<u>여</u> 니러나다, 鑽將出來 부뷔<u>어</u> 나오다(水滸誌 語錄諺解)](이탁 1956:36)
　　 다. 보롬쁴 더브러 와[半頭取將來, 『朴通事諺解』(초간본, 상 46)]

(17가, 나) 등의 두 인용에서, '將'을 '아'로 해독하고, 세 인용에서 '將'이 연결어미 '-어/아/여'로 번역된 예문들을 보여준다. 특히 (17가)의 '貼將來(홍정갑슬 거스러 오다)'와 (17다)의 '取將來(더브러 와)'에서는 '-將來-'를 '-어 오-'로 읽은 예들을 정확하게 보여준다. 이 예증으로 보아, '-將-'을 字解類에서 연결어미로 새긴 예는 발견되지 않으나, 이 '-將來-'는 '-어 오-'로 해독된다.

이번에는 한자 '將'이 연결어미에 해당한다는 사실을 사전에서 검토해 보자. 조선조에 해당 한자의 대표적인 훈을 하나나 둘만 제시한 字解類에서 '將'을 연결어미로 정리한 것은 없지만, 중국의 사전에서는 다음과 같이 발견된다.

(18) 猶而也. [古書虛字集解] 將, 猶而也. [左氏, 成, 二] 韓獻子將斬人, 却獻子馳將救之. [經詞衍釋] 言馳而救之. … (『중문대사전』 '將'조의 '乙')

(18)의 인용에서, '將'은 연결사 '而'로 쓰인다. 이 '而'는 한국어의 연결어미 '-어/아/여'에 해당한다. 이 역시 '-將來-'가 '-어 오-'로 해독됨을 보여준다.

이번에는 「참회업장가」의 문맥과, 「참회업장가」와 「참회업장송」의 비교를 통하여, '-將來-'가 '-어 오'로 해독된다는 사실을 보자.

(19) 「참회업장가」

　　顚倒逸耶
　　菩提 向焉 道乙 迷波
　　造將來臥乎隱 惡寸隱
　　法界 餘音玉只 出隱伊音叱如支
　　惡寸 習 落臥乎隱 三業
　　淨戒叱 主留 卜以支 乃遺只
　　今日 部 頓部叱 懺悔
　　十方叱 佛體 閼遺只賜立

　　… (제9, 10구 생략) …

「참회업장송」

　　自從无始劫初中
　　三毒成來罪幾重
　　若此惡緣元有相
　　盡諸空界不能容
　　思量業障堪惆悵
　　聲竭丹誠豈墮慵
　　今願懺除持淨戒
　　永離塵染似靑松

(19)의 「참회업장가」의 문맥에서 우선 보자. '造將來臥乎隱 惡寸隱'에서 '악'이 지금까지 지어온 것이란 점은 이미 신태현과 김준영이 언급한 것이다. 이를 구체적으로 두 측면에서 보려 한다. 먼저 제4구(法界 餘音玉只 出隱伊音叱如支)는 악이 '법계에 차고도 남게 난 것인듯'의 의미로 해독된다. 이 때 '남게 난 것'은, 이 악이 지금까지 지어온 것이지, 앞으로 지으려는 것이 아님을 말한다. 그리고 전체 문맥에서도 이를 알 수 있다. 만약

이 악이 앞으로 지을 또는 지으려는 것이라면, 이 악은 현재 참회할 대상이 아니다. 이 역시 제3구의 악이 앞으로 지을 또는 지으려는 것이 아니라, 지금까지 지어온 것임을 말해준다. 이런 문맥들로 보아도, 향찰 '造將來-'는 현재까지의 행위인 '짓어 오-'로 해독된다.

이번에는 두 작품을 비교해 보자. 비교될 수 있는 것들은 둘이다. 하나는 '造將來臥乎隱 惡寸隱'(「참회업장가」)과 '成來罪'(「참회업장송」)를 비교하는 것이고, 다른 하나는 참회할 악과 죄가 언제의 것인가를 비교하는 것이다.

먼저 '造將來臥乎隱 惡寸隱'과 '成來罪'를 비교해 보자. 이는 선학들이 비교했던 것인데, 좀더 자세하게 비교해 보자. '造將'은 '成'에, '來臥乎隱'는 '來'에, '惡寸隱'은 '罪'에, 각각 대응한다. 특히 '將'의 한 의미가 '而'이고, '成來'의 두 동사 '成'과 '來'의 사이에는 연결사 '而'가 생략되었다는 점에서, 향찰 '造+將(=而)+來'와 한문 '成+(而)+來'는 거의 정확하게 일치하는 대응을 보인다. 이 대응으로 보아도, 향찰 '將(=而)'은 '-어(而)'로만 읽히며, 향찰 '造將來-'는 한자 '成(而)來'의 구성과 같이 '짓어 오-'로 해독되고, '짓가져 오-'로 해독되지 않는다.

이번에는 참회할 악과 죄가 언제의 것인가를 비교해 보자. 이는 세 부분에서 비교가 가능하다. 먼저 「참회업장가」의 제1~3구와 「참회업장송」의 제1, 2구를 비교해 보자. 「참회업장가」의 제1~3구만을 보면, 제3구에 나온 '造將來臥乎隱 惡寸隱'의 '惡'이 앞으로 지을 또는 지으려는 것인지, 아니면 지금까지 지어온 것인지를 판단하기가 어렵다. 왜냐하면 「참회업장가」 제1, 2구의 내용만으로는 이를 판단하는 것이 어렵기 때문이다. 그러나 「참회업장송」의 제1, 2구(自從无始劫初中/三毒成來罪幾重:무시겁의 初中부터 삼독을 지어오니 그 죄 얼마나 무거운가)를 고려하면, 「참회업장가」의 제3구에 나온 악이 지금까지 지어온 것임을 알 수 있다. 이번에는 「참회업장가」의 제4구(法界 餘音玉 出隱伊音叱如支)와 「참회업장송」의 제4구(若此

惡緣元有相 盡諸空界不能容)를 비교해 보자. '法界 餘音玉 出隱伊音叱如 支'에 대응하는 '若此惡緣元有相 盡諸空界不能容'의 내용에서, 만약 악연(죄)이 본디 相이 있다면 모든 허공계를 다하여도 용납하지 못하는 것은, 현재까지의 것이다. 이는 「참회업장가」의 제4구와 제3구의 악이 현재까지 지어온 것임을 말해준다. 나머지 하나는 전체 문맥이다. 「참회업장송」에서 만약 이 악연(죄)이 앞으로 지을 또는 지으려는 것이라면, 이 악연(죄)은 현재 참회할 대상이 아니다. 이 역시 「참회업장가」 제3구의 악이 지금까지 지어온 것임을 말해준다. 이 비교들로 보아도, 향찰 '造將來-'는 현재 또는 현재까지의 행위인 '짓어 오-'로 해독된다.

(15)의 '짓가져 오누온'의 해독은 '將'을 '가져'로 읽어 다른 해독들과의 차별화를 시도하였다. '將來'가 들어간 다섯 향찰 및 하나의 이두는 물론, 기왕의 연구들을 모두 객관적으로 검토한 다음에 결론을 내리는 것이 필요한 해독으로 보인다.

이상과 같이, 한자 '將'이 가진 '而'의 의미, 한자 '將'이 '-아/어/여'로 번역된 예문들, 작품의 문맥, 번역시와의 비교 등으로 볼 때에, 이 '-將來-'는 '-어 오-'로, '造將來臥乎隱'은 '짓어 오누온'으로, 각각 해독한 것들을 따라야 할 것 같다.

2)'爲將來臥乎'

이 절에서는 '爲將來臥乎'(「상서도관첩」)의 이두 '將來'를 검토하려 한다. '爲將來臥乎'의 해독에서, '將'과 '來'의 훈을 살려 읽은 글을 보자.

(20)爲將來臥乎; 'ㅎ오려누온'의 표기로 추정된다. 將은 '-려-' 來는 '-오-'를 나타내는 것으로 보고 逆順으로 읽어 將來를 '-오려-'의 표기로 볼 수 있다. 그러나 이는 鄕歌에 한번 쓰였고 吏讀에도 처음 나타

나는 것이어서 그 독법과 기능에 대하여서는 더 고구해 보아야 할 문제를 안고 있다.(남풍현 2000:554)

(20)의 인용에서 보면, '將'을 '-려-'로 읽고, '來'를 '-오'로 읽었다. 전자에 대한 설명이 없으나, 이는 '將'의 의미 '欲'의 훈을 계산한 해독으로 이해된다. 그러나 이 글에서도 지적하고 있듯이, '-려오-'를 다시 역순으로 보아 '-오려-'로 읽은 것과, 'ㅎ오려누온'의 '-려-'와 '-누-'가 보이는 기능과 의미에서 재고될 점들을 보인다.

이 '-려-'와 '-누-'의 기능과 의미의 문제를, '-將來(-)'를 '-려(-)'로 읽은 해독들의 문제와 더불어, 좀더 보자. 만약 '爲將來臥乎'의 '-將來-'를 '-려(/오려)-'로 읽으면, '爲將來臥乎'는 'ㅎ려누온(/ㅎ오려누온)'이나 'ㅎ려 누온(/ㅎ오려 누온)'의 표기가 된다. 'ㅎ려누온(/ㅎ오려누온)'에서는 '-려-'와 '-누-'를 모두 선어말어미로 본 것인데, '-려-'가 선어말어미인가 하는 문제를 보인다. 'ㅎ려 누온(/ㅎ오려 누온)'에서는 '-려'를 연결어미로 보고, '누-'를 어간으로 본 것이다. 이 경우에 '누-'의 뜻을 알 수 없고, 만약 '눕다'의 관형사형인 '누온'이라면, 이는 이 문장에 들어갈 이유가 전혀 없다. 이렇게 '-려-'의 기능과 '누-'의 의미를 알 수 없거나, '누-'가 들어갈 문맥이 아님은, '造將來臥乎隱'(「참회업장가」)의 '-將來-'를 '-려(/오려)-'로 읽었을 때에도 발견된다. 우선 '-려(/오려)누-'로 읽으면, '-려-'의 기능을 알 수 없다. 그리고 '-려 누-'로 읽으면, '누-'의 의미를 알 수 없다. 해독의 구체적인 인용은 생략하지만, '造將來臥乎隱'의 '臥乎隱'을 '누-'로 본 해독들이 해독으로부터 이끌어 낼 수 없는 '놓을, 놓은, 되는, 눕게된' 등의 현대역을 달은 것이 이를 말해준다. 이런 점들에서 '-將來-'를 '-려(/오려)-'로 읽을 수 없다.

이제 '爲將來臥乎'를 다시 해독해 보자. 이 '爲將來臥乎'는 'ㅎ야 오누온'으로 읽어야 할 것 같다. 앞에서 살폈듯이, '將'에는 '而'의 훈인 '-야'가 있으며, 이렇게 번역된 한문의 '將'들도 있다. 그리고 이렇게 읽으면, '흐야 오누온'에서 형태소들의 연결 역시 문법적이다. 이런 점에서, '爲將來臥乎'를 '흐야 오누온'으로 해독한다.

이 해독을 문맥에서 확인하면 다음과 같다.

(21) … 右事叱段 君臣名分亦 如天地設恒 教事是良尒 臣 無有 作福作威 <u>爲將來臥乎</u> 等用良 本朝 教是 祖聖統合三韓已後 三百年 將近亦 君臣禮正政出由辭 教是如乎 事是去有在乙 去丙辰年分 崔忠獻亦 聚類結黨爲 殺活專權爲㫆 竊弄國柄爲 無君之始爲如乎 事是去有乙 …(… 오른쪽의 일은 君臣의 名分이 天地가 불변함을 세움과 같게 하신 일이어서, 신하가 作福과 作威를 가짐이 없게 하여 오는 것이므로, 本朝께서 祖聖의 統合三韓 이후 삼백년 거의 가까이 君臣의 禮가 바르고 정사가 임금으로부터 나오게 하시던 일이었거늘, 지난 丙辰年分 최충헌이 聚類結黨하여 殺活專權하며 竊弄國柄하여 無君之始하던 일이 있거늘 …)

이 정리에서는 '爲將來臥乎'를 '흐야 오누온'으로 읽고, 그 의미를 '하여 오는'으로 보았다. 그런데 '흐야 오누온'(하여 오는)이 포함된 "신하가 作福과 作威를 가짐이 없게 하여 오는 것이므로"의 앞뒤의 두 문장은, 이 '爲將來臥乎'의 의미로, '하여 오는'과 '하려 하는'[이 '하려 하는'과 같은 형태의 '세우려는'은 이승재(1987:229)에서 발견된다.]을 문맥상 모두 허락한다. 먼저 앞의 문장인 "오른쪽의 일은 君臣의 名分이 天地가 불변함을 세움과 같게 하신 일이어서"와의 관계를 보자. 이 인용의 오른쪽 일은, 인용의 앞에 적혀 있는, 김인준 김홍취 등이 최충헌의 무단정권을 소탕하여 왕실을 바로 세운 일과, 그들의 공적을 포상한 일이다. 이 내용은 분명히 君臣의 名分이 天地가 불변함을 세움과 같게 하신 일이다. 그리고 이 내용은 뒤에 오는 "신하가 作福과 作威를 가짐이 없게 하여 오는 것"의 이유가 된다. 이 경우에, '爲將來臥乎'은, 이 글에서와 같이 '하여 오는'의 의미로 읽을 수도 있고, '하려 하는'의 의미로 읽을 수도 있다. 뒤의 문장은 "本朝께서 祖聖의 統合三韓 이후 삼백년 거의 가까이 君臣의 禮가 바르고 정사가 임금으로부터 나오게 하시던 일이었거늘"이다. 이 문장은 "신하가 作福과 作威를 가짐이 없게 하여 오는 것이므로"의 원인에 따른 결과이다. 이 경우에도 '爲將來臥乎'는 문맥상으로는 '하여 오는'과 '하려 하는'의 두 의미를 모두 허락한다. 이렇게 '爲將來臥乎'는 앞뒤의 문맥만을 보면, '하여 오는'과 '하려 하는'의 두 의미로 해석할 수 있다. 그러나 '爲將來臥乎'에 쓰인 '將來'의 의미나 '將'과 '來'의 음훈으로 보아, '하여 오는'만이 가능하다.

이상과 같은 점들에서, 이 '-將來-'는 '-야 오-'로, '爲將來臥乎'는 'ᄒ야 오누온'(하여 오는)으로, 각각 해독할 수 있다.

3) '修將來賜留隱'

'修將來賜留隱'(「상수불학가」)의 해독에서 '將'과 '來'의 훈을 살린 해독으로는 '-어/아/ᄋ 오-'가 있다. 이 해독들을 인용하면 다음과 같다.

(22) 가. 닷거 오샬은(신태현 1940)

닷가 오샬온(정열모 1947)

닷아 오술온(이탁 1956)

닷ㄱ 오샤론(김준영 1979)

닷ㄱ 오드록은(정창일 1987)

닦아 오신(박재민 2003)

닦아 오시룬(양희철 2008c)

나. 닦가져 오시룬(김지오 2012)

(22가)의 일곱 해독들은 '-將來-'를 '-어/아/ᄋ 오-'로 읽었다. 이는 앞의 '造將來臥乎隱'(「참회업장가」)에서 살핀 '-將來-'와 같이, '將'의 의미 '而'의 훈인 '-어/아/ᄋ'와 '來'의 훈인 '오-'를 살린 해독들이다. 그리고 (22나)는 '將'을 '가져'로 읽은 해독이다. 이 해독들은 「참회업장가」의 '將來'와 같은 문제를 보인다.

이 해독은 「상수불학가」의 문맥 차원과, 「상수불학가」와 「상수불학송」의 비교에서도 확인할 수 있다. 두 작품을 인용하면 다음과 같다.

(23) 「상수불학가」   「상수불학송」

    我 佛體   此娑婆界舍那心

    皆 往焉 世呂 修將來賜留隱   不退修來迹可尋

    難行 苦行叱 願乙   皮紙骨毫兼血墨

    吾焉 頓部叱 逐好 友伊音叱多 國城宮殿及園林

    身靡只 碎良只 塵伊去米   菩提樹下成三點

    命乙 施好尸 歲史中置   衆會場中演一音

    然叱皆 好尸卜下里   如上妙因摠隨學

    皆 佛體置 然叱 爲賜隱 伊留兮 永令身出苦河深

    城上人 佛道 向隱 心下

    他道 不冬 斜良只 行齊

(23)의 「상수불학가」의 문맥 차원에서 보자. 이 작품의 내용은 부처님이 닦아온 願行을 따라 닦겠다는 것이다. 이로 인해 시적 화자가 따라 닦으려는 부처님의 원행은 부처님이 이미 닦아온 것들이지, 앞으로 닦으려는 것들이 아니다. 이 문맥으로 보아도, '修將來賜留隱'의 '-將來-'는 '-아 오-'로 해독되며, '-려'나 '-려 오-'로 해독되지 않는다.

이번에는 (23)의 「상수불학가」와 「상수불학송」의 두 작품을 비교해 보자.「상수불학가」제2구의 '修將來賜留隱'은 「상수불학송」 제2구의 '修來'와 비교된다. 이로 보면, 전자의 '修將'과 '來'는 후자의 '修'와 '來'에 각각 대응한다. 특히 '將'의 한 의미가 '而'이고, '修來'의 두 동사 '修'와 '來'의 사이에는 연결사 '而'가 생략되었다는 점에서, 향찰 '修+將(=而)+來'와 한문 '修+(而)+來'는 정확하게 일치하는 대응을 보인다. 이 대응으로 보면, 향찰 '將(=而)'은 한문의 생략된 '而'의 훈인 '-아'로만 읽을 수 있으며, 향찰 '修將(=而)來-'는 한문 '修(而)來'의 번역인 '닦아 오-'에 해당한다. 이런 점에서도, 이 향찰 '-將來-'는 '가져 오-'를 포함한 다른 표기들이 될 수 없으며, 오직 '-아 오-'로 해독되는 표기라고 정리할 수 있다.

이 해독을 적용하여, '修將來賜留隱'의 해독을 정리해 보자. '修將來賜留隱'의 전체 해독에서 문제가 되는 것으로 '-將來-' 말고도, '修-'의 훈과 '-留-'의 음이 있다. '修-'의 훈과 '-留-'의 음은 다양하게 논의되지만, '닦(修)-'의 훈과 '-루(留)-'의 음을 따른다. '修-'는 '닦/닦-'(오구라, 양주동), '다술/다스리-'(유창균, 신재홍, 류렬), '길'(정열모) 등으로 해독되고 있다. '길'은 '修長也'에 근거해 '長'을 다시 '길(道)'로 본 것인데, 왜 '道(乙)'로 표기하지 않았느냐 하는 물음에서 상당히 회의적이다. '다술/다스리-'는 '마음을 다스리다'에서와 같이 '修'의 훈으로는 가능하다. 그러나 '공덕을 다스리다'에서는 매우 어색하다. 이런 점에서 '修-'의 훈은 '닦-'을 따른다. '-留-'는 읽지 않은 경우(오구라), '-ㄹ-'(양주동 등등), '-로-'(김준영, 김완진, 유창균, 신재홍), '-루-'(강길운, 류렬) 등으로 해독되고 있다. 이 중에서 '-루-'는 '留'의 현대음 '류'와 다른 차이가 있어, 규명을 요하지만, 이 글에서는 잠정적으로 '류'와 가장 유사하고 기왕의 해독들이 보인 '루'를 따른다.

이상을 종합하면, '-將來-'는 '-아 오-'로, '修將來賜留隱'는 '닦아 오시룬'으로, 각각 해독된다.

4) '煎將來出米'

'煎將來出米'(「청전법륜가」)의 해독에서 '將'과 '來'의 음훈을 살린 해독들은 '-어(/가져) 오-'와 '-어 내-'이다. 이 해독들은 다음과 같다.

(24) 가. 지저 오나메(신태현 1940)
　　나. 짓어 내미(이탁 1956)
　　다. 달ㄱ 오나메(정창일 1987)
　　라. 볶여와서 남에(박재민 2003)
　　마. 지지어 오내미(양희철 2008c)
　　바. 다리가져 오나미(김지오 2012)
　　사. 달히將來(ㅎ) 나미(이건식 2012)

이 해독들에서 '-將來-'을, (24가)는 '-어 오-'로, (24나)는 '-어 내(〈리+내)-'로, (24다)는 '-ㄱ 오-'로 각각 읽었다. (24나)에서 '來(리)+出(내)'를 '내'로 정리한 것과, (24다)에서 '將(ㄹ오)+來(오)'를 '-ㄱ오-'로 정리한 것에는 문제가 있다. (24라)는 정확한 해독은 아니지만, '將'을 연결어미로 읽을 수 있는 여지를 제시한 가치가 있다. (24바)는 '다리어 가져 오-'의 의미로 읽었는데, '修將來賜留隱'(「상수불학가」)과 같은 문제를 보인다. (24사)는 '달히+將來(ㅎ) 나미'로 읽으면서, '將來'를 한어로 보고, 그 현대역을 '달여 냄에'로 달았다. 상당히 어렵게 설명하고 있으나, 결국은 '將來'를 '려' 또는 '어'로 읽은 것이 된다. 그리고 '將來'를 한어로 볼 때에 문맥에서 어떤 의미인지를 잘 알 수 없으며, 해독과 현대역이 잘 연결되지 않는 문제를 보인다.

이제 (24마)만을 좀더 보자. 이 '-어 오-'의 해독은, 앞에서 살핀 바와 같이, '將'과 '來'의 훈을 살렸다. 이 해독은 작품의 문맥에서도 확인된다.

「청전법륜가」를 인용하면 다음의 (25)와 같다.

(25) … (제1~4구 생략) …
　　　無明土 深以 埋多
　　　煩惱熱留 煎將 來出米
　　　善芽 毛冬 長乙隱
　　　衆生叱 田乙 潤只沙音也
　　　(後言) 菩提叱 菓音 烏乙反隱
　　　覺月 明斤 秋察羅 波處也

　(25)의 이 작품에서 善芽가 자라지 못한 이유는 제5, 6구인 "無明土 深以 埋多 煩惱熱留 煎將 來出米"에 있다. 이로 인해 '무명토 깊이 묻어 번뇌열로 煎將來出米'의 '煎將來出米'는 미래 행위가 아니라, 과거, 과거완료, 현재완료 등의 '煎將'과 현재나 현재완료의 來出米'의 행위가 되어야 한다. 왜냐하면 미래의 행위일 경우에, 이는 현재 또는 현재까지 선아가 자라지 못하는 이유가 될 수 없기 때문이다. 이 점이 바로 이 '-將來-'를 '-아/어 오-'로 읽게 하는 문맥이다.

　이 작품은 그 번역시에서 '煎將來出米'에 대응하는 부분을 보여주지 않으므로, 바로 '煎將來出米'의 전체 해독을 정리해 보자. '煎-'은 '지지-, 다리-, 달히-, 볶-' 등으로 해독되고 있다. 이 중에서 '다리-'는 '煎'의 의미가 아니라 '熨'의 의미에 해당하고, '달히-'가 '煎'의 의미에 해당한다. (유창균 1994:990~991) 그리고 '煎-'에는 '볶-'의 의미가 없다. '煎'에는 '달이다(〈달히다〉와 '지지다'의 의미가 있다. 이 중에서 전자를 따르는 것이 일반적인데, 이는 '다려-'로 읽으면서 '-將來-'를 '-려-'로 보려는 의도에 기인한다. 그리고 '달히-'는 약이나 국물을 달이는 데에 주로 쓴다. 이런 점들에서 '지지다'를 택한다. '來出米'의 '來-'는 '오-'로, '-出-'은 '-

내-'로, '-米'는 '-미'로 각각 읽는다. 이 경우에 '오-'는 「혜성가」의 '來叱 (옷)-'에서와 같이 '와-'의 의미이다.

이상을 종합하면, (24마)에서와 같이 '-將來-'는 '-어 오-'로, '煎將來 出米'는 '지지어 오내미'(지지어 와내매)로 해독된다.

5) '數於將來尸'

'數於將來尸'(「혜성가」)의 해독들에서, '將'과 '來'의 훈을 살린 해독들은 다음과 같다.

> (26) 가. 가오- : 혜여 가올(정열모 1947)
>   나. -아/어 오- : 잦아 옷(이탁 1956), 혀어 올(김준영 1964;1979)
>   다. -받오- : 혀바돌(서재극 1975)
>   라. 디녀오- : 혀어 디녀올 (최남희 1996)
>   마. -어 오- : 혜오어 올(양희철 2008)

(26)의 해독들은 일단 '將'과 '來'의 훈을 살렸다. 그러나 '-將來-'의 앞 뒤 향찰의 해독에서 문제를 보이기도 하고, 작품의 문맥에 맞지 않기도 한다. 이 점들을 보면서, 보완해 보자.

(26가)의 '가오-'는 '將'의 의미인 '行也'에 의지하여 '將-'을 '가-'로 읽 고, '-來-'를 그 훈인 '-오-'로 읽어, '數於將來尸'를 '혜여 가올'로 읽었 다. 일단 향찰로 쓴 한자들의 음과 훈을 살렸다. 그러나 선어말어미 '-오 -'의 표기에는 '-烏/乎/於-'가 쓰이는데, 이를 쓰지 않고 '-來-'를 썼다 고 본 문제를 보인다. 그리고 이 해독은 뒤의 문맥에서 보겠지만, 달이 이 곳으로 와야 하는데, '가-'로 해독한 문제도 보인다.

(26다)의 '혀바돌'은 '將'의 의미인 '奉'(받다)에 의지하여 '將'을 강세의

선어말어미 '-받-'으로 해독하였다. 이런 사실은 다음의 인용에서 알 수 있다.

(27) 「數於」는 「數」의 訓 「혜다」의 古形 「*혀」에 해당되되, 그 訓音을 「혀다」(點火)의 「혀」에 假借한 것이라 보겠다. 「將來」는 遇賊歌의 語頭 位置 外에는 强勢 先語末語尾로 쓰이는 것이 常例다. 中世語에서는 「니르받-, 니르받-, 플리받-, 니르왇-, 니르왇-, 버오리왇-, 벗기왇-」 등등이 보인다. 여러 訓 가운데는 「받다(奉)」가 있다. 「來」와 더불어 「-받오-」라는 意圖法 語形을 이룬다. 그러므로, 「數於將來尸」은 「혀바돌」이 된다.(서재극 1975:42~43)

(27)의 인용에서 보듯이, 이 해독은 '-將來-'를 '-받오-'로 읽어, 일단 '將'과 '來'의 훈을 살렸다. 그러나 이 해독은 '-於-'를 해독하지 않은 문제를 보인다. 이 '-於-'를 '-어/오-'로 읽고 보면, 이 해독의 문제를 좀더 알 수 있다. 즉 연결어미나 선어말어미 '-어/오-' 다음에 강세의 선어말어미가 올 수 없는 문제이다. 이런 점에서 이 해독도 인정하기 어렵다.

(26라)의 '혀어 디녀올'에서는 '將'을 그 의미인 '持'에 의지하여 '디녀'로 읽고, '來'를 '오'로 읽었다. 그리고 '-於'을 '-어'로 읽어 '혀바돌'의 해독보다 한 걸음 나아갔다. 그러나 '將'의 의미인 '持'의 훈은 '디녀-'가 아니라 '디니-'이며, '디녀-'는 '혀어 디녀올'에 들어가기가 어렵다. '혀어 디녀올'의 주어는 '달'이다. 이 문장에서 달이 '혀어 올'은 문맥에 맞는다. 그러나 '디니-'는 타동사로, 이를 자동사의 연결인 '혀어 올'의 가운데 놓은 것은 이해하기 어렵다.

(26나)의 '잦아 옷'과 '혀어 올'의 해독들은 '-將來-'를 '將'과 '來'의 훈들을 살려 '-아/어 오-'로 읽었다. 그리고 전자는 '-於-'와 '-將'을 각각 '-아(-)'로, 후자는 각각 '-어(-)'로 읽고, '-將'을 첨기로 보아, '-於將'을

'-아'와 '-어'로 정리하였다. '잦아 옷'의 해독은 '數-'의 해독인 '잦-'이 문맥에 맞지 않는 점, '-於-'의 해독인 '-아-'가 '-於-'의 음을 벗어난 점, '-尸'의 해독인 '-ㅅ'이 이유 없이 '-尸'를 '-叱'로 수정한 이후의 해독 이라는 점 등의 문제를 보인다. '혀어 올'의 해독은 음으로 읽은 향찰(於) 다음에 음절첨기를 보인 문제를 보인다.

이렇게 '數於將來尸'의 해독에서, '將'과 '來'의 훈을 살린 해독들은 (26)의 몇이 있지만, 모두가 문제를 보인다. 이런 점에서 '數於將來尸'를 다시 해독해 보자.

'數於將來尸'를 '헤오어 올'로 읽는다. '數'의 중세국어는 '혜-'와 '헤-' 이다. 후자는 "님이 헤오시매 나는"(『청구영언(오씨본)』 p.71)에서 보인다. 후자를 선택한 것은 이 구문의 중의성('임금이 혜아려 올'과 '달이 헤치어 올') 때문이다. '-將來-'를 '-어 오-'로 읽은 것은 앞에서와 같다. 그리고 '-於 -'는 선어말어미 '-오-'로 읽는다. 이 '-오(於)-'는 다른 해독들에서 이미 검토된 바가 있다. 즉 『동국정운』에서 '於'의 음이 '호'이고(김선기 1993:58), 위진음이 '오'(유창균 1994:206)라는 것이다.

이렇게 '數於將來尸'를 '헤오어 올'로 읽으면, 한자의 음훈을 살린 해독 이 된다.

이 해독은 작품의 문맥에서도 확인된다. 이를 보기 위해 작품을 보자.

(28) … (제1~4구 생략) …
　　　三花矣 岳音 見賜烏尸 聞古
　　　月置 八切爾 數於將來尸 波衣
　　　道尸 掃尸 星利 望良古
　　　彗星也 白反也 人是 有叱多
　　　(後句) 達阿羅 浮去伊叱等邪
　　　此也 友物 北 所音叱 彗叱只 有叱故

(28)의 작품에서 제5구, 제6구, 제7, 8구 등은 서로 연결되어 있다. 제5구의 세 화랑의 산행(三花矣 岳音)을 돕는 것은 제6구와 제7, 8구이다. 제6구인 '달도 八切爾(발긋이) 數於將來尸'에서, 만약 '數於將'이 미래라면 현재 산행을 돕는 것이 못된다. 왜냐하면 만약 '혀/혜(數)-'가 미래의 상황이라면, 세 화랑의 산행을 현재 돕는 것이 아니라, 미래에 도울 것이 되기 때문이다. 또한 만약 '혀/혜(數)-'가 미래의 상황이라면, 제7, 8구의 야유와 상황적 아이러니는 성립하지 않는다. 왜냐하면, 이 야유와 상황적 아이러니는 달도 발긋이 빛나거나 빛나오고 있어야 나쁜 징조의 혜성의 꼬리가 없어져 나쁜 징조의 혜성이 좋은 징조의 길쓸 별이 되면서 성립하기 때문이고, 동시에 이 야유와 상황적 아이러니는 달의 상징인 왕이 밝게 헤아린 다음에야 나쁜 징조의 혜성은 좋은 징조의 길쓸 별로 인식이 바뀌면서 성립하기 때문이다.

그러나 '數於將來尸'를 '헤오어 올'로 해독하면, '혜(數)-'의 상황은 연결어미 '-어'에 따라 현재 산행을 돕는 것이 된다. 그리고 이 현재의 상황에 따라, 제7, 8구(道尸 掃尸 星利 望良古 彗星也 白反也 人是 有叱多)는 좋은 징조의 길쓸 별을 바라보면서 나쁜 징조의 혜성이라고 사뢰는 사람이 있다는 야유로 상황적 아이러니를 보여주면서, 세 화랑의 산행을 돕는다. 이 점들에서도, '數於將來尸'를 '헤오어 올'로 읽을 수 있다.

이상과 같이 볼 때에, 이 '-將來-'는 '-어 오-'로, '數於將來尸'는 '헤오어 올'로, 각각 해독된다고 정리할 수 있다.

6) '毛達只將來呑隱'

'毛達只將來呑隱'(「우적가」)은 해독이 가장 어려운 향찰들 중의 하나이다. 기왕의 해독들 중에서 '將'과 '來'의 훈을 살린 해독들은 다음과 같다.

(29) 몬아 오돈(모르고서, 이탁 1956)

　　모둘ㄱ아 오돈(모르고 지내던, 김준영 1964;1979)

　　모ᄌ락 디녀오돈(지니어 오던, 서재극 1975)

　　모둘기 디녀오돈(최남희 1996)

　　모ᄌ라 그저 오돈(모자라 그저 오던, 양희철 2008c)

　(29)의 해독들은 '將'의 훈인 '-아'와 '디니-', '來'의 훈인 '오-' 등을 각
각 살려 읽었다. 그러나 '-將來-'의 앞에 온 향찰들의 해독과 문맥에서
문제를 보인다. 이 점들을 차례로 검토한 다음에, '毛達只將來呑隱'을 다
시 해독해 보려 한다.

　'몬아 오돈'은 '毛(모)+達(ㄷ)+只(ᄋ)+將(아)+來(오)+呑(돈)+隱(ㄴ)'으로
개별 향찰을 읽고, '몰라 오던'의 의미로 보았다. 이 해독에서 '達(ㄷ)+只
(ᄋ)'의 분석은 이해가 가지 않는다. '모둘ㄱ아 오돈'은 '毛(모)+達(둘)+只
(ㄱ)+將(아)+來(오)+呑(돈)+隱(ㄴ)'으로 개별 향찰을 읽고, '모르고 지내던'
의 의미로 보았다. 이 해독에서 '毛(모)+達(둘)+只(ㄱ)'이 '모둙'으로 되어
'몯알'의 의미가 된다고 하는데, 이에 문제가 있어 보인다. '모둘기 디녀오
돈'은 '毛(모)+達(둘)+只(기)+將(디녀)+來(오)+呑(돈)+隱(ㄴ)'으로 개별 향
찰을 읽었다. '將-'을 '디니-'가 아닌 '디녀'로 읽은 데에 문제가 있다. '모
ᄌ락 디녀오돈'은 '毛(모)+達(ᄌ라)+只(ㄱ)+將(디녀)+來(오)+呑(돈)+隱(ㄴ)'
으로 개별 향찰을 읽고, '부족하게 지녀 오던'의 의미로 보았다. 'ᄌ라'는
'達'의 훈인 'ᄌ라다'(成長)를 이용한 것이다. '디녀'는 '將'의 훈인 '지니다'
(持)를 이용한 것인데, '디니-'가 아닌 '디녀'로 본 문제를 보인다. 그리고
"즛 모ᄌ락 디녀오돈"의 현대역인 "形體(를) 부족하게 지녀 오던"에서, "形
體를 부족하게 지닌다는 것이 무엇을 뜻하는지 알 수 없다."(유창균
1994:921)

이런 문제들을 보인 '毛達只將來呑隱'의 해독은 다시 검토할 필요가 있다. 이 '毛達只將來呑隱'을 '모ᄌ라 그저/그저어 오ᄃᆞᆫ'으로 읽으려 한다. '毛'는 음 '모'로, '達'은 훈 'ᄌ라(다)(成長)'로, '-將來-'는 앞에서와 같이 '-어 오-'로, '只'는 '그저'로 각각 읽은 것이다. '-어(將)'는 '그저'의 'ㅓ'를 첨기한 표기이거나, '그저'의 장음표기이다. '只'가 '그저'로 쓰인 예들은 다음과 같다.

(30) 그저 쉰다리에[只是腿上, 『박통사언해』(중간본, 상 35)]
   그저 뎌긔 자고[只邦裏宿, 『노골대언해』(상 9)]
   그저 구믈구믈 ᄒ더라[只是垓垓滾滾的, 『박통사언해』(중간본, 하 30)]

(30)의 예들에서 '只'가 '그저'로 쓰인 것을 알 수 있다.

이렇게 '毛達只將來呑隱'의 향찰들을 각각 '毛(모)+達(ᄌ라)+只(그저)+將(어:첨기 또는 장음표기)+來(오)+呑(ᄃᆞ)+隱(ㄴ)'으로 보면, '毛達只將來呑隱'은 '모ᄌ라 그저/그저어 오ᄃᆞᆫ'으로 해독된다.

이 해독을 문맥에서 확인해 보자. 제3구에 결자가 있어 판단하기 어렵지만, 제1, 2구로만 보면, '제 마음의 즛(행위), 즉 自心相(자기 마음씨)이 모자라 그저 오ᄃᆞᆫ'의 문맥에 문제가 없다. 이 '只'는 기왕의 해독에서는 '기'나 'ㄱ'으로 해독되는 것이 일반적이다. 그런데 '기'나 'ㄱ'로 읽으면 문맥이 통하지 않아, 일반적인 해독을 버리고 '그저'로 읽었다. 이로 인해 일반적인 '只'의 해독을 벗어난 문제가 제기될 수 있다. 그러나 일반적인 보편성은 필연적인 것이 아니고, 보편성을 버릴 때에만 해독이 되는 경우도 있다. 그 예의 하나로 '直體良-'(「광수공양가」)의 '-良-'을 들 수 있다. 이 '-良-'은 보편적인 '-아/라-'가 아닌, '좋-'의 의미인 '알-'로 읽을 때에만 문제가 해결된다.(양희철 2008a:215~221) 이런 점에서 이 '只'의 해독 역시 조심스럽지만 보편적인 '기/ㄱ'을 버리고 '그저'로 읽었다.

이런 점들에서, 이 '-將來-' 역시 '-어 오-'로, '毛達只將來呑隱'은 '모ㅈ라 그저/그저어 오든'으로, 각각 해독할 수 있다.

5. 결론

지금까지 향찰과 이두의 '將來'에 대한 기왕의 해독들을 변증하였다. 그 결과를 '將來'의 의미를 벗어난 해독, '將'의 훈을 벗어난 해독, '將'과 '來'의 음훈을 살린 해독 순으로 정리 요약하여 결론을 대신하려 한다.

먼저 '將來'의 의미를 벗어난 '-ㄹ-, -도록, -려(/러/라/뎌)(-), (-)오려(-), 올(-)' 등의 해독들이 가진 문제는 다음과 같다.

1) '將來'를 '-ㄹ-, -도록, -려(/러/라/뎌)(-), (-)오려(-), 올(-)' 등으로 본 해독들은, 차제자 원리의 차원에서, '將來'의 의미인 "앞으로 닥쳐올 날이나, 장차 닥쳐올 앞날"을 벗어난 문제를 보인다.

2) '將來'를 '-ㄹ-, -려, -려/오려-, -올-' 등으로 본 해독들은 해당 어구에서 그 문법적 기능이 모호하여 형태소들의 문법적인 연결도 보장하기 어렵다.

3) 바로 뒤에 온 '惡'이 현재 참회하려는 대상이란 문맥으로 보아 '造將來臥乎隱'(짓어 오누온)은 현재 또는 현재 완료가 되고, 부처님이 현세에서 닦아 오신 난행고행의 문맥으로 보아 '修將來賜留隱'(닦아 오시룬)도 현재 완료가 되며, 善芽가 현재 또는 현재까지 자라지 못하는 이유의 문맥으로 보아 '煎將來出米'(지지어 오내미)도 현재 또는 현재 완료가 되고, 自心相(자기 마음씨)이 모자라 그저 오던 문맥으로 보아 '毛達只將來呑隱'(모ㅈ라 그저/그저어 오든)도 현재 또는 현재 완료가 된다는 점에서, '-將來-'를 '-ㄹ-,

-려(/러/라/뎌)(-), -오려-, -올-' 등으로 해독한 경우들은 미래의 의미를 포함하거나 불명확한 형태소가 되어 문맥에 맞지 않는다. 그리고 '數於將來尸'(헤오어 올)은 세 화랑의 산행을 돕는 문맥에 있어 달이 이 곳으로 와야 하고, '毛達只將來呑隱'은 '自心相(자기 마음씨)이 모자라 그저 오던'의 문맥에 있어 시적 화자의 행동은 과거로부터 현재까지로 와야 하므로, '(-)將來-'를 '-ㄹ/려-'로 읽은 해독들 역시 각각 문맥에 맞지 않는다.

4) '將來'를 '-ㄹ-, -도록, -려(/러/라/뎌)(-), (-)오려(-), 올(-)' 등으로 본 해독들의 '將'은 번역시의 '而'에 대응하지 않는 문제를 보인다.

이번에는 '將'의 훈을 벗어난 해독들이 가진 문제를 정리하면 다음과 같다.

1) '將'을 '-ㄹ(-)'의 지정·지시·힘줌, 'ㅂ래/ㅂ리-', '콜오-' 등으로 본 해독들은, 차제자 원리의 측면에서, '將'의 음훈을 벗어난 문제를 보인다.

2) 'ㅂ래/ㅂ리'(將來)의 해독은 그 자체를 합리화하기 위하여 바로 앞에 있는 '造將來臥乎隱'의 '造'를 '죄'로, '煎將來出米'의 '煎'을 '다(煎=盡)'로, '修將來賜留隱'의 '修'를 '길(修=長)'로 각각 결코 쉽게 이해할 수 없게 해독을 하였고, '콜오(將來)-'의 해독도 그 자체를 합리화하기 위하여 '造將來臥乎隱'의 '造'를 '造'로, '數於將來尸'의 '-尸'를 '-히'로, '毛達只將來呑隱'의 '-呑隱'을 '-숩는'으로 이해할 수 없게 해독한 문제를 보인다. 이는 형태소들의 문법적인 연결에서의 문제이다.

3) 바로 뒤에 온 '惡'이 현재 참회하려는 대상이란 문맥으로 보아 '造將來臥乎隱'(짓어 오누온)은 현재 또는 현재 완료가 되고, 부처님이 현세에서 닦아 오신 난행고행의 문맥으로 보아 '修將來賜留隱'(닦아 오시룬)도 현재 완료가 되며, 善芽가 현재 또는 현재까지 자라지 못하는 이유의 문맥으로 보아 '煎將來出米'(지지어 오내미)도 현재 또는 현재 완료가 되고, 自心相(자기 마음씨)이 모자라 그저 오던 문맥으로 보아 '毛達只將來呑隱'(모ᄌ라 그저/그저어 오던)도 현재 또는 현재 완료가 된다는 점에서, '-將來-'를 '-

올/알(-)'로 해독한 경우들은 미래의 의미를 포함하면서 문맥에 맞지 않는다. '數於將來尸'(헤오어 올)은 세 화랑의 산행을 돕는 문맥에 있어 달이 이 곳으로 와야 하고, '毛達只將來吞隱'은 '自心相(자기 마음씨)이 모자라 그저 오던'의 문맥에 있어 시적 화자의 행동은 과거로부터 현재까지로 와야 하므로, '(-)將來-'를 '알-, ᄇ래-, ᄀᆞᆯ오-' 등으로 읽은 해독들은 각각 문맥에 맞지 않는다.

4) '將'을 '-ㄹ(-)'의 지정·지시·힘줌, 'ᄇ래/ᄇ러-', 'ᄀᆞᆯ오-' 등으로 본 해독들의 '將'은 번역시의 '而'에 대응하지 않는 문제를 보인다.

이번에는 '將'과 '來'의 음훈을 살린 해독들을 변증한 결과를 보자. 그 결과, '造將來臥乎隱'(짓어 오누온)에서는 괄호 안의 해독을 확인하고, '爲將來臥乎'(ᄒ야 오누온), '修將來賜留隱'(닦아 오시룬), '煎將來出米'(지지어 오내미), '數於將來尸'(헤오어 올), '毛達只將來吞隱'(모ᄌ라 그저/그저어 오 던) 등에서는 괄호 안의 해독들로 부분 수정을 하였지만, '-將來-'는 '-어/아/야 오-'로 본 해독들이 맞는다는 사실들을 확인하였다. 후자와 관련된 것들을 서론에서 제시한 네 측면에서 요약하면 다음과 같다.

1) '-將來-'를 '-어/아/야 오-'로 본 해독들은 모두가 '將(=而)'의 훈인 '-어/아/야'와 '來'의 훈인 '오-'를 이용한 것들로, 첫째 측면인 차제자 원리에 부합한다.

2) '-將'의 해독인 연결어미 '-어/아/야'는 어간(造-, 爲-, 修-, 煎-)과 어간+선어말어미(數+於-)의 뒤에 오고, '-將'의 해독인 첨기 또는 장음표기의 '-어'는 부사(只:그저)의 뒤에 오며, '來-'의 해독인 어간 '오-'는 복합용언의 후행어간(-出-), 선어말어미(-臥-, -賜-), 어미(-尸, -吞隱) 등의 앞에 온다는 점에서, '-將來-'의 해독인 '-어/아/야 오-'는 둘째 측면인 형태소들의 문법적인 연결에도 부합한다.

3) '造將來臥乎隱'(짓어 오누온)은 바로 뒤에 온 '惡'이 현재 하려는 참회

의 대상이라는 작품의 문맥에, '爲將來臥乎'(ᄒᆞ야 오누온)은 "신하가 作福과 作威를 가짐이 없게 하여 오는 것이므로"의 문맥에, '修將來賜留隱'(닦아 오시룬)은 부처님이 현세에서 닦아 오신 난행고행을 시적 화자가 따르려는 문맥에, '煎將來出米'(지지어 오내미)는 善芽가 현재 또는 현재까지 자라지 못하는 이유의 문맥에, '數於將來尸'(헤오어 올)은 세 화랑의 산행을 돕고, 야유와 상황적 아이러니를 조성하는 작품의 문맥에, '毛達只將來呑隱'(모ᄃᆞ라 그저/그저어 오돈)은 '自心相(자기 마음씨)이 모자라 그저 오던'의 문맥에, 각각 부합하여, 이 '-어/아/야 오-'의 해독들은 셋째 측면인 문맥에도 부합한다.

4) 향찰 '造+將(=而)+來-'(「참회업장가」)와 그 번역인 '成+(而)+來-'(「참회업장송」)의 대응과, 향찰 '修+將(=而)+來-'(「상수불학가」)와 그 번역인 '修+(而)+來'(「상수불학송」)의 대응에서 보이는, '將(=而)'이 '而(-어/아/야)'라는 사실은, '-將來-'의 해독인 '-어/아/야 오-'가 넷째 측면인 번역시와도 부합한다는 점을 말해준다.

이상의 네 측면들로 보아, 향찰과 이두의 '將來'는, 현재까지 많은 해독자들이 해독하거나 따르는 '-려(-)'나 '(-)오려(-)'가 아니라, 일부 해독들(신태현 1940, 이탁 1956, 김준영 1964;1979 등등)에서 부분적으로 보이면서, 최근에는 거의 주목을 받지 못해온, '-어/아/야 오-'로 해독하여야 할 것 같다.

十一. 향찰 '呂'

1. 서론

　이 글은 향찰 '呂'에 대한 기왕의 해독들을 변증하고 보완하는 데 연구의 목적이 있다.

　향찰 '呂'는 『균여전』에만 8회 나온다. 즉 '慕呂白乎隱'(「예경제불가」), '邀呂白乎隱'(「칭찬여래가」), '哀呂舌'(「청불주세가」), '有叱下呂'(「수희공덕가」) '有叱下呂'(「보개회향가」) '應爲賜下呂'(「청불주세가」), '世呂中'(「청불주세가」), '世呂'(「상수불학가」) 등이다. 이 '呂'에 대한 기왕의 해독은 '르, 러, 려, 레, 로, 료, 르, 리, 이' 등의 9종이다. 해독자별 해독 양상을 보면 다음과 같다.

　　오구라(1929) : 러, 리, 이
　　신태현(1940) : 러, 리, 이
　　양주동(1942) : 르, 리
　　정열모(1947) : 러, 려, 려, 리
　　지헌영(1947) : 르, 리
　　홍기문(1956) : 르, 리
　　이　탁(1956) : 르, 리, 이
　　김준영(1964) : 르, 리

정열모(1965) : 러, 려, 리

김상억(1974) : 르, 리

김선기(1975) : 로, 료, 리

전규태(1976) : 르, 리, 이

김준영(1979) : 르, 려, 리

김완진(1980) : 리

김선기(1993) : 로

유창균(1994) : 리

양희철(1995a) : 려

강길운(1995) : 러, 려, 례

정재영(1995) : 리

신재홍(2000) : 리

황패강(2001) : 르, 르, 리

류 렬(2003) : 르, 리

이 향찰 '몸'에 대한 기왕의 해독들을 언뜻 보면, 크게 문제가 되는 점들이 별로 없는 것 같다. 그러나 기왕의 해독들을 자세히 검토하면, 적지 않은 문제들이 있음을 알 수 있다. 이 문제들을, 향찰 '몸'를 포함한 향찰의 세 유형별로, 간단하게 정리하면 다음과 같다.

첫째로, 선어말어미 또는 연결어미의 위치에 온 향찰 '몸'의 유형을 보자. '慕呂白乎隱'(「예경제불가」), '邀呂白乎隱'(「칭찬여래가」), '哀呂舌'(「청불주세가」) 등이 이에 속한다. 이 중에서 '慕呂白乎隱'과 '邀呂白乎隱'의 '몸'는 강길운(1995)이 한자 '몸'의 음을 살려 해독한 '려'에 이르러 매우 중요한 것들이 거의 정리되었다고 볼 수 있다. 거의 모든 기왕의 해독들이 '慕呂白乎隱'의 '몸'를 '이, 리, 로' 등으로 읽거나, '邀呂白乎隱'의 '몸'를 '리, 이, 르, 료, 로' 등으로 읽으면서 한자 '몸'의 음을 벗어난 문제를 보였다. 이 문제를 강길운은 '몸'의 음 '려'를 살려 읽는 것으로 해결하고, 형태

소 결합도 상당히 문법적으로 설명하여 해결하였다. '邀呂白乎隱'의 '呂'
는 정열모(1947)도 '려'로 읽었으나, '드려삷온'(드려모신)에서와 같이 해독
이 모호하다. '哀呂舌'(「청불주세가」)의 '呂'는 거의 모든 기왕의 해독들이
'러, ㄹ, 로, 리' 등으로 읽으면서 한자 '呂'의 음인 '려'를 벗어난 문제를
보인다. 단지 정열모(1965)만이 '서려혀/서러혀'에서와 같이 '呂'를 '려/러'
로 읽고 있으나, 그 해독이 명확하지 않다.

둘째로, 종결어미의 위치에 온 향찰 '呂'의 유형을 보자. '有叱下呂'(「수
희공덕가」) '有叱下呂'(「보개회향가」) '應爲賜下呂'(「청불주세가」) 등이 이에
속한다. 이 '呂'들을 대다수의 해독들은 '리, 로, 료' 등으로 읽으면서, 한
자 '呂'의 음을 벗어난 문제를 보인다. 김준영(1979), 양희철(1995a), 강길
운(1995) 등이 이 '呂'들을 '려'로 읽으면서 음의 차원에서는 성공적이지만,
형태소의 의미와 그 결합의 문법적 설명에서는 아직도 문제를 보인다. 비
교적 정치하게 설명한 강길운의 경우만을 보아도 문제를 알 수 있다. 즉
'-下呂'를 희망형 종결어미 '-아리'와 의문형 종결어미 '-어(〈가)'가 결합
된 '-아려'(=-고 싶으랴)로 보았는데, 두 종결어미의 결합이 가능한가 하는
문제와, '-고 싶다'와 '-아(〈가)'의 결합이 '-고 싶으랴'의 의미가 되지 않
는 문제를 보인다.

셋째로, 명사의 둘째 음절에 온 향찰 '呂'의 유형을 보자. '世呂中'(「청불
주세가」)와 '世呂'(「상수불학가」)가 이에 속한다. 이 '呂'들을 기왕의 해독들
은 '리, 로, 례' 등으로 읽으면서, 한자 '呂'의 음을 벗어난 문제를 보인다.
특히 '례'의 해독은 '禮, 例, 隷, 醴' 등과 같이 '례'로 읽히는 한자가 있는
데도, 이 한자들을 이용하지 않고, 그 음이 '려'인 '呂'로 '례'를 대충 표기
했다고 설명하는 데는 한계가 있다.

이렇게 '慕呂白乎隱'와 '邀呂白乎隱'의 '呂'를 제외한 나머지 여섯 향찰
'呂'의 해독에서는 아직도 상당한 문제를 발견할 수 있다. 그것도 '呂'의

음인 '려'를 살리지 못하거나, 형태소의 의미와 그 결합의 문법적인 설명
에서 문제를 보인다.

이런 점에서 향찰 '呂'에 대한 기왕의 해독들을 변증하고, 기왕의 해독
에서 발견되는 문제들을 '呂'의 음인 '려'를 살리는 측면과, 형태소의 의미
와 그 결합을 문법적으로 설명할 수 있는 측면에서 보완하고자 한다.

2. '慕(/邀/哀)呂-'의 '呂'

이 장에서 다루려는 '呂'는 셋이다. '慕呂白乎隱', '邀呂白乎隱', '哀呂
舌' 등에 나오는 '呂'들이다.

1) '慕呂白乎隱'

'慕呂白乎隱'(「예경제불가」)에 대한 기왕의 해독들을 '呂'의 해독에 따라
정리하면 다음과 같다.

    (1) 가. 그리숣온(오구라 1929, 신태현 1940)

        나. 그리슬뵨(양주동 1942, 홍기문 1956)

            그리온(정열모 1947)

            그리숣은(지헌영 1947, 김준영 1979)

            그리슬온(이탁 1956)

            그리슬븐(정열모 1965)

            그리숣온(김상억 1974)

            그리살본(김선기 1975b)

            그리숣온(전규태 1976)

            그리슬본(김완진 1980, 신재홍 2000, 황패강 2001, 류렬 2003)

그리슬본(유창균 1994)
다. 고로솗온(김선기 1993)
라. 그려 술본(강길운 1995)

(1가)의 '그리솗온'에서 오구라가 '呂'를 '이'로 읽고, (1나)의 '그리술본'
에서 양주동이 '呂'를 '리'로 읽은 이래, 거의 모든 해독들은 이 '이'나 '리'
를 따른다. 이와 다르게 읽은 해독으로는 (1다)에서 김선기가 '고로솗온'의
'로'로 읽은 것과 (1라)에서 강길운이 '그려 술본'의 '려'로 읽은 것이 있다.
이 해독들을 차례로 변증하면 다음과 같다.
오구라는 다음의 (2)에서 '呂'를 '이'로 읽고, '慕(그리)-'의 말음인 '-이'
의 첨기로 보았다.

(2) (5) 慕=그리(慕ひ). …
   (6) 呂=이. 呂は本來려の音であるが. それが리に轉用せられ. 更に이
      の代りに用ひられたのである. 「呂」を리の音に用ひた例は. 鄕歌
      中にも其の類少なくない. 例へば第二の「邀呂白乎隱」, 第七・
      第八の「世呂」, 第七の「佛影不冬應爲賜下呂」, 第十の「人有叱下
      呂」, 第五の「人音有叱下呂」の「呂」の如きはこれである. 而して
      此の리が更に이に轉用せられた理由は, 本條の「呂」の上には「慕」
      (그릴)なる語の語幹에리音が存するからであつて.   それは本鄕歌
      (2)の場合に於て「ᄆ숨의」なる句中のᄆ숨が로で終るたあに, 次に
      來のる助詞의をᄆなる頭音を合ある「未」(미)なる文字を借用し
      たのと同一事情である(오구라 1929:37)

이 (2)의 해독은 '呂'의 음이 '이'가 아니라는 문제를 보인다. '呂'를 '리'
와 '이'의 표기에 전용한 것으로 보고 있으나, 이 전용의 근거를 논리적으
로 설명하지 못한 것은 이 해독의 문제이다.

양주동은 다음의 (3)에서 '呂'를 '리'로 읽고, '慕(그리-)'의 말음인 '-리-'의 첨기로 해석하였다. 이 해독의 핵심적인 논거를 보자.

(3) 慕 訓借「그리」(一·一·3皆理) 呂 畧音借「리」, 「그리」의 末音添記. 「呂」는 音「려」(리어)이나 흔히 「리」에 略音借되엿고 「르」에 略音借된 곳(卄一·八·4哀呂)은 오즉 一例이다.
　　　…(인용 생략)…
上例에서 「世呂」는 「누리」(卄二·二·2 十三·八·1世理), 「下呂」는 「下是」(一·六·4)와 同一한 疑問助詞 「ㅎ리」, 「邀呂」는 本歌 下句에 「邀里」(本歌六·3)로 적혀잇음애 「呂」가 「리」에 해당함을 的知할수잇다.
　★「呂」(려)가 「리」에 仍借됨은 「禮」(례)가 「리」에 慣用됨과 仿似하다.
(양주동 1942:676-677)

(3)에서 보면, 양주동은 '世呂, 下呂, 邀呂' 등의 '呂'가 '世理, 下是, 邀里' 등의 '理, 是, 里' 등으로 적혀 있다고 확신하면서, '呂'가 '리'에 약음차가 되었다고 주장한다. 그러나 이 주장은 논거를 검토해 보지 않은, 논거 없는 확신에 불과하다. 즉 '世呂, 下呂, 邀呂' 등이 '世理, 下是, 邀里' 등과 같은 표기라는 논거가 없는데, 해독자는 확신에 차서 이를 주장하고 있을 뿐이다. 아무리 확신에 차서 '呂'를 '리'로 주장하고 설득하려 하여도, '呂'의 음이 '리'라는 논거가 없는 한, 그리고 '리'가 '呂(려)'의 약음차라는 해독법, 특히 이중 모음을 분리하는 약음차의 해독법이 합리적인 해독 원리로 인정되지 않는 한, 이 주장과 설득은 한계를 보일 뿐이다. 이 한계 때문에, 이 해독에 포함된 문제는 다음과 같이 제기되었다.

(4) 가. 첫머리 '慕呂'가 '畵'의 뜻을 위한 義訓借임은 분명하나 末音添記로서의 '呂'字가 설명하기 쉽지 않은 존재이다. 이미 慕竹旨郞歌

에 '慕理尸心未'가 있어 이 동사의 어간이 中世에 있어서와 같이 '그리-'일 것이 명백하고 普賢十願歌 안에서의 '呂'字들이 '리'를 위한 자리에 와 있기는 하지만, 과연 '呂'가 '리'를 위한 것인가, 또 그렇다면 왜 '呂'가 '리'로 읽히게 되었는가가 宿題로 남을 것이다.

　利利每如邀里白乎隱(禮敬諸佛歌)

　塵塵虛物邀呂白乎隱(稱讚如來歌)

를 비교해 보면 '呂'가 '里'의 誤記일 것 같이도 보이지만, 廣修供養歌의 '佛前灯乙 直體良焉多衣'에서 '고티-'에 해당하는 語詞가 '直體'로 적혀 있음이 '里~呂'의 관계와도 비슷하여 性急한 결정을 하기가 어렵다. 혹 音韻論的 과제를 내포하는 것이 아닐까 싶어 後考를 기다리며 斷定을 피한다.(김완진 1980:159)

나. … '呂'가 분명히 '理'나 '里'가 될 수 없는데, … 이리하여 '慕呂'는 함부로 '慕理'와 같다고 한 것은 너무 가벼운 판단이라고 할 수가 잇다.(김선기 1993:467-468)

다. '呂'는 예외 없이 '리'로 읽고 있다. 그러나 이것이 '리'에 代用될 수 있었던 理由는 설명하기 어렵다.(유창균 1994:864)

(4)에서와 같이, 김완진, 김선기, 유창균 등은 '呂'를 '리'로 읽기 어려운 문제를 지적하였다. 그러나 김완진과 유창균은 양주동과 같이 '世呂, 下呂, 邀呂' 등을 '世理, 下是, 邀里' 등과 같은 표기로 보아, '呂'를 '리'로 읽으면서 문제를 해결하지 못하였고, 김선기는 아래의 (5)에서 다른 문제를 보인다.

'呂'를 '리'로 읽기 어려운 문제를 인식하고, '呂'를 다르게 읽은 것은 김선기와 강길운이다. 먼저 김선기의 글을 보자.

(5) … 그래서 이 붓은 옛적에는 '呂'를 '로'로 읽엇을 가능성을 인정한다.

'呂'가 분명히 '理'나 '里'가 될 수 없는데, '呂'를 '리'로 읽었다고 봄은 '慕呂'는 '慕理'와 달라 '기로'나 '고로'로 읽었다고 하여야 고구려 사람의 한자 발음이 밝혀질 터인데, 오구라 박사가 이런 절호의 기회를 놓쳐 버리고 '리'로 읽었다.(김선기 1993:467)

(5)에서 보면, '呂'가 '理'나 '里'가 될 수 없음을 지적하고 '慕呂'를 '기로/고로'로 읽고 있다. '呂'를 그 음에도 없는 '리'가 아니라, '呂'의 음으로 추정할 수도 있는 '로'로 읽은 것은 분명 해독의 진전이다. 그러나 '기로/고로'가 중세어로도 유추가 어려운 형태라는 문제를 보인다는 점에서, '呂'를 '로'로 읽는 것도 어렵다.

이 문제는 강길운(1995:348)의 글에서 해결되는 것 같다. 강길운은 '慕呂白乎隱'을 '그려 솔본'(=그리워하여 사뢴)으로 읽었다. 이 해독은 '呂'의 음을 살려 읽었고, 그 설명도 문법적이다. 단지 문제가 되는 것은 'ㆍ'의 인정 여부이다. 이를 감안하여 '그려 숣온'으로 정리하여 둔다.

2) '邀呂白乎隱'

'邀呂白乎隱'(「칭찬여래가」)의 '呂' 역시 '리'로 읽은 해독이 주종을 이루며, 이와 다른 해독으로 '이, 로, 르, 료, 려' 등이 있다. 이를 정리하면 다음과 같다.

(6) 가. 마ᄌ리숣온(오구라 1929, 신태현 1940)
　　　ᄆᄌ리숣온(지헌영 1947, 김준영 1964, 1979)
　　　마ᄌ리숧본(유창균 1994)
　　　뫼시리숧본(양주동 1942, 홍기문 1956)
　　　뫼시리슓온(김상억 1974)
　　　모시리살본(류렬 2003)

모리술몬(모리>뫼, 김완진 1980)

모리술본(신재홍 2000)

드리술온(이탁 1956)

기드리술본(정열모 1965)

나. 마지숣온(전규태 1976)

다. 브르숣온(황패강 2001)

라. 뫼시료살본(뫼시려고, 김선기 1975b)

마. 모시로숣온(김선기 1993)

바. 드려숣온(정열모 1947)

물려 솔본(강길운 1995)

(6가)의 해독들은 오구라와 양주동이 '몸'를 '리'로 읽은 것들과 이를 따른 것들이다. 오구라(1929:61)와 양주동(1942:711)은 '邀몸白乎隱'을 '邀里白乎隱'(「예경제불가」)과 동일어로 보아, '몸'를 '리'로 읽었다. 이 해독은 '몸'의 음이 '리'가 아니라는 문제를 피할 수 없다. 이 문제는 앞절에서 언급했듯이 김완진, 김선기, 유창균 등에 의해서 인식되지만, 이 한계를 극복하지는 못했다.

(6나)의 해독은 '邀'를 '맞'으로, '몸'를 '이'로 보아, '邀몸'를 '마지'로 읽었다. 그러나 '몸'가 '이'가 아니라는 문제를 피할 수 없다. (6다)의 해독은 '邀'를 '부를 요'로 보고, '몸'를 '르'로 읽었다. 그러나 '몸'에 '르'의 음이 없는 문제를 보인다.

(6라, 마) 등의 해독은 '몸'의 상대음으로 추정한 '로, 료' 등의 음으로 읽었다. 이 해독은 "'里'와 '몸'가 소리가 다른데 어찌 같은 말이 될 수가 잇을까? … 이 '몸'는 '로려 흔다', '려'와 같아 '하고져 홈'을 뜻하는 잇곁이나 덧곁이요"(김선기 1993:501)라고 하면서, '몸'가 '리'가 될 수 없다는 점을 인식하고 새로운 해독을 시도한 결과이다. 이 해독은 문맥도 어느 정도

정확하게 파악한 것 같다. 그러나 '呂'의 한국 상대음이 '료, 로' 등이라는 것을 확인할 수 없는 문제를 보인다.

(6바)는 '呂'의 음을 살려 읽은 해독들이다. 정열모가 '드려삷온'(드려모신)에서 '呂'의 음을 살린 것은 그 당시로는 매우 드문 해독이다. 그러나 나머지 부분들의 해독과 현대역에 문제가 있다. '물려 솔본'의 해독에서는 다음과 같이 설명하고 있다.

> (7) '邀'는 '물리-'(=모시-)로 읽고(참조 : §15.5.(15), '呂'는 '려'로 읽되 '물려-(≒물여, 모셔)'의 어간말음 '리'와 부사형어미 '-어'의 복합형태의 표기로 보고자 한다(참조 : §15.5.(3)). 신라어에는 부사형어미 '아'뿐이었으나 고려어에는 '어'도 쓰이었다.(강길운 1995:370)

(7)의 인용에서는 '邀'를 '물리-'로 읽었다. 이는 『훈몽자회(하)』 22의 '陷 물일 빈'에 기반을 둔 해독이다. 이 해독은 김완진이 '뫼다'의 선행형으로 재구한 '모리다'의 가능성도 보여준다. 즉 '물이-'의 '물이다/무리다'는 '모리다'와 유사하며, '모리다'의 후대형은 '뫼다, 뫼시다'이기 때문이다. 이 '물려'는 '물이+어'의 '물여'에서 끌어낸 것인데, '물여'를 '물려'로 바꾼 이유가 명백하지 않다. '물이+어'를 바꾼 '물리+어'에서 '물려'를 끌어내어, '呂'를 '려'로 읽으려 한 것 같다. 이렇게 해석하려면 'ㄹ'을 첨가하여야 하는 문제나 이를 합리적으로 설명하지 않은 문제가 발생한다.

이보다는 '邀呂'를 '물이-'의 '무리-(뫼-)'나 '모리-(뫼-)'에 '-어'가 붙은 '무려(<무리+어:뫼시어)'나 '모려(<모리+어:뫼시어)'의 표기로 보고, 이 '무려'나 '모려'의 '려'를 '呂'로 표기했다고 볼 수 있다. 그리고 이렇게 '呂'의 음인 '려'를 살릴 수 있다는 점으로 보면, '뫼-'가 '모리-, 무리-'의 후행형임을 확인할 수 있다. 이런 점에서 '邀呂白乎隱'의 해독은 '모려 솗온'과

'무려 솗온'이 모두 가능하나, 후대형인 '뫼다'와의 연결이 용이한 '모려 솗온'으로 해독하고자 한다.

3) '哀呂舌'

'哀呂舌'(「청불주세가」)의 '呂'는 그 해독에서 다른 '呂'들과 다른 양상을 보인다. 즉 '러, ㄹ, 려, 로, 리' 등으로 읽히는데, 다른 '呂'의 해독에서 보이지 않는 '러, ㄹ' 등이 등장하고, 다른 '呂'의 해독에서 가장 많이 나타나던 '리'가 드물게 나타나는 양상을 보인다. 그 양상을 정리하면 다음과 같다.

(8) 가. 스러워쇠(오구라 1929)
　　　스러혀(신태현 1940)
　　　서러혀(정열모 1947, 1965)
　　　스러쎠(〈슬허쎠, 강길운 1995)
　나. 슬흘쎠(양주동 1942, 김상억 1974)
　　　슬흘셔(지헌영 1947, 홍기문 1956, 황패강 2001)
　　　셜ㅅ[〈셜(ㄹ)셔](이탁 1956)
　　　셔럴셔(김준영 1964)
　　　슬흘셔(전규태 1976, 류렬 2003)
　　　셜얼셔(김준영 1979)
　다. 소로교(김선기 1975a), 서로겨(김선기 1993)
　라. 셜보리여(김완진 1980)
　　　셜브리혀(유창균 1994)
　　　슬리혀(신재홍 2000)
　마. 서려혀(정열모 1965)

(8가)에서는 '呂'를 '러'로 읽었다. 그 이유를 "呂は其のス러워のरに宛て

た字である"(오구라 1929:122)로 설명하거나, "'呂'는 원음이 '려'이나(참조 : §15.5.(3)) 여기서는 그 유음인 '러'의 대충표기로 다루며(한자음에 '러'가 없음)"(강길운 1995:452-453)로 설명하고 있다. 이 해독들의 문제를 차례로 보자.

'스러워쇠'(서럽구나)의 해독에서는 '-워'가 어느 향찰의 해독인지를 알 수 없고, '-워'와 '-쇠'의 연결에 문제가 있으며, 해독과 현대역의 연결에 문제가 있는 것 같다. 이 문제들을 해결하려고 나온 해독이 '스러혀, 서러혀' 등이다. 오구라가 보인 '-워'와 '-쇠'의 문제를 해결하기 위하여, '-워'를 삭제하고, '-舌'을 '-쇠'가 아닌 '-혀'로 읽었다. 이 해독들은 오구라의 문제를 해결하지만, '-혀'의 기능을 알 수 없는 문제를 보인다. 이 문제를 극복하기 위하여, '슳어쎠'(슬퍼하셔요)의 해독이 나왔다. 그러나 이 해독 역시 세 가지 문제를 보이는데, 이를 보기 위해 이 해독의 설명을 먼저 보자.

(9) (23). 「哀呂舌」은 '슳허쎠[스러쎠](=슬퍼하셔요)로 재구하여 둔다.
   '哀'는 '슳-'로 새기고(예:悲는 슬홀씨오. 월석2-22:여희유미 몃버늘 슬카니오 '別成悽然', 두시초23-53), '呂'는 원음이 '려'이나(참조 : §15.5.(3)) 여기서는 그 유음인 '러'의 대충표기로 다루며(한자음에 '러'가 없음), '舌'은 그 원음이 '셜'이나(참조 : 舌…중국중고음 [dʒjɛt]〈칼그렌〉·[dʒiɛt]〈FD〉이고 동국정운은 '쎨'이며 훈몽자회는 '셜'임) 여기서 약음차한 '셔'는 '쎠'의 대충표기이다.
   그러나 '슳-'의 종성 '-ㅀ'은 그 뒤에 모음으로 시작되는 어미가 결합되는 경우에는 'ㅎ'을 발음하지 않는 법이므로(예:닳아▷다라], 싫어▷시러]), 권유형 어미 '-어쎠'(=-소서. 예:順達이 무로디 엇뎨 부톄라 ᄒᆞᄂᆞ닛가 그 ᄠᅳ들 닐어쎠, 석상6-1:내 보아져 ᄒᆞᄂᆞ다 술봐쎠, 석상6-14)가 결합되면 '슳어쎠'는 그 실제발음이 '스러쎠'로 읽어야 하지마는 그것의 원형(문법적인 형태) '슳어쎠'(=슬퍼하셔요)로 재구할 수 있다.(강길운 1995:452-453)

(9)의 설명은 매우 정치한 듯이 보인다. 그러나 대충표기의 문제, 문맥 자체의 문제, 작품의 문맥에 맞지 않는 문제 등을 보인다. 먼저 대충표기의 문제를 보자. 이 설명은 한자음에 '러'가 없다는 점에서 설득력을 얻을 수도 있다. 그러나 '스러'는 '哀(슬<슳)+於/語(어)' 또는 '哀(슬<슳)+尸/乙(ㄹ)+於/語(어)'로 그 표기가 가능하고, '슳어'는 '哀(슳)+於/語(어)'로 그 표기가 가능하다는 점에서, '呂'를 '러'의 대충표기로 보는 데는 한계가 있어 보인다.

이번에는 문맥 자체의 문제를 보자. 이 설명은 "伊知皆矢爲米 道尸迷反群良哀呂舌"을 "이디긔 듸뵈메(〉듸뵈매) 길 이본 물아 슬허쎠"(불도를 닦아 착하게 되니, 그 가르침을 몰라 혼미한 무리여! 불도를 닦지 못한 것을 슬퍼하셔요)로 해독하였다. 이 해독에서 평대의 호격 '-아'와 존대의 권유형 어미 '-어쎠'는 그 호응관계에서 일치하지 않는다. 즉 전자의 평대와 후자의 존대가 호응하지 않는 문제를 보인다.

다음으로 이 해독이 작품의 문맥에 맞지 않는 문제를 보자. 부처님에게 이 세상에 머물기를 바라는 이 노래의 문맥에, 앞의 해독인 무리에게 슬퍼하라는 내용이 어울리지 않는다. 부처님에게 이 세상에 머물게 하려면, 길을 몰라 혼미한 무리가 불쌍하다 내지 가련하다는 내용을 이용하여, 부처님으로 하여금 불쌍하거나 가련한 무리가 있는 이 세상을 버리고 열반에 들지 말게 하여야 한다. 이런 사실은 「청불주세송」의 "滯俗群迷實可憐"에서도 알 수 있다. 그런데 앞의 해독인 "이디긔 듸뵈메(〉듸뵈매) 길 이본 물아 슬허쎠"(불도를 닦아 착하게 되니, 그 가르침을 몰라 혼미한 무리여! 불도를 닦지 못한 것을 슬퍼하셔요)는 이 문맥에 전혀 어울리지 않는다.

이런 점들에서 이 해독은 문제를 보인다고 정리할 수 있다.

(8나)의 해독들은 '呂'를 'ㄹ'로 읽었다. 이 해독들은 양주동(1942:812)에서 시작되었는데, '哀'를 '슬홀, 셔렬, 셜얼' 등의 독훈으로 보고, '-呂舌'

을 '-ㄹ쎠, -ㄹ셔'(-구나) 등과 연관시키면서, '呂'를 'ㄹ'로 읽었다. 그러나 같은 작품(「청불주세가」)에서 '-ㄹ'의 표기에 'ㅭ'를 쓰고 있으며, 다른 작품은 물론 같은 작품에 나오는 '世呂中, 應爲賜下呂' 등에서 '려'의 표기(제3장과 제4장 참조)에 쓴 '呂'를 이 '哀呂舌'에서만 'ㄹ'로 읽는 것은 '-ㄹ쎠, -ㄹ셔'에 끼워 맞춘 해독으로 판단한다.

(8다)의 '소로교'와 '서로겨'는 '呂'를 '로'로 읽었는데, 그 근거가 미약해 보인다.

(8라)의 해독들은 '呂'를 '리'로 읽었다. 이 해독자들(김완진, 유창균) 스스로가 주장하듯이, '呂'가 '리'로 읽힐 근거가 없다. 그리고 '셜브리혀'의 경우는 "'셜브리혀'의 '-혀'가 무슨 기능을 가진 어미라는 해명이 없고 그런 용례도 없다."(강길운 1995:453)

(8마)의 '서려혀'(서러워, 정열모 1965)는 '呂'를 '려'로 읽었다. 이 해독은 그 설명에서는 '셔리라'도 동시에 보여주고 있다. '서려혀'의 경우는 '-려-'의 설명이 부족하고, '셔리라'의 경우는 그 자체의 설명이 부족하다.

이렇게 '哀呂舌'의 해독은 상당히 엇갈리고 있다. 특히 '呂'의 음을 살리지 못하고 있다. 이 '呂'의 음을 살리고자, 먼저 '哀呂舌'을 기왕의 해독들과 같이 단일용언으로 보지 않고, 복합용언으로 보려 한다. 즉 '哀-'를 선행용언의 어간 '슳-'로 보고, '舌'을 후행용언의 어간 '시-'(있-)와 종결어미 '-어'의 결합인 '셔'로 읽으려 한다. 이 종결어미 '-어'는 "사람이 있어?"나 "사람이 있니?"의 물음에 답하는 "사람이 있어!"의 '-어'와 같은 것으로 본다. 그리고 '呂'는 '려'로 읽고, 이 '려'는 사역형 선어말어미 '리'와 연결어미 '어'의 결합으로 본다. 이 사역형 선어말어미는 '가르다, 부르다(呼), 흐르다, 갈다, 날다, 돌다, 팔다, 풀다' 등의 사역형인 '갈리다, 불리다, 홀리다, 갈리다, 날리다, 돌리다, 팔리다, 풀리다' 등에서 쓰인 사역형 선어말어미 '-리-'이다. 이 해독들을 종합하면 '哀呂舌'은 '슳(선행용언의

어간)+리(사역형 선어말어미)+어(연결어미)+시(후행용언의 어간)+어(종결어미)'
의 결합인 '슳려셔'이며, 그 뜻은 '슬퍼하게 되어 있어!'이다. 이렇게 읽으
면, 이 '呂'는 이어서 보게 될 이 작품에 나온 '世呂中'와 '應爲賜下呂'의
'呂'들과 함께 '려'로 읽게 된다. 그리고 이 해독은 '슳려셔'를 포함한 제8
구는 제6구와 격구로 대구를 이루면서, 화연을 마친 벗으로 하여금 불도
에 혼미한 무리가 불쌍하여 열반에 들지 못하게 하는 문맥에도 부합한다.

(10) (제5구) 曉留朝于萬夜未   새벼로 아침 가만 바메
    (제6구) 向屋賜尸朋知良闊尸也   아오실 버디라 셔두를여
    (제7구) 伊知皆矢爲米   이디 모두이 다뷔미
    (제8구) 道尸迷反群良哀呂舌   길 이반 무리라 슳려셔

(10)의 제6구인 "아오실 버디라 셔두를여"[(부처님과 보살님이) 마주하실
벗이므로 서두를 것이어?]는 제8구인 "길 이반 무리라 슳려셔"(불도에 혼미
한 무리이므로 슬퍼하게 되어 있어!)와 격구로 대구를 이루면서, (부처님과 보
살님이 談眞盛會에서) 마주하실 벗으로 하여금 열반에 드는 것을 주저하
게 만들고, 나아가 불도에 혼미한 무리를 불쌍히 여겨, 차마 열반에 들지
못하게 한다. 즉 열반에 드는 것을 서두르는 것이 화연을 마치신 벗들 모
두에 되면, 불도에 혼미한 무리들은 슬퍼하게 되어 있는 데도 열반에 들겠
느냐?는 것이다. 이는 말을 바꾸면 불도에 혼미한 무리를 불쌍히 여겨 차
마 열반에 들지 못하게 하는 것이다. 이런 문맥적 의미는 부처님들(열반에
들려는 覺者들)에게 이 세상에 머물기를 청하는 이 작품의 의미에 부합한
다. 그리고 이는 최행귀의 번역시인 「청불주세송」의 다음 대구와도 호응
한다.

(11) (제5구) 談眞盛會猶堪戀   진리를 말하는 성회를 (벗이) 오히려 가
히 연모하니
(제6구) 滯俗群迷實可憐   세속에 빠진 혼미한 무리는 실로 가히 불
쌍하리

(11)에서 보면, "세속에 빠진 혼미한 무리는 실로 가히 불쌍하리"를 통하여 열반에 들지 말기를 청원하고 있다. 이 청원은 "길 이반 무리라 슳려셔"(불도에 혼미한 무리이므로 슬퍼하게 되어 있어!「청불주세가」제8구)를 통하여, 불도에 혼미한 무리가 불쌍하므로 열반에 들지 말기를 청원하는 간접적 표현보다는 다소 직접적이다. 그러나 두 표현을 통하여 불도에 혼미한 무리가 불쌍하니 그들을 위하여 이 세상에 머물기를 청원하는 의미는 같다.

이런 점들에서 '哀呂呇'을 '슬퍼하게 되어 있어!'의 의미인 '슳려셔'로 해독한다.

3. '‑下呂'의 '呂'

이 장에서는 '有叱下呂'와 '應爲賜下呂'의 '呂'를 검토 정리하고자 한다.

1) '有叱下呂'

'有叱下呂'(「수회공덕가」)에 대한 기왕의 해독들을 '呂'의 해독에 따라 정리하면 다음과 같다.

(12) 가. 잇이리(오)(오구라 1929)

이시리(신태현 1940, 양주동 1942, 홍기문 1956, 김상억 1974, 전규태
1976, 황패강 2001)

잇호리(지헌영 1947)

잇으리(이탁 1956)

잇ᄒᆞ리(김준영 1964)

이시아리(정열모 1965)

이샤리(김완진 1980)

이사리(유창균 1994, 신재홍 2000)

잇하리(정재영 1995)

이시하리(류렬 2003)

나. 잇알아료(있을가보랴, 정열모 1947)

다. 읻까로(있으랴, 김선기 1975a, 1993)

라. 잇ᄒᆞ려(있었으랴, 김준영 1979)

이싯 하려(있을 것이여, 양희철 1995a)

이ᅀᅡ려(있고 싶으랴, 있기를 바라랴, 강길운 1995)

(12가)의 해독들은 '呂'를 '리'로 읽었다. 이 해독들 중에서 오구라(1929:98-99)는 '有叱下呂'의 '-下呂'와 '作乎下是, 卜下里' 등의 '-下是, -下里' 등을 모두 같은 것으로 보고 해독을 하였고, 양주동(1942:768) 역시 '有叱下呂'와 '有叱下是'를 같은 것으로 보고 해독을 하였으며, 나머지는 이를 따랐다. 그러나 이 해독들은 왜 이것들이 같은 표기인가를 논증하지 않은 문제와 '呂'의 음에 '리'가 없다는 문제를 피할 수 없다. 이 중에서 정재영은, 남풍현(1995:12)이 『능엄경(박동섭본)』의 구결 '呂'를 모두 '려'로 읽은 것과 같이, 『금광명경』의 구결 '呂'를 모두 '려'로 읽으면서, 그 한계로 향찰의 '呂'가 '리'라는 점을 들었다. 즉 '安隱快樂ソ[令]刂㠯七 ノ禾𢪷'(『금광명경』 15:7)를 '히렷(다) 호리며'로, '人民興盛ソ㢱 亽刂㠯七 ノ禾𢪷'(『금광명경』 15:9)를 'ᄒᆞ져 히렷(다) 호리며'로, '不冬 ソ㠯七 ノ亠七丨'(『금광명경』 15:10)를 '안돌 ᄒᆞ렷(다) 홄다'로, '具足ソ[令]刂㠯七 ノ亠七丨'(『금광명경』 15:14)를 '히

렷(다) 읊다'로 각각 읽으면서, '呂'를 '려'로 읽고, 그 한계를 "여기서 문제가 되는 것은 주로 균여의 향가에 사용된 '呂'(有叱下呂, 世呂中 등)는 다 '리' 정도로 읽을 수 있다는 점과 예문 (1)과 같은 환경에 사용된 '呂'가 없다는 점이다."(정재영 1998:120)로 제시하였다. 이 제시는 향찰 '呂'도 구결 '呂'와 같이 '려'로 검토해 보지 않은 아쉬움을 보인다.

(12나)에서 보이는 '료'는 김선기의 '료'는 물론 (12다)에서 보이는 '로'에 선행한 행태이나, 설명이 없다. 현대역으로 보면 의문형이나 설명이 없어 구체적인 해석은 알 수 없다. 그리고 −아−'가 어느 향찰을 해독한 것인지를 알 수 없다.

(12라)에서 보이는 '려'들은 일단 '呂'의 음을 살려 읽고 있다. 그러나 '下'의 해독에서 문제를 보인다. '잇흐려'의 경우는 '흐'의 기능에서, '이싯하려'의 경우는 '−ㅅ'과 '하(명사)+려'의 해독에서 각각 문제를 보인다. '이ㅿ려'의 문제를 보기 위하여 아래의 (13)을 보자.

(13) (12). 「有叱下呂」는 '이스아려〉이ㅿ려'(=있고 싶으랴, 있기를 바라랴)로 재구하여 둔다.

'有'는 '이스'로 새기고(참조 : §2.5.(38)), '叱'은 'ᄌ→ᄉ'로 약음차하여 말음첨기로 보며(참조 : §5.5.(30)), '下'는 '알'로 새기고(참조 : §5.5.(30)). '呂'는 '려'로 음독한다(참조 : §15.5.(3)). 따라서 '有叱下呂'는 '이스아려(〈*이스아리아〈*이스아리가〉〉이ㅿ려'(=있고 싶으랴)로 읽을 수 있다. 여기서 어미 *'−아리'는 희망형어미이고, 또 '가'(의문형→반어형)가 'ㄱ'묵음화현상으로 '−(이)가〉−(이)아'의 변화를 일으킨 뒤에 다시 '−아리아〉−아리야〉−아리여〉−아려'의 변화를 입은 것이다(예:四座 ㅣ 敢히 暄笑호몰 마라리라, 두시초8−25:能히 玉ᄀᆮ흔 ᄆᆞᆺ맷 며느리롤 보아리여, 내훈서8). 즉 '−下呂'(*−아려)는 희망형 '−아리'(참조 : §5.5.(20))와 의문형(반어형) '−가'의 복합형태가 변천하여 된 것이다.(강길운 1995:414)

(13)만을 보면 해독이 비교적 정치해 보인다. 그러나 '-下呂'를 '-아려'로 읽고, 희망형 '-아리'와 의문형(반어형) '-가'의 복합형태가 변천한 것으로 보는 데에 문제가 있는 것 같다. 이 희망형의 설명은 '知作乎下是'의 해독인 '지소아리〉지솨리'(=만들게 하고 싶다)에서 보인다. 그리고 15세기의 예로 "며느리를 보아리려"를 들었다.(강길운 1995:137-138) 이 해독의 '지소아리〉지솨리'(=만들게 하고 싶다)에서 '-아리'가 '-고 싶다'의 의미라는 것을 증명하는 것이 어렵다. 게다가 이 설명이 보인 희망형 종결어미 '-아리'와 의문형 종결어미 '-가'의 결합도 어렵다. 우선 희망형의 종결어미 다음에 다시 의문형의 종결어미가 올 수 있을까 의심스럽다. 다음으로 이를 인정하고, 이 설명대로 보아도, 15세기의 예로 든 "며느리를 보아리려"의 '보아리려'는 '보고 싶다'와 '-여(〈가)'가 결합된, '보고 싶으랴, 보기를 바라랴' 등의 의미가 되지 못한다. 이런 사실들로 '-下呂(-아려)'의 설명을 보면, 문제가 명확하게 드러난다. 즉 '-下呂'의 해독인 '-아려'에서, 희망형 종결어미 '-아리' 다음에 의문형(반어형)의 종결어미 '-가'의 변형인 '어'가 다시 올 수 없는 문제를 보인다. 또한 앞의 설명을 인정하여도, '有叱下呂'의 해독인 '이싀려'는 '있-', '-고 싶다', '-어(〈가)' 등의 결합으로, 해독자가 제시한 '있고 싶으랴, 있기를 바라랴' 등의 의미가 되지 못하는 문제도 보인다. 이런 문제들로 보아 이 해독에도 문제가 있는 것 같다.

이제 '有叱下呂'를 다시 해독해 보자. '有叱下呂'를 '잇알려'로 읽는다. 이 해독의 '-ㄹㄹ-'은 '-ㄹ'의 실제 발음에서 보인 중복발음의 표기이다. 이 '-ㄹ'은 동명사형어미로 보아, '잇알려'를 '있을 것이어?'의 의미로 본다. 이렇게 보면, '잇알려'는 '잇(용언의 어간)+아(강조형 선어말어미)+ㄹ(동명사형어미)+ㄹ(동명사형어미의 중복발음)+이(계사, 또는 서술격)+어(종결어미)'의 결합으로, 형태소의 의미와 그 결합의 문법적 설명에도 문제가 없게 된다. 이런 점에서 '有叱下呂'를 '잇알려'로 해독한다.

2) '有叱下呂'

'有叱下呂'(「보개회향가」)는 앞에서 다룬 '有叱下呂'(「수희공덕가」)와 같은
형태이다. 두 해독들에서 보이는 차이를 보기 위해, '有叱下呂'(「보개회향
가」) 해독의 양상을 먼저 보자.

    (14) 가. 잇이리(오)(오구라 1929)
           이시리(신태현 1940, 양주동 1942, 홍기문 1956, 김상억 1974, 전규태
                1976, 황패강 2001)
           잇호리(지헌영 1947)
           잇ᄋ이(이탁 1956)
           잇ᄋ리(김준영 1964)
           이시아리(정열모 1965)
           잇ᄒ리(김준영 1979)
           이샤리(김완진 1980)
           잇아리(유창균 1994)
           잇하리(정재영 1995)
           이사리(신재홍 2000)
           이시하리(류렬 2003)
    나. 잇알료(있을쏘냐, 정열모 1947)
    다. 일까로(있으랴, 김선기 1975a, 1993)
    라. 이싯 하려(있을 것이여, 양희철 1995a)
        이ᄉ려(있고 싶으랴, 있기를 바라랴, 강길운 1995)

    (14)의 해독은 (13)과 비교하면, 정열모, 이탁, 김준영, 유창균 등에서만
약간의 차이를 보인다. (13)에서 (14)로 바뀐 것은, '잇알아료→잇알료'(정
열모 1947), '잇으리→잇올이'(이 탁 1956), '잇ᄒ리→잇ᄋ리'(김준영 1964), '잇
ᄒ려→잇ᄒ리'(김준영 1979), '잇사리→잇아리'(유창균 1994) 등이다. 이 변화

는 연구사에서 큰 차이를 보이지 않는다. 이에 따라 앞에서와 같이, '有叱下呂'를 '잇알이어'에서 'ㄹ'이 중복으로 발음된 '잇알려'로 해독한다. 물론 'ㄹ'(《ㄹㄹ)은 동명사형어미이고, '잇알려'의 의미는 '있을 것이어?'이다.

3) '應爲賜下呂'

'應爲賜下呂'(「청불주세가」)에 대한 기왕의 해독들을 '呂'의 해독에 따라 정리하면 다음과 같다.

(15) 가. 應ᄒᆞ샤이리(오)(오구라 1929)

應ᄒᆞ샤ᄋ리(김준영 1964)

응ᄒᆞ샤아리(정열모 1965)

應ᄒᆞ샤리(신태현 1940, 양주동 1942, 김완진 1980, 유창균 1994, 황패강 2001)

응ᄒᆞ샤리(홍기문 1956, 전규태 1976)

응하샤리(김상억 1974)

應ᄒᆞ사리(지헌영 1947)

應ᄒᆞ숧이(《ᄒᆞᄉᆞᄋᆞ릐, 이탁 1956)

응ᄒᆞ시하리(정재영 1995, 류렬 2003)

박ᄒᆞ샤리(신재홍 2000)

나. 잉까샤까로(응하시오리, 김선기 1975a)

응까시까로(응하시오리, 김선기 1993)

다. 응하사아료(아니 비추어 주리, 정열모 1947)

라. 應ᄒᆞ샤ᄒᆞ려(應하시리, 김준영 1979)

應ᄒᆞ시알려(양희철 1995a)

應허샤려(응하시고 싶으리오, 강길운 1995)

(15가)의 해독들은 '呂'를 '리'로 읽었다. 이 해독은 '呂'의 음이 '리'가

아니라는 문제를 보인다. 오구라의 경우는 이뿐만 아니라, '下'를 '이'로 읽은 것에서도 문제를 보인다. (15나)의 해독은 '呂'를 '로'로 읽었는데, '呂'의 음을 벗어난 것 같다. (15다)의 '응하사아료'는 '呂'를 '료'로 읽고 의문형으로 정리하였다. '呂'를 '료'로 읽을 수 있을까? 하는 문제를 보인다. (15라)의 '應ㅎ샤ㅎ려'와 '應ㅎ시알려'(양희철 1995a:236)는 '呂'를 '려'로 읽으면서 아무런 설명도 없다. '應허샤려'는 다음과 같이 해독하고 있다.

(16) (29). 「應爲賜下呂」는 '應허샤려'(=응하시고 싶으리오)로 재구하여 둔다. '應爲'는 '應허-'로 새기고(참조 : 爲§10.5.(9)), '賜'는 주어존대의 '시'로 훈독하며(참조 : §22.5.(6)), '下'는 '알'로 새기고(참조 : §5.5.(20)), '呂'는 '려'로 음독하여(참조 : §15.5.(3)) '下呂(아려←알려)'는 희망형어미 '-아리'(참조 : §5.5.(20))와 의문형(반어형)어미 '어(←아〈가 'g묵음화')'의 복합형태로 다룬다. 따라서 '應爲賜下呂'는 '應허샤려(〈應허시아리아)'(=응하시고 싶으리오)로 읽을 수 있다.

그런데 종래 이것을 '應ㅎ샤이리·應ㅎ샤리·잉까사까로·應ㅎ샤ㅎ려·應ㅎ술이(=응하시리오)'로 읽어 왔는데, 여기서 '下呂'를 '이리·리·까로·ㅎ려·ㄹ이'로 읽었으니 이것을 바른 음독이라고 할 수 없다. 이것을 음독한다 하여도 '-가려〉-하려'로 밖에 읽을 수 없다.(강길운 1995:454-455)

(16)의 해독만을 보면 상당히 정치해 보인다. 그러나 앞의 '1) 有叱爲呂'에서 언급한 바와 같은 문제들이 있어 보인다. 이 문제들의 지적은 앞의 설명으로 돌린다.

'應爲賜下呂'를 '應(應)+爲(ㅎ)+賜(시)+下(알)+呂(려)'로 분석하여, '應ㅎ시알려'로 읽는다. 그리고 그 형태소의 결합은 '應(어기)+ㅎ(용언의 어간)+시(존경의 선어말어미)+아(강조형 선어말어미)+ㄹ(동명사형어미)+ㄹ(동명사형어미

의 중복발음)+이(계사 또는 서술격)+어(종결어미)' 등으로 분석하고, 그 의미는
'(아니) 應하샬 것이어?'로 정리한다.

4. '世呂(中)'의 '呂'

이 장에서는 '世呂中'와 '世呂'의 '呂'를 검토 정리하고자 한다.

1) '世呂中'

'世呂中'(「청불주세가」)에 대한 기왕의 해독들을 '呂'의 해독에 따라 정리
하면 다음과 같다.

    (17) 가. 누리예(오구라 1929, 신태현 1940, 이탁 1956)

              누리히(양주동 1942, 지헌영 1947, 홍기문 1956, 김준영 1964, 1979, 김

                  완진 1980, 유창균 1994, 정재영 1995, 신재홍 2000, 황패강 2001)

              누리에(정열모 1965)

              누리해(김상억 1974, 전규태 1976)

              누리히(류렬 2003)

              누리가운(정열모 1947)

      나. 누로애(김선기 1975a, 1993)

      다. 누례헤(강길운 1995)

    (17가)의 해독들은 '呂'를 '리'로 읽었다. 그리고 (17나)의 해독은 '呂'를
'로'로 읽었다. 이 해독들이 가진 한계는 '呂'의 음이 '리'나 '로'가 아니라는
점이다. 사정이 이런데도 '리'를 고수하는 이유는 유창균의 글(1994:864-
866)에서 잘 보여준다. 유창균은 여덟 개의 '呂'들이 사용된 문맥을 열거한

다음에, 이에 나온 '下呂'는 『삼국유사』의 향가에서는 '下是'로, 『균여전』의 향가에서는 '下里'로 각각 표기되었다고 정리하였다. 그리고 이어서 '邀呂'와 '邀里'를 대비시키면서, 오구라나 양주동과 거의 비슷하게 "이것은 '里'가 '리'인 점에서 '呂'가 '리'임을 뜻한다고 하겠다."는 주장을 한 다음에, 전체를 다시 다음과 같이 요약 정리하고 있다.

(18) 이상과 같이 '呂'가 '是·里'와 대응하는 점에서 '呂'로 표기된 형태소가 中世語에서 모두 '리'인 점에서 '리' 이외에 생각할 길이 없으나, 혹은 方言에서 이러한 형태상의 차이가 있었던 것일까? (ㄱ)의 '慕呂白乎隱', (ㅇ)의 '邀呂白乎隱'에서 '白'이 客體尊待의 先語末語尾가 아니고 '숣-'과 같은 用言의 語幹으로 간주한다면 '慕呂 白乎隱, 邀呂 白乎隱'과 같이 되기 때문에 '慕呂, 邀呂'는 副詞語로서 '呂'는 '리+어(副詞形語尾)'가 되어 '려'로 볼 수 있다. 그러나 '白'을 客體尊待의 先語末語尾로 처리하면 '呂'는 '리'가 되어야 하는 것이다. (ㄴ)(ㄹ)(ㅅ)의 '下呂'는 '下是'와는 달리 '-아려'가 아니었을까도 생각해 볼 수 있다. 이는 '-아+리+어(疑問形語尾)'로 볼 수 있기 때문이다. '-아리'가 '-아+리-'로 아래에 어미가 생략된 형태라면 이것은 그대로 어미를 가진 것으로 볼 수 있기 때문이다. (ㄷ)(ㅁ)의 '世呂'도 기실은 '누리'가 아니고 '누려'나 '누례'와 같은 것이 아니었을까. 앞에 梁柱東이 예시한 '儒禮-世理'의 '禮-理'의 關係는 '理'가 본디 '禮'와 等價的임을 감안할 때 '世'는 '누려'나 '누례'였던 것은 아니었을까. 또 '閼川'이 日本書紀에는 阿利那禮(アリナレ)로 되어 있다. 이것은 '川→那禮'로 우리의 '나리〉내'에 대응한다. 이 '리'가 'レ(려)'인 점을 주목할 것이다.
　　이상과 같은 사실을 감안하면 '呂'는 '려'로 읽는 것이 옳은지도 모른다. 그러나 中世語를 기준으로 할 때 결정적으로 그렇다고 말할 수가 없다.(유창균 1994:865~866)

(18)은 '몸'가 '려'일 가능성을 언급하다가 중세어를 기준으로 할 때에 결정적으로 '몸'가 '려'라고 말할 수 없다고 주장하고, '몸'들을 '리'로 읽었다.

(17다)의 해독은 '몸'를 유창균이 (18)에서 그 가능성을 타진하다가 포기한 '례'로 읽었다. 그 근거를 다음과 같이 설명하고 있다.

(19) (9). 「世呂中」는 '누례혜'(〈*누리의혜. =누리에)로 재구하여 둔다.
    '世'는 '누리'(=세상)로 새기고(참조 : §7.5.(27)), '呂'는 원음은 '려'이나 '례'로 대충하되(참조 : §15.5.(3)), '누리'의 말음 '리'와 처격조사 '에혜'(〈*의게)의 두음 '에'의 축약음으로 다루며, '中'은 어간말음 '-이' 아래에 쓰이는 '-예'('呂'의 모음)를 두음으로 하는 처격조사 '-예혜'로 새긴다. 이것의 신라형은 '-아게(惡希)/-의게(衣希)/(이-)예긔(也中)'(中. 처격조사)인데, 여기의 '게'가 '혜'로 변한 것을 그 음을 직접 나타낼 수 있는 한자음이 없기 때문에 '희'음으로 대충한 것이니 '-예희'는 '-예혜'로 읽어도 될 것이다. 따라서 '世呂中'은 '누례혜'(〈*누리의혜. =누리에)로 읽을 수 있다.(강길운 1995:447)

(19)의 해석에서는 '呂'를 '누리에혜'의 '-리에-'나 '누리의혜'의 '-리의-'가 축약된 '례'의 대충표기로 보고 있다. 이 주장에는 세 가지 문제가 있어 보인다. 첫째는 '누리에혜'의 경우에, '-에-'가 신라나 고려에서 쓰인 처소격어미가 아니라는 문제이다. 둘째는 '리의'의 축약이 '례'가 되지 않는다는 문제이다. 셋째는 '례'의 음을 가진 한자들('禮, 例, 醴' 등등)이 많은데, 이 한자들로 '례'를 표기하지 않고, '呂(려)'로 대충표기했다고 보는 문제이다. 이 대충표기를 다음의 예들로 설명하고 있으나, 이는 잘못된 예들이다.

(20) … '呂'의 중국중고음은 [lio]〈칼그렌〉·[lɪo]liu〈FD〉이고 동운이 '려'였으며 향가에서는 다음과 같이 모두 '려-례(참조:§22.5.(5))'로 읽힌

것으로 추정된다.

예 : 皆 往焉 世呂 修將來(=···누례〈*누리에 닷고려, 상수불학가)
　　塵塵 虛物叱 邀呂白乎隱(=···믈려〈*믈리어 솔본, 칭찬여래가)
　　世呂中 止以友白乎等耶(=누례혜〈*누리의혜···, 청불주세가)

위에서 '邀呂白乎隱'은 본가의 제6구 '邀里呂白乎隱'과 거의 같은
형태이면서도 실은 여기서 '里[리]'와 '呂[려]'의 차이가 있다. '呂[려]'
를 고려향가에서 때로 '례'로 대충한 사실을 알 수 있다(참조 : 여∞예.
예 : 볼 볘오 누어〈두시초 8-28〉∞玉山을 벼여 누어〈만전춘〉, 새례 歡樂호매
〈두시초 16-61〉∞새려 머믈웻노라〈두시중12-25〉, 몌조 '未醬'〈역어유해상
25〉∞며주 '醬麴'〈자회중21〉, 거시거든〈월석8-22〉∞계신 짜히〈월석2-56〉).
따라서 '慕呂'는 '그려-'(〈*그리어. +그리워하여)로 읽을 수 있다.(강길
운 1995:348)

(20)의 해석은 '世呂中'의 '呂'를 '례'로 읽으면서, '呂'를 '례'로 읽을 수
있는 논거의 예를 우리말 고어의 '여∞예'에 해당하는 어휘들에서 들고 있
다. 이는 우리말 고어 어휘의 '여∞예'이지, 한자 '呂'가 '려'와 '례'로 쓰였
다는 것을 보여주는 예들은 아니다.

이렇게 볼 때에 기왕의 해독들에는 아직도 문제가 있는 것 같다. 이에
다른 해독의 가능성을 제안하고자 한다. 바로 '누려희[世呂(누려)+中(희)]'
로 읽는 것이다. 이렇게 '呂'를 '려'로 읽을 수 있는 이유는 다음의 넷이다.

첫째로, 균여 향가에 나온 여덟 향찰 '呂'들 중에서 '慕呂, 邀呂, 哀呂
舌, -下呂(3)' 등의 여섯 '呂'들이 지금까지 해독한 바와 같이, 한자 '呂'의
음인 '려'로 확실하게 읽힌다는 점이다.

둘째로, 중세어 '누리'는 '누려'가 변한 것일 수 있다는 점이다. 이 가능
성은 현대어 '내'[川]가 중세어 '나리'가 변한 것이고, 이 '나리'는 '나려'가
변한 것일 수 있다는 점에 있다. 이 후자의 가능성은 유창균이 언급한 '阿
利那禮(アリナレ)'에서 알 수 있다. 즉 '나리'의 '리'가 '阿利那禮(アリナレ)'

에서는 'ㄴ(려)'라는 것이다. 이렇게 '나려〉나리〉내'와 같은 식으로 '누려〉
누리〉'를 설명할 경우에, '누리'의 '世理'가 「원가」에 존재하는데, 그보다
후대 작품인 「청불주세가」의 '世呂'를 '누려'로 읽을 수 있을까 하는 문제
를 제기할 수 있다. 이 문제는 두 방향에서 문제가 되지 않는 것 같다. 한
방향은 '누리'보다 선행형인 '누려'가 균여의 방언에서 그대로 쓰였거나,
'누리'와 함께 쓰였다고 보는 것이다. 다른 방향은 (18)에서와 같이 "앞에
梁柱東이 예시한 '儒禮-世理'의 '禮-理'의 關係는 '理'가 본디 '禮'와 等
價的임을 감안할 때 '世'는 '누려'나 '누례'였던 것은 아니었을까."에서와
같이 '世理'가 '누례〉누려'의 표기일 수 있다는 것이다.

셋째로, '呂'의 한자음은 과거나 현재나 '려'이지 '리'는 아니라는 점이
다. '麗'자가 들어간 '驪, 儷, 麤, 攦, 欐, 鱺' 등의 한자들은 그 음이 모두
'려'이다. 그리고 '麗'자가 들어간 '孋, 彲, 纚, 邐, 鸝' 등의 한자들은 그
음이 모두 '리'이다. 이런 사실은 '麗'가 들어간 한자들의 음이 '려〉리'로
변했음을 말해준다. 이에 비해 '呂'는 물론 '呂'자가 들어간 한자들은 그
음이 '려'이지, '리'인 경우가 없다. 『廣韻』의 '力擧切', 『集韻』과 『正韻』
의 '兩擧切', 유창균(1994:864)이 검토한 'ljag'(上古, 前漢, 後漢), 'ljo'(魏晉,
南北), 'ljwo'(中古) 등으로 보아도, '呂'의 발음은 '려'이지, '리'일 수는 없
다. 이런 사실은 '呂'의 한자음이 '리'로 변하지 않았음을 의미한다. 이로
보아도 '世呂中'의 '呂'는 '리'가 아니라 '려'의 표기라고 할 수 있다.

넷째로, 음만자의 향찰들은 고어가 변화하기 이전의 형태를 말해준다
는 점에서, '世呂'의 '呂'는 '누리'의 고형인 '누려'에서 '려'의 표기라고 정
리할 수 있다. 예로 '不喩'의 '喩'를 들 수 있다. '不喩'는 이두에서 '안디'
로 읽힌다. 그런데 이 '안디'는 '안두'가 변한 것이다. 이 경우에 '두〉디'
는 바로 '喩'의 고음으로 '아니/안'의 고형인 '안두〉안디〉안이〉안)'의 '두'
를 말해준다. 이렇게 '喩'의 당대음 '두'가 '안디〉안이〉안'의 고형인 '안두'

의 '두'를 말해주듯이(양희철 2008a:68-90), '몸'의 당대음 '려'는 '누리'의 고형인 '누려'의 '려'를 표기한 것이라고 할 수 있다.

이상과 같은 네 측면들로 볼 때에, '世呂中'는 '누려히'로 읽을 수 있고, '呂'는 '려'의 표기라고 정리할 수 있다. 이 해독에 대하여 중세어의 기준으로 보면, '누려'로 읽을 수 없다는 반론을 펼 수도 있다. 그러나 우리가 해독하는 '世呂中'는 중세어가 아니라 고대어이고, 그 기준도 중세어가 아니라 고대어라는 점에서, 이 반론은 큰 의미를 가지지 못한다. 오히려 이 '世呂'의 표기는 '누리'의 고형이 '누려'임을 말해주는 자료라고 생각한다.

2) '世呂'

'世呂'(「상수불학가」)에 대한 기왕의 해독들을 '呂'의 해독에 따라 정리하면 다음과 같다.

> (21) 가. 누리(예)(오구라 1929, 신태현 1940)
> 　　　누리(양주동 1942, 지헌영 1947, 홍기문 1956, 정열모 1947, 1965, 김상억 1974, 전규태 1976, 김준영 1964, 1979, 김완진 1980, 유창균 1994, 정재영 1995, 신재홍 2000, 황패강 2001, 류렬 2003)
> 　　　누리[〈누리(릭), 이 탁 1956]
> 　　나. 누로(김선기 1975a, 1993)
> 　　다. 누례(강길운 1995)

(21가, 나) 등의 해독들이 가지고 있는 문제는 앞절로 돌리고, (21다)의 해독이 가진 문제를 보기 위하여 이 해독의 설명을 보면 다음과 같다.

> (22) (5). 「世呂」는 '누례'(〈*누리에. =누리에서)로 재구하여 둔다.
> 　　　'世'는 '누리'로 새기고(참조 : §7.5.(27)), '呂'는 '려'로 음독하는 것

이 원측이나 '례'로 대충한다(참조 : §15.5.(3)). 따라서 '世呂'는 '누리에'의 축약형 '누례(=누리에서)'로 읽을 수 있다. 이조초기어에서도 둘쨋 음절 이하에서 '려'가 '례'로 교체되는 경우가 있다.

　　예 : 그려기 새려 디나가고 '新過雁'〈두시초8-48〉

　　　　새례 歡樂호몌 新懽〈두시초16-61〉

　그뿐만 아니라, '여'와 '예'가 교체되는 다음과 같은 많은 예를 들 수 있다.

　　예 : 며주 '醬麴'〈자회 중21〉

　　　　몌조 '末醬'〈역어유해 상52〉

　　　　　　　… (인용 생략) …

　그런데 종래 이것을 '누리예(=누리에). 누리·누로(=누리)'로 읽어 왔는데, 여기서 '呂'를 '-리예'나 '리·로'로 읽을 방도가 없다. 따라서 모두 잘못 읽은 것이 된다. 고어법이나 현대어법에서 처격조사를 생략하는 경우는 시가일지라도 거의 없다.(강길운 1995:460-461)

　(22)에서는 '누리에'의 축약인 '누례'의 '례'를 '呂'로 대충표기를 한 것으로 해석하고 있다. 이 해석에는 세 가지 문제가 있어 보인다. 첫째는 '-에'가 고려 향찰에서 쓰이지 않는 처격어미라는 점이다. 둘째는 앞 절에서와 같이 '례'에 해당하는 한자들이 많은데, 왜 '呂'로 대충표기를 하였을까 하는 문제이다. 셋째는 예로 든 우리말 고어의 '여∞예'들은 한자 '呂'의 음이 '려∞례'라는 것을 증명할 수 있는 논거가 아니라는 문제이다.

　이렇게 기왕의 해독에는 아직도 문제가 있다고 할 수 있다. 이에 대한 대안은 앞 절에서와 같이 '世呂'를 '누려'로 읽고, '呂'를 '려'로 읽는 것이다. 이렇게 읽는 근거의 넷은 앞절에서와 같다. 혹시 처격어미가 생략된 경우가 없지 않느냐 하는 문제를 제기할 수도 있다. 그러나 한국어에서 처소를 나타내는 명사 다음에 처격어미가, '서울 가다', '학교 가다', '군대 가다' '지난 세상/날 겪은 일' 등에서와 같이, 생략되기도 한다는 점에서 문제가 되지 않는다. 이런 점들에서 '世呂'를 '누려'로 읽고, '呂'를 '려'로 읽는다.

5. 결론

지금까지 향찰 '呂'에 대한 기왕의 해독들을 변증하고 보완해 보았다. 그 중에서 중요한 것들을 요약하여 결론을 대신하면 다음과 같다.

1) '慕呂白乎隱'에 대한 기왕의 해독들 중에서 '呂'의 음을 살리고 그 설명도 문법적인 해독은 '그려 솔본'이다. 그러나 그 당시에도 'ㆍ'가 존재할 수 있어, '그려 숣온'으로 정리를 하였다.

2) '邀呂白乎隱'에 대한 기왕의 해독들 중에서 '呂'의 음을 살린 해독은 '드려숣온'과 '물러 솔본'이다. 그러나 '뫼다'의 모음을 살려 재구된 형이 '모리다'이고, '모리어'의 축약형인 '모려'를 '邀呂'로 표기하였다고 생각하여, '邀呂白乎隱'을 '모려 숣온'으로 해독을 하였다.

3) '哀呂舌'에 대한 기왕의 해독들 중에서 '呂'의 음을 살려서 읽은 해독은 하나도 없다. '哀呂舌'을 '슳(선행용언의 어간)+리(사역형 선어말어미)+어(연결어미)+시(후행용언의 어간)+어(종결어미)'의 결합인 '슳려셔'로 읽고, 그 뜻은 '슬퍼하게 되어 있어!'로 보았다. 이 해독은 벗으로 하여금 불도에 혼미한 무리를 불쌍히 여기게 하는 의미를 함축하고 있어, 작품의 문맥에도 맞는다.

4) '有叱下呂'(「수희공덕가」, 「보개회향가」)에 대한 기왕의 해독들 중에서 '呂'의 음을 살린 해독은 '잇ㅎ려'(있었으랴), '이싯 하려'(있을 것이여), '이ㅿ려'(있고 싶으랴, 있기를 바라랴) 등이다. 그러나 이 해독들은 형태소의 의미와 그 결합을 구체적으로 설명하지 않았거나, 그 결합의 설명이 비문법적인 것 같다. 그래서 이 '有叱下呂'를 다시 '잇알려'(있을 것이어?)로 해독을

하였다. '잇알려'는 '잇(용언의 어간)+ㅅ(말음첨기)+아(강조형 선어말어미)+ㄹ
(동명사형어미)+ㄹ(동명사형어미의 중복발음)+이(계사, 또는 서술격)+어(종결어
미)'의 결합이다.

5) '應爲賜下呂'에 대한 기왕의 해독 중에서 '呂'의 음을 살린 해독은
'應ᄒᆞ샤ᄒᆞ려'(應하시리), '應ᄒᆞ시알려', '應허샤려'(응하시고 싶으리오) 등이
다. 그러나 이 해독들은 형태소의 의미와 그 결합을 구체적으로 설명하지
않았거나, 그 결합의 설명이 비문법적인 것 같다. 그래서 이 '應爲賜下呂'
를 다시 '應ᄒᆞ시알려'(應하샬 것이어?)로 해독을 하였다. 이 '應ᄒᆞ시알려'는
'應(어기)+ᄒᆞ(용언의 어간)+시(존경의 선어말어미)+아(강조형 선어말어미)+ㄹ
(동명사형어미)+ㄹ(동명사형어미의 중복발음)+이(계사 또는 서술격)+어(종결어
미)'의 결합이다.

6) '世呂(中)'에 대한 기왕의 해독들 중에서 '呂'의 음을 살린 해독은 하
나도 없다. 그래서 이 '世呂(中)'를 '누려(희)'로 읽었다. '呂'를 '려'로, '누
리'의 고형을 '누려'로 본 논거들은 넷이다. 첫째는 균여 향가에 나온 향찰
'呂'들의 여덟 중에서 '慕呂, 邀呂, 哀呂舌, 一下呂(3)' 등의 여섯 '呂'들이
모두 한자 '呂'의 음인 '려'로 확실하게 읽힌다는 점이다. 둘째는 '나리'는
'나려'가 변한 것이듯, 중세어 '누리'는 '누려'가 변한 것일 수 있다는 점이
다. 셋째는 '呂'의 한자음이 과거나 현재나 '려'이지 '리'가 아니라는 점이
다. 넷째는 한자 '喩'(고음 두)가 '不喩'(안두>안디>안이)의 '두'를 표기하듯,
음만자의 향찰들은 고어가 변화하기 이전의 형태를, '呂'(려)의 경우는 '누
리'가 되기 이전의 형태인 '누려'의 '려'를, 말해준다는 점이다.

7) 6)의 해독과 네 논거들로 보아, 향찰 '世呂'의 표기는 '누리'의 고형
이 '누려'임을 말해주는 자료라고 생각하였다.

7)의 결과는 비교 언어적으로 좀더 보완될 수도 있으리라고 생각한다.
이에 대한 보완은 후일을 기약한다.

十二. 향찰 '齊, 㫆, 提, 兮'

1. 서론

이 글은 운서에서 '蟹攝 四等의 '齊'운에 속한 향찰 '齊, 㫆, 提, 兮' 등에 대한 기왕의 해독을 변증하는 데 연구의 목적이 있다.

향찰 '齊'는 총 8회 나온다. 『삼국유사』에 3회[墮支行齊(「모죽지랑가」), 逐內良齊(「찬기파랑가」), 行齊敎因隱(「원가」)] 나오고, 『균여전』에 5회[禮爲白齊(「예경제불가」), 造物捨齊(「참회업장가」), 斜良只行齊(「상수불학가」), 悟內去齊(「보개회향가」), 他事捨齊(「총결무진가」)] 나온다. 그리고 향찰 '㫆'는 '古召㫆'(「맹아득안가」)와 '爲㫆'(「광수공양가」)의 형태로 2회 나오고, 향찰 '提'는 '菩提向焉'(「참회업장가」)과 '菩提叱菓音'(「청전법륜가」)의 형태로 2회 나오며, 향찰 '兮'는 '白乎隱乃兮'(「칭찬여래가」)와 '爲賜隱伊留兮'(「상수불학가」)의 형태로 2회 나온다. 이 향찰들에 대한 중요 해독자별 해독 양상을 정리하면 다음과 같다.('㫆'는 모든 해독이 '며'로 읽어 정리를 생략하였다.)

오구라(1929) : 齊[제], 提[提], 兮[l]
신태현(1940) : 齊[제], 提[提], 兮[?(미상), l]
양주동(1942) : 齊[져], 提[提], 兮[l]
정열모(1947) : 齊[재, 제], 提[리], 兮[혜]

지헌영(1947)	: 齊[져],	提[提],	兮[ㅣ]
이 탁(1956)	: 齊[돈],	提[提],	兮[ㅣ, 여]
홍기문(1956)	: 齊[져],	提[리],	兮[ㅣ, 혀]
김준영(1964)	: 齊[져],	提[提],	兮[혀]
정열모(1965)	: 齊[져],	提[리],	兮[예]
김선기(1967~75)	: 齊[재, 졔],	提[리, 디],	兮[ㅣ, 개]
김상억(1974)	: 齊[져],	提[리],	兮[ㅣ]
전규태(1976)	: 齊[져],	提[提],	兮[ㅣ, 혜]
김준영(1979)	: 齊[져],	提[提],	兮[혀]
김완진(1980)	: 齊[져],	提[提],	兮[여]
김선기(1993)	: 齊[쪄, 자이],	提[띠],	兮[계, 이]
유창균(1994)	: 齊[져],	提[提],	兮[혀]
강길운(1995)	: 齊[져],	提[提],	兮[루다]
신재홍(2000)	: 齊[져],	提[提],	兮[혀]
황패강(2001)	: 齊[져],	提[提],	兮[ㅣ, 여]
류 렬(2003)	: 齊[져, 지],	提[리],	兮[히]

이렇게 향찰 '齊'들은 '제, 져, 셔, 저, 재, 돈, 드, 쟤, 자이, 지' 등의
10종으로 해독되어 왔다. 이 중에서 양주동의 해독이, 이두 '齊'의 문맥과
중세 문헌에 나타난 '-져'의 문맥으로 보아 '져'로 읽었다는 점에서, 가장
설득적이다. 그리고 중세음이 '졔'인 한자 '齊'가 어떻게 '져'의 표기가 되
었는지는 유창균에 의해 위진음을 기준으로 '졔'의 운미음 'ㅣ'의 삭제로
설명되고 있다. 이 경우에 문제가 되는 것은 향찰 '齊'(져)가 약음차/음반
자인지, 전음차/음만자인지를 구분할 수 없으며, 운미음 'ㅣ'를 삭제하여
향찰을 만드는 것이 가능한가를 판단할 수 없다는 문제를 보인다.

향찰 '旀'는 류렬만이 '미'로 읽고 나머지 해독자들은 모두 '며'로 읽었
다. 이런 향찰 '旀'에 대한 기왕의 연구들을 보면, 정동유가 그의 『주영편』

에서 '㫆'의 음은 '며'라고 정리한 것을, 오구라와 양주동이 인용한 이래, 거의 모든 해독들은 '며'로 통일되면서, 해독의 가장 기본적인 표기음의 문제는 마무리가 되었다. 그러나 아직도 다음의 두 문제는 해결되지 않은 상태이다. 한 문제는 향찰 '㫆'의 음이 왜 '며'인가 하는 것이다. 이에 대해 양주동은 '㫆(몌)'로 '며'를 표기했다는 轉音借로 설명을 하였고, 유창균은 '몌'에서 'ㅣ'를 삭제한 표기로 설명을 하였다. 그런데 이 두 설명은 설명의 연결항이 없거나 산술적이어서 어학적인 음변화의 측면에서 쉽게 이해되지 않는 문제를 보인다. 다른 한 문제는 향찰 '㫆'의 생성 문제이다. 이 생성 문제는 造字, 약체/약서, 변체 등으로 설명되어 왔다. 정동유는 造字로 정리를 하였고, 이를 오구라, 정열모, 강길운 등이 따랐다. 이 중에서 정열모만이 '扵'와 '彌'의 일부를 합하여 만든 글자라고 구체적인 설명을 하였다. 양주동은 정동유의 조자설을 부정하고, 속자, 약체, 약서 등의 용어로 설명을 하였다. 유창균은 정동유의 造字를 國字로 바꾸어 설명하는 동시에 變体로도 설명하는 이중적 태도를 보였다. 이렇게 향찰 '㫆'의 생성 문제는 조자, 약체/약서, 변체 등으로 설명되면서, 정확하게 논증이 되지 않은 문제를 보인다.

향찰 '提'는 '提, 리, 디' 등으로 해독되고 있다. 즉 '菩提'의 '提', '보리'의 '리'(홍기문)로, '보디'의 '디'(김선기의 표기는 '띠') 등으로 보았다. 어느 것인지를 판단할 수 있는 기준이 없는 문제를 보인다.

향찰 '兮'는 'ㅣ, 이, ?(미상), 혜, 혀, 히, 개, 계, 예, 여, 루다' 등으로 다양하게 읽히고 있다. 그런데 이 '兮'의 음이 '혜'인가 '혀'인가 하는 문제를 보이며, 이 '혜'나 '혀'를 인정하여도, 'ㅣ, 이, 히, 개, 계, 예, 여' 등은 '혜'나 '혀'를 벗어난 문제를 보이고, 'ㅣ, 이, ?(미상), 혜, 혀, 히, 개, 계, 예, 여' 등은 '白乎隱乃兮'와 '爲賜隱伊留兮'의 해독에서 그 기능이 모호한 문제를 보인다. '루다'는 '兮'를 훈으로 읽은 것인데, 바로 앞의 '留'(루)

와 겹치는 문제를 보인다.

이렇게 향찰 '齊, 旀, 提, 兮' 등의 해독에서는 많은 것들이 밝혀졌지만, 아직도 해결되지 않은 문제들도 발견된다. 이 문제들을 해결하기 위하여, 네 차원에서 접근하고자 한다. 첫째로 한자 '齊'와 '彌(=旀)'의 위진음은 물론, 이 음들의 변화도 검토하고, '提'의 음은 불경자역자의 음을 검토하여 변증하고자 한다. 둘째로 한자 '齊, 旀, 提, 兮' 등이 속한 '齊'운 한자들(妻, 西)의 한자음들은 물론, '齊'운과 더불어 '蟹攝 四等'에 속한 '薺'운의 한자(體)와 '霽'운의 한자들(麗, 制, 勢, 細, 誓, 底, 第)이 가진 한자음들도 검토하여 변증하고자 한다. 셋째로 향찰 '旀'의 생성 문제는 변화 과정과 이 변화 과정을 보여주는 예들을 통하여 변증과 보완을 하고자 한다. 넷째로 '兮'의 음훈은 바로 앞의 향찰 '留(루)'를 살리는 차원에서 변증하고자 한다.

2. '齊'

여덟 번 나온 향찰 '齊'를, 『삼국유사』의 '齊'와 『균여전』의 '齊'로 나누어 정리하려 한다.

1) 『삼국유사』의 '齊'

『삼국유사』의 '齊'는 '墮支行齊'(「모죽지랑가」), '逐內良齊'(「찬기파랑가」), '行齊教因隱'(「원가」) 등에서 나온다. 이 중에서 '墮支行齊'의 '齊'를 먼저 정리하고, 이어서 나머지를 함께 간단하게 설명하려 한다. 먼저 '墮支行齊'의 '齊'에 대한 해독을 정리하면 다음과 같다.

(1) 가. 제 : 뻐러뎌 녀제(오구라 1929), 뎌녀제(유창선 1936a)

　　나. 져 : 디니져(양주동 1942, 정연찬 1972, 김상억 1974, 황패강 2001), 디ㅅ
　　　　니져(지헌영 1947), 뻐디 녀져(홍기문 1956), 디ㅈ니져(김준영 1964),
　　　　디기 녀져(정열모 1965), 헐히니져(서재극 1975), 디닛져(전규태 1976),
　　　　디ㅿ 니져(김준영 1979), 헐니져(김완진 1980, 이병기 2008), 디치 니져
　　　　(금기창 1993), 디기니져(유창균 1994, 양희철 2000), 뻐디니져(강길운
　　　　1995), 딥니져(양희철 1997), 디기녈져(신재홍 2000)

　　다. 재 : 남지기 녀재(정열모 1947)

　　라. 돈 : 디어녀돈(이탁 1956)

　　마. 재 : 빠디 녀재(김선기 1967b)

　　바. 자이 : 뻐디 녀자이(김선기 1993)

　　사. 지 : 디디 니지(류렬 2003)

(1가)에서는 '齊'의 현대음 '제'로 읽었다. 이 '제'는 '뻐러뎌 녀제'(흩어져 가십니까)와 '뎌녀제'(떨어지어 가제)에서 보듯이, 연결어미 또는 종결어미 '-제'의 의미가 의도나 원망의 문맥에 맞지 않는 문제를 보인다. 이 연결 어미 또는 종결어미의 의미를 살려 읽은 해독이 (1나)이다. 이 해독을 이 끈 양주동의 설명을 보자.

(2) 齊 音借「져」……

　　이 「齊」의語義를 보기爲하야 吏文의 「齊」의用例를 보건댄

　　…('齊가 들어간 『대명률직해』, 『나중잡록』 등등의 예문 인용 생략)…

　　等은 前揭 均如歌의 諸「齊」와共히 「願望·請誘·命令」의 三義를 兼
　　有하였다.

　　그러나 一方 吏文中에는 以上三義가 甚히稀薄하야 거의 單純한 結
　　辭(或은接續詞)로 使用된 例도 不少하다. 例컨댄, …

　　그러면 「齊」로써表記된 「져」의 近古文獻用例는 엇더한가하면, 「져」

는 實로 「ᄒᆞ고져·ᄒᆞ져」 乃至 現行語 請誘形 「ᄒᆞ쟈」의 原形임으로 主로 願望·請誘形에 쓰여짐은 事實이다.

......

… 따라서 本句 '墮支行齊'(디니져)의 '齊'의 用法도 '欲'의 義로 解할 것이니(양주동 1942:137-140)

(2)에서와 같이 양주동은 이두의 '齊'와 고문헌의 '져'에 근거하여 향찰 '齊'를 '져'로 읽었다. 상당히 정확하게 읽은 해독으로 이해된다. 이런 사실은 다음의 (3)에서 보이는, 이두집에서 이두 '齊'에 병기된 한글 '져'와 함께 보면, 그 이해가 좀더 쉬워진다.

(3) ᄒᆞ져(爲齊)(『나려이두』)
    이산ᅀᆞᆷ져(敎味白齊)(『유서필지』)
    이ᅀᆞᆷ빗져(是白有齊)(『유서필지』)
    ᄒᆞᅀᆞᆷ져(爲白齊)(『유서필지』)
    이샨맛살져(敎味白齊)(『전률통보』)
    ᄒᆞ야라이샨져(爲良敎齊)(『전률통보』)
    ᄒᆞᅀᆞᆷ져(爲白齊)(『전률통보』)
    이신맛ᅀᆞᆷ져(敎味白齊)(『어록해』)

(3)의 사실들로 보아, 향찰 '齊'를 '져'로 읽는 것은 양주동에 의해 확정된 것 같다. 그런데 문제는 '齊'의 음이 어떤 측면에서 '져'가 되는지를 밝히지 않고 있다는 점이다.

이 문제를 해결하려는 시도가 유창균에서 보인다. 해당 부분을 인용하면 다음과 같다.

(4) 즉, '齊'는 上古音으로서는 -i에 代用될 수 있는 가능성이 있으나, 漢代 이래의 代用音은 항상 '졔'가 가정될 수 있다. 그렇기 때문에 《東國正韻》에서는 이것을 '쪙'로 정했던 것이다. 이것은 대체로 南北朝의 dz'iei가 기준이 된 것이다. 그런데 앞의 米(1.1.3(3))에서 논급한 바 있지마는, '齊'도 前漢代의 dz'iəd를 기준으로 하면 이것을 '즐/졀'을 가정할 수 있다. 그러나 新羅 초기의 字音은 대체로 高句麗의 그것과 유사한 데, 漢音이나 魏晉音을 기층으로 하는 경우는 韻尾音을 削除하게 된다. 따라서 魏晉音을 '졔'로 가정할 때 우리의 代用音에서는 -i가 削除된 '져'를 쓰게 된다. 이것은 앞의 '米'의 경우와 같다. 여기서도 '져'로 가정할 것이다.

… 중간 생략 …

'齊'가 鄕歌에서 慣用된 字의 하나임을 알 수 있다. 여기 보인 '齊'는 中世語에서는 '져'로 되어 있다. 中世語에서도 '져'는 希望을 나타내는 副詞形으로 쓰이는 경우와 請誘·命令·感歎을 나타내는 終結語尾에 쓰이는 경우가 있다.(유창균 1994:199~200)

(4)에서 보면, '齊'를 '져'로 읽으면서, 이 '져'를, "漢音이나 魏晉音을 기층으로 하는 경우는 韻尾音을 削除하게 된다. 따라서 魏晉音을 '졔'로 가정할 때 우리의 代用音에서는 -i가 削除된 '져'를 쓰게 된다."와 "'齊'가 鄕歌에서 慣用된 字의 하나임을 알 수 있다."와 같이, 운미음을 삭제한 음, 관용된 자 등으로 설명하고 있다.

이 설명은 양주동이 이두와 향찰의 '齊'를 '져'로 읽은 것을 한자음의 차원에서 설명하려고 시도한 것이다. 즉 향찰 '齊'(져)는 魏晉音인 '졔'를 기층으로 할 경우에 운미음 'ㅣ'가 삭제된 '져'라는 것이다. 이 설명은 '齊'의 그 당시음이 '져'라고 하는 것인지, 아니면 향찰 '齊'(져)는 한자 '齊'(졔)의 운미음을 삭제한 것이라는 것인지가 명확하지 않다. 그리고 왜 '齊'의 음이 '져'가 되었는지를 음의 변화 차원에서 설명하지 않은 문제를 보인다.

나머지 다른 해독들이 가진 문제를 보자.

(1다)의 '재'에는 구체적인 설명이 없어, 왜 이렇게 읽었는지를 이해할 수 없다. 이와 비슷한 (1마, 바)의 설명을 보자.

(5) 가.　　그리고 齊는 오구라 교수는 [제] 곧 [Je]로 읽고 무애는 [져] 곧 [Jje]로 읽었다. 물론 무애는 [Jjə]의 현대음으로「음가」를 생각하였으리라. 그러나 나는 齊의 六 세기 소리가 [dzʼiei][KAD #1060] 이니까 [Jje]로 봄이 당연하다. 그러나 「재」로 읽는다.(김선기 1967b:291)

　　나.　　…그런데 이 '齊'는 「동국정운」에 좇으면 (1.3.6)에 '즉', (5.1.5) 에는 'ᅎᆡ', (5.34.3)에는 '재'가 잇다. 그리고 'ᅎᆡ'음 중국 옛적 발음에는 '지'이엇다. 그리고 여기 류의할 것은 '재'라는 발음이다. 이 '자이'는 일본 발음에서는 [sai]가 되엇는데, 이 '사이'가 가라말에도 똑같이 잇지 아니한가 생각한다.

　　　　　　　　　　……

　　　　'사이'의 옛적 발음이 '자이=재'로 낫을 터이니까 '行齊'를 '니재'로 읽어도 하나도 거북할 것 없다.(김선기 1993:129)

(5가, 나) 등은 (1마, 바) 등에서 '齊'를 '재'와 '자이'로 읽은 이유를 설명한 내용이다. '齊'를 '재'나 '자이=재'로 읽은 이유를『동국정운』과 일본음에 두고 있다. 이 음은 '齊'의 고음에서 가능할 수 있다. 그러나 이 '졔'나 '재'의 기능이 '-齊'에서 명확하지 않은 문제를 보인다.

(1라)에서 '齊'를 '돈'으로 읽은 해독의 설명을 보자.

(6) 齊=音借"돈"=不完全名詞="것"의 前次語. 齊의 原音=돈(斷)〉뎐(剪)〉뎨〉졔〉제〉(이탁 1956:14)

(6)에서 보면, '齊'의 원음이 '돈'이라고 주장하나, 그 논거를 제시하지 않아, 이해할 수 없는 설명이다.

(1사)에서 '齊'를 '지'로 읽은 해독의 설명을 보자.

(7) 여러 책들에서 《齊》를 《니져》, 《녀져》 또는 《녜제》 등으로 얼마간 형태표기는 차이가 있으나 《行》을 《니》의 뜻옮김으로, 《齊》를 맺음토 《자/져》의 소리옮김으로 본 것이 공통적이다. 그러나 겹모음이 아직 쓰이지 않은 그때의 력사적단계를 고려하여 《니지》로 읽는것이 합리적일것으로 보인다.(류렬 2003:146-147)

(7)에서는 '齊'를 '지'로 읽으면서, 그 이유로 그 당시에는 겹모음이 아직 쓰이지 않았다고 주장한다. 한자 '齊'의 음의 변화에서 이해하기 어려운 주장이다.

이렇게 '齊'를 읽은 해독들을 보면, 의도나 원망형의 연결어미 또는 종결어미의 위치에서 '져'로 읽은 것은 정확한 것 같다. 이는 주어진 문맥에서 '져'가 합리적이고, 이 '져'는 이두 '齊'에 병기된 한글과 일치하기 때문이다. 그런데 문제는 현대음이 '제'인 '齊'가 어떤 차원에서 '져'가 되는가 하는 문제이다. 이 문제는 좀더 구체적으로 보면, 기왕의 주장에서와 같이 운미음의 삭제인가, 아니면 '齊'의 음인 '제'가 변한 '져'의 반영인가 하는 것이다. 말을 바꾸면, '齊'의 음인 '제'를 가지고, 이 음의 운미음인 'ㅣ'를 삭제하여 '져'를 표기한 것인가, 아니면 '齊'의 음이 '제〉져〉지'로 변하는 과정에서 '齊'의 음인 '져'를 반영한 것인가 하는 문제이다. 이 문제는 대수롭지 않은 것 같지만, 향찰의 차제자 원리에서 상당히 중요하다. 왜냐하면, 이 문제는 삭제인가 변화인가 하는 문제는 물론, 운미음을 삭제하여 향찰을 만드는 경우를 인정할 것인가 아닌가의 문제와 관련되기 때문이다. 이 문제들을 차례로 보자.

향찰 '齊'가 속한 '齊'운의 한자들은 '제〉져〉지'의 변화과정을 보인다. 이런 사정은 『중문대사전』의 '齊'조를 보면, 알 수 있다. 그 음으로 여럿이 정리되어 있는데, 그 중의 일부를 인용하면 다음과 같다.

(8) 齊 [廣韻] 徂奚切 [集韻] [韻會] [正韻] 前西切 音臍 齊平聲 chyi
　　　[集韻] 子計切 音霽 齊去聲

이 인용은 한자 '齊'가 '齊'운에 속한 경우만을 인용한 것이다. 이 인용에서 보면 '齊'의 음이 '제/재〉져〉지'로 변했음을 보여준다. 즉 '子計切'은 '제'를, '徂奚切'은 '재'를, '前西切'은 '제〉져'를, '齊'의 중국어 현대음은 '지'를 각각 보여준다.

이런 '齊'의 중국음의 변화는 '齊'의 한국음이 '제〉져'의 변화를 거치면서 '제〉졔'와 '져'가 있었음을 가늠하게 한다. 이런 사실을 '齊'운에 속한 '妻'와 '西'의 한국 한자음에서 보자. '妻'의 현대음은 '처'이고, 중세음은 '텨'이다. 이로 인해 '텨〉처'의 변화를 알 수 있다. 그리고 '西'의 현대음은 '서'이고, 중세음은 '셔'이다. 이로 인해 '셔〉서'의 변화를 알 수 있다. 그런데 이 두 글자들은 『중문대사전』에서 보면, '텨〉처'와 '셔〉서' 이전에는 '톄'와 '셰'이었음을 보여준다.

(9) 妻 [廣韻] 七稽切 [集韻] [韻會] [正韻] 千西切 音淒　齊平聲　chi
　　西 [廣韻] 先稽切 [集韻] [韻會] [正韻] 先齊切 音栖　齊平聲　shi

(9)에서 '妻'는 '七稽切'로 보면 '톄'이고, '千西切'로 보면 '톄〉텨'이며, 현대음으로 보면 '치'이다. 그리고 '西'는 '先稽切'로 보면 '셰'이고, '先齊

切'로 보면 '셰〉셔'이며, 현대음으로 보면 '시'이다. 이런 사실들로 보면, 중국 한자의 음에서, '妻'는 '톄〉텨〉쳐〉치'로, '西'는 '셰〉셔〉서〉시'로 각각 변해 왔음을 정리할 수 있다. 그리고 한국 한자의 음에서, '妻'는 '톄〉텨〉쳐'로, '西'는 '셰〉셔〉서'로 각각 변해 왔음을 정리할 수 있다.

이렇게 '齊'운에 속한 한자들이 변해왔다고 할 때에, '齊'의 음 역시 '졔〉져'로 변하는 과정에서 '졔'와 '져'가 함께 쓰인 때가 있었다고 할 수 있다. 이런 사실들로 미루어 볼 때에, 향찰에서 '齊'가 '져'를 표기한 것은 '齊'의 그 당시음을 이용한 것이지, '졔'의 음에서 운미음 'ㅣ'를 삭제하여 '져'를 표기한 것이 아니라고 생각한다.

게다가 '齊'운만이 아니라, 이 '齊'운이 속한 '蟹'攝 四等의 '薺, 霽' 등의 운에 속한 한자들을 함께 검토하면, '齊'가 당시의 음 '져'를 이용한 전음차/음만자의 가능성은 더 많아진다.

먼저 '薺'운과 '霽'운에 속한 한자들을 보자.

　　(10) 體 [廣韻] [正韻] 他禮切 [集韻] [韻會] 土禮切 音涕　薺上聲 tih
　　　　麗 [廣韻] [集韻] [韻會] 郎計切 [正韻] 力霽切 音隸　霽去聲　lih
　　　　制 [廣韻] [集韻] [韻會] [正韻] 征例切 音志　霽去聲 jyh
　　　　勢 [集韻] [韻會] [正韻] 始制切 音世　霽去聲 shyh
　　　　細 [廣韻] 蘇計切 [集韻] [正韻] 思計切 音○　霽去聲 shih
　　　　誓 [廣韻] [集韻] [韻會] 時制切 音逝　霽去聲 shyih
　　　　底 [廣韻] 都禮切 [集韻] [韻會] [正韻] 典禮切 音邸　霽去聲 dii
　　　　第 [廣韻] 特計切 [集韻] [韻會] [正韻] 大計切 音弟　霽去聲 dih

(10)의 한자들은 '蟹'攝 四等의 '薺'운과 '霽'운에 속한 한자들이다. 이 한자들은 위의 정리로 보아, 그 모음이 'ㅖ〉ㅕ〉ㅣ'로 변화하였음을 가늠하게 한다. 그리고 이 한자들의 상당수는 다음의 (11)에서 보듯이, 'ㅖ'가 'ㅕ'

로 변한 사실과 'ㅖ'와 'ㅕ'가 공존했던 사실을 보여준다.

  (11) 톄(體) : 톄(體)(『동국정운』, 톄면 업다(體面吊)(『同文類解』 상:22)
     텨(體) : 부텨 나사몰 나토아(『월인천강지곡』 25)
     권셰(權勢) : 온통과 권셰 싱ᄒᆞ며(『소학언해』 6:117)
     권셔(權勢) : 권셔를 의거ᄒᆞ야(權勢)(『번역소학』 8:12)
         父兄의 권셔를 의거ᄒᆞ야(勢)(『소학언해』 5:92)
     유셰(有勢) : 유셰ᄒᆞᆫ 벼스른(『소학언해』 5:25)
     유셔(有勢) : 시절을 조차 유셔 ᄒᆞᆫ디(『번역소학』 8:21)
     ᄌᆞ셰(仔細) : ᄌᆞ셰 샹(詳)(『유합』 하:60, 『석봉천자문』 38)
         녜 ᄌᆞ셰 드르라(『은중경언해』 3)
     ᄌᆞ셔(仔細) : ᄌᆞ셔히 信ᄒᆞ고(『육조법보단경언해』 상:82)
         ᄌᆞ셔ᄒᆞᆫ 사롬(『역어유해』 상:28)
     ᄌᆞ시(仔細) : 그 말을 ᄌᆞ시 긔록 ᄒᆞ엿더니(『태평광기언해』 1:32)
         사연은 ᄌᆞ시 아와ᄉᆞ오니(「숙종 언간」)
     밍셰(盟誓) : 큰 밍셰닐어(『두시언해초간』 상:24)
         주고모로 밍셰ᄒᆞ고(『동국신속삼강행실도』 烈:1)
     밍셔(盟誓) : 밍셧 밍(盟)(『훈몽자회』 하:32)
         밍셔 밍(盟), 밍셔 셔(誓)(『유합』 하:14)

  (11)에서 보듯이 '薺'운과 '霽'운에 속한 한자들의 한국음 일부에서는 그 모음으로 'ㅖ'와 'ㅕ'가 동시에 존재하였었다.

  그러면 이 'ㅕ'는 중국 한자음의 'ㅕ'가 들어 온 것인가, 아니면 한국 한자음이 변한 것인가를 판단하여야 한다. 그런데 이 '薺'운과 '霽'운에 속한 한자음이 모두 이렇게 변한 것은 아니라는 점에서, 한국의 한자음 일부가 한국어의 음운 변화에 따라 이렇게 변한 것을 수용한 것으로 판단한다.

  이런 한자음의 변화는 앞에서 본 '齊'의 음이 '졔'에서 '져'로 변한 것과

동궤이다. 이런 점에서도 향찰 '齊'는 그 당시에 음이 '져'인 '齊'를 전음차
/음만자로 만든 글자라고 정리할 수 있다.

　『삼국유사』의 향가에는 지금까지 검토한 '墮支行齊'(「모죽지랑가」)의
'齊' 외에, '逐內良齊'(「찬기파랑가」)와 '行齊敎因隱'(「원가」)의 '齊'들로 있
다. 이것들의 '齊'를 간단하게 정리하려 한다.

　'逐內良齊'(「찬기파랑가」)의 '齊'는 '제, 져, 저, 둔, 재, 지, 셔' 등으로 해
독되었다. 그리고 '行齊敎因隱'(「원가」)의 '齊'는 '제, 저, 져, 드, 지, 셔'
등으로 해독되었다. 이 형태들은 앞에서 살핀 '墮支行齊'(「모죽지랑가」)의
'齊' 해독에서 나타난 '제, 져, 재, 둔, 재, 자이, 지' 등과 비교할 때에, '저,
드, 셔' 등이 더 나타난 차이만을 보일 뿐이다. 이에 대한 설명을 하면 다
음과 같다.

　'셔'는 '좇나셔'(강길운 1995)와 '널셔 이스므론'(강길운 1995)에서 보인다.
그런데 이 '셔'는 '져'의 강길운식 표기로 큰 차이를 보이지 않으며, 꼭 '셔'
로 해독할 이유가 없는 것 같다. '드'는 '行齊敎因隱'을 읽은 '니드 이손'
(이탁 1956)에서 보인다. 이는 '齊'를 '둔'으로 읽었던 것을 다시 '드'로 읽은
것으로, '齊'를 '둔'으로 읽었을 때의 문제를 피할 수 없다. '저'는 '좇내려
저'(정열모 1947), '니저이신'(양주동 1942), '녀저신은'(정열모 1947), '니저 ᄀ
ᄅ친'(홍기문 1956) 등에서 보인다. 이 해독들은 '齊'의 음인 '졔, 져' 등이
어떻게 '저'로 읽히는지를 합리적으로 설명할 수 없는 문제를 보인다.

　이런 문제들로 보아 '逐內良齊'(「찬기파랑가」)와 '行齊敎因隱'(「원가」)의
'齊'들도, 그 당시에 한자음이 '져'인 '齊'를 전음차/음만자로 만든 글자라
고 정리할 수 있다.

2) 『균여전』의 '齊'

『균여전』의 '齊'는 '禮爲白齊'(「예경제불가」), '造物捨齊'(「참회업장가」), '斜良只行齊'(「상수불학가」), '悟內去齊'(「보개회향가」), '他事捨齊'(「총결무진가」) 등에서 나온다. 이 '齊'들 중에서 '禮爲白齊'의 것을 먼저 보고, 나머지의 것들은 간단하게 정리하려 한다.

먼저 '禮爲白齊'(「예경제불가」)의 '齊'에 대한 기왕의 해독 양상을 정리하면 다음과 같다.

> (12) 가. 제 : 절ㅎ숣제(오구라 1929), 절ㅎ숣제(신태현 1940), 예하삷제(정열모 1947)
>
> 나. 져 : 禮ㅎ숣져(양주동 1942, 지헌영 1947, 김준영 1979, 유창균 1994, 신재홍 2000, 황패강 2001), 례ㅎ숣져(홍기문 1956, 정열모 1965), 예하삷져(김상억 1974), 禮ㅎ삷져(전규태 1976), 절ㅎ숣져(김완진 1980), 禮허숣져(강길운 1995), 례하습져(류렬 2003)
>
> 다. 돈 : 禮ㅎ술돈(이탁 1956)
>
> 라. 계 : 뎔하살계(김선기 1975b)
>
> 마. 쪄 : 뎔까삷쪄(김선기 1993)

이 (12)에 나타난 '齊'의 해독은 앞에서 살핀 것들과 비교하면, '제'와 '쪄'만이 다르다. '계'는 '齊'의 중세음이다. 그러나 이 '계'는 의도나 원망의 연결어미나 종결어미가 아니라는 문제를 보인다. 심지어 해독자 자신이 현대역으로 단 '예배하옵과저'의 '-저'와도 통하지 않는 문제를 보인다. 그리고 '쪄'는 '져'의 김선기식 표기라는 점에서 문제가 되지 않는다. 이런 점과 '져'를 제외한 나머지 해독들이 가지고 있는 문제로 보아, 이 '齊'는 원망형 종결어미의 '져'로 보아야 한다고 판단한다.

'禮爲白齊'의 '齊' 외에, 『균여전』 향가에 나오는 '造物捨齊'(「참회업장가」),

'斜良只行齊'(「상수불학가」), '悟內去齊'(「보개회향가」), '他事捨齊'(「총결무진가」) 등의 '齊'들에 대한 기왕의 해독들을 간단하게 보자. '造物捨齊'의 '齊'는 '제, 져, 돈, 저, 재' 등으로, '斜良只行齊'의 '齊'는 '제, 져, 돈, 저, 재, 째' 등으로, '悟內去齊'의 '齊'는 '제, 져, 돈, 저, 째' 등으로, '他事捨齊'의 '齊'는 '제, 져, 돈, 저, 째' 등으로 각각 읽히고 있다. 이에 나타난 형태들은 앞에서 검토한 것들과 큰 차이가 없다. 그리고, 이 '齊'들은 모두가 원망형 종결어미의 위치에 있다는 점에서, 앞에서와 같이 '져'로 읽은 것들이 맞는다고 판단한다.

이 경우에도 향찰 '齊'(져)는 '齊'운에 속한 '妻, 西' 등은 물론, '薺'운과 '霽'운에 속한 '體, 麗, 制, 勢, 細, 誓, 底, 第' 등과 같이 'ㅖ〉ㅕ'의 변화과정에서 그 음이 '져'로 변한 '齊'를 향찰로 만든 전음차/음만자로 정리할 수 있다.

3. '旀'

이 장에서는 '旀/㫆'의 해독 양상, '며'의 해독 준거, '旀'의 생성 등을 정리하려 한다.

1) '旀/㫆'의 해독 양상

향찰 '旀/㫆'는 '古召旀'(「맹아득안가」)와 '爲旀'(「광수공양가」)에서 나온다. 그리고 이 '旀/㫆'에 대한 기왕의 해독들은 거의가 '며'로 나타나는데, 이런 해독의 양상을 이 절에서 정리하려 한다.

먼저 '古召旀'(「맹아득안가」)의 '旀'에 대한 해독을 정리해 보자.

(13) 가. 며(1) : 굽으리며(오구라 1929), 고부리며(정열모 1947, 1965), 구브리
며(홍기문 1956), 고브르며(황패강 2001)

나. 며(2) : 고조며(양주동 1935;1942, 유창선 1936d, 지헌영 1947, 김준영
1964, 김상억 1974, 서재극 1975, 전규태 1976, 금기창 1993, 유창균
1994, 강길운 1995), 고도며(이탁 1956), 고됴며(김선기 1968c, 양희철
1997, 신재홍 2000), 고또며(김선기 1993), 고초며(신태현 1940)

다. 며(3) : 나초며(김완진 1980)

라. 미 : 고부르미(류렬 2003)

이번에는 '爲旀'(「광수공양가」)의 '旀'에 대한 해독을 정리해 보자.

(14) 가. 며(1) : ᄒᆞ며(오구라 1929, 신태현 1940, 양주동 1942, 지헌영 1947, 홍기문
1956, 이탁 1956, 정열모 1965, 전규태 1976, 김준영 1979, 김완진 1980,
유창균 1994, 신재홍 2000, 황패강 2001, 류렬 2003)

나. 며(2) : 하며(정열모 1947, 김상억 1974)

다. 며(3) : 까며(김선기 1975b, 1993)

라. 며(4) : 허며(강길운 1995)

이렇게 (13)과 (14)에서는 거의 모든 해독들이 '며'로 통일되어 있으며,
(13라)에서만 '미'로 읽은 것이 한 번 나온다. 그런데 이 '미'의 해독은 '旀'
가 '彌'에 기원한 글자이고, 그 음이 '미'라는 점에서, '미'로 읽었다. 그렇
지만 '彌'의 당시음은 '미'가 아니고, '旀/㫆'가 이두에서 '며'라는 점에서,
이 '미'의 해독은 무시해도 좋을 것 같다. 이렇게 '古召旀'(「맹아득안가」)와
'爲旀'(「광수공양가」)의 '旀/㫆'는 거의가 '며'로 읽히면서, '며'로 읽는 데는
거의 합의가 이루어졌다.

2) '며'의 해독 준거

1)에서 보았듯이, '旀/㫆'의 음은 '며'로 거의 통일되었다. 그런데 문제는 '旀'가 어떻게 '며'로 읽힐 수 있는가 하는 점과 '㫆'는 어떻게 생성되었는가 하는 점이다. 전자는 이 절에서, 후자는 다음 절에서 각각 정리하려 한다.

'旀/㫆'를 기왕의 해석들이 '며'로 읽는 준거를 차례로 변증하면 다음과 같다.

(15) 爲旀は ㅎ며と讀む. … [旀]は朝鮮で作られた漢字で, 音を며といひ, 古くから助詞며に當ていれて居る. 鄭東愈の[晝永編]にも
[我國多字書所無之字(中略)又有音無義之字, 厼(音놋)旀(音며)云多.
(오구라 1929:71)

(15)에서 오구라는 정동유(1744-1808)의 『주영편』(1805-1806)에 따라, '旀'를 '며'로 읽었다.

(16) 旀「彌」의俗字, 轉音借「며」, …… 「彌」(旀)는 音「미」로 「며」에 仍用된다.
…(중간 생략)…
★★★★「旀」는 日本書紀 · 萬葉集 · 釋日本紀 · 姓氏錄等에도 「ミ · メ」(미·메)에 音借되엇다.
…(예문 인용 생략)…(양주동 1942:458-459)

(16)에서 양주동은 '旀'를 '며'로 읽으면서 轉音借로 정리를 하였다.

(17) … '旀'가 '彌'의 變體일 것이라는 것은 '弥'의 本體인 '彌'의 音價에서도 이해할 수 있다.

	上古	前漢	後漢	魏晉	南北	中古
彌	mjər	mjar	mjei	mjei	mjuæi	mjuĕ
	믈	멸	며	며		미

'彌'는 가장 이른 시기에는 '믈', 그 다음 단계는 '며'에 대용되었다. 이 단계는 後漢代에서 魏晉시대에 이르는 시기로, 이때에 수용된 土着化音은 韻尾의 'i'를 삭제하기 때문에 '며'가 된다.(유창균 1994:581)

(17)에서는 '旀'가 '彌'의 변체라는 점에서, '며'는 '몌'에서 'ㅣ'를 삭제한 음으로 보았다. 이는 '몌'가 어떤 점에서 '며'로 변했고, 이렇게 변한 한자의 예로 어떤 것이 있는가를 보여주지 않은 문제를 보인다. 이 문제를 차례로 검토해 보자.

(17)의 후한과 위진의 음으로 보면 '彌'의 음은 '몌'이다. 이런 '몌'는 불경 자역자에서도 확인된다. 즉 '須彌樓'(Sumeru), '彌樓'(Meru), '彌迦'(Meka) 등의 '彌'는 '몌/메'이다. 이런 사실은 '彌'가 '齊'운에 속했다는 사실에서도 알 수 있다. '彌'의 운을 보기 위하여, 『중문대사전』의 '彌'조 일부를 보면 다음과 같다.

(18) 丁. [集韻] 綿批切 齊平聲 ji

(18)과 앞의 정리를 종합하여 보면, '彌'의 과거음의 하나는 '몌'이며, '齊'운에 속한다. 이 '齊'운에 속한 한자들 중에서 '齊'자는 향찰에서 '旀/旀'자와 함께 그 모음이 'ㅕ'이다. 그리고 이 '齊'운에 속한 한자들 중에서 '旀/旀'와 같이 그 모음이 'ㅖ〉ㅕ'로 변한 예로 '妻'와 '西'가 있는데, 이 한자들은 같은 운에 속한 '旀/旀'의 모음이 'ㅖ〉ㅕ'로 변한 사실을 잘 말해준다[이와 관련된 내용은 앞장의 (9)와 이에 따른 설명 참조]. 이런 사실들로 미루어 볼 때에, 향찰에서 '旀/旀'가 '며'를 표기한 것은 '旀/旀'의 그 당시

음을 이용한 것이지, '몌'의 음에서 운미음 'ㅣ'를 삭제하여 '져'를 표기한 것이 아니라고 생각한다.

게다가 『等韻圖』에서 '齊'운이 속한 '蟹'攝 四等의 '薺, 霽' 등의 운에 속한 한자들을 함께 검토[앞장의 (10, 11)과 이에 따른 설명 참조]하면, '旀/㫆'가 당시의 음 '며'를 이용한 全音借/음만자의 가능성은 더 많아진다.

이렇게 '齊'운이 속한 '蟹'攝 四等의 '薺, 霽' 등의 운에 속한 한자음의 변화는 앞에서 본 '旀/㫆'의 음이 '몌'에서 '며'로 변한 것과 동궤이다. 이런 점에서도 향찰 '旀/㫆'는 그 당시에 음이 '며'인 '旀/㫆'를 全音借/음만자로 만든 글자라고 정리할 수 있다.

3) '旀'의 생성

'旀'의 생성에 대한 기왕의 연구들은 조자설, 속자설과 약체설/약서설의 복합, 국자설과 변체설의 복합 등으로 정리된다. 먼저 정동유는 '旀'가 조선에서 지었다는 조자설을 주장하였다. 이를 인용한 오구라의 글을 보자.

(19) 爲旀はㅎ며と讀む. … [旀]は朝鮮で作られた漢字で, 音を며といひ, 古くから助詞며に當ていれて居る. 鄭東愈の[晝永編]にも

　　[我國多字書所無之字 (中略) 又有音無義之字, 芿 (音늣) 旀 (音며)云々.]

とて朝鮮の造字なること述べく居る. 「葛項寺石塔記」中にも

　　[娚者零妙寺言寂法師在旀 妹者照文皇太后君妳在旀云多.]

などあるのを見ても, 新羅時代から在したものなることを知るに足るべく, 高麗時代にありては「淨兜寺造塔記」中に

　　善州云集堀院主人貞元伯士本貫義全郡乙白旀.

　　鏞重二兩亦中安邀爲白旀.

などあり(「旀」字「弥」字の如くにも見ゆ), 李朝時代のものにあらては, 「大明律」に

父母等善乙 打傷爲㫆
上敎以諸處差送敎是㫆
又傳傳借人令是㫆
陪奉駕前良中訴告爲白㫆
など其の用例頗る多く，其の略體の字としては，後世の吐に普通に
亦を用ひて居る(오구라 1929:71-72)

(19)에서 오구라는 정동유(1744-1808)가 주장한 '㫆'의 조선 '造字'설을
『주영편』(1805-1806)에서 인용한 다음에, 신라 고려 조선 등의 '㫆'를 보여
주고, 『대명률직해』에서 '㫆'와 '彌'는 같은 글자라고 주장하였다. 이 글은
'㫆'를 '며'로 읽고, '㫆'의 역사적 분포를 보여주면서, '㫆'의 해독에서 그
길을 열었다. 그러나 이 글은 '㫆'와 '彌'가 같은 글자라고만 하고, '㫆'와
'彌'가 같은 이유를 논리적으로 설명하는 문제는 미결로 남겨 놓았다.
　오구라와 같이 조자설을 따른 정열모와 강길운의 주장을 보자.

(20) 가. 《彌》와 《於》의 일부를 합하여 만든 리두자이다.(정열모 1965:314)
　　 나. '㫆'를 '彌'의 약자로 보기도 하나 㫆와 彌는 벌써 8세기 금석문에
　　　　서 분간되어 쓰이었을 뿐만 아니라, '미'('彌'로 전환하지 않은 글자로
　　　　추정: 필자주)를 '㫆'로 쓴 예는 거의 없고 또 '彌'를 '며'로 읽은 예
　　　　도 없으니 우리가 만들어낸 독특한 한자로 봄이 옳은 것이다. 弓
　　　　변을 方변으로 약서하는 법이 따로 없기 때문이다. 大明律弘文
　　　　館본에만 종종 㫆를 彌로 적은 바 있을 뿐인데 이것은 '며'와 '미'
　　　　가 유음이기 때문에 '㫆'를 '彌'의 이체로 본 잘못일 것이다.(강길
　　　　운 1995:279)

(20가)에서 정열모는 '㫆'를 '於'의 '方'과 '彌'의 '爾(=尒)'를 결합한 이두
자로 보았다. 이는 정동유가 '조자'라고 주장한 것을 구체적으로 설명하려

한 것과 같다. 그러나 뒤에 보겠지만, '旀'는 '彌'가 변한 글자라는 점에서 문제가 있는 주장으로 판단된다. (20나)에서 강길운은 『대명률직해』에서는 '旀'를 '弥'로 적은 바는 있지만, 8세기의 금석문(「葛項寺石塔記」 758년)에서는 '旀'와 '彌'를 분간하였다는 점과 여타의 이유에서, '旀'를 우리가 만들어 낸 독특한 한자로 보았다. 그리고 이어서 볼 양주동의 주장인 '方'변이 '弓'변의 약서라는 주장과, '旀'가 '弥'의 이체라는 주장을 비판하였다. '方'변이 '弓'변의 약서라는 주장을 비판한 것은 맞는 것 같다. 왜냐하면 '方'변과 '弓'변은 다른 글자이므로 약서라는 주장은 성립하지 않는다. 그러나 '旀'가 '弥'의 이체라는 주장을 비판한 것은 틀린 것 같다. 특히 이 주장은 기왕의 주장들이 이용한 자료들만을 보면, 상당히 그럴 듯하다. 그러나 다른 자료들을 검토하면 문제가 발생한다. 오구라, 양주동, 유창균, 강길운 등이 이용한 자료와 다른 자료들을 함께 보면 다음과 같다.(같은 글이나 비문에서는 하나씩만 인용하였다.)

(21) 第一恩賜父願爲內弥(「화엄경사경조성기」2)
娚者零妙寺言寂法師在旀 妹者照文皇太后君妳在旀(「갈항사석탑기」3)
右徒例以 分析爲弥 (「정도사조탑기」19)
觀音尊像 願成爲乎弥 (「감무관첩문」8)
崔忠獻亦 聚類結黨爲 殺活專權爲旀(「상서도관첩」19)
菩薩寺良中 屬令是旀(「청주목관문서」2-4)

(21)의 자료들에서 보면, 「葛項寺石塔記」(758년)의 '旀'보다 선행한 「화엄경사경조성기」(755년)의 '弥'가 먼저 나온다. 그리고 '弥'와 '旀'는 신라와 고려에서 혼용되었다. 이런 사실에서 '旀'는 조자라고 할 수 없다.

정동유의 조자설과 이를 따른 주장들을 비판한 것은 양주동이다. 그 글을 보면 다음과 같다.

(22) 「㫆」의俗字, 轉音借「며」, 「㫆」가 接續助詞「며」에 使用됨은 周
知의일로 懸吐의 略體론 「㫆」를 「尒」로 作한다. 「㫆」는 羅麗以
來 줄곧「며」에 專用되여왓다

　　娚者零妙寺言寂法師在㫆 妹者照文皇太后君㚤在㫆　(葛項寺石塔記)
　　善州云集堀院主人貞元伯士本貫義全郡乙白㫆　　　　(淨兜寺造塔記)
　　父母等善乙打傷爲㫆 謀殺爲㫆(毆及謀殺父母)　　　　(明律卷一·四)
　　我國多字書所無之字. … 又有音無義之字, 芴音늣 㫆音며. (晝永編)

「㫆」는 右引 晝永編所說과 같이 通常 東國의 造字로 생각하나 實
은「彌」의 略體에 不外한다. 곧「弓」이「方」으로「爾」가「尒」로
略書된것이다. 더구나 이를 確證하는것은 羅代官名「海干」(바돌
한)의 音借「波珍干」(바돌한, 珍訓「돌」)을 隨書其他에「波彌干」으로
誤書한것이니, 이는「珍」의 俗體「王尒」이「彌」의俗體「㫆」와 混
同된것이다. 「彌」(㫆)는 音「미」로「며」에 仍用된다.

　　★「㫆」는 明律弘文館本엔 종종「弥」를 作하엿다.
　　★★… 上引 葛項寺石塔記에「嬭」를「㚤」로 作한例 …
　　　　　　　　　　　…(인용 생략)…
　　★★★★「㫆」는 日本書紀·萬葉集·釋日本紀·姓氏錄等에도 「ミ·
　　メ」(미·메)에 音借되엇다.
　　…(예문 인용 생략)…(양주동 1942:458-459)

(22)에서 양주동은 오구라와 함께 '㫆'와 '弥'가 『대명률직해』에서 혼용
되었다는 점에서 같은 글자로 보면서, '㫆'를 '彌'의 '속자, 약체, 약서' 등
으로 해석하였다. 즉 "㫆「彌」의 俗字"에서는 '속자'로 해석하고, "「㫆」는
… 實은「彌」의 略體에 不外한다. 곧「弓」이「方」으로「爾」가「尒」로 略
書된것이다."에서는 '약체/약서'로 해석하였다. 이 해석에서 처음으로 '㫆'
를 '彌'와 연결시켰는데, 이는 정확한 것으로, '㫆' 해독의 발전이다. 그리
고 '尒'(=尒)를 '爾'의 略體/略書로 본 것도 뒤에 보겠지만 맞다. 그러나
앞의 (20나)에서 강길운이 비판하였듯이, '方'변은 '弓'변의 略體/略書가

아니라는 문제를 보인다. 결국 이 주장은 '彌, 弥=㳽'에서 '弥'가 '彌'의 약체/약서라는 것을 간접적으로 보여주었고, 오구라와 함께 '弥'와 '㳽'가 같은 글자라는 것을 주장하면서, '㳽/㳽'의 생성을 이해할 수 있는 기틀을 마련하였다. 그러나 이 설명은 아직도 '㳽/㳽'와 '弥/弥'가 『대명률직해』에서 혼용된다는 점에서 같은 글자로만 보았지, 생성의 측면에서 '㳽/㳽'와 '弥/弥'가 같은 글자라는 점을 설명하지 않은 문제를 보인다.

이번에는 정동유와 양주동의 주장을 모두 취한 유창균의 주장을 보자.

(23) … (梁柱東의 글을 인용한 부분 생략)…
　　라고 하며 '㳽'는 '彌'의 俗體라고 했다. 이 說은 그럴 듯한 근거가 있다.

　　　弥 同彌 (玉篇)
　　　彌 或作弥 (集韻)

'㳽'와 '弥'는 두가지 면에서 차이가 있다. 왼편의 '弓'이 '方'으로 된 점, 오른편의 '尔'가 '尒'로 된 점이다. 그러나 이것은 '弓'을 흐리게 쓰는 사이에 '方'으로 바뀌었고, '尔'도 '尒'로 바뀐 것이 아닐까 한다. …… 이와 같이 '㳽'의 처음 쓰임이 '弥'의 變形에서 유래한 것인지는 알 수 없으나, 連結語尾의 '-며'를 표기하기 위해 우리의 漢字라는 인식밑에서 사용되어온 것이다. 《三國遺事》에서는 漢字의 '彌'는 항상 '彌'를 쓰고 '㳽'는 쓰지 않았다. '㳽'는 固有語의 表記 및 借字表記에 한정된다는 점도 간과해서는 안된다. … [앞에서 본 (17)의 인용은 인용 생략] … 이와 같이 '彌'은 그 기층음에 따라 表音을 달리하고 있거니와 '㳽'가 '며'의 表示에 쓰임은 '彌'의 後漢代의 수용음과 일치하는 것이다. '㳽'의 쓰임이 벌써 漢代音을 수용한 단계까지 소급되는 것으로 볼 수 있고, 이와같이 土着化된 音은 새로운 기층음을 수용한 後에도 漢字表記로서 慣用되어온 것이다. '㳽'가 '며'의 表記로 이해할 수 있는 근거는 梁柱東의 '彌'의 變體라는 설을 원용하는 길밖에 도리가 없다.

　… 이와 같이 '㫆'는 '弥'의 變形에서 온 것이든 아니든 관계 없이, 그것은 우리의 國字로써 확고하게 자리를 굳히었고, 나아가 日本에까지 傳播하게 된 것이다.

　'며'는 나열형 어미이다.(유창균 1994:580-581)

　(23)에서 유창균은 양주동이 '俗字, 略體, 略書' 등으로 설명한 것들을 인용한 다음에, 양주동의 설명을 두 측면에서 보완하였다. 하나는 '㳻/弥'가 '彌'의 속자 또는 약체/약서라는 점을 사전을 통하여 예증한 것이다. 이는 양주동이 간접적으로 설명한 것을 예증한 것이다. 다른 하나는 '㫆'가 '彌'의 變體일 것이라는 점을 '彌'의 音價에서도 이해할 수 있다고 본 것이다. 이는 양주동이 '㫆'는 '彌'의 속체라고 주장한 것을 '몌〉며'의 음가 차원에서 검토한 것이다. 그러나 '弥'가 '㫆'로 어떻게 변했는가를 예증하지 않은 문제를 여전히 보인다. 이에 대해 "弓'을 흐리게 쓰는 사이에 '方'으로 바뀌었고, '尒'도 '余'로 바뀐 것이 아닐까 한다."고 보고 있으나, "弓'을 흐리게 쓰는 사이에 '方'으로 바뀌었고"에는 여전히 문제가 있다. 그 다음에는 그 이전의 주장과는 상반되게, "이와 같이 '㫆'는 '弥'의 變形에서 온 것이든 아니든 관계 없이, 그것은 우리의 國字로써 확고하게 자리를 굳히었고"라고 주장한다. 논지에 일관성이 결여된 문제를 보인다. 즉 '㫆'가 '彌'의 變體라면, 이 '㫆'는 國字가 아니다. 그런데도 이를 국자라고 하고 있어, 문제를 보인다. 혹시 변체까지도 국자라고 한다면 가능한 주장일 수 있다.

　이렇게 기왕의 주장들은 '㫆'의 생성을 정확하게 설명하지 못하고 있다. 필자가 보기에 '㳻/㫆'는 '彌→弥/弥→㳻/㫆'의 과정을 거치면서 생성된 향찰로 판단한다. '彌'가 약체 '弥/弥'로 변하고, 이 약체 '弥/弥'가 속체/변체 '㳻/㫆'로 변한 것이 '㳻/㫆'라고 판단한다. '弥/弥'가 '彌'의 약체라

는 사실은 유창균이 보여주었듯이 사전에서도 알 수 있지만, 사전에서
'尒, 尓, 尔' 등이 '爾'의 약체 또는 속체라는 점에서도 알 수 있다. 그리고
이런 사실은 '彌'와 '弥/弥'가 실제로 『삼국유사』에서 함께 쓰였다는 점에
서도 알 수 있다.

(24) 가. 造石彌勒(『삼국유사』「효소왕대 죽지랑」조)
　　　　彌勒世尊(『삼국유사』「경덕왕 충담사 표훈대덕」조)
　　　　一沙彌(『삼국유사』「낙산이대성 관음 정취 조신」조)
　　　　沙彌到窓下(『삼국유사』「낙산이대성 관음 정취 조신」조)
　　나. 生義寺石弥勒(『삼국유사』「생의사 석미륵」조)
　　　　有石弥勒(『삼국유사』「생의사 석미륵」조)
　　　　沙弥妙正(『삼국유사』「원성대왕」조)
　　　　沙弥每以殘食(『삼국유사』「원성대왕」조)
　　다. 弥勒仙花(『삼국유사』「미륵선화 미시랑 진자사」조)
　　　　弥勒像前(『삼국유사』「미륵선화 미시랑 진자사」조)
　　　　一沙弥(『삼국유사』「진성여대왕 거타지」조)
　　　　沙弥取(『삼국유사』「진성여대왕 거타지」조)

　(24)는 '彌勒'과 '沙彌'에 나타난 '彌, 弥, 弥' 등의 예들을 인용한 것들
이다. (24가)는 '彌'의 예들을, (24나)는 '弥'의 예들을, (24다)는 '弥'의 예
들을 각각 보여준다. 이런 점들은 '弥/弥'가 '彌'의 약체라는 사실을 말해
준다.
　이제 남은 문제는 약체 '弥/弥'가 변한 속체/변체가 '旀/㫆'라는 것을
증명하는 것이다. 이 문제의 해결은 양주동과 오구라가 언급한, 『대명률
직해』에서는 '旀'와 '弥'가 함께 나타난다는 정리에서부터 출발하려 한다.
　먼저 『대명률직해』에 나타난 '弥'와 '旀'의 예들과, 그 중간에 속한 것들
로 볼 수 있는 예들을 정리하면 다음과 같다.['가, 다'의 예들은 명확하여 각각

세 개의 예를 인용하고, '나'의 예들은 좀더 충분하게 다섯 개의 예를 인용하면서 '弥'
와 '旀'를 모두 표기하였다.]

(25) 가. 一等爲弥(『대명률직해』 4:5)

不冬爲弥(『대명률직해』 4:8)

是如爲弥(『대명률직해』 5:2)

나. 不冬爲弥/旀(『대명률직해』 1:8)

得罪爲弥/旀(『대명률직해』 1:17)

自告爲弥/旀(『대명률직해』 1:27)

還官爲弥/旀(『대명률직해』 1:25)

謀殺爲弥/旀(『대명률직해』 1:4)

다. 偸取爲旀(『대명률직해』 1:5)

不冬爲旀(『대명률직해』 4:8)

敎害爲旀(『대명률직해』 1:5)

(25)의 '弥, 弥/旀, 旀' 등의 사진들을 보자. 순서는 (25)의 것을 우에서
좌로 배열하였다.

(26)

가   나   다

(25, 26) 등에서와 같이 『대명률직해』에서는 '旀'와 '弥'를 동시에 보여 준다. 특히 (25가, 26가) 등의 '不冬爲弥'(『대명률직해』 4:8), (25나, 26나) 등의 '不冬爲弥/旀'(『대명률직해』 1:8), (25다, 26다) 등의 '不冬爲旀'(『대명 률직해』 4:8) 등은 '不冬爲-'의 같은 환경이라는 점에서, 이에 쓰인 '旀', '旀/弥', '弥' 등을 같은 글자로 판단하게 한다. 그리고 (26나)는 보는 각도에 따라 '弥'로 볼 수도 있고, '旀'로 볼 수도 있다. 즉 '尒'의 앞에 붙은 변의 첫 번째 획을, '弓'변의 'ㄱ'과 '方'변의 'ㆍ'에서, 어느 것으로 보느냐에 따라, 그리고 '尒'의 앞에 붙은 변의 세 번째 획 또는 세 번째와 네 번째 획을, '弓'변의 'ㄴ'과 '方'변에서 'ㅗ'를 뺀 나머지 부분 중에서, 어느 것으로 보느냐에 따라, (26나)의 것들은 '弥'로 읽을 수도 있고, '旀'로 읽을 수도 있다. 물론 (26가)쪽에 가까운 (26나)의 것들은 '弥'에 가깝고, (26다)쪽에 가까운 (26나)의 것들은 '旀'에 가깝다. 그리고 이렇게 읽을 수 있는 것들은 '弥/弥'의 '弓'변을 正字로 또박또박 쓰지 않고 반초서로 쓴 것들이다. 이런 현상은 우리가 '弥/弥'를 반초서로 빠르게 쓸 때에도 발생한다. 이런 점들에서, 이 속체/변체는 반초서로 흘려쓰면서 발생한 것이라고 정리할 수 있다.(이런 설명은 『삼국유사』의 '旀/旀'들을 통해서도 할 수 있으나, 대다수의 글자들이 불교 용어인 '미륵, 사미, 미타' 등의 '미'에서 나오면서 이 단어들에 끌려 '旀/旀'보다, '弥/弥'로 읽게 되어 『대명률직해』의 것들에서 정리를 하였다.)

이런 점들로 보아, '弥/弥'는 '彌'의 약체이고, '旀/旀'는 '弥/弥'의 속체/변체이며, 이 속체/변체는 '弥/弥'의 '弓'변을 반초서체로 흘려쓰면서 발생한 변화라고 정리할 수 있다.

4. '提, 兮'

이 장에서는 향찰 '提'와 '兮'에 대한 기왕의 해독들을 두 절로 나누어 변증하고자 한다.

1) '提'

향찰 '提'는 '菩提向焉'(「참회업장가」)과 '菩提叱菓音'(「청전법륜가」)의 '菩提'에서 두 번 나온다. 이 두 '菩提'에 대한 기왕의 해독은 해독자들마다 통일되어 있어 함께 보려 한다. 기왕의 해독을 정리하면 다음과 같다.

> (27) 가. 菩提(오구라 1929, 신태현 1940, 양주동 1942, 지헌영 1947, 이 탁 1956,
> 전규태 1976, 김준영 1964, 1979, 김완진 1980, 유창균 1994, 강길운
> 1995, 신재홍 2000, 황패강 2001)
> 나. 보리(정열모 1947, 홍기문 1956, 정열모 1965, 김상억 1974, 김선기
> 1975a, 류 렬 2003)
> 다. 뽀디(김선기 1975a), 뽀띠(김선기 1993)

(27가)의 해독들은 한자 '菩提'를 그대로 옮겼다. 문제가 없는 것 같지만, 그 발음이 '보디'와 '보리'에서, 어느 것인가를 명확하게 제시하지 않은 문제를 보인다.

(27나)와 (27다)는 '菩提'의 음을 살려 해독을 하였다. 정열모는 '보리'로 읽었으나 그 설명이 없다. 나머지 해독들 중에서 그 설명을 자세하게 보인 글 셋을 보자.

> (28) 가. 菩提. 《향가 급 리두 연구》와 《조선 고가 연구》에서 모두 한'자
> 어휘로 인정하였다. 이는 타당하다. 불교에서 도를 깨닫는 것을

≪菩提≫라고 하니 한'자로는 ≪覺≫의 뜻이다. ≪提≫를 보통의 음과 같이 ≪제≫라고 읽는 것이 아니요 ≪리≫라고 읽는다. 중들은 이 ≪菩提≫의 ≪提≫와 함께 ≪道場≫의 ≪場≫도 ≪량≫으로 읽는다. 이것은 ≪牧丹≫을 ≪모란≫, ≪次第≫를 ≪차례≫, ≪水團≫을 ≪수란≫으로 읽는 것 같은 한'자의 고대음인 것이다.(홍기문 1956:354)

나. '菩提'는 [bodhi]가 '덜말'이니까 '뽀띠'로 읽엇고 … 이 '띠'[di]가 뒤에 [ri]로 흘러 바뀌엇다. 그러나 이것은 660~757 사이에 일어 낫는지 그렇지 아니하면 그 뒤에 일어난 일인지는 더 찾아보아야 하리라고 생각한다.(김선기 1993:618)

다. 梵語 Bodhi의 音譯 '道·覺·智'를 뜻하는 말이다. 音譯으로는 魏晉音을 기준으로 할 때b'jou-d'iei로 '보데'가 된다 하겠다. 그런데 우리는 언제부턴가 '보리'로 읽어 왔다. 이와 같이 語中의 'ㄷ'이 'ㄹ'로 바뀐 예는 東國正韻이 그 序에서 '次第→추례, 牧丹→모란'과 같이 변한 예를 들고 있는 것을 보면 'ㄷ→ㄹ'의 현상은 상당히 오래 전까지 소급되는 것으로 생각되나, 이 노래의 당시에 과연 '보리'였는지는 확언하기 어렵다.(유창균 1994:935)

(28가)는 '菩提'가 절에서 '보리'로 읽히는 것에 의거하여 '보리'로 읽었다. (28나)는 '보리'는 '보디'가 변한 것인데, '보디〉보리'의 변화가 660-757에 일어났는지 그 후에 일어난 것인지를 좀더 찾아보아야 할 것으로 유보하면서, '보디'의 자기식 표기인 '뽀띠'로 정리를 하였다. (28다)는 (28가, 나) 등을 다시 정리한 것 같다.

불경자역인인 '天須菩提 Deva Subhūti'와 '菩提 Bodhi-body'로 보면 '菩提'는 '보디'가 맞는다. 그러나 '菩提向焉'(「참회업장가」)과 '菩提叱菓音'(「청전법륜가」)의 '菩提'가 신라가 아니라 고려의 것이라는 점에서, 즉 불경자역인인 '菩提 Bodhi-body'가 이 땅에 들어온 지가 오래된 때의 것이라는 점에서 '보리'를 택한다. 그러나 언제 '보디'가 '보리'로 변했는지는 좀더 검토해 보아야 할 것 같다.

그런데 이 '菩提'의 '提'는 '齊'운에 속하는 글자로 '齊'운에 속한 향찰의 해독에 도움을 준다. '齊'운에 속한 '提'의 음을 보기 위해『중문대사전』의 정리를 보자.

(29)提 [廣韻] [正韻] 杜奚切 [集韻] [韻會] 田黎切　音題 齊平聲　tyi
　　　[廣韻] 都體切 [集韻] [韻會] 典禮切　音底 齊上聲 dii

(29)의 '都體切', '典禮切', '田黎切', '音題', '音底', 'tyi', 'dii' 등으로 보면. '提'의 음은 '뎨〉뎌〉디'로 변했음을 알 수 있다. 이 중의 '디'가 이미 불경자역자를 통해서 들어와,『균여전』향가의 향찰에 나타난 것이다. 이 '디'는 불경자역자에 근거한 것이라고 해도, '뎨〉뎌'와 같이 변한, 즉 '齊'에서 정리한 '졔〉겨'의 변화를 이 글자가 간접적으로 보완해 준다고 정리할 수 있다.

2) '兮'

향찰 '兮'는 '白乎隱乃兮'와 '爲賜隱伊留兮'에서 나온다. 두 경우를 차례로 보려 한다.

'白乎隱乃兮'(「칭찬여래가」)의 '兮'에 대한 기왕의 해독 양상을 정리하면 다음과 같다.

(30)가. ㅣ/이 : 숣온녜(오구라 1929), 술뵷뇌(양주동 1942), 숣오뇌(지헌영 1947), 술본내(홍기문 1956), 살본내(김선기 1975b), 삷오뇌(김상억 1974), 삶온 나이(김선기 1993)

나. ? : 숣오나(신태현 1940)

다. 혜 : 삷온 내혜(정열모 1947), 솔본 나혜(정열모 1965), 숣온 내혜(전
규태 1976)

라. 여 : 술온나여(이 탁 1956), 솔본 너여(김완진 1980), 솔본 너여(황패
강 2001)

마. 혀 : 숣온 나혀(김준영 1964, 1979), 솔본 나혀(유창균 1994), 솔본 니
혀!(신재홍 2000)

바. 히 : 솔본 나히(류 렬 2003)

사. 루다 : 솔본 내루다(강길운 1995)

(30가)의 해독들은 '兮'를 'ㅣ/이'로 읽었다. 이 해독을 주도한 오구라와
양주동의 설명을 보면 다음과 같다.

(31) 가. 白は숣で謙讓の義をあはす助動詞, 乎隱も謙讓の義を表はす助
動詞온, 乃兮の[兮]は音혜で, 鄕歌中にありては第八に≫「皆佛體
置然叱爲賜隱伊留兮」と使用せるのみであるが, 此處は「乃兮」兩
字を以て네又は내と讀み, 詠歎の義を有し, 句末を結んだもので
ある(오구라 1929:64-65)

나. … 乃 音借「나」. 「乃」는 「나」가 通例이나 「누」乃至 「네」에 音借
됨은 旣注. 兮 畧音借「ㅣ」. 「乃兮」反切 「뇌」. 「兮」는 音 「혜」로
…(인용 생략)… 等例에선 「혜・히」에 正音借되엿으나, 左例는 그
母音 「ㅔ」만을 取하야 上字와 反切되었다.(양주동 1942:718)

(31가)에서는 '乃兮'를 '네' 또는 '내'로 읽었다. '乃'가 '나'나 '너'라는 점
에서, '兮'를 'ㅣ'로 읽었다고 정리할 수 있다. (31나)에서는 '兮'를 약음차
'ㅣ'로 읽고, '乃兮'를 반절로 보아 '뇌'로 읽었음을 명확하게 제시하고 있
다. 이런 해독은 초기에 유행했었다. 그러나 지금은 이해되지 않는 해독

이다. 특히 '혜' 음에서 'ㅣ'만을 이용했다고 보는 것은 매우 어렵다. 왜냐하면 'ㅣ'를 표기하는 전통적인 반절법, 특히 반절하자로 '伊'나 '是'와 같은 글자가 있는데, 이를 이용하지 않고, '兮'를 이용했다는 것은 이해하기 어렵다. '兮'는 전통적인 반절로 보면, 반절상자로는 'ㅎ'이고, 반절하자로는 'ㅖ'이다. 이렇게 반절하자로는 'ㅖ'가 되는 글자를 반절로 'ㅣ'의 표기에 사용되었다고 본 것은 해독 초기의 지나친 해독이라고 판단한다.

(31나)에서는 '兮'를 어떻게 해독했는지를 알 수 없다. (31다)에서는 '兮'의 음을 살려 '혜'로 읽었다. 그러나 '乃兮'의 해독인 '내혜'와 '나혜'에서 '혜'의 기능이 무엇인가를 알 수 없는 문제를 보인다. 이 '혜'를 서술식 종결(정열모 1965:371)로 보기도 하나 예증이 되지 않는다.

(31라)에서는 '兮'를 '여'로 읽었다. '나여'와 '너여'에서 '여'의 기능은 분명하다. 그러나 '兮'를 '여'로 읽을 수 없는 문제를 보인다. 특히 '餘, 與, 如, 余' 등등과 같이 '여'의 음을 가진 한자들이 많은데도, 이 한자들을 버리고 '혜'나 '혀'의 음인 '兮'로 '여'를 표기했다고 보기 어렵다.

(31마)에서는 '兮'를 '혀'로 읽었다. 이 '혀'는 '兮' 음의 변화로 보아 가능한 음이다.

(32) 兮 [廣韻] 胡雞切 [集韻] [韻會] [正韻] 弦雞切 音奚 齊平聲 shti

(32)는 『중문대사전』에서 인용한 것이다. 이로 보면, '혜>혀>히'의 변화를 알 수 있다. 이는 '齊'운에 속한 한자들이 보인 'ㅖ>ㅕ>ㅣ'와 동궤이다. (4마)의 해독들 중에서 그 구체적인 설명을 보인 유창균의 글을 보자.

(33) 이 字가 統辭的 機能을 기준으로 한 訓借로 이해하는 데는 부담을 가진다. 借字表記에서 볼 때 '兮'는 音借에 씀이 正常이 아닐까 하는

것이다. '兮'는 《東國正韻》에 '혱'로 되어 있다. 이것은 現用音 '혜'와도 부합한다.

	上古	前漢	後漢	魏晉	南北	中古
兮	ɤig	ɤieɪ	ɤiei	ɤiei	ɤiei	ɤiei

'兮'는 '혜'가 된다. 그러나 이른 시기의 代用音에서는 '齊'가 '져'가 되고 '體'가 '텨'가 되고 '制'가 '져'가 됨과 같이 '兮'의 代用音도 '혀'이었다고 봐야 할 것이다. 그런데 中世語에는 이 '혀'와 형태적으로 부합하는 감탄형어미의 예가 없다. 그래서 기존의 해독에서는 이 '혀'를 취하지 않고 '혜'에서 'ㅣ'를 취하거나 혹은 訓을 취하거나 한 것인데, 筆者는 中世語에 비록 '혀'와 같은 형태가 없다하더라도 均如歌의 時代에는 분명히 있었던 것으로 생각하는 것이다.(유창균 1994:910)

(33)에서 보면, '齊, 體, 制' 등의 대용음이 '져, 텨, 져' 등이 됨과 같이, '兮'의 대용음을 '혀'로 보았다. 이 세 한자들은 향찰에 한정된 자료이다. 이렇게 보는 것도 좋으나, '齊'운은 물론 '薺'운과 '霽'운을 포함한 '蟹攝 四等'에 포함된 한자들의 음변화로 보는 것이 나을 것 같다. 그리고 이 '혀'의 형태가 중세어에 없다하더라도, 균여 당시에는 존재한 것으로 생각하였다. 이 해독은 해독자가 보여주듯이, '혀'의 기능이 예증되지 않는다는 문제를 보인다. 그런데 (33)의 첫부분인 "이 字가 統辭的 機能을 기준으로 한 訓借로 이해하는 데는 부담을 가진다."에서, '兮'를 훈으로 읽는 데 부담이 있음을 주장한다. 그 부담이 무엇인지 알 수 없다. 그 당시까지 나온 기왕의 해독들을 보면 '兮'는 모두가 음으로 읽었다. 그렇다고 '兮'를 훈으로 읽는 것이 부담이 될 필요는 없을 것 같다.

(30바)는 '兮'를 '히'로 읽었다. '兮'의 현대음도 '혜'인데, 이 '혜'가 균여 시대의 한국음이 '히'까지 변했는지는 의심스럽다. 그리고 이를 인정하여도, 이 '히'의 기능이 무엇인지 알 수 없다.

(30가-바) 등의 해독들은 '兮'를 음으로 읽었다. 그러나 음과 그 기능에서 모두 맞는 것이 없는 것 같다. 이로 인해 '兮'를 훈으로 읽은 (30사)의 해독이 나왔다. 그 설명은 다음과 같다.

(31) (29)「乃兮」는 '내루다'(=내로다)로 재구하여 둔다.
　　　 '乃'는 '내'로 음독하고, '兮'는 제시・감탄서술형조사로 쓰이는 한 자이므로 활용기(소위 서술격) '이(딴이)' 아래에 이어지는 서술형어미 '-루다'로 새긴다.(강길운 1995:376)

(31)의 해독만 보면 문제가 없는 것 같다. 그러나 이어서 볼 '爲賜隱伊留兮'와 함께 보면 문제가 생긴다. 즉 '留(루)' 다음에 '루다'의 '루'가 또 오는 문제이다.

이 문제를 해결하기 위하여 '兮'를 '구나'로 해독한다. 특히 뒤에 볼 '爲賜隱伊留兮'에서와 같이 '-루-' 다음에도 오고, '白乎隱乃兮'의 '너/나-' 다음에 올 수 있는 감탄형 종결어미인 '-구나'로 해독한다.

이번에는 '爲賜隱伊留兮'(「상수불학가」)를 보자. 이 '兮'에 대한 기왕의 해독 양상은 다음과 같다.

(32)가. ㅣ : ᄒᆞ샨 일이네(오구라 1929, 신태현 1940), 그랏 ᄒᆞ샤니뢰(양주동 1942, 황패강 2001), 그랏 ᄒᆞ샨이뢰(지헌영 1947), 그럿 ᄒᆞ손이뢰(이탁 1956), 그럿 하샤니뢰(김상억 1974), 그랏 ᄒᆞ샤니리(전규태 1976)
　　나. 혜 : 그리 하산 일혜(정열모 1947)
　　다. 혀 : 그랏 ᄒᆞ샤니루혀(홍기문 1956), 그랏/그럿 ᄒᆞ샨이루혀(김준영 1964, 1979), 그럿 ᄒᆞ신이로혀(유창균 1994), 그럿 ᄒᆞ시니로혀(신재홍 2000)
　　라. 예 : 그럿 ᄒᆞ샤니뤠(정열모 1965)

마. 개 : 개릳 까샨 이루개(김선기 1975a)

바. 여 : 그럿 ᄒ시니로여(김완진 1980)

사. 곙 : 그랏 까신일루곙(김선기 1993)

아. 히 : 그리 하시니로히(류렬 2003)

자. 루다 : 그랗 허신이루다(강길운 1995)

　(32가)는 앞에서와 같이 '兮'를 'ㅣ'로 읽을 수 없는 문제를 보인다. 그리고 (32나)는 '兮'의 음을 살렸지만, '일혜'에서 '-혜'의 기능이 이해되지 않는다. (32다)는 '兮'를 '혀'로 읽었다. 그 이유를 보자.

　　(33) 爲賜隱伊留兮. 《향가 급 리두 연구》에서는 《ᄒ샨일이네》라고 읽었고 《조선 고가 연구》에서는 《ᄒ샨이뢰》라고 읽었다. 먼저 책에서는 현대어의 법토에 맞추는데 그치었고 나중 책에서는 15 세기 문헌에 나타난 법토에 부합시키기에 급급하였을 뿐이다.
　　《爲賜隱伊留兮》는 그 음 대로 《ᄒ샤니루혀》로 읽어서 아무런 지장이 없다. 향가시대의 이런 법토로부터 후대의 《ᄒ샤니로세》, 《ᄒ샤니로쇠》 또는 《ᄒ샤니뢰》 등이 나왔다고 상정하기에 충분하다.
　　(홍기문 1956:401)

　(33)에서는 오구라와 양주동이 어미를 현대어와 중세어에 맞춘 문제를 지적하고, '伊留兮'를 '이루혀'로 읽고, 이를 '이로세, 이로쇠, 이뢰' 등의 선행형으로 상정하였다. 이 상정은 유창균이 균여 시대에는 '-혀'가 있었다고 생각한다는 주장으로 이어지는데, 역시 예증할 수 없는 문제를 피할 수 없다.

　(32라-바) 등에서는 '兮'를 '예, 개, 여' 등으로 읽었는데, '兮'의 음인 '혜'나 '혀'를 벗어난 문제를 보인다. (32사)에서는 '兮'를 '곙'로 읽었다. 이

'계'는 'ㄱ'과 'ㅎ'의 교체를 전제로 할 때에 인정되는 음이다. 그러나 이 역시 '혜'와 같이 그 기능이 무엇인가 하는 문제를 보인다.

(32아)에서는 '爲賜隱伊留兮'를 '하신것이로구나'의 뜻을 담은 옛날말인 'ㅎ시니로히'로 읽었다.(류렬 2003:460) '이로히'가 '이로구나'의 의미라는 점을 논증할 수 없는 문제를 보인다.

이렇게 '兮'를 음으로 읽은 기왕의 해독들이 문제를 보이자, '兮'를 훈으로 읽은 (32자)의 해독이 나왔다. (32자)는 '兮'를 '루다'로 읽으면서 그 이유를 다음과 같이 보여준다.

(34) (26)「伊留兮」는 '이루다'(=것이구나)로 재구하여 둔다.
'伊'는 '이'로 음독하여 형식명사로 다루고, '留'는 '루'로 음독하며, '兮'는 詩賦에서 감탄서술형조사로 쓰이고, '-루'(留)를 두음첨기한 점으로 미루어 '-(이)로다'의 소급형 '-(이)루다'로 읽어야 할 것이다. (강길운 1995:471)

(34)에서 보면, '伊'를 '이'로, '留'를 '루'로, '兮'를 '루다'로 읽었다. 그리고 '留'의 '루'를, '兮'의 '루다'에 나온 '루'의 두음첨기로 보았다. 앞에서 보았듯이 두음첨기를 인정하기 어렵다.

이 문제를 해결하기 위하여 '伊'를 '이'로, '留'를 '루'로, '兮'를 '구나'로 읽어, '伊留兮'를 '이루구나'로 정리한다.

5. 결론

지금까지 향찰 '齊, 尒/你, 提. 兮' 등에 대한 기왕의 해독들을 변증해 보았다. 그 결과 중에서 중요한 것들을 요약하는 것으로 결론을 대신하면 다음과 같다.

1) 한자 '齊'가 속한 '齊'운의 한자 '妻, 西' 등의 모음은 중국 한자에서 'ㅖ>ㅕ>ㅣ'의 변화를 보이며, 한국 한자에서 'ㅖ>ㅕ>ㅓ'의 변화를 보이고, 이두 '齊'에 병기된 한글이 '져'라는 점에서, 향찰 '齊'(져)는 그 당시의 한자 '齊(져)를 이용한 全音借/음만자로 정리할 수 있다.

2) '齊'운과 더불어 '蟹'攝 四等에 속한 '薺'운과 '霽'운의 한자들인 '體, 麗, 制, 勢, 細, 誓, 底, 第' 등의 모음이 중국 한자에서 'ㅖ>ㅕ>ㅣ'로 변했고, 한국 한자에서 '麗, 底'의 중세 모음은 'ㅕ'이며, '體, 勢, 細, 誓' 등의 중세 모음이 'ㅖ'와 'ㅕ'라는 점과, 이두 '齊'에 병기된 한글이 '져'라는 점에서도, 1)의 결론인, 향찰 '齊'(져)는 그 당시의 한자 '齊(져)를 이용한 전음차/음만자라는 점을 다시 확인할 수 있다.

3) 향찰 '齊'(져)가 전음차/음만자라고 할 때에, 운미음 'ㅣ'를 삭제하여 향찰을 만들었다는 주장은 부정된다.

4) '祢/祢'는 '며'로 읽는 데 거의 합의되었다.

5) '祢/祢'를 '며'로 읽는 이유의 설명은 세 가지이나, 모두 문제를 보인다. 즉 '祢/祢'의 음이 '며'라는 기록(정동유)은 '祢/祢'의 음이 왜 '며'인가를 설명하지 않은 문제를 보인다. '祢'는 '彌'(메)의 속자로 '며'의 轉音借라는 주장(양주동)은 전음차라는 설명에서 문제를 보인다. '祢(=彌, 메)'의 '메'에서 'ㅣ'를 삭제한 표기라는 주장(유창균) 역시 이런 표기법이 인정되지 않는다는 점에서 문제를 보인다.

6) '祢/祢'(=彌)와 같이 '齊'운에 속한 '妻'와 '西'는 그 운이 'ㅖ>ㅕ'로 변했다는 점에서, '祢/祢'는 그 당시의 음인 '며'를 이용한 전음차/음만자로 정리된다.

7) '彌'가 속한 '齊'운과 함께 '蟹'攝 四等에 속한 '薺'운의 '體'와 '霽'운의 '勢, 細, 誓' 등의 운이 'ㅖ'와 'ㅕ'라는 점에서도 '祢/祢'는 그 당시의

음인 '며'를 이용한 전음차/음만자로 정리된다.

8) '㫆'를 조자로 본 정리(정동유)와, '㫆'를 '於'의 '方'과 '彌'의 '爾(=尒)'를 결합한 이두자로 본 설명(정열모)은 논거가 없거나 비논리적인 문제를 보인다.

9) '㫆'가 '彌'의 속자 또는 약체/약서라는 주장(양주동)은 맞는 가설이지만, 논증하지 않은 문제가 있다. 이 중에서 '弥/弥'가 '彌'의 속자 또는 약체/약서라는 점은 사전을 통해서 논증(유창균)되었고, '㫆'가 '彌'의 變體일 것이라는 점은 '彌'의 音價를 통해서 부분적으로 논증(유창균)되었다.

10) 기왕의 주장들은 '㫆'의 생성에서 '㫆/㫆'가 '弥/弥'와 같은 글자라는 사실을 문자의 변화에서 설명하지 않았다. 이는 '㫆/㫆'가 '彌→弥/弥→㫆/㫆'의 과정을 거치면서 생성된 향찰로, '彌'가 약체 '弥/弥'로 변하고, 이 약체 '弥/弥'가 속체/변체 '㫆/㫆'로 변한 것이 '㫆/㫆'라고 판단한다. '弥/弥'가 '彌'의 약체라는 사실은 사전에서도 알 수 있지만, '尒, 尔, 尒' 등이 '爾'의 약체 또는 속체라는 점과 『삼국유사』에서 '彌'와 '弥/弥'가 '彌勒'과 '沙彌'의 '彌'에서 함께 쓰인다는 점에서도 알 수 있었다.

11) '㫆/㫆'가 '弥/弥'의 속체/변체라는 사실은 '弥/弥'의 '弓'변을 반초서로 쓸 때에 나타나는 '方'변으로 설명되며, 이렇게 '弥/弥'나 '㫆/㫆'의 양자로 볼 수 있는 글자들은 『대명률직해』에서 예증된다.

12) 「참회업장가」와 「청전법륜가」의 '菩提'에 나타난 '提'는 '菩提 Bodhi'의 불경자역자로 이 땅에 들어온 지가 오래된 고려 전기의 것이라는 점에서 '보리'의 해석을 따랐다. 그러나 정확한 판단은 좀더 구체적인 논의를 요한다.

13) 향찰 '兮'는 바로 앞의 '留'(류)를 살릴 수 있는 감탄형어미 '-구나'로 해독하였다.

十三. 향찰 '制, 弟, 底'

1. 서론

　기왕의 향찰 해독들 중에는, 그 해독을 종합적으로 변증하면서 조금만 보완하면, 그 해독을 완결할 수도 있는 것들이 있다. 그 중의 셋이 『等韻圖』에서 '蟹攝 四等'의 '霽'운에 속한 한자 '制, 弟, 底' 등의 향찰들이다. 이 향찰들에 대한 기왕의 해독들을 변증하고 보완하는 것이 이 글의 연구 목적이다.

　향찰 '制'는 '讚伊白制'(「칭찬여래가」)와 '供爲白制'(「광수공양가」)에서 2회 나오고, 향찰 '弟'는 '逸烏隱弟也'(「원가」)에서 1회 나오며, 향찰 '底'는 '伊底亦'(「원왕생가」)에서 1회 나온다. 이 향찰들에 대한 중요 해독자별 해독의 양상을 보면 다음과 같다.

오구라(1929)	: 制[제],	弟[계],	底[믿]
양주동(1942)	: 制[져],	弟[뎨],	底[뎌]
지헌영(1947)	: 制[져],	弟[뎨],	底[뎌]
정열모(1947)	: 制[제],	弟[터],	底[저]
홍기문(1956)	: 制[져],	弟[뎨],	底[뎌]
이 탁(1956)	: 制[돈],	弟[듸],	底[디]

김준영(1964)	: 制[져],	第[뎨],	底[뎌]
정열모(1965)	: 制[져],	第[데],	底[뎌]
김선기(1968-75)	: 制[재, 제],	第[집],	底[믿]
김상억(1974)	: 制[져],	第[뎨],	底[뎌]
서재극(1975)	: 制[∅],	第[데],	底[저]
전규태(1976)	: 制[져],	第[뎨],	底[뎌]
김준영(1979)	: 制[져],	第[뎨],	底[뎌]
김완진(1980)	: 制[져],	第[뎌],	底[엇뎨]
김선기(1993)	: 制[재],	第[집],	底[믿]
유창균(1994)	: 制[져],	第[뎌],	底[어느제]
강길운(1995)	: 制[져],	第[뎨],	底[지]
양희철(1997)	: 制[∅],	第[뎌],	底[믿/뎌]
신재홍(2000)	: 制[져],	第[뎨],	底[여/애]
황패강(2001)	: 制[져],	第[뎨],	底[뎌]
류 렬(2003)	: 制[져],	第[더],	底[더]

이렇게 향찰 '制'는 '제, 졔, 져, 돈, 쟤, 재' 등으로 다양하게 읽혀 왔다. 이 중에서 향찰 '-制'가 어미에 속하고, 이 어미는 이두의 '齊'와 고문헌의 '져'에 따라 '져'로 읽히는 향찰 '-齊'와 같은 위치라는 점에서, '져'로 읽은 해독(양주동 1942)이 가장 유력해 보인다. 그런데 이 '져'의 해독은 '制'의 음이 어떤 측면에서 '져'가 되는지를 설명하지 않은 문제를 보인다. 이 문제를 해결하려는 노력은 '졔'의 어미(또는 운미) 'ㅣ'를 삭제한 '져'(유창균 1994)로 시도되었다. 이 시도는 '졔'에서 'ㅣ'를 삭제한 '져'와 같이 산술적으로 설명하여, 한자음의 변화라는 어학적 측면에서 설명하지 않은 문제를 보인다. 즉 '制'의 음이 어떻게 변했고, '制'(졔>져)와 같이 변한 한자로 어떤 것들이 있는가를 보여주지 않은 문제를 보인다. 그리고 이 해독들은 '制'(져)가 전음차(/음만자)인지, 아니면 약음차(/음반자)인지를 설명하지

않은 문제도 보인다.

향찰 '第'는 '제(時), 뎨(時, 때, 적, 처지) 데(곳), 터(처지, 형편), 딕(처지), 듸(미상), 뎌(어미), 더(터), 집(나라)' 등으로 읽혀 왔다.(괄호 안은 해독자들이 취한 의미이다.) 이두 '第'가 '時, 때, 적' 등의 의미로 쓰인 점과 '第'의 중세음이 '졔'라는 점만을 보면, '제(時), 뎨(時, 때, 적)' 등의 해독들은 설득적이다. 그러나 「원가」의 제8구에 이 의미의 시어가 올 필요가 있을까 하는 점과, '第'의 당시음으로 '졔/뎨'와 '져'가 가능하다는 점에서, 재검토를 요한다. 이 때문에 다른 해독들이 뒤를 이었지만, '뎨(처지)'는 괄호의 의미 '처지'가 아니라는 문제를, '데(곳), 터(처지, 형편), 딕(처지), 듸(미상), 더(터)' 등은 '第'의 음인 '뎨'나 '뎌'를 벗어난 문제를, '집(나라)'은 '第'의 훈이지만 벽훈이고, 「원가」의 제8구에 '집'이 올 만한 이유가 없는 문제를, 각각 보인다. 이런 점들 때문에 '第'의 가장 설득적인 해독은 어미 '뎌'(유창균 1994)로 판단된다. 그러나 이 해독은 '第'가 '뎌'로 읽히는 이유를 '뎨'에서 "-i가 削除된 '뎌'"로 설명하여, 앞의 '制'의 설명에서와 같은 문제들을 보인다.

향찰 '底'는 '믿, 엇뎨, 어느제, 여/애, 저, 딕, 뎌, 지, 더' 등으로 다양하게 읽혀 왔다. '믿'은 '底'의 훈이지만, '믿亦 西方'에 '믿고을'(本鄕)이나 '믿곧'(본고장)의 의미가 없어 부정적이다. '엇뎨'는 너무나 벽훈이고, '어느제'는 '底'의 의미에 '何'는 있어도 '何時'는 없다는 문제를 보인다. '여/애'는 '底'의 의미라는 사실이 증명되지 않는다. 나머지 '저, 딕, 지, 더' 등은 '底'의 당시음을 벗어난 문제를 보인다. 이런 점들에서 '底'는 '뎌'로 읽은 해독들(이뎨, 뎌역, 이뎌여)이 가장 설득적이지만, 각각 다른 문제를 보인다. 즉 '亦'을 이두의 'ㅣ'로 보고, 이 'ㅣ'가 '뎌'와 결합하여 '뎨'가 된다고 본 문제(양주동 1942), '底亦'이 '뎌역'(彼域)의 표기라면 훈주음종이나 의주음조에 따라 '彼域'의 한자로 표기하지 않은 문제(정열모 1965), '이뎌여'를 구체적으로 설명하지 않은 문제(양희철 1997) 등을 보인다.

이렇게 기왕의 해독들은 상당히 많은 것들을 해결하고도 약간씩 부족한 점들을 보인다. 이런 점에서 향찰 '制, 苐, 底' 등에 대한 기왕의 해독들을 변증하고 보완하고자 한다. 특히 보완에서의 한자음은 향찰 '制, 苐, 底' 등의 한자들이 '霽'운에 속한다는 점에서, 일차로 '霽'운에 속한 한자들을 검토하고, 이차로 『等韻圖』에서 '霽'운과 함께 '蟹'攝 四等에 속한 '齊'운과 '薺'운의 한자들도 검토하고자 한다.

2. '制'

'制'는 '讚伊白制'(「칭찬여래가」)와 '供爲白制'(「광수공양가」)에서 나온다. 이 두 '制'는 해독자들마다 거의 같은 양상을 보이므로, 각각의 해독 양상을 정리하고, 이를 통합하여, 차례로 변증하려 한다.

먼저 '讚伊白制'에 나온 '制'의 해독 양상을 정리하면 다음과 같다.

(1) 가. 제 : 기리숣제(오구라 1929, 신태현 1940), 길이숣제(정열모 1947)
나. 져 : 기리숣져(양주동 1942, 지헌영 1947, 홍기문 1956, 정열모 1965, 전규태 1976, 김준영 1964, 1979, 김완진 1980, 유창균 1994, 신재홍 2000, 황패강 2001), 기리숣져(김상억 1974), 기리숩져(강길운 1995), 기리습져(류렬 2003)
다. 돈 : 기리술돈(이탁 1956)
라. 재 : 기리살재(김선기 1975b)
마. 재 : 기리숣재(김선기 1993)

(1)에서 보듯이, '讚伊白制'의 '制'에 대한 기왕의 해독은 '제, 져, 돈,

재, 재' 등의 다섯 종류로 정리된다. 이렇게 '制'를 읽은 것은 '供爲白制'(「광수공양가」)의 '制'에서도 거의 비슷하다.

(2) 가. 제 : 供ㅎ솗제(오구라 1929, 신태현 1940), 공하살제(정열모 1947)
　　나. 졔 : 이바지 깔졔(김선기 1975b)
　　다. 겨 : 供ㅎ솗겨(양주동 1942, 지헌영 1947, 전규태 1976, 김준영 1964, 1979, 김완진 1980, 최남희 1985, 유창균 1994, 황패강 2001), 공ㅎ솗겨(홍기문 1956, 정열모 1965), 공하솖겨(김상억 1974), 공허숪겨(강길운 1995), 이바디 ㅎ솗겨(신재홍 2000), 공ㅎ습겨(류렬 2003)
　　라. 돈 : 供ㅎ술돈(이탁 1956)
　　마. 재 : 공까살재(김선기 1993)

(2)를 (1)과 비교하면, '재'가 빠지고 '졔'가 더 들어간 것만이 다르다. 이런 (1)과 (2)를 통합하면, '制'는 '제, 졔, 겨, 돈, 재, 재' 등으로 읽혀 왔다고 정리할 수 있다. 이 해독들은 거의가 聲母를 'ㅈ'으로 하고 있다. 이 'ㅈ'은 '制'의 재구된 상고음(董同龢:ṯi̯ɑd, B. Karlgren:ṯi̯ɑd 周法高:tjar)에서 보이는 'ㄷ'과는 다르고, 재구된 중고음(B. Karlgren:tśi̯ɑi, 周法高:tśi̯æi)에서 보이는 'ㅈ/tś'과 일치한다. 이는 향찰 '制'가 균여의 고려향가(10세기)에서 처음으로 나오고, 이어서 『대명률직해』에서 나온다는 점에서, 상고음과 다른 것은 문제가 되지 않으며, 오히려 중고음과 일치하는 것이 당연한 것으로 보인다.

이제 앞의 해독들을 차례로 변증해 보자.

먼저 '制'를 '제'나 '졔'로 읽은 (1가, 2가, 2나) 등을 보자. 이 해독을 이끈 오구라의 주장을 인용하면 다음과 같다.

(3) 가. … 制は[齊]と同じく句末に添へる助詞である(鄕歌第四(11)齊の條

參照)(오구라 1929:63)

나. 齊は제と讀み, 句末に附する助詞である. 鄕歌其の他に於て其
の用例が少くない.

… (인용 생략) …

鄕歌にある「間王冬留讚伊白制」(第二)・「佛佛周物叱供爲白制」
(第三)にある「制」の如さも. 此の「齊」と同一語に屬する.(오구라
1929:94)

(3가)에서 오구라는 '制'를 '齊'와 같은 것으로 보면서 그 설명을 (3나)
의 인용으로 돌렸다. 그 설명을 보면, '制'를 句末의 '齊'와 같은 것으로
보아 현대음인 '제'로 읽었다. 이를 중세어로 바꾼 것이 (2나)의 '졔'이다.
이 '졔'나 '제'는 '讚伊白制'와 '供爲白制'의 '制'에 적용하면, '讚伊白制'와
'供爲白制'의 해독에서 '制'(졔, 제)가 가지는 의미나 문법적 기능을 이해할
수 없다. 특히 '-제/졔'가 인용에서와 같이 句末의 조사라고 할 때에, 그
문법적 기능이 무엇인지를 알 수 없다.

'制'를 '돈'으로 읽은 (1다, 2다) 등의 해독은 그 이유를 다음과 같이 설
명하였다.

(4) 制=音借돈 制의 原音 돈〉뎔〉뎨〉졔=(齊의 借記)(이 탁 1956:32)

(4)에서는 '制'의 원음이 '돈'이라고 주장하였다. 그러나 그 논거가 명확
하지 않은 문제를 보인다.

'制'를 '재'로 읽은 (1라)는 설명이 없어 제외하고, '制'를 '재'로 읽은 (1
마)와 (2라)의 설명만을 보자.

(5) 가. '制=齊'로 '재'[dzai], 그러니까 '讚伊白制'는 '기리삷재', 그리고

이 '째/재'는 권유나 달램을 가리키는 말이다.(김선기 1993:505)

나. '制=齊'로서 뜻은 '적에(재=작이)이다.(김선기 1993:529)

(5)에서는 '制'를 '齊'와 같이 '재'로 읽었다. '齊'를 '재'나 '자이=재'로 읽은 것은 『동국정운』과 일본음에 근거(김선기 1993:129)를 두고 있다는 점에서 이해가 된다. 그러나 두 한자 '制'와 '齊'가 향찰에서 '재'로 쓰인다고 해독자가 주장하였지만, 정작 한자 '制'의 음이 한자 '齊'와 같은 '재'라는 근거가 없다. 이 점이 바로 이 해독의 문제이다.

이번에는 (1나)와 (2다)에서 '制'를 '져'로 읽은 해독을 이끈 양주동의 설명을 보자.

(6) 가. … 「制」 音借「져」. 「制」는 詞腦歌中에 이一例뿐이나, 「制·齊」同音임으로 「齊」와같이 願望助詞 「져」에 該當한다.(양주동 1942:715)

나. 齊 音借「져」……

이 「齊」의 語義를 보기爲하야 吏文의 「齊」의 用例를 보건댄

…('齊가 들어간 예문의 인용 생략)…

等은 前揭 均如歌의 諸「齊」와共히 「願望·請誘·命令」의 三義를 兼有하였다.

그러나 一方 吏文中에는 以上 三義가 甚히稀薄하야 거의 單純한 結辭(或은接續詞)로 使用된 例도 不少하다. 例컨댄, …

그러면 「齊」로써表記된 「져」의 近古文獻用例는 엇더한가하면, 「져」는 實로 「ᄒ고져·ᄒ져」 乃至 現行語 請誘形 「ᄒ쟈」의 原形임으로 主로 願望·請誘形에 쓰여짐은 事實이다.

…(중간 생략)…

… 따라서 本句 '墮支行齊'(디니져)의 '齊'의 用法도 '欲'의 義로 解할 것이니(양주동 1942:137-140)

(6가)에서는 그 근거를 '齊'의 해독인 (6나)로 돌렸다. (6나)에서 보면, 양주동은 이두의 '齊'와 고문헌의 '져'에 근거하여 향찰 '齊'를 '져'로 읽었다. 이 해독은 'ᄒ져'(爲齊, 『나려이두』), '이산숣져'(敎味白齊, 『유서필지』), '이샨맛살져'(敎味白齊, 『전률통보』) 등등과 같이 이두집에서 이두 '齊'에 병기된 한글 '져'와 함께 보면, 상당히 정확하게 읽은 해독으로 이해된다. 그리고 이 해독은 '讚伊白制'와 '供爲白制'의 '制'에서 의도나 원망의 어미로 문법적이다. 이런 점들로 보아, 향찰 '制'를 '져'로 읽는 것은 양주동에 의해 확정된 것 같다.

그런데 문제는 '制'나 '齊'의 음이 어떤 측면에서 '져'가 되는지를 설명하지 않았다는 점이다. 이 문제는 유창균에 의해 그 해결이 시도되었다. 이 시도의 글을 인용하면 다음과 같다.

> (7) 《東國正韻》에서는 '졓·졩'로 되어 있다. 請誘形語尾로 쓰인 점에 있어서 遺事歌의 '齊'와 같다고 하겠다. 遺事歌에서는 '制'는 用例가 없다. 이것은 '齊'에 대신해서 새로 쓰게 된 것이라 하겠다. '齊'는 《東國正韻》에서 '졩'로 된 점에 '制'와 같다. '齊'가 借用表記에서 慣用上 語尾를 삭제한 '져'에 代用한 것과 같이 이것도 '져'에 代用한 것으로 볼 것이다. 請誘形으로서 '제'는 적절하지 않다. '制'가 慣用字가 아니고 새로 쓰게 되었음에도 운미를 삭제해서 쓰는 경향이 있었는지는 속단하기 어려우나, 中世語 '-져'를 기준으로 하면 '져'로 읽을 것이다.(유창균 1994:905)

(7)의 "'齊'가 借用表記에서 慣用上 語尾를 삭제한 '져'에 代用한 것과 같이 이것도 '져'에 代用한 것으로 볼 것이다."에서 보면, '制'는 '齊'와 같이 관용상 '제'의 어미(또는 운미) 'ㅣ'를 삭제한 '져'에 代用한 것으로 처리하였다. 그러면서도 "'制'가 慣用字가 아니고 새로 쓰게 되었음에도 운미

를 삭제해서 쓰는 경향이 있었는지는 속단하기 어려우나"에서는 속단을 자제하고 있다. 이는 그 당시에 한자 '制'의 음이 '졔'인지 '져'인지를 명확하게 정리하지 않았음을 의미한다. 동시에 어떻게 '制'의 음이 '져'가 되었는지를, 어미(또는 운미) 'ㅣ'를 삭제하는 것과 같이 산술적으로 처리하여, 음의 변화 차원에서 설명하지 않았음을 의미한다.

이제 이 문제를 좀더 검토하기 위하여, '霽'운에 속한 한자들의 운을 『중문대사전』에서 보자.

(8) 制 [廣韻] [集韻] [韻會] [正韻] 征例切 音志   霽去聲 jyh
    第 [廣韻] 特計切 [集韻] [韻會] [正韻] 大計切 音弟   霽去聲 dih
    麗 [廣韻] [集韻] [韻會] 郎計切 [正韻] 力霽切 音隷   霽去聲 lih
    底 [廣韻] 都禮切 [集韻] [韻會] [正韻] 典禮切 音邸   霽去聲 dii
    勢 [集韻] [韻會] [正韻] 始制切 音世   霽去聲 shyh
    細 [廣韻] 蘇計切 [集韻] [正韻] 思計切 ○○   霽去聲 shih
    誓 [廣韻] [集韻] [韻會] 時制切 音逝   霽去聲 shyih

(8)에서 정리한 '制, 第, 麗, 底, 勢, 細, 誓' 등은 모두가 '霽'운에 속한 글자들이다. 이 일곱 글자들은 중국 한자에서 그 운이 'ㅖ〉ㅓ〉ㅣ'로 변했음을 보여준다. 그리고 (8)의 '麗, 底' 등은, 그 한국의 중세음과 현대음에서 그 운이 'ㅕ'이다. 또한 (8)의 '勢, 細, 誓' 등은, 그 한국의 중세음에서 그 운이 'ㅖ'와 'ㅕ'로 쓰이었음을 다음의 예들이 보여준다.

(9) 권셰(權勢) : 온통과 권셰 셩ᄒ며(『소학언해』 6:117)
    권셔(權勢) : 권셔를 의거ᄒ야(權勢)(『번역소학』 8:12)
            父兄의 권셔를 의거ᄒ야(勢)(『소학언해』 5:92)
    유셰(有勢) : 유셰흔 벼스른(『소학언해』 5:25)

유셔(有勢) : 시절을 조차 유셔 ᄒᆞ디(『번역소학』 8:21)

ᄌᆞ셰(仔細) : ᄌᆞ셰 샹(詳)(『유합』 하:60, 『석봉천자문』 38)

　　　　　 녜 ᄌᆞ셰 드르라(『은중경언해』 3)

ᄌᆞ셔(仔細) : ᄌᆞ셔히 信ᄒᆞ고(『육조법보단경언해』 상:82)

　　　　　 ᄌᆞ셔ᄒᆞᆫ 사ᄅᆞᆷ(『역어유해』 상:28)

밍셰(盟誓) : 큰 밍셰닐어(『두시언해초간』 상:24)

　　　　　 주고모로 밍셰ᄒᆞ고(『동국신속삼강행실도』 烈:1)

밍셔(盟誓) : 밍셧 밍(盟)(『훈몽자회』 하:32)

　　　　　 밍셔 밍(盟), 밍셔 셔(誓)(『유합』 하:14)

　(9)에서 보듯이, '霽'운에 속한 한자의 한국음 일부에서는 그 운으로 'ㅖ'
와 'ㅕ'가 동시에 존재하였다. 그러면 이 'ㅕ'는 중국 한자음의 'ㅕ'가 들어
온 것인가, 아니면 한국 한자음이 변한 것인가를 판단하여야 한다. 그런
데 이 '霽'운에 속한 한자음이 모두 이렇게 변한 것은 아니라는 점에서,
한국의 한자음 일부가 한국어의 음운 변화에 따라 이렇게 변했다고 할 수
있다.

　이번에는 범위를 『等韻圖』에서 '霽'운이 속한 '蟹'攝 四等으로 좀더 확
대하면, '齊'운에 속한 '妻, 西' 등과 '薺'운에 속한 '體' 역시 중국에서는
그 모음이 'ㅖ〉ㅕ〉ㅣ'로 변했고, 한국에서는 그 중세 모음이 'ㅖ'나 'ㅕ'로
'ㅖ〉ㅕ(〉ㅣ)'의 변화를 겪기도 했다. 이런 사실을 '妻, 西' 등에서 먼저 보기
위하여, '妻, 西' 등을 『중문대사전』에서 보자.

　(10) 妻 [廣韻] 七稽切 [集韻] [韻會] [正韻] 千西切 音淒　齊平聲　chi

　　　 西 [廣韻] 先稽切 [集韻] [韻會] [正韻] 先齊切 音栖　齊平聲　shi

　(10)에서 '妻'의 중국음은 '七稽切'의 '톄', '千西切'의 '톄〉텨', 현대음

'치' 등으로 보아, '톄〉텨〉쳐〉치'로 변해 왔다. 그리고 '西'의 중국음은 '先稽切'의 '셰', '先齊切'의 '셰〉셔', 현대음 '시' 등으로 보아, '셰〉셔〉서〉시'로 변해 왔음을 정리할 수 있다. 그리고 한국음에서, '妻'는 '톄〉텨〉쳐'로, '西'는 '셰〉셔〉서'로 각각 변해 왔다. 이런 점에서 '蟹'攝 四等의 '齊'운에 속한 '妻, 西' 등의 중세 모음은 'ㅕ'로 정리할 수 있다.

이번에는 『等韻圖』에서 '蟹'攝 四等의 '薺'운에 속한 '體'를 『중문대사전』에서 보면 다음과 같다.

(11) 體 [廣韻] [正韻] 他禮切 [集韻] [韻會] 土禮切 音涕 薺上聲 tih

(11)에서 '體'의 중국음은 '他禮切'의 '톄', '土禮切'의 '톄〉텨', 현대음 '티/디' 등으로 보아, '톄〉텨〉티(/디)'로 변해 왔다. 그리고 향찰에서 '佛體'(부텨)와 '直體'(곧텨)의 '體'는 '텨'이다. 그러면 향가 당시에는 모든 '體'가 '텨'인가? 그렇지 않다고 생각한다. 부텨/부처(佛體)의 '體'는 향가 이래 지금까지도 '텨/처'로 쓰며, 극히 일부(예로 『염불보권문』 9)에서 '톄'로 쓰지만, 이는 '톄'로 써오던 '體'를 잘못 적용한 것으로 보인다. 이에 비해 "톄(體)"(『東國正韻』), "톄면 업다(體面吊)"(『同文類解』 상:22), "톄모 업다(無體統)"(『漢清文鑑』 239a) 등에서는 '體'를 '톄'로 쓰고 있다. 이런 점으로 보면, '體'는 '톄〉체〉체'로 변한 것과 '톄〉텨〉처'로 변한 것이 있다고 정리할 수 있고, 이에 근거해 '蟹'攝 四等의 '薺'운에 속한 '體' 등의 중세 모음은 'ㅖ'와 'ㅕ'로 정리할 수 있다.

이상과 같이 『等韻圖』에서 '制'와 함께 '蟹'攝 四等의 '霽'운에 속한 '第, 麗, 底, 勢, 細, 誓' 등의 모음은 'ㅖ'와 'ㅕ'로, 'ㅖ〉ㅕ〇ㅣ'의 변화를 보여준다. 그리고 범위를 '蟹'攝 四等의 '齊'운과 '薺'운의 한자로 확대하면, '齊'운에 속한 '妻, 西' 등의 중세음이 '텨, 셔'이며, '薺'운에 속한 '體'

의 중세음이 '뎨, 텨'이다. 이런 사실들은 '蟹攝 四等의 霽'운에 속한 '制'의 향가시대의 음이 '졔'만이 아니라 '져'일 수 있음을 보여준다.

게다가 한국어에서 'ㅖ'와 'ㅕ'가 함께 쓰이거나, 'ㅖ'가 'ㅕ'로 변한 것을 보면, '制'의 음이 '졔'와 '져'였음을 좀더 잘 알 수 있다. 'ㅖ'와 'ㅕ'가 함께 쓰인 예는 강길운(1995:460)이 '世呂'를 '누례'로 읽고 '례'와 '려'의 교체를 설명하면서 정리한 것도 있다. 먼저 해당 어휘만 간략하게 인용 정리하면 다음의 (12)와 같다.

(12) 가. 목 몌여(월석 8-84) : 목 며거늘(월석 23-92)

볘며(월석 1-17) : 벼여(두시초 15-11)

녜며(두시초 23-19) : 녀매(두시초 8-20)

계오(송강 1-1) : 겨우(계축 49쪽)

나. 몌주(역어유해 상52) : 며주(자회 중21)

계신(월석 2-56) : 겨시거든(월석 8-22)

계집(송강 2-22) : 겨집(석상 19-4)

이 외에도 몇을 첨가하면 다음의 (13)과 같다.

(13) 가. 뎨김(票帖, 『역어유해』 상:11) : 뎍다(『첩해신어』 1:25)

몬졔(『석보상절』 19:36) : 몬져(『심경언해』 14)

엇뎨(『석보상절』 6:9) : 엇뎌(『월인석보』 23:87)

예닐굽(『두시언해(중간본)』 11:5) : 여닐굽(『박통사언해(초간본)』 상:17)

좀곕다(『동문류해』 상:27) : 좀겹다(『한청문감』 205a)

나. 계(『송강가사』 2:5) : 겨(糠, 『월인석보』 9:35상)

뎨튝(貯蓄, 『소학언해』 6:114) : 뎌튝(『유합』, 하:17)

졔비(『두시언해(중간본)』 2:24) : 져비(『두시언해(초간본)』 15:22)

(12가)와 (13가)는 'ㅖ'와 'ㅕ'가 함께 쓰이거나, 'ㅖ'가 'ㅕ'로 변한 것들이고, (12나)와 (13나)는 'ㅕ'가 'ㅖ'로 변한 것들이다. 전자는 이 글의 논지를 강화한다. 그러나 후자는 이 글의 논지를 부정할 수도 있는 자료들이다. 그렇지만 후자를 가지고 앞에서 본 한자음들이 'ㅕ'에서 'ㅖ'로 변했다는 논리를 펼 수는 없다. 왜냐하면 앞에서 살핀 한자음에는 이렇게 변한 한자음이 없기 때문이다. 이런 점에서 (12가)와 (13가)에서 보인 'ㅖ'와 'ㅕ'가 함께 쓰이거나, 'ㅖ'가 'ㅕ'로 변한 것들은 이 글의 논지를 강화하는 자료들이다.

이렇게 (9), (10), (11), (12가), (13가) 등의 예들은 'ㅖ'와 'ㅕ'가 공존함을 보여준다. 이 예들과 앞의 (8)에서 본 한자음들로 보아, 향찰 '制'는 그 당시에는 그 음이 '졔'와 '져'이었음을 말해준다. 이런 사실은 지금까지 '制'의 당시 한자음이 '졔'인가 '져'인가를 명확하게 정리하지 않은 문제를, '制'의 당시 한자음은 '졔'와 '져'라고 정리한 것이 된다.

이 결과는 향찰 '制(져)'가 약음차(/음반자)인가 아니면 전음차(/음만자)인가를 검토할 수 있게 한다. 이 문제는 차제자 표기법에 의해 결정된다. 차제자 표기법 그 중에서도 어느 한자의 중모음에서 하나의 단모음만을 이용하는 것이 가능한가의 문제와 관련되어 있다. 이를 두 차원에서 보자.

첫째는 '져'의 표기에 '制1(져)'와 '制2(졔)'에서 어느 것을 이용할까 하는 측면이다. 이에 대한 대답은 두 말할 것도 없이 '制1(져)'를 이용할 것이라는 것이다. 왜냐하면 '制2(졔)'의 경우는 'ㅣ'를 삭제하는 번거로움을 거쳐야 하지만, '制1(져)'의 경우는 'ㅣ'의 삭제라는 번거로움을 거칠 필요가 없기 때문이다. 이렇게 당연한 질문을 왜 하였을까? 이는 해독 초기에는 '制2(졔)'의 존재만을 알고 있어, 이 '制2(졔)'로 '져'를 표기했다고 하였지만, '制1(져)'의 존재도 알고 있는 현재에는, 당연히 이 '制1(져)'로 '져'를 표기했다고 하리라는 사실을 확인하기 위한 것이다. 이런 점에서 향찰 '制(져)'

는 한자 '制1(져)'를 이용한 전음차(/음만자)로 정리할 수 있다.

둘째는 어느 한자로 그 한자의 중모음 중에서 하나의 단모음만을 표기에 이용하는 표기법이, 향찰 표기법에서 인정되지 않는다는 측면이다. 이 문제의 표기법은 해독의 초기에는 인정되어 왔다. 예로 한자 '齊, 兮, 制, 第, 體, 旀(=弥)' 등으로 '져, 혀, 뎌, 뎌, 톄, 며' 등을 표기하는 것은, 이 한자들의 음인 '졔, 혜, 뎨, 뎨, 톄, 몌' 등에서 각각 'ㅣ'를 삭제한 나머지 단모음을 이용한 표기로 설명하였다. 이는 앞에서 언급했듯이, 한자 '齊, 兮, 制, 第, 體, 旀(=弥)' 등의 음이 '졔, 혜, 뎨, 뎨, 톄, 몌' 등이라는 것만 알고, 그 음이 '져, 혀, 뎌, 뎌, 톄, 며' 등이기도 하다는 점을 몰랐을 때의 설명에 불과하다. 이로 인해 '져, 혀, 뎌, 뎌, 톄, 며' 등의 음을 알고 있는 현재에는, '졔, 혜, 뎨, 뎨, 톄, 몌' 등에서 각각 'ㅣ'를 삭제한 나머지 단모음을 이용한 표기로 설명하는 것은 인정되지 않는다.

이 외에도 '乃(나), 內(ㄴ/나), 亦(이)' 등으로 앞의 표기법을 주장할 수도 있다. 그러나 '乃'(나)는 '乃'의 음인 '내'에서 'ㅣ'를 삭제한 표기가 아니라, '乃'의 훈인 '나'를 이용한 표기이다. 그리고 '內'(ㄴ/나)는 '內'의 음인 '니/내'에서 'ㅣ'를 삭제한 표기가 아니라, '內'(=納)의 음인 '닙/납'의 'ㄴ/나'를 이용한 표기이다. 이는 '丁'의 음인 '뎡'의 '뎌'로 '뎌'를 표기한 것과 같다. '亦'(이)는 '亦'의 음인 '역'에서 '억'을 삭제한 '이'로 표기한 것이 아니라, '亦'의 음 변화인 '역>여>이'에서 보이는 '이'로 표기한 것이다.

이런 점들에서도 향찰 '制(져)'는 한자 '制(졔)'에서 'ㅣ'를 삭제한 것으로 만든 약음차(/음반자)가 아니라, 한자 '制(져)'로 만든 전음차(/음만자)라고 정리할 수 있다.

3. '苐'

'逸鳥隱苐也'(「원가」)의 '苐'(=第)에 대한 해독은 매우 복잡하다. 기왕의 해독들을 설명이 용이한 순서로 정리하면 다음과 같다.

(14) 가. 제 : (지즈)ㄹ온 제요(제:時, 오구라 1929)
　　 나. 뎨 : (아쳐)론 뎨여(뎨:時, 양주동 1942, 김상억 1974), 일온 뎨여(뎨:때, 지헌영 1947), 이론 뎨여(뎨:때, 김준영 1964, 1979, 금기창 1993), (애쳐)론 뎨야(뎨:미상, 전규태 1976), 숨온 뎨야(뎨:적, 신재홍 2000), 일혼 뎨여(뎨:처지, 황패강 2001)
　　 다. 뎨 : 일은 뎨야(뎨:데, 홍기문 1956)
　　 라. 터 : 일온 터예(터:판세, 정열모 1947)
　　 마. 데 : (지지)릴 가몬 데라(데:곳, 정열모 1965), (줏ㄷ)론 데야(데:것, 서재극 1975)
　　 바. 디 : 여히온 디여(디:處地, 김완진 1980)
　　 사. 더 : (지시)리 가몬 더라(터:터, 류 렬 2003)
　　 아. 집 : 일온(成) 집이야(집:나라, 김선기 1967e), 일온(成) 집이라(김선기 1993)
　　 자. 듸 : 을온듸여(◇어린져)(흐린져, 이 탁 1956)
　　 차. 뎨 : (앳다)론뎨여(뎨:것이, 데, 강길운 1995)
　　 카. 뎌 : ㅂ리온뎌라(버렷는가 보다, 유창균 1994), 잃온뎌야(잃었구나, 양희철 1997)

(14가)의 "－ㄹ온 제요"(오구라 1929:229)에서는 '苐'를 '제'로 읽고, '時'나 '際'의 의미로 보았다. 이 해독의 음을 '뎨'로 바꾼 것이 (14나)의 해독들이다. 이를 주도한 양주동의 설명을 보자.

(15) 吏文의 「第」는 主로 「제」(時), 間或 「째」에 쓰여젓다. 本條의 「第」는
連體形下임으로 前義로 解할것이다. …… 「제」의 原形이 「뎨」임은
旣說(九一·2 底亦)(양주동 1942:636)

(15)에서 보듯이, 양주동은 오구라의 해독인 '제'를 다시 그 원형이라고
본 '뎨'(時)로 바꾸었다. '隱'이 'ㄴ'으로 읽힌다는 점, '第'의 중세음이 '제,
뎨' 등이라는 점, 이두에서 '第'는 '제, 째' 등으로 쓰인 예가 있다는 점 등
을 생각하면, 이 '-ㄴ 뎨[時]'는 그 당시로는 가장 합리적인 해독이라고 할
수 있다.(전규태의 경우는 '애처론 뎨야'로 띄어 해독하고, 그 현대역을 '애처로운지
고'로 달고 있어, '뎨'의 해석이 명확하지 않다.)

그러나 앞에서 본 바와 같이 '蟹'攝 四等에 속한 일부 한자들의 모음이
'ㅖ〉ㅕ'라는 점, '第'의 신라음이 '뎌/져'일 수 있다는 점, 작품의 이 위치에
'뎨[時]'가 올 필요가 있는가 하는 점 등에서, 이 해독은 다시 검토할 필요
가 있다. 마지막의 문제를 인식한 결과인지는 알 수 없으나, '第'를 '뎨'로
읽으면서도 그 의미를 '時'가 아닌 다른 것들로 본 해독들이 뒤를 이을 뿐
만 아니라, 아애 '第'를 다른 음들(듸, 터, 데, 디, 데)과 뜻(집)으로 읽은 후속
주장들이 이어졌다. 이런 후속 주장들을 차례로 보자.

(14다)의 '일온 뎨야'에서 보이는 '뎨'는 양주동과 같이 '第'를 '뎨'로 읽
으면서도 그 의미를 아래의 (16)에서와 같이 다르게 보고 있다.

(16) 《第》는 리두어로서 몇째라는 《째》의 의미로도 쓰이지마는 어떠어
떠한 데라는 《뎨》의 의미로도 쓰인다.
減一等 爲乎第亦中[대명률 직해 一권 四一장]
窺物乙 分用 爲乎第亦中[대명률 직해 一八권 一七장](홍기문 1956:
301-302)

(16)에서 보면, '데'를 '(어떠어떠한) 데'의 의미로 보고 있는데, '뎨'가 '데'가 될 수 없다는 문제를 보인다. 이런 문제가 인식되지 않은 채로, 이 주장은 뒤에 볼 정열모(1965)의 '데'와 강길운(1995)의 '뎨'('데' 또는 '것이'의 의미)에 영향을 주었다.

이번에는 (14라–사)의 해독들을 함께 보자. 이 해독들은 '第'(=第)의 음으로 추정되는 '뎨, 뎌' 등을 벗어났다는 점에서, 하나로 묶어서 간단하게 설명하고자 한다.

(17) 가. …
　　　　……
　라. 터 : 일온 터예(세상도 체통 잃어 신의 모르는 판세로다, 정열모 1947:17)
　마. 데 : 第也 《데라》. 현대어 《곳이다》와 같은 말이다. 《데》는 현대어에서도 장소를 표시하는 불완전 명사로 사용된다. 《第》는 음차. 본음 《뎨》는 《데》에 근사한 음이다.(정열모 1965:262) 세월(=세상 인심)인즉 마저 함부로 달아난 것이로구나(서재극 1975:48)
　바. 디 : '第'字의 古音이 어떠하였겠는가를 결정할 직접적인 자료가 있는 것은 아니지만, 頭音 'ㄷ'과 末音으로서의 半母音은 믿어도 좋을 것이므로, '第'의 出現 位置를 감안하여 '디'로 추정하는 것이다.(김완진 1980:143)
　사. 뎌 : 《第也》는 불완전명사 《터》의 옛 형태 《뎌》와 《–이다》의 한 맺음형태인 《–이라》의 준말형태로서의 《–라》가 붙은 《뎌라》에 대한 소리–뜻옮김이다.(류렬 2003:198)

(14라–사)는 (17라–사)에서 보듯이, '第'(=第)의 음인 '뎨, 뎌' 등을 벗어난 '터, 데, 디, 뎌' 등으로 해독을 하였다. 이 해독들은 향찰이 한자의 음

이나 훈을 이용한 문자라는 점에서 향찰의 차제자 원리를 벗어난 것들이다. 그런데도 왜 '茅'(=第)를 그 음인 '뎨, 뎌' 등을 벗어난 '터, 데, 디, 더' 등으로 읽었을까? 특히 왜 '처지'나 형편의 의미인 '터'나 '더', '곳, 장소, 일, 것, 경우' 등의 의미인 '데'나 '디'로 해독하려 했을까? 이는 오구라와 양주동이 보인 '제/데[時]'의 해독이 해당 부분에 올 만한 이유를 찾을 수 없어, 그 대안을 찾으려 한 결과로 보인다. 그러나 이 해독들은 앞에서 언급했듯이, '茅'(=第)의 음인 '뎨, 뎌' 등을 벗어난 문제를 피할 수 없다.

이번에는 (14아)의 설명을 보자.

(18) 가. 第는 새겨읽어 「집」으로 보아야 할 줄 알며, 여기 「집」이란 말의 「집」은 국가國家의 「집」을 가리키는 것이니 곧 「나라」를 가리킨 것이다.(김선기 1967:288)

   나. ㉠ '第'는 「辭源未四b」란에 셋재 뜻으로 '第宅也 … 故謂之第'란 말이 잇고, ③에 '邸也曰第 …'이란 풀이가 잇다. 그러니까 '第'는 '집'이라 하여 조곰도 사실에 어긋남이 없다.(김선기 1993:270)

(18)로 보면, '第'를 '집/짓'으로 읽는 데는 어떤 문제도 없다. 그러나 이 해독을 작품의 문맥에 넣고 보면, 왜 이 '집/짓'(나라)이 이 문맥에 나와야 하는지를 이해할 수 없다.

이번에는 (14자, 차) 등의 해독을 보자.

(19) 가. 을온듸여(〉어린져)(흐린져) … 第也=音借듸여=뎌(感歎的叙述終止制 語尾)(이 탁 1956:16~17)

   나. (28).「之叱逸烏隱茅也」는 '앳다론뎨여'(=한탄스럽구나)로 재구하 여 둔다.

   ......

'苐也'는 음독하면 '苐'는 集韻이 田黎切이니 '뎨'일 것이고 동운이 '뎨'이니 그 신라음은 '뎨'로 추정되고, '也'는 '여'이니, '-뎨여'는 '-뎌이고'의 쌍형 '*=뎌이가'(것이었습니까→것이구나)가 '*-뎌이 가〉-뎌이아〉-뎌이여〉-뎨여'와 같이 변한 형태이다. … 어떻든 '-隱苐也'는 '-ㄴ뎨여'로 읽어야 하며, 그것은 '-ㄴ+드(형식명사)+이 (활용기)+가〈〉아〉어. 의문형)+이(활용기)+가〈〉아〉어. 의문형)'(=-ㄴ것 인가〈중복〉→-ㄴ것이구나)의 구조와 기능을 가진 복합형태이다. … 여기의 '苐'[뎨]는 '듸→데'의 대충표기이다. (강길운 1995:186-187)

(19가)는 (14자)의 설명이다. '逸烏隱苐也'을 '逸(을)+烏(오)+隱(ㄴ)+苐 (뎌〉듸)+也(여)'로 분석한 다음에 '을온듸여〉어린져(흐린져)'로 정리를 하였 다. '逸烏隱'을 '을온'(흐린)으로 읽었는데, '逸'을 '을'로, '苐'를 '뎌〉듸'로 각각 읽을 수 없는 문제를 보인다. 그러나 '逸烏隱苐也'의 '-苐'를 더 이 상 의존명사로 보지 않고 '-(ㄴ)져'의 어미로 보았는데, 이는 그 이전까지 '苐'를 '제/뎨[時]'나 '터'로 본 해독의 한계를 극복하려는 시도로 보인다.

(19나)는 (14차)의 설명이다. 이 해독은 그 태도가 이중적이다. 우선 (19 나)의 해독은 '苐'를 양주동과 같이 '뎨'로 읽고는 '데'의 대충표기로 정리 하였다. 이 해독은 이전의 해독과 같으면서도 다른 점을 보인다. 즉 홍기 문, 정열모, 김완진 등이 보인 '데'를 의존명사로 보아 '-뎨여'를 '-것이구 나'(강길운 1995:187)로 보는 동시에, '-뎨여'를 '-(스럽)구나'(강길운 1995: 186)의 감탄형으로 보고 있다. 이 중에서 후자는, 앞에서 언급한 바와 같 이, 이 위치에 '뎨'[時]는 물론 '뎨, 데, 듸, 더' 등의 의존명사가 올 필요가 있는가 하는 문제를, (19가)의 이탁과 더불어, 인식한 결과인 것도 같다. 그러나 이 해독은 '뎨'를 '듸→데'의 대충표기로 설명한 점과, '드+이+가+ 이+가'가 '뎨여'가 된다고 설명한 점에, 문제가 있다.

(19가, 나) 등과 같이 '苐'를 의존명사로 해독하지 않고, '苐'의 음을 살

린 해독이 (14카)이다. 이 중에서 'ㅂ리온뎌라'의 해독이 보인 설명을 보자.

(20)《東國正韻》에서는 '뗴'만이 나타나 있다. 이것은 '뎨'와 等價的이
다. 이것은 위에서 第₃의 魏音이나 南北朝音과 대응한다. 이 기준으
로 하면 第1은 '졔'가 되고, 第₂는 '쪠'가 된다. 그러나 '졔'와 '쪠'는 等
價的이기 때문에 '뎨'에 대립하는 '졔'가 있었던 것이다. 여기서는 '뎨'
와 '졔'의 어느 편을 취해도 좋다. 魏晉音을 기층으로 하는 신라 中期
音은 末音을 삭제함으로 '뎌'나 '져'가 된다. 中世語에서 이것이 'ㄴ'
과 결합한 'ㄴ뎌'가 되는데 다음과 같은 감탄형이 된다.
…(인용 생략)…
'隱第也'는 여기에 다시 '라'가 첨가하여 'ㄴ뎌라'가 된 것이다. 이
때의 '-ㄴ뎌라'는 감탄에 보다 단정하는 강한 의지가 담겨 있다고 하
겠다. 즉 '~하는 것이 틀림이 없는 것인가 보다'하는 뜻으로 이해 된
다.(유창균 1994:810)

(20)에서는 '第'의 음 '뎌'를 살려 읽었다. 그러나 이 해석에는 세 문제가
포함되어 있다. 첫째는 '苐(=第)'의 "신라 中期音은 末音을 삭제함으로
'뎌'나 '져'가 된다."에 포함된 문제이다. 이는 이두 '齊'와 '制'를 '져'로 읽
은 양주동의 해석을, 다시 한자음에 적용하여, "魏晉音을 '졔'로 가정할
때 우리의 代用音에서는 -i가 削除된 '져'를 쓰게 된다."(유창균 1994:200)
로 해석한 것이다. 이 설명은 '第'의 한자음이 어떻게 변하는 가운데서 '져'
가 되었고, 이와 같이 변한 예로는 어떤 한자들이 있는가를 예시하지 않은
문제를 보인다. 둘째는 '苐(뎌)'가 전음차(/음만자)인지 약음차(/음반자)인
지를 설명하지 않은 문제이다. 셋째는 '-ㄴ뎌라'에 포함된 문제이다. 앞의
설명에서 보면, '隱第也'를 논증이 가능한 '-ㄴ뎌'에 '-라'가 붙은 '-ㄴ뎌
라'로 읽고, 그 뜻을 '~하는 것이 틀림이 없는 것인가 보다'로 보았다. 이

뜻은 구체적인 상론에 앞서 서두에 제시한 '브리온뎌라'의 현대역인 '버렸는가 보다'(유창균 1994:780)와 약간 다르다. 이 해석은 '-ㄴ뎌라'의 구체적인 분석과 설명이 없는 문제를 보인다. 이 문제를 강길운은 다음과 같이 지적하고 있다.

(21) … '弟'을 '뎌'로 보고 '-ㄴ뎌라'(=-었는가 보다)로 읽었으나 구체적인 증명이 없을 뿐만 아니라 그런 형태소가 실존하지도 않았다.(강길운 1995:188)

(21)의 '-ㄴ뎌라'는 예증이 되지 않는 문제와, 예증이 되지 않으면 분석적으로 설명이 가능해야 하는데, 이를 보여주지 않은 문제를 보인다.

이제 마지막으로 (14카)에 속한 '잃온뎌야'(잃었구나)를 보자. 이 해독은 유창균과 같이 '弟'를 '뎌'로 읽었는데, 그 이유를 명확하게 설명하지 않았다. 이로 인해 유창균의 해독에서 지적한 첫째와 둘째의 문제를 이 해독도 포함하고 있다. 그리고 '-ㄴ뎌'를 '-구나'로 보면서 '야'도 설명하지 않았다. 이 두 문제를 보완해 보자.

먼저 전자인 '弟'를 '뎌'로 읽은 근거를 보기 위하여, 『중문대사전』에서 '弟'를 다시 보자.

(22) 弟 [廣韻] 特計切 [集韻] [韻會] [正韻] 大計切 音弟　霽去聲 dih

(22)를 보면, 이 '弟'는 앞의 (8)에서 정리한 '制, 麗, 底, 勢, 細, 誓' 등과 더불어 '霽'운에 속한 글자이다. 이 한자들의 모음은 중국에서는 'ㅖ〉ㅓ〉ㅣ'의 변화를 보였고, 한국의 중세 모음은 제2장에서 보았듯이 'ㅖ'와 'ㅕ'로 'ㅖ〉ㅕ(〉ㅣ)'의 변화를 겪기도 했다. 그리고 범위를 '蟹'攝 四等으로

좀더 확대하면, '齊'운에 속한 '妻, 西' 등과 '薺'운에 속한 '體' 역시 중국에서는 그 모음이 'ㅖ〉ㅕ〉ㅣ'로 변했고, 한국에서는 그 중세 모음이 'ㅖ'와 'ㅕ'로 'ㅖ〉ㅕ(〉ㅣ)'의 변화를 겪기도 했다. 이런 사실들은 『等韻圖』에서 '蟹攝 四等'의 '霽'운에 속한 '第'의 향가시대의 음이 '졔'만이 아니라 '져'일 수 있음을 보여준다. 게다가 한국어에서 'ㅖ'와 'ㅕ'가 함께 쓰이거나, 'ㅖ'가 'ㅕ'로 변한 예들이 (12가)와 (13가)에서 보인다는 점에서, '第'의 음이 '뎨'와 '뎌'였음을 알 수 있다.

이렇게 '第'의 당시음이 '뎨'와 '뎌'일 수 있다는 사실은, 지금까지 '第'의 당시음이 '뎨'인가 '뎌'인가를 명확하게 정리하지 않은 문제를, '第'의 당시 한자음은 '뎨'와 '뎌'라고 정리한 것이 된다.

또한 이 결과는 향찰 '第(뎌)'가 약음차(/음반자)인가 아니면 전음차(/음만자)인가를 검토할 수 있게 한다. 이 문제는 차(제)자 표기법 그 중에서도 어느 한자의 중모음에서 어느 하나의 단모음만을 이용하는 표기법이 가능한가의 문제와 관련되어 있다. 이를 두 차원에서 보자.

첫째는 '뎌'의 표기에 '第1(뎌)'와 '第2(뎨)'에서 어느 것을 이용할까 하는 측면이다. 이에 대한 대답은 두 말할 것도 없이 '第1(뎌)'를 이용할 것이라는 것이다. 왜냐하면 '第2(뎨)'의 경우는 'ㅣ'를 삭제하는 번거로움을 거쳐야 하지만, '第1(뎌)'의 경우는 'ㅣ'의 삭제라는 번거로움을 거칠 필요가 없기 때문이다. 이런 점에서 향찰 '第(뎌)'는 한자 '第1(뎌)'를 이용한 전음차(/음만자)로 정리할 수 있다.

둘째는 어느 한자로 그 한자의 중모음 중에서 어느 하나의 단모음만을 표기하는 표기법이, 향찰 표기법에서 인정되지 않는다는 측면이다. 이 문제가 되는 향찰 표기법은, 앞 장인 "2. '制'"에서 살핀 바와 같이, '齊, 兮, 制, 第, 體, 旀(=弥)' 등의 당시음이 '졔, 혜, 졔, 뎨, 톄, 몌' 등인 동시에, '져, 혀, 뎌, 뎌, 텨, 며' 등일 수 있다는 것을 알지 못했을 때에 나온 향찰의 표기법이다. 그러나 '齊, 兮, 制, 第, 體, 旀(=弥)' 등의 당시음이 '졔, 혜, 뎨, 뎨, 톄, 몌' 등인 동시에, '져, 혀, 뎌, 뎌, 텨, 며' 등인 것을 안 현재에는 문제가 되고 있는 앞의 향찰 표기법을 주장할 수 없다. 이렇게 어느 한자의 중모음 중에서 어느 하나의 단모음만을 이용한 표기법이, 향찰 표기법에서 인정되지 않는다. 이런 점에서도 향찰 '第(뎌)'는 한자 '第(뎨)'에서 'ㅣ'를 삭제한 것으로 만든 약음차(/음반자)가 아니라, 한자 '第(져)'로 만든 전음차(/음만자)라고 정리할 수 있다.

이렇게 정리된 전음차(/음만자) '第(뎌)'를 '逸烏隱茅也'에 넣어 해독하면, '逸烏隱茅也'는 '逸(=失, 잃)+烏(오)+隱(ㄴ)+第(뎌)+也(야, 강조사)'로 해독된다. 이런 점에서 '逸烏隱茅也'는 '잃온뎌야'로 읽고 그 뜻은 '잃었구나'를 강조한 '잃었구나야'의 의미로 정리한다.

4. '底'

이 장에서는 '伊底亦'(「원왕생가」)의 '底'를 검토하려 한다. '底'에 대한 기왕의 해독들을 정리하면 다음의 (23)과 같다.

> (23) 가. 믿 : -ㅅ 믿예(오구라 1929), -ㅣ 믿예(유창선 1936f), -이 믿예(김선
> 기 1968b), -이 미뎨(김선기 1993)
>
> 나. 엇뎨 : -ㅣ 엇뎨역(김완진 1980)
>
> 다. 어느제 : 이 어느제(유창균 1994)
>
> 라. 여/애 : -ㅣ 아여/애여(신재홍 2000)
>
> 마. 뎌 : 이뎨(이뎌+ㅣ)(양주동 1935, 지헌영 1947, 홍기문 1956, 김준영
> 1964, 1979 김상억 1974, 전규태 1976, 금기창 1993, 황패강 2001)
>
> 바. 저 : 이제(이저+ㅣ)(신태현 1940), 이저여(정열모 1947), 이적(서재극

1975)

사. 디 : 이디(이)(〉읻이〉이제, 이탁 1956)

아. 뎌 : -ㅣ 뎌역(정열모 1965), 伊底亦(뎌 믿여, 이뎌여)(양희철 1997)

자. 지 : 이져(이지+여)(강길운 1995)

차. 더 : 이더히(류렬 2003)

(23)에서는 변증이 용이하게 '底'를 훈으로 읽은 것들을 먼저 놓고, 음으로 읽은 것들을 그 다음에 정리하였다. 이 해독들을 차례로 변증하여 보자.

먼저 (23가)의 해독들은 '底'를 그 훈인 '믿(〉밑'으로 읽었다. '底'를 훈 '믿'으로 읽은 자체에는 문제가 없다. 그러나 'ㅅ 믿예'의 해독은 해독한 향찰도 없이 'ㅅ'을 첨가하고, '亦'의 음을 벗어난 '예'로 읽은 문제를 보인다. 후자 때문에 '亦'을 '여'로 읽은 해독이 나왔다. 이렇게 '亦'의 음을 살려, '伊底亦'을 '뎌 믿여'로 읽으면 문제가 없는 것 같이 보이지만, 문제가 포함되어 있다. 즉 '伊'를 '뎌'로 읽어야 하는데, 불가능한 것은 아니지만, 일반적으로 '伊'는 '이'로 읽힌다는 문제를 보인다. 그리고 이 해독에서는 '믿'을 '本鄕'이나 '本處'의 의미인 '믿고을'이나 '믿곧'(본고장)의 의미로 보는데, '뎌 믿여 서방'에서 보이는 '서방(정토)'은 '믿고을'이나 '믿곧'이 아니라는 문제를 보인다.

(23나, 다, 라) 등은 '底'를 '엇뎨, 어느제, 아/애' 등으로 읽었다. 그 구체적인 설명들을 보자.

(24) 가. '底'는 副詞的 의미로는 '어찌하여'를 뜻한다. 따라서 '亦'을 末音 添記로 하여 여기 實在하는 것은 中世語의 '엇뎨'에 해당하는 疑問副詞인 것이다. '엇뎨'를 '엇디ᄒᆞ야'의 축약으로 성립된 語形이라 볼 수 있다면 '亦'의 末音으로서의 'ㄱ'까지도 이른바 强調形

을 반영한 것이라고 받아 들일 수 있을 것이다.

　'엇뎨'의 존재를 確固不動하게 해 주는 것은 둘째 行에 이어지는 이 文章의 末尾가 語尾 '-고'로 끝나 있다는 사실이다. '-고'로 끝나는 의문문에는 疑問辭가 들어 있어야 하는 법인데, 현재의 문맥에서 '底亦'을 제외하고는 달리 疑問辭를 찾을 자리는 없는 것이다.(김완진 1980:112)

　나. '底'는 '下·止·至·滯' 등의 뜻으로 쓰이는 외에 疑問詞 '何'의 뜻으로도 쓰였다. 특히 '底'는 唐詩人들에게는 慣用的으로 쓰인 것으로 되어 있다.
　　　　　…(중간 생략)…
　… 따라서 '底'는 極樂에 갈 시기 즉 시간을 뜻하는 의문부사라야 할 것이다. 이 경우에는 '언제'가 가장 적절한 것이다. ….
　　　　　…(중간 생략)…
　이 경우에 '어느제'나 '어느적'의 어느 것을 취해도 무방하나 아래의 '亦'이 '제'의 末音 'ㅣ'을 표기한 것으로 보아 '어느제'을 취하기로 한다.(유창균 1994:649-651)

　다. … 필자는 이 '아야/애야/애여'가 본 어형 '底亦'에 상응하리라는 생각을 하고 있다.(신재홍 2000:186)

　(24가. 나) 등은 "어지간한 한문 학습서에 조차 나오지 않은 희한한 뜻이어서", 동의하기 어렵다.(강길운 1995:105) 게다가 (24가)의 경우에, '-고'로 끝나는 의문문은 반드시 의문사를 포함하지 않는다는 문제도 보인다. (24나)의 경우는 '底'가 '何'의 의미를 가지지만, '何'가 '어느제'(何時)의 의미를 가지지 않는다는 문제를 보인다. (24다)의 경우는 '아/애'가 '底'의 훈이라는 점을 예증할 수 없는 문제를 보인다.

　(24마)에서 '底'를 '뎌'로 읽기 시작한 것은 양주동이며, 나머지 해독들은 이를 변형한 것들이다. 양주동의 설명을 보자.

(25) 伊 音借「이」, 底 音借「뎌」「底」는 近世懸吐字론 흔히 「ㄴ뎌」의 「뎌」
에 使用된다.

......

亦 略音借「ㅣ」.「亦」은 古吏讀에서 「亦中」(여희) 및 「初亦·專亦·先
亦」等과같이 「여」에 略音借되나 一方 主格·敍述格·副詞形助詞로
「이」에 略音借된다.

…(중간 생략)…

亦 이 (主格·敍述格·副詞形助詞)

處藏寺主彦承長老亦今月一日陪到爲賜乎事亦在等以 (淨兜寺石塔記)
犯罪人亦 未發前自告爲在乙良 免其罪爲遣   (明律卷一·二六)
推考犯次良中推問無亦…   (明律卷一·二七)

本條「伊底亦」의「亦」은 「ㅣ」, 以上「伊底亦」三字는 「이뎨」 곧 「今」
의 訓이다.

「今」의 近訓은 「이제」이나 그 本形은 「이뎨」이니, 大盖 「이」는 「此」의
義, 「뎨」는 …… 「뎌」의 方位格인 「뎨」는 特히 「바에, 터에」의 義로부터
「적에·때에」의 時間的意義로 轉한 것이니, …(양주동 1942:500-501)

(25)의 해독은 큰 방향을 잘 잡은 것 같다. 그러나 문제는 '亦'을 'ㅣ'로
읽고, 이 'ㅣ'를 '뎌'와 합쳐서 '뎨'를 표기했다고 보는 데에 있다. '뎨'의 음
을 가진 한자들이 있고, 어느 표기의 말음이 명확하지 않으면, 말음첨기
로 확인하는 것이 향찰이란 점에서, '亦'을 운미 'ㅣ'로 보고, '뎌+ㅣ'의 표
기에 쓰였다고 보는 데는 문제가 있다. 즉, '뎨'의 표기는 한자 한 글자인
'諸, 提, 際' 등등으로 가능하여, '底(뎌)+亦(ㅣ)'로 '뎨'를 표기했다고 보기
어렵다. 또한 '底(뎌)+亦(ㅣ)'의 '亦(ㅣ)'는 반절법에서 쓰는 반절하자로, 이
런 표기법은 반절법에서만 쓰이고 불경자역자나 향찰에서는 쓰이지 않는
표기법이다. 예로 이 반절하자를 인정하면 'tri-'를 표기한 '底里'를 'tri-'
가 아닌 'ti-'로 읽게 된다. 이런 점에서도 '底(뎌)+亦(ㅣ)'로 '뎨'를 표기했

다고 보기 어렵다.

이 문제를 인식하지 못하고 이 해독을 현대어로 바꾼 것이 (23바)의 '이제'이며, 나머지 해독들은 이 문제를 인식하고 해결 방법을 모색하였다. (23바)의 '이저여'와 '이적', (23사)의 '이더(의)', (23차)의 '이더히' 등은 '底'의 음인 '져/뎌'를 살리지 못한 문제를 보인다. 그리고 (23아)의 '-ㅣ뎌역'은 '底'를 '뎌'(彼)로, '亦'을 '역(域)'으로 각각 해독(정열모 1965:218)한 것이다. 왜 훈주음종이나 의주음조에 따라 '彼域(뎌역)'으로 표기하지 않았는지를 이해할 수 없는 해독이다.

(23자)의 '이져'는 '底'를 '지'로 읽었다. 이 해독의 구체적인 설명을 보자.

> (26) (2) 「伊底亦」은 '이져'(=이제, 수)로 재구하여 둔다.
> '伊'는 음독하여 [i]로, '底'는 음독하여 '지'(참조 : [tiei]〈칼그렌〉·[tei]〈FD〉이고 동운은 '뎨' 또는 '지'로 나타나며, 『신옥편』 현공렴 편. 1914에 '底 니를 지. 뎡홀 지'로 나타나므로 '지'(음은 구개음화의 결과가 아닌 옛음인 것으로 추정됨)로 읽고 여기에 '亦'을 종래의 독법에 따라 입성받침 'ㄱ'을 생략한 약음차 '여'로 읽어 '이지여〉이져'로 변한 '이져'의 표기로 보고자 한다. 지금 경상도 방언에 '인자·인저'(이제)형이 널리 쓰인다는 사실은 상고대에 '이져'형이 쓰였음을 시사한다.
> 그리고 '이제'는 esi(今·現在, 골디어·올차어. cf. *eši〉eʒi〉iʒi〉iʒyə '이져')라는 말과 대응될 것으로 믿기 때문이다.(강길운 1995:104)

(26)에서 보면, '伊'를 '이'로, '底'를 『신옥편』에 근거하여 '지'로, '亦'을 '여'로 각각 읽어, '伊底亦'을 '이져'로 읽었다. 특히 경상도 방언에 '인자·인저'가 있다는 점에서 '이져'가 상고대에 쓰였음을 주장한다. 이 주장은 '이제'의 의미로 본 '이저여'(정열모 1947:15)와도 통하는 설명이다. 이 '이저'는 '이졔〉이져〉이저'에서 볼 수 있는 형태이다.

이 설명은 상당히 그럴 듯하지만, 두 가지 문제를 보인다. 하나는 '底'의 그 당시음이 '지'인가 하는 문제이다. '氏'가 들어간 한자들은 현재 '祇, 紙, 祗, 砥, 底, 坻, 坁, 低' 등등과 같이 그 음이 '지'인 것들도 있고, '抵, 邸, 呧, 弤, 柢, 氐, 牴, 疷, 羝' 등등과 같이 그 음이 '저'인 것들도 있다. 그리고 앞의 "底 [廣韻] 都禮切 [集韻] [韻會] [正韻] 典禮切 音邸 霽去聲 dii"(『중문대사전』 '底'조)에서 보았듯이, '底'는 '졔〉뎌〉지'의 변화 선상에서, '지'의 가능성을 보인다. 그러나 『신옥편』에서 '底'를 '지'로 읽은 근거가 어디에 있는지는 명확하지 않다. 그리고 현재 우리가 '底'를 '저'로 읽으며, 중세에 '지'로 읽힌 적이 없다는 점에서, '底'를 '지'로 읽기는 쉽지 않다. 다른 하나는 '뎌'의 한 음절 표기에 '지+어'도 아닌 '지+여'의 두 글자를 쓸 만한 이유가 없다는 문제이다.

이렇게 기왕의 해독들에는 아직도 문제가 있는 것 같다. 이제 기왕의 해독을 보완해 보자. 앞의 해독을 약간 수정한 '이뎌여'로 해독을 하려 한다. '伊'를 '이'로, '底'를 '뎌'로, '亦'을 '여'로 각각 보아, '이뎌여'(이졔여, 이졔야)로 해독한 것이다. 이는 (23아)의 '伊底亦(뎌 믿여, 이뎌여)'에서 보았던 해독을 수정한 것이다.

이렇게 읽을 때에 '霽'운에 속한 '底' 역시 그 당시의 음인 '뎌'를 이용한 전음차(음만자)의 향찰로 이해된다.

5. 결론

지금까지 『等韻圖』에서 '蟹'攝 四等의 '霽'운에 속한 한자 '制, 弟, 底' 등의 향찰들에 대한 기왕의 해독들을 변증해 보았다. 그 결과 중에서 중요한 것들을 간단하게 요약 정리하는 것으로 결론을 대신하면 다음과 같다.

1) 향찰 '制'는 그 어미의 위치가 '-齊'와 같고, 이두의 '齊'가 '져'로 읽힌다는 점에서, '져'로 읽은 해독이 맞는다고 판단하였다.

2) 향찰 '制, 苐' 등의 음이 '져, 뎌' 등인 이유의 설명은 '졔, 뎨' 등의 어미(또는 운미) 'ㅣ'를 삭제한 '져, 뎌' 등과 같이 산술적으로 설명한 것은 문제이다.

3) 한자 '制'가 속한 '霽'운의 '苐, 麗, 底, 勢, 細, 誓' 등은 모두가 중국 한자에서 그 운이 'ㅖ〉ㅕ〉ㅣ'로 변했고, '麗, 底' 등은 한국의 중세와 현대에 그 운이 'ㅕ'이며, '勢, 細, 誓' 등은 한국의 중세에 그 운이 'ㅖ'와 'ㅕ'라는 점들에서, 향찰 '制'의 당시 한자음은 '졔'와 '져'였다고 추정하였다.

4) '霽'운과 함께 『等韻圖』에서 '蟹攝 四等에 속한, '齊'운의 '妻, 西' 등은 한국의 중세음이 '텨, 셔' 등이고, '薺'운의 '體'는 한국의 중세음이 '톄, 텨' 등이며, '계 : 겨', '뎨김 : 뎍다' 등등의 9개 중세 어휘에서 'ㅖ'와 'ㅕ'의 운이 공존하거나 'ㅖ〉ㅕ'를 보여준다는 점들에서도, 향찰 '制'의 당시 한자음은 '졔'와 '져'였다는 추정하였다.

5) '制'의 음이 '져'이기도 했다는 점에서, 향찰 '制'(져)는 전음차(/음만자)로 해석하였다.

6) '逸烏隱苐也'의 '苐'는 다양하게 읽혀 왔는데, '졔(時), 뎨(時, 때, 적)' 등은 이런 의미의 시어가 제8구에 와야 하는 이유가 거의 없다는 점에서, '뎨(처지)'는 '뎨'에 '처지'의 의미가 없다는 점에서, '데(곳), 터(처지, 형편), 디(처지), 듸(?), 더(터)' 등은 '苐'의 음(뎨, 뎌)을 벗어났다는 점에서, '집(나라)'은 '制'의 벽훈이고, 제8구에 '집'(나라)이 올 만한 이유가 없다는 점에서, 각각 문제를 보인다.

7) 한자 '苐'도 '霽'운에 속하기 때문에 3)의 '制'와 같이 3)과 4)의 측면에서, 향찰 '苐'의 당시 한자음은 '뎨'와 '뎌'였다고 추정하였다.

8) 7)로 보아, 향찰 '苐'(뎌)는 그 당시의 음이 '뎌'인 한자 '苐'를 전음차

(/음만자)로 만든 향찰로 해석하였다.

9) '伊底亦'(「원왕생가」)의 '底'는 다양하게 해독되어 왔는데, '밑'은 '底'의 훈이지만, '서방정토'가 '뎌 믿여 서방'에서 보이는 '믿고을'이나 '믿곧'(본고장)이 아니라는 점에서, '엇뎨'는 벽훈이란 점에서, '어느제'는 '底'의 훈이 아니라는 점에서, '여/애'는 '底'의 의미라는 사실이 증명되지 않는다는 점에서, 나머지 '저, 디, 지, 더' 등은 '底'의 중세음을 벗어났다는 점에서, 각각 문제를 보인다.

10) '底'의 중세음이 '뎌'라는 점에서, '底'를 '뎌'로 읽은 해독이 맞으며, '底'를 '뎌'로 읽은 해독에는 '이뎨, 뎌역, '이뎌여(이제여, 이제야)' 등이 있는데, 차제자 표기법상 '이뎌여'(이제여, 이제야)의 해독이 맞는다고 판단하였다.

十四. 향찰 '体'

1. 서론

이 글은 운서에서 '蟹'攝 四等의 '薺'운에 속한 향찰 '体'에 대한 기왕의 해독들을 변증하는 데 연구의 목적이 있다.

향찰 '体'는 '佛体'(『균여전』 향가)의 형태로 13회, '直体良焉多衣'(「광수공양가」)의 형태와 '迷悟同体叱'(「수회공덕가」)의 형태로 각각 1회씩, 총 15회 나온다. 이 '体'에 대한 중요 해독자별 해독 양상을 정리하면 다음과 같다.

오구라(1929) : 뎌, 티, 体
신태현(1940) : 뎌, 티, 体
양주동(1942) : 뎌, 톄, 티, 体
정열모(1947) : 처, 체
지헌영(1947) : 뎌, 톄, 티, 体
홍기문(1956) : 뎌, 톄, 티, 体
이 탁(1956) : 디, 体
김준영(1964) : 뎌, 体
정열모(1965) : 뎌, 티, 体

김상억(1974) : 뎌, 톄, 티, 쳬

김선기(1975) : 뎌, 톄

전규태(1976) : 톄, 티, 体

김준영(1979) : 뎌, 体

김완진(1980) : 뎌, 티, 体

김선기(1993) : 다, 다이, 뎌, 뎌/티

유창균(1994) : 뎌, 体

강길운(1995) : 뎌, 툐, 体

신재홍(2000) : 뎌, 티, 体

황패강(2001) : 뎌, 톄, 티, 体

류 렬(2003) : 뎌, 티, 体

'佛体'는 '부뎌, 부톄, 븓디, 부처, 뿌뎌, 뿓다, 뿓다이, 부다, 뿌다, 부
다이, 뿛ㅎ뎌' 등으로 해독되는 가운데, '佛体'의 '体'는 '뎌'의 해독이 유력
하다. 그러나 이 '体'가 어떻게 '뎌'를 표기하게 되었는지에 대한 해석은
명확하지 않다. 오구라와 양주동은 고문헌에서 '佛体'를 '부뎌'로 독음한
것에 근거하여 '뎌'로 읽기만 하였고, 그 이유를 설명하지 않았다. 유창균
은 '톄'에서 'ㅣ'를 삭제한 것으로 설명하였다. 그러나 산술적인 설명이어
서 어학적인 음변화의 측면에서는 이해가 가지 않는다. 그리고 '直体'의
'体'는 '티, 디, 툐, 뎌' 등으로 다양하게 해독되는 가운데 '뎌'의 해독이 유
력해 보인다. '同体'의 '体'를 읽은 '体, 체, 쳬' 등은 그 정확한 음을 알
수 없거나 중세음이 아닌 문제를 보인다.

이렇게 향찰 '体'의 해독에서는 많은 것들이 밝혀졌지만, 아직도 해결되
지 않은 문제도 발견된다. 이 문제들을 해결하기 위하여, 세 가지 차원에
서 접근하고자 한다. 첫째로 '体'의 위진음은 물론, 이 음들의 변화도 검토
하여 변증하고자 한다. 둘째로 '薺'운의 한자 '體'와 함께 '蟹'섭 四等에 속

한 '齊'운 한자들(齊, 妻, 西)의 한자음들과 '霽'운의 한자들(麗, 制, 勢, 細, 誓, 底, 第)이 가진 한자음들도 검토하여 변증하고자 한다. 셋째로 '直体'의 경우는 문맥적 연결도 고려하고자 한다.

2. '佛体'의 '体'

'佛体'는 균여의 향가에서만 13회 나온다. 이 '佛体'의 '体'들에 대한 기왕의 해독들은 그 양상에 따라 크게 둘로 나눌 수 있다. 하나는 '佛体前衣', '佛体叱刹亦', '滿賜隱佛体', '滿賜仁佛体', '十方叱佛体', '皆佛体置', '佛体叱海等', '佛体刀', '又都佛体叱' 등에 나온 '佛体'의 해독들이다. 다른 하나는 '皆佛体', '我佛体', '佛体爲尸如', '佛体頓叱' 등에 나온 '佛体'의 해독들이다. 전자의 佛体들은 다음과 같이 주격이나 지격의 위치가 아닌 곳들에서 나온다.

(1) 慕呂白乎隱 佛体 前衣(「예경제불가」)
　　塵塵馬洛 佛体叱 刹亦(「예경제불가」)
　　法界 滿賜隱 佛体(「예경제불가」)
　　法界 滿賜仁 佛体(「광수공양가」)
　　十方叱 佛体 闕遣只賜立(「참회업장가」)
　　皆 佛体置 然叱 爲賜隱 伊留兮(「상수불학가」)
　　佛体叱 海等 成留焉 日尸恨(「보개회향가」)
　　病吟 禮爲白孫隱 佛体刀(「보개회향가」)
　　又都 佛体叱 事伊置耶(「총결무진가」)

(1)에 나온 '佛体'들을 기왕의 해독들은 '부텨, 부톄, 븓디, 부처, 뿌텨,

뿓다, 부다, 뿛ㅎ텨' 등으로 다양하게 읽었다. 이 해독들의 구체적인 양상
을 차례로 변증해 보자.

(2) 佛体1(「예경제불가」) : 부텨(오구라 1929, 신태현 1940, 양주동 1942, 지헌
영 1947, 홍기문 1956, 정열모 1965, 김상억 1974, 김선기 1975b, 김준영
1964, 1979, 김완진 1980, 유창균 1994, 강길운 1995, 신재홍 2000, 황패
강 2001, 류렬 2003)

佛体2(「예경제불가」) : 부텨(오구라 1929, 신태현 1940, 양주동 1942, 지헌영
1947, 홍기문 1956, 정열모 1965, 김상억 1974, 김선기 1975b, 김준영 1964,
1979, 김완진 1980, 유창균 1994, 강길운 1995, 신재홍 2000, 황패강 2001,
류렬 2003)

佛体3(「예경제불가」) : 부텨(오구라 1929, 신태현 1940, 양주동 1942, 지헌영
1947, 홍기문 1956, 정열모 1965, 김상억 1974, 김선기 1975b, 김준영 1964,
1979, 김완진 1980, 유창균 1994, 강길운 1995, 신재홍 2000, 황패강 2001,
류렬 2003)

佛体(「광수공양가」) : 부텨(오구라 1929, 신태현 1940, 양주동 1942, 지헌영
1947, 홍기문 1956, 정열모 1965, 김상억 1974, 김선기 1975b, 김준영
1964, 1979, 김완진 1980, 유창균 1994, 강길운 1995, 신재홍 2000, 황패
강 2001, 류렬 2003)

佛体(「참회업장가」) : 부텨(오구라 1929, 신태현 1940, 양주동 1942, 지헌영
1947, 홍기문 1956, 정열모 1965, 김상억 1974, 김선기 1975a, 김준영
1964, 1979, 김완진 1980, 유창균 1994, 강길운 1995, 신재홍 2000, 황패
강 2001, 류렬 2003)

佛体(「상수불학가」) : 부텨(오구라 1929, 신태현 1940, 양주동 1942, 지헌영
1947, 홍기문 1956, 정열모 1965, 김상억 1974, 김준영 1964, 1979, 김완
진 1980, 유창균 1994, 강길운 1995, 신재홍 2000, 황패강 2001, 류렬
2003)

佛体1(「보개회향가」) : 부텨(오구라 1929, 신태현 1940, 양주동 1942, 지헌
영 1947, 홍기문 1956, 정열모 1965, 김상억 1974, 김준영 1964, 1979('佛

体'로 두었으나 다른 곳들을 고려하여 '부텨'로 해독한 것으로 처리), 김
완진 1980, 유창균 1994, 강길운 1995, 신재홍 2000, 황패강
2001, 류렬 2003)

佛体2(「보개회향가」) : 부텨(오구라 1929, 신태현 1940, 양주동 1942, 지헌
영 1947, 홍기문 1956, 정열모 1965, 김상억 1974, 김준영 1964, 1979,
김완진 1980, 유창균 1994, 강길운 1995, 신재홍 2000, 황패강 2001, 류
렬 2003)

佛体(「총결무진가」) : 부텨(오구라 1929, 신태현 1940, 양주동 1942, 지헌영
1947, 홍기문 1956, 정열모 1965, 김상억 1974, 김준영 1964, 1979, 김완
진 1980, 유창균 1994, 강길운 1995, 신재홍 2000, 황패강 2001, 류렬
2003)

(2)에서와 같이 상당히 많은 해독들이 '佛体'를 '부텨'로 읽거나, 그 해
독을 따르면서 '体'를 '텨'로 읽었다. 이 해독을 처음으로 보인 오구라의
설명을 보자.

(3) 佛體=부텨(佛). 今日にありては佛を부쳐といふが, 古く[月印千江之
曲]・[圓覺經]・[法華經]・[訓蒙字會]等の諺解には皆부텨とある.
[體]の字は音톄であるが, 此處では文字通りの意味があるのではな,
텨の宛字として用ひられたのである. [鷄林類事]に[佛曰孛]とあるが,
[孛]は音볼で[佛]の音を表はしたものである.(오구라 1929:38)

(3)의 인용에서 보면, '佛體'가 고문헌의 언해에서 '부텨'로 되어 있다는
점에서, '體'를 '텨'로 정리하고, '體'의 음이 '톄'라고 하면서 '佛體'의 '體'
를 '텨'의 '宛字'(한자 본래의 뜻과는 관계없이, 그 음이나 훈을 빌려서 어떤 말을
표기하는 한자. 또는 그 용법)로 보았다. 그러나 '體'의 음이 '텨'가 되는 이유
를 설명하지 않았다. 이에 대한 대답은 유창균에 의해 시도되었다. 이는

뒤에 설명하고자 한다.

양주동의 경우는 작품별 해독 서두의 정리와 句別 정리에서는 '佛體'를 '부텨'로 정리를 하였는데, 구체적인 해독에서는 "佛 訓讀「부텨」體 音借「톄」, 「부톄」(俗音)의 末音添記"(양주동 1942:677)로 설명을 하였다. '부톄'를 '부텨'로 바꾼 것이 해독에서는 문제가 된다. 이 역시 '體'를 '텨'로 읽은 이유를 설명하지 않은 것으로 정리된다.

다음으로 정열모, 이탁, 전규태 등의 해독들을 보자. 정열모(1947)는 '부처'로, 이탁(1956)은 '븥디'로, 전규태(1976)는 '부톄'로 9개의 '佛体'를 각각 통일하여 읽었다. 정열모의 '부처'는 '体'의 현대음을 따른 문제를 보이고, 이탁의 '븥디'(이탁 1956:29, 35, 43, 46, 48, 50)는 '佛'를 '븥디'로 읽고 '体'를 말음첨기 '디'로 읽은 해독인데, '体'의 음 '톄, 텨' 등을 벗어난 문제를 보인다. 전규태의 '부톄'는 "佛 訓讀「부텨」「体」는 音借「톄」(끝소리붙임)"(전규태 1976:136)라고 설명하고 '부톄'로 처리하였다. 중세에도 '부텨'로 읽은 '佛体'가 고려시대에 '부톄'라고 보기는 어렵다.

김선기는 다음과 같이 약간은 통일되지 않은 양상을 보인다.

  (4) 佛体1(「예경제불가」) : 뿌텨(1975b, 1993)
      佛体2(「예경제불가」) : 뿌텨(1975b, 1993)
      佛体3(「예경제불가」) : 뿌텨(1975b, 1993)
      佛体(「광수공양가」) : 뿌텨(1975b, 1993)
      佛体(「참회업장가」) : 뿌텨(1975a, 1993)
      佛体(「상수불학가」) : 뿔ㆁ텨(1975a), 뿐다(1993)
      佛体1(「보개회향가」) : 뿌텨(1975a), 뿐다(1993)
      佛体2(「보개회향가」) : 뿌텨(1975a), 뿐다(1993)
      佛体(「총결무진가」) : 뿌텨(1975a), 부다(1993)

(4)의 '뿌(bu)텨'는 (2)의 '부텨'를 김선기가 자기식으로 표기한 것이다. '体'가 '텨'가 되는 이유를 설명하지 않은 문제가 포함되어 있다. '뿓다'와 '부다' 역시 '体'의 음을 벗어난 문제를 보인다.

이번에는 '皆佛体', '我佛体', '佛体爲尸如', '佛体頓叱' 등에 나온 '佛体'의 해독들을 보자. 이 '佛体'들은 다음과 같이 주격 또는 지격의 위치에 온 것들이다.

(5) 皆 佛体 必于 化緣 盡 動賜隱乃(「청불주세가」)
    我 佛体 皆 往焉 世呂 修將來賜留隱(「상수불학가」)
    佛体 爲尸如 敬叱好叱等耶(「항순중생가」)
    佛体 頓叱 喜賜以留也(「항순중생가」)

(5)의 '佛体'들을 (1)의 '佛体'들과 같이 읽은 해독들을 먼저 정리해 보자.

(6) 佛体(「청불주세가」) : 부텨(오구라 1929, 신태현 1940, 홍기문 1956, 정열모 1965, 김준영 1964, 1979, 김완진 1980, 유창균 1994, 강길운 1995, 신재홍 2000, 류렬 2003)
    佛体(「상수불학가」) : 부텨(오구라 1929, 신태현 1940, 정열모 1965, 김준영 1964, 1979, 김완진 1980, 유창균 1994('佛体'를 그대로 두었으나 다른 곳들과 같게 '부텨'로 처리), 강길운 1995, 신재홍 2000, 류렬 2003)
    佛体1(「항순중생가」) : 부텨(오구라 1929, 신태현 1940, 홍기문 1956, 정열모 1965, 김준영 1964, 1979, 김완진 1980, 유창균 1994, 강길운 1995, 신재홍 2000, 류렬 2003)
    佛体2(「항순중생가」) : 부텨(오구라 1929, 신태현 1940, 홍기문 1956, 정열모 1965, 김준영 1964, 1979, 김완진 1980, 유창균 1994, 강길운 1995, 신재홍 2000, 류렬 2003)

(6)에서 '부텨'로 읽은 것은 (2)에서 '부텨'로 읽은 것과 같다.

(5)의 '佛体'들을 정열모(1947)가 '부처'로 읽은 것과, 이탁(1956)이 '븓딕'로 읽은 것도 앞에서 정리한 것과 같다.

김선기가 앞의 '佛体'들을 읽은 양상은 다음과 같다.

(7) 佛体(「청불주세가」) : 뿌텨(1975a), 뿌다이(부톄)(1993)

　　佛体(「상수불학가」) : 뿌텨(1975a), 뿓다이(1993)

　　佛体1(「항순중생가」) : 뿌텨(1975a), 뿓다(1993)

　　佛体2(「항순중생가」) : 뿌텨(1975a), 뿌다(1993)

(7)의 해독들을 앞에서 본 (4)의 해독들과 비교하면, '부다이(부톄), 뿓다이, 뿌다' 등이 더 나왔다. 그런데 이 해독에서 볼 수 있는 '다이, 다' 등은 '体'의 음이 아니라는 문제를 보인다.

마지막으로 '佛体'를 '부톄'로 읽은 해독들을 보자.

(8) 佛体(「청불주세가」) : **부톄**(양주동 1942, 지헌영 1947, 김상억 1974, 전규태 1976, 황패강 2001)

　　佛体(「상수불학가」) : **부톄**(양주동 1942, 지헌영 1947, 홍기문 1956, 김상억 1974, 전규태 1976, 황패강 2001)

　　佛体1(「항순중생가」) : **부톄**(양주동 1942, 지헌영 1947, 김상억 1974, 전규태 1976, 황패강 2001)

　　佛体2(「항순중생가」) : **부톄**(양주동 1942, 지헌영 1947, 김상억 1974, 전규태 1976, 황패강 2001)

(5)의 '佛体'들을 읽은 이 (8)과, (1)의 '佛体'들을 전규태가 '부톄'로 읽은 것들을 비교하면, (8)의 해독에서 '부톄'로 읽은 해독들이 많다는 것을

알 수 있다. 이 차이를 이끈 양주동의 주장은 다음과 같다.

(9) 皆佛体(「청불주세가」) : 佛体「부텨」, 但 本條는 主格임으로 「부톄」.(양
　　　주동 1942:802)
　　　我佛体(「상수불학가」) : 佛体「부텨」, 但 本條는 主格, 又는 持格임으
　　　로 「부톄」.(양주동 1942:819)
　　　佛体爲尸如(「항순중생가」) : 佛体「부텨」, 但 本條는 持格, 又는 主格
　　　임으로 「부톄」.(양주동 1942:839)
　　　佛体頓叱(「항순중생가」) : 佛体「부텨」, 但 本條는 主格임으로 「부톄」.
　　　(양주동 1942:841)

(9)의 정리에서 보면, '佛体'가 주격 또는 지격일 경우에는 '부톄'로 읽었다. 그런데 이렇게 읽으면 문제가 하나 발생한다. 바로 앞에서 본 (1)의 '佛体'들을 '부텨'로 읽고, 이것들에서는 '佛体'를 '부톄'로 읽는 문제이다. 이 '佛体'들도 모두 '부텨'로 읽는 것이 바람직해 보인다. 주격의 경우에는 생략을 하여도 무방하다. 이로 인해 주격으로 본 것들을 제외하고 보자. 주격 또는 지격으로 본, '我 佛体 皆 往焉 世呂'(「상수불학가」)와 '佛体 爲 尸如'(「항순중생가」)의 경우에도, 모두 주격으로 해석되어 격어미를 생략하여도 무방하다. 게다가 같은 표기인 '佛体'를 어느 경우는 '부텨'로 어느 경우는 '부톄'로 읽었다고 보기 어렵다. 이런 점에서 이 '佛体'들도 '부텨'로 읽는다.

이제부터 남은 문제는 '体'가 왜 '텨'로 읽게 되었나를 해명하는 것이다. 이를 설명하려고 시도한 유창균의 글을 보자.

(10) 가. …('부텨'가 들어간 예문의 인용 생략)
　　　　　이 '부텨'가 바로 '佛體'에 해당하는 것이다. 그런데 '부텨'는 ≪東

國正韻≫의 그것과는 차이가 있다.

	上古	前漢	後漢	魏晉	南北	中古
佛	bʼjət	bʼjət	bʼjət	bʼjət	bʼjuət	bʼjuət
體	tʼiad	tʼiad	tʼiad	tʼiai	tʼiei	tʼiei

‘佛’은 魏晋 이전은 ‘븓’, 南北朝 이후는 ‘붇’이 된다. ‘體’는 魏晋 이전은 ‘텨’, 南北朝 이후는 ‘톄’가 된다. 여기에서 末音 –t/–d가 삭제된 경향을 보여주는 점에서 ‘부텨’는 사실 魏晋音이 기준이 된 것으로, 운미 ‘–i’는 삭제된 것이다. ‘부텨’에 따른다.(유창균 1994: 868–869)

나. ‘體’의 東國正韻音은 ‘텡’이다. 따라서 中世音은 ‘톄’이었다고 할 것이다.

	上古	前漢	後漢	魏晉	南北	中古
體	tʼid	tʼiəd	tʼiəi	tʼiəi	tʼiei	tʼiei

그러나 이 字音의 추이에서 볼 때 ‘톄’는 魏晋代音으로 소급된다. 南北朝音을 기층으로 한 新層音은 ‘텨’에 代用될 가능성이 있다. 魏晋代音을 기층으로 하는 경우는 韻尾를 삭제한 ‘텨’에 代用된다. 이 경우에는 ‘텨’가 마땅하다. 기존의 해독에서 김선기, 金俊榮은 ‘텨’를 취했다. 그외는 모두 ‘티’를 취했다. 또 均如歌에는 ‘佛體’라는 用語가 노래마다 나타나는데 이 경우의 ‘佛體’는 ‘부텨’임으로 ‘體’가 ‘텨’이었다고 할 것이다.(유창균 1994:917)

(10가, 나)의 두 인용은 그 설명에서 같은 점과 약간 다른 점을 보인다. (10가)와 (10나)는 남북조 이후의 음에서는 ‘tʼiei’(톄)로 일치를 보인다. 그러나 위진 이전의 음으로 재구한 것이 다르다. 시대별 음의 변화를 보인 표를 기준으로 하면, (10가)의 ‘tʼiad〉tʼiai’와 (10나)의 ‘tʼiəd〉tʼiəi’에서 차이가 난다. 그리고 시대별 음의 변화를 보인 표를 설명한 내용을 기준으로 보면, (10가)의 ‘텨’와 (10나)의 ‘톄’에서 차이가 난다. 이는 자료 정리와 설

명에서 무엇인가 문제가 있음을 말해준다. 그럼에도 불구하고, (10가)와 (10나)에서, '體'는 魏晋音을 기준으로 운미 '-i'가 삭제된 '텨'로 정리하고 있다. 이는 앞에서 언급했듯이, '體'의 당시 음이 '톄'인데, 이 음에서 운미 '-i'(ㅣ)를 삭제한 '텨'로 '부텨'의 '텨'를 설명한 것이다. 이는 오구라의 宛字와 양주동의 轉音借를 한자음에 적용한 설명으로 볼 수 있다.

그런데 이 설명에는 문제가 있는 것 같다. 즉 그 당시의 '體'의 음을 '톄'로만 보고, 이 '톄'에서 어미(또는 운미) 'ㅣ'를 삭제하는 것과 같이 산술적으로 처리하여, 음의 변화 차원에서 설명하지 않은 문제이다. 이 문제를 검토하기 위하여, '體'를 『중문대사전』에서 보면 다음과 같다.

(11) 體 [廣韻] [正韻] 他禮切 [集韻] [韻會] 土禮切 音涕 薺上聲 tih

(11)은 '體'의 음이 '톄〉텨/쳐〉티/치'로 변했음을 가늠하게 한다. 이로 볼 때에, 향찰 '體'가 '텨'를 표기한 것은 그 당시의 '體'의 음의 하나가, 특히 균여의 향가(10세기)에서만 나오는 '體'의 음의 하나가 '텨'였음을 가늠하게 한다.

이런 사실은 다른 세 차원에서도 그 설명이 가능하다. 그 하나는 한자 '體'가 속한 '薺'운은 '齊'운 및 '霽'운과 함께 '蟹攝 四等'에 속하는데, 이 '齊'운 및 '霽'운에 속한 한자들의 음이 'ㅖ〉ㅕ'로 변했다는 것이다. 다른 하나는 '體'가 속한 '薺'운의 한자음에 'ㅖ'와 'ㅕ'가 공존한다는 것이다. 마지막 하나는 차제자 원리의 차원이다. 이를 차례로 보자.

먼저 한자 '體'가 속한 '薺'운과 함께 '蟹攝 四等'에 속한 '齊'운 및 '霽'운 한자들의 음이 'ㅖ〉ㅕ'로 변했다는 사실을 보자.

(12) 齊 [廣韻] 徂奚切 [集韻] [韻會] [正韻] 前西切 音臍 齊平聲 chyi

[集韻] 子計切 音齊 齊去聲

妻 [廣韻] 七稽切 [集韻] [韻會] [正韻] 千西切 音淒　齊平聲　chi

西 [廣韻] 先稽切 [集韻] [韻會] [正韻] 先齊切 音粞　齊平聲　shi

(12)의 세 한자들은 '齊'운에 속한 한자들이다. 이 인용에서 보면 '齊'의 음이 '졔/재〉져〉지'로 변했음을 보여준다. 즉 '子計切'은 '졔'를, '徂奚切'은 '재'를, '前西切'은 '졔〉져'를, '齊'의 중국어 현대음은 '지'를 각각 보여준다. 그리고 '妻'는 '七稽切'로 보면 '톄'이고, '千西切'로 보면 '톄〉텨'이며, 현대음으로 보면 '치'이다. 그리고 '西'는 '先稽切'로 보면 '셰'이고, '先齊切'로 보면 '셰〉셔'이며, 현대음으로 보면 '시'이다. 이런 사실들로 보면, 중국 한자의 음에서, '齊'는 '졔/재〉져〉지'로, '妻'는 '톄〉텨〉처〉치'로, '西'는 '셰〉셔〉서〉시'로 각각 변해 왔음을 정리할 수 있다. 그리고 한국 한자의 음에서, '齊'는 향찰의 음 '뎌'까지 계산할 때에 '뎨〉뎌'로, '妻'는 '톄〉텨〉처'로, '西'는 '셰〉셔〉서'로 각각 변해 왔음을 정리할 수 있다. 이런 사실은 이 한자들이 속한 '齊'운과 함께 '蟹'攝 四等에 속한 '薺'운의 '體' 역시 '톄〉체'와 동시에 '톄〉텨'의 음변화를 거쳤음을 말해준다. 이런 사실은 다음의 '體'의 음에서 알 수 있다.

(13) 톄(體) : 톄(體, 『동국정운』), 톄면(體面, 『同文類解』 상:22), 톄모 없다(無體統, 『한청문감』 239a)

　　텨(體) : 부텨 나사몰 나토아(『월인천강지곡』 25)

이번에는 '霽'운에 속한 한자들을 보자.

(14) 麗 [廣韻] [集韻] [韻會] 郞計切 [正韻] 力霽切 音隸　霽去聲　lih

制 [廣韻] [集韻] [韻會] [正韻] 征例切 音志　霽去聲　jyh

勢 [集韻] [韻會] [正韻] 始制切 音世　霽去聲 shyh

細 [廣韻] 蘇計切 [集韻] [正韻] 思計切 音○　霽去聲 shih

誓 [廣韻] [集韻] [韻會] 時制切 音逝　霽去聲 shyih

底 [廣韻] 都禮切 [集韻] [韻會] [正韻] 典禮切 音邸　霽去聲 dii

第 [廣韻] 特計切 [集韻] [韻會] [正韻] 大計切 音弟　霽去聲 dih

(14)의 한자들은 '蟹攝 四等'의 '霽'운에 속한 한자들이다. 이 한자들은 위의 정리로 보아, 그 모음이 'ㅖ〉ㅕ〉ㅣ'로 변화하였음을 가늠하게 한다. 이 역시 이 한자들이 속한 '霽'운과 함께 '蟹攝 四等'에 속한 '薺'운의 '體'가 '톄〉체'는 물론 '톄〉텨'로 변한 사실을 말해준다.

이 (14)에 속한 한자들은 그 한자음에서 'ㅖ'가 'ㅕ'로 변한 사실과 'ㅖ'와 'ㅕ'가 공존했던 사실을 다음과 같이 보여준다.

(15) 권셰(權勢) : 온통과 권셰 싱ᄒ며(『소학언해』 6:117)

　　 권셔(權勢) : 권셔를 의거ᄒ야(權勢)(『번역소학』 8:12)

　　　　　　　　 父兄의 권셔를 의거ᄒ야(勢)(『소학언해』 5:92)

　　 유셰(有勢) : 유셰혼 벼스른(『소학언해』 5:25)

　　 유셔(有勢) : 시절을 조차 유셔 혼디(『번역소학』 8:21)

　　 ᄌ셰(仔細) : ᄌ셰 상(詳)(『유합』 하:60, 『석봉천자문』 38)

　　　　　　　　 녜 ᄌ셰 드르라(『은중경언해』 3)

　　 ᄌ셔(仔細) : ᄌ셔히 信ᄒ고(『육조법보단경언해』 상:82)

　　　　　　　　 ᄌ셔혼 사롬(『역어유해』 상:28)

　　 ᄌ시(仔細) : 그 말을 ᄌ시 긔록 ᄒ엿더니(『태평광기언해』 1:32)

　　　　　　　　 사연은 ᄌ시 아와스오니(「숙종 언간」)

　　 밍셰(盟誓) : 큰 밍셰닐어(『두시언해초간』 상:24)

　　　　　　　　 주고모로 밍셰ᄒ고(『동국신속삼강행실도』 烈:1)

　　 밍셔(盟誓) : 밍셧 밍(盟)(『훈몽자회』 하:32)

　　　　　　　　 밍셔 밍(盟), 밍셔 셔(誓)(『유합』 하:14)

(15)에서 보듯이 '霽'운에 속한 한자들의 한국음 일부에서는 그 모음으로 'ㅖ'와 'ㅕ'가 동시에 존재하였었다. 즉 권셰(權勢):권셔(權勢), 유셰(有勢):유셔(有勢), ᄌ셰(仔細):ᄌ셔(仔細), 밍셰(盟誓):밍셔(盟誓) 등을 보여준다. 이 예들은 '霽'운에 속한 한자의 한국음 일부에서는 그 운으로 'ㅖ'와 'ㅕ'가 동시에 존재하였다는 사실을 말해준다. 이런 사실은 이 한자들과 함께 '蟹'攝 四等에 속한 '體'의 당시 모음도 'ㅖ'와 'ㅕ'이었음을 암시한다.

마지막으로 차제자 원리의 차원에서 보자. 차제자는 한자의 그 당시의 음이나 훈을 이용한다. 그리고 차제자 원리에서 어떤 한자를 그 한자음에서 운미 '-i'를 삭제한 나머지 음의 표기에 대용하는 경우는 없다. 이에 대한 자세한 설명은 다른 글에서 충분하게 다루었으므로 그 글로 돌린다. (양희철 2012b:149-150)

이상과 같은 점들에서 '佛体'의 '体'(텨)는 '体'의 당시음을 이용한 전음차(全音借), 즉 음만자라고 정리할 수 있다.

3. '直体良焉多衣'의 '体'

이 절에서는 '直体良焉多衣'(「광수공양가」)의 '体'를 정리하려 한다. '直体良焉多衣'에 대한 기왕의 해독들은 상당히 복잡하다. 그런데 이 복잡한 해독들을 다른 글(양희철 2008a:215-221)에서 자세히 변증한 바가 있다. 그 글을 간단하게 인용하면서 다시 확인하려 한다. 먼저 '体'에 대한 기왕의 해독 양상은 다음과 같다.

(16) 가. 티 : 고티논대(오구라 1929), 고티란대(신태현 1940, 지헌영 1947, 홍기문 1956, 김상억 1974), 고티란듸(양주동 1942, 전규태 1976, 김완진 1980,

신재홍 2000, 황패강 2001), 고티란다여(정열모 1965), 고티란다히(류렬 2003), 고텬 다이(김유범 2010)

나. 디 : 곧익안드익(이탁 1956)

다. 툐 : 고툐란데(강길운 1995)

라. 텨 : 고텨란 까이(김선기 1975b), 고텨언대(김준영 1964, 1979), 고텨 (/티)ㄹ안 까이(김선기 1993), 고텨란대(유창균 1994), 곧텨 알언 드의(양희철 2008a),

(16가-다)의 해독들은 '体'를 '티, 디, 툐' 등으로 읽었다. (16가)의 '고텬 다이'는 '고티(直體)+어(良)+ㄴ+다이'로 읽은 것이다. 이 해독들은 모두가 '体'의 음인 '톄>텨/쳐>티/치'를 벗어났으며, 이 작품 제7행의 '佛体'(부텨)에서 보는 바와 같이 '体'가 '텨'로 쓰이고 있다는 점에서 용납되기 어려운 해독들이다.

(16라)의 해독들은 '体'의 음인 '텨'를 살려 읽었다. 그런데 이에 속한 대다수의 해독들은 해독과 그 설명에서 문제를 보인다. '고텨란 까이'는 좀 더 구체적으로 검토해야 그 해독과 해독에 포함된 문제를 알 수 있다.

(17) … 그러나 直體는 「고텨」요 良焉는 「라난」이나 「란」으로 읽을 수가 있다. 그 뜻은 「고칠이난」인데 「고치린」과 같이 줄여 말한 꼴이다. 여기서 보면 이른바 형식명사 「이」의 고대형은 「아」였던 것 같다. … 多의 고대어는 「까」[ga]였다. 그러니까 「까이」는 「크도다」의 「영탄형」이다. 이렇게 풀어야 다음글에 오는 「심지 탄 재는 수미산 같이 많고 등잔기름은 큰 바다 이루거라」와 앞뒤가 맞게 되지 않겠는가.(김선기 1975b:322)

(17)에서는 '焉'을 '난'으로 읽은 문제를 보인다. 그리고 '이'의 고대형이 '아'라는 추측 역시 이해할 수 없으며, '多衣'를 '까이'(크도다)로 읽었는데,

이것들도 문제를 보인다. 이런 점들에서 '고텨란 까이'의 해독을 인정할
수 없다.

'고텨(티)ㄹ안 까이'(김선기 1993:514) 역시 (17)과 거의 비슷하게 보고 있
다. 즉 '고틸 이(사람)은 크도다'의 의미로 보았는데, '아'가 '이(사람)'라고
보는 데는 한계가 있다.

'고텨언대'는 '焉'의 음을 살렸지만, 현대역을 '고쳐 켜는데'로 하여, 해
독 '언대'와 현대역 '켜는데'가 연결되지 않는 문제를 보인다.

'고텨란대'는 '고티어+디/듸'로 읽고 이를 '고티어란디〉고텨란대'로 보
면서 그 현대역을 '바루는데'로 달았다. '고티어+디/듸'가 '고티어란디〉고
텨란대'라고 본 데에 문제가 있어 보인다.

이런 문제들과 다른 문제들로 보아 앞의 해독들에는 문제가 있음에 틀
림이 없다.

(17라)의 '곧텨 알언 드의'는 '直体良焉多衣'를 '直体 良焉 多衣'으로
끊고, 그 의미를 '고쳐 좋은 곳에'로 읽었다. '良'은 '좋다'의 의미인 '알-'
로 읽었다. 이런 '良'의 훈은 『금강경삼가언해』(四:25)의 "알온 거스란 그
아로몰 므더니 너기고"(長者란 任其長ᄒ고)와 서재극이 보여준 『천자문』(광
주판)에 나타난 '良'의 훈 '알'에서 확인할 수 있다. 그리고 이 '알-'은 '알
짜, 알속, 알맞다, 아름답다' 등의 '알-'과 같은 것이다.

이렇게 볼 때에, '直体'의 '体'는 그 당시의 음이 '텨'라고 할 수 있다.
그리고 이 '体'(텨)는 '体'의 당시음인 '텨'를 이용한 全音借, 즉 음만자라
고 정리할 수 있다.

4. '迷悟同体叱'의 '体'

'迷悟同体叱'(「수회공덕가」)의 '体'는 '同体'라는 한자의 일부이다. 이를 읽은 해독들은 다음의 네 종류이다.

(18) 가. 迷悟同体入(오구라 1929, 신태현 1940, 양주동 1942, 지헌영 1947, 홍기문 1956, 이탁 1956, 정열모 1965, 전규태 1976, 김준영 1964, 1979, 김완진 1980, 유창균 1994, 강길운 1995, 신재홍 2000, 황패강 2001, 류렬 2003)
나. 미오동체入(정열모 1947)
다. 미오동체入(김상억 1974)
라. 메오 똥톋 (김선기 1975a)

(18가)에서는 '迷悟同体'의 한자를 그대로 쓰고 있다. 틀린 것은 아니지만, 읽을 때에 그 구체적인 발음이 어느 것인가를 알 수 없는 문제를 보인다. (18나, 다) 등은 '체, 체' 등으로 읽어 근현대음을 보인다. 그리고 (18라)는 중고음 '톋'를 보인다. 이 해독과 같이 '톋'로 읽고자 한다. 한자 '体'의 당시 음은 '텨'인 동시에 '톋'이다. '톋'는『동국정운』에서 확인된다. 그런데 향찰 '부텨'와 '곧텨'의 '텨'를 제외한 한자에서는 '톋'로 읽고 있다는 점에서, 이 '迷悟同体'의 '体' 역시 '톋'라고 본다.

5. 결론

지금까지 향찰 '体'에 대한 기왕의 해독들을 변증해 보았다. 그 결과 중에서 중요한 것들을 요약하는 것으로 결론을 대신하면 다음과 같다.
1) '佛体'의 '体'는 '텨'와 '톋'로 읽는 것이 주종이었다. 이 중에서 '톋'는

‘부텨’의 ‘텨’와 주격 또는 지격의 ‘ㅣ’가 결합한 것으로 해독한 것이다. 그러나 주격은 생략이 가능하고, 지격으로 읽은 해독은 주격으로 수정되기 때문에 주격과 같이 생략이 가능하며, 같은 표기인 ‘佛体’를 경우에 따라 ‘부텨’와 ‘부톄’로 읽을 수 없다는 점에서, ‘佛体’의 ‘体’를 ‘텨’로 읽었다.

2) ‘直体’의 ‘体’는 ‘티, 디, 툐, 텨’ 등으로 해독되어 왔으나, ‘体’의 음과 문맥으로 보아 ‘텨’로 정리한 것을 다시 한번 확인하였다.

3) ‘体’가 속한 ‘薺’운은 ‘齊’운과 함께 ‘蟹’攝 四等에 속하는데, ‘齊’운에 속한 한자 ‘齊, 西, 妻’ 등이 ‘ㅖ〉ㅕ’로 변했고, ‘體’의 중세음은 ‘톄’(『동국정운』, 『同文類解』 상:22, 『한청문감』 239a)인 동시에 ‘텨’(부텨, 『월인천강지곡』 25)라는 점에서, ‘体’의 음은 ‘톄’인 동시에 ‘텨’이다.

4) ‘体’가 속한 ‘薺’운은 ‘霽’운과 함께 ‘蟹’攝 四等에 속하는데, ‘霽’운에 속한 한자 ‘麗, 制, 勢, 細, 誓, 底, 第’ 등은 그 모음이 ‘ㅖ〉ㅕ〉ㅣ’로 변했고, 이 한자들의 한국음 일부에서는 권셰(權勢):권셔(權勢), 유셰(有勢):유셔(有勢), ᄌᆞ셰(仔細):ᄌᆞ셔(仔細), 밍셰(盟誓):밍셔(盟誓) 등에서와 같이 그 모음으로 ‘ㅖ’와 ‘ㅕ’가 동시에 존재하였다는 점에서 ‘體’의 음은 ‘톄’인 동시에 ‘텨’라고 정리하였다.

5) 3)과 4)에 이어, 차제자 원리의 차원에서, 어떤 한자를 그 한자음에서 운미 ‘−i’를 삭제한 나머지 음의 표기에 대용하는 경우는 없다는 점에서 ‘佛体’의 ‘体’(텨)는 ‘体’의 당시음을 이용한 전음차(全音借), 즉 음만자라고 정리하였다.

6) ‘同体’의 ‘体’는 향찰 ‘부텨’와 ‘곧텨’를 제외한 한자에서는 ‘体’를 ‘톄’로 읽는다는 점에서 ‘同体’의 ‘体’는 ‘톄’이다.

十五. 구결 '支'

1. 서론

이 글은 고려 구결 '支'에 대한 기왕의 해독을 변증하고 보완하는 데 연구의 목적이 있다.

고려 구결 '支'는 고려본 『유가사지론』(이하에서는 『유가사지론』으로 약칭), 고려본 『대방광불화엄경』(이하에서는 『화엄경』으로 약칭), 고려본 『합부금광명경』(이하에서는 『금광명경』으로 약칭) 등에 나온다. 『유가사지론』에서는 '如支, 如支ソ-' 등의 형태로 나오고, 『화엄경』에서는 '故(/能/免/善/如/則)支', '離支-', '如支ソ-', '元矢支॥分', '(ゝ)ㅌ支ㅎ' 등의 형태로 나오며, 『금광명경』에서는 '如支, 如支ソ-', '如支ㅎ' 등의 형태로 나온다.

이 '支'들에 대한 기왕의 해독은 다음과 같다.

남풍현(1993) : 다
이승재(1993) : 지정문자
정재영(1998) : 지정문자
백두현(1993) : 히, ?(미정)
김영만(2000) : 걷('枝'의 약체)
서민욱(2004) : 지정문자

남풍현(2008) : 디
양희철(2011b) : ㄷ, 디

이렇게 정리된 기왕의 해독들을, 그 자세한 변증은 본론으로 돌리고, 간단하게 정리하면 다음과 같다. 남풍현(1993:139)은 '如촛ㅗ-'(『유가사지론』)와 '如ㅣㅗ-'(『구역인왕경』)를 대비시키면서, '如촛'와 '촛'를 모두 '다'로 읽었다. 또한 남풍현(2008:118)은 '촛'를 '디'로 읽었다. 이승재(1993:358-360)는 '촛'가 문법 형태도 아니고, 말음첨기자도 아니고, 훈독되는 구결들 다음에 왔다는 점에서, 지정문자로 해석을 하였다. 정재영(1998)과 서민욱(2004) 역시 이승재와 같이 지정문자로 보았다. 백두현(1993:126-142)은 이승재의 해석을 강하게 비판하면서, 서재극이 향찰 '支'를 '히'로 읽은 것을 참고하여 구결 '촛'를 '히'로 읽고, '-ㅌ촛쿄'의 '촛'를 강세의 선어말어미로 해독하면서, '元矢촛ㅣ夕'의 '촛'는 과제로 남겨 놓았다. 김영만(2000:55-56, 2003)은 남풍현의 주장을 비판하면서 '촛'를 '枝'(가지)와 같은 훈 또는 '枝'의 약체로 보아 '긷'으로 읽었다.

이렇게 진행되어온 구결 '촛'의 해독에는 아직도 문제가 있는 것 같다. '촛'를 '다'로 읽은 경우는 연구자가 언급하듯이, 이 '다'가 구결 '촛'의 本字인 한자 '支'의 음도 훈도 아니라는 문제를 포함하고 있다. 또한 '디'의 해독은 '元矢촛ㅣ夕'의 '촛'에서는 명사의 가능성만을 보여주고, '(ᄼ)ㅌ촛쿄/(ᄒ)ㄴ디셔'의 '촛'에서만 '디'로 읽은 음만이 인정되고 나머지에서는 부정적이다. 지정문자로 해석한 경우는 '촛'가 문법 형태도 아니고, 말음첨기자도 아니라고 주장하는 논거들에 많은 문제가 있는 것 같다. 그 중에서도 가장 근본적인 것은, 백두현(1993:141)이 지적하였듯이, "촛가 만약 선행 글자의 訓讀을 지시하는 기능을 가진다면 훈독되는 漢字語나 口訣字에 두루 통용되었을 것으로 예상"되는데 실제에서 그렇지 않다는 점이다. '촛'

를 '히'로 읽은 경우는, 그 논거가 되는 서재극의 '히'에 근본적인 문제가 있다. 이 '히'는『향약구급방』의 'ケ攴'을 'ケ支'로 수정하여 '마히'로 읽은 것에 근거한다. 이 '마히'는 '마ㅎ'을 의식한 것인데, 'ㅎ'곡용어 자체가 곡용하지도 않은 상태에서 그 'ㅎ'이 '히'로 실현되는 예는 없다. 그리고『향약구급방』에서 '鸕鷀'의 우리말 표기에 쓰인 '烏支'의 '支'는 '(가마)오디'의 '디'이지 '히'가 아니다. 'ㅎ'를 '곧'으로 읽은 경우는, '如ㅎ'와 '如ㅎㅎ'의 '如ㅎ-'는 '곧(-)'으로 읽을 수 있지만, '故(/能/免/善/則)ㅎ', '離ㅎ-', '如ㅎ丷-', '元夨ㅎ川夕', '(丷)ㅌㅎ쇼' 등의 'ㅎ'를 '곧'으로 읽을 수 없다는 문제를 보인다.

이와 같이 구결 'ㅎ'에 대한 기왕의 해독에는 아직도 적지 않은 문제들이 포함되어 있어, 구결 'ㅎ'의 해독을 세 측면에서 변증하고 보완해 보았다. 첫째는 차제자의 원리와 운용의 측면이다. 이는 해독을 차용한 한자의 음훈 안에서 변증과 보완을 하고, 향찰 운용의 범위 안에서 변증과 보완을 하기 위한 것이다. 둘째는 형태소 연결의 문법적 측면이다. 이는 음과 훈을 살린 해독들이라도, 그 해독들이 형태소들의 연결에서 문법적인가를 변증하고 보완하기 위한 것이다. 셋째는 문맥적 측면이다. 이는 해독된 단어들이 문맥에 부합하는가를 변증하고 보완하기 위한 것이다.

논의는 '故(/能/免/善/如/則/離)ㅎ(-)'의 해독에서, '如ㅎ(-)'가 가장 중심적이란 점과, 장별 원고량을 고려하여, '如ㅎ(-)'의 'ㅎ', '故(/能/免/善/則/離)ㅎ(-)'의 'ㅎ', '元夨ㅎ-'와 '(丷)ㅌㅎ쇼'의 'ㅎ' 등의 세 장으로 나누어 검토하고자 한다.[이 글은 2011b의 논문에서 참고하지 못한 남풍현(2008)의 글을 읽고 보완한 것이다.]

2. '如ㅎ(-)'의 'ㅎ'

이 장에서는 '如ㅎ(-)'의 'ㅎ'에 대한 기왕의 해독들을 변증하고 보완하려 한다. 기왕의 해독에는 '다'설, 지정문자설, '히'설, '겯'설, '디'설 등이있다.

1) '다'설

『유가사지론』의 구결을 연구하면서, 남풍현은 '如ㅎ(〮 ㄱ)'에 대해서 다음과 같이 설명을 하였다.

> (1) ㄱ)의 '[如]ㅎ〮ㄱ/다흔'은 관형형으로 쓰인 것이고, ㄴ)의 '[如]ㅎ〮ㄱ
> ㄹ/다흔올'은 동명사어미에 대격조사가 연결된 것이다. ㄷ)의 '[如]ㅎ/
> 다'는 부사로 쓰인 것이다. 'ㅎ'의 용례는 이밖에도 많이 있지만 如자
> 에만 현토되고 다른 차자에 쓰인 예가 없다. 舊仁에서는 如자의 훈을
> 'ㅣ〮-'로 나타내고 있다. 'ㅣ'는 종결어미로도 쓰이어 '다'음을 나타내
> 는 것임이 분명하므로 'ㅎ'도 '다'음을 표기하는 것이 분명해진다. 'ㅎ
> 〮/다흔-'는 15세기에는 '다히(如)'로만 쓰였지만 이 구결에서는 다양
> 한 활용형을 보여주어 이 시대에는 형용사로서 널리 쓰이는 단어임을
> 알 수 있다.
>   'ㅎ'자가 '다'음을 표기하게 된 까닭을 설명할 수 없다. 'ㅎ'자의 옛
> 훈에 '다'음이나 그에 가까운 것이 있었는지, 또는 '다'음을 나타내는
> 어느 글자의 약체인지 밝힐 수 없다. 鄕歌에도 이 글자는 여러번 쓰
> 였고 고유명사에서도 나타나는 글자이므로 앞으로 폭 넓게 검토해야
> 될 것이다.(남풍현 1993:139)

(1)은 네 측면들에서 문제를 보인다. 이를 차례로 보자.

첫째로 차제자 원리의 측면에서 보이는 문제를 보자. 필자가 인용의 후

반부에서 인정하고 있듯이, 한자 '攴'에는 '다'의 음이 없다. 차제자(향찰, 이두, 구결)는 한자의 음이나 훈을 이용한다는 점에서, '攴'를 그 음에도 없는 '다'로 읽은 것은 차제자의 원리를 벗어난 것이다. 이는 '곧다 ㅎ-'로 읽어야 할 '如ㅣ〰-'(『구역인왕경』)를 '다ㅎ-'로 잘못 읽고, 이 '如ㅣ〰-'와 '如攴〰-'(『유가사지론』)가 같은 것이라고 잘못 보면서, '攴'를 'ㅣ'와 같이 '다'로 읽은 것에 기인한다.

둘째로 차제자 운용의 측면에서 보이는 문제를 보자. 이 측면에서 보이는 문제는 김영만에 의해 다음과 같이 지적되어 있다.

> (2) 첫째로 만약에 "如攴"가 "다"로 읽혔다면, 왜 『舊譯仁王經』의 경우처럼 "ㅣ"라는 전형적으로 "다"음을 표시하는 기호를 쓰지 않았을까 하는 것이다.(김영만 2000:50)

셋째로 형태소 연결의 문법적 측면에서 보이는 문제를 보자. 이 측면의 문제 역시 김영만에 의해 지적되어 있다. 그 내용은 '如攴'가 세 상황에서 나타나는데, 그 중에서 '__#'의 상황에 나온 '如攴'를 읽은 '다'와, '__氵'의 상황에 나온 '如攴氵'를 읽은 '다져'는, 각각 단어로 성립될 수 없다는 것이다.(김영만 2000:51)

넷째로 문맥적 측면에서 보이는 문제를 보자. '攴'를 '다'로 읽은 앞의 해독은 문맥적 측면에서도 문제를 보인다. 이를 보기 위해 '如ㅣ〰-'와 '如攴〰-'가 다른 것임을 보여주는 다음의 예들을 보자.

> (3) 가. 如ㅣ〰氵是 如ㅣ〰氵是 如ㅣ〰ナㅣ 汝ㅋ所氵 解〰乀ㄱ(『구역인왕경』 11전:9-10)
>   나. 如攴〰ㄱ是ㅐ 四種過失乙(『유가사지론』 4:10)
>   다. 如攴〰ㄱ是ㅐ 一切乙(『화엄경』 15:1)

(3)의 구결 '如ㅣ'와 '如ㅎ'를 각각 '다'로 읽으면 다음과 같이 문맥이 통하지 않는다. 즉 (3가)는 ["이 다" ᄒ며 "이 다" ᄒ야 "너의 解ᄒ논 바아 다" ᄒ겨다]와 같이 문맥이 통하지 않으며, (3나)는 [이 다흔 사종과실을]과 같이 문맥이 통하지 않고, (3다)는 [이 다흔 일쳬]과 같이 문맥이 통하지 않는다. 이에 비해 (3가)의 구결 '如ㅣ'를 'ᄀ다'로, (3나, 다) 등의 구결 '如ㅎ'를 각각 'ᄀ'으로 읽으면 다음과 같이 문맥이 잘 통한다. 즉 (3가)는 ["이 ᄀ다" ᄒ며 "이 ᄀ다" ᄒ야 "너의 解ᄒ논 바아 ᄀ다" ᄒ겨다]로 문맥이 잘 통하고, (3나, 다) 등은 [이 ᄀ흔 사종과실을]과 [이 ᄀ흔 일쳬]로 문맥이 잘 통한다. 이런 사실로 보아 '如ㅣ'와 '如ㅎ'를 모두 '다'로 읽은 앞의 해독은 문맥적 측면에서도 문제를 보인다고 정리할 수 있다.

이 네 문제들 중에서 첫째 문제는 그 후에 나온 다음의 글에서 일부 보완의 기미를 보인다.

(4) 22)의 支는 瑜伽의 구결에서는 如자의 훈을 표기하는 경우에만 사용되었다. 이는 舊仁에서는 'ㅣ'로만 표기되던 것이므로 '다'음의 표기임이 분명한 것이다. 이 구결에서도 如자의 훈의 표기에 사용되기도 하였지만 그밖에도 분포가 다양하여 그 표음을 하나로만 잡기가 어렵다. 특히 '能ㅅ'와 '能ㅎ'가 교체되어 쓰이고 있음을 보면 이는 '디'음의 표기임이 분명하다. 이밖에 또 다른 음으로 읽힐 수 있을지는 앞으로 더 고구해 보기로 하고 여기서는 우선 '다'와 '디'의 두 음을 그 대표음으로 보았다.(남풍현 1994:4-5)

(4)에서는 'ㅎ'를 '디'로 읽었다. 그러나 뒤에 보겠지만, '能ㅎ'의 'ㅎ'는 '디'가 아니라, '신'의 'ㄷ'이란 점에서 획기적인 보완에는 이르지 못하였다.

이런 점들로 보아, '如ㅣ〯-'의 '如ㅣ'를 '다'로 읽은 것은 물론, '如ㅣ〯-'의 '-ㅣ-'에 근거해 '如ㅎ〯-'의 '-ㅎ-'를 '-다-'로 읽은 것은 모두가 잘못된 해독으로 정리할 수 있다.

2) 지정문자설

이번에는 '훗'를 지정문자로 본 해석의 문제를 보자. 이 지정문자설은 이승재에 의해 주도되고, 정재영과 서민욱은 이를 따른 것으로 보여, 이승재의 주장을 주로 검토한다. 지정문자로 해석하면서 제시한 논거는 셋이다. 첫째는 '훗'가 문법 형태의 표기가 아니라는 점이다. 둘째는 '훗'가 말음첨기자가 아니라는 점이다. 셋째는 지정문자 '훗'를 의도적으로 첫 부분에 표기하고 그 다음부터 '훗'를 생략하였다는 점이다. 첫째 논거는 제4장에서 다룰 '元矢훗ㅣ亽'와 '(ﾉﾉ)ㅌ支효'의 '훗'와 관련되어 있고, 둘째 논거는 제3장에서 다룰 '故(/能/離/免/善/則)훗(-)'의 '훗'와 관련되어 있어, 첫째와 둘째 논거가 가진 문제의 검토는 제4장과 제3장으로 돌리고, 이 절에서는 셋째 논거와 그에 따른 문제만을 보자.

> (5) … 문자가 쓰여질 때에는 적어도 의도하는 바가 있게 마련인 것이다. 이 점에서 (39)의 '(ﾉﾉ)ㅌ支효'는 시사하는 바가 크다. 화엄경에서 '(ﾉﾉ)ㅌ支효'로 표기된 예가 첫 번째로 나오는 것은 (37)의 '免支ㅌ효'(二 19)이다. 그 다음에 바로 (39)의 예들이 이어진다. 그러므로 (39)의 '(ﾉﾉ)ㅌ支효'는 '-ㅌ효'으로 대표되는 구결토가 쓰인 첫 부분에서의 예라고 할 수 있다. 이 첫 부분에만 '(ﾉﾉ)ㅌ支효'으로 표기되어 있고, 그 다음부터는 모두 '(ﾉﾉ)ㅌ효'으로 통일되어 있다는 것은 '(ﾉﾉ)ㅌ支효'이 의도적인 표기임을 뜻한다.(이승재 1993:359)

(5)는 지정문자 '훗'를 첫부분에 쓰고 그 후부터는 생략하였다는 것을 주장하면서, 이를 구결 현토자의 의도로 파악하고 있다. 이 주장이 맞는다면, 차제자의 운용에서 왜 다른 훈독자들 다음에는 지정문자를 쓰지 않았

느냐 하는 물음에 답하는 것이 된다. 그러나 이 주장은 성립하지 않는 것
같다. 이 문제를 지적한 글을 보자.

(6) 넷째, ㅎ를 지정문자로 본 이승재(1993)는 '-ㅌㅎㅛ'로 대표되는 형태
가 2장 20行, 21行 등과 같이 이 형태가 나오는 앞 부분에만 표기되
고 그 이후에는 표기되지 않은 점을 중시하고 있다. 그런데 어미 구조
체로서의 '-ㅌㅎㅛ'는 2장 20행(養ᆢ둘ᆢㅌㅊㅛ)에 나오지만, ㅎ가 표기
되지 않은 '-ㅌㅛ'가 바로 그보다 앞인 2장 19행에 나온다(免ㅊㅌㅎㅛᆢㅈ
ㅊ둘). 어미 ㅌ를 훈독하라는 지정 기능을 ㅎ가 담당한 것이라면 免ㅎ
ㅌㅛᆢㅈㅊ슈의 ㅌ 뒤에 ㅎ가 먼저 표기 되어야 옳다. 그리고 '-ㅌㅎㅛ'
와 같은 결합체 속에 나오는 ㅌ는 아니지만, ㅌ 뒤에 ㅎ가 표기되지
않은 예가 2장 20행이나 19행보다 앞서서 나오고 있다. 例 : 是 如ㅎ
ᆢㅌㅅ(2:12), 用ᆢㅌ尸ㅣᄀ (2:12).(백두현 1993:141-142)

(6)은 지정문자를 첫부분에 쓰고 그 후에 생략하였다는 주장이 성립하
지 않는다는 점을 명확하게 보여준다. 이는 앞에서 언급했듯이 왜 다른
훈독자들 다음에는 지정문자를 쓰지 않았느냐 하는 질문에 대한 대답의
실패가 되어, 차제자 운용의 측면에서 문제를 보이는 것이 된다. 이 문제
와 제3·4장에서의 검토와 같이 'ㅎ'가 문법 형태도 말음첨기자도 아니라
는 주장도 부정된다는 점에서, 지정문자설은 그 주장이 어려워 보인다.

3) '히'설

'ㅎ'를 '히'로 읽은 논거를 보면 다음과 같다.

(7) 둘째, 부사어로 쓰인 (4)의 是ㅣ 如ㅎ는 15세기 국어에서 '이 다히'로
언해되는 것이 보통이다. 이곳의 '히'는 부사 파생접미사이며, 동일한

'히'가 (1)~(5)의 예에서 확인된다. 한편 瑜伽師地論에서도 부사어로 쓰인 是 如彖(25:21 等)이 나타나고, 15세기 국어에서 "實다히"로 언해된 實 如彖(23:18)(23:22)도 발견되어 彖를 '히'로 읽은 증거가 된다.[각주 10) 如彖는 15세기 국어에서 '다비'로 언해되기도 하였다. '다비'는 如의 의미인 어근 '다'에 형용사 파생접미사 '-ᄫ'이 붙고(남풍현·심재기 1976:46) 여기에 다시 부사 파생접미사 '이'가 결합된 구성일 것이다. 따라서 '다히'가 '다비'보다 일차적 어형이고, 시기적으로도 먼저 생성된 것으로 볼 수 있으므로 如彖를 '다히'로 읽는 것이 더 적절하다. 각주 10)은 필자가 본문으로 옮김)

셋째, 첫째와 둘째의 논거를 통해 彖를 '히'로 읽은 것은 유창균에서 설정된 彖의 단계적 변화에도 잘 부합된다는 점이다. 신라시대의 [gi]가 고려시대에는 [hi]로 변화하여 彖는 '히'를 나타낼 수 있었을 것이다.(백두현 1993:134)

(7)에서는 '如彖'를 '다히'로 읽으면서, 그 논거로 셋을 들었다. 첫째는 '實다히'로 15세기에 언해된 '如彖實'과 '如彖是ㄐ'가 『유가사지론』에 함께 나온다는 점에서 '如彖'는 '다히'라는 것이다. 둘째는 '다비'는 ['다(如)'+ᄫ(형용사 파생접미사)+ㅣ(부사 파생접미사)]라는 점에서, '다히'가 '다비'보다 일차적 어형이며 먼저 생성된 것이라는 점이다. 셋째는 '支'의 음이 '기[gi, 신라시대]〉히[hi, 고려시대]'로 변했다는 것이다. 이 세 논거들은 서론에서 제시한 세 측면들의 역순이므로, 역순으로 문제점들을 보자.

첫째로 차제자의 원리 측면에서 보이는 문제점을 보자. 이 해독은 '支'의 음이 '기[gi, 신라시대] 〉 히[hi, 고려시대]'로 변했다는 서재극과 유창균의 주장에 논거를 두고, '彖'를 '히'로 읽었는데, 그 구체적인 내용을 먼저 보자.

(8) 借字로서의 支는 구결자에 앞서서 鄕札 文字에 많이 쓰였고, 이에 대한 讀法은 解讀者에 따라 다양하다. ⋯ (중간 생략) ⋯ 서재극 교수는 음차자로 쓰인 支는 [hi] 또는 [i]로 읽을 수 있다고 보았다.[각주 2) 支의 해독에 대한 上記 학설은 유창균(1971:557)에서 인용한 것이다. 각주 2)를 필자가 본문으로 옮김]. 兪昌均(1971) 교수는 향가에 쓰인 支를 철저하게 '기'[gi]로 읽었다. 그리고 [gi] 〉[hi] 〉[i] 단계를 겪은 것이라고 설명하였다. 유창균의 견해를 따를 때, 고려 시대의 언어를 반영하고 있는 화엄경에 쓰인 支는 [gi]나 [hi] 중의 하나를 반영하였을 가능성이 높다.

                              ⋯ (중간 생략) ⋯

    서재극(1971:30~31) 박사는 *ki, *hi, *ci를 표기한 것이며, 그 증거로 지명표기서 支와 𠃍가 호용된 것, 13세기 국어 자료인 향약구급방에 나오는 𠆢支의 支가 '히'를 표기한 사실 등을 지적하였다.(백두현 1993126-127)

    (8)은 향찰 '支'의 음이 '히'라는 점에서, '如支'가 '다히'라는 것을 주장한 논거이다. 그런데 이 인용에서 가장 핵심이 되는 '𠆢支'의 해독은 '𠆢支'을 수정한 것으로 많은 문제를 가지고 있다. 이 문제는 이미 지적한 것이 있으므로 인용하면 다음과 같다.

(9) 첫째 '支'을 '支'의 속자로 본 것인데, 속자설이 불가능하다는 문제를 가지고 있다. 둘째, 불가능한 속자설을 인정하여도, 『향약구급방』에서 '鸕鷀'의 우리말 표기에 쓰인 '烏支'의 '-支'는 '(가마)오디'의 '-디'에 해당하지 '히'가 아니다. 셋째, '마히'는 후대에 나타나는 '마ㅎ'으로 보아 '-ㅎ'곡용어를 의식한 것으로 보이는데, '-ㅎ'곡용어 자체가 곡용하지 않은 상태에서 '-히'를 취하는 경우는 없다. 이보다 '-ㅎ'곡용어는 그 선행 형태가 본말의 말음 '-ㄱ' 또는 '-ㅂ'이다. "쇼ㅎ(俗)", "쇼ㅎ(褥)", "뎌ㅎ(笛)", "보ㅎ(樸)" 등의 '-ㅎ'은 본말의 말음 '-ㄱ'이고,

'대수히'(『월인석보』 8:99), '대수혜'(『두시언해』 1:14), '대수홀'(『두시언해』 2:4), '댓수홀'(『두시언해』 2:4) 등의 '-ㅎ'은 '대숩'의 '-ㅂ'이다. 이 '-ㅂ'은 'ㅕㅊ'이 '맙'이며, 이는 후대의 '마ㅎ'이 '맙'으로부터 변한 것임을 말해준다. 넷째, 'ㅊ'의 음은 '기〉디〉지'로 변하였지, '기〉히〉디〉지'로 변하지 않았다. 그리고 만약 '기〉히〉이'의 변화를 설정한다면, 이는 이미 '기〉디〉지'를 벗어난 것이고, 이를 인정하면, '마히〉마이〉매'가 되어야 하는데, 이런 변화는 추정이 거의 불가능하다. 이런 점에서 "ㅕㅊ"을 'ㅕㅊ'로 수정하여 '마히'로 읽는 것은 불가능하며, 이로 인해 '-ㅊ'를 '-히'로 읽는 것은 불가능해 보인다. (양희철 2008a:260-261)

　(9)는 서재극이 'ㅊ'을 'ㅊ'의 속자로 보았을 때의 문제를 지적하였다. 그 후에도 서재극(1992)은 'ㅊ'를 검토하지만, 'ㅊ'이 왜 'ㅊ'가 되어야 하는지를 명쾌하게 설명하지 않고, 'ㅊ'을 'ㅊ'로 처리하였다. 이로 보아도 문제는 마찬가지이다. 향가에 나온 17개 'ㅊ'이 모두 'ㅊ'라고 주장할 때에, 이 주장에는 수긍이 가지 않는다. 왜냐하면 한두 개도 아닌 17개 모두가 오자나 오각이라고 주장하는 데는 한계가 있기 때문이다. 그리고 이 거의 불가능한 오자설이나 오각설을 인정하여도, 앞의 인용에서와 같이, 『향약구급방』에서 '鸙鷔'의 우리말 표기에 쓰인 '烏支'의 '-支'는 '(가마)오디'의 '-디'에 해당하지 '히'가 아니다. 또한 앞의 인용에서 보듯이 'ㅕㅊ'을 'ㅕㅊ'로 수정하여 '마히'로 읽는 것은 거의 불가능하다. 이로 인해 '-支'를 '-히'로 읽는 것도 불가능하다. 이는 이 해독이 차제자의 원리를 벗어나 있음을 말해준다.

　이 해독이 차제자의 원리를 벗어났다는 사실은 (7)에서 정리한 첫째 논거인 '實다히'로 15세기에 언해된 '如ㅊ實'과 '如ㅊ是ㅣ'가 『유가사지론』에 함께 나온다는 점에서 '如ㅊ'는 '다히'라는 주장에도 포함되어 있다. 이 문제를 보기 위해 '實다히'를 다음의 두 언해에서 먼저 보자.

(10) 實다히 아디 몯홀씨(『능엄경언해』 4:13)

　　實다히 보건댄(『금강경삼가해』 5:12)

　　(10)의 언해에서는 '實다히'를 보여준다. 그러나 이 자료의 이용에서는 세심한 주의가 요구된다. 즉 이 '實다히'가 '如實'의 언해이고, '如實'은 『유가사지론』에서 '如ㅊ實'로 현토되었으므로, '實다히'와 '如ㅊ實'은 같은 표기라고 볼 수는 없다는 것이다. 만약 '如實'이 단 하나의 번역만이 가능한 어휘라면, '實다히'와 '如ㅊ實'은 같은 표기일 것이다. 그러나 '如實'은 '實다히'와 '實곧'의 두 번역이 가능한 어휘라는 점에서, '實다히'와 '如ㅊ實'이 같은 표기라고 쉽게 단정할 수 없다. 이로 인해 '實다히'와 '如ㅊ實'이 같은 표기라는 것을 주장하려면, '實다히'와 '如ㅊ實'이 같은 표기라는 점을 증명해야 한다. 이를 구체적으로 보기 위해, '實다히'와 '如ㅊ實'을 비교해 보면, 이 둘은 다른 표기이다. 즉 '如ㅊ實'이 '實곧'의 표기라는 점에서, '實다히'와 '如ㅊ實(實곧)'은 다른 표기이다. 말을 바꾸면, 『유가사지론』의 구결 현토자는 '如實'을 '實곧(如ㅊ實)'으로, 『능엄경언해』와 『금강경삼가해』의 언해자들은 '如實'을 '實다히'로 각각 다르게 읽은 것이다. 이런 점에서, '實다히'가 '如實'의 언해이고, '如實'은 『유가사지론』에서 '如ㅊ實'로 현토되었으므로, '實다히'와 '如ㅊ實'은 같은 표기이고, 이에 따라 '如ㅊ'는 '다히'라고 보는 첫째 논거에는 문제가 있다고 정리할 수 있다. 그리고 이는 'ㅊ'를 그 음에도 없는 '히'로 읽으면서 차제자 원리를 범한 것이다.

　　둘째로 형태소 연결의 문법적 측면에서 보이는 한계를 보자. 이 해독은 (7)에서 '다뵈'를 ['다(如)'+ㅸ(형용사 파생접미사)+ㅣ(부사 파생접미사)]로 분석하고 있다. 그러나 '다뵈'는 이렇게 분석되지 않는다. '如'의 훈과 어간은 앞에서 살폈듯이 남풍현이 취한 '다'가 아니라, '답다'로 보아 '답-'이다. 이로 인해 '다뵈'는 '답(형용사 어간)+이(부사형어미)'로 정리된다. 이에 따라 '다히'가 '다비'보다 일차적 어형이며 먼저 생성된 것이라는 주장도 성립하지 않는다. 이 주장과는 반대로 '답이〉다비〉다히〉다이'로 변화하면서, '다비'가 '다히'보다 일차적 어형이며 먼저 생성된 것이다. 이런 점에서 둘째 논거도 성립하지 않는다.

셋째로 문맥적 측면에서 보이는 한계를 보자. '히'설은 '如ㅊ'의 해독에서는 'ㅊ'를 명확하게 '히'로 읽었지만, '如ㅊﹾ-'의 해독에서는 'ㅊ'를 명확하게 하지 않은 문제를 보인다. 이 문제를 보기 위해 다음의 인용을 보자.

> (11) (10)a와 b의 ﹨ﾄㄴ과 ㅊﹾㄱ은 후행하는 체언을 수식하는 관형어 기능을 하고 있으므로 ㄱ은 관형형 어미이며, <u>是 如ㅊ﹨ﾄㄴ과 是ㅣ 如ㅊﹾㄱ의 뜻은 "이 같은"이 된다.</u> (10)c는 ㄱ 뒤에 의존명사 ㅅ가 결합된 점만 다르다. … (중간 생략) …
>
> (10)의 예들은 (4)에서 본 如ㅊ와 문법적 기능이 크게 다르다. 그러나 <u>(4)의 如ㅊ는 용언을 꾸미는 부사어로 "이 다히" 또는 "이 곧히"로 읽혀지는 것이다.</u> (10)은 如ㅊ 뒤에 동사 어간 ﹾ와 여러 가지 어미가 통합된 구조체를 형성하며 문장 성분상으로도 서술어로 기능하는 것이다.(백두현 1993:135)(밑줄 필자)

(11)에서 두 번째로 밑줄 친 부분인 [(4)의 如ㅊ는 용언을 꾸미는 부사어로 "이 다히" 또는 "이 곧히"로 읽혀지는 것이다.]에서 보면, '如ㅊ'는 '다히, 곧히'의 해독을 명확하게 드러내 보인다. 그런데 문제는 이 '如ㅊ'의 해독을 적용한 '如ㅊﹾ-'의 해독에서는 명확하게 드러내지 않고 있다는 것이다. 즉 '如ㅊ'의 해독인 '다히/곧히'를 '如ㅊﹾ-'의 해독에서 살려 '다히/곧히 ᄒ-'로 해독하여 보여주지 않고 있다. 이런 사실은 첫 번째로 밑줄 친 부분인 [是 如ㅊ﹨ﾄㄴ과 是ㅣ 如ㅊﹾㄱ의 뜻은 "이 같은"이 된다.]의 해석에서도 드러난다. 즉 이 해석을 하면서 '如ㅊ'의 해독인 '다히/곧히'를

'如攴ㅅㄴㄷ'과 '如攴ㅅㄱ'에 적용한 해독('다히/ᄃᆞᆫ히 ᄒᆞᆫ낫, 다히/ᄃᆞᆫ히 혼')을 보여주지 않고, 현대역인 "이 같은"만을 보여준다.

이렇게 '如攴'의 해독인 '다히/ᄃᆞᆫ히'를 '如攴ㅅ-'에 적용한 해독('다히/ᄃᆞᆫ히 ᄒᆞ-')을 명확하게 드러내지 않는 것은 문제를 그냥 넘어간 것으로 판단한다. 즉 '다히/ᄃᆞᆫ히'(如攴)의 해독을 '如攴ㅅ-'의 해독에 적용하여 보여주면 해석이 명확하지 않은 문제가 드러나는데, 이 문제를 그냥 넘어가기 위하여, '다히/ᄃᆞᆫ히'(如攴)의 해독을 '如攴ㅅ-'의 해독에 적용한 명확한 해독을 드러내지 않은 것이다. 만약 그렇게 하지 않으면, '如攴ㅅ-'는 '다히/ᄃᆞᆫ히 ᄒᆞ-'(-처럼/대로/같이 하-)가 되어, '같-'의 의미가 되지 않음이 드러나게 된다. 이 문제 역시 '如攴'를 '다히/ᄃᆞᆫ히'로, '攴'를 '히'로 읽을 수 없음을 문맥적 측면에서 보여주는 것이라고 정리할 수 있다.

이상과 같이 볼 때에 향찰과 이두의 '攴'는 '히'로 읽을 수 없고, 이에 기반을 두고, '如攴'를 '다히'로, '攴'를 '히'로, 읽는 것도 불가능하다고 정리할 수 있다.

4) 'ᄀᆞᆮ'설

김영만은 '如攴'가 나타나는 세 환경인 '__#', '__ㅅ', '__ᄒᆞ'에 맞는 해독은 'ᄀᆞᆮ'임을 피력하였다.(김영만 2000:53-55) 이 해독은 어찌 보면 '如攴'를 'ᄀᆞᆮ'으로 볼 때 문맥이 통한다는 측면에 전적으로 의존하는 것 같다. 이로 인해 발생하는 문제를 다음과 같이 보여준다.

> (12) 남은 문제는 "ᄀᆞᆮ"을 표기하는 데 왜 "攴"를 썼을까 하는 문제와 이 "攴"와 鄕歌를 비롯한 다른 문헌에 나타나는 "攴"는 어떤 관계가 있을까 하는 것이다. ……
>
>   즉, "支"는 "枝"와 같이 "가지(branch)"의 뜻이 있으며, "가지"는 後

期中世國語에서 "갗"이었다는 것을 생각할 때, "훚"는 바로 "곧"의 訓假字라고 생각한다. 좀 달리 생각하면, "훚"는 "枝"의 약체일 수도 있다. ……

  그러나 …… 華嚴經의 釋讀口訣에 나타나는 "훚"는 무관하다고 할 수 없을 것이다. 그 중에서 "華 如훚ㅅ氵 開敷ㅅㅌ효(5:19)" 등과 같이 "如__ㅅ"의 환경에서 나타나는 "훚"는 "다"로 읽어도 되고, "곧"으로 읽어도 통하지만, "能훚", "離훚-" 등에 나타나는 "훚"와의 관계는 어떻게 되는 것인지 혼란스럽다. 좀더 연구해 보아야 할 것 같다.(김영만 2000:55-56)

  (12)에서 보듯이, '훚'를 '枝'와 같은 '곧'의 훈 또는 '枝'의 약체로 보아 '곧'으로 읽었다. 그런 다음에 이 '곧'으로는 '能훚', '離훚-' 등의 '훚'를 읽을 수 없는 문제를 토로하고 있다. 이는 '故(/能/免/善/則)훚', '離훚-', '如훚ㅅ-', '元矢훚ㅣ氵', '(ㅅ)ㅌ훚효' 등의 '훚'를 '곧'으로 읽을 수 없다는 문제의 토로로 보인다.

5) '디'설

남풍현은 최근에는 1)과는 달리 '如훚(-)'의 '훚'를 '디'로 읽었다. 해당 부분을 인용하면 다음과 같다.

(13) … 11세기말 내지 12세기초의 釋讀口訣인 〈華疏〉와 〈華嚴〉에서 '[等] ㅣㅅ/다ㅎ-'가 쓰이고 있는 사실은 이미 이 시대에 '如'의 뜻을 갖는 단어로 'ㅣㅅ-'도 있었다는 사실을 말하여 주는 것인데 그럼에도 불고 하고 '如'를 한결같이 '훚ㅅ/디ㅎ-'로 읽는 것은 이 釋讀口訣의 '如'에 대한 訓이 保守的이라고밖에는 달리 설명이 되지 않는다. 즉 'ㅣㅅ-' 와 '훚ㅅ-'는 신라시대부터 類義語로서 공존해 오던 것인데 '훚ㅅ-'가

'ㅣ∨-'에 합류되어 소멸되었음에도 불구하고 保守的으로 'ㅎ∨-'가 쓰여 온 것으로 본다.(남풍현 2008:109)

(13)에서는 '如ㅎ(-)'의 'ㅎ'를 '디'로 읽었다. 'ㅎ'를 '디'로 읽은 것에는 문제가 없다. 그러나 '如ㅣ∨-'와 '如ㅎ∨-'에서 'ㅣ∨(다ᄒ)-'와 'ㅎ∨(디ᄒ)-'를 '如'의 의미로 본 것에 문제가 있는 것 같다. 우리가 아는 중세어에서 '다ᄒ-'나 '디ᄒ-'가 '如'의 의미라고는 도저히 생각을 할 수가 없다. 그리고 (13)에서 인용한 '[等]ㅣ∨-'의 'ㅣ∨(다ᄒ)-' 역시 '等'의 의미가 아니다. 이런 점에서 '如ㅎ(-)'의 'ㅎ'를 '디'로 읽을 수 없다고 본다.

6) 'ㄷ'의 가능성

앞의 절들에서 본 바와 같이, '如ㅎ(-)'의 'ㅎ'를 '다, 지정문자, 히, ᄀᆮ, 디' 등으로 읽은 기왕의 해독들은 모두가 문제를 보인다. 이 절에서는 서론에서 제시한 세 측면에서 '如ㅎ(-)'의 해독을 보완하려 한다.

첫째로 차제자 원리와 운용의 측면에서 보자. '如'의 훈으로 '답다, ᄀᆮ다' 등을 상정할 수 있다. 이 중에서 '답다'는 구결 'ㅎ'의 앞에 온 '如'의 훈이 아닌 것 같다. 왜냐하면 한자 '如'의 훈인 '답-'은 차제자로 '답, 다' 등의 어느 하나라고 할 수 있는데, 이것들의 어느 것도 구결 'ㅎ(ㄷ/디)'를 말음첨기나 말음절첨기로 허락하지 않기 때문이다. 한자 '如'의 나머지 훈은 'ᄀᆮ-'인데, 이 훈은 다음의 예들에서 확인할 수 있다.

(14) 가. 菩薩ㅣ 如ㅎ是ㅣ 用心ᄂㅑ尸ㅇㄱ(『화엄경』 8:16)
    若ㄴ 能ㅎ 如ㅎ是ㅣ 調∨- 衆生乙(『화엄경』 13:4)
나. 하ᄂᆶ 벼리 눈ᄀᆮ 디니이다(維時天星散落如雪,『용비어천가』 50)
    妻眷이 ᄃᆞ외ᅀᆞᄫᅡ 하늘ᄀᆮ 셤기ᅀᆞᆸ다니(『월인천강지곡』 140)

다. 져재 굳호니(如市, 『용비어천가』 6)
　　이 굳히(如是, 『능엄경언해』 2:25)

　(14가)에 나온 '如훗'는 그 위치상 부사에 해당하여 '굳'으로 읽을 수 있다. 특히 (14나, 다)의 예들로 보아, '如훗'는 '굳'으로 읽을 수 있다. 게다가 이 '如훗'의 구결이 수록된 『화엄경』에서, '如훗'에 대응하는 (15)의 다른 표기들을 참고하면, '굳'으로 읽어야 하고, 이 '如훗'의 '훗'가 말음첨기임을 알 수 있다.

　(15) 가. 恒ㅣ 不ㅅㅎ 捨離尸 如ㅌ 諸ㄱ 法相乙(『화엄경』 2:14–15)
　　　　　則能 如ㅌ 法氵十 供養ㅅ白ヒ禾分 佛乙(『화엄경』 11:11)
　　　나. 如훗ㅅㄱ 是ㅣ 一切乙(『화엄경』 15:1)
　　　　　如훗ㅅㄱ 是ㅣ 一切尸十(『화엄경』 15:7)
　　　다. 如ㅅㄱ 是ㅣ 三昧神通相(『화엄경』 17:19상)
　　　　　如ㅅㄱ 是 所乙有ㄱ 皆ヒ 能훗 說ナ分(『화엄경』 19:15)

　(15가)는 "늘이 모든 법상을 굳(如ㅌ) 捨離ㄹ 아니호며"와 "곧 능히 법아히 굳(如ㅌ) 불을 공양호숩나리며"로 해독된다. '如ㅌ'의 'ㅌ'는 '如(굳)'의 음을 확인하는 음절첨기이다. 이로 인해 '如훗'의 '훗'는 '如(굳)'의 'ㄷ'을 확인하는 말음첨기임을 알 수 있다. 그리고 (14나)의 '如훗ㅅㄱ'과 (14다)의 '如ㅅㄱ'은 같은 관형형인 '굳혼'의 다른 표기이다. 이로 인해 (14나)의 '如훗ㅅㄱ'에 나온 '훗'는 '如(굳)'의 'ㄷ'을 확인하는 말음첨기임을 알 수 있다.
　이렇게 보면 '如훗'는 '굳'으로, '훗'는 '如(굳)'의 'ㄷ'을 확인하는 말음첨기가 된다. 이 해독의 경우에 '支/훗'가 'ㄷ'는 몰라도 'ㄷ'의 표기에 쓰인 적이 없다는 문제를 제기할 수 있다. 그러나 '如훗'와 '굳'의 대응이 명백하고, '훗'의 본자인 한자 '支'의 음이 'ㄷ'이며, 다음 장에서 볼 '故훗, 能훗,

免支-, 善支(ソ ㅅ), 則支' 등의 '支'가 모두 'ㄷ'이고, 『화엄경』의 구결에서는 '㓜'(시, 賜)와 같이 처음 나온 구결이 있다는 점들에서, 문제가 되지 않는 것 같다.

둘째로 형태소 연결의 문법적인 측면을 보자. 앞에서 '如支'를 해독한 'ᄀᆞᆮ'을 '如支ソ-'에 적용하면, '如支ソ-'은 'ᄀᆞᆮᄒᆞ-'로 해독된다. 이 'ᄀᆞᆮᄒᆞ-'는, 다음의 인용에서 볼 수 있는, 현대어 '같-'의 중세표기인 'ᄀᆞᆮᄒᆞ-'와 일치하는 형태로, '如支ソ-'의 문맥적 의미인 '같-'과도 일치한다.

(16) 虛空 ᄀᆞᆮᄒᆞ고(『육조법보단경언해』 41)
이 ᄀᆞᆮᄒᆞ곤(『법화경언해』 6:15)
나토미 ᄀᆞᆮᄒᆞ나(『능엄경언해』 2:89)

(16)의 'ᄀᆞᆮᄒᆞ-'들은 앞에서 '如支ソ-'를 해독한 'ᄀᆞᆮᄒᆞ-'와 일치한다. 이로 인해 'ᄀᆞᆮ(명사 또는 부사)+ᄒᆞ-'는 형태소의 연결에서 문법적이라고 정리할 수 있다.

셋째로 문맥적 측면을 보자. '如支(ソ)-'를 해독한 'ᄀᆞᆮ(ᄒᆞ)-'이 문맥에서도 맞는가를 보기 위해 '如支(ソ)-'를 유형별로 정리하면 다음과 같다.

(17) 가. 菩薩刂 如支 是刂 用心ソヒ尸の1(『화엄경』 8:16)
若ㄴ 能支 如支 是刂 調ソ- 衆生乙(『화엄경』 13:4)
나. 如支ソ1 是刂 一切乙(『화엄경』 15:1)
다. 問 如支ソヒㄴ 是 義乙(『화엄경』 2:12)
라. 當八 如支ソ氵普賢 色像第一刂ㅅ(『화엄경』 2:15-16)
마. 如支ソ1乙 是(『화엄경』 15:21)
바. 法身1 如支ㅎ 虛空 智慧1 如支ㅎソ1 大雲(『금광명경』 7:14)

(17가)의 두 '如ㅊ'(곧)은 부사이고, (17나)의 '如ㅊㅅㄱ'(곧흔)과 (17다)의 '如ㅊㅅㅌㄴ'(곧흔닷)은 각각 관형형이고, (17라)의 '如ㅊㅅ彡'(곧흔아)는 연결형이며, (17마)의 '如ㅊㅅㄱㄴ乙'(곧흔올)은 동명사형이고, (17바)의 '如ㅊㅎ(ᆢㄱ)'[곧뎌 (흔)]은 원망형이다. 이것들에 포함된 '如ㅊ'와 '如ㅊ(ᆢ)-'들은 모두가 현대어 '같이'와 '같-'에 해당하는 '곧'과 '곧(흔)-'으로 해독되면서, 문맥에 잘 맞는다.

이렇게 차제자의 원리와 운용의 측면, 형태소 연결의 문법적 측면, 문맥적 측면 등에 모두 부합한다는 점에서, '如ㅊ'와 '如ㅊ(ᆢ)-'의 'ㅊ'는 '如(곧)'의 'ㄷ'을 확인시켜주는 말음첨기자로 해독하는 것이 바람직해 보인다.

3. '故(/能/免/⋯)ㅊ(-)'의 'ㅊ'

이 장에서는 '故(/能/免/善/則/離)ㅊ(-)'의 'ㅊ'를 해독하고자 한다. 이를 위해 먼저 기왕의 해독들이 보인 한계를 변증해 보자.

1) 기왕의 학설

앞장에서 검토한 '다'설과 '곧'설은 '如ㅊ'의 연구에 한정되어 있어, '故(/能/免/善/則/離)ㅊ(-)'의 'ㅊ'에 대한 기왕의 해독은 지정문자설, '히'설, '디'설 등으로 본 경우들로 나눌 수 있다.

먼저 'ㅊ'를 지정문자로 본 경우의 문제를 보자. 이 경우는 앞에서 언급했듯이 세 문제를 가지고 있는데[제2장 2) 지정문자설 참조], 이 절에서는 다음의 논거에 따른 문제만을 보려 한다.

(18) 그렇다면, '攴'가 이른바 末音添記字로 쓰인 것은 아닌가를 검토할

필요가 있다. (37)에서 '支'가 '故, 能, 離, 免, 善, 如, 則' 등에 후속함을 보였는데, 이들의 독법이 공통적으로 '支'를 취하는 것이라면, '支'가 말음첨기자로 쓰였다고 할 수 있다. 이 때 얼른 생각나는 것이 '기', '히' 그리고 '디'이다. 그러나 '기', '히', '디' 등은 위의 일곱 가지에 두루 붙을 수 있는 음이 아니다. 더군다나 (39)의 '(··)ㅌ支쇼'에 나오는 '支'를 '기', '히', '디' 등으로 읽을 수 없다는 것은 두말할 필요도 없다.(이승재 1993:359)

(18)을 보면, '故(/能/離/免/善/如/則)支'의 '支'가 말음첨기자일 가능성이 없음을 두 측면에서 주장하고 있다. 하나는 '支'의 음으로 추정되는 '기, 히, 디' 등의 음들 중에서 '故, 能, 離, 免, 善, 如, 則' 등의 말음으로 두루 쓰일 수 있는 것이 없다는 주장이다. 다른 하나는 '(··)ㅌ支쇼'의 '支'를 '기, 히, 디' 등으로 읽을 수 없다는 주장이다. 두 부정의 주장 중에서 후자는 제4장에서 보겠지만, '디'로 읽힌다. 그리고 전자의 주장은 바로 이어서 보겠지만, '디'의 'ㄷ'이 '故, 能, 免, 善, 如, 則' 등의 말음으로 두루 쓰이고, '디'가 '離'의 말음절로 쓰인다는 점에서 문제가 되지 않는다. 게다가 이 지정문자설은 바로 앞장에서 살핀 문제[제2장 2) 지정문자설 참조]와 제4장에서 검토할 문제도 포함하고 있다.

'支'를 '히'로 읽은 해독 역시 바로 앞장에서 보았듯이 네 가지 문제를 가지고 있다.[제2장 3) '히'설 참조]

남풍현은 '年(/離/免)支'의 '支'를 '희/회'로 보면서, '故支, 則支, 卽支, 今支, 能支, 善支' 등의 '支'는 [如]支'의 '支'와 같은 형태로 보아, '디'로 읽었다.

(19) 〈華疏〉와 〈華嚴〉의 '年支/〉〉나히', '離支/〉〉여희-', '免支/〉〉여희-'에 쓰인 末音添記이므로 그 문법적 기능을 논할 것이 못된다. 〈華疏〉와

〈華嚴〉의 '年ㅊ/〉〉나히', '離ㅊ/〉〉여희-', '免ㅊ/〉〉여희-'에 쓰인 末音添記이므로 그 문법적 기능을 논할 것이 못된다. 故ㅊ, 則ㅊ, 卽ㅊ, 今ㅊ, 能ㅊ, 善ㅊ의 ㅊ는 [如]ㅊ의 ㅊ와 같은 형태이다. …… 여기에서 故ㅊ를 '그와 똑 같은 결과'로 직역한 것은 因果關係를 강조하여 표현한 것임을 드러내기 위한 것이다. … 則ㅊ는 條件에 대한 敍法을 強調하여 表現한 것으로 이해된다. … 卽ㅊ도 '곧, 즉시'의 뜻으로 쓰인 것이나 卽ㅊ와 같은 強勢에는 미치지 못하는 것은 앞에서 설명한 '故'의 경우와 같다. … 今ㅊ도 '바로 지금'의 뜻으로 강세를 준 것이고 6-1a)의 能ㅊ와 7-1a)의 善ㅊ도 이러한 강세를 넣어 이해하면 당시인의 表現法을 이해할 수 있을 것이다.(남풍현 2008:114-115)

(19)에서는 '年(/離/免)ㅊ'의 'ㅊ'를 '희/희'로 읽었지만, '故ㅊ, 則ㅊ, 卽ㅊ, 今ㅊ, 能ㅊ, 善ㅊ' 등의 'ㅊ'는 '[如]ㅊ'의 'ㅊ'와 같이 '디'로 읽었다. 특히 이 'ㅊ'를 뒤에 볼 '如實法'으로 정리를 하였다. 이 해독은 '故ㅊ, 則ㅊ, 卽ㅊ, 今ㅊ, 能ㅊ, 善ㅊ' 등의 'ㅊ'는 '[如]ㅊ'의 'ㅊ'와 같다고 설명을 하면서도, '故ㅊ, 則ㅊ, 卽ㅊ, 今ㅊ, 能ㅊ, 善ㅊ' 등의 한자와 구결을 구체적으로 해독하면서 설명하지 않고, '여실법'과 관련된 점들만을 강조하였다. 이는 바로 뒷절에서 보겠지만, '故ㅊ, 則ㅊ, 卽ㅊ, 今ㅊ, 能ㅊ, 善ㅊ' 등의 'ㅊ'들을 '디'로 읽을 수 없음을 의미한다.

2) 'ㄷ, 디'의 가능성

기왕의 해독들은 앞에서와 같이 문제를 가지고 있다. 이 문제를 풀기 위하여 '故(/能/免/善/則/離)ㅊ(-)'를 다시 해독해 보자. 이 해독에는 한자 '故, 能, 免, 善, 則, 離' 등의 훈이 필요하다. 그런데 기왕의 해독들이 취한 훈들의 상당수는 많은 도움을 주므로, 인용하면 다음과 같다.

(20)가. (40.ㄱ)의 '故支 而…'와 '故…'는 15 세기의 '이런ᄃ로, 그런ᄃ로'
에 대응하는 것이고, (40.ㄴ)의 '能ᄒ'는 15 세기의 '어루'에 해당
한다. (40.ㄷ)의 '善'이 15 세기 '둏-' 혹은 '읻-(이대-?)'으로 읽힌
다는 것은 이미 말한 바 있다. (37)의 '如'가 'ᄀᆮ' 혹은 '다'로 읽힌
다는 것도 이미 논의하였다. (37)의 '免'과 '離'는 15 세기의 '벗-'
과 '여희-' 어간에 각각 대응한다. (37)의 '則'이 문법적으로 훈독
된다는 것은 南豊鉉(1990)에서 이미 논의된 바가 있다. …… 결국
'支' 앞에 오는 문자로서 훈독하지 않은 것은 하나도 없는 셈이
다.(이승재 1993:360)

나. 지금까지의 논의를 토대로 하여 故, 能, 則, 如, 善 뒤에 ᄒ가 결
합된 예들은 다음과 같이 읽을 수 있다. …… 則ᄒ는 15세기 언해
문을 고려할대 "즉자히"로 읽혔을 것이 확실하다. 如ᄒ는 "다히"
또는 "ᄀᆮ히"로 읽힐 수 있겠지만 전자로 읽혔을 가능성이 훨씬 높
다고 판단된다. 善은 15세기의 언해문에서 '이대'로 나타나는데
이것은 파생된 부사일 것이다. '이대'에서 어간 '읻-'을 얻을 수
있으므로 善ᄒ는 "읻히"로 해독될 수 있다. 이것과는 약간 다른
관점에서 15세기의 '이대'를 語幹 '이다'와 부사화접미사 '-ㅣ'가
결합된 것으로 분석한다면, 善ᄒ는 "읻히"가 아니라 "이다히"로
읽혔을 가능성도 있다.
…… 能ᄒ가 문맥상 '할 수 있다'(can)는 의미로 쓰이는 점에 착안
하여 이와 같은 뜻을 가진 15세기의 '시러'(혹은 시러곰)를 能ᄒ의
훈으로 이용할 수 있다. …… '시러'는 그 어간이 '실-' 혹은 '싣-'
일 것이다. …… '싣-'을 能의 어간으로 본다면 이 어형은 이른바
ㄷ불규칙 용언의 하나인 셈이다.
能의 훈으로 想定할 수 있는 또 하나의 후보는 역시 可의 뜻을
가지고 부사로 쓰이는 '어루'이다. …… '어루'의 어말 'ㅜ'는 부사
파생접미사로 간주되므로 그 어근을 '얼' 또는 '어르'로 잡을 수
있다. 따라서 能ᄒ는 '얼히'(혹은 '어르히')로 읽을 수 있다. '싣히'와

'얼히'(어르히) 중 어느 것을 能支의 독법으로 삼을 것인지를 확실하게 결정지을 수 없다.(백두현 1993:134-135)

(20가, 나) 등에서 '故(/能/免/善/如/則/離)支'의 해독만을 다시 정리하면 다음의 표와 같다.

(21)

구결	이승재	백두현	비고(필자)
故支	(이런/그런)ᄃᆞ(로)	(고히)	(닷/탓>)닫/탈
能支	어루	신히, 얼히	신
免支	벗	여희	(벗>)벋
善支	둏, 읻(이대?)	읻히 (아다히)	읻
如支	ᄀᆞᆮ, 다	다히 (ᄀᆞᆮ히)	ᄀᆞᆮ
則支	?	즉자히	곧
離支	여희	여희	헤어디-

(21)에서 보듯이, 이승재와 백두현은 한자 '故, 能, 免, 善, 如, 則, 離' 등의 훈을 포함한 '故(/能/免/善/則/離)支'의 해독을 보여준다. 이 훈과 해독을 참고로 '故(/能/免/善/則/離)支'를 다시 해독하면, (21)의 비고와 같다. 이를 구체적으로 검토해 보자. 해독의 순서는 논거가 명확한 것부터 검토하려 한다.('如支'의 해독은 앞장으로 돌린다.)

'善支'과 '則支'를 보자.

(22) 가. 若七 諸1 菩薩刂 善支 用ソヒ尸の1 其心乙(『화엄경』 2:12)

或ソ1 作ソ氵亦 良醫刂ㄕの乙 善支ソ亦 衆1 論乙(『화엄경』 19:9)

나. 若七 諸1 菩薩刂 善支 用ソヒ尸の1 其心乙 則支 獲ソ去尸の罒 一切勝妙功德乙(『화엄경』 2:12-13)

若七 諸1 菩薩刂 如支 是刂 用心ソヒ尸の1 則支 獲氵亦 一切勝妙功德乙(『화엄경』 2:16-17)

(22가)의 '善ㅊ'와 '善ㅊゝゟ'를 '일'(잘)과 '일 ㅎ며'(잘 하며)로 읽을 때에 차제자 원리와 운용의 측면, 형태소 연결의 문법적 측면, 문맥적 측면 등에서 어떤 문제도 발생하지 않는다. 특히 '일'의 어형이 현존 자료에서 확인된 것은 아니다. 그러나 용언의 어간이 명사 또는 부사로 사용된 예들이 많다는 점에서, 부사 '일' 역시 '일다'의 어간이 부사로 쓰인 것이라고 볼 때에 문제가 없을 것 같다. 이런 점에서 '善ㅊ'를 '일'으로, '善ㅊ'의 'ㅊ'를 'ㄷ'으로 읽을 수 있다. 그리고 (22나)에서 '則'의 음을 '즉'으로 할 때에, 그 훈은 '곧'이다. 이 '곧'과 말음첨기 'ㅊ(ㄷ)'를 취하여, '則ㅊ'를 '곧'으로 해독할 때에, 차제자 원리와 운용의 측면, 형태소 연결의 문법적 측면, 문맥적 측면 등에서 어떤 문제도 발생하지 않는다. 이렇게 볼 때에, '善ㅊ(ゝゟ)'는 '일(ㅎ며)'으로, '則ㅊ'는 '곧'으로 각각 읽히고, '善ㅊ(ゝゟ)'와 '則ㅊ'의 'ㅊ'는 각각 말음첨기자(ㄷ)로 해독된다.

'故ㅊ'와 '免ㅊ-'를 보자.

(23) 가. 欲ㅿゝ二刂刀ㅅ 顯示ゝ 菩薩心ㄴ功德乙 故ㅊ 以ゟ 偈乙 問ゟ 賢首
菩薩尸十 曰ゝ尸(『화엄경』 8:21)
證ゝゟゝˎ(려) 菩薩乙 故ㅊ 而ゝ 發心ゝナ ゝ刂ゟ(『화엄경』 9:15)
나. 免ㅊㄴ효 ゝ又禾ゟ 其逼迫乙(『화엄경』 2:19)

(23가)에서 보이는 '故ㅊ'의 해독에 필요한 '故'의 훈은 '닷/탓'으로 잡을 수 있다. 이 '닷/탓'은 '닫/탇'의 이표기로 표기할 수도 있다. 게다가 말음첨기 'ㅊ'의 'ㄷ'을 계산하면, '故ㅊ'는 '닫/탇'으로 해독할 수 있다. 그리고 (23나)에서 보이는 '免'의 훈은 '벗'으로 정리되어 있다. 이 '벗'의 이표기는 '벋'이다. 이 '벗'의 이표기 '벋'을 '免'의 훈으로 취하고, 'ㅊ'를 말음첨기 'ㄷ'으로 취하면, '免ㅊㄴ효'는 '벋나셔'로 해독된다. 그런데 이렇게 해독하

는 데는 차제자 운용의 측면에서 문제를 제기할 수 있다. '-ㅅ'을 '-ㄷ'으로 표기한 예가 있느냐 하는 것이다. 이 문제만 해결하면 앞의 해독은 차제자의 원리와 운용의 측면, 형태소 연결의 문법적 측면, 문맥적 측면에서 모두 부합하게 된다.

어말이나 자음 앞의 음절말에서 'ㅅ'은 'ㄷ'으로 중화되고, 이런 'ㅅ'이 'ㄷ'으로 표기된 예는 매우 많다. 이런 예를 『이조어사전』에서 보면 다음과 같다.

(24) 갇/갓(笠), 갇나희/갓나희(여자의), 갇모/갓모(油帽), 곧/곳(處), 곧갈/곳갈(고깔), 곧티다/곳티다(고치다), 긷드리다/깃드리다, 낟/낫(鎌), 낟브다/낫브다, 녿/놋(鑰鐵), 늗기다/늣기다, 닏다/닛다(잇다), 돋/돗(席), 돋갑다/돗갑다, 둗겁다/둣겁다, 뜯듣다/뜻듣다, 뜯/뜻, 맏나다/맛나다(味), 몯/못(不), 몯/못(釘), 몯내/못내, 몯ᄒ다/못ᄒ다, 빋북/빗북(배꼽), 벋/벗(朋), 볃/볏(鑅), 붇/붓(筆), 붇곳/붓곳, 븓다/븟다(注), 비릳다/비릇다, 삳/삿(삿자리), 삳갇/삿갓, 섣달/섯달, 쏟다/쏫다, 양줃모/양줏골, 어레빋/어레빗, 어엳부다/어엿브다, 엳줍다/엿줍다, 욷층/웃집, 이욷/이웃, ᄌ몯/ᄌ못, 잗/잣(柏), 져근덛/져근덧, 견곧/겼곳, 졀바디다/졋바디다, 짇/짓(깃), ᄒ낟재/ᄒ낫재, 핟옫/핟옷(襖)

(24)의 어휘들은 'ㅅ'으로 표기하는 것이 맞는 어휘에서, 그 'ㅅ'을 'ㄷ'으로 표기하기도 한 어휘들(47개)이다. 이 예들은 '닷/탓, 벗나셔' 등을 '닫/탇, 벋나셔' 등으로 쓴 것과 같다. 이런 점에서 '故ㅊ, 免ㅊ' 등을 '(닷/탓〉)닫/탇, (벗나셔〉)벋나셔' 등으로 읽는 데 큰 문제는 없다고 판단한다. 그리고 이에 근거해 '故ㅊ'는 '닫/탇'으로, '免ㅊ ㅌㅛ'는 '벋나셔'로 각각 해독하고, '故ㅊ'와 '免ㅊㅌㅛ'의 'ㅊ'는 각각 말음첨기자(ㄷ)로 정리한다.

'能ㅊ'를 보자.

(25) 如這 諸ㄱ 法相乙 悉氵 能支 通達丷厼(『화엄경』 2:15)
能支 獲尸丁…のㄱ 一切勝妙功德乙 佛子氵(『화엄경』 2:18)

(25)의 '能支'에 나온 '能'의 훈은 앞의 표에서 '어루, 얼, 싣' 등으로 정리되고 있다. 이 중에서 '싣'을 취하여 '能支'를 해독하면 '싣'이 된다. 물론 '支'는 'ㄷ'의 말음첨기이다. '能支'를 부사 '싣'으로 읽을 때에, '싣'이 '能'의 훈일 수 있다는 가능성만 있지, 예증된 것은 아니다. 이런 미흡점에도 불구하고, 앞에서 본 '如(/善/則/故/免)支'의 '支'가 모두 'ㄷ'이므로, 이 '能支'의 '支'도 'ㄷ'으로 읽으면 큰 문제는 없다고 생각한다. 이런 점에서 '能支'를 '싣'으로, '支'를 'ㄷ'으로 각각 읽을 수 있다.

'離支-'를 보자. '離'의 훈으로 '여히-, 여희-'가 있고, 이밖에 '헤어디-'의 훈도 있다. 후자의 훈을 취하고, '支'를 말음절첨기의 '디'로 읽으면, '離支-'는 '헤어디-'가 된다. 이 '헤어디-'를 다음의 구결에 넣어보면, '헤어디-'의 해독은 차제자의 원리와 운용의 측면, 형태소 연결의 문법적 측면, 문맥적 측면 모두에 부합한다.

(26) 가. 永去 離支口八 煩惱乙(『화엄경』 3:11)
離支口八 我諍七心乙(『화엄경』 5:6)
나. 離支ㅌㅊ 諸ㄱ 罪難乙(『화엄경』 5:4)
離支ㅌ立 一切惡乙(『화엄경』 6:13)

(26가)는 '離支口八'의 연결형이고, (26나)는 '離支ㅌㅊ(/立)'의 종결형으로, '헤어디곡'과 '헤어디나쎠'로 해독되고, 이 해독은 차제자의 원리와 운용의 측면, 형태소 연결의 문법적 측면, 문맥적 측면 모두에 부합한다. 이 '離支-'의 '支'는 다음 장에서 다룰 '元矢支リ厼'와 '(丷)ㅌ支立'의 '支'들과 함께 '디'이다.

이상을 다시 정리하면, '故彡, 能彡, 免彡-, 善彡(丷 夕), 則彡, 離彡-' 등은 '(닷/탓))닫/탇, 신, (벗))번-, 일(ᄒ며), 곧, 헤어디-' 등으로 해독된다. 이 중에서 '故彡, 能彡, 免彡-, 善彡(丷 夕), 則彡' 등의 '彡'는 말음첨기(ㄷ)이고, '離彡-'의 '彡'는 말음절첨기(디)이다.

4. '元夫彡-'와 '(丷)ㅌ彡쇼'의 '彡'

이 장에서는 '元夫彡ㅣ夕'의 '彡'와 '(丷)ㅌ彡쇼'의 '彡'를 절을 나누어 검토하고자 한다.

1) '元夫彡ㅣ夕'의 '彡'

'元夫彡ㅣ夕'의 '彡'에 대한 기왕의 연구들이 보인 한계를 먼저 보고, 보완해 보자.

(1) 기왕의 학설

기왕의 연구에는 셋이 있다. 하나는 '彡'를 지정문자로 본 것이고, 다른 하나는 '미디히'의 '히'로 본 것이며, 마지막 하나는 '彡'를 '디'로 본 것이다.

> (27)… 따라서, (38)의 '元夫'는 根本을 뜻하는 명사 '밑'으로 읽는 것이 좋을 것이다. '夫'는 잘 알려져 있는 것처럼 '知'에서 온 것이다. '夫'가 '밑'의 'ㅌ'을 표기한 것이 이상하게 들릴지 모르나, '佛夫'의 '夫'로서 '부톄'의 '톄' 부분을 표기한 예를 고려하면 낯선 것은 아니다. … (중간 생략) … 또한, '支'가 문법 형태를 표기한 것이라면 (38)의 '元夫支ㅣ夕'에 쓰인 '支'는 어느 형태를 표기한 것일까 하는 의문이 뒤따른다. 이 '支'는 계사 앞에 왔으므로 명사류 접사에 해당할 텐데, (37)의 많

은 예들을 고려하면 '攴'가 명사류 접사가 아님이 곧 드러난다.

··· (중간 생략) ···

지정문자설에 따르면 이 의도하는 바는 곧 앞에 오는 문자를 훈독하라고 지정해 주는 기능이 된다. 실제로 '攴' 앞에 오는 문자로서 훈독되지 않은 것은 없다. ······ (38) '元놋攴ㅒ夕'의 '元놋'가 문제가 되지만 이 때의 '놋'는 말음첨기자로 쓰인 것이므로 '元'을 훈독했음이 오히려 명확해진다. 즉 이 곳의 '攴'는 '元놋' 전체를 새겨서 읽으라고[각주 16) 향가에서도 이와 비슷한 예가 있다. 國惡攴(安民歌), 持以攴知賜烏隱(讚耆婆郞歌), 除惡攴(禱千手觀音歌), 遺知攴賜尸等隱(禱千手觀音歌) 등의 예가 있다. 각주 16)을 본문으로 필자가 옮김] 지정하는 셈이다.(이승재 1993:358-360)

(27)에서는 '元놋攴ㅒ夕'의 '놋'를 문법 형태가 아니라고 주장하였다. 그러나 '놋'는 그 다음의 계사 '-ㅒ-'로 보아 의존명사일 수도 있는데, 이를 쉽게 포기하고 문법 형태가 아니라고 본 문제를 보여준다. 게다가 차제자의 운용이란 측면에서 이 주장은 김완진의 지정문자설을 수정하였는데, 수정 자체에 모순이 포함되어 있다. '놋' 바로 앞에 있는 훈독하지 않은 구결 '놋'와, 향찰 '惡(2회), 以, 知' 등을 해결할 수 없어, 바로 앞에 온 향찰이나 구결을 훈독하라는 지정문자의 개념을, 훈독자는 물론 그 다음에 이어진 음으로 읽은 한자까지를 포함한 전체를 새겨서 읽으라는 것으로 지정문자의 개념을 수정하였다. 이 수정 자체는 이미 김완진의 지정문자설이 가지고 있는 문제점을 말해준다. 게다가 수정한 지정문자설조차도 자체 모순을 보여준다. 모순된 문장은 "이 곳의 '攴'는 '元놋' 전체를 새겨서 읽으라고 지정하는 셈이다."이다. 이 문장에서 '元'은 새겨서 읽을 수 있지만, '놋'는 'ㅌ'으로 읽으면 음으로 읽은 것이지 새겨서 읽은 것이 아니다. 이런 점에서 이 지정문자설은 수긍하기 어려운 것으로 판단한다.

이번에는 '元矢支刂分'의 해독에서 지정문자설을 부정하고, '元矢支'를 '미디히'로 읽은 해독의 문제를 보자.

(28) 元矢支는 그 뒤에 '刂分'가 결합된 점이 遺知支와 다르기는 하지만 遺知支의 해독 방법을 元矢支의 해독에 援用할 수 있다. 元은 訓讀字인데 元과 같은 뜻으로 쓰인 本의 훈 '믿'을 元의 훈으로 이용할 수 있을 것이다. 元의 훈으로 '믿'을 채용한다면 元矢支는 '미디히'로 읽을 수 있다. 지정사(-이) 앞에 올 수 있는 성분은 체언 이외의 것도 있지만, 元矢支 뒤에 지정사와 연결어미의 결합인 '刂分'가 온 것으로 보아 元矢支는 체언일 것으로 보인다. 위 (16)의 문맥으로 보아도 元矢支刂分는 母刂乙과 對句가 되어 있어 체언임이 분명하다. 元矢支가 체언이고, '미디히'로 읽혀진다면 이 어형이 15세기 국어에서 나타나야 좋을 듯한데 유감스럽게도 그렇지 못하다. '미디히'에 대응하는 15세기의 어형은 '믿'으로 나타나 어형상의 乖離를 보인다.[각주 19) 만약 '미디히'가 '믿'으로 변화하였다고 본다면 이 변화는 다음과 같은 과정으로 설명될 수도 있을 것이다. 즉 '미디히'는 동일 모음 'ㅣ'가 3회나 중복되니 '디'의 'ㅣ'가 탈락하면서 ㄷ과 ㅎ의 축약으로 '미티'가 생성되고, '미티'에서 다시 어말 ㅣ의 탈락으로 '밑'이 이루어진 것이라는 과정을 가정해 본다(미디히>미ㄷ히>밑). 그러나 元矢支의 해독은 앞으로 더 깊이 생각해 보아야 할 숙제로 남겨 둔다.](백두현 1993:141)[각주 19)를 본문으로 필자가 옮김]

(28)에서 보면, '元矢支'를 '미디히'로 읽었다. 앞에서 보았듯이, '支'는 '히'로 읽을 수 없다. 이는 이 해독이 차제자의 원리를 벗어났음을 의미한다. 그리고 필자가 언급하듯이 '元矢支'를 해독한 '미디히'는 중세어 '밑'과 너무나 떨어져 있다. 이는 '믿+디+히'의 형태소 연결이 '믿/밑'이 되기에는 너무나 비문법적임을 말해준다. 이런 사실은 필자가 각주에서 밝힌 바

와 같이, "元矢亥의 해독은 앞으로 더 깊이 생각해 보아야 할 숙제로 남겨"
져 있다는 진술에서도 파악할 수 있다.

이번에는 남풍현이 '디'로 읽은 주장을 보자.

> (29)··· '元矢亥ㅣㅅ'도 '으뜸 바로 그것이며'로 해석이 된다. ······ 이 亥는 뒤
> 에 계사 'ㅣ/이'를 취하여 亥가 명사임을 보이고 있다. 이는 의존명사
> '\[E\]'에서 파생된 형태로 '바로 그것'의 뜻을 나타내고 있다.(남풍현
> 2008:115-116)

(29)를 보면, '元矢亥ㅣㅅ'의 '亥'를 '디'로 읽은 것 같다. 그러나 단지 '亥'
를 그 다음에 온 '-ㅣㅅ'에 의지하여 명사라고만 하고, 그 앞의 한자와 구
결을 설명하지 않아 좀더 자세한 것은 알 수 없다. 특히 바로 앞의 '元矢-'
와 '-亥-'가 어떻게 연결되는지를 알 수 없다. 그리고 '元矢亥ㅣㅅ'는 바로
이어서 보겠지만, '미디 디이며'로 해독되며, '亥'는 '것'의 의미인 '디'로
'바로 그것'의 의미가 아니라는 점에서 앞의 주장은 어려워 보인다.

(2) '디'의 가능성

'元矢亥ㅣㅅ'를 해독하기 위하여, 먼저 '矢'가 『화엄경』의 구결에서 보인
소유격/속격과 의존명사의 기능을 먼저 정리해 보자.

> (30) 長ᄂᄐ효 佛矢 善根乙(『화엄경』 4:23)
> 疾ㅣ 悟ᄂᄐ효 諸ㄱ 佛矢 一味之ㄴ 法乙(『화엄경』 5:15)
> 得ᄒᄉ 佛矢 上味乙(『화엄경』 7:19)

(30)의 인용에 나온 '佛矢'는 '부디(〈붇+이〉'의 표기로 소유격/속격의 기
능을 한다. 이 정리에 도움을 준 백두현의 글을 보자.

(31) 屬格 기능을 하는 叱가 '佛'字 뒤에서만 나타나므로 이 叱는 '佛'이 讀
音 형태와 직접적 관계를 가질 수밖에 없다. 佛은 범어 Buddha의 音
譯字인데 佛陀로 옮겨지기도 한다. 필자는 佛叱가 범어 Buddha Bud
(붇)에 속격 '-의'가 결합한 형태, 즉 '부듸'를 표기한 것이라고 추정하
려 한다. …… 叱 역시 '디'와 '듸'를 같이 나타낼 수 있었을 것이다.(백
두현 1993:145)

(31)은 '佛' 뒤에 온 '叱'가 소유격/속격의 기능을 하고 있음을 잘 보여준
다. 그리고 이 인용에서는 '叱'의 음을 '듸'로 보고, 그 소유격/속격의 기능
을 '佛' 뒤에 온 '叱'에 한정하였다.

그러나 '叱'의 음을 '듸'로 본 것과 그 사용처를 '佛' 뒤로 한정한 것에는
문제가 있어 보인다. 구결 '叱'는 그 차용 한자인 '知'의 음으로 보아 '디'이
다. 이 '知'는 '支'운에 속한다는 점에서 그 음을 '듸'로 잡기는 어렵고, '디'
로 보아야 한다. 그리고 이 '디'의 '- ㅣ'는 소유격/속격의 어미이다. 이런
소유격/속격은 "牛頭는 쇠 머리라"(『월인석보』 1:27)와 "公州ㅣ 江南을 저
ㅎ샤"(『용비어천가』 15)의 '- ㅣ'에서 발견된다. 그리고 '佛' 외에 말음이 'ㄷ'
인 글자 뒤에도 '叱'가 올 수 있음을 열어 놓는 것이 좋을 것 같다.

이번에는 『화엄경』의 구결에서 보인 의존명사를 보자. 의존명사의 표
기에도 '叱'가 이용되었다는 사실도 백두현(1993:148-151)에 의해 밝혀져
있다. 그 예의 일부만을 인용하면 다음과 같다.

(32) 或刀 有ナ丨 雜染ㅅ丨 叱氵 或 清淨ㅅ丨 叱氵 或刀 有ナ丨 廣大ㅅ丨 叱氵 或
狹小ㅅ丨 叱氵(『화엄경』 15:11)
或ナ丨 曠野ㄴ 熱時ㄴ 焰 如支ㅅ丨 叱氵 或ナ丨 天上氵ㄴ 因陀網 如支ㅅ
丨 叱氵(『화엄경』 15:13)

(32)의 '놋'들은 '훈(ᄒ ᆞ ㄱ)' 다음에 나오면서 의존명사 '디'임을 보여준다. 이렇게 되면, 『화엄경』의 구결에서 '놋'는 앞말의 말음이 포함된 소유격/속격과 의존명사로 동시에 쓰임을 알 수 있다.

이렇게 '놋'는 『화엄경』의 구결에서 앞말의 말음을 포함한 소유격/속격으로 쓰이는 동시에 의존명사로도 쓰였다. 이 두 사실을 염두에 두고, 이제부터 '元놋호ㅣ㞢'를 해독해 보자. '元'은 그 훈에 따라 '믿'으로, '놋'는 '믿'의 말음(ㄷ)을 포함한 소유격/속격의 '디'로, '호'는 의존명사 '디'로, 'ㅣ'는 계사 또는 지정사 '-이-'로, '㞢'는 연결어미 '며'로 각각 읽을 수 있다. 특히 『화엄경』의 구결에서 의존명사를 '놋'로 쓰는데, 이를 쓰지 않고 '호'를 쓴 것에 대하여 의문을 가질 수도 있다. 그러나 '믿(元)'의 말음(ㄷ)을 포함한 소유격/속격의 '디'를 '놋'로 쓴 다음에 의존명사를 다시 '놋'로 쓰면 '元놋놋-'와 같이 '놋'가 겹쳐서 하나는 잘못된 중복표기로 볼 수도 있다. 이 문제를 피하기 위하여, '디'의 음을 가진 다른 구결('호')을 이용한 것이 '元놋호ㅣ㞢'의 표기라고 생각한다. 이상의 해독을 확인하기 위하여 해당 문맥과 해독을 다시 보면 다음과 같다.

(33) 信ㄱ 爲の乙ソ♭ナㄱ 道ㆍ七 元놋호ㅣ㞢 功德七 母ㅣㄹ · (『화엄경』 9:20)
　　信은 道앗 미디 디이며 功德ㅅ 母일라 ᄒ돌 ᄒ고 겨다
　　(믿음은 도에 있는 근본의 것이며, 공덕의 어미일거라 하는 것을 하고 있다)

(33)에서 보면, 의미가 잘 통하다. 특히 '놋'는 바로 앞말('믿')의 말음과 소유격/속격이 결합된 '-디'로, '호'는 의존명사의 '디'로, 'ㅣ'는 계사 또는 지정사의 '-이-'로 각각 읽을 때에, 각 구결들은 해당 한자의 음 또는 훈의 영역 안에 있으며, '-이(소유격/속격)+디(의존명사)+이(계사 또는 지정사)+며(연결어미)'의 결합은 문법적이며, 문맥적 의미 역시 잘 통한다. 이런 점

에서 '元矢支刂𢀳'는 '미디 디이며'(밑의 것이며)로, '支'는 의존명사 '디'(것)로, 각각 해독된다고 정리할 수 있다.

2) '(丷)𠃵支立'의 '支'

이 절에서는 '養丷㇯丷𠃵支立', '離支𠃵支立', '安隱丷𠃵支立' 등에 쓰인 선어말어미의 '支'를 해독하고자 한다. 이를 위해 먼저 기왕의 해독을 변증하고 보완해 보자.

(1) 기왕의 학설

'養丷㇯丷𠃵支立', '離支𠃵支立', '安隱丷𠃵支立' 등의 '支'에 대한 기왕의 연구로는 셋이 있다. 지정문자설, '히'설, '디'설 등이다. 지정문자설을 먼저 보자.

> (34) … 또한, '支'가 문법 형태를 표기한 것이라면 (38)의 '元矢支刂𢀳'에 쓰인 '支'는 어느 형태를 표기한 것일까 하는 의문이 뒤따른다. 이 '支'는 계사 앞에 왔으므로 명사류 접사에 해당할 텐데, (37)의 많은 예들을 고려하면 '支'가 명사류 접사가 아님이 곧 드러난다. '支'가 문법 형태를 표기한 것이 아니라는 결정적인 논거는 (39.ㄴ)의 '離支𠃵支立'에서 찾을 수 있다. 이 곳에는 '支'가 두 번이나 쓰였는데, 어떤 문법 형태가 '𠃵'를 사이에 두고 두 번이나 쓰였다는 것은 있을 수 없는 일이다. 따라서, '支'가 문법 형태를 표기한 것이 아니라고 결론 지을 수 있다.(이승재 1993:358)

(34)에는 두 가지 문제가 포함되어 있다. 첫째 문제는 '元矢支刂𢀳'의 '支'를 쉽게 문법 형태가 아니라고 주장한 것이다. 이 '支'는 바로 앞 절에서 보았듯이, 바로 앞 말[元(밑)]의 말음(ㄷ)과 소유격/속격(ㅣ)의 결합인 '-디

(ㅊ)' 다음에 오고, 계사 또는 지정사 '-이(ㅣ)-'의 바로 앞에 온 의존명사이다. 이를 검토하지 않고, 쉽게 문법 형태가 아니라고 주장한 것은 문제이다. 둘째 문제는 '離ㅎㅌㅎㅛ'의 해독에서, "어떤 문법 형태가 'ㅌ'를 사이에 두고 두 번이나 쓰였다는 것은 있을 수 없는 일이다."라고 단정한 문제이다. '離ㅎㅌㅎㅛ'의 네 구결자에서 '-ㅎ(ㅌㅊㅛ)'는 제3장에서 살폈듯이, '離(헤어디-)'의 말음절첨기(디)이다. 그리고 '-(ㅊㅌ)ㅎ(ㅛ)'는 다음 항에서 보겠지만, '-(나)지(라)'에서 볼 수 있는 소망의 선어말어미일 수도 있다. 이렇게 지적할 수 있는 두 문제로 보아, '元놋ㅎㅣ쇼'의 'ㅎ'는 물론, '養ㅅㅎㅅㅌㅎㅛ', '離ㅎㅌㅎㅛ', '安隱ㅅㅌㅎㅛ' 등의 'ㅎ'들을 지정문자로 본 앞의 해석에는 문제가 있는 것 같다.

이번에는 '養ㅅㅎㅅㅌㅎㅛ', '離ㅎㅌㅎㅛ', '安隱ㅅㅌㅎㅛ' 등의 'ㅎ'들을 '히'로 읽은 해독의 논거를 보자.

(35) (7) a와 b의 離는 15세기 국어에서 '여희-'로 번역되는데, 離에 직접 결합한 ㅎ는 어간말음의 '희'를 나타낸 표기라고 생각한다. …… c의 免도 문맥상의 뜻은 離와 같아서 '여희-'로 훈독된 것이라고 판단된다.
… (중간 생략) …

離ㅎ의 ㅎ를 '히'로 읽을 때 발생하는 문제는 離ㅎㅌㅎㅛ의 두 번째 ㅎ를 어떻게 해석할 것인가는 것이다. 두 번째의 ㅎ는 앞의 ㅎ와는 다른 문법 형태를 표기한 ㅎ일 것이다. 이것은 서재극(1992:95-96)에서 언급되었듯이 중세어에서 강조형으로 쓰인 '-혀-'와, 경상방언 '뒤비시다, 벌시다' 등의 '시'에 대응하는 문법 형태라고 해석된다. (6)a의 첫 번째 예 중 離ㅎㅌㅎㅛ와 같이 ㅌ와 ㅛ 사이에 ㅎ가 들어간 예는 아주 드물게 보이는데, 다음의 예가 그러한 것이다.
… (예문 생략) …

養ㅅㅎㅅㅌㅎㅛ는 '양ㅎ여ㅎㄴ히셔'(혹은 양ㅎ져ㅎㄴ히셔)로 읽을 수 있다. 究竟安隱ㅅㅌ훗□는 마지막 글자가 원본을 복사할 때 책장이 접쳐져 빠져버린 것인데 그 글자는 효임이 분명하다. 이 두 예는 문맥상의 의미로 보아 훗가 강조의 기능을 가지고 있음을 보여 주며, ㅅㅌ훗와 같은 결합에 나타난 강조형으로서의 훗를 확인해 준다.(백두현 1993:132–133)

(35)에서는, '養ㅅ호ㅅㅌ훗효', '離훗ㅌ훗효', '安隱ㅅㅌ훗효' 등의 '훗'들을 모두 '히'로 읽고, 선어말어미는 강조형의 '-히-'로 보았다. 이 주장은 전적으로 서재극의 주장에 따른 해독인데, 서재극의 주장에는 많은 문제가 있다. 이 문제들은 제2·3장과 앞 절에서 충분하게 언급하였으므로, 더 이상의 재론은 생략한다.

이번에는 '디'로 읽은 남풍현의 글을 보자.

(36) 이 문법을 통하여 'ㅅㅌ훗효/ㅎㄴ디셔'에 쓰인 '훗/디'의 기능과 뜻을 分析해 보기로 하자. ······ 여기서의 ㅅㅌ훗효는 '반드시 꼭 그렇게 해야 한다'고 하는 强調表現이다. 우리는 15세기의 '홀띠니라'가 '반드시 해야 한다'는 當爲法으로 쓰이는 것을 알고 있다. ······.

··· (중간 생략) ···

이상에서 우리는 語幹, 接尾辭, 語尾에 섞여 쓰이는 훗가 '똑같다, 同一하다, 틀림없다'의 뜻을 갖는 의존명사 'ㄷ'와 어원을 같이 하는 형태에서 나온 것으로 12세기 전반기까지의 자료에 나타나는 여러 형태들을 고찰하였다.

이와 같이 훗에 의해 표현되는 내용은 古代國語에 있어서 하나의 敍法表現으로 널리 쓰였던 것으로 필자는 이를 '如實法'이라고 부르고자 한다.(남풍현 2008:116–117)

(36)의 앞부분을 보면, 'ㅅㅌ훗효/ㅎㄴ디셔'에 쓰인 '훗/디'를 강조표현으

로 보았다. '롯'를 '디'로 읽은 것은 좋다. 그러나 강조표현으로 보는 데는
문제가 있는 것 같다. 그리고 (36)의 뒷부분을 보면, 그 앞까지 논의해온
'롯'를 如實法으로 정리를 하고 있는데, 지금까지 정리해온 바와 같이, 그
성립이 어려운 주장으로 보인다.

(2) '디'의 가능성

'養ㅅ훙ㅅㅌ롯효', '離롯ㅌ롯효', '安隱ㅅㅌ롯효' 등의 '롯'들을 설명하기 위
하여, '(ㆍ)ㅌ롯효'에서 '롯'가 없는 'ㅅㅌ효'를 먼저 보고, 이어서 '(ㆍ)ㅌ롯효'
를 검토하고자 한다.

'ㅅㅌ효'의 해독은 이승재에 의해 거의 정리되어 있다. 해당 부분을 인용
하면 다음과 같다.

> (37) 따라서, (57-58)의 '(ㆍ)ㅌ효'와 관련될 수 있는 15세기의 명령형 어미
> 는 '(ㅎ)쇼셔'와 '(ㅎ)야쎠'의 두 가지라고 할 수 있다. …… 그런데 '효'
> 가 '(ㅎ)쇼셔'의 '셔'를 표기한 것인지 그렇지 않으면 '(ㅎ)야쎠'의 '쎠'
> 를 표기한 것인지를 결정하기가 어렵다. '효'의 후대의 용법과 음상을
> 고려하면 '셔'라고 할 수 있지만, '衆生'들에게 청원하는 것으로는 '쎠'
> 가 더 적합하기 때문이다. 화엄경에는 X 위치에 '衆生'이 오는 예가
> 거의 대부분이다. 여기서는 '衆生'들에게 'ㅎ쇼셔'체를 사용하는 예가
> 중세국어에 거의 나오지 않는다는 점을 중시하여 '(ㆍ)ㅌ효'의 '효'은
> '(ㅎ)야쎠'의 '쎠'를 표기한 것으로 간주한다.
> ··· (중간 2면 생략) ···
> 그런데, 선어말 어미의 'ㅌ'는 몇 가지 특징을 가진다. 우선 'ㅌ'는
> 'ㅊ, ㅁ, ㅂ' 등의 뒤에만 오고 이들의 앞에 오는 예는 보이지 않는다.
> 반대로, 'ㅌ'는 '勿'보다는 항상 앞에 오고 'ㅕ'는 항상 '勿' 뒤에 온다.
> 이에 따르면 'ㅌ'는 'ㅕ'보다 앞에 오는 것이 원칙이라고 할 수 있다.

이 점에서 (63)의 'ノチヒア乃ㄱ'과 'ノチヒチ矛'는 예외적인 존재이다. 바로 이 예외가 중요하다. 15세기의 선어말 어미로서 '-리-'의 앞에 오기도 하고 뒤에 오기도 하는 것은, '-거/어/나-'와 '-더-'밖에 없다. 따라서 '(ッ)ㅌ효'의 'ㅌ'가 '-거/어/나-'의 '나'에 대응한다는 추론이 성립한다. 즉 15세기의 'ᄒᆞ야쎠'의 '야'가 '-거/어/나-'의 '어'이듯이, '(ッ)ㅌ효'의 'ㅌ'는 '-거/어/나-'의 '나'에 해당할 가능성이 있는 것이다.(이승재 1993:370-373)

(37)의 핵심은 'ㅅㅌ효'의 '-ㅌ-'는 선어말어미로 '-거/어/나-'에 해당하고, 'ㅅㅌ효'의 '-효'는 'ᄒᆞ야쎠'의 '-쎠'에 해당한다는 점이다. 전자는 선어말어미 '-나-'가 '오다[來]'의 어간에만 연결되는 것으로, 선어말어미 '-거/어-'에 대응한다는 유창돈(1964, '-나-'조)의 정리와도 거의 일치한다.

이번에는 '(ッ)ㅌ효효'를 해독해 보자. 이 '(ッ)ㅌ효효'의 해독은 앞에서 살핀 'ㅅㅌ효'의 해독에서부터 출발하면, 그 설명이 용이하다. 'ㅅㅌ효'의 '-ㅌ-'가 '-거/어/나-'의 선어말어미이고, 'ㅅㅌ효'의 '-효'는 'ᄒᆞ야쎠'의 어말어미 '-쎠'이었다. 그러면 '-나-'의 선어말어미와 '-쎠'의 어말어미의 사이에 오고, 그 발음이 '디/지'인 선어말어미는 무엇일까를 검토하면 그 답이 나올 수 있다.

이 세 조건이 결합된 '-나+디(/지)+쎠'에서 '디(/지)'를 보여주는 예는 일차적으로 없다. 차선책으로 '-가(/거)+디(/지)+어미', '-아(/어)+디(/지)+어미', '-나+디(/지)+어미' 등의 예들에서 '디(/지)'의 선어말어미를 해석할 수 있다. 이에 해당하는 예들을 보자.

(38) 가. 阿彌陀佛國에 나가지이다 ᄒᆞ야ᄂᆞᆯ(『월인석보』 8:6)

　　　　하ᄂᆞᆯᄱᅴ 비로더 갑새 죽거지라 ᄒᆞ더라(『속삼강행실도』 孝:29)

　　나. 하ᄂᆞᆯ도 마오 이 地獄에 아니 들아지이다(『석보상절』 8:6)

蒼然히 이ᄅᆞᆯ 議論ᄒᆞ야지라 請ᄒᆞ거늘[『두시언해』(초간본) 22:35]

다. 잢간 녀러오나지라 ᄒᆞ야늘(『삼강행실도』 孝:29)

(38가)는 '-가(/거)+디(/지)+어미'형으로 '-가(/거)+디(/지)+이다(/라)'의 예들이고, (38나)는 '-아(/어)+디(/지)+어미'형으로 '-아(/어)+디(/지)+이다(/라)'의 예들이며, (38다)는 '-나+디(/지)+어미'형으로 '-나+지+라'의 유일한 예이다. 이 예들에 나온 '-디(/지)-'는 소망의 선어말어미이다. 이 '-디(/지)-'가 소망의 선어말어미라는 사실은 해당 어휘들의 '-가(/거/아/어/나)+디(/지)-'가 '-하고 싶-' 또는 '-(으)ㅁ을 바라-'의 의미를 가지기 때문이다. 이런 사실은 앞의 어휘에서 '-가(/거/아/어/나)+디(/지)-'를 '-하고 싶-' 또는 '-(으)ㅁ 바라-'로 바꾸어 쓰면, 즉 '나가지이다'(→낳고 싶소이다/낳음을 바라오이다), '죽거지라'(→죽고 싶다/죽음을 바란다), '들아지이다'(→들고 싶소이다/들음을 바라오이다), '議論ᄒᆞ야지라'(→議論하고 싶다/議論함을 바란다), '녀러오나지라'(→녀러오고 싶다/녀러옴을 바란다) 등의 의미는 문맥에 정확하게 맞는다. 이런 점에서 '-가(/거/아/어/나)+디(/지)-'의 '디(/지)'는 소망의 선어말어미라고 정리할 수 있다.

이번에는 앞의 소망의 선어말어미 '디'를 '(ソ)ヒ支立'의 '支'에 적용해보자. 『화엄경』의 해당 부분을 해독하고 현대역을 달면 다음과 같다.

(39) 佛子3(2:18) ……(2:19) 孝事ソ去ㄱ丨十ㄱ 父母乙 當八 願のㄱ 衆生ㄱ 善支 事八白3尔 於佛乙 護ソ彡 養ソ彡 <u>ソヒ支立</u> 一切乙(2:20) 妻子集會ソ去ㄱ丨十ㄱ 當願衆生 怨親平等ソ3尔 永去 <u>離支ヒ支立</u> 貪著(2:21) 若七 得3ㄱ丨十ㄱ 五欲乙 當願衆生 拔除ソ3八 欲箭乙 <u>究竟安穩ソヒ支立</u> (2:22)

불자아(2:18) ……(2:19) 父母ᄅᆞᆯ 孝事ᄒᆞ건다힌 반ᄃᆞ기 ᄇᆞ라ᄃᆞᆯ은, "중생은 부처님을 섬기ᄉᆞᆯᄫᅡ곰 일체를 護ᄒᆞ져 養ᄒᆞ져 <u>ᄒᆞ나디쎠[하고 싶으</u>

시오(라), 함을 바라시오(라)]"(2:20) 처자 집회 ㅎ건다힌 반ᄃ기 ᄇ라
돌은, "중생은 怨親平等(을) ㅎ아곰 길거(길게) 탐착(을) **헤어디나디쎠**
[헤어지고 싶으시오(라), 헤어짐을 바라시오(라)]"(2:21) 만약(若ㄷ) 5욕
을 실안다힌 반ᄃ기 ᄇ라돌은, "중생은 욕전을 발제ㅎ약 **究竟安穩ㅎ**
나디쎠[究竟安穩하고 싶으시오(라), 究竟安穩함을 바라시오(라)]"(밑
줄 필자)

(39)에서 보듯이, 밑줄 친 부분인 'ㆍ ㅌ ㅎㅛ'는 'ㅎ나디쎠'[하고 싶으시오
(라), 함을/하길 바라시오(라)]로, '離ㅎ ㅌ ㅎㅛ'는 '헤어디나디쎠'[헤어지고
싶으시오(라), 헤어짐을 바라시오(라)]로, '究竟安穩ㆍ ㅌ ㅎㅛ'는 '究竟安穩
ㅎ나디쎠'[究竟安穩하고 싶으시오(라), 究竟安穩함을 바라시오(라)]로 각
각 해독되며, 그 의미는 각각 대괄호 안의 것들과 같다. 이 해독들은 해독
된 구결의 음과 훈의 범위 안에 있으며, 형태소 연결에서 문법적이고, 문
맥에도 문제가 없다. 이런 점들로 보면, '(ㆍ ㅌ)ㅎ(ㅛ)', '(離ㅎ ㅌ)ㅎ(ㅛ)',
'(究竟安穩ㆍ ㅌ)ㅎ(ㅛ)' 등의 '-ㅎ-'들은 '(ㅎ나)디(쎠)', '(헤어디나)디(쎠)',
'(究竟安穩ㅎ나)디(쎠)' 등의 '-디-'로 해독되는 소망의 선어말어미라고
정리할 수 있다.

5. 결론

지금까지 차제자 원리와 운용의 측면, 형태소 연결의 문법적 측면, 문
맥적 측면 등에서, 구결 'ㅎ'에 대한 기왕의 연구들을 변증하고, 보완해 보
았다. 보완한 것들 중에서 중요한 것들을 요약하는 것으로 결론을 대신하
면 다음과 같다.

1) '如ㅎ'는 '如ㅌ(글)', '如ㅎ ㄴ(글흔)', '如ㄴ ㄱ(글흔)' 등으로 보아 '글'으

로, '攴'는 말음첨기의 'ㄷ'으로 해독된다.

　2) '如攴(ᄫ)-'는 '곧(ᄒ)-'으로, '攴'는 말음첨기 'ㄷ'으로, 각각 해독된다. 이 중에서 '곧ᄒ-'는 현대어 '같-'에 해당하는 중세표기이다.

　3) '支/攴'가 'ㄷ'의 표기에 쓰인 것은 『화엄경』이 처음이지만, '如攴'와 '곧'의 대응이 명백하고, '攴'의 'ㄷ'이 '支(디)'의 음이며, '故攴, 能攴, 免攴 -, 善攴(ᄫ ᄒ), 則攴' 등의 '攴'가 모두 'ㄷ'이고, '勿'(시, 賜)도 『화엄경』에서 처음 나온 구결이라는 점들에서, 문제가 되지 않을 것 같다.

　4) '故攴, 能攴, 免攴-, 善攴(ᄫ ᄒ), 則攴, 離攴-' 등은 '(닷/탓))닫/탇, 신, (벗))벋-, 읻(ᄒ며), 곧, 헤어디-' 등으로 해독된다. 이 중에서 '故攴, 能攴, 免攴-, 善攴(ᄫ ᄒ), 則攴' 등의 '攴'는 말음첨기의 'ㄷ'이고, '離攴-'의 '攴'는 말음절첨기 '디'이다.

　5) '故攴, 免攴-' 등의 중세 표기는 '닷/탓, 벗-' 등인데, '닫/탇, 벋-' 등으로 표기된 것은 말음절의 받침이나 자음 앞의 음절말 받침에서 '닷/ 탓, 벗-' 등이 중화된 것이다. 『이조어사전』을 보면, '-ㅅ'이 '-ㄷ'과 함께 쓰인 어휘들은 "간/갓(笠), 간나히/갓나히(여자의), 간모/갓모(油帽), 곧/곳 (處), 곧갈/곳갈(고깔)" 등등의 47개에 이른다.

　6) '元矢攴ᅦᄒ'는 '밑의 것이며'의 의미인 '미디 디이며'로 해독된다. '矢' 는 바로 앞말('밑')의 말음과 소유격/속격이 결합된 '-디'이고, '攴'는 의존명사의 '디'이며, 'ᅦ'는 계사 또는 지정사의 '-이-'이고, 'ᄒ'는 연결어미 '-며'이다.

　7) 『화엄경』에서 앞말의 말음(ㄷ)과 소유격이 결합된 '-디'와 의존명사에는 모두 '矢'가 쓰이는데, '元矢攴ᅦᄒ'에서 의존명사를 '矢'로 쓰지 못하고 '攴'로 쓴 것은, 그 바로 앞에 온 앞말의 말음(ㄷ)과 소유격이 결합된 '- 디'를 '矢'로 썼기 때문에, '矢'의 중복을 피하기 위하여 의존명사를 '矢'로 쓰지 못하고 '攴'로 섰다고 판단한다.

8) '養ㅅ겨ㅅㅌ叏효', '離叏ㅌ叏효', '安隱ㅅㅌ叏효' 등의 '叏'들은 소망의 선어말어미 '-디-'의 표기이다.

이 논의에서 포함하지 않은 구결 '如叏'와 향찰 '如支'의 관계는 글을 달리하고자 한다.

十六. 구결 '如支'와 향찰 '(如)支, 於多支, 此如, 葉如'

1. 서론

이 글은 고려본 『대방광불화엄경』(이하에서는 『화엄경』으로 약칭)에서 'ᄃᆞᆮ/ᄃᆞ디'로도 해독되는 구결 '如支'를 먼저 검토하고, 이어서 향찰 '(如)支, 於多支, 此如, 葉如' 등에 대한 기왕의 해독들을 변증하고 보완하는 데 연구의 목적이 있다.[이 글은 2011c에서 참고하지 못한 남풍현(2012b)의 글을 읽고 수정 보완한 것이다.]

구결 '支'는 '故(/能/善/如/則)支, 離支-, 免支-, 如支ソ-, '如支ㅎ, 元矢支リ分, (ソ)ヒ支立' 등에서 나타난다. 이 중에서 '如支'의 한 부류는 'ᄀᆞᆮ'으로 읽힌다. 이 'ᄀᆞᆮ(如支)'의 'ㄷ(支)'은 '다'(남풍현 1993), 지정문자(이승재 1993, 정재영 1998, 서민욱 2004), '히'(백두현(1993), 'ᄀᆞᆮ'(김영만 2000), '디'(남풍현 2008) 등으로 읽히던 것을 수정한 것이다.(양희철 2011b) 그런데 고려 구결 '如支' 중에는 'ᄀᆞᆮ'으로 읽을 수도 있지만, 'ᄃᆞᆮ/ᄃᆞ디'로도 읽을 수 있는 것들이 있다. 기왕의 해독들은 이 'ᄃᆞᆮ/ᄃᆞ디'로 읽을 구결 '如支'에 관심을 보이지 않았다. 이는 기왕의 해독들이 '如支'를 '다, 지정문자, 히, ᄀᆞᆮ, 디' 등으로 읽으면서, '如支'가 두 형태로 해독될 수 있다는 사실을 생각하지

않았기 때문이라고 본다. 이 '걸'은 물론, '들/드디'로 읽을 수 있는 구결 '如ㅈ'를 두 번째 장에서 다루고자 한다.

세 번째 장에서는 먼저 '支'의 신라 한자음을 검토하고, 구결 '如ㅈ'와 같은 표기인 향찰 '如支'를 다루고자 한다. 이 향찰 '如支'는 '出隱伊音叱如支'(「참회업장가」)와, '如支'로 수정되는 '沙矣以攴如支'(「원가」)의 '如支'에서 보인다. 이 두 '如支'에 포함된 향찰 '支'들은 '好支, 墮支, 逢烏支'(「모죽지랑가」), '生以支, 持以支, 臣多攴'(「안민가」), '誰支'(「처용가」), '好支'(「원가」), '出隱以音叱如支'(「참회업장가」), '卜以支'(「참회업장가」)' 등에 나온다. 이 중에서 '臣多攴'의 '攴'는 '支'의 오자로 보이고, '國惡攴'(「안민가」)과 '(沙矣以攴)如攴'(「원가」)의 '攴'은 '支'의 오자로 보인다. 이것들을 가감하면, '支'는 11회 나온 셈이다. 이 '支'에 대한 기왕의 해독은 '기, 디, 특별한 의미가 없는 첨가, 허자, 지정문자, 잘못 들어간 글자(연문자), 디('竹'의 오자), ㅂ, 븨, ㅇ, 이, ㄱ, 러, 를, 시, 아, 어, 엇, 은, 인, 치, 턴, 히, ㅣ, Ø(?), 괼-, 괴-, 고이-, 고히-, 견ㄷ-, 마디-' 등의 31종이다. 주요 해독자별로 해독의 양상을 보면 다음과 같다.

오구라(1929) : 괴, 괼, 어, 특별한 의미가 없는 첨가
양주동(1942) : ㄱ, 디, 허자, ㅣ
지헌영(1947) : ㅅ, 허자
정열모(1947) : 기, 허자
이 탁(1956) : ㅇ, 이, 견ㄷ, ㄷ, (ㄷ)ㅅ, 디, 어, 허자
홍기문(1956) : 고이, 기, 디, 히, 잘못 들어간 글자(연문자)
김준영(1964) : ㅅ, ㅈ
정열모(1965) : 기, 마디, 디('竹'의 오자)
김선기(1967-75) : 기, 디
김상억(1974) : ㄱ, 디, 허자, ㅣ

서재극(1975) : 히
전규태(1976) : ㄱ, 디, ㅅ, 허자, ㅣ
김준영(1979) : ㅿ, ㆆ, ㅅ
김완진(1980) : 기, 지정문자, 히
금기창(1993) : 기, 디, 비, ㅅ, 치, 히, ㅣ
김선기(1993) : 디
유창균(1994) : 기
강길운(1995) : 지정문자
최남희(1996) : 기, 지정문자, 히
양희철(1997) : 기, ㅂ
신재홍(2000) : 기, 히, 연문자
황패강(2001) : ㄱ, 디, 허자, 히, ㅣ
류 렬(2003) : 고이, 기, 디, ∅(?)
양희철(2011) : 기, 디
남풍현(2012) : 디

이런 연구 상황에서 보는 바와 같이, '支'는 그 의견이 '기'로 모아지다
가, 다시 '기'와 '디'로 모아지는 가운데, 남풍현(2012)은 최근에 '디'로 읽
고 있어, 이 '支'들의 해독은 다시 한번 변증하지 않으면 아니 될 처지에
처해 있다. 이런 점에서, '支'의 신라음과, '如支'를 중심으로 한 '支'의 해
독을 세 번째 장에서 다시 한번 검토하고자 한다.

두 번째 장에서 검토할 구결 '如ㅊ'와 세 번째 장에서 검토할 향찰 '(如)
支'의 '如'들은 향찰 '於多支(←攴)'(「원가」), '此如'(「총결무진가」), '葉如'(「제
망매가」) 등의 해독에도 도움을 줄 수 있다. 이런 점에서 '於多支(←攴), 此
如, 葉如' 등에 대한 기왕의 해독들을 네 번째 장에서 변증하고 보완하려
한다.

2. 구결 '如支'

이 장에서는 『화엄경』에 나온 '如支' 중에서 '갇'으로 읽을 수도 있지만, '듣/ᄃᆞ디'로 읽을 수 있는 것들을 정리하려 한다. '如支'와 '如支ソ-'를 분리하여 정리한다.

다음의 인용에서 '如支'들을 보자.

(1) 譬の1 如支 大海3七 金剛聚1(14:13)
비유한다면 大海엣 金剛이 모인 듯(/드시)
如支 一1 塵七 中3+ 所乙 ソ尸 示現ノ1(15:14)
한 티끌(속세) 중에 示現혼 바를 할 듯(/드시)
譬の1 如支 蓮華リ 不ノ尸 著 水3+(19:5)
비유한다면 연꽃이 물에 묻지 아니홀 듯(/드시)(번역 필자)

(1)에 나타난 '如支'는 모두가 현대어 '듯/드시'에 해당한다. 이 '如支'의 '如'가 현대어 '듯/드시'에 해당한다는 사실은 (1)의 15:14와 19:5의 한문만을 번역한 다음의 글을 보아도 알 수 있다.

(2) 한 티끌 가운데서 나타내듯이(안덕암 1993:717)
연꽃에 물이 묻지 아니하는 듯(안덕암 1993:723)

(2)는 (1)의 15:14와 19:5에서 구결이 없는 한문 원문을 번역한 것이다. 이로 인해 번역한 구문은 앞에서 본 구결 문장(15:14, 19:5)의 번역과 다소 다르지만, '如'의 번역에서는 '如支'의 번역에서 나타난 '듯'을 피하지 못한다. 이는 앞의 '如(支)'가 '-ㄴ, -ㄹ' 등의 관형형이나, '나타내-'의 어간 다음에 오기 때문에, 현대어의 '(-)듯/(-)드시(/듯이)'로만 번역이 가능하고, 현대어의 '같이, 처럼' 등으로는 번역이 불가능하다.

이렇게 『화엄경』에 나타난 '如支'의 일부는 중세어 'ᄃᆞᆺ/ᄃᆞ시'에 해당한다. 그리고 고려 구결 '支'는 'ㄷ'과 '디'로 읽힌다(양희철 2011b)는 점에서, '如支'를 문자 그대로 해독하면 'ᄃᆞᆮ/ᄃᆞ디'가 된다.

이런 상황에서도, 우리는 현대의 맞춤법으로 인해, 이 'ᄃᆞᆮ/ᄃᆞ디'를 표기한 '如支'가 'ᄃᆞᆺ/ᄃᆞ시'의 이표기라는 것을 인식하지 못한다. 그 이유는 'ᄃᆞᆺ/ᄃᆞ시'의 표기와 'ᄃᆞᆮ/ᄃᆞ디'의 표기는 현대의 맞춤법으로 볼 때에 너무나 다른 표기이기 때문이다. 그러나 생각을 조금만 바꾸면, 이를 쉽게 인식할 수 있다. 즉 그 당시의 사람들은 'ᄃᆞᆺ/ᄃᆞ시'의 소리와 'ᄃᆞᆮ/ᄃᆞ디'의 소리를 함께 표기하였다는 것이다. 이를 설명할 수 있는 예들을 구결과 중세어에서 확인할 수 있다.

(3) 가. 欲ムソニリカヘ 顯示ソ 菩薩心七功德乙 故支 以氵 偈乙 問氵 賢首 菩薩尸十 曰ソ尸(『화엄경』 8:21)
證ソ今ソ丶 菩薩乙 故支 而ㅆ 發心ソナ ソリ今(『화엄경』 9:15)
나. 免支ㅌ立 ソ又禾今 其逼迫乙(『화엄경』 2:19)

(3가)의 '故支'는 '닷/탓'을 '닫/탇'으로 표기한 예들이고, (3나)의 '免支-'는 '벗-'을 '벋-'으로 표기한 예이다. 특히 '故支, 免支-' 등과 『화엄경』에 함께 나온 '能支(싣), 善支(읻), 則支(곧)' 등의 '支'들도 모두 '-ㄷ'이다. (양희철 2011b) 이런 점들에서 일단 그 당시의 사람들은 'ᄃᆞᆺ'의 소리와 'ᄃᆞᆮ'의 소리를 함께 표기하였다는 사실을 정리할 수 있다.

이번에는 'ㅅ'이 'ㄷ'과 함께 쓰인 예들을 『이조어사전』에서 보자.

(4) 갇/갓(笠), 갇나히/갓나히(여자의), 갇모/갓모(油帽), 곧/곳(處), 곧갈/곳갈(고깔), 곧티다/곳티다(고치다), 긷드리다/깃드리다, 낟/낫(鎌), 낟브다/낫브다, 녿/놋(鍮鐵), 늗기다/늣기다, 닏다/닛다(잇다), 돋/돗(席), 돋

갑다/둇갑다, 둗겁다/둣겁다, 뜯듣다/뜻듣다, 쁟/뜟, 맏나다/맛나다
(味), 몯/못(不), 몯/못(釘), 몯내/못내, 몯ᄒ다/못ᄒ다, 빋북/빗북(배꼽),
받/벗(朋), 볃/볏(鑔), 붇/붓(筆), 붇곳/붓곳, 븓다/붓다(注), 비릳다/비
륻다, 삳/삿(삿자리), 삳갇/삿갓, 섣달/섯달, 뽇다/쏫다, 양쥳모/양곳
골, 어레빋/어레빗, 어엳부다/어엿브다, 엳줍다/엿줍다, 욷층/웃집, 이
욷/이웃, ᄌ묻/ᄌ뭇, 잗/잣(柏), 져근덛/져근덧, 젼곧/졌곳, 졀바지다/
졋바디다, 짇/짓(깃), ᄒ낟재/ᄒ낫재, 핟옫/핟옷/핫옷(襖)

(4)의 어휘들은 'ㅅ'으로 표기하는 것이 맞는 어휘에서, 그 'ㅅ'을 'ㄷ'으
로 표기하기도 한 어휘들(47개)이다. 이 자료만 보면, 'ㅅ'이 'ㄷ'으로 중화
된 경우만을 대상으로 할 수 있다. 그러나 다음의 (5)의 예들을 보면, 중화
의 차원을 넘어서 'ㅅ'이 'ㄷ'으로 쓰인 경우들이 있음을 보여준다.

(5) 고디라[곧(處)+이라, 『석보상절』 13:12], 곧이[곧(處)+이, 『소학언해』
2:62], 곧에[곧(處)+에, 『소학언해』 2:3], 나돌[낟(鎌)+올, 『속삼강행
실도』 효:9], 모드로[몯(釘)+ᄋ로, 『월인석보』 23:87], 모디[몯(釘)+
이, 『월인석보』 23:86], 버디[벋(友)+이, 『용비어천가』 90, 『석보상절』
6:19, 『월인천강지곡』 150], 버드로[벋(友)+으로, 『두시언해(초간본)』
15:11] 버디라[벋(友)+이라, 『월인석보』 8:75], 부데[붇(筆)+예, 『두시
언해(초간본)』 23:15], 부드로[붇(筆)+으로, 『금강경삼가해』 5:38], 부
듸[붇(筆)+의, 『두시언혜(초간본)』 8:85], 부디어나[붇(筆)+이어나, 『석
보상절』 13:52], 쁘듬(뿓+음, 『두창경험방』 51), 쁘돌(뿓+올, 『소학언해』
2:41)

이 예들은 'ㅅ'으로 쓰이는 받침이 중화되지 않는 환경에서 'ㄷ'으로 쓰
인 예들이다. 특히 '돋/ᄃ디'의 'ㄷ'이 모음 앞에서 살아 있듯이, (5)의 예
들은 모음 앞에서 'ㄷ'들이 살아 있는 사실을 보여준다.

이상과 같이 (3)의 구결과, (4)와 (5)의 예들로 보아, 이제 우리는 '둗/ᄃ
디'를 표기한 '如ㅊ'가 '닷/ᄃ시' 표기의 이표기라는 점을 인식할 수 있다.
왜냐하면 앞에서 본 (3, 4, 5) 등의 예들은 '둗/ᄃ디'를 표기한 '如ㅊ'가 '닷
/ᄃ시' 표기의 이표기일 수 있음을 보여주고, '둗/ᄃ디'를 표기한 '如ㅊ'의
문맥은 '如ㅊ'가 '닷/ᄃ시'의 의미에 해당함을 보여주기 때문이다.

이번에는 '如ㅊᄼ-'의 예들을 보자.

(6) 若見華開ᄼㄱ乙 當願衆生 神通等ㅣᄼㄱ 法ㅣ 如ㅊᄼ㣌華開 敷ᄼㅌㅛ(『화
엄경』 5:11)
만약 꽃이 개ᄒ늘(개하는 것을) 보면, 마땅히 원하기를 모든 중생이 神通
걷다(等ㅣ)ᄒᆫ 법이 꽃 피둗 ᄒ아아(하여) 피여(敷)지이다
如ㅊ ᄼ 㣌 ㊀ 月光影 靡不周(『화엄경』 14:18)
달빛이 비추둗 ᄒ아곰 두루 하지 않음이 없고(번역 필자)

(6)에 나타난 '如ㅊᄼ㣌(㊀)'는 '-둗 ᄒ아(곰)'에 해당한다. 즉, '꽃 피둗
하여'와 '월광이 비추둗 하여곰'의 '-둗'들은 '-닷'에 해당한다. 이런 점에
서 '如ㅊᄼ㣌(㊀)'의 '如ㅊ' 역시 '둗'의 표기로, 중세어 '닷'의 이표기라고 정
리할 수 있다. '如ㅊ'와 '如ㅊ(ᄼ㣌㊀)'의 차이는 환경에 따라 '둗'에 'ᄃ디'
를 허락하는 여부이다. 즉 전자는 '둗/ᄃ디'이고, 후자는 '둗'이다.

3. '支'의 신라음과 향찰 '(如)支'

향찰 '支'의 신라 한자음은 '기, 디' 등에서 '기'로 굳어져 오는 가운데
남풍현(2012)에 의해 '디'라는 주장이 나왔다. 이는 '支'의 신라음을 다시
한번 확인하고, 이에 따라 향찰 '支'를 다시 한번 변증하게 하였다. 그 결

과로 얻은 것은 둘이다. 하나는 '支'의 삼국음이 '기, 디' 등이라는 점이다. 다른 하나는 '出隱伊音叱如支'(「원가」)의 '-如支'가 '돈/ᄃ디'로 읽힌다는 것이다. 나머지 '支'들 중에서는 그 음을 '기, 디' 등으로 하여도 앞서의 변증(양희철 2008a)을 바꿀 만한 것이 거의 없었다. '好支'(「원가」)는 '둏기'와 '둏디'가 모두 가능하나 그 기능은 같다.

이런 점에서 이 장에서는 향찰 '支'의 한자음을 다시 한번 검토하고, 구결 '如ㅊ'와 같은 형태로, 용언 끝에 온 향찰 '-如支'에 대한 기왕의 해독들을 변증하고자 한다.

1) '支'의 신라음

남풍현은 신라시대 금석문을 통하여 '支'의 음을 '디'로 정리하였다. 그 주장을 먼저 인용하여 보자.

(7) 필자의 (2009:542 ff)에서는 '佛ㅆ'가 '佛ㅅ'로 교체되는 데서 ㅆ(止)의 음이 중세어에서는 '지'이지만 상고어에서는 ㅅ(知)와 같은 '디'음이었음을 들어 ㅊ/支의 음도 상고시대에는 '디'음이었음을 간접적으로 증명하였다. 그러나 삼국시대(상고시대) 신라의 비문들을 보면 支가 중세어에서 '디'음인 知, 智, 直과 동일한 음으로 쓰였음을 확인할 수 있다. 이는 支의 상고시대 음이 '디'였음을 직접적으로 증명하는 것이다. 또 상고시대에는 之와 次도 支, 知, 智와 같은 형태의 표기에 쓰였음을 볼 수 있다. 이는 상고시대에는 한국어에 파찰음이 없어 한자음의 파찰음이 설단음 'ㄷ'으로 수용되었음을 말하여 주는 것이다.(남풍현 2012:253)

(7)에서 보면, '支'의 신라음을 '디'로 주장하였다. 이 주장에서 제시한 금석문의 자료와 그 내용을 요약하여 다시 정리하면 다음과 같다.

(8) 悉支(「울진봉평신라비」 524 추정) : 悉直(『삼국사기』 권35:12, 권40:16b)

　　－支(관등명, 인명) : －智(외직의 관등명, 인명)(「영일냉수리신라비」 503)

　　－支(관등명) : －智(외직의 관등명, 인명)(「울진봉평신라비」 524 추정)

　　－支(관등명) : －智(인명)(「신라단양적성비」 540년대)

　　－支(인명) : －知(인명)(「남산신성비(제9비」 591년 추정)

　　－支(관등명, 인명)(「명활산성작성비」, 611년 추정)

　(8)의 정리에서 보듯이, ‘支’는 ‘直, 智, 知’ 등과의 대응으로 보아 ‘디’라
는 것이다. 이 주장을 부정할 수는 없다.

　이에 비해 양주동(1942:159)은 ‘支’를 ‘기’로 읽을 수 있는 자료를 제시하
였었다. 제시한 자료들 중에서 의미가 있는 것들만을 재인용하면 다음과
같다.

(9) 闕城郡 本闕支郡　　　　　　　(三國史卷三十四·地理一)

　　儒城縣 本百濟奴斯只縣　　　　(三國史卷三十六·地理三)

　　悅城縣 本百濟悅己縣　　　　　(三國史卷三十六·地理三)

　　多岐縣 本百濟多只縣　　　　　(三國史卷三十六·地理三)

　　支潯縣 本只彡村　　　　　　　(三國史卷三十七·地理四)

　(9)의 ‘闕城＝闕支, 儒城＝奴斯只, 悅城＝悅己’ 등에서 보면, ‘城＝支＝只
＝己’이다. 이 ‘城＝支＝只＝己’에서 ‘己’의 음은 그 현대음까지도 ‘기’이고,
‘城’의 일본음이 ‘기’라는 점에서, ‘支’의 음은 ‘기’이다. 그리고 (9)의 ‘多岐
＝多只, 支潯＝只彡’ 등에서 보면 ‘岐＝只＝支’이다. 이 ‘岐＝只＝支’에서 ‘岐’
의 음은 그 현대음까지도 ‘기’라는 점에서, ‘支’의 음은 ‘기’이다.

　이렇게 되면, 우리는 하나의 문제에 직면한다. 바로 양주동이 제시한
자료로 보면, ‘支’의 음은 확실히 ‘기’이다. 그리고 남풍현이 제시한 자료

와 주장으로 보면, '支'의 음은 확실히 '디'이다. 이런 문제를 어떻게 극복할 수 있을까? 이 문제는 '支'의 당시음이 '기'와 '디'라고 보아야 해결된다. '기'음이 기층이고, 이에 '디'음이 적층되는데, 이 '기'와 '디'가 동시에 사용되었다는 것이다.

그리고 이 '支'는 향가의 향찰에서 '只, 知' 등과는 상보적으로 쓰였다고 볼 수 있다. 이런 사실을 보기 위해 향가에 나타난 '只, 支, 知' 등의 분포를 보면 다음과 같다.

작품명	향찰 只	향찰 支	향찰 知
「도솔가」	使以惡只		
「혜성가」	彗叱 只		
「모죽지랑가」		好支, 墮支, 逢烏支	惡知
「안민가」	捨遣只	生以支, 持以支, 國惡支	爲尸知, 爲賜尸知, 知古如(2회)
「처용가」		誰支	
「원가」		好支, 沙矣以支如(支))支	
「맹아득안가」	賜以古只		遣知支
「우적가」	毛達只將來呑隱, 唯只伊		過出知遣
「서동요」	密只		
균여의 「원왕가」	乃遣只, 對爲白惡只, 毛叱色只, 毛叱所只(2회), 斜良只, 碎良只, 身靡只, 尋只, 閼遣只賜立, 潤良只, 潤只沙音也, 進良只, 必只, 廻良只	出隱以音叱如支, 卜以支(「참회업장가」)	朋知良, 伊知(「청불주세가」)
기타	臣多支(「안민가」) : 支		

이 정리와 기왕의 해독에서 보면, '只'는 주로 'ㄱ'로 해독되고, 아주 드물게 '기, 그저'로 해독된다. 그러나 '디'로 해독되는 경우는 없다. 이에 비

해 '知'는 주로 '디, 알'로 해독된다. 그러나 '기'로 해독되는 경우는 없다. 이 '只'와 '知'에 비해, '支'는 '기'와 '디'로 해독된다. 그리고 같은 작품에서 '支'와 '知'가 함께 나타나는 경우는 「모죽지랑가」와 「안민가」뿐이다. 균여 향가의 경우는 11수 전체를 보면 '支'와 '知'가 함께 나오지만, 11수를 개별적으로 보면, '支'와 '知'가 함께 나오지 않는다. 「모죽지랑가」와 「안민가」의 경우에, 같은 음 '디'를 표기하기 위하여 '支'와 '知'를 함께 썼다고 보기에는 문제가 있다. 이보다는 '支'로 '기'를, '知'로 '디, 알' 등을 각각 상보적으로 표기했다고 보는 것이 바람직해 보인다. 이런 점들에서 일단 '支'의 삼국음은 '기'와 '디'가 함께 쓰인 것으로 보이고, '支'의 고려음은 '디'로 보인다.

2) '-如支'의 해독

용언 끝에 온 향찰 '-如支'는 둘이다. 하나는 '出隱伊音叱如支'(「참회업장가」)의 것이고, 다른 하나는 '沙矣以支如支'(「원가」)을 수정한 '沙矣以支如支'의 것이다.

(1) '出隱伊音叱如支'의 '-如支'

'出隱伊音叱如支'(「참회업장가」)의 '-如支'에 대한 기왕의 해독들은 매우 다양하다. 양상별로 변증하고 보완하려 한다.

먼저 특별한 의미가 없는 첨가 또는 허자로 본 해독들을 보자.

(10) 나니이다(특별한 의미가 없는 첨가, 오구라 1929)
　　　나니이다(신태현 1940)
　　　나니잇다(허자, 양주동 1942)
　　　ᄂᆞ이리ㅅ다(나옴이리라, 허자, 지헌영 1947)

나니잇다(남으이다, 허자, 김상억 1974)

나니잇다(난니다, 허자, 전규태 1976)

나니잇다(납니다, 허자, 황패강 2001)

나니이시다(나웁니다, 류렬 2003)

(10)은 '出隱伊音叱如支'의 '-支'를 특별한 의미가 없는 첨가(오구라)와 허자(양주동)로 해석하거나, 이 해석들을 따른 해석들이다. 한자를 빌어서 우리말을 표기하기 위하여 만든 차제자가 특별한 의미가 없는 첨가나 허자라는 해석에는 이해가 가지 않는다. 표기의 기능이 없는 한 그 차제자는 무의미하기 때문이다.

이번에는 잘못 들어간 글자, 연문자, '竹'(디)의 오자, 지정문자 '攴'의 오자, 'ㅂ' 표기인 '攴'의 오자 등으로 읽은 해석들을 보자.

(11) 가. 나스니밋다(잘못 들어간 글자, 홍기문 1956)

나니--ㅅ다(연문자, 신재홍 2000)

나. 나ᄂ니 옴ㅅᄃ디(나ᄂ니 없다네, 정열모 1965)

다. 나님짜(나 있다, 김완진 1980)

난임ㅅ져/난임ㅅ다(난 것입니다, 강길운 1995)

라. 난임ㅅ답(난 것잉듯, 양희철 2008a)

(11가)는 '-支'를 잘못 들어간 글자 또는 연문자로 해석하였다. (11나)는 '支'를 '竹'의 오자로 보고 수정하여 '디'로 읽었다. (11다)는 '支'를 지정문자 '攴'의 오자로 보고 수정하였다. (11라)는 '支'를 'ㅂ' 표기인 '攴'의 오자로 보고 수정하였다. 이렇게 (11가-라) 등은 '支'를 모두 잘못된 글자로 보았다.

그런데 만약 (11가-라) 등을 인정하면, 번역시에서 보이는 가정을 단정으로 해독하는 문제를 보인다. 작품의 "法界 餘音玉只 出隱伊音叱如支"와 견주어지는 최행귀의 번역시는 "약차악연원유상 진제공계불능용(若此惡緣元有相 盡諸空界不能容)"이다. 이 역시는 '若'으로 보아, '만약 …이 있다면, 아마도 모든 공계를 다하여도 용납하지 못하리라(/못할 듯하다)'의 의미라 할 수 있다. 이 때 '용납을 못하리라(/못할 듯하다)'는 헤아려 추측한 내용이다. 만약 '-支'를 (11가-라) 등에서와 같이 잘못 들어간 글자, 연문자, 지정문자 '支'의 오자 등으로 처리하면, '出隱伊音叱如支'는 단정의 단어가 되어, 추측의 내용과 상반되는 문제를 보이게 된다.(양회철 2008a:292)

이를 의식해서 (11라)는 '支'를 '支'으로 수정하고 '出隱伊音叱如支'을 '난임답'(난 것잉듯)으로 읽었다. '-듯'의 의미로 본 것은 좋으나, 계사 또는 서술형과 상대 존대법 다음에 '-듯'이 오지 않고, '-답'이 온다고 본 점에는 문제가 있다.

이번에는 '支'를 무시하거나 수정하지 않고 해독한 경우들을 보자.

(12) 가. 나는이음ㅅ닷기(법계에 용납되지 못하나니, 정열모 1947)
　　나. 나니올돗(ㄷ)(난 것일듯, 이탁 1956)
　　다. 나옴이 읻다디(나옴이 있다지, 김선기 1975a, 1993)
　　라. 난임닻(납니다, 김준영 1964)
　　마. 난임닻(ㅎ)(납니다, 김준영 1979)
　　바. 나님ㅅ다기(나타나듯, 유창균 1994)
　　사. 난임ㅅ돋(/ᄃ디)(나타나는 것이듯, 양회철 2011)
　　아. 난임ㅅ다디(넘쳐나는 것임에 틀림없다, 남풍현 2012)

(12가)는 '如支'를 '닷기'로 읽고 그 현대역을 '-나니'로 달았는데, 해독과 현대역이 연결되지 않는다. (12나)는 '나(出)+ㄴ(隱)+이(伊)+오(音)+ㄹ(叱)+듯(如)+ㄷ(支)'으로 부분들을 해독하고, '나니올듯'으로 종합을 하였

다. '오(晉)+ㄹ(叱)'의 해독에서 '오'와 'ㄹ'이 '晉'과 '叱'의 음도 훈도 아닌 문제를 보인다. 또한 '둣(如)+ㄷ(支)'을 '둣'으로 해석한 데도 문제가 있다. 특히 'ㄷ(支)'은 '둣(如)'의 말음첨기가 될 수 없다는 점에서 문제를 보인다. 이 경우에 'ㄷ(支)'으로 보아 '둣(如)'이 '돌'(如)이 아닌가를 검토하고, 구결 '돌(如ㅊ)'을 보고 이해를 했더라면, 해독의 진전을 보일 수도 있었을 것이다. 그러나 'ㄷ(支)'으로 보아, '둣(如)'이 '돌'(如)이 아닌가를 검토하지 못했고, 구결의 '돌'(如ㅊ)를 보지 못하여, 해독을 진전시키지 못했다.

(12다)는 '隱'을 설명 없이 해독에서 빼어버렸다.

(12라)는 '如支'를 '닷'으로, (10마)는 총론에서는 '닷'으로 각론에서는 '닷'으로 읽었으나, 현대역에서는 'ㅈ, ㅿ/ㆆ' 등에 대한 설명이 없다.

(12바)는 '나(出)+ㄴ(隱)+이(伊)+ㅁ(晉: 명사형)+ㅅ(叱)+다(如)+기(支)'로 부분들을 해독하고, '나님ㅅ다기'로 종합을 하였다. 그리고 「참회업장가」의 총론에서는 그 의미를 '나타나듯'으로 정리하고, 각론에서는 '나아감과 같이, 나아가는 것처럼'으로 정리하였다. 해독된 형태와 현대역의 연결에서 이해가 가지 않는다. 즉 '-다기'가 어떻게 '-듯, -같이, -처럼' 등의 의미가 되는지를 설명하지 않아 이해할 수 없다.

(12사)는 (12가-바)의 문제를 보완한 것이다. '出隱伊晉叱如支'는 '나(出)+ㄴ(隱)+이(伊)+ㅁ(晉)+ㅅ(叱)+돌(如)+ㄷ/디(支)'와 같이 부분들을 해독하고, '난임ㅅ돌'(나는 것잉듯) 또는 '난임ㅅ드디'(나는 것잉드시)로 종합하였다. 이 경우에 '-如支'를 '-돌/-드디'로 읽은 것은 앞장에서 구결 '如ㅊ'를 '돌/드디'로 읽은 것과 같다. 이렇게 읽을 때에, 이 해독은 '如'의 훈(돌)과 '支'의 음(디)의 범위 안에 있으며, 이 '-돌'의 의미 '-듯'은 문맥에 맞는다. 이런 점에서, 이 고려 향찰 '-如支'는 고려 구결 '-如ㅊ'와 같이 '-돌/-드디'로 읽고, 그 뜻은 '-듯/-드시'로 잡아야 한다고 판단한다.

(12아)는 (12사)의 가능성을 검토하지 않은 상태에서 '如支'를 '다디'로

읽으면서 '支'를 여실법으로 보았다.

> (13) … 이와 같이 고대어에서 보조어간 ㅎ느에 동사 'ㅎ'가 연결되는 문법
> 은 '如支/다디'의 문법성을 이해하는 데 도움이 된다. 앞에서 '如支/
> 다디'가 상태동사라는 사실을 밝혀 왔는데 여기서 보조어간 音叱에
> 연결되어 있어도 그것은 어미가 아닌 상태동사가 되는 것임을 말하여
> 준다.
> 　　이와 같이 계사 '이'에 당위법의 조동사가 연결된 것이어서 현대어
> 로 해석하기가 쉽지는 않다. 出隱伊音叱까지는 '응당 나온 것이어야'
> 로 해석할 수 있다. 여기에 여실법 如支의 뜻인 '그와 똑 같다', '틀림
> 없다'의 뜻을 첨가하여 해석하면 '응당 나온 것이어야 하는 것 바로
> 그것이다' 정도로 해석할 수 있다. 이를 가지고 이 구 전체를 해석하
> 면 '(이제까지) 지어 온 악업은 법계를 (채우고도) 넘쳐나는 것이어야 함
> 에 틀림없다' 정도가 될 것이다.(남풍현 2012:275-276)

　(13)에서는 '如支'을 여실법으로 보고, 그 뜻을 '그와 똑 같다', '틀림없
다'로 보았다. 이는 앞에서 살핀 (11가-라) 등과 같은 문제를 보인다. 즉
이 여실법과 (11가-라)를 인정하면, 번역시에서 보이는 가정을 단정으로
해독하는 문제를 보인다. 작품의 "法界 餘音玉只 出隱伊音叱如支"와 견
주어지는 최행귀의 번역시는 "약차악연원유상 진제공계불능용(若此惡緣元
有相 盡諸空界不能容)"이다. 이 역시는 '若'으로 보아, '만약 …이 있다면,
아마도 모든 공계를 다하여도 용납하지 못하리라(/못할 듯하다)'의 의미
라 할 수 있다. 이 때 '용납을 못하리라(/못할 듯하다)'는 헤아려 추측한
내용이다. 만약 '-支'를 여실법이나 (11가-라) 등에서와 같이 잘못 들어간
글자, 연문자, 지정문자 '支'의 오자 등으로 처리하면, '出隱伊音叱如支'
는 단정의 단어가 되어, 추측의 내용과 상반되는 문제를 보이게 된다.(양

희철 2008a:292)

이런 점에서 '出隱伊音叱如攴'의 '如攴'는, 제2장에서 정리한 고려 구결 '-如攴'와 같이 '-돈/-ᄃ디'로 읽고, 그 뜻을 '-듯/-ᄃ시'로 잡은 (12사)의 해독이 맞는다고 판단한다.

(2) '沙矣以攴如攴(←攴)'의 '-如攴'

'沙矣以攴如攴'(「원가」)에서 '-如攴' 역시 그 해독이 상당히 엇갈리고 있다. 이 '-如攴'에 대한 기왕의 해독들을 양상별로 변증하고 보완하려 한다. 먼저 '-如攴'의 '攴'을 수정하지 않고 읽은 해독들을 보자.

(14) 가. 몰애로다(모래로다, 김완진 1980)

　　　　몰게 이다비(모래 일듯이, 도태 되듯이, 강길운 1995)

　　나. 몰긔 입답(모래 혼미하듯, 양희철 2008a)

(14)는 '-如攴'의 '攴'을 지정문자나 'ㅂ'으로 읽었다. 수정을 하지 않고 해독이 가능하면, 그것이 가장 좋다. 그러나 이 해독들은 모두 문제를 보인다. 우선 지정문자설은 그 많은 뜻으로 읽은 향찰들 다음에 왜 17개 어휘 다음에만 지정문자 '攴'을 달았는지에 합리적으로 답할 수 없다. 그리고 이 지정문자를 인정하여도 이 '攴'자 앞에 음으로 읽는 향찰이 나오는 예를 설명할 수가 없다.(양희철 2008a:271) 이 두 문제만 보아도 지정문자설은 설득력이 없다. 다음으로 '이다비, 입답' 등은 그 현대역에서 '-듯, -듯이' 등을 보여준다. 그런데 정작 '-다비, -답' 등에는 '-듯, -듯이' 등의 의미가 없다는 문제를 피할 수 없다. 이 '-다비'의 해독은 이 문제를 해명하기 위하여 '다비〉다히〉다시〉ᄃ시=듯'의 변천 과정을 제시하기도 한다. 그러나 이 변천 과정은 이론상으로만 가능하지, 중세어에서 '다히〉다시〉

드시=듯'의 변천을 예증할 수 없다. 이런 점에서 '攴'을 지정문자나 'ㅂ'으로 읽은 해독에는 문제가 있다고 정리할 수 있다.

이번에는 '攴'을 '支'의 속자로 보아, '-如攴'을 '-如支'로 바꾸고, '支'를 특별한 의미가 없는 첨가나 허자로 본 해석들을 보자.

(15) 가. 모래예 머물러(支:특별한 의미가 없는 첨가, 오구라 1929)
　　　나. (애)와티듯(원망하듯, 支:허자, 양주동 1942, 김상억 1974)
　　　　　사이 잇듯(사이 있듯이, 사이 있는 것과 같이, 支:허자, 지헌영 1947)
　　　　　새이듯(사라지듯, 支:허자, 전규태 1976)

(15가)에서는 '沙矣以攴如攴'의 '以'를 '止'로 수정하고, '攴'을 '支'로 바꾼 다음에, 두 '支'를 모두 특별한 의미가 없는 첨가로 해석하였다. 그리고 (15나)에서는 '攴'을 '支'로 바꾼 다음에 허자로 해석하였다. '攴'과 '支'는 모양만 다르고 음과 훈이 같은 속자가 아니며, 차제자에서 특별한 의미가 없는 첨가나 허자는 있으나마나 한 존재가 되어, 잘못된 해석임을 쉽게 알 수 있다.

이번에는 '-如攴'을 '-如支'로 바꾸고, '-如支'를 '-다히, -드히, 다비' 등으로 읽은 해독들을 보자.

(16) 몰애의 이기다히(이기듯, 홍기문 1956)
　　　-사 이히드히(할퀴듯이, 서재극 1975)
　　　모래이 이치다비(흔들리듯이, 금기창 1993)
　　　싀이기 다히(새어나감 같이, 신재홍 2000)
　　　몰앳다히(모래듯이, 황패강 2001)

(16)의 해독들은 '-如支'를 '-다히, -드히, -다비' 등으로 읽었다. 그런

데 이 '-如支'에서 '-다히, -ᄃ히, -다ᄫᅵ' 등의 해독을 끌어내는 것이 거의 불가능하다. 왜냐하면, '-다히, -ᄃ히, -다ᄫᅵ' 등은 '如'의 번역 또는 讀訓이지, (實)訓이 아니며, '支'의 음과 훈에서 '히, ᄫᅵ, 이' 등을 끌어낼 수 없기 때문이다. '支'를 '히, 이' 등으로 읽고, 이것들이 가능하다고 주장할 수 있다. 그러나, '히'는 '支'의 음이 아니다.(양희철 2008a:260) 그리고 '이'는 '支'의 반절하자인데, 이런 반절하자는 佛經의 字譯字와 향찰에서 쓰지 않는 표기법이다. 게다가 이 해독들은 '-如支'를 '-다히, -ᄃ히, -다ᄫᅵ' 등으로 읽고, 그 현대역을 '-듯, -듯이' 등으로 달았는데, '-다히, -ᄃ히, -다ᄫᅵ' 등에는 '-듯, -듯이' 등의 의미가 없다는 점에서, 해독과 현대역의 연결에서 괴리가 발생하는 문제를 보인다. 이 문제를 '시이기 다히'만이 피할 수 있지만, '沙矣以支如支'를 'ᄉ(沙)+의(矣)+이(以)+기(支)+다(如)+히(支)'로 분석하고, 이것에서 '시이기다히'를 이끄는 과정에는 적지 않은 문제를 가지고 있다. 특히 가장 중요한 것은 '支'의 음이 '히'가 아니라는 점이다.

이번에는 '-如支'을 '-如支'로 바꾸고, '-如支'를 '-(돌))돗, -돗, -돗, -디' 등으로 읽은 해독들을 보자.

(17) 가. (앗ᄉ디돌))앗아디돗(붓어지돗이, 이탁 1956)
    나. 사이잇돗(사라져버리돗, 김준영 1964)
    다. 사이이△돗(사라져버리돗, 김준영 1979)
    라. 사이 이다다디(어지신고, 김선기 1967e, 1993)
    마. 몰의로디 다디(모래의 신세와 똑같고도 똑같구나, 남풍현 2012)

(17가)는 해독과정에서 흔들린 느낌을 보여준다. 表音에서는 '阿叱沙矣以支如支'를 '阿(아)+叱(ㅅ)+沙(ᄉ)+矣(ᄋ)+以(아)+支(디)+如(돌)+支(ㄷ)

'으로 해독하고, 이 표음을 表語에서는 '앗아디둣'으로 종합을 하였다. 다분히 '-둣'을 의식하고, 이에 맞추기 위하여 '如(둗)+支(ㄷ)'을 '-둣'으로 바꾸었다고 할 수 있다. 이 경우에 '-둗'이 '-둣'이란 점을 논증하지 못한 문제를 보인다. 그리고 (17나, 다) 등도 '-둣'을 의식하여 '支'를 'ㅈ'이나 'ㅅ'으로 읽었다고 볼 수 있다. 그러나 (17나)의 경우는 '-둣'이 '둣'이란 점을 논증하지 못한 문제를 보이고, (17다)의 경우는 '支'가 'ㅅ'이 아니라는 문제를 보인다.

(17라)의 경우는 문맥을 벗어났다. 그리고 (17마)에서는 여실법으로 보았다. 그 설명을 보면 다음과 같다.

(18) 앞에서 沙矣以支如支는 '몰의로디'로 읽고 '모래의 신세와 똑같이'로 해석된다고 하였다. 如支 역시 '모래의 신세와 똑같음'을 더욱 힘주어 강조한 것이다. '如支/다디'의 의미를 살리어 이 구를 현대어로 해석하면 '모래의 신세와 똑같고도 똑같구나' 정도로밖에는 표현할 수 없는데 노래의 작자는 '모래의 신세 그 자체와 같은 내 신세로구나'하는 탄식을 표현한 것으로 본다. (남풍현 2012:274)

(18)에서도 '支'를 여실법으로 보았다. '沙矣以支'을 '沙矣以支'로 수정하여 '몰의로디'로 읽은 다음에 그 뜻을 '모래의 신세와 똑같이'로 보았다. '몰의로'의 '-로'는 자격격이다. 이에 '여실법'이 붙었다면, '진정 모래로' 또는 '여실히 모래로'의 의미가 되지 '모래의 신세와 똑같이'의 의미는 되지 않는 것 같다. 그리고 이 해독을 인정하여도, 이 해독은 이 해독이 제시한 현대역과는 너무나 차이가 나는 문제를 보인다. 이는 문맥에 맞지 않는 여실법을 설정한 데 문제가 있는 것으로 판단한다.

이렇게 (17라, 마) 등을 제외한 (17가, 나, 다) 등은 '-둣'을 의식하면서 '-둣'에 접근하려는 해독들을 보인다. 그러나, '-둗, -둣' 등이 '둣'이란 것을 논증하지 못한 문제와, '攴'가 'ㅅ'이 아니라는 문제를 보인다. 이 문제들 중에서 '-둗'의 경우는, 앞절의 '出隱伊音叱如攴'에서 정리한 '-如攴'의 해독인 '-둗/ᄃᆞ디'를 '沙矣以攴如攴'에 적용하면, 문제가 해결된다. 즉 구결 '如ㅊ'와 같이 '如攴'를 '둗/ᄃᆞ디'로 읽고, 이 '둗/ᄃᆞ디'가 'ᄃᆞᆺ/ᄃᆞ시'의 이표기라는 것을 이해하면 문제가 해결된다. 이 경우에 '攴'의 음을 '디'로 보고, 'ㄷ/디'로 해독한 것이다.

이렇게 쉽게 풀리는 해독을, '攴'의 신라음이 '기'라는 점만을 고집하여 어려움에 처한 경우들도 있다. 즉 '-如攴'을 '-如攴'로 바꾸고, '-如攴'를 '-닷기/-ᄃᆞᆺ기, -다기, -ᄃᆞ기' 등으로 읽은 해독들이다. 이 해독들을 보자.

(19) 가. 모래 씨기닷기(씻기는 모래처럼, 정열모 1947)
　　나. 모래 ᄲᅥ기ᄃᆞᆺ기(씻기드시, 정열모 1965)
　　다. 몰기 머믈기다기(머물음과 같이, 머물게 되듯, 유창균 1994)
　　라. 모사히 이기다기(모래 이기듯이, 이겨내듯이, 류렬 2003)
　　마. 모리 입ᄃᆞ기(모래 혼미하듯, 양희철 2011)

(19)에 속한 해독들은 '如'를 '닷, ᄃᆞᆺ, 다기, ᄃᆞ기' 등으로, '攴'를 '기'로 읽으면서, 차용한 한자의 음과 훈의 범위 안에 있다. 그러나 이 해독들은 두 차원에서 문제를 보인다. 하나는 '以攴'의 해독이고, 다른 하나는 '如攴'의 해독이다.

먼저 전자를 보자. (19가)는 '以攴'을 '以攴'로 수정하고 '씻기'로 읽었는데, 그 논거를 알 수 없다. (19나)는 '以攴'을 '以攴'로 수정하고 '以'가 'ᄲᅥ'라는 점에서, '以攴'를 '씻기'로 읽었는데, 그 논거가 비합리적이다. (19다)는 '以攴'을 '止攴'로 수정하여 '머물기'로 읽었다. 이는 오구라가 '以攴'을 '止攴'로 수정하여 '머물어'로 읽은 것을 수정한 것이다. 오자 처리에 문제가 있다. (19라)는 '以攴'을 '以支'로 수정하고 '이기'로 읽었다. 이는 홍기문의 해석으로 같은 문제를 보인다. (19마)는 '以攴'을 '혼미하다'의 중세어 '입다'의 어간 '입-'으로 읽은 것이다. 해독에 문제가 없다.

이번에는 후자의 문제를 보자. (19가-라)의 '-닷기, -둣기, -다기' 등은 괄호 안의 현대역에서 보인 '-듯, -듯이' 등과 쉽게 연결되지 않는다는 문제를 보인다. 이로 인해 이 해독들은 인정되지 않는다. 이 문제를 극복하기 위하여, (19마)는 '-독/-ᄃ기'와 '-둣/-ᄃ시'가 같은 표기라는 점을 다음의 예들을 통하여 설명하려 하였다.

(20) 가. 반독(『번역소학』 8:16, 『월인석보』 2:41, 『소학언해』 5:96,)

　　반ᄃ기(『월인석보』 17:26, 『능엄경언해』 1:17, 『금강경언해』 서:7, 『두시언해(초간본)』 7:27, 『金삼 2:7, 『관음경언해』 3, 『구급간이방』 1:43, 『야운자경』 50, 『선가귀감언해』 上:12)

　　반득(『석봉천자문』 8)

　　반둣(『유합』 下:9)

　　반든(『왜어유해』 상:280)

　　반ᄃ시(『두시언해(초간본)』 24:32, 『번역소학』 8:28, 『박통사언해(초간본)』 上:31, 『야운자경』 67, 『한청문감』 242d)

　　나. ᄂᆞ족(『금강경언해』 103, 『두시언해(초간본)』 15:7, 『내훈(2)』 상:8, 『역어유해』 상:6)

　　ᄂᆞᄌ기(『월인석보』 1:133, 『금강경언해』 4, 『영가집언해』 상:48, 『소학언해』 6:4)

　　ᄂᆞ족이(『소학언해』 5:104)

　　ᄂᆞ즈기(『노걸대언해』 하:22)

　　ᄂᆞ줏(『박통사언해(초간본)』 상:33)

　　ᄂᆞᄌ시(『소학언해』 3:9)

　　다. 눕즉(ᄒ다)(『노걸대언해』 하:33)

놉즛(ㅎ다)(『우마영저염역병치료방』 14)

　(20가)의 '반독(/반득)/반ㄷ기'와 '반닷(/반듣)/반ㄷ시'는 '-독(/득)/-ㄷ
기'와 '-닷(/듣)/-ㄷ시'가 서로 연결된 이표기임을 보여주는 동시에, 전자
가 후자로 변모했음을 보여준다. 그리고 (20나)의 'ㄴ족/ㄴ즈기(/ㄴ족이/
ㄴ즈기)'와 'ㄴ즛/ㄴ즈시'는 '-옥/-ㅇ기(/으기)'와 '-옷/-ㅇ시'가 서로 연
결된 이표기임을 보여주고, (20다)의 '놉즉'과 '놉즛'은 역시 '-(옥〉)윽'과
'-옷'이 서로 연결된 이표기임을 보여준다. 이 중에서도 (20가)의 예들은
'-독/-ㄷ기'와 '-닷/-ㄷ시'가 서로 연결된 이표기임을 보여주는 동시에
전자가 후자로 변모했음을 잘 보여준다. 이런 점들에서, 신라 향찰 '-如
支'는 '-ㄷ기'로 읽힌다고 보았다.
　이 주장이 완전히 불가능한 것은 아니지만, 세 어휘에 나타난 현상만을
가지고, '-독/-ㄷ기'가 '-닷/-ㄷ시'로 변했다고 단정하는 데는 문제가 있다.
　이런 점에서 '如支'를 개연성이 적은 '독/ㄷ기'로 읽지 말고, 앞에서 읽
은 '出隱伊音叱如支'의 '如支' 및 고려 구결 '如ㅊ'에서와 같이 '돋/ㄷ디'로
읽는 것이 바람직해 보인다. 이럴 경우에 '沙矣以攴如支'는 '모리 입돋/입
ㄷ디'(모래 혼미하돋/혼미하돗이)로 해독된다.

4. 향찰 '於多支, 此如, 葉如'

　이 장에서는 앞의 두 장에서 살핀 구결과 향찰의 해독에 근거해, 향찰
'於多支(←攴), 此如, 葉如' 등에 대한 기왕의 해독을 변증하고 보완하려
한다.

1) '於多支'

향찰 '汝於多支'(「원가」)은 그 해독이 매우 난해하다. 그런데 앞의 두 장에서 살펴본 구결 '如ㅊ'(돈/ᄃ디)와 향찰 '如支'(돈/ᄃ디)는 '汝於多支'를 '汝於多支'로 수정하여 읽을 수 있게 한다. 이를 검토하기 위해 먼저 기왕의 해독들을 변증해 보자.

'汝於多支'의 해독은 '汝 於多支'로 끊은 경우와 '汝於 多支'와 '汝於多支'로 끊은 경우로 나눌 수 있다. 그리고 '汝 於多支'로 끊은 경우는 '於多支'를 '어디'의 의미로 본 경우와 '어찌'의 의미로 본 경우로 나눌 수 있다. '於多支'를 '어디'의 의미로 본 경우들을 먼저 보자.

(21) 가. 너 어듸(오구라 1929)
     나. 너 어둣(지헌영 1947)
     다. 너 어다기(유창균 1994)
     라. 너 아다기/아다히(류렬 2003)

(21)의 해독들은 '於多支'을 위와 같이 읽으면서 그 뜻을 '어디'로 보았다. 이 해독들이 포함한 문제들을 보자. (21가)는 '多'를 '듸'에 대응시킨 것과 '支'을 특별한 의미가 없는 첨가로 본 문제를 보인다. (21나)는 '支'을 'ㅅ'으로 읽을 수 없는 문제와 '어둣'이 '어느 곳(어데)'의 의미로 연결되지 않는 문제를 보인다. (21다)는 於多支'을 '어다기(〉어다히〉어다이〉어대〉어듸)'로 읽었다. 괄호 안의 변화는 예증되지 않는 설명이다. (21라)는 (21다)와 비슷하게 '아다기/아다히'로 읽고 그 뜻은 '어느 데'로 보았다. (21다)와 같은 문제를 보인다.

이번에는 '於多支'을 '어찌'의 의미로 본 해독들을 보자.

(22) 가. 너 엇디(양주동 1942)

　　나. 너 얻득(이탁 1956)

　　　　너 어돗(김준영 1964)

　　　　너 어돚(김준영 1979)

　　　　너 엇다(강길운 1995)

　　다. 너 엇더히(홍기문 1956)

　　　　너 어더기(정열모 1965)

　　　　너 오다기(김선기 1967e)

　　　　너 오다디(김선기 1993)

　　라. 너 엇뎨(전규태 1976, 황패강 2001)

(22)의 해독들은 '於多攴'을 '어찌'의 의미로 읽었다. 이 해독들이 포함한 문제들을 보자.

(22가)의 '엇디'는 '於'를 '엇'으로, '多攴'를 'ㄷ(多)+ㅣ(攴)'의 반절로 본 문제를 보인다.

(22나)의 '얻득'는 '多'를 'ㄷ'으로, '攴'를 '득'로 읽은 문제를 보인다. (22나)의 '어돗'과 '어돚'은 '攴'를 입성을 표기한 'ㅅ, ㅿ' 등으로 본 문제를 보인다. '엇다'는 '於'을 '엇'으로 본 문제와, '攴'을 지정문자로 보고도 '多'를 음 '다'로 읽은 문제를 보인다.

(22다)의 '엇더히, 어더기, 오다기, 오다디' 등은 현대역 '어찌'와 어떻게 연결되는지가 의심스러운 해독들이다. 게다가 (22다)의 '엇더히'는 '於'와 '엇'의 연결에서 문제를 보이고, '攴'을 '히'로 본 문제를 보인다.

(22라)의 '엇뎨'는 '於多攴'을 '於(엇)+多(뎌)+攴(ㅣ)'로 읽어 '엇뎨'를 추정한 것 같은데, 향찰별로 한자음을 벗어난 문제를 보인다.

이번에는 '汝於多攴'를 '汝於 多攴-' 또는 '汝於多攴'으로 끊어 읽은 해독들을 보자.

(23) 가. 너를 하니져(김완진 1980)

　　나. 너다히(서재극 1975)

　　　　너어다빙(금기창 1993)

　　　　너어다히(신재홍 2000)

　　다. 너어답(양희철 1997)

(23가)에서는 '於'를 '늘>를'로, '汝於 多攴行齊'를 '너를 하니져'로 각각 읽고, 그 의미를 '너를 重히 여겨 가겠다'로 보았다. 목적격에 '肹, 乙' 등이 쓰인다는 점과, '하니져'가 '重히 여겨 가겠다'의 의미로 연결되지 않는 점에 문제가 있다. (23나)의 해독들은 '多攴'을 '多支'로 보고, '다히, 다빙' 등으로 읽었는데, '支'의 음이 '히, 빙' 등이 아니라는 점에 문제가 있다. 그리고 이 (23나)는 물론 (23다)에서는 '多攴'을 '답게'의 의미인 '다히, 다빙, 답' 등으로 읽고, '다히, 다빙, 답' 등에 없는 '처럼, 같이' 등의 의미로 본 문제를 보인다.

이렇게 '汝於多攴'에 대한 기왕의 해독들은 모두가 문제를 보인다. 특히 '於'를 그 음 '어'로 읽으면, 앞의 '汝'에 붙여도, 뒤의 '多攴'에 붙여도 문제를 보인다. 이에 '於'를 훈으로 읽으려 한다. 그 가능성은 같은 작품(「원가」)에 있는 '(沙矣以攴如)攴'을 '(沙矣以攴如)支'로 수정(제3장 제2절)한 것과 같이, '(汝於多)攴'을 '(汝於多)支'로 수정하여, '(汝於)多支'를 앞의 두 장에서 살핀 '如叱, 如支'(돌/ᄃ디) 등과 같은 것으로 볼 때에 드러난다. 즉 '-돌/ᄃ디'(둣/ᄃ시) 앞에서 '於'를 음으로 읽으면, '於多支'는 '어돌/어ᄃ디'(어둣/어ᄃ시)가 되어 무슨 의미인지를 알 수 없다. 이에 비해 '於'를 훈으로 읽으면, '汝於多支'를 '너 늘돌(/늘ᄃ디)'이나 '너 가돌(/가ᄃ디)'으로 읽을 수 있다. 이것들의 가능성을 보자.

먼저 '汝於多支'를 '너 늘돌(/늘ᄃ디)'으로 읽을 수 있는 가능성을 보자.

'汝於多支'의 향찰은 '汝(너)+於(늘)+多(ᄃ)+支(ㄷ/디)'로 분석되고, 종합하면 '너 늘돋(/늘ᄃ디)'이 된다. 이 '너 늘돋(/늘ᄃ디)'의 의미는 '네(잣나무가) 늘 불변하듯/불변하드시'로 볼 수 있다. '늘돋/늘ᄃ디'를 '늘 불변하듯/불변하드시'의 의미로 잡은 것은, 부사 '늘'(계속하여 언제나)'이 '계속하여 언제나 불변하다'의 의미를 가진 용언 '늘다'에 기원한다고 본 것이다. 그러나 부사 '늘'이 '계속하여 언제나 불변하다'의 의미인 용언 '늘다'의 어간 '늘-'에 기원한다고 생각하는 것은 추측이다. 이렇게 읽고 싶지만 입증할 수 없는 한계를 보인다.

이번에는 '汝於多支'를 '너 가돋(/가ᄃ디)'로 읽을 수 있는 가능성을 보자. '於'에는 '가다'의 의미가 있다. 이를 계산하면, '汝於多支'는 '너 가돋(/가ᄃ디)'으로 읽을 수 있고, 해당 문맥은 '네(잣나무가) 가듯(/가드시) (내) 가져 하신'이 되어 의미가 잘 통한다. 이런 점에서 '汝於多支'를 '너 가돋(/가ᄃ디)'으로 읽는다.

2) '此如'

이 절에서는 '此如'(「총결무진가」)에 대한 기왕의 해독들을 변증하고, 보완하려 한다. 먼저 '此'나 '如'의 음이나 훈을 벗어난 해독들을 보자.

(24) 가. 니ᅀᅥ 나ᅀᅡ가(이어 나아가, 신태현 1940)
　　나. 이라개 나아가(이렇게 나아가고, 김선기 1975a)

(24가)에서는 '此'를 '니'로, '如'를 '셔'로 읽었는데, 모두 음을 벗어나 있다. 그리고 (24나)에서는 '此如'를 '이라개'로 읽었는데, '如是'를 '이러톳이'로 번역하면서 나타난 '이렁'을 연상시키나 이해가 가지 않는 해독이다.

이번에는 '如'를 '다이, 다븨, 다비, 답이' 등으로 읽은 해독들을 보자.

(25) 가. 이다이 나아가(이같이 나아가, 오구라 1929)

　　　이다이 가(이라히 가, 양주동 1942)

　　　이다이 가(이와 같이 나아가, 지헌영 1947)

　　　이다이 녀가(이같이 생각하고, 김상억 1974)

　　　이다이 가(이처럼 여기고, 전규태 1976)

　　　이다이 녀가(이같이 여겨, 황패강 2001)

　　나. 이다비 가(이렇듯 나가, 홍기문 1956)

　　　이다비 앗도라가(이와 같이 佛道를 향하여 나아가, 강길운 1995)

　　　이드비 나아가(이처럼 나아가, 류렬 2003)

　　다. 이다비 녀가(이같이 여겨, 김준영 1979)

　　　이답이 나아가(이라이 나아가, 김선기 1993)

　(25가)에서는 '如'를 '다이'로, (25나)에서는 '如'를 '다비/드비'로, (25다)에서는 '다비/답이'로 각각 해독을 하였다. 이것들은 '如'의 훈인 '답, 곹' 등을 이용하여 해독한 것이 아니라, 번역에서 문맥에 따라 어미를 다르게 읽는 독훈으로 읽은 것이다. 만약 (말)음절첨기나 말음첨기가 없다면, 이 독훈을 인정할 수 있다. 그러나 향찰에서는 (말)음절첨기나 말음첨기를 운용하고, '此如'가 포함된 「총결무진가」에서도 '又都'의 '都'나 '心音'의 '音'과 같이, 음절첨기나 말음첨기를 운용하고 있다는 점에서 이 독훈은 인정되지 않는다. 그리고 양주동과 김선기의 현대역에서 보여주는 '이라히, 이라이' 등은 '이다히, 이다이' 등이 변한 것으로 본 것인데, '답'의 '다'가 '라'로 바뀌었다고 보기에 논거가 부족한 것 같다.

　이제부터는 '如'의 (실)훈을 살린 해독들을 보자. 먼저 '如'를 '다'로 읽은 경우와 '둧'으로 읽은 경우를 보자.

　(26) 가. 이다 둗가(이처럼 달려나가, 유창균 1994)

나. 이둣 닷가(이처럼 닦아, 돈가)닦아, 이탁 1956)

　　이둣 나가(이렇게 나가, 정열모 1965)

　　이닷 너가(이렇듯 여겨, 신재홍 2000)

(26가)에서는 '如'를 '다'로 읽었다. 이는 '如'의 훈 '답'을 이용한 해독이다. 훈을 살려 읽은 것은 좋으나, '-다'에 '처럼'의 의미가 없다는 문제를 보인다. (26나)에서는 '如'를 그 훈 '둣, 닷' 등으로 읽었다. 훈을 살려 읽은 것은 좋으나, '-둣'에 '처럼'의 의미가 없고, 현대역 '이렇게'와 '이렇듯'으로 연결되지 않는 문제들도 보인다. 그리고 '둣/닷'은 용언에 붙거나 관형형어미(-ㄴ, -ㄹ) 다음에 온다는 점에서, '이둣'과 '이닷'이 보이는 '이+둣/닷'의 연결은 어렵다.

(27) 가. 이곧 너겨(이처럼 여겨, 김완진 1980)

　　 나. 이답 나사아(이처럼 나아가, 양희철 2008a)

(27가)에서는 '如'를 '곧'으로, (27나)에서는 '如'를 '답'으로, 각각 읽었다. 두 해독이 모두 용언의 어간이 접미사로 쓰인 것을 취한 것이다. 이론상으로는 두 해독이 모두 맞다. 그러나 『화엄경』, 고려본 『유가사지론』, 고려본 『합부금광명경』 등의 구결 '如ㅊ(╹ -)'의 한 부류가 '곧(ㅎ-)'으로 해독된다는 점에서, 고려 향가 「총결무진가」에 나온 '此如'의 '-如'는 '-곧'으로 읽는 것이 그 당시의 언어에 접근한다고 할 수 있다.

3) '葉如'

이번에는 신라 향찰인 '浮良落尸葉如'(「제망매가」)에서 보이는 '-如'에 대한 기왕의 해독들을 변증하고 보완해 보려 한다. 먼저 직유의 문맥을 벗어난 해독들을 보자.

　(28) 가. 닙여(오구라 1929, 신태현 1940)
　　　　나. 이삐다(김선기 1969a), 닙이다(김선기 1993)

　(28)은 모두 직유의 문맥을 벗어난 문제를 보인다. 그리고 (28나)의 '-이다'는 '-如'의 음도 뜻도 아니다.

　이제부터는 직유의 문맥에는 맞지만, 다른 문제들을 보인 해독들을 보자.

　(29) 가. 닙다이(유창선 1936e, 양주동 1942, 지헌영 1947, 정열모 1947, 김준영
　　　　　　　1964, 김상억 1974, 전규태 1976, 황패강 2001)
　　　　　　닢다비(김형규 1948)
　　　　　　닙다뷔(홍기문 1956, 금기창 1993, 류렬 2003)
　　　　　　닙다비(김준영 1979)
　　　　　　닢다뷔(강길운 1995)
　　　　나. 닙둣(이탁 1956, 유창균 1994)

　(29가)의 해독들은 '如'를 '다이, 다비, 다뷔' 등으로 읽었다. 이는 '如'의 실훈 '답'이 아니라 독훈으로 읽은 것이다. 앞에서 언급했듯이, 향찰은 말음첨기, (말)음절첨기 등을 운용하고 있어 독훈은 인정되지 않는다. (29나)는 명사 '葉'(넓/넙/닢/닙) 다음에 '둣'이 올 수 없다는 문제를 보인다.

　이번에는 명사 다음에 오는 접미사로 읽은 경우들을 보자.

　(30) 가. 닙처로(정열모 1965)
　　　　나. 닙곧(서재극 1975, 김완진 1980)
　　　　다. 닙답(양희철, 1997, 2008a)

(30)에 나타난 형태들(-처로, -긷, -답)은 모두 명사 다음에 온 접미사들이다. 그러나 (30가)의 '-처로'는 향찰, 이두, 구결 등에서 보이지 않고, 조선 후기의 기록들에서만 보인다는 점에서 부정적이다.(양희철 2008a: 289-290) 이에 비해 (30나, 다) 등의 '-긷'과 '-답'은 그 당시에 사용되었을 가능성을 모두 가지고 있다. 그러나 '-답'에는 '-같이, -처럼' 등의 의미가 없다는 점에서 '-긷'이 맞는다고 판단한다.

5. 결론

지금까지 구결 '如攴'를 먼저 해독하고, 이어서 향찰 '-(如)攴, 於多攴, 此如, 葉如' 등에 대한 기왕의 해독들을 변증하고 보완해 보았다. 해독과 보완에서 얻은 중요한 것만을 요약하여 결론을 대신하면 다음과 같다.

1) 고려본 『화엄경』에 나온 '如攴'는 '긷'으로 해독되는 것과 '둗/드디'로 해독되는 것이 있다. 전자는 다른 글에서 정리한 것이고, 후자는 이 글에서 정리한 것이다.

2) 고려 구결 '如攴'의 해독인 '둗/드디'는 '둣/드시'의 이표기이다.

3) 고려 향찰 '出隱伊音叱如攴'(「참회업장가」)에 나타난 '-如攴'는 '-둗/-드디'로 해독되는데, 이는 고려 구결 '如攴'의 해독인 '둗/드디'와 같은 것이다.

4) '攴'의 신라음은 '기, 디' 등이다.

5) 1), 2), 3), 4) 등은 신라 향찰 '沙矣以攴如攴'(「원가」)에 나타난 '-如攴'을 '-如攴'로 수정하고, 이 '-如攴'를 '-둗/드디'로 해독하는 것을 도와준다.

6) 고려 구결 '如攴'와 향찰 '如攴'의 해독인 '둗/드디'는 '汝於多攴'(「원

가)'을 '汝於多攴'로 수정하고, '너 가듯(/가드시)'의 의미인 '너 가돈(/가
드디)'으로 읽게 한다.

7) 고려 구결 '如攴'의 해독인 '곧'은 고려 향찰 '此如'(「총결무진가」)의 '-如'
와 신라 향찰 '浮良落尸葉如'(「제망매가」)의 '-如'를 '-곧'으로 읽게 한다.

지금까지 검토한 '攴/支'는 향찰 '攴'의 해독과도 연결되어 있다. 즉 '攴'
은 '攴/支'와 같은 문자인가 다른 문자인가 하는 문제이다. 이에 대한 의견
을 짧게 부기한다. 첫째로 '攴'은 '攴/支'의 속자가 아니라는 점에서 '攴'과
'攴/支'는 분리해야 한다. 둘째로 17번 나오는 '攴'은 모두가 '攴/支'의 오
자나 오각이 될 수 없다는 점에서도 '攴'과 '攴/支'는 분리해야 한다. 셋째
로 해독의 결과로 보아도 '攴'과 '攴/支'는 분리해야 한다. 고려 구결의 '如
攴(곧), 如攴(돈/드디), 如攴ㅅ(곧ㅎ)-, 如攴ㅅ(돈ㅎ)-' 등과 신라와 고려의 향
찰 '如支(돈/드디)' 등의 '攴(ㄷ/디)'와 '支(디)'는 '攴'을 '支'와 같은 것으로
볼 수 없게 한다. 왜냐하면 '攴'을 '支'와 같은 글자로 보고 해독하면, 그
문맥이 통하지 않기 때문이다. '攴'과 '支'을 모두 검토할 수 없으므로, 한
예만 보자. 한 예로 "君如 臣多攴(←支) 民隱如"의 경우에, '臣多支'을 '臣
多攴(←支)'으로 수정하지 않고 '臣多支'로 보면, 말을 바꾸어 '臣多攴'을
'臣多支'와 같은 것으로 보면, '臣多支'는 '臣(신하)듯/臣(신하)드시'와 같이
의미가 통하지 않는 '臣(알바돈)다디/臣(알바돈)드디'로 읽게 되고, 이와 함
께 '君如' 및 '民隱如' 역시 '임금듯/임금드시' 및 '백성듯/백성드시'와 같
이 의미가 통하지 않는 '君(님곰)다디/君(님곰)드디' 및 '民(일건)다디/民(일
건)드디'로 읽게 된다. 이렇게 읽고 보면, 이 해독은 "임금은 임금답게, 신
하는 신하답게, 백성은 백성답게"의 문맥에 맞지 않는다. 이에 비해 '臣多
支'를 '臣多攴(←支)'으로 수정하면, 말을 바꾸어 '臣多攴'을 '臣多支'와는
다른 것으로 보면, '臣多攴'은 '臣(신하)답게'와 같이 의미가 통하는 '臣(알

바ᄃ)답'으로 읽게 되고, 이와 함께 '君如' 및 '民隱如' 역시 '임금답게' 및 '백성답게'와 같이 의미가 통하는 '君(님금)답' 및 '民(일건)답'으로 읽게 된다. 이렇게 읽고 보면, 이 해독은 "임금은 임금답게, 신하는 신하답게, 백성은 백성답게"의 문맥에 맞는다. 이렇게 다르게 해독되는 결과로 보아도, 'ㅊ'과 '支'는 분리하고, 전자는 'ㅂ'으로 후자는 'ㄷ/디'(다른 경우는 'ㄱ')로 다르게 읽어야 한다고 판단한다.['ㅊ'(ㅂ)에 대한 좀더 구체적인 것은 양희철(2008a:250-296) 참조]

참고문헌

憬　興, 「彌勒上生經料簡記」, 『三彌勒經疏』.

고사경·김지(1395;1991), 『대명률직해』(영인본), 보경문화사.

釋不可思議, 『大毘盧遮那經供養次第法義疏』.

一然(1281;1512;1983), 『만송문고본 삼국유사』(영인본), 오성사.

강　영(1993), 「『대명률직해』 이두의 어말어미 연구」, 고려대학교 박사학위논문.

강길운(1995), 『향가신해독연구』, 학문사.

고정의(1989), 「처용가 해독의 재검토」, 『울산어문논집』 5, 울산대 국어국문학과.

고정의(1992), 「대명률직해의 이두 연구」, 단국대학교 박사학위논문.

고정의(1995), 「서동요의 '主隱'과 '卯乙'에 대하여」, 소곡남풍현선생회갑기념논
　　　총 간행위원회 편, 『국어사와 차자표기』, 태학사.

권덕규(1923), 『조선어문경위』, 광문사.

권재선(1988), 『우리말글 논문들』, 우골탑.

금기창(1993), 『신라문학에 있어서의 향가론』, 태학사.

김대식(1991), 「'헌화가' 해독의 의미론적 접근」, 『고전시가의 이념과 표상(임하최
　　　진원박사정년기념논총)』, 동간행위원회.

김문태(1995), 『삼국유사의 시가와 서사문맥 연구』, 태학사.

김상억(1974), 『향가』, 한국자유교육협회.

김선기(1967a), 「길쁠볼 노래(혜성가)」, 『현대문학』 145, 현대문학사.

김선기(1967b), 「다마로기 노래(모죽지랑가)」, 『현대문학』 146, 현대문학사.

김선기(1967c), 「찌이빠 노래(기파가)」, 『현대문학』 147, 현대문학사.

김선기(1967d), 「안민가」, 『현대문학』 148, 현대문학사.

김선기(1967e), 「잣나무 노래(백수가)」, 『현대문학』 149, 현대문학사.

김선기(1967f), 「쏘뚱노래(서동요)」, 『현대문학』 151, 현대문학사.

김선기(1967g), 「곶 받친 노래(헌화가)」, 『현대문학』 153, 현대문학사.

김선기(1967h), 「곳얼굴 노래(처용가)」, 『현대문학』 155, 현대문학사.

김선기(1968a), 「바람결 노래(풍요)」, 『현대문학』 159, 현대문학사.

김선기(1968b), 「가고파 노래(원왕가)」, 「현대문학」 162, 현대문학사.

김선기(1968c), 「눈 밝은 노래(득안가)」, 『현대문학』 166, 현대문학사.

김선기(1969a), 「누비굿노래(제매가)」, 『현대문학』 171, 현대문학사.

김선기(1969b), 「두시다 노래(도솔가)」, 『현대문학』 172, 현대문학사.

김선기(1969c), 「도둑 만난 노래(우적가)」, 『현대문학』 177, 현대문학사.

김선기(1975a), 「보현가 여덟마리」, 『현대문학』 243, 현대문학사.

김선기(1975b), 「제불가 여래가 공양가」, 『현대문학』 250, 현대문학사.

김선기(1993), 『옛적 노래의 새풀이: 향가신석』, 보성문화사.

김성목(1939), 『이두집성』, 조선총독부중추원.

김성주(2011), 「균여 향가 〈보개회향가〉의 한 해석」, 『구결연구』 27, 구결학회.

김승찬(1999), 『신라 향가론』, 부산대학교 출판부.

김열규·정연찬·이재선(1972), 『향가의 어문학적 연구』, 서강대 인문과학연구소.

김영만(1981), 「유서필지의 이두 연구」, 단국대 석사학위논문.

김영만(1997), 「석독 구결 '皆ㄴ', '悉ㅎ'와 고려 향찰 '頓部叱', '盡良'의 비교 고찰」,
　　『구결연구』 2, 구결학회.

김영만(2000), 「『유가사지론』의 "由ㅎ-"와 "如ㅊ-"의 독법에 대하여」, 『구결연구』
　　6, 구결학회.

김영만(2003), 「구결어 如(ㅣ·ㅊ·ㅊ·ㅅ·印)의 해독법 연구: 다(如ㅣ), 건(如ㅊ),
　　ᄀᄌ기(如ㅊ·如ㅅ·如印) 안」, 『한민족어문학』 40, 한민족어문학회.

김완진(1980), 『향가해독법연구』, 서울대출판부.

김완진(1985a), 「모죽지랑가 해독의 반성」, 『국어학논총(김형기선생팔순기념논문
　　집』, 창학사.

김완진(1985b), 「특이한 음독자 및 훈독자에 대한 연구」, 『동양학』 15, 단국대학교
　　동양학연구소.

김완진(1990), 「안민가 해독의 한 반성」, 『청파문학』 16, 숙명여자대학.

김웅배(1982), 「서동요 해석의 한 고찰: 卯乙을 중심으로」, 『목포대학 논문집』 4,
　　목포대학.

김유범(1999), 「향찰표기의 격과 조사: 향찰·구결·이두의 격조사에 대하여」, 『국
　　어의 격과 조사』, 월인.

김유범(2010), 「균여의 향가 〈광수공양가〉 해독」, 『구결연구』 25, 구결학회.

김준영(1964), 『향가상해』, 교학사.

김준영(1979), 『향가문학』, 형설출판사.

김지오(2010), 「〈참회업장가〉의 국어학적 해독」, 『구결연구』 24, 구결학회

김지오(2012), 「균여전 향가의 해독과 문법」, 동국대학교 박사학위논문.

김태균(1976), 「(속)양잠경험촬요의 이두주해」, 『경기대학논문집』 4, 경기대.

김태엽(1991), 「향가의 '-져[齊]'와 경북방언의 '졉다'」, 들메 서재극 박사 환갑기념 논문집 간행위원회 편, 『들메 서재극 박사 환갑기념 논문집』, 계명대학교 출판부.

김형규(1948), 「중고문학」, 우리어문학회 편, 『국문학사』, 수로사.

김형규(1962:1983), 『증보국어사연구』, 일조각.

남광우(1962), 「향가연구」, 『국어학논문집』, 춘조사.

남풍현 · 심재기(1976), 「구역인왕경의 구결연구(기일)」, 『동양학』 6, 단국대 동양학연구소.

남풍현(1983), 「서동요의 '卯乙'에 대하여」, 백영정병욱선생환갑기념논총 간행위원회 편, 『한국시가문학연구』, 신구문화사.

남풍현(1986), 「구역인왕경의 구결에 대하여」, 『약천 김민수 교수 화갑논총』, 탑출판사.

남풍현(1993), 「고려본 유가사지론의 석독구결에 대하여」, 『동방학지』 81, 연세대 국학연구원.

남풍현(1994), 「『신석 화엄경』 권14의 고려시대 석독구결」, 『국문학논집』 14, 단국대 국어국문학과.

남풍현(1995), 「박동섭본 능엄경의 해제」, 『구결자료집1』, 한국정신문화연구원.

남풍현(1999), 『『유가사지론』 석독구결의 연구』, 태학사.

남풍현(2000), 『이두연구』, 태학사.

남풍현(2008), 「석독구결에 쓰인 '攴'의 형태와 기능에 대하여」, 『구결연구』 20, 구결학회.

남풍현(2010), 「헌화가의 해독」, 『구결연구』 24, 구결학회.

남풍현(2012a), 「『삼국유사』의 향가와 『균여전』 향가의 문법 비교」, 『구결연구』 28, 구결학회.

남풍현(2012b), 「고대 한국어의 여실법 동사 '攴/디'와 '多攴/다디'에 대하여」, 『구결학회』 29, 구결학회.

류 렬(2003), 『향가연구』, 박이정.

민 찬(2004), 「서동요 해독 및 해석의 관점」, 『한국문화』 33, 서울대학교 한국문화연구소.

박갑수(1981), 「향가 해독의 몇 가지 문제」, 『김형규박사고희기념논총』, 서울대학교 국어교육과.

박병철(2008), 「한자 새김 연구의 회고와 전망」, 『구결연구』 21, 구결학회.

박영준(1996), 「향가에 사용된 '如'의 용법에 대하여」, 『한국어학』 3, 한국어학회.

박재민(2002), 「구결로 본 보현십원가 연구」, 연세대학교 석사학위논문

박재민(2003), 「「보현시원가」 난해구 5제」, 『구결연구』 10, 구결학회.

박재민(2009), 「〈헌화가〉 해독 재고」, 『국문학연구』 19, 국문학회.

박재민(2009), 「삼국유사 소재 향가의 원전비평과 차자·어휘변증」, 서울대학교 박사학위논문.

박창원(1987), 「처용가 재검토」, 『우해 이병선박사 화갑기념논총』, 동간행위원회.

박희숙(1985), 「대명률직해의 이두 연구」, 명지대 박사학위논문.

방종현(1948), 『훈민정음통사』, 일성당서점.

배대온(1984), 「조선조초기의 이두조사 연구」, 동아대 박사학위논문.

배대온(1996), 「이두 처격 조사의 통시적 고찰」, 『배달말』 21, 배달말학회.

백두현(1993), 「고려본 화엄경의 구결자 支와 矢: 그 독음과 문법기능」, 『어문논총』 27, 경북어문학회.

백두현(1997), 「고려본 금광명경에 나타난 특이 형태에 대하여」, 성재 이돈주 선생 화갑기념논총 간행위원회 편, 『국어학 연구의 새지평』, 태학사.

사비성인(1935), 「무왕과 호기: 서동과 선화」, 『신동아』 5-12, 신동아사.

서민욱(2004), 「『유가사지론』 권5·8의 점토구결 연구」, 가돌릭대학교 박사논문.

서재극(1973), 「서동요의 문리」, 청계김사엽박사송수기념논총 간행위원회 편, 『청계김사엽박사송수기념논총』, 학문사.

서재극(1975), 『신라 향가의 어휘 연구』, 계명대출판부.

서재극(1986), 「향가의 '-져(齊)'와 고려 방언의 '-지(之)'」, 『한글』 193, 한글학회.

서재극(1992), 「향가의 '支'」, 『한국학논집』 19, 계명대 학국학 연구원.

서종학(1991), 「이두의 문법형태 표기에 관한 역사적 연구」, 서울대 박사학위논문.

서종학(1995), 『이두의 역사적 연구』, 영남대학교 출판부.

손희하(1991), 「새김 어휘 연구」, 전남대학교 박사학위논문.

신석환(1987), 「모죽지랑가의 분석적 연구」, 『사림어문연구』 4, 창원대 국어국문
학회.

신석환(1988), 「향찰 「不喩仁, 將來, 頓部叱, 遣賜」에 대하여」, 『계명어문학』 4,
계명어문학회.

신석환(1990), 「영재 우적가고」, 『사림어문연구』 8, 창원대 국어국문학회.

신재홍(2000), 『향가의 해석』, 집문당.

신채호(1924), 「조선 고래의 문자와 시가의 변천」, 『동아일보』(1.1.), 동아일보사.

신태현(1940), 「향가の신해독」, 『조선』 296, 조선총독부.

심재기(1989), 「서동요 해독 삽의」, 이정정연찬선생회갑기념논총간행위원회 편,
『이정정연찬선생회갑기념논총』, 탑출판사.

안덕암(1993), 『화엄경 강의(상)』, 불교통신연구원.

안병희(1977), 「양잠경험촬요와 우역방의 이두의 연구」, 『동양학』 7, 단국대.

안병희(1987), 『이문과 이문대사』, 탑출판사.

양주동(1942), 『고가연구』, 박문서관.

양주동(1965), 『증정고가연구』, 일조각.

양희철(1988), 『고려향가연구』, 새문사.

양희철(1989), 「'제망매가'의 의미와 형상」, 『국어국문학』 102, 국어국문학회.

양희철(1995a), 『향찰문자학』, 새문사.

양희철(1995b), 「〈서동요〉의 어문학적 연구」, 『어문논총』 11, 청주대 국어국문학과.

양희철(1996), 「〈모죽지랑가〉의 해독」, 『인문과학논집』 15, 청주대 인문과학연구소.

양희철(1997), 『삼국유사 향가연구』, 태학사.

양희철(2000), 『향가 꼼꼼히 읽기: 모죽지랑가의 해석과 창작시기』, 태학사.

양희철(2008a), 『향찰 연구 12제』, 보고사.

양희철(2008b), 「향찰 '白孫'의 연구」, 『언어학 연구』 13, 한국중원언어학회.

양희철(2008c), 「향찰과 이두 '將來'의 연구」, 『한국언어문학』 66, 한국언어문학회.

양희철(2009a), 「향찰 '修(叱)孫(丁)'의 연구」, 『어문논총』 23, 동서어문학회.

양희철(2009b), 「향찰 '卯乙' 해독의 변증」, 『인문과학논집』 38, 청주대학교 한국
문화연구소.

양희철(2009c), 「서동요의 중의적 표현과 세 시적 청자의 해석」, 『어문연구』 141,

한국어문교육연구회.

양희철(2010), 「향찰과 이두 '將來'의 해독에 관하여: '將來'의 의미와 '將'의 훈을 벗어난 해독들의 비판」, 『인문과학논집』 40, 청주대학교 한국문화연구소.

양희철(2011a), 「향찰 '(-)頓(-)' 해독의 변증」, 『언어학연구』 19, 한국중원언어학회.

양희철(2011b), 「구결 '夊' 해독의 변증」, 『인문과학논집』 43, 청주대학교 학국문화연구소.

양희철(2011c), 「구결 '如夊'와 향찰 '如支, 此如, 葉如'」, 『어문논집』 25, 동서어문학회.

양희철(2011d), 「향찰 '皆' 해독의 변증」, 『한국언어문학』 78, 한국언어문학회.

양희철(2011e), 「향찰 '呂' 해독의 변증」, 『어문논총』 26, 동서언어학회.

양희철(2012a), 「향찰 '制, 弟, 底' 해독의 변증」, 『언어학 연구』 24, 한국중원언어학회.

양희철(2012b), 「향찰 '旀, 体' 해독의 변증」, 『인문과학논집』 45, 청주대학교 한국문화연구소.

양희철(2012c), 「향찰 해독에 문학이 연계되는 일례: 향찰 '米' 해독의 어문학적 변증을 통하여」, 『국어사연구』 15, 국어사학회.

엄국현(1989), 「모죽지랑가 연구」, 『인제논총』 5-1, 인제대.

엄국현(1990), 「서동요 연구Ⅱ」, 『인제논총』 6-2, 인제대.

오창명(1995), 「조선전기 이두의 국어사적 연구」, 단국대 박사학위논문.

유창균(1971), 「향가에 나타난 '支'에 대하여」, 『장암 지헌영 선생 화갑기념논총』, 동간행위원회.

유창균(1994), 『향가비해』, 형설출판사.

유창돈(1964), 『이조어사전』, 연세대 출판부.

유창선(1936a), 「신라의 향가해독」(모죽지랑가, 안민가), 『신동아』 6-5, 신동아사.

유창선(1936b), 「신라의 향가해독(2)」(찬기파랑가), 『신동아』 6-6, 신동아사.

유창선(1936c), 「신라의 향가해독(3)」(헌화가, 처용가, 서동요), 『신동아』 6-7, 신동아사.

유창선(1936d), 「맹아득안가」, 『신동아』 6-8, 신동아사.

유창선(1936e), 「신라향가(5)」(풍요, 도솔가, 營齋歌, 혜성가), 『신동아』 6-9, 신동아사.

유창선(1936f), 「원왕생가와 영재 우적가: 소창진평과 양주동씨의 논쟁을 비판함」, 「조광」 7(2-5), 조선일보사.

유창선(1940), 「노인 헌화가에 대하여」, 『한글』 76, 조선어학회.

윤영옥(1982), 『신라시가의 연구』, 형설출판사.

윤철중(1997), 『향가문학입문』, 백산자료원.

이 용(2000a), 「연결어미 형성에 관한 연구」, 서울시립대학교 박사학위논문.

이 용(2000b), 「광수공양가 '良焉多衣'의 형태론적 고찰」, 『형태론』 2-1, 박이정.

이 용(2004), 「『유가사지론』 점토석독구결 해독 연구(3)」, 『구결연구』 12, 구결학회.

이 용(2007), 「〈항순중생가〉의 해독에 대하여」, 『구결연구』 18, 구결학회.

이 용(2008), 「'-져'의 역사적 고찰」, 『진단학보』 105, 진단학회.

이 탁(1956), 「향가신해독」, 『한글』 116, 한글학회.

이건식(1995), 「향찰과 석독구결의 훈독 말음첨기에 대하여」, 『국어사와 차자표기』, 태학사.

이건식(1996), 「고려시대 석독구결의 조사에 대한 연구」, 단국대학교 박사학위논문.

이건식(2012), 「균여 향가 청전법륜가의 내용 이해와 어학적 해독」, 『구결연구』 28, 구결학회.

이도흠(1998), 「「모죽지랑가」의 창작배경과 수용의미」, 『한국시가연구』 3, 한국시가학회.

이동림(1982), 「구역인왕경의 구결해석을 위하여」, 『논문집』 21, 동국대학교.

이동석(2000), 「향가의 첨기 현상에 대한 연구」, 『구결연구』 6, 구결학회.

이병기(2008), 「모죽지랑가의 해독에 대하여」, 『구결연구』 21, 구결학회.

이숭녕(1955; 1978), 『신라시대의 표기법 체계에 관한 시론』, 탑출판사.

이승재(1987), 「'將來'고」, 『국어학』 16, 국어학회.

이승재(1989), 「고려시대의 이두에 대한 연구」, 서울대 박사학위논문.

이승재(1993), 「고려본 화엄경의 구결자에 대하여」, 『국어학』 23, 국어학회.

이준환(2011), 「향찰 표기자 한자음 연구의 회고와 전망」, 『구결연구』 26, 구결학회.

이철수(1988), 『양잠경험촬요의 이두연구』, 인하대출판부.

임기중·임종욱(1996), 『한국고전시가어휘색인사전』, 보고사.

임홍빈(2007), 「국어학과 인문학적 상상력」, 『국어국문학』 146, 국어국문학회.

장성진(1986), 「서동요의 형성 과정」, 『한국전통문화연구』 2, 효성여대.

장세경(1991), 「≪양잠경험촬요≫와 후기 이두 어휘집의 어휘 대비: 대명률직해의 어휘도 참작하여」, 『국어의 이해와 인식』, 한국문화사.

장윤희(2008), 「향찰 연구의 회고와 전망」, 『구결연구』 21, 구결학회.

전규태(1976), 『논주 향가』, 정음사.

정연찬(1972), 「향가해독일반」, 김열규·정연찬·이재선 공저, 『향가의 어문학적 연구』, 서강대학교 인문과학연구소.

정열모(1947), 「새로 읽은 향가」, 『한글』 99, 한글학회.

정열모(1965), 『향가연구』, 사회과학원출판사.

정우영(2007), 「〈서동요〉 해독의 쟁점에 대한 검토」, 『국어국문학』 147, 국어국문학회.

정인보(1930), 『조선어문연구1』, 연희전문학교 출판부.

정재영(1995a), 「'ㅅ'형 부사와 'ㄴ'형 부사」, 『국어사와 차자표기: 소곡 남풍현 선생 회갑기념논총』, 태학사.

정재영(1995b), 「전기중세국어의 의문법」, 『국어학』 25, 국어학회.

정재영(1998), 「합부금광명경(권삼) 석독구결의 표기법과 한글 전사」, 『구결연구』 3, 구결학회.

정재영(2001), 「예경제불가 해석」, 『국어연구의 이론과 실제: 이광호 교수 회갑기념논총』, 태학사.

정진원(2008), 「월명사의 〈도솔가〉 해독에 대하여」, 『구결연구』 20, 구결학회.

정창일(1987), 『향가신연구』, 세종출판사.

정철주(1988), 「신라시대 이두의 연구」, 계명대학교 박사학위논문.

조윤제(1956), 「향가 연구에의 제언」, 『현대문학』 23, 현대문학사.

조재형(2009), 「'-中'의 기원과 형태에 대한 재고」, 『어문논집』 42, 중앙어문학회.

조재형(2010), 「부사격조사 '-矣/-衣', '-希', '-未'의 비교 고찰: 삼국유사 소재 향가를 중심으로」, 『한말연구』 26, 한말연구학회.

지헌영(1947), 『향가여요신석』, 정음사.

최남희(1985), 「고려 향가의 차자표기법 연구」, 건국대학교 박사학위논문.

최남희(1996), 『고대국어 형태론』, 박이정.

한상인(1993), 「대명률직해 이두의 어학적 연구」, 충남대 박사학위논문.

한재영(2003), 「향찰 연구사」, 『한국의 문자와 문자연구』, 집문당.

허 웅(1975), 『우리 옛말본』, 샘문화사.

홍기문(1956), 『향가해석』, 조선민주주의인민공화국 과학원.

홍기문(1957), 『리두연구』, 과학원출판사.

홍순탁(1974), 『이두연구』, 광문출판사.

홍재휴(1981), 「헌화가신석」, 『한국시가연구(백강서수생박사회갑기념논총)』, 형설출판사.

홍재휴(1983), 『한국고시가율격연구』, 태학사.

황국정(2000), 「향가의 격조사 '-衣(이/의), -矣(이/의)'에 대해: 특이처격은 기원적으로 속격인가」, 『21세기 국어학의 과제』, 월인.

황선엽(2002), 「국어 연결어미의 통시적 연구」, 서울대학교 박사학위논문.

황선엽(2006a), 「고대국어의 처격 조사」, 『한말연구』 18, 한말연구학회.

황선엽(2006b), 「원왕생가의 해독에 대하여」, 『구결연구』 17, 구결학회.

황선엽(2008a), 「≪안민가≫ 해독을 위한 새로운 시도」, 『한국문화』 42, 규장각 한국학연구소.

황선엽(2008b), 「삼국유사와 균여전의 향찰 표기자 비교」, 『국어학』 51, 국어학회.

황패강(2001), 『향가문학의 이론과 해석』, 일지사.

高本漢(1948), 『중국음운학연구』, 대북: 상무인서관.

董同龢(1981), 『한어음운학』, 대북: 문사철출판사.

蘇慈爾·郝德士(1937), 『中英佛學辭典』, 대북: 불학문화복무처.

丁仲祜(民國9, 1920), 『불학대사전』(영인 1970), 서울: 보연각

周法高 외 3인(1979), 『한자고금음휘』, 홍콩: 중문대학출판부.

중문대사전편찬위원회 편(중화민국 62년, 1973), 『중문대사전』, 대북: 중국문화대학출판부.

陳新雄(1983), 「고음학발미」, 대북: 문사철출판부.

가나자와(金澤庄三郎 1918), 「이두の연구」, 『조선휘보』 4, 조선총독부.

마에마(前間恭作, 1929), 「처용가해독」, 『조선』 172, 조선총독부.

아유가이(鮎貝房之進, 1923), 「國文, 吏吐, 俗謠, 造字, 俗字, 借訓字」, 『特別講義』, 朝鮮史學會.

오구라(小倉進平 1929), 『鄕歌及び吏讀の硏究』, 京城帝國大學.

Wales, Katie.(1989), A Dictionary of Stylistics, London and New York: Longman.

차제자의 해독 색인

(괄호 안의 한자 숫자는 차례 제목의 숫자. 항목별 향찰의 순서는 『삼국유사』의
향찰과 『균여전』의 향찰을 나누고, 해당 어구의 'ㄱ, ㄴ, ㄷ, …' 순으로 배열함)

呂/려 : 慕呂白乎隱(「예경제불가」), 世呂(「상수불학가」), 世呂中(「청불주세가」),
  哀呂舌(「청불주세가」), 邀呂白乎隱(「칭찬여래가」), 有叱下呂(「보개회향
  가」), 有叱下呂(「수회공덕가」), 應爲賜下呂(「청불주세가」)(이상 十一)

旀/며 : 古召旀(「맹아득안가」), 爲旀(「광수공양가」)(이상 十二)

未/미 : 心未(「모죽지랑가」), 心未(「찬기파랑가」), 風未(「제망매가」), 心未(「예경
  제불가」), 夜未(「청불주세가」)(이상 九)

米/매 : 皆理米(「모죽지랑가」), 咽鳴爾處米(「찬기파랑가」), 有阿米(「제망매가」),
  爾屋攴墮米(「원가」), 自矣心米(「우적가」), 爲米(「청불주세가」), 人米(「수
  회공덕가」), 煎將來出米(「청전법륜가」), 塵伊去米(「상수불학가」)(이상 八)

焉/ㄴ : 吾焉(「청전법륜가」), 吾焉(「상수불학가」), (皆)往焉(「상수불학가」)(이상 二)

焉/언 : (但非乎)隱焉(「우적가」), (遺知攴)賜尸等焉(「맹아득안가」), 民焉(「안민
  가」), 誰支下焉古(「처용가」), 爲內尸等焉(「안민가」), 覺樹王焉(「항순중
  생가」), 沙音賜焉(「항순중생가」), 成留焉(「보개회향가」), 手焉(「광수공
  양가」), 直體良焉(「광수공양가」), 向焉(「참회업장가」)(이상 二)

如/ㄹ : 浮良落尸葉如(「제망매가」), 此如(「총결무진가」)(이상 十六)

隱/ㄴ : (是)八陵隱(「찬기파랑가」), (好攴)賜鳥隱(「모죽지랑가」), 改衣賜乎隱(「원
  가」), 去奴隱(「제망매가」), 去隱(「모죽지랑가」), 都乎隱以多(「우적가」), 露
  曉邪隱(「찬기파랑가」), 毛達只將來呑隱(「우적가」), 民隱如(「안민가」),
  生死路隱(「제망매가」), 燒邪隱(「혜성가」), 臣隱(「안민가」), 深史隱(「원왕

생가」), 汝隱(「도솔가」), 吾隱(「제망매가」), 吾下是如馬於隱(「처용가」),
遊烏隱(「혜성가」), 二 于萬隱(「맹아득안가」), 一等沙隱(「맹아득안가」),
一等隱(「제망매가」), 逸烏隱(「원가」), 持以支如賜烏隱(「찬기파랑가」),
直等隱(「도솔가」), 千隱目肹(「맹아득안가」), 千隱手□叱(「맹아득안가」),
(于)萬隱(「칭찬여래가」), (盡)動賜隱乃(「청불주세가」), 落臥乎隱(「참회
업장가」), 燈油隱(「광수공양가」), 燈炷隱(「광수공양가」), 滿賜隱(「예경제
불가」), 慕呂 白乎隱(「예경제불가」), 迷火隱乙(「항순중생가」), 白乎隱(乃
兮)(「칭찬여래가」), 修將來賜留隱(「상수불학가」), 身萬隱(「예경제불가」),
惡寸隱(「참회업장가」), 禮爲白孫隱(「보개회향가」), 烏乙反隱(「청전법륜
가」), 邀呂 白乎隱(「칭찬여래가」), 邀里 白乎隱(「예경제불가」), 爲賜隱(「상
수불학가」), 仍反隱(「청전법륜가」), 造將來臥乎隱(「참회업장가」), 盡尸
等隱(「총결무진가」), 出隱伊音叱如支(「참회업장가」)(이상 一)

隱/숨 : 浮去隱安支(「찬기파랑가」), (非乎)隱焉(「우적가」), 㴱陵 隱安支(「우적가」)
(이상 一)

隱/언 : 仰頓隱(「원가」), 早隱(「제망매가」)(이상 一)

隱/은 : (是)八陵隱(「찬기파랑가」), 公主主隱(「서동요」), 君隱(「안민가」), 二肹隱
(「처용가」 2회), 恨隱(「우적가」), 修叱賜乙隱(「수희공덕가」), 長乙隱(「청
전법륜가」), 向隱(「상수불학가」)(이상 一)

乙/ㄹ : 夗乙(「서동요」), 奪叱良乙(「처용가」), 修叱賜乙隱(「수희공덕가」), 爲乙
(「항순중생가」), 長乙隱(「청전법륜가」)(이상 四)

乙/으 : 供乙留(「광수공양가」)(이상 四)

乙/을 : 薯童房乙(「서동요」), 道乙(「참회업장가」), 命乙(「상수불학가」), 迷火隱乙
(「항순중생가」), 佛前燈乙(「광수공양가」), 手乙(「청불주세가」), 身乙(「칭
찬여래가」), 烏乙反隱(「청전법륜가」), 願乙(「상수불학가」), 田乙(「청전법
륜가」)(이상 四)

矣/듸 : 本矣(「처용가」)(五)

矣/이 : (多)矣徒良(「풍요」), 乾達婆矣(「혜성가」), 耆郎矣(「찬기파랑가」), 冬矣也
(「원가」), 面矣(「원가」), 放冬矣(「맹아득안가」), 沙矣(「원가」), 三花矣(「혜
성가」), 心音矣(「도솔가」), 夜矣(「서동요」), 自矣(「우적가」), 此矣(「도솔
가」), 此矣(「제망매가」), 此矣(彼矣)(「제망매가」), 寢矣(「처용가」), 彼矣
(「제망매가」)(이상 五)

矣/의 : 伊知皆矣(「청불주세가」)(五)

衣/의 : 尊衣希(「원왕생가」), 七史伊衣(「모죽지랑가」), 波衣(「혜성가」), 部伊冬
衣(「칭찬여래가」), 舌良衣(「칭찬여래가」), 吾衣(「보개회향가」), 吾衣(「수
회공덕가」), 伊於衣波(「광수광양가」), 人衣(「수회공덕가」), 前衣(「예경
제불가」), 直體良焉多衣(「광수공양가」)(이상 六)

將來/-아 오- : 修將來賜留隱(「상수불학가」)(十)

將來/-야 오- : 爲將來臥乎(「상서도관첩」)(十)

將來/-어 오- : 毛達只將來呑隱(「우적가」), 數於將來尸(「혜성가」), 煎將來出米
(「청전법륜가」), 造將來臥乎隱(「참회업장가」)(이상 十)

底/뎌 : 伊底亦(「원왕생가」)(十三)

制/뎌 : 供爲白制(「광수공양가」), 讚伊白制(「칭찬여래가」)(이상 十三)

苐/뎌 : 逸烏隱苐也(「원가」)(十三)

提/리 : 菩提叱菓音(「청전법륜가」), 菩提向焉(「참회업장가」)(十二)

齊/져 : 逐內良齊(「찬기파랑가」), 墮支行齊(「모죽지랑가」), 行齊敎因隱(「원가」),
斜良只行齊(「상수불학가」), 禮爲白齊(「예경제불가」), 悟內去齊(「보개회
향가」), 造物捨齊(「참회업장가」), 他事捨齊(「총결무진가」)(이상 十二)

中/긔 : 前良中(「맹아득안가」), 汀理也中(「찬기파랑가」), 巷中(「모죽지랑가」)(이
상 七)

中/희 : 根中(「항순중생가」), 世呂中(「청불주세가」), 歲史中置(「상수불학가」),
一念惡中(「칭찬여래가」), 海惡中(「보개회향가」)(이상 七)

叏/ㄷ : 故叏(『화엄경』), 能叏(『화엄경』), 免叏(『화엄경』), 善叏(『화엄경』), 如叏

(곧,『유가사지론』,『화엄경』,『금광명경』), 如叱ㅎ(『금광명경』), 如叱ヽ-
(곧ㅎ-,『유가사지론』,『화엄경』,『금광명경』), 則叱(『화엄경』)(이상 十
五), 如叱ヽ-(돈ㅎ-,『화엄경』)(十六)

叱/ㄷ·디 : 如叱(돋/ㄷ디,『화엄경』)(十六)

叱/디 : 離叱-(『화엄경』), 元矢叱ㅣ彳(『화엄경』), -ㅌ叱효(『화엄경』), -ヽㅌ叱효(『화
엄경』)(이상 十五)

支/ㄷ·디 : 於多支(돋/ㄷ디,「원가」), 沙矣以支如支(돋/ㄷ디,「원가」), 出隱伊音
叱如支(돋/ㄷ디,「참회업장가」)(이상 十六)

体/텨 : (滿賜隱)佛体(「예경제불가」), (滿賜仁)佛体(「광수공양가」), 佛体(「참회
업장가」), 佛体(「청불주세가」), 佛体(皆)(「상수불학가」), 佛体(頓叱)(「항
순중생가」), 佛体(爲尸如)(「항순중생가」), 佛体(前衣)(「예경제불가」), 佛
体刀(「보개회향가」), 佛体叱(「보개회향가」), 佛体叱(「예경제불가」), 佛体
叱(「총결무진가」), 佛体置(「상수불학가」), 直体良焉多衣(「광수공양가」)
(이상 十四)

体/톄 : 迷悟同体叱(「수희공덕가」)(十四)

兮/구나 : 白乎隱乃兮(「칭찬여래가」), 爲賜隱伊留兮(「상수불학가」)(이상 十二)

希/긔 : 邊希(「헌화가」), 磧惡希(「찬기파랑가」), 尊衣希(「원왕생가」)(이상 七)

希/희 : 佛會阿希(청전법륜가)(七)

肹/글 : 窟理叱 大肹(「안민가」), 目肹(「맹아득안가」), 城叱肹良(「혜성가」), 膝肹
(「맹아득안가」), 吾肹(「헌화가」), 一等肹(「맹아득안가」), 際叱肹(「찬기파
랑가」), 地肹(「안민가」), 此肹(「안민가」), 次肹伊遣(「제망매가」), 慚肹伊
賜等(「헌화가」), 花肹(「헌화가」)(이상 三)

肹/흘 : 二肹隱(「처용가」, 2회), 德海肹(「칭찬여래가」)(이상 三)

▌양희철

　청주대학교 국어국문학과 졸업
　서강대학교 대학원 석·박사과정 수료
　경남대학교 국어교육과 전임강사 역임
　현, 청주대학교 국어국문학과 교수
　저서 : 『高麗鄕歌硏究』(새문사, 1988)
　　　　『鄕札文字學』(새문사, 1995)
　　　　『삼국유사향가연구』(태학사, 1997)
　　　　『향가 꼼꼼히 읽기: 「모죽지랑가」의 해석과 창작시기』(태학사, 2000)
　　　　『향찰 연구 12제: 동형의 이두와 구결도 겸하여』(보고사, 2008)

향찰 연구 16제

2013년 4월 24일 초판 1쇄 펴냄

지은이 양희철
펴낸이 김흥국
펴낸곳 도서출판 보고사

책임편집 이경민
표지디자인 윤인희

등록 1990년 12월 13일 제6-0429호
주소 서울특별시 성북구 보문동7가 11번지 2층
전화 922-5120~1(편집), 922-2246(영업)
팩스 922-6990
메일 kanapub3@chol.com
http://www.bogosabooks.co.kr

ISBN 979-11-5516-000-8 93810
ⓒ 양희철, 2013

정가 26,000원
사전 동의 없는 무단 전재 및 복제를 금합니다.
잘못 만들어진 책은 바꾸어 드립니다.

이 도서의 국립중앙도서관 출판시도서목록(CIP)은 서지정보유통지원시스템 홈페이지
(http://seoji.nl.go.kr)와 국가자료공동목록시스템(http://www.nl.go.kr/kolisnet)에서 이
용하실 수 있습니다. (CIP제어번호: CIP2013002995)